# 古典文獻研究輯刊

八　編

曾永義 主編

第 11 冊

明代章回小說文體研究

劉曉軍 著

國家圖書館出版品預行編目資料

明代章回小說文體研究／劉曉軍 著 — 初版 — 新北市：花木
蘭文化出版社，2013〔民 102〕
目 2+336 面；19×26 公分
（古典文學研究輯刊　八編；第 11 冊）
ISBN：978-986-322-387-0（精裝）
1. 章回小說 2. 文學評論
820.8　　　　　　　　　　　　　　　　　102014663

ISBN-978-986-322-387-0

古典文學研究輯刊
八　編　第十一冊　　　　　ISBN：978-986-322-387-0

明代章回小說文體研究

作　　者　劉曉軍
主　　編　曾永義
總 編 輯　杜潔祥
出　　版　花木蘭文化出版社
發 行 所　花木蘭文化出版社
發 行 人　高小娟
聯絡地址　235 新北市中和區中安街七二號十三樓
　　　　　電話：02-2923-1455 ／傳真：02-2923-1452
網　　址　http://www.huamulan.tw 信箱 sut81518@gmail.com
印　　刷　普羅文化出版廣告事業
初　　版　2013 年 9 月
定　　價　八編 24 冊（精裝）新台幣 42,000 元　　版權所有‧請勿翻印

# 明代章回小說文體研究

劉曉軍　著

## 作者簡介

劉曉軍，男，1975 年 5 月出生，湖南新化人。2007 年 6 月畢業於華東師範大學中文系，獲博士學位；2009 年 6 月從中山大學中文系博士後流動站出站。現任華東師範大學中文系古代文學教研室副教授，研究方向為中國古代小說文體與小說批評。已發表專著《章回小說文體研究》、《歸有光與昆山》及論文二十餘篇。主持博士後科學基金項目「中國古代小說圖像敘事研究」（2007）、教育部人文社科基金項目「空間敘事與立體傳播——中國古代小說圖像研究」（2010）、國家社科基金一般項目「中國小說文體古今演變研究」（2012）。

## 提　　要

　　章回小說與話本小說、傳奇小說、筆記小說一塊構成了中國古代小說文體的類型體系。元末明初《三國演義》、《水滸傳》等小說的問世宣告這種小說文體的產生，明末清初「四大奇書」文人評點本的出現則標誌著章回小說文體的成熟。本文選取明代章回小說為對象對這種影響深遠的小說文體作斷代研究，試圖深入細緻地揭示此一階段章回小說的文體全貌。論文主體分上、下兩部分，上篇為總體研究，對明代章回小說文體從名稱、淵源、流變等方面作宏觀的把握；下篇為專題研究，分別選取三個比較重要而前人涉獵不深的話題作微觀的探討。附錄一篇：「明代章回小說編年敘錄」，是論文主體得以產生的基礎。本文原則上將文體視為一個關乎形式的概念，章回小說的文體形態及敘事方式是本文研究的重點；但本文並沒有對這種文體作純形式的分析，與文體相關的各種外部因素也是本文關注的對象。本文認為章回小說文體是一種「有意味的形式」，我們在分析其形式的同時還應關注其獨特的意蘊與內涵。

# 目次

## 表目錄

# 導　言

## 一、研究歷史與現狀

### （一）研究概況

　　明清兩朝章回小說創作極度繁盛，曾經不登大雅之堂的章回小說廣泛流傳。清末民初以來，學界開始將關注的目光投向章回小說，人們開始探索這種篇幅長大、內容繁複、語言通俗的文學體裁。20 世紀的一百年間，學界對章回小說文體的研究由最初自發的、零星的狀態逐漸走向成熟，在 20 世紀後期終於形成了自覺、全面的研究局面。

　　據不完全統計，20 世紀有關中國古代章回小說文體研究的論文共 180 餘篇，〔註1〕論著 10 餘部，其研究歷史大體上可以分爲兩個階段：一、從 1903 年別士《小說原理》〔註2〕的發表開始，至 1937 年抗戰爆發研究中斷，是爲第一階段。此一階段，中國古代章回小說文體研究開始起步，有鮮明的小說文體意識，但未形成明確的小說文體研究格局；對章回小說的文體特徵有粗略描述，但缺乏嚴格的章回小說文體定義；有各種形式的「小說話」〔註3〕，但無系統的研究專著；研究者們試圖立足於中國古代小說發展的本土環境，

---

〔註 1〕 根據于曼玲先生編《中國古典戲曲小說研究索引》(廣東高等教育出版社 1992 年版) 以及中國人民大學書報資料中心《中國古代、近代文學研究》與《文藝理論研究》統計，以宏觀研究的論文爲統計對象，不包括個案研究的論文數目。

〔註 2〕 參陳平原、夏曉虹編《二十世紀中國小說理論資料》第一卷，北京大學出版社 1989 年版，第 56～60 頁。

〔註 3〕 自 1903 年梁啓超等人在《新小說》上發表《小說叢話》之後，到 1919 年止，「小說話」形式的小說論著約有 30 餘種。參黃霖《近代文學批評史》，上海古籍出版社 1993 年版，第 551 頁。

但又不可避免地受西方小說的影響，「以西例律我國小說」〔註4〕者大有人在。研究成果散見於各種報刊雜誌以及文學史、小說史著述之中，研究重點集中於章回小說起源的探討和語體的分析，同時也涉及章回小說文體特徵的描述和創作方法的總結。需要指出的是，此一階段雖然沒有出現章回小說文體研究的專著，但在中國小說學史上第一次出現了如管達如的《說小說》〔註5〕、成之的《小說叢話》〔註6〕等長達幾萬言的小說專論，其中不乏針對章回小說的精彩論斷，相對於以往小說理論散見於小說評點、序跋的零星狀態而言，這已經是一個驚人的成就。胡適、魯迅等人的小說史著述仍然是20世紀章回小說文體研究不可忽視的重要成果，胡適《中國章回小說考證》通過故事的演進以及母題（motif）的生長與擴張來理解中國章回小說的演進，並且結合小說版本的變遷來研究章回小說文體的演變，這種方法上的創新是前無古人的，即使在今天看來仍然具有生命力；魯迅《中國小說史略》對某些章回小說文體特徵的概括，如一百十五回本《忠義水滸傳》「惟文詞蹇拙，體制紛紜，中間詩歌，亦多鄙俗」，《儒林外史》「雖云長篇，頗同短製；但如集諸碎錦，合爲帖子」，〔註7〕簡短而精當，至今仍爲後人廣泛引用。二、從1954年白丕初《章回小說·八股文章》〔註8〕開始，中國古代章回小說文體研究在沉寂了20來年之後走向復蘇，但1966年開始的十年「文革」又一次打斷了研究者們的工作，一直到1981年姚雪垠《略談中國古典長篇小說》〔註9〕的發表，中國古代章回小說文體研究才慢慢恢復元氣，終於在20世紀90年代掀起另一個新的高潮。在西方文藝理論的直接影響下，中國小說研究的學科體系逐漸完善，敘事學、文體學理論的介入，使章回小說文體研究又有了新的理論工具和操作模式。與前一階段相比，此一階段在許多方面取得了突破性進展，章回小說有了比較嚴格、科學的界定，研究面已大大拓寬，既有對章回小說起源的探討，也有章回小說文體形態的分析。論文數量大大增加，出現了章

---

〔註4〕 陳均《小說通論·總論》認爲，「小說由來雖久，著作雖多，而歷數千年，至於今從未有闡明其微旨，與以確當不易之界說者。……今欲明其界說，固不得不藉助於西人之論也。」此論極具代表性。載《文哲學報》1923年3月第3期。

〔註5〕 管達如《說小說》，《小說月報》第三卷第五、第七至第十一號，1912年。

〔註6〕 成之《小說叢話》，《中華小說界》第一年第三至第八期，1914。

〔註7〕 魯迅《中國小說史略》，上海古籍出版社1998年版，第96、156頁。

〔註8〕 載《建設》1954年第11期。

〔註9〕 載《中國通俗文藝》1981年第3期。

回小說文體研究專著，如陳美林等人合著的《章回小說史》等。更爲引人注目的是在 20 世紀後期短短的 20 來年裏，出現了一系列從敘事學角度研究章回小說的著作，如蒲安迪著的《中國敘事學》等，中國古代章回小說文體研究在 20 世紀後期出現了一個研究的熱潮。

　　章回小說文體研究的一百年，時間上大體分爲上述兩個階段，就研究內涵而言，兩者各有側重。第一階段以章回小說的淵源爲研究重點，主要是從話本、佛經、以及戲曲、詩文等對章回小說的影響追溯章回小說的起源。第二階段以章回小說的文體形態爲研究重點，其中對回目、語體及開頭、結尾模式等章回小說外在形態特徵的分析是此一階段前期的研究重點；西方文藝理論大量引入中國後，以敘事學理論作爲工具，對敘事時空、敘事視點、敘事結構等內在敘事方式的分析是 20 世紀八十年代以後的研究重點。需要指出的是，兩個階段的研究內涵其實並非那樣涇渭分明，事實上第一階段也有對章回小說文體形態的研究，否則第二階段的文體形態研究就成了空中樓閣；而第二階段也有不少對章回小說淵源的探討，這是對第一階段研究重點的延續和發展。而我們作上述歸納僅僅出於突出重點的需要。

### （二）章回小說文體淵源研究

　　二十世紀章回小說文體淵源研究包括兩個方面的內容：影響章回小說文體的諸種因素；章回小說萌生、成型的大致時間及其標記。

　　從中國古代小說文體型式的流變過程看，最接近章回體小說的是話本體小說，話本體對章回體的產生應有相當的影響，因此從話本體小說探討章回體小說的起源成了 20 世紀章回小說文體淵源研究最主要的話題之一。章回小說分回（則、節）標目、韻散結合、篇首篇尾引用詩詞、敘述者往往以「話說」引出故事情節、以「欲知後事如何、且聽下回分解」等固定格式結尾等主要的外在形式特徵，在長篇話本中都已經出現。宋元時期長篇講史話本文體形態與章回小說的逼近，使得 20 世紀前一階段主流的觀點即確認宋代爲章回小說的產生時期，《大宋宣和遺事》等長篇話本爲最早的章回小說。

　　除長篇話本以外，佛經對章回小說文體的影響亦是 20 世紀早期小說研究關注的熱點。佛經傳入中國，不僅給中國古代小說提供了很好的素材，也爲小說體裁的形成提供了借鑒。鄭振鐸認爲在佛經的影響下，中國文學「在音韻上，在故事的題材上，在典故成語上，多多少少的都受有佛教文學的影響。最後，且更擬仿著印度文學的『文體』而產生出好幾種弘偉無比的新的文體

出來。」〔註10〕這些新的文體，就包括變文、俗講以及與之有著深厚淵源的章回體小說。梁啓超更是明確指出佛經對章回體小說的影響：「全書（按：指《大承莊嚴經》）用幾十段故事組成，體裁絕類我們的《今古奇觀》。我國小說從晉人《搜神記》等類作品……漸漸發展到唐代叢書所收之唐人小說，依我看，大半從《莊嚴經》的模子裏鎔鑄出來，這還是就初期的小說而言。若宋元以後章回體的長篇小說，依我看，受《華嚴經》、《寶積經》……等影響一定不少」〔註11〕，他認爲「近代一二巨製《水滸》、《紅樓》之流，其結體運筆，受《華嚴》，《涅槃》之影響者實甚多。」〔註12〕許地山認爲「研究中國小說，也應當涉及佛乘文體之結構」〔註13〕。

　　陳寅恪以歷史學家的眼光「從史實中求史識」，不僅考證出佛經故事對中國古代章回小說題材的滲透，還揭櫫了佛經對章回小說文體的影響：「益知宋代說經，與近代彈詞章回小說等，多出於一源，而佛教經典之體裁與後來小說文學，蓋有直接關係」〔註14〕。陳寅恪認爲，佛經體制的長行與偈頌相間，必爲演說經義所仿傚，成爲散文與詩歌雜糅之體。其流變所及，散文體中雜以詩歌者，蛻變爲章回小說；保留散韻合體者，則爲彈詞、鼓書之類。故將中國古代章回小說與佛經相比，「益可推見演義小說文體原始之形式，及其嬗變之流別」〔註15〕、「蓋中國小說雖號稱富於長篇巨製，然一察其內容結構，往往爲數種感應冥報傳記雜糅而成」〔註16〕，所論的確精當。一直到20世紀章回小說文體研究的第二個階段，仍然有研究者樂此不疲地勘查佛經與中國古代章回小說文體的血緣關係，許郭立誠《小乘經典與中國小說戲曲》〔註17〕、盧元駿《我國俗文學與印度文學之關係》〔註18〕、陳洪《「解體還形」

---

〔註10〕鄭振鐸《插圖本中國文學史》，人民文學出版社1957年版，第188頁。
〔註11〕梁啓超《印度與中國文化之親屬的關係》，《飲冰室合集》，中華書局1989年版，第274頁。
〔註12〕梁啓超《佛學研究十八篇》，上海古籍出版社2001年版，第200頁。
〔註13〕許地山《梵劇體例及其在漢劇上底點點滴滴》，鄭振鐸編《中國文學研究》（下冊），商務印書館1927年版，第1頁。
〔註14〕陳寅恪《〈西遊記〉玄奘弟子故事之演變》，國立中央研究院《歷史語言研究所集刊》1929年第二本第二分。
〔註15〕陳寅恪《敦煌本維摩詰經文殊師利問疾品演義跋》，國立中央研究院《歷史語言研究所集刊》1930年第2本第1分。
〔註16〕陳寅恪《懺悔滅罪金光明經冥報傳跋》，北平《圖書館月刊》，1928年第1期。
〔註17〕載《藝文雜誌》1944年第9期。
〔註18〕載《書目季刊》1972年第2期。

小說與佛經故事》〔註 19〕等論文都試圖從佛經對中國文學的影響尋找中國古代章回小說的起源。

20 世紀的研究還注意到諸宮調、元雜劇以及詩話、詞話、八股文等文學形式對章回小說文體的影響。諸宮調中董解元《西廂記諸宮調》敘崔張故事長達八卷，《劉知遠諸宮調》分爲十二節，這種分卷分節的形式後來直接爲章回小說所繼承；尤其是《劉知遠諸宮調》的十二節內容各有題目，如「知遠走慕家莊沙陀村入舍第一」、「知遠別三娘太原投軍第二」等，不但以簡明的句子概述本節內容，而且還標明了順序，已非常接近後世章回小說的回目。《大唐三藏取經詩話》共分三卷十七節，王國維稱其爲「後世小說分章回之鼻祖」〔註20〕。雜劇分本分折（或齣）的結構體制以及「四折一楔子」的敘事體制，也爲章回小說文體所借鑒。有論者將中國古典長篇小說結構的基本模式概括爲三個部分：楔子，故事主體和結尾，這種模式既是話本小說結構體制對章回小說的滲透，也是戲劇文學對章回小說的影響。〔註 21〕至於一向頗遭非議的八股文，其嚴密的邏輯結構，繁複的排偶對仗，程序化的行文模式，對章回小說文體也應當有所影響。蒲安迪論及以《金瓶梅》等「四大奇書」爲代表的明代章回小說時說：「成熟的文人小說依然可看作是整個明朝文學發展的新綜合：它吸收了晚明詩文的審美特徵和技巧、八股文的各種寫作章法、小品文的閒逸氣質及修辭方法、文人戲曲的結構圖案與構思立意，以及最終形成白話短篇小說體裁的某些說書技巧。」〔註 22〕這種概括是有一定道理的。

20 世紀關於章回小說產生的時間大致有兩種說法——「趙宋說」和「元末明初說」，持「趙宋說」者以《大宋宣和遺事》（或《取經詩話》）爲最早，持「元末明初說」者則以《水滸傳》（或《三國演義》）爲標誌。

江東老蟫《京本通俗小說跋》云「宋人平話，即章回小說」〔註 23〕，披發生將章回體小說產生的原因歸於趙宋王朝的提倡：「趙宋諸帝，多嗜稗官家言，官府倡之於上，士庶和之於下，於是傳記之體稍微，章回之體肇興。草

---

〔註 19〕載《徐州師範學院學報》（哲社版）1990 年第 3 期。
〔註 20〕王國維《宋槧大唐三藏取經詩話跋》，《國學月報》1927 年第 10 期。
〔註 21〕李忠明《試論中國古典長篇小說的結構模式》，《明清小說研究》1991 年第 2 期。
〔註 22〕（美）浦安迪《明代小說四大奇書》，生活·讀書·新知三聯書店 2006 年版，第 32 頁。
〔註 23〕程毅中、程有慶校點《京本通俗小說》，江蘇古籍出版社 1991 年版，第 114 頁。

創權輿，規模已備。」〔註24〕吳敬恒則從語言角度論證「趙宋章回之體」：「其有記以語言，尤取肖於街巷之談說者，蓋興於趙宋章回之體。如小說誠以記載街談巷說爲惟一本職，則章回之體，亦當爲其主桃之宗子。」〔註25〕解弢也堅持《宣和遺事》爲最早的章回小說：「章回小說，余所見者，以《宣和遺事》爲最古」，原因在於「《宣和遺事》雖並未分出章回，然吾知章回小說，必由此種說白平話蛻化而出，是猶昆蟲之蛹，蛙之蝌蚪也」。〔註26〕「趙宋說」在得到胡適、胡行之等人支持後，在 20 世紀前期遂成主流。胡適指出，「宋朝是『章回小說』發生的時代。如《宣和遺事》和《五代史平話》等書，都是後世『章回小說』的始祖。」〔註27〕胡行之認爲，「我國所有章回體的小說，恐怕要算這書（按：指《宣和遺事》）爲最古的了。」〔註28〕王國維不僅從《宋槧大唐三藏取經詩話》、《五代平話》、《宣和遺事》等作品分卷分節的體例特徵來認定「章回小說之祖」，還通過小說與戲曲的比較證明章回小說起源於宋代：「且今所行章回小說，雖至鄙陋者，怠無不萌芽於宋元。如《西遊記》、《封神榜》、《楊家將》、《龍圖公案》、《說岳》等，元曲多用爲題目，或隸其事實，足徵當日已有此等書。但其書體裁當與《五代平話》及《宣和遺事》略同，不及後世之變化。始知元明以後章回小說大行，皆有所因襲，決非出於一時之創作也。」〔註29〕

「趙宋說」爲 20 世紀第一階段章回小說文體起源研究的主流聲音，然而也有研究者持不同意見，提出了章回體小說起源於元末明初的另一種說法。天僇生認爲，「章回、彈詞之體行於明、清。章回體以施耐庵之《水滸傳》爲先聲，彈詞體以楊升庵之《廿一史彈詞》爲最古。」〔註30〕宋芸子以爲「曲譜傳奇始於元，而章回小說始於元末。」〔註31〕此說在 20 世紀後期得到了大多數人的支持，石麟著的《章回小說通論》提出元末明初爲「章回小說的勃

---

〔註24〕批發生《〈紅淚影〉序》，廣智書局 1909 年版。
〔註25〕吳敬恒《〈新華春夢記〉序》，泰東書局 1916 年版。
〔註26〕解弢《小說話》，中華書局 1919 年版，第 6 頁。
〔註27〕胡適《論短篇小說》，《胡適文集》卷三《文論》，人民文學出版社 1998 版，第 55 頁。
〔註28〕胡行之《中國文學史講話》，光華書局 1932 年版。
〔註29〕王國維《庚辛之間讀書記》，王國維《新訂〈人間詞話〉》，佛雛校輯，華東師範大學出版社 1990 年版，第 192～193 頁。
〔註30〕天僇生《中國歷代小說史論》，《月月小說》第十一號，1907 年。
〔註31〕宋芸子《宋評封神演義序》，成都宋氏 1925 年刊本。

起階段」〔註32〕，陳美林等人合著的《章回小説史》也認爲「元末明初爲章回小説產生期」〔註33〕。

　　何以對章回體小説產生時期的認定會出現如此大的分歧？其原因在於一種文體從萌芽、草創到成熟、定型，要經歷一個動態的變化過程，人們對這個概念的理解也會隨著時代的發展、具體文本的演化而發生變化。《宣和遺事》等具備了章回小説文體的主要特徵，如形式上分卷立目、分回分節，內容上頭緒繁多、情節複雜，已屬章回小説的雛形，因此「趙宋説」稱其爲章回小説的「始祖」；講史話本《宣和遺事》經過文人的不斷加工，終於成爲章回小説《水滸傳》，於是「明代説」視此爲章回小説誕生的標誌。兩種不同看法，源自於對同一種文體不同階段形態特徵的認定和表述。作爲一種既定文體類別，其內涵當然是固定的，但其外延在不同時代不同階段是發展變化的，具有開放性和擴展性，人們往往根據文體的外延而非內涵來界説，才有了各種不同的詮釋。但從嚴格的章回體小説定義來看，《宣和遺事》只能説具備了章回體小説的某些外在形態特徵，並非嚴格意義的章回小説。相對而言，石昌渝《中國小説源流論》〔註34〕將章回小説的發展分爲三個階段，認爲《宣和遺事》等平話爲初級階段的作品，具有章回小説的雛形，持論較爲恰當。

## （三）章回小説文體形態研究

　　章回小説文體形態研究包括回目、語體、開頭與結尾等外在形式特徵和人稱、視角、結構、敘説方式等內在敘事方式兩個方面的內容。

　　分回標目是章回體小説最爲明顯的外部特徵。20 世紀前期的小説研究者雖然還沒有給出一個嚴格的章回體小説定義，但他們意識到回目的設置安排已成了章回體小説區別於其他小説體裁的標誌之一。曼殊強調「凡著小説者，於作回目時，不宜草率。回目之工拙，於全書之價值，與讀者之感情，最有關係。」〔註35〕蔣瑞藻考證出了章回小説回目的起源，認爲「《青瑣高議》、《宣和遺事》諸書，七字標目，又章回一體所自昉焉。」〔註36〕阿蒙《章回小説回目的演變》〔註37〕認爲章回小説回目的產生不僅受律詩和駢文的影響，還

〔註32〕石麟《章回小説通論》，中州古籍出版社 1994 年版，第 227 頁。
〔註33〕陳美林等著《章回小説史》，浙江古籍出版社 1998 年版，第 19 頁。
〔註34〕石昌渝《中國小説源流論》，生活・讀書・新知三聯書店 1994 年版。
〔註35〕曼殊《小説叢話》，《新小説》第八號，1903 年。
〔註36〕蔣瑞藻《小説考證》，古典文學出版社 1957 年版，第 1 頁。
〔註37〕載《羊城晚報》1962 年 7 月 14 日。

與元雜劇中的「題目」、「正名」有關；其形式由早期的一句話發展到後來對聯式的兩句，其目的由早期單一的概括故事內容發展到後來變成小說的有機成分，到了《紅樓夢》那裏，已經超越了單一的概括故事內容的功用目的，具有了詩意的美學效果。朱世滋《章回小說回目形式淺探》〔註38〕以《三國演義》的兩種版本爲例，分萌芽期、成熟期、定型期三個階段論述了章回小說回目的演變過程。陳遼《回目對仗精工的通俗小說始於哪一部？》〔註39〕則通過考查有無回目、回目是否對仗，對仗是否工整來甄別具體章回小說的出版時間以及繁本與簡本的先後問題。

從語體的角度出發，20 世紀早期的研究者將文學分爲古語文學和俗語文學兩類，認爲「俗語文體之流行，實文學進步之最大關鍵也」〔註40〕。章回小說的語言也是研究者們關注較多的對象之一，在他們看來，使用白話是章回小說首要的文體標誌，以至於有學者在白話小說與章回小說之間劃上等號：「白話小說或稱章回小說」〔註41〕。夢生提出，「小說最好用白話體，以用白話方能描寫得盡情盡致」，《金瓶梅》、《水滸傳》、《紅樓夢》之所以稱得上「中國小說最佳者」，原因在於「皆用白話體」。〔註42〕管達如根據白話「描寫入微，形容盡致」的特點推舉章回體小說爲「小說之正宗。蓋小說固以通俗逮下爲功，而欲通俗逮下，則非白話不能也。」值得注意的是管達如能辨正地看待古文和白話，並沒有因爲揄揚白話而一味地貶低古文，他說：「且古文與通俗文，各有所長，不能相掩：句法高簡，字法古雅，能道人以美妙高尚之盛情，此古文之所長也；敘述眼前事物，曲折詳盡，纖悉不遺，此通俗文之所長也。」〔註43〕評價客觀公允，實比新文化運動中爲倡導白話而全盤否定文言者高明。

對章回小說結構的研究也是 20 世紀章回小說文體研究的熱門話題之一。蔣祖怡《小說纂要》〔註44〕從故事情節發展的角度歸納了章回小說的三種結構方式：《水滸傳》式——個別人物故事情節相加等於小說故事情節的全部；

---

〔註38〕載《遼寧大學學報》（哲社版）1982 年第 2 期。
〔註39〕載《中州學刊》1994 年第 6 期。
〔註40〕楚卿《論文學上小說之位置》，《新小說》第七號，1903 年。
〔註41〕浦江清《論小說》，《浦江清文錄》，人民文學出版社 1958 年版，第 180 頁。
〔註42〕夢生《小說叢話》，《雅言》第一卷第七期，1914 年。
〔註43〕管達如《說小說》，《小說月報》第三卷第五號，1912 年。
〔註44〕蔣祖怡《小說纂要》，正中書局 1948 年版。

《紅樓夢》式——以一二個主要人物的故事爲中心，其他人物與之相聯繫；《儒林外史》式——人物故事情節獨立，全書沒有主線貫穿。孫遜《中國古代長篇小說結構簡論》〔註45〕將章回小說的結構模式歸爲三類：線形結構（包括《水滸傳》的珠串式結構和《西遊記》的「串」字形結構）、網狀結構（包括《三國演義》的扇形網狀結構和《金瓶梅》、《紅樓夢》的圓形網狀結構）、框形結構（如《儒林外史》的帖子式結構）。陳遼《論中國古代長篇小說結構的嬗變》〔註46〕循著章回小說演變、發展的歷史軌跡，從宋元時期的《大唐三藏取經詩話》一直到晚清的《孽海花》，論述了章回小說結構由《取經詩話》、《宣和遺事》等小說的「單線順序式」到《三國演義》的「板塊式」，再到《水滸傳》的「遞進式」，《金瓶梅》、《紅樓夢》的「網狀式」，最後到《孽海花》等「四大譴責小說」的「鏈條式」的發展歷程，並闡明了社會生活的發展變化對章回小說結構模式革新所產生的影響。此外，章回小說的開頭模式也引起了人們的注意，李小菊《明清章回小說開頭研究》〔註47〕將明清章回小說的開頭分爲「引首」、「楔子」、「緣起」三類，論述了各類開頭在小說結構、寓意方面的意義並追溯了它們的淵源。

　　20 世紀早期的研究者們注意到作爲章回小說文體的內在規定性，敘事、描寫應成爲其主要的敘述方式，反對在章回小說中羼入過多的非敘事成分以損害章回小說的審美特性。早在 1902 年，梁啓超就意識到在章回小說中過多地羼入法律、章程等非敘事成分會導致小說「毫無趣味，知無以饜讀者之望矣」〔註48〕。針對當時視小說爲政治鬥爭之工具，高談闊論連篇累牘，令人不忍卒讀的現象，別士以《水滸傳》和《海上花》爲例指出，「敘實事易，敘議論難。以大段議論羼入敘事之中，最爲討厭」，如「有時不得不作，則必設法將議論之痕跡滅去始可」。〔註49〕瞿世英認爲中國小說的弊病在於「能記載而不能描寫。能敘述而不能刻畫」，《水滸》、《紅樓夢》之所以成功，在於其能描寫。〔註50〕其實中國古代章回小說並非沒有描寫，只是其描寫大多採取韻文形式，千篇一律，因此湮滅了個性，不知「小說之美，在於意義，而不

〔註45〕載《上海師範學院學報》（社科版），1984 年第 3 期。

〔註46〕載《江海學刊》1995 年第 1 期。

〔註47〕鄭州大學 2000 年碩士學位論文（未刊稿）。

〔註48〕飲冰室主人《〈新中國未來記〉緒言》，《新小說》第一號，1902 年。

〔註49〕別士《小說原理》，《繡像小說》第三號，1903 年。

〔註50〕瞿世英《小說的研究》（下篇），《小說月報》第十三卷第九號，1922 年。

在於聲音，故以有韻、無韻二體較之，寧以無韻爲正格。」〔註51〕值得注意的是，早在 20 世紀前期，學界已從敘事學的角度研究章回小說，如成之以爲「小說之敘事，有主、客觀之殊」，「可謂之自敘式（Atuo-biographic）及他敘式（Biographic）」，〔註52〕已談到了第一人稱敘事視角和第三人稱敘事視角的問題；夏丏尊根據章回小說中常常出現的敘述者以說書人口吻發表議論，干預敘事的現象（如「也是合當有事」、「前人有詩曰」等），提出了敘述人稱的統一性問題，並將第三人稱敘事視點分爲「全知的視點」、「限知的視點」、「純客觀的視點」三種類型。〔註53〕

　　20 世紀八十年代以來，中國古代小說研究開始廣泛借鑒敘事學等西方文藝理論的研究方法和理論模式，從敘事時空、敘事人稱、敘事視點、敘事結構等方面研究章回小說的敘事方式。短短的十幾年裏，以敘事學理論爲工具切入章回小說文體研究的論著便出現了好幾部，其中宏觀研究的有蒲安迪《中國敘事學》（北京大學出版社 1996 年版）、楊義《中國敘事學》（人民出版社 1997 年版）、趙毅衡《當說者被說的時候——比較敘述學導論》（中國人民大學出版社 1998 年版）等，個案研究的有李慶信《跨時代的超越——紅樓夢敘事藝術新論》（巴蜀出版社 1995 年版）、王彬《紅樓夢敘事》（中國工人出版社 1998 年版）、張世君《〈紅樓夢〉的空間敘事》（中國社會科學出版社 1999 年版）、鄭鐵生《三國演義敘事藝術》（新華出版社 2000 年版）等，一些小說史論著述也用敘事學的理論分析章回小說的文體特徵，如石昌渝《中國小說源流論》、楊義《中國古典小說史論》等，至於從敘事學角度切入章回小說研究的單篇論文更多，繼 20 世紀前期之後，章回小說文體研究在沉寂了長達四五十年之後又掀起了一個新的高潮。

### （四）章回小說文體研究反思

　　20 世紀章回小說文體研究的成就無疑是主要的，但也暴露了不少缺點和不足。

　　首先是對章回小說名稱的理解與對章回小說文體特徵的辨認比較混亂，沒有釐清「章回體」這個概念的由來及其眞正的內涵。章回小說作爲一種文

---

〔註51〕成之《小說叢話》，《中華小說界》第三期，1914 年。
〔註52〕成之《小說叢話》，《中華小說界》第四期，1914 年。
〔註53〕夏丏尊《論記敘文中作者的地位並評現今小說界的文字》，《立達季刊》第一卷第一號，1925 年。

體自產生之後，人們常用「演義」、「平話」、「傳奇」、「詞話」、「白話小說」、「長篇小說」、「通俗小說」等各種不同名稱來指稱它。20 世紀的研究者們雖然也給這種文體作了較爲準確的界說，但仍然沒能改變亂用稱謂、誤認小說作品的狀況。因此，準確地考辨章回小說的名和實，便成了章回小說文體研究急需解決的問題。

其次，就章回小說文體的淵源來說，影響章回小說文體形成的因素是多方面的，既有文學自身發展的內在原因，也有社會政治、經濟、文化等外部因素。從內在原因看，章回小說文體的出現受話本小說、俗講變文、史傳文學、詩詞韻文、戲曲、散文等多方面的影響；從外部因素看，統治階級的審美趣味、市民階層的文化素養、城鄉經濟的發展等都對章回小說文體的形成產生了一定的影響。章回小說文體的產生應該是這兩種影響共同作用的結果。20 世紀的研究在這兩方面都有所涉獵，但以單一、零散、片段的研究居多，缺少總體、融通、系統的探討。

最後，20 世紀的研究在方法上存在不少偏差，容易走向「片面的深刻」。早期的章回小說文體研究注重保全對象文本氣韻生動的整體性，強調對文體的綜合體驗和藝術觀照，審美體驗與直觀領悟多於邏輯闡述與理論分析，一些概念、範疇、術語缺乏嚴格的界定，內涵豐富，外延寬廣，具有多義性與模糊性，給具體操作帶來不少困惑；後期引進了西方的敘事學方法，理論性與科學性有所加強，但矯枉過正，走入了另一極端。作爲一種由形式主義脫胎而來的理論，敘事學只關注純形式的敘事模式分析，對小說文本往往採取「分析式」批評，理論體系嚴密，卻難免流於機械、晦澀，在一定程度上肢解了作品文本活生生的藝術生命。中國古代章回小說既是一種敘事的藝術，更是中國傳統歷史文化的結晶，對這樣一種文體僅僅作純形式的分析，無疑會失去許多有價值的東西。其實研究方法本身並無優劣高低之分，關鍵是如何結合研究對象的特點和研究者自身的理論素養，揚長避短，融會貫通。如果能做到「中西合璧」，未嘗不是一件好事。當年胡適就是將中國古代傳統的考據學、考證學與西方近代的實證主義、實用主義相結合，找到了一種中西合璧的實證研究方法。他還注意古代小說作品的演變與社會環境、時代心理之間的密切關係，結合小說版本的變遷來研究章回小說文體的演變。這種既注重中國傳統方法，又吸收外來理論的研究範式很值得我們思考。

總的說來，學界 20 世紀在章回小說文體的淵源及其形態研究等方面取得

了很大的成績，同時也還存在許多不足之處，還有很多領域也有待進一步深入研究。因此，在發掘新史料基礎上，以新的視野拓展中國古代章回小說的文體研究仍然是一個重要的課題。

## 二、研究對象與內容

本文選擇明代章回小說文體爲研究對象。

選擇章回小說文體的明代部分作爲研究對象，基於這樣幾個理由：一、章回小說在明代已經由產生走向成熟，其文體形態特徵已經非常突出；「四大奇書」均產生在明代，且標誌著章回小說文體定型的文人評點本也相繼在明末清初得以問世；章回小說的四種題材類型都產生於明代，其中歷史演義與神魔小說並且形成了各自獨特的敘事模式；有明一代共產生章回小說九十餘種，大量存在的小說文本爲我們的研究提供了堅實的基礎和平臺。二、章回小說文體發展到清朝末年，隨著域外小說的大量湧現，其文體形態特徵已經悄然發生變化，相對於明代章回小說而言，兩者之間已經有了較大的差異，因此將同一種文體按照其發展演變的情況作斷代研究，或許更容易深入細緻地摸透它的底細；章回小說是一種影響異常深遠的文體類型，自元末明初誕生第一部小說作品以來，僅明清兩朝產生的小說即有八百餘種〔註54〕，近現代以來產生的小說作品更是不計其數，直到今天仍然有人在創作章回小說〔註55〕，數百年來的文體演變及浩如煙海的小說作品，非區區兩三年時間所能窮盡，與其委曲求全，不如見微知著，如此做出「劃段而治」的取捨，既是量體裁衣的需要，也是對研究對象負責的選擇。需要指出的是，本文以明代作爲劃分章回小說發展的時期界限僅僅是出於研究的需要，並不意味著明代的章回小說文體與明王朝之間有何種必然關聯，誠如錢鍾書先生所言，文體研究「正當本體裁以劃時期，不必盡與朝政國事之治亂盛衰脗合」〔註56〕。小說文體的發展與時代固然有很大關係，但其盛衰變化與朝代更替之間沒有必

---

〔註54〕石麟《章回小說通論》(中州古籍出版社，2000年版) 據《中國通俗小說總目提要》(中國文聯出版公司，1990年版) 統計，共得章回小說904種。但其所指章回小說概念範圍偏大，收入了部分分回的話本小說集。剔除此類小說，則明清兩朝產生之章回小說逾800種。

〔註55〕如張恨水的言情小說與金庸的大部分武俠小說便是採用章回體。另外黑龍江省文聯於1985年創辦了大型文學期刊《章回小說》，也擁有較大的讀者群體。

〔註56〕錢鍾書《談藝錄》，中華書局1984年版，第1～2頁。

然聯繫，更不存在某種對應關係，文體演變自有其本身的運動軌跡。本文在
確定研究對象時，大體上以作品的刊刻年代爲據，清代以前問世的章回小說
都納入研究範圍，例外的是清代康熙年間問世的毛宗崗評本《三國演義》與
汪象旭評本《西遊記》，因爲對「四大奇書」的發展演變做整體考察的緣故也
進入了本文的研究視野。至於其他的小說，如作者爲由明入清而作品問世於
清代者，或作品的產生年代無考而以「明末清初」概稱之者，均存而不論。

　　中國古代的「文體」概念可包涵這麼幾個層次〔註57〕：一是體裁與體制，
乃這一概念最爲核心的層次。古人對文體的體裁、體制非常重視，認爲「文
章以體制爲先」〔註58〕，「凡爲古文辭者，必先識古人大體，而文辭工拙，又
其次焉」〔註59〕。古人所云「體制」，大體相當於「文法」、「法式」，指每一
種體裁都應有其特定的文體規範：「夫文章之有體裁，猶宮室之有制度，器皿
之有法式也。」〔註60〕二是語體與語式，指各種文體有其特定的語言特徵與
話語體系。曹丕《典論·論文》云：「夫本同而末異：蓋奏議宜雅，書論宜理，
名誄尚實，詩賦欲麗，此四科不同，故能之者偏也；唯通才能備其體。」〔註
61〕這裏的「體」便是指不同文體的語言特徵。三是風格與體貌，可分爲文體
風格、作家風格、時代風格等類別。陸機《文賦》云：「體有萬殊，物無一量」，
「詩緣情而綺靡，賦體物而瀏亮，碑披文以相質，誄纏綿而悽愴。」〔註62〕
談的是不同的文體風格。沈約《宋書·謝靈運傳論》云：「自漢至魏，四百餘
年，辭人才子，文體三變。相如巧爲形似之言，班固長於情理之說，子建、
仲宣以氣質爲體，並標能擅美，獨映當時。」〔註63〕這裏的「體」指的是作

〔註57〕　參王運熙《中國古代文論中的「體」》，《中國古代文論管窺》，齊魯書社1987
　　　　年版，第22～23頁；童慶炳《文體與文體的創造》，雲南人民出版社1994年
　　　　版，第10～38頁。
〔註58〕　（宋）倪思語，轉引自（明）吳納《文章辨體序說·諸儒總論作文法》，于北
　　　　山校點，人民文學出版社1962年版，第14頁。
〔註59〕　（清）章學誠《文史通義》卷五內篇五「古文十弊」，葉瑛校注，中華書局1985
　　　　年版，第504頁。
〔註60〕　（明）徐師曾《文體明辨序說·文體明辨序》，羅根澤校點，人民文學出版社
　　　　1962年版，第77頁。
〔註61〕　（魏）曹丕《典論·論文》，（清）孫馮翼輯，中華書局1985年版，第1頁。
〔註62〕　（晉）陸機著，張少康集釋《文賦集釋》，人民文學出版社2002年版，第99
　　　　頁。
〔註63〕　（梁）沈約《宋書》列傳第二十七《謝靈運》，中華書局1974年版，第1778
　　　　頁。

家風格，是作家的獨特個性與精神風貌在文學作品中的表現。時代風格指的是某一歷史時期文學作品呈現出來的總體特色，李東陽《懷麓堂詩話》云：「漢、魏、六朝、唐、宋、元詩，各自為體。」〔註64〕章回小說作為一種小說文體類型，在體裁體制與語體語式方面有著非常明顯的特徵，它與其他小說類型的區別也主要體現在這兩個方面，其風格體貌則並不像詩文那樣明瞭。就明代章回小說而言，作品主要集中在嘉靖至崇禎數朝一百二十餘年時間裏，短暫的歷史演變尚不足以形成明顯的時代風格，只有將研究的視野拓寬至晚清一代，我們或許可以通過比較發現明代章回小說文體的時代烙印。雖然在理論上不同作家創作的章回小說應該表現出不同的風格，但在實際操作中這種風格很難把握，明代章回小說大致相同的編創方式（除少數作品由作家獨立創作外，絕大部分都是根據現成底本或連綴眾多的舊有題材編次成書，最典型的是「按鑒」而成的歷史演義，幾乎千篇一律）輕而易舉地淹沒了作家的創作個性，他可以「獨抒性靈」，但難以「自出機杼」，小說創作的高度模式化及流傳過程中的不斷改竄同樣不利於保留小說的作家風格。至於章回小說作為一種小說類型的文體風格，也只有在與其他小說類型的比較研究中才能凸現，本文暫時不討論這個話題。本文對明代章回小說文體的研究，將集中在小說的結構體制與語言體式兩個方面，其中章回小說外在的文體形態如回目的設置、開頭結語的模式、韻散交錯的語體以及內在的敘事方式如敘事聲音、敘事視角等等是研究的重點。

## 三、研究體例與方法

研究章回小說文體，劉勰《文心雕龍》為我們提供了很好的範式：「原始以表末，釋名以章義，選文以定篇，敷理以舉統。」〔註65〕

小說創作的理論總是落後於實踐，章回小說自產生數百年之後人們才陸續總結出其體制特點，概括出其文體規範並找到一個切合其文體特徵的概念，此前所使用的各種不同名稱反映了人們對這種文體漫長複雜的接受過程，通過「釋名以章義」、「敷理以舉統」，考證章回小說名稱的來由並給這種

---

〔註64〕 （明）李東陽《懷麓堂詩話》，《李東陽集》第二卷，周寅賓校點，嶽麓書社 1985 年版，第 544 頁。

〔註65〕 （南朝‧梁）劉勰《增訂文心雕龍校注‧序志》，楊明照等校注，中華書局 2000 年版，第 611 頁。

文體的內涵與外延一個大致準確的規定，成了本文的首要任務。「文學變化是一個複雜的過程，它隨著場合的變遷而千變萬化。這種變化，部分是由於內在的原因，由文學既定規範的枯萎和對變化的渴望所引起，但也部分是由於外在的原因，由社會的、理智的和其他的文化變化所引起」〔註66〕，一種文體的產生，不外乎社會環境的培育與文學內部的遺傳兩個方面的影響，忽視明代社會政治、經濟、文化等方面共同營造的社會環境，或者脫離話本小說、俗講變文、史傳文學、詩詞韻文等傳統文學的血脈傳承，都不足以全面揭示明代章回小說文體產生的根源，結合文學的「內部研究」與「外部研究」，「原始以表末」，探究章回小說文體的淵源並闡述它的流變，是本文的主要內容。「四大奇書」的產生是明代章回小說文體成熟的標誌，這四部思想內容與藝術水準都出類拔萃的章回小說代表明代章回小說的最高成就，並以各自產生的典範意義開啓了章回小說的四種題材類型，形成了四種不同的敘事模式，誇張點說，我們完全可以把明代章回小說文體的發展史濃縮爲「四大奇書」的文體演變史，因此「選文以定篇」，「四大奇書」乃是首選。在一定程度上，我們可以將章回小說文本視爲一種特殊的符號結構，其文體就是這種符號的編碼方式。〔註67〕傳統文本的編碼都是以文字作爲符號，在明代章回小說中，我們認爲除了文字以外，小說中大量使用的插圖也是參與編碼的一種符號。因此，我們將明代章回小說中圖像與文字的結合視作一種敘事方式來展開論述，圖文結合的最初目的是爲了實現這種小說文體的通俗化，後來隨著文人畫家的參與，圖文結合的敘事方式又促進了章回小說文體雅致化的轉變。

　　在歷史與邏輯相結合、實證與思辨相統一的總的方法論指導下，如何落實到具體的操作層面至關重要。我們認爲，研究方法的選擇必須兼顧兩個方面，一是要切合研究對象，能爲研究目的的實現提供最大的理論支持，不可削足適履；二是要適合研究者本人的學術素養與操作能力，只有駕馭起來得心應手，方可發揮研究方法的工具作用，不然作繭自縛。文體只是一個抽象的概念，只有落實到具體的文本上才有實際意義，離開具體的小說文本去談小說文體只能是緣木求魚，因此本文堅持以章回小說文本爲中心，爲一切結論產生的基礎，通過文本細讀，尋找實證材料，甚至不惜做大量瑣碎、細緻

---

〔註66〕　（美）韋勒克、沃倫《文學理論》，劉象愚等譯，江蘇教育出版社2005年版，第321頁。

〔註67〕　參陶東風《文體演變及其文化意味》，雲南人民出版社1994年版，第2頁。

的統計，力求言出有據，避免空談。就總體而言，本文對明代章回小說文體的研究走的是中國傳統套路，「辨章學術，考鏡源流」，以考帶論，考論結合；但也毋需諱言，本文還借鑒了現代西方的一些理論成果，在研究章回小說的題材類型時借鑒了類型學、敘事學的思想，在研究章回小說圖文結合的敘事方式時參考了符號學的理論。我們認為，研究方法僅僅具有工具論意義，如果能借助它較好地執行研究方案，實現預期的研究目標，不必對其出身與來歷過度敏感甚至心懷芥蒂。

## 四、論文構想與框架

　　明代章回小說文體研究，大致可以形成兩種格局。一是影響研究。一種文體從產生、發展、成熟到最後走向消亡，每一個過程都不可能孤立地發生，必然受外界條件與其他文體的影響。除了明代社會為章回小說文體的產生與發展創造的各種條件，我們還可研究其他文體如史傳文學、俗講變文、話本小說、詩詞韻文等對章回小說的影響，以及章回小說內部小說與小說之間如經典作品對一般作品的影響，文體的發展演變是一個動態的過程，我們的研究也必須以動態的眼光予以關注。二是形式研究。總的來說文體是一個關乎形式的概念，是一種「有意味的形式」，文體研究關注的重點與中心是作者「怎麼說」而不是「說什麼」的問題，但又不可完全拋棄內容層面的東西，畢竟「說什麼」也會影響到「怎麼說」的選擇，形式層面的研究應當包括外在的文體形態如小說回目的設置、開頭結尾的套語、韻散結合的語體以及內在的敘事方式如敘事聲音、敘事視角等各個方面。兩種格局，前者強調不同文體或作品之間的縱向比較，後者突出同一文體不同成分之間的橫向分析，章回小說文體所受到的影響與其文體形式只是一個問題的兩個側面，因此兩種研究格局不能分離，只有兩者相統一，對章回小說文體的研究才能做到融會貫通。本文試圖在前人的基礎上對明代章回小說文體做一個全面、系統、深入的分析，清理研究史上某些一直糾纏不清的問題，對前人已經涉獵的某些領域做進一步的挖掘與整理，同時就有關問題提出自己新的創見。論文主體分上、下兩部分。上篇為總體研究，對明代章回小說文體從名稱、淵源、流變等方面作宏觀的把握，梳理數百年來章回小說稱謂的演變史並對章回小說文體的形態特徵做一定的辨析；通過比較話本小說、俗講變文、史傳文學、詩詞韻文與章回小說文體之間的關係，以大量的實證材料證明這幾種文體形式

與章回小說文體之間的淵源關係；結合明代章回小說創作的實際情況分三個階段考察章回小說文體在明代的流變歷程，通過題材類型的分佈狀況與文體形態、成書方式的逐步改變，印證明代章回小說文體從產生到成熟的過程；下篇爲專題研究，選取三個比較重要而前人涉獵不深的話題作微觀的探討，通過闡述「四大奇書」的成書經過並辨析重要版本之間的文體差異，說明明代章回小說文體是如何從民間化、適俗化逐漸走向文人化、雅致化的經過，並指出「四大奇書」對章回小說文體所具有的典範意義；通過對歷史演義與神魔小說敘事模式的分析，指出章回小說的四種類型不僅僅是題材內容的歸類，同時也是小說文體的辨異；通過分析明代章回小說中的插圖現象，闡明圖文結合作爲一種敘事方式對章回小說文體的影響，並指出隨著圖畫本身的質量與版式的改變，圖文結合也由一種使小說通俗化的敘事方式逐步演變爲提升小說審美品位的藝術手段。我們認爲，上篇的三個部分是對以往研究的夯實與提升，下篇的三個部分可視爲本文的創新或發明。附錄一篇，爲「明代章回小說編年敘錄」，對明代章回小說做了大致的概括，內容側重於小說版本與文體形態的敘述，兼及小說的成書方式，是論文主體得以產生的基礎。

上編　總體研究

# 第一章　章回小說名實考辨

## 引　言

　　「章回體」是中國古代流傳最廣、影響最大的一種小說文體類型，它與「筆記體」、「傳奇體」和「話本體」等小說文體共同構成了中國古代小說的文體系統。自元末明初章回小說文體產生以來，章回小說的發展經過了數百年的歷史，留下了數以千計的小說作品，但「章回小說」這一概念的出現及文體界說卻是近一百年來的事情，很長時間裏章回小說「名」與「實」之間一直存在錯位。在章回小說發展的各個不同歷史階段，人們習慣於用各種不同名稱來指稱章回小說，直至今天，人們對「章回體」的理解仍然存在不少混亂之處。名稱的混亂給章回小說的辨認帶來很多困惑，人們往往根據不同概念外延的某一特徵來確認小說的體裁，眾說紛紜，莫衷一是，或者窄化了章回小說的研究空間，或者泛化了章回小說的研究對象，爲章回小說的研究造成不少麻煩。夫子云「名不正，則言不順；言不順，則事不成」〔註1〕，因此本文研究明代章回小說文體的第一步，便是對章回小說的名稱與作品進行考辨，通過梳理章回小說稱謂的演變史，辨析不同歷史時期指稱章回小說的不同概念，對「章回體」這一文體概念做一番正本清源的工作，同時依據概念的外延與內涵來辨認章回小說，確定本文的研究對象。

---

〔註1〕楊伯峻譯注《論語・子路篇第十三》，中華書局 1980 年版，第 134 頁。

# 第一節 「章回體」稱謂考

自從章回小說作爲一種特定的小說文體產生之後，用來指稱這種文體型式的名稱可謂紛紜複雜，較爲常見的有「演義」（「演義小說」、「通俗演義」）、「平話」（「評話」、「平話小說」）、「詞話」、「稗史」（「稗官」）、「傳奇」（「傳奇小說」）、「通俗小說」、「白話小說」、「長篇小說」等。

## 一、「演義」、「平話」、「傳奇」、「詞話」與「稗史」

以「演義」或「通俗演義」指稱章回小說，始於明代，延及二十世紀。在「章回體」概念被普遍認可、接受之前，「演義」或「通俗演義」是眾多名稱中使用時間最長、影響最大的一個概念。自《三國志通俗演義》刊行之後，明清兩朝坊間直接以「演義」或「通俗演義」命名的章回小說非常之多。「演義體」小說早期以敷演史傳爲主，如《大宋中興通俗演義》、《東西晉演義》等，後來不再拘泥於史實，逐漸涉及神魔、世情等題材，如《封神演義》、《蓮子瓶演義傳》、《逐日演義》等。即便是不標「演義」者，時人也多以「演義」目之。謝肇淛《雲海披沙》卷七「西遊記」云：「俗傳有《西遊記演義》載玄藏取經西域，遭遇妖祟甚多，讀者皆嗤其俚妄。余曰不足嗤也，古亦有之。」〔註2〕閒齋老人《儒林外史序》云：「古今稗官野史，不下數百千種，而《三國志》、《西遊記》、《水滸傳》及《金瓶梅演義》，世稱四大奇書，人人樂得而觀之，余竊有疑焉。」〔註3〕便將《西遊記》、《金瓶梅》看作演義。明清兩朝以「演義」一辭指稱章回小說是一個普遍現象。

以「演義」一辭指稱章回小說始自《三國志通俗演義》，早期專門用來指稱敷演史傳而成的歷史演義，是歷史的通俗化敘述，後來則由一個文類概念發展成爲一個文體概念，用來指稱包括章回體小說在內的通俗小說。〔註4〕「演義」作爲一種文體，其主要的特徵即在於通俗性。早期的「演義體」小說多「據正史」、「按鑒參考」敷演成書，雖然不免增飾虛構，仍難免拘牽於史實，人們多以爲《三國志通俗演義》不及《水滸傳》，就因爲《三國志通俗演義》「七實三虛」的內容布局過於拘謹。「演義體」小說發展到後來，作家的創作思路越發自

---

〔註2〕 （明）謝肇淛《文海披沙》，大連圖書供應社 1925 版，第 90 頁。
〔註3〕 （清）吳敬梓《儒林外史》，人民文學出版社 1975 年影印清嘉慶八年（1803）臥閒草堂本。
〔註4〕 詳見譚帆師「演義」考，《文學遺產》2002 年第 2 期。

由，想像與虛構的成分也越來越增多。不僅僅可以根據野史傳說引申、渲染成長篇巨著，還可以完全「憑虛結構」，杜撰成書。梅溪主人《清風閘序》云：

> 小說昉自《虞初》，後之作演義者，或借一人一事引而伸之，可以成
> 數十萬言，如《封神傳》、《水滸傳》由來舊矣。抑或有憑虛結撰，
> 隱其人，伏其事，若《金瓶梅》、《紅樓夢》者。究之不知實指何人，
> 觀者亦不過互相傳爲某某而已。〔註5〕

從「七實三虛」的《三國志通俗演義》，到「借一人一事引而伸之」的《封神傳》、《水滸傳》，再到「憑虛結構」的《金瓶梅》、《紅樓夢》，「演義」的創作手法由實錄爲主逐步走向完全虛構，「演義」一辭所指稱的對象也由最初的歷史演義擴大到一切題材的章回小說。直到清末民初，還有人以「演義」稱呼章回小說。洗心主人《永慶升平序》云：「百八十餘回，雖然演義之詞，理淺文粗，然敘事敘人，皆能刻劃盡致；接逢鬥榫，亦俱巧妙無痕。」〔註6〕二我《黃繡球》第十一回評語云：「作文不喜平，作演義何莫不然？」〔註7〕值得注意的是，「演義」是一切通俗小說的代名詞，明人不僅僅用來指稱章回小說，還用來指稱話本、擬話本小說。天許齋《古今小說識語》云：「本齋購得古今名人演義一百二十種，先以三分之一爲初刻云。」〔註8〕睡鄉居士《二刻拍案驚奇序》云：「即空觀主人者，其人奇，其文奇，其遇亦奇。因取其抑塞磊落之才，出緒余以爲傳奇，又降而爲演義，此《拍案驚奇》之所以兩刻也。」〔註9〕降至二十世紀前期，當「章回小說」一辭被世人廣泛接受後，「演義」一辭逐漸淡出，遂爲「章回小說」所取代。

用「平話」一辭來指稱章回小說，或者將講史、講經平話當作章回小說，亦屢見於前人史料。明無竟氏《剿闖小說敘》稱《剿闖通俗小說》「懲創叛逆，其於天理人心，大有關係，非泛常因果平話比」〔註10〕。俞樾《重編七俠五義傳序》云：「如此筆墨，方許作平話小說；如此平話小說，方算得天地間另是一種筆墨」〔註11〕，便是將《剿闖通俗小說》、《七俠五義》等章回小說稱

---

〔註5〕 （清）浦琳《清風閘》，清嘉慶二十四年（1819）奉孝軒刊本。

〔註6〕 （清）郭廣瑞《永慶升平前傳》，清光緒十八年（1892）寶文堂刊本。

〔註7〕 二我《黃繡球》，《新小說》第十八號，1905年。

〔註8〕 《古今小說》，上海古籍出版社《古本小說集成》影印明末天許齋刊本。

〔註9〕 （明）凌濛初《二刻拍案驚奇》，人民文學出版社1996年版。

〔註10〕 （清）西吳懶道人《剿闖通俗小說》，中華書局《古本小說叢刊》影印興文館刊本。

〔註11〕 （清）俞樾《七俠五義》，寶文堂書店1980年版。

爲「平話」（「平話小説」）。又江東老蟬（繆荃孫）《京本通俗小説跋》云：

> 宋人平話，即章回小説。《夢梁錄》云：「說話有四家，以小説家爲
> 最。」此事盛行於南北宋，特藏書家不甚重之，坊賈又改頭換面，
> 輕易名目；遂至傳本寥寥天壤。前只士禮居士重刻《宣和遺事》，近
> 則曹君直重刻《五代史平話》，爲天壤不易見之書。〔註12〕

可見繆荃孫氏將《宣和遺事》與《五代史平話》等講史話本視爲章回小説。

　　按元、明兩朝以說唱形式出現的說書中，講說《三國志》、《五代史》一類長篇歷史故事的講史稱爲平話。到了清代，講史的內容已由元明的講歷史故事，進展到說公案、說靈怪一類的書。不僅僅是說《三國志》，說《西遊記》、《濟公傳》（靈怪），說《彭公案》、《施公案》、《三俠五義》（公案），也都一律稱爲講史或評話。〔註13〕清涼道人《聽雨軒筆記》對史傳、小説（主要指歷史演義）、平話（評話）三者之間的關係有明確的鑒別：

> 小説所以敷衍正史，而評話又以敷衍小説。小説間或有與正史相同，
> 而評話則皆海市蜃樓，平空架造，如《列國》、《東西漢》、《三國》、
> 《隋唐》、《殘唐》、《飛龍》、《金槍》、《精忠》、《英烈傳》之類是已。
> 然其中亦有標異出奇，豁人耳目者，茲就余所聞者而言之，以見其
> 概焉。〔註14〕

那麼「平話」的原義又如何呢？馮貞群《孔聖宗師出身全傳跋》云：「平話者，優人探史事敷衍而口話之之謂也。權輿趙宋，俗謂說書，或稱講史。」〔註15〕丘煒萲《金聖歎批小説說》云：

> 大抵宋、元時始有演義小説之書，昉於取便雅俗，即古傳奇中科白
> 一體，演而長之。其義通俗，其名或又稱「平話」。後人目平話爲大
> 書，而判傳奇爲小説，所以濟文言之窮，即說即喻，捷於駟舌矣。……
> 蓋說平話大書之人，既自置其身於小説之中，隨意調侃，旁若無人，
> 借杯在手，積塊在胸，東方曼倩爲不死矣。於是小説中之能事極暢，
> 小説中之舊套亦窮。於此而喜讀小説之人出焉。〔註16〕

---

〔註12〕《京本通俗小説》，上海古籍出版社 1988 年版，第 100 頁。
〔註13〕參陳汝衡《說書史話》，人民文學出版社 1987 年版。
〔註14〕（清）清涼道人：《聽雨軒筆記》，商務印書館 1931 年版，第 61 頁。
〔註15〕（明）無名氏《孔聖宗師出身全傳》，伏跗室主人 1927 年影抄明刊本。
〔註16〕參陳平原、夏曉虹編《二十世紀中國小説理論資料》第一卷，北京大學出版
社 1989 年版，第 18 頁。

在丘煒萲的論述中，「演義小說」爲一動賓詞組，取「敷衍小說」之意，平話爲「演義小說之書」，又稱爲「大書」，是供說話人敷衍小說用的話本。又《中國大百科全書‧中國文學》「平話」條的解釋爲：

> 話本體裁之一。與詩話、詞話相對而言，平話是只說不唱之平鋪直敘的話本。另一種解釋是，平即平章之平，意即品評，因而後來又寫作「評話」。現存的宋元平話多爲長篇，題材主要是歷史故事，如《五代史平話》，五種《全相平話》。還有《西遊記平話》僅存佚文。《永樂大典》收有平話 26 卷，已佚。明清人多寫作「評話」，也有把短篇話本稱作評話的，見於《警世通言》第 11 卷《蘇知縣羅衫再合》、第 17 卷《鈍秀才一朝交泰》。至今曲藝界仍把只說不唱的「大書」稱爲「評話」或「評書」。〔註17〕

可知「平話」的原始意義應指說話人的口頭說書，後來所指範圍稍有擴大，包括作爲文人案頭之作的話本小說，既指《五代史平話》等篇幅長大、分卷分節的長篇話本，也指《蘇知縣羅衫再合》一類短篇小說。因此用「平話」一辭來指稱章回小說，極不確切。丘煒萲、俞樾等人視《水滸傳》、《七俠五義》等章回小說爲「平話」，繆荃孫將宋元講史話本《宣和遺事》、《五代史平話》等看作章回小說，原因在於他們都覺察到了「平話」、「章回小說」二者概念外延上的共同點：其義通俗，其文長大（「大書」），有的還分章分節或分則，僅僅出於對《宣和遺事》、《五代史平話》等長篇話本形態特徵的感性認識，沒有注意到「章回小說」作爲一種小說文體，除了外在的形式特徵，還應該具有其內在的本質規定性。這種小說觀念在二十世紀早期很有代表性。王國維在《宋槧大唐三藏取經詩話跋》中指出：「此書與《五代平話》、《京本小說》及《宣和遺事》體例略同。三卷之書共分十七節，亦後世小說分章回之祖。」〔註18〕胡適認爲「宋朝是『章回小說』發生的時代。如《宣和遺事》和《五代史平話》等書，都是後世『章回小說』的始祖」〔註19〕。這種視平話爲章回小說的觀念，一方面表明人們已經有了明確的「章回體」文體意識，認識到了一種新的小說

---

〔註17〕劉世德主編《中國大百科全書‧中國文學卷 I》，中國大百科全書出版社 1988 年版，第 611 頁。

〔註18〕王國維《宋槧大唐三藏取經詩話跋》，《觀堂集林》，北京燕山出版社 1997 年版，第 423 頁。

〔註19〕胡適《論短篇小說》，《胡適論中國古典小說》，長江文藝出版社 1987 年版，第 590 頁。

文體的產生；另一方面也表明人們還未曾注意到「章回體」小說的本質特徵，僅僅流連於分回標目等外在形態。魯迅也注意到《大唐三藏取經詩話》、《大宋宣和遺事》分卷分章的體制特徵，但他並未據此即認定其為章回小說，而是據其「近講史而非口談，似小說而無捏合」、介於長篇話本和章回小說之間的本質特徵，自創新詞以「擬話本」命名之，顯得更為謹慎。

「傳奇」作為一種小說文體，一般認為指的是唐代《鶯鶯傳》等為代表的文言小說，但明清兩朝以「傳奇」之名指稱章回小說之實者亦頗為常見。袁中郎《殤政‧十之掌故》云：「詩餘則柳舍人，辛稼軒等；樂府則董解元、王實甫、馬東籬、高則誠等；傳奇則《水滸傳》、《金瓶梅》等為逸典。」〔註20〕晴川居士《白圭志序》云：

> 每嘗好觀小說，蓋世之傳奇，余皆得而讀之矣。……如周末之《列國》，漢末之《三國》，此傳奇之最者，必有其事而後有其文矣。若夫《西遊》、《金瓶梅》之類，此皆無影而生端，虛妄而成文，則無其事而亦有其文矣。〔註21〕

又《五虎平西前傳序》云：「春秋之筆，無非褒善貶惡，而立萬世君臣之則。小說傳奇，不外悲歡離合，而娛一時觀鑒之心」〔註22〕；瞿家鏊《〈西遊原旨〉序》亦說《西遊》「詭異詼奇，驚駭耳目，第視為傳奇中之怪誕者」〔註23〕；張問陶《船山詩草‧贈高蘭墅同年》自注亦云：「傳奇《紅樓夢》八十回以後，俱蘭墅所補」〔註24〕，都是以「傳奇」指稱章回小說。

明清兩朝人以「傳奇」概念指稱章回小說，乃立足於章回小說幾個基本的敘事特點：

一是章回小說相對於史傳實錄而言的虛構、幻奇特色與「傳奇」相似。章回小說從敷演史傳的《三國演義》到依據野史傳說渲染成文的《水滸傳》、《封神傳》，最後發展到完全虛構的《金瓶梅》、《紅樓夢》，其虛構的比重逐

---

〔註20〕 （明）袁宏道《袁宏道集箋校》，錢伯城箋校，上海古籍出版社 1981 年版，第 1419 頁。

〔註21〕 （清）崔象川《白圭志》，上海古籍出版社《古本小說集成》影印秀文堂刊本。

〔註22〕 （清）無名氏《五虎平西前傳》，上海古籍出版社《古本小說集成》影印聚錦堂刊本。

〔註23〕 （清）劉一明《西遊原旨》，上海古籍出版社《古本小說集成》影印湖南常德府護國庵重刊本。

〔註24〕 （清）張問陶《船山詩草》，中華書局 1986 年版，第 457 頁。

漸增大。對於章回小說的虛構、幻奇特色，黃越《第九才子書平鬼傳序》說得非常透徹：

> 客有問於余曰：「第九才子書何爲而作也？」予曰：「仿傳奇而作也。」
> 客曰：「傳奇者，傳其有乎，抑傳其無乎？」余曰：「有可傳，傳其
> 有可也；無可傳，傳其無亦可也。今夫傳奇之傳乎無者，寧獨九才
> 子而已哉？世安有所謂孫悟空者，然則《西遊記》何所傳而作也？
> 安有所謂西門慶者，然則《金瓶梅》何所傳而作也？其他《西廂記》
> 之驚夢草橋，《牡丹亭》之還魂配合，《琵琶記》之乞丐尋夫，《水滸
> 傳》之反邪歸正，不皆傳其無之類乎？」〔註25〕

經典、史傳以傳信貴眞而藏之名山，傳與後人，故作者選材頗爲謹愼；小說傳奇作者沒有太多立德立言的思想包袱，或「借他人之酒杯，澆自己胸中之塊壘」，或「遊戲筆端資助談柄」，選材上沒有太多的顧忌，惟「緣情綺靡」而已。故李春榮《水石緣自敘》云：「夫文人窮愁著書，謂其可以信而傳後也。若傳奇豈所論哉！顧事不必可信，而文則有可傳。莊生寓言尙矣，他若宋玉窺鄰，元稹記會，以及遊仙無題之作，或隱或見，只緣情綺靡，不自以爲可傳也，而今猶競相諷詠焉。下及元人百種，錄舊翻新，歡深夥頤，誰謂傳之必可信哉！又謂不信之可不傳哉！」〔註26〕是能道出章回小說作者心聲的。

二是章回小說在敘述故事、刻畫人物上敘述委曲詳盡、描寫鋪採驪陳的創作手法，與史傳的簡約質樸形成對比，體現了鮮明的「傳奇」特色。李雨堂《萬花樓楊包狄演義序》云：

> 書不詳言者，鑒史也；書悉詳而言者，傳奇也。史乃千百季眼目之
> 書，歷紀帝王事業，文墨輩藉以稽考運會之興衰，諸君相則以扶植
> 綱常準法者，至重至要之書也。然柄筆難詳，大題小作，一言而包
> 盡良相之大功，一筆而揮全英雄之偉績，述史不得不簡而約乎！自
> 上古以來，數千秋以下，千百帝王，萬機政事，紙短情長，烏能盡
> 博？至傳奇則不然也。揭一朝一段之事，詳一將一相之功，則何患
> 乎紙短情長哉！故史雖天下至重至要，然而筆不詳則淺，而聽之者
> 未嘗不覺其枯寂也。唯傳雖無關於稽考扶植之重，如舟中寂寞，伴

---

〔註25〕 （清）樵雲山人《第九才子書平鬼傳》，路工、譚天編《古本評話小說集》，
　　　　人民文學出版社 1984 年版，第 606～607 頁。
〔註26〕 （清）李春榮《水石緣》，上海古籍出版社《古本小說集成》影印經綸堂刊本。

侶已希，遂覺史約而傳詳博焉。是故閱史者雖多，而究傳者不少也。
〔註27〕

需要指出的是，「傳奇」既非《鶯鶯傳》一類文言小說的專稱，也非《五虎平西前傳》等章回小說的別名，它還指稱話本或擬話本小說。《初刻拍案驚奇》卷九入話云：「從來傳奇小說上邊，如《倩女離魂》，活的弄出魂去，成了夫妻；如《崔護謁漿》，死的弄轉魂來，成了夫妻。奇奇怪怪，難以盡述」。〔註28〕以「傳奇」命名話本小說或話本小說集者亦有之，如《五色石傳奇》、《古今傳奇》等。

以「詞話」指稱章回小說，在前人史料中也不少見。熊大木《大宋中興通俗演義序》云：「武穆王《精忠傳》，原有小說，未及於全文。今得浙之刊本，著述王之事實，甚得其悉。然而意寓文墨，綱由大紀，士大夫以下遽爾未明乎理者，或有之矣。近因眷連楊子素號湧泉者，挾是書謁於愚曰：『敢勞代吾演出辭話，庶使愚夫愚婦亦識其意思之一二。』」〔註29〕「辭話」或即「詞話」之意，指據《精忠傳》敷演成書的《大宋中興通俗演義》。又李大年《唐書志傳通俗演義序》云：「《唐書演義》書林熊子鍾谷編集。書成以視余。逐首末閱之，似有紊亂《通鑑綱目》之非。人或曰：『若然，則是書不足以行世矣。』余又曰：『雖出其一臆之見，於坊間《三國志》、《水滸傳》相仿，未必無可取。且詞話中詩詞檄書頗據文理，使俗人騷客披之，自亦得諸歡慕，豈以其全謬而忽之耶？』」〔註30〕也以「詞話」指稱《唐書志傳通俗演義》。至於《金瓶梅詞話》，更是以「詞話」冠名章回小說。然而「詞話」同樣非章回小說的專稱，它還可以用來指稱話本小說。錢希言《桐薪》卷二「公赤」條云：「考宋朝詞話有《燈花婆婆》，第一回載本朝皇宋出三絕。」〔註31〕錢曾《也是園書目》卷十《戲曲小說‧宋人詞話》著錄作品十六種，其中就包括《燈花婆婆》之類話本小說。除小說外，「詞話」更多地是宋元說唱伎藝的統稱，孫楷第、葉德均等前輩學者已論之甚詳，現存說唱詞話話本有明成化年

〔註27〕 （清）李雨堂《萬花樓楊包狄演義》，寶文堂書店1986年版，第567頁。
〔註28〕 （明）凌濛初《初刻拍案驚奇》，上海古籍出版社《古本小說集成》影印尚友堂刊本。
〔註29〕 （明）熊大木《大宋中興通俗演義》，上海古籍出版社《古本小說集成》影印楊氏清江堂刊本。
〔註30〕 （明）熊大木《唐書志傳通俗演義》，中華書局《古本小說叢刊》影印楊氏清江堂刊本。
〔註31〕 轉引自胡士瑩《詞話考釋》，《宛春雜著》，浙江人民出版社1981年版，第159頁。

間刊本如《新編說唱詞話花關索傳》、萬曆年間諸聖鄰重編《大唐秦王詞話》
以及楊愼擬作《歷代史略十段錦詞話》等。

　　古人向來「稗官」、「小說」並舉，故以「稗史」、「稗官」指稱章回小說
者時亦有之。《嘯亭雜錄・卷十》云：「稗史小說雖皆委巷妄談，然時亦有所
據者。如《水滸》之王倫，《平妖傳》之多目神，已見諸歐陽公奏疏及唐介記，
王漁洋皆詳載《居易錄》矣。」〔註32〕《求幸福齋隨筆》云：「稗史載曹操殺
呂伯奢事，人讀之恒惡曹操之不義」〔註33〕，此處稗史便指《三國演義》。《香
祖筆記・卷七》云：「佛經幻妄，有最不可究詰者。如善慧菩薩自兜率天宮下
作佛，在摩耶夫人母胎中，晨朝爲色界諸天說種種法，日中時爲欲界諸天亦
說諸法，晡時又爲諸鬼神說法，於夜三時，亦復如是。雖稗官小說如《西遊
記》者，亦不至誕妄如是。」〔註34〕諸如此類，不勝枚舉。據余嘉錫考證，「稗
官爲小說家之所自出，而非小說之別名，小說之不得稱爲稗官家，猶之儒家
出於司徒之官，不得名爲司徒儒家，亦不得稱儒家爲司徒家也」〔註35〕。以
稗官（稗史）稱呼「小說」既已不妥，其於章回小說更是隔膜遠甚。

## 二、「通俗小說」、「白話小說」與「長篇小說」

　　以「通俗小說」之名指稱章回小說之實，應是 20 世紀以來的事情。

　　黃人《小說小話》云：「小說固有文、俗二種，然所謂俗者，另爲一種語
言，未必盡是方言。至《金瓶梅》始盡用魯語，《石頭記》仿之，而盡用京語。
至近日則用京語者，已爲通俗小說。」〔註36〕在《中國文學史》中，黃人專
設一章「明人章回小說」討論通俗小說，所舉小說名錄中既包括《三國演義》
等章回小說，又有《拍案驚奇》等擬話本小說，可見他將「章回小說」等同
於「通俗小說」，但又包括「擬話本小說」。直至 20 世紀晚期，仍有論者將「通
俗小說」概念等同於「章回小說」：「通俗小說是以淺顯的語言，用符合廣大
群眾欣賞習慣與審美趣味的形式，描述人們喜聞樂見的故事的文學作品。……
首先，作品的體例格式爲章回體。這一體例格式的最先確立者是《三國演義》

---

〔註32〕（清）昭槤《嘯亭雜錄》，中華書局 1980 年版，第 369 頁。
〔註33〕（清）何海鳴《求幸福齋隨筆》，民權出版部 1916 年版，第 3 頁。
〔註34〕（清）王士禎《香祖筆記》，上海古籍出版社 1982 年版，第 129 頁。
〔註35〕余嘉錫《小說家出於稗官說》，《余嘉錫論學雜著》，中華書局 1963 年版，第
　　　　278 頁。
〔註36〕黃人《小說小話》，《小說林》第九期，1908 年。

與《水滸傳》，後來明清兩代一千多部通俗小說又相繼沿用，因此它們也往往被稱爲章回小說。……這樣，章回體便成了我國明清通俗小說的傳統格式。」〔註37〕

究竟什麼樣的小說是通俗小說呢？劉半農曾將「通俗小說」界定爲「合乎普通人民的，容易理會的，爲普通人民所喜悅所承受的」小說，是「上中下三等社會共有的小說，並不是哲學家科學家交換思想意志的小說，更不是文人學士發牢騷賣本領的小說。若要在中國舊小說中舉出幾個例出來：則《今古奇觀》、《七俠五義》、《三國演義》等，都是通俗小說；《燕山外史》，《花月痕》、《聊齋誌異》等，都是『發牢騷賣本領』的小說。」〔註38〕劉半農的界說大致是準確的。「通俗小說」的確應擁有上中下社會最廣大的讀者群體，爲普通人民所喜悅所承受，它包括話本小說與章回小說。但由於「五四」新文化運動的歷史背景，我們不難看出劉半農眼裏的「通俗小說」範圍還是有相當的保留，以思想內容而非形式特徵爲取捨標準，將章回小說《花月痕》排斥於通俗小說門外便根據這個標準。但劉半農認爲，「決不可誤會其意，把『通俗小說』看作『文言小說』對待之『白話小說』，——『通俗小說』當用白話撰述，是另一問題」〔註39〕，卻不無道理。的確，話本小說與章回小說絕大多數用白話寫出，但不等於通俗小說就是白話小說。白話小說如果不是「合乎普通人民的，容易理會的」，不能爲「普通人民所喜悅所承受」，就稱不上通俗小說。《三國演義》儘管「文不甚深」，但也「言不甚俗」，離白話小說距離還很遠（事實上類似語言風格的章回小說並不在少數），但「書成，士君子之好事者，爭相謄錄，以便觀覽」〔註40〕，足以證明它的通俗化。劉半農的這一論斷和黃人所論大體吻合。譚正璧《中國文學史大綱》將明人通俗小說分爲三類：神魔故事、人情小說、歷史演義，又稱《三言》、《二拍》爲「通俗短篇五大寶庫」，即表明通俗小說既包括章回小說，也包括話本小說。我們認爲，「通俗小說」是一個泛文體概念，是從讀者接受的角度來定義的，對小說的文體形態特徵並沒有明確的限定，它並不確指某一種特定的小說文體類

〔註37〕陳大康《明代小說史》，上海文藝出版社 2000 年版，第 106～111 頁。

〔註38〕劉半農《通俗小說之積極教訓與消極教訓》，《太平洋》第一卷第十號，1918 年。

〔註39〕同上。

〔註40〕（明）庸愚子《三國志通俗演義序》，（明）羅貫中《三國志通俗演義》，上海古籍出版社《古本小說集成》影印嘉靖元年刊本。

型。相對於「章回小說」而言，其外延要寬泛得多。章回小說固然是明清兩朝乃至中國古典小說中通俗小說的主要形式，無論數量還是影響都是最大的，但不能因此就將通俗小說的範圍縮小至章回小說一種，我們可以說章回小說是通俗小說，反過來說就不成立。除章回小說外，話本小說、彈詞小說等一切「描述人們喜聞樂見的故事的文學作品」都是通俗小說。

「白話小說」一辭較爲晚出，以此指稱章回小說更是清末民初以來的事情。章回小說大都以白話爲主，這一語體特徵實是秉承話本小說之精髓，就語言通俗而言二者殊途同歸。莫伯驥《三國志通俗演義跋》云：「宋吳自牧《夢梁錄》所記之小說人，蓋以口舌摹寫，今所傳之《演義》則以簡牘形容，而其爲用則一也。」〔註 41〕即是說作爲口頭文學之話本（「以口舌摹寫」）與作爲案頭文學之章回小說（「以簡牘形容」）所用的均是通俗的白話。

20 世紀早期，有人開始從語體角度進行小說分類。1907 年《小說林》第一期《募集小說》廣告說「本社募集各種……小說，篇幅不論長短，詞句不論文言、白話，格式不論章回、筆記、傳奇」。管達如提出將小說分爲「文言體、白話體、韻文體」三類，並指出「此派（指白話體）多用章回體，猶之文言派多用筆記體也。用此種文字之小說，於中國社會上勢力最大。」〔註 42〕章回小說這一語體特徵，容易導致人們對「白話小說」與「章回小說」兩個概念的混淆，浦江清即認爲「白話小說或稱章回小說，出於說書人所用的底本稱爲『話本』的一種東西。」〔註 43〕將白話小說範圍限於章回小說一體的觀點無疑是片面的，話本或擬話本小說何嘗又不能歸入白話小說一族呢？老伯把「白話小說」定義爲：「白話小說者，則又於各體小說之外，而利用白話以爲方言之引掖者也。姑無論其爲章回也，爲短篇也，爲箴時與諷世也，要均以白話而見長矣」〔註 44〕，是包括章回小說和其他短篇小說的。

根據章回小說篇幅長大之特徵而以「長篇小說」名之者，則是近代以來西學東漸，「以西例律我國小說」的結果。以「長篇小說」之名指稱章回小說之實，或將「章回小說」與「短篇小說」二者對舉，是 20 世紀以來較爲普遍

---

〔註 41〕莫伯驥《三國志通俗演義跋》，轉引自丁錫根《中國歷代小說序跋集》，人民文學出版社 1996 年版，第 911 頁。

〔註 42〕管達如《說小說》，《小說月報》第三卷第五號。

〔註 43〕浦江清《論小說》，《浦江清文錄》，人民文學出版社 1958 年版，第 180 頁。

〔註 44〕老伯《曲本小說與白話小說之宜於普通社會》，《中外小說林》第二年第十期，1908 年。

的觀點。耀公認為：「及導以小說家之敘事曲折，用筆明暢，無論其為章回也，為短篇也，為傳奇與南音班本也，其人其事，有頓令人心經開豁、腦靈茁發者。」〔註45〕吳宓以為，「就篇幅之長短言之，小說可分三種：（一）短篇小說（Short Story）；（二）小本小說 Novelette；（三）長篇小說（章回體）（Novel）。」〔註46〕而吳曰法更是直接以「長篇小說」稱呼章回小說（「演義」）：

> 小說之流派，衍自三言，而小說之體裁，則尤有別。短篇之小說，取法於《史記》之列傳；長篇之小說，取法於《通鑒》之編年。短篇之體，斷章取義，則所謂筆記是也；長篇之體，探原竟委，則所謂演義是也。〔註47〕

何謂「長篇小說」？且看下面幾個較為代表性的界說：孫俍工以為「長篇小說是自始至終描寫人物底全體或是一生的一種小說。以量來說，長篇小說底字數通常總在三四萬以上。所以篇幅是擴張的，題材是敘述面面俱到的人生，容裁的人物多而描寫詳細，事實複雜往往有許多枝枝葉葉。」〔註48〕鄭振鐸將中國小說分為短篇、中篇、長篇，所謂「『長篇小說』，包括一切的長篇著作，如《西遊記》、《紅樓夢》之類。這一類即是所謂 Novel 或 Romance，篇頁都是很長的，有長至一百回、一百二十回，亦有多至二十冊、三四十冊的。」「長篇最初是講史，後發展成演義，多是一百回到一百二十回。」〔註49〕

　　以「長篇小說」概念指稱章回小說，似乎已約定俗成。然「章回小說」與「長篇小說」，畢竟是基於兩種不同語境的界說，儘管二者有其共同之處，但僅僅根據篇幅的長短而在二者之間劃上等號，多少有點不倫不類，勉為其難。孫俍工以為字數在三四萬以上即可以稱為「長篇小說」，這個標準在鄭振鐸那裏恐怕連「中篇小說」小說的資格都夠不上。鄭振鐸認為八到三十二回之間的小說為中篇小說，可是《月月小說》編譯部的徵文廣告聲稱：「撰述長篇，以章回體每部十六回或二十回為合格。」〔註50〕究竟要多長的篇幅才可以稱得上長篇小說，顯然沒有、也不可能有統一的標準。當時即有人指出這

〔註45〕耀公《小說發達足以增長人群學問之進步》，《中外小說林》第二年第一期，1908年。

〔註46〕吳宓《評楊振聲〈玉君〉》，《學衡》第三十九期，1925年。

〔註47〕吳曰法《小說家言》，《小說月報》第六卷第六號，1915年。

〔註48〕俍工《小說做法講義》，上海中華書局1923年版，第200頁。

〔註49〕鄭振鐸《鄭振鐸說俗文學》，上海古籍出版社2000年版，第38、16頁。

〔註50〕「徵文廣告」，《月月小說》第二年第三期，1908年。

一困惑：「小說之篇幅，有長短之殊，人因分之爲長篇小說、短篇小說。然究竟滿若干字，則可爲長篇？在若干字以下，則當爲短篇乎？苦難得其標準也。但此種形式的分類，殊非必要，竟從俗稱之可矣。」〔註51〕的確，僅僅根據篇幅來界說章回小說，實難操作。吳宓雖然意識到不可僅僅以字數之多、篇幅之長來界說章回小說，加上一條「精整完密的結構特徵」，也算是切中了要害，但將「章回小說」等同於西方的長篇小說，即novel，仍然未免附會牽強。中國古代章回小說分回標目、開頭結尾模式化、大量使用詩詞與韻文以及無處不在的說書人口吻等特徵，是區別於西方國家所謂長篇小說的主要標誌，以「長篇小說」之名指稱「章回小說」之實，無疑忽略了章回小說最具特色之所在。由是觀之，搬用西方概念的確「殊非必要」，不如「從俗稱之」爲妙。

　　總的說來，在「章回小說」概念被世人廣泛認可、接受之前或同時，上述幾種稱謂較爲普遍。除此而外，也還有其他稱謂見於史料之中。20世紀學人多以「說部」泛稱小說，如幾道、別士《本館附印說部緣起》即以「說部」泛稱以章回小說爲主體的古典小說；魯迅評價《金瓶梅》爲「同時說部，無以上之」〔註52〕，便以「說部」稱呼明代章回小說。以「說部」泛稱古典小說固然體現了小說地位的提高，但它同時也湮沒了章回小說的文體獨特性。以「奇書」、「才子書」來指稱某些章回小說者更不少見，如「四大奇書」、「第五才子書」等，但「奇書」與「才子書」均不足以稱爲小說文體概念。道理很簡單：命名頗爲隨意，全憑論者個人喜好，缺少客觀有效的標準。

## 三、「章回小說」

　　以現有史料觀之，「章回」作爲一個詞組首次出現於曹雪芹《紅樓夢》：「後因曹雪芹於悼紅軒中披閱十載，增刪五次，纂成目錄，分出章回，則題曰《金陵十二釵》。」（《紅樓夢·第一回》）「纂成目錄，分出章回」只是曹雪芹在傳統章回小說創作程序影響下的一種自發的寫作行爲，我們可以認爲曹雪芹把握了章回小說的某些文體特徵，但要說他有了「章回體」的文體意識顯然爲時過早。光緒三年（1877），尊聞閣主《申報館書目》設立「章回小說類」，收錄有《儒林外史》、《紅樓夢補》、《西遊補》、《水滸後傳》、《快心編》、《林蘭香》等六部章回小說，這或許是第一次明確地將「章回小說」視爲一種小

〔註51〕成之《小說叢話》，《中華小說界》第一年第五期，1914年。
〔註52〕魯迅《中國小說史略》，上海古籍出版社1998年版，第126頁。

說文體的紀錄。光緒二十二年（1896）鄒弢《海上塵天影》以及王韜《海上塵天影敘》進一步表達了時人對「章回小說」這種文體的認識。鄒弢借小說人物之口表達了自己對章回體小說創作的體會，同時也是對「章回體」特徵的感性認識：

> 你要著章回長書，須把各人姓名年貌性情先立一表，然後下筆。自始至終、各人性情，不至兩樣。且章回書不比段說容易立局，須將全書意思貫串，起伏呼應，靈變生動，既不可太即，又不可太離。起頭雖難，做了一二回，便容易了。但書中言語要蘊藉生新，各人各種口氣，所述一切，要與各人暗合，又不可露出實在事迹來。（《海上塵天影》第二回）〔註53〕

王韜敘中提及「章回小書」、「章回說部」：「女史性既聰穎，又喜瀏覽群編，自莊騷班漢以至唐人說部、近時章回小書，靡不過目加以評斷。」「歷來章回說部中，《石頭記》以細膩勝，《水滸傳》以粗豪勝，《鏡花緣》以情致勝。」〔註54〕在王韜的論述中，已經將章回小說視爲與《莊子》、《離騷》、《漢書》、唐傳奇等量齊觀的一種文體類型。

1900 年，臥讀生在其所作《才子如意緣序》中說：「（《如意緣》）雖僅一十六回，仿章回作，而事跡之離奇，文情之曲突，能使閱者掩卷而思，開卷而笑。」〔註55〕臥讀生此處所說的「章回」其實就是「章回體」的意思。

1903 年，高縉《萬國演義序》云：「自隋以來史志，以小說家列於子部，其爲體也或縱或橫，寓言十九，可以資談噱，不可爲典要。……其至於今，則《廣記》、《稗海》之屬，庋之高閣，而偏嗜所謂章回小說，凡數十種，種各數十百卷。」〔註56〕已使用「章回小說」一辭。

1904 年，《〈小仙源〉凡例》云：「……原書並無節目，譯者自加編次，仿章回體而出以文言，固知不合小說之正格也。」〔註57〕不僅有了鮮明的章回

---

〔註53〕（清）司香舊尉《海上塵天影》，上海古籍出版社《古本小說集成》影印光緒三十三年（1904）石印本。

〔註54〕（清）王韜《海上塵天影敘》，上海古籍出版社《古本小說集成》影印光緒三十三年（1904）石印本。

〔註55〕轉引自丁錫根《中國歷代小說序跋集》，人民文學出版社 1996 年版，第 1329 頁。

〔註56〕（清）高尚縉《萬國演義序》，（清）沈惟賢《萬國演義》，光緒二十九年（1903）上賢齋藏板。

〔註57〕（瑞士）司威《小仙源》，商務印書館編譯，《繡像小說》第三號，1903 年。

小說文體意識，指出了章回小說的某些文體特徵：有回目、以白話爲正格，而且提出了「章回體」概念。

在文體的生成與變易中，新文體並非憑空產生，舊文體也並非徹底消失，新文體產生於對原有文體的創造性轉化之中。「章回體」的產生離不開原有小說文體的支撐與轉化，自其形成之後，又與其他小說文體並存共生。早在二十世紀開端，就有論者注意到了「章回體」與其他小說文體之間既相傳承又同時並存的關係。

較早論及章回小說之文體演變的是別士《小說原理》：

> 唐人《霍小玉傳》、《劉無雙傳》、《步非煙傳》等篇，始就一人一事，紆徐委備，詳其始末，然未有章回也。章回始見於《宣和遺事》，由《宣和遺事》而衍出者爲《水滸傳》（注：元人曲有《水滸記》二卷，未知與傳孰先），由《水滸傳》而衍出者爲《金瓶梅》，由《金瓶梅》而衍出者爲《石頭記》，於是六藝附庸，蔚爲大國，小說遂爲國文之一大支矣。〔註58〕

別士的論述已經涉及由唐人傳奇（《霍小玉傳》等）到宋元話本（《宣和遺事》等）再到明清章回小說（《水滸傳》等）這麼一個古代小說文體演變的大致過程。俞佩蘭在《〈女獄花〉敘》中說「中國舊時之小說，有章回體，有傳奇體，有彈詞體，有志傳體……近時之小說，思想可謂有進步矣，然議論多而事實少，不合小說體裁，文人學士鄙之夷之」〔註59〕，同樣歸納了舊時小說文體的幾種類型，並指出了小說以敘事爲主的美學特徵。而第一次以小說史的觀念，試圖全面梳理中國古代小說文體演變過程者當屬天僇生：

> 自黃帝藏書小酉之山，是爲小說之起點。此後數千年，作者代興，其體亦屢變。晰而言之，則記事之體盛於唐……雜記之體興於宋……戲劇之體昌於元……章回、彈詞之體行於明、清。章回體以施耐庵之《水滸傳》爲先聲，彈詞體以楊升庵之《廿一史彈詞》爲最古。
> 數百年來，厥體大盛，以《紅樓夢》、《天雨花》二書爲代表。〔註60〕

據今天的小說文體類型看來，天僇生的概括當然不盡準確，但這種梳理中國古代小說文體演變史的歷時文體觀卻是難能可貴的，「章回體」的產生、成熟、定型離不開中國古代小說文體演變的歷史環境。

---

〔註58〕別士《小說原理》，《繡像小說》第三號，1903 年。
〔註59〕（清）王妙如《女獄花》，1904 年泉唐羅氏藏板本。
〔註60〕天僇生《中國歷代小說史論》，《月月小說》第一年第十一號，1907 年。

前文提及小說林社將小說按語體分爲文言與白話，按文體分爲章回體、筆記體、傳奇體是相當準確的〔註61〕，同時也表明了中國古代諸種小說文體之間同時並存的歷史事實。

1930 年，鄭振鐸《中國文學的分類及其演化的趨勢》將中國小說分爲筆記小說、傳奇小說、評話小說以及「佳人才子書」的中篇小說與章回體的長篇小說五種類型，分類標準側重於小說的語言與篇幅。〔註62〕

1937 年，施蟄存《小說中的對話》首次將中國古代小說文體歸納爲四種類型——筆記體、傳奇體、話本體、章回體，並清晰地勾勒出這四種小說文體類型之間的演進軌跡：

> 我國古來的所謂小說，最早的大都是以隨筆的形式敘說一個尖新故
> 事，其後是唐人所作篇幅較長的傳奇文，再後的宋人話本，再後才
> 是宏篇巨帙的章回小說。在這樣的發展過程中，小說的故事是由簡
> 單而變爲繁複，或由一個而變爲層出不窮的多個；小說的文體也由
> 素樸的敘述而變爲絢豔的描寫。而小說中人物對話之記錄，也因爲
> 小說作者需要加強其描寫之效能而被利用了。〔註63〕

在施蟄存的論述中，從最早的筆記體到最後的章回體，其流變過程已經昭然若揭。在論及小說中對話能否增加描寫的效能時，施蟄存還追問道：「……到底他們（按：指受西方影響大量運用對話的小說）比章回體、話本體、傳奇體甚至筆記體的小說能多給讀者多少好處呢？」〔註64〕此處已明確排比出了中國古代小說文體的四種類型。此種劃分小說文體的觀念已經爲後人普遍接受：「古代小說可以按篇幅、結構、語言表達方式、流傳方式等文體特徵，分爲筆記體、傳奇體、話本體、章回體等四種文體」〔註65〕，這四種小說文體既是平面的小說文體類型，同時又大致體現了中國古代小說文體的演變過程。

至此，「章回體」作爲中國古代小說文體類型之一，其名與實之間的對應關係已經基本確定。

---

〔註61〕以其外在形式特徵相似的原因，二十世紀早期的學人大多未能區分「話本體」與「章回體」，如王國維、胡適、胡行之、黃人等便以《宣和遺事》、《取經詩話》等長篇話本爲章回小說。

〔註62〕載 1930 年 1 月《學生雜誌》第 17 卷第 1 號。

〔註63〕載 1937 年 4 月 16 日《宇宙風》第 39 期。

〔註64〕同上。

〔註65〕孫遜、潘建國：《傳奇文體考辨》，《文學遺產》1999 年第 6 期。

## 四、「章回小說」內涵與外延之規定

在章回小說的發展過程中，名不符實的尷尬持續了五、六百年。直至 20 世紀初期，人們捏出「章回小說」一辭，章回小說才有了最切合自己身份的名字。隨著小說理論的逐漸發達，「章回小說」概念日益深入人心，在文字的表述上也由最初的「章回」，發展到「章回小說」，進而發展到「章回體」，文體意識逐漸強化，對章回小說文體特徵的描述也由感性的認識逐漸上升到理論的高度，「章回體」作爲中國古代小說文體概念被確定之後，有人開始試圖給這種文體一個準確的界說，從近乎主觀感悟式的描述發展到學理層面上的科學定義，基本上反映了百年來人們對章回小說的認識過程。

管達如《小說小話》按體制將小說分爲「筆記體」與「章回體」二類，對「章回體」的界說是：

> 此體之所以異於筆記體者，以其篇幅甚長，書中所敘之事實，極多，
> 亦極複雜，而均須首尾聯貫，合成一事，故其著作之難，實倍蓰於
> 筆記體。然其趣味之濃深，感人之力之偉大，亦倍蓰之而未有已焉。
> 蓋小說之所以感人者在詳，必於纖悉細故，描繪靡遺，然後能使其
> 所敘之事，躍然紙上，而讀者且身入其中而與之俱化。而描寫之能
> 否入微，則於其所用之體制，重有關係焉。此章回體之小說，所以
> 在小說界占主要之位置也。凡用白話及彈詞體之小說，多屬此種。
> 即傳奇，實亦屬於此類。〔註66〕

以今天的眼光看來，管達如的「章回體」界說並不科學與嚴格。他擴大了「章回體」小說的範圍，將「傳奇體」小說以及「彈詞」等文體形式均囊括在內，因而忽略了「分章分回」這一「章回體」小說獨具特色的文體特徵；作爲一個定義，其表述亦有失準確與嚴密。但這畢竟是我國文學史上第一次定義「章回體」概念的勇敢嘗試，他從篇幅、語體、敘述方式等形式層面而非思想內容層面區分「章回體」與「筆記體」小說，這種下定義的思路與模式亦爲後人所仿傚。尤爲可貴的是，管達如敏銳地觀察到了「章回體」小說在故事情節層面的一個本質特徵，即儘管小說所敘述的事實「極多、亦極複雜」，故事情節「須首尾聯貫，合成一事」，這一點正是區分「章回體」小說與短篇故事集的關鍵。明清兩朝許多白話短篇小說集形式上均標出章回，也有模式化的

---

〔註66〕管達如《小說小話》，《月月小說》第三卷第五號，1912 年。

開頭與結尾，很容易使人誤認為「章回體」小說，如《明鏡公案》一類的公案小說。但其故事情節並不聯貫統一，各回大多有自己獨立的情節與人物，故只能稱其為短篇小說集而不能稱為「章回體」小說。要之，分章分回（或分則、分節）僅僅是構成「章回體」小說的必要條件而非充分條件。《中國文學大辭典》將《明鏡公案》、《七十二朝人物演義》等稱為「白話短篇小說集」，將《玉嬌李》等稱為「長篇小說」，便因為前者名為一書，實是不同小說的集合；後者並未分出章回，當然不可稱為「章回小說」。

相對而言，蔣祖怡關於章回小說的定義更為簡要，也更接近現代意義的「章回小說」概念：「章回小說，在形式上是長篇巨製，而承話本之舊，能以說話上的口頭語插入文章，並且分成回目。將這一章故事的重心，縮成相對的兩聯，冠於篇首。」〔註67〕已經從篇幅、語體、回目設置以及文體源流諸方面綜合考察章回小說的特點。

「章回小說」概念得以確立之前的各種稱謂或者借用於其他小說文體，或者取自西方小說觀念。這些稱謂雖然不能完全切合章回小說的文體特點，卻也多少符合章回小說的某些局部特徵。「演義」（「演義小說」、「通俗演義」）、「平話」（「評話」、「平話小說」）、「傳奇」（「傳奇小說」）、「詞話」、「通俗小說」、「白話小說」、「長篇小說」等概念只能說具有某些與「章回小說」概念外延相同的成分，各自切合章回小說文體特徵的某一方面，但都不全面，如果以之來命名章回小說，均存在一定的片面性。一個完整、準確的「章回小說」定義應該包涵了上述各種概念中的相應部分：或許可以取「白話小說」之白話語體特徵，「長篇小說」之篇幅長大、首尾聯貫特徵，「演義」、「通俗小說」等文體之內容通俗、語言明白曉暢特徵，「詞話」之用於說唱、多詩詞韻文的特徵，「傳奇」敘述委曲詳盡、描寫鋪采驪陳的創作特徵，再加上「平話」獨特的分回標目等說話藝術特徵。我們認為，嚴格的「章回小說」定義，既要能涵蓋其外在的文體特徵，又要能體現其作為一種小說文體內在的本質規定性，界定如何表述並不重要，它應該包括以下內容：篇幅較為長大，行文上有分回（節、則）的表現，有能概括各敘事單元內容的回目（節目或則目）；至少有一條貫串到底的情節主線，不管小說中人物、事件的數量幾何，其情節是連貫統一的；語言通俗曉暢，能為廣大讀者所接受，以書面語為主體，並非口頭說書的文字記錄，但又多少保留了口頭說書的痕跡。

〔註67〕蔣祖怡《小說纂要》，正中書局1948年版，第172頁。

綜上所述，「章回小說」稱謂的變化反映了一種特定文體形成之後讀者的接受與人們觀念的變遷過程。中國古代的小說理論總是與創作實踐不能同步，章回小說的理論更是落後幾百年。創作既然是在原有文體基礎上的繁衍與生發，理論也離不開對原有成果的繼承與發展，因此在沒有找到最能切合章回小說文體特徵的稱謂之前，借用已有現成的稱謂也是很自然的事情。對於這種現象，浦江清有著合理的解釋：「文學上的名詞的意義隨著時代的推移和文學的演化或發展而改變。現代中國文學正在歐化的過程中，新舊共同的名詞，老的意義漸漸被人遺忘，而新的定義將成為定論。……中國文學史的研究，在這過渡的時代裏，不免依違於中西、新舊幾個不同的標準，而各人有各人的見解和看法。」〔註 68〕章回小說稱謂的變化與發展，也體現了中國文學觀念與時俱化的過程。

## 第二節　章回小說文體特性辨正

章回小說自有其固定的文體格式，表現出若干方面的文體形態特徵。然而有相當部分的非章回體小說，其外在文體形態與章回小說非常相似，很容易造成假相，「惑亂觀眾」。也有人根據「章回小說」的名稱望文生義，以為於小說中必見「章回」方可稱其為章回小說，同樣容易產生誤會。凡此種種，很有必要依據章回小說文體的幾點規定，對章回小說「驗名正身」。由於本文研究範圍的限制，對章回小說的辨認自然也僅限於明代。

我們認為，一部章回小說至少必須具備這麼幾個特徵：篇幅較為長大，行文上有分回（節、則）的表現，有能概括各敘事單元內容的回目（節目或則目）；至少有一條貫串到底的情節主線，不管小說中人物、事件的數量幾何，其情節是連貫統一的；語言通俗曉暢，能為廣大讀者所接受，以書面語為主體，並非口頭說書的文字記錄，但又多少保留了口頭說書的痕跡。根據第一條規定，我們要排除不分回（節、則）的長篇小說；根據第二條規定，我們可以把各種話本小說集拒之門外；根據第三條規定，宋元講史話本自然不能入章回小說之林，而某些「仿章回體而出以文言者」也非我們研究的對象。

明代不分章回的長篇小說較為少見，約略有沈孟桥《錢塘湖隱濟顛禪師語錄》（今存隆慶三年（1569）刊本）、馮夢龍撰《皇明大儒王陽明先生出身

〔註68〕浦江清《論小說》，《浦江清文錄》，人民文學出版社 1958 年版，第 180 頁。

靖難錄》（崇禎年間刊本）等。前者據民間傳說的濟公故事連綴成篇，故事線
索清晰，首尾完整，但全書不分卷不分回，一氣到底，只能以現代的「長篇
小說」概念來稱呼；後者分爲三卷，文字簡潔雅致，結構整齊勻稱，但缺少
章回小說常見的分回標目，也無任何章回小說慣用套語，其分卷完全是方便
出版所爲，同樣不符合章回小說的文體特徵。至於分卷分則而以文言寫成者，
目前所見除《癡婆子傳》分二卷三十三則外，未見其他小說，因此不作細說。

　　由於章回小說直接繼承了話本小說文體方面的許多特徵，二者之間除了
篇幅長短有別外，其他方面往往極其相似。容易與章回小說相混淆的話本小
說有兩種形態，一是以小說集合的形式編成一書，內中再細分爲不同的子集。
這樣的話本小說集不少，如《弁而釵》，四卷二十回，包括《情貞記》、《情俠
記》、《情烈記》、《情奇記》四個子集，每個子集五回演一個故事；《宜春香質》，
四卷二十回，包括《風集》、《花集》、《雪集》、《月集》四個子集，每個子集
五回演一個故事；《鼓掌絕塵》，四卷四十回，同樣包括「風」、「花」、「雪」、
「月」四個子集，每個子集十回演一個故事。若單個來看，則每一個子集都
可以視爲一部章回小說，裏面的各回均分回標目，標明回數，回目爲聯句，
大多對仗工整；開頭、結尾有常見套語，部分小說開頭有引首詩詞；小說情
節連貫，線索清晰。但由於此類小說都以統一的書名面世，因此我們還是傾
向於將其視爲話本小說集。二是以單部小說形式出現，分回標目，連貫標明
回數，但其內容並不統一，或一回講述一個故事，或數回講述一個故事，此
類小說數量最多，也最易混淆。如《鴛鴦針》四卷十六回，每四回演一個故
事；《載花船》三卷十二回，每四回演一個故事。這種小說類似於第一種類型，
實際上是不同小說的集合，但形式上採取連貫標目，很容易讓人誤認爲是一
部章回小說。至於以單部小說名義出現，每回演一個故事卻又連貫標目的話
本小說集更是普遍。此類作品最多的是公案小說，形式上分回（則、節）標
目，且連貫標目，很容易讓人以爲是一部章回小說，但實際上每回（則、節）
演一個故事，仍然屬於不同公案故事的集合，如《國朝名公神斷詳情公案》
八卷四十則、《皇明諸司廉明公案》四卷一百五則、《海剛峰先生居官公案傳》
四卷七十一回等等。又如《七十二朝人物演義》，小說以「演義」冠名，每篇
有引首詩詞，正文前有入話，敘述者語言用白話，人物語言用文言，每回各
以一個人物爲中心敷演成篇；《二十四尊得道羅漢傳》，六卷二十四則，每則
演一個羅漢故事；《龍陽逸史》二十回，《別有香》十六回，《醉醒石》十五回，

都是每回演一個故事，諸如此類，不勝枚舉。這種類型的話本小說與章回小說之間最根本的區別在於前者的每一回即是一個單獨的故事，均可獨立成篇，自爲起結，與後面的故事完全沒有情節上的關聯性，儘管它們也按照順序連貫標目，如果將順序全部打亂，絲毫不會影響讀者閱讀；後者的每一回與前後各回之間有著情節上的邏輯聯繫，小說自始至終貫串著一根主要的情節線索。

小說分「回」是章回小說發展到成熟時期的表徵，以「章回」冠名小說更是近百年以來約定俗成的說法。早期的章回小說大多分爲長度不等的小段，時人或以「則」、「節」稱之。除常見的分回、分則、分節之外，還有少量小說以分卷的形式出現。儘管明代章回小說的分卷絕大部分僅僅出於出版發行的需要，於小說文體本身並無關係，但此類小說的分卷應視爲作者創作的選擇，出於平衡小說結構的需要。如《海陵逸史》分上下兩卷，上卷末云：「畢竟女待詔去後，定哥怎麼結束，且聽下卷分解」；《昭陽趣史》分爲四卷，卷一末云：「未知如何？且聽下卷分解」。值得注意的是此類小說儘管分卷，卷末有章回小說慣用的套語，但各卷開頭沒有常見的標目。由於此類小說多屬歷代禁書，出版、流傳頗爲不易，其原本更是難得一見，我們推測小說原本或有標目，只是後來再版時有所刪削改竄。以同屬豔情小說的《繡榻野史》爲例，種德堂本分上下兩卷，上卷末云：「後來不知金氏尋死否？也不知東門生怎麼了？……且看下卷，自有分解」；醉眠閣刊本卻分四卷，每卷分若干則，各則故事前有數字標目，第二卷卷末云：「後來畢竟不知金氏惡識了大里，弄些什麼計策來雪了他的恨，方寸罷了？且看下回便知端的」，可見原本很有可能是分則標目的。因此，本文把這類分卷標目的小說也納入到研究對象的範圍。

# 第二章　明代章回小說文體之淵源

## 引　言

　　章回小說作為中國古代小說的文體類型在明代產生並非偶然，其原因應該從文學內部的發展與外界條件的變化兩方面尋找。一方面，中國古代深厚的文學傳統為章回小說的產生提供了充分的養料，另一方面，歷史的長河流淌至有明一代，在政治、經濟、文化等各方面為它的發育造就了良好的條件。

　　研究章回小說文體的淵源，我們無法迴避「史傳」傳統對小說的影響，從敘事的角度來說，《春秋》、《左傳》、《史記》、《資治通鑑》等優秀的史學著作同時也是傑出的敘事文學。「夫史之稱美者，以敘事為先」〔註1〕，「夫國史之美者，以敘事為工」〔註2〕，史家對敘事藝術的極度強調及其在史傳作品中的完美表現足以成為小說家們師法的楷模。數千年史傳編撰的成功經驗以及官修史書所樹立的崇高地位，在一定程度上刺激了小說家們以「集撰」、「編次」稗官野史為己任，追步史家立德立功立言的傳統。漢魏六朝以來，佛教傳入東土，不僅給古人帶來了豐盛的精神食糧，而且給文學的發展造成了不可估摸的衝擊。佛教經典以循循善誘、娓娓道來的敘述方式廣傳佛法，極大地推動了古代中國口頭文學與書面文學的進步，無論是虛幻無邊的文學想像還是中規中矩的敘事程序，章回小說都受惠良多。宋元時期，說話藝術空前鼎盛，「雖有四家數，各有門庭」〔註3〕，說書人博聞強記，本領高

---

〔註1〕　（唐）劉知幾《史通通釋・內篇敘事第二十二》，（清）浦起龍釋，中華書局
　　　　　1978年版，第165頁。
〔註2〕　（唐）劉知幾《史通通釋・內篇敘事第二十二》，（清）浦起龍釋，中華書局
　　　　　1978年版，第168頁。
〔註3〕　（宋）吳自牧《夢粱錄》，商務印書館1939年版，第194頁。

超，「非庸常淺識之流，有博覽該通之理」，「說收拾尋常有百萬套，談話頭動輒是數千回」。〔註4〕說書人所用的底本或稱話本，早期出自書會才人之手，後來文人模擬話本的體制創作，遂完成了從口頭文學向書面文學的轉變。說話藝術爲章回小說培養了潛在的讀者群體（「看官」），使得作者習慣於在小說中設置虛擬的說書情境，作者人在書房，卻似置身書場，形成了章回小說獨特的敘說方式；說話四家以題材爲別，此種分類方式對章回小說的類型辨析亦深有影響，章回小說的四種類型與說話的四大家數存在大致相同的對應關係。「論才詞有歐、蘇、黃、陳佳句；說古詩是李、杜、韓、柳篇章」〔註5〕，說書人在講說故事時大量引用詩詞歌賦，有其敘事抒情的需要，也有炫才逞學的表現，但這種花樣功夫對章回小說從俗趨雅、雅俗交融的轉變不無意義。雖然作者才學識養不同，小說中詩詞歌賦有俚俗與典雅之別，然而作者用意莫不以此爲修飾點綴，拉擡「小道」之小說的身價，向「正宗」之詩文靠攏。

　　研究章回小說文體的淵源，我們同樣無法繞開特定的時代背景。文體興衰與時代更替之間的關係，前人論述備矣，「文變染乎世情，興廢繫乎時序」〔註6〕，「夫文章體制，與時因革。時世既殊，物象即變。心隨物轉，新裁斯出」〔註7〕，文體的變化與時代的發展息息相關，時代的變革可以促成文體的革新，文體的演變也必須適應時代發展的需要。「不同的敘述形式是與不同的現實相適應的。很明顯，我們生活的這個世界在迅速地變化著。敘述的傳統技術已不能把所有迅速出現的新關係都容納進去，其結果是出現持續的不適應，我們不能整理向我們襲來的全部信息，原因是我們缺少合適的工具。」〔註8〕明代社會的發展爲章回小說文體的產生提供了適宜的土壤，在政治氛圍、經濟狀況、文化傳統等方面爲一種新型的小說文體的發展創造了較好的條件。統治階級的文藝政策對文學的發展有很大的約束力，在總體上能規範文學前進的方向，明代統治者對「誨淫」、「誨盜」的小說作品多有禁令，但對

〔註4〕　（宋）羅燁《醉翁談錄》，古典文學出版社 1957 年版，第 3 頁。

〔註5〕　同上。

〔註6〕　（南朝・梁）劉勰《增訂文心雕龍校注・時序》，楊明照等校注，中華書局 2000 年版，第 542 頁。

〔註7〕　姚華《曲海一勺》，沈雲龍編《近代中國史料叢刊續輯》20《弗堂類稿》（一、二），文海出版社 1974 年版，第 263 頁。

〔註8〕　（法）米歇爾・布托爾《作爲探索的小說》，見柳鳴九編《新小說派研究》，中國社會出版社 1986 年版，第 90 頁。

「意主忠義而旨歸勸懲」〔註9〕、「有裨於風化者」〔註10〕即便談不上大力扶持，至少也能網開一面。明代中晚期，陽明心學流行朝野之間，成為士人追求自我解脫與自我適意之學。王學提倡心性自由、真情流露，對文學創作產生了積極影響，有助於打破體分雅俗、位列尊卑的傳統觀念，以李贄、湯顯祖、馮夢龍、公安三袁等人為代表的大批士人既是心學大家，也是文學巨子，他們從理論與創作兩個層面推動了明代章回小說文體的發展。經過明初數十年的修養生息，明代經濟有了很大發展，以占國家財政收入絕大比例的田賦收入為例：1381年，全國田賦收入26,105,251石，1385年是20,889,617石，1390年是31,607,600石，1391年是32,278,800石，1393年是32,789,900石，至1412年，來自於農業土地的稅收達創紀錄的34,612,692石，〔註11〕一時「宇內富庶，賦入盈羨，米粟自輸京師數百萬擔外，府縣倉廩蓄積甚豐，至紅腐不可食。」〔註12〕明代商業非常發達，「燕、趙、秦、晉、齊、梁、江、淮之貨，日夜商販而南；蠻海、閩廣、豫章、楚、甌越、新安之貨，日夜商販而北」〔註13〕。經濟的繁榮為章回小說的創作提供了良好的物質條件，長江流域的眾多都會既是明代經濟發展的中心，也是文化發展的重鎮，其中杭州、南京、蘇州等地便是當時主要的刻書地，偏安東南一隅的福建建陽是明代最大的章回小說生產基地，以大量質次價廉的小說作品風行全國，對章回小說文體的發展影響巨大。科舉與學校制度的創立為章回小說培養了大批的作者與讀者群體，據統計，自洪武四年辛亥（1371）首開科舉（當年錄取進士120名），至崇禎十六年癸未（1643）（當年錄取進士391名），明代共產生進士24,586名。〔註14〕至明朝末年，生員的人數也達到了50萬人，占當時人口的0.96%。〔註15〕

---

〔註 9〕　（清）清溪居士《重刊三國志演義序》，《考證古本三國志演義》，上海大眾書局1935年版。

〔註 10〕　（明）齊東野人《隋煬帝豔史凡例》，上海古籍出版社《古本小說集成》影印人瑞堂刊本。

〔註 11〕　參（美）黃仁宇《十六世紀明代中國之財政與稅收》，阿風等譯，生活·讀書·新知三聯書店2001年版，第96頁。

〔註 12〕　（清）張廷玉等《明史》，中華書局1974年版，第1895頁。

〔註 13〕　（明）李鼎《李長卿集》卷十九「借箸編」，參謝國楨《明代社會經濟史料選編》（下），福建人民出版社2004年版，第23頁。

〔註 14〕　參浙江大學陳長文2005年博士論文《明代進士登科錄研究》（未刊稿）。

〔註 15〕　（清）顧炎武《顧亭林詩文集》卷一「生員論」，華忱之點校對，中華書局1983年版。

　　章回小說文體的產生是多種合力共同作用的結果，其中單個力量的影響或許並不全面與深刻，但各種因素匯合在一起就催生了章回小說文體的產生。近年來，從外部環境探討明代章回小說創作的成果頗為豐盛，〔註16〕本文不再贅述，而將關注的重點置於文學的內部研究，從話本小說、俗講變文、史傳文學以及詩詞韻文四個方面對影響章回小說文體產生的各種因素做共時態分析。

# 第一節　話本小說對章回小說文體之影響

　　在中國古代小說文體類型體系中，話本小說與章回小說之間的血緣關係最為直接。從小說的題材類型來看，說話四家的話本與章回小說的四大類型之間存在對應關係：講史話本發展演變為歷史演義，小說話本之煙粉類發展演變為世情小說，靈怪類發展演變為神魔小說，〔註17〕傳奇、公案、樸刀、杆棒類發展演變為英雄傳奇。〔註18〕從文體形態來說，話本小說對章回小說文體的影響是全方位的，章回小說的文體形態特徵幾乎都能在話本小說中找到自己的遺傳基因，俞平伯即據「起首有楔子」、「起首有詩、結尾有詩」、「書分章回」等特徵而認為章回小說乃「話本之肖子」〔註19〕。本節擬從結構體制、敘說方式兩個方面論述話本小說對章回小說的影響。

## 一、四段式的結構體制

　　講史話本（平話）的文體形態與章回小說已經非常接近，因此有人認為《大宋宣和遺事》等平話乃章回小說之祖或章回小說的雛形。如果從小說的結構體制來說，則不管「講史」平話還是「小說」話本，都與章回小說存在傳承關係。胡士瑩將「小說」話本的結構體制分為題目、篇首、入話、頭回、正話、結尾六個部分，〔註20〕如果按照各部分的結構功能歸類，則可將篇首、入話、頭回

---

〔註16〕見陳大康《明代小說史》，上海文藝出版社2000年版。
〔註17〕《取經詩話》並非講經話本，其文體屬於「小說」範疇的「詩話」體。參胡士瑩《話本小說概論》，中華書局1980年版，第170頁。
〔註18〕參《醉翁談錄・舌耕敘引》對「小說」內容的分類及其例證。
〔註19〕俞平伯《談中國小說》，參吳福輝編《二十世紀中國小說理論資料》第三卷，北京大學出版社1997年版，第32頁。
〔註20〕胡士瑩《話本小說概論》，中華書局1980年版，第134頁。胡士瑩在論述時曾特別強調「主要就『小說』的體制，加以研究」，其實講史平話的結構體制也與之大致相同。因此本文論述話本小說對章回小說文體的影響時採用胡士瑩的說法來統稱講史平話和「小說」話本，不再做進一步的區分。

並爲一類，視爲導入部分，正文乃小說主體，這樣話本小說的結構體制實際上包括四個部分：題目、導入部分、主體部分、結尾。一部完整的章回小說也存在這四個部分，我們可以在兩種文體之間找到其中的傳承關係。

話本小說的題目是故事的主要標記，它能簡明扼要地概括所述內容。在話本小說文體的發展過程中，「題目」這一組成部分也經歷了由簡拙質樸到精緻優美的演變。「它在最初可能是短的（以人名、渾名、物名、地名等爲題）⋯⋯到了宋代，便逐漸由短名向長名演化」〔註21〕，演化的當然不僅僅是字數的增加，更重要的是題目字數增加所帶來的概括力的增強，以及隨著文人化程度提高而具有的超越實用功能之上的形式美感。宋元時期話本小說的題目大多只點明故事中的人名或物名、地名，形式多爲詞組，表現力較弱，如《寶文堂書目》著錄的《史弘肇傳》、《紅白蜘蛛記》、《山亭兒》，《京本通俗小說》著錄的《碾玉觀音》、《菩薩蠻》、《拗相公》等便是如此。明清時期話本小說的題目發生了顯著的變化，在內容上能概括小說的故事情節，在形式上多以時興的七、八言句式爲主，比之宋元時期發生了質的飛躍。如上述《寶文堂書目》著錄的三篇話本，經過明人改編，其題目已經分別變成《史弘肇龍虎風雲會》（《喻世明言》卷15）、《鄭節使立功神臂弓》（《醒世恒言》卷31）、《萬繡娘仇報山亭兒》（《警世通言》卷37）。

話本小說題目的設置直接影響到章回小說回目的設置，並且隨著章回小說文體的發展，回目的演變同樣經歷了由簡拙質樸到精緻優美的過程。說話四家中的小說，篇幅一般比較短小，說話人「能講一朝一代故事，頃刻間捏合」〔註22〕，但有時也有分回講述的必要，如《西山一窟鬼》可以分做十多回，《錯認屍》從每段的起首詩和結尾詩來看，也可分做十回。《陳巡檢梅嶺失妻記》每逢用「正是」之處，便是一個段落結束之時，其中偶爾也可見「未知後事如何」之類的句子。《張生彩鸞燈傳》中有「未知久後成得夫婦也不？且看下回分解」、《薛錄事魚服證仙》中也有「看官們牢記下這個話頭，待下回表白」這類分回的標誌。只不過「小說」話本雖然分回，卻很少另立回目，全書共用一個題目。在篇幅較長的講史話本中，分回講述的痕跡就更爲明顯，而且各回另有小標題，也即每一節故事的題目。《三國志平話》中有「三戰呂布」、「關公刺顏良」、「三謁諸葛」等數十條陰文標目，《樂毅圖齊七國春秋平

---

〔註21〕胡士瑩《話本小說概論》，中華書局1980年版，第134頁。
〔註22〕（宋）吳自牧《夢粱錄》，商務印書館1939年版，第194頁。

話》中也有「孟子至齊」、「燕國立昭王」等數十條陰文標目，士禮居刻板《宣和遺事》卷首有「歷代君王荒淫之失」、「秦檜定都臨安」等 293 條目錄，頌芬室影刻本《唐史平話》卷首有「論沙陀本末」、「廢帝自焚死」等 107 條目錄。當講史平話發展成爲章回小說時，分回標目的體制也被繼承。以《三國演義》爲例：羅貫中在《三國志平話》的基礎上「據正史、採小說」編撰而成《三國志通俗演義》，因此《演義》的結構體例受《平話》影響非常深刻，全書分爲 240 則，每則有一小標題，如「虎牢關三戰呂布」、「雲長策馬刺顏良」、「劉玄德三顧茅廬」等。從《平話》與《演義》中相對應的三條回目可以看出，講史平話的回目設置較爲隨意，字數不統一，格式也不規整。章回小說回目的設置相對而言要整齊統一，作者有意形成整飭的形式美感，每個回目都是七言單句，能夠較好地概括該節故事的內容。隨著文人參與章回小說創作熱情的高漲以及章回小說文體形式的成熟定型，章回小說回目的設置也由最初的注重實用轉而追求精緻優美的藝術效果，回目的功能也超越了單純的概括故事情節，能給讀者帶來賞心悅目的形式美感，如羅貫中《三國志通俗演義》中的上述三則回目，在毛宗崗評本《三國演義》中已演變爲「發矯詔諸鎮應曹公，破關兵三英戰呂布」、「屯土山關公約三事，救白馬曹操解重圍」、「司馬徽再薦名士，劉玄德三顧草廬」，形式已爲七言聯句，對仗工整，涵義豐富，比《三國志通俗演義》自是進步許多，與《三國志平話》相比，相差更是不可以道里計。

話本小說的導入部分包括篇首詩詞、入話、頭回等結構成分。

話本小說通常以一首詩（或詞）或一詩一詞開頭，其「作用可以是點明主題，概括全篇大意；也可以是造成意境，烘托特定的情緒；也可以是抒發感歎，從正面或反面陪襯故事內容」〔註23〕。《清平山堂話本‧西湖三塔記》篇首云：「湖光瀲灩晴偏好，山色溟蒙雨亦奇。若把西湖比西子，淡妝濃抹也相宜。此詩乃蘇子瞻所作，單題西湖好處……」，先引蘇軾詠西湖詩《飲湖上初晴後雨》，營造意境，再由西湖美景引出所述故事。又如《喻世明言》卷八《吳保安棄家贖友》篇首云：「古人結交惟結心，今人結交惟結面。結心可以同生死，結面那堪共貧賤。……這篇詞名爲《結交行》，是末世人心險薄，結交最難。平時酒杯往來，如兄若弟，一遇虱大的事，才有些利害相關，便爾我不相顧了。……」先引七言古風一首，抒發對人心世道的看法，然後再接入主題。

〔註23〕胡士瑩《話本小說概論》，中華書局 1980 年版，第 135 頁。

「在篇首的詩（或詞）或連用幾首詩詞之後，加以解釋，然後引入正話的，叫做入話。」〔註24〕入話是對篇首詩詞的解釋或議論，它不能獨立存在，但也不可或缺。胡士瑩以《碾玉觀音》爲例詳細分析了入話在話本小說中的地位與功能，認爲「它憑藉和正話有著某一點聯繫，因而導入本事，起穿針引線的作用」〔註25〕。頭回指位於小說入話之後、正話之前，與正話內容相類或相反的故事，有「借彼形此，無中生有妙處」，對正話內容進行鋪墊、映襯、烘托，加強讀者對正話內容的理解。它可以獨立發展爲完整的話本正話，如《三國志平話》中的「司馬仲相斷獄」故事屬於頭回，但經過馮夢龍改編，成了《古今小說》卷 31 的《鬧陰司司馬貌斷獄》。有無故事情節，是區分入話與頭回的關鍵。

話本小說以篇首詩詞、入話和頭回導入故事主體，源於說書場景的需要。說書人在講述故事主體之前，一者爲了延緩時間以等待更多的聽眾，一者爲了營造有助於聽眾理解故事主題的氛圍與背景，所以恣情表現，隨意誇飾，甚至一個頭回便可講述半天。〔註26〕章回小說借鑒了話本小說在故事主體之前安排導入部分的做法，但對此作了符合書面文學特徵的改造。一般來說，章回小說的導入部分比較短小，它不一定以篇首詩詞、入話再加頭回的齊整形式出現（馮夢龍編創的幾部章回小說例外，詳見下文），比較常見的是以詩詞加解釋性議論的方式出現正文之前。明代章回小說大多數都以詩詞開頭，我們翻檢了 72 種明代章回小說，篇首有詩詞的 62 種，占 86％，可見章回小說的很好地繼承了話本小說的開頭模式。明人多以「引首」指稱章回小說的導入部分，如萬曆三十八年（1610）容與堂刊本《李卓吾先生批評忠義水滸傳》在卷首目錄前標明「引首」，有詞一首，詩兩首；崇禎元年（1628）刊本《警世陰陽夢》卷首標明「引首」，有詩一首；崇禎八年（1635）金閶萬卷樓刊本《東度記》每卷前面標明「記引」，有詞一首；崇禎十年（1643）金閶葉敬池刊本《新列國志》卷首有標明「引首」一篇議論。也有部分小說以「入

〔註24〕 胡士瑩《話本小說概論》，中華書局 1980 年版，第 136 頁。
〔註25〕 胡士瑩認爲《碾玉觀音》中從篇首的《鷓鴣天》詞起到王岩叟的詩止，其間所引用的 11 首詩詞及其解釋都屬於入話，見《話本小說概論》，中華書局 1980年版，第 137 頁。魯迅同樣引用了《碾玉觀音》爲例，但他認爲這段文字屬於頭回，見《中國小說史略》，上海古籍出版社 1998 年版，第 77 頁。兩人認識上的差異值得分析。
〔註26〕 （明）錢希言《戲瑕》卷一云明代說書人說宋江故事時「先講『攤頭』半日」。「攤頭」即故事主體之前的頭回故事。

話」指稱導入部分，如天啓四年（1624）吳興沈會極刊本《七曜平妖傳》卷
首有標明「入話」的古風、律詩各一首，天啓三年（1623）金陵九如堂刊本
《韓湘子全傳》卷首有標明「入話」的詞一首。明代章回小說中大多數的導
入部分沒有標明名目，它們以詩詞的形式出現在正文之前，或追溯歷史與往
事，或解釋、議論將要敘述的故事內容，或抒發人生感歎，渲染某種氛圍。
如嘉靖三十一年（1552）楊氏清江堂刊本《大宋中興通俗演義》卷首有長篇
古風一首，敘述自天地人三才定位、三皇五帝、夏、商、周、秦、漢、隋、
唐、五代的歷史演變，再以「卻說宋朝徽宗皇帝，大興土木，極侈窮奢，寵
用小人，誅戮大臣……」導入故事主體。又如崇禎年間刊本《新刻繡像批評
金瓶梅》第一回先以兩首詩議論繁華如夢、色欲傷人，再大談酒色財氣的種
種罪孽，然後由「說話的，爲何說此一段酒色財氣的緣故？」一段解釋導入
正文：「話說大宋徽宗皇帝政和年間，山東省東平府清河縣中，有一個風流子
弟……」。

　　話本小說的正話是小說的主體部分，導入部分所作的一切努力都是爲正
話服務。在正話中，敘述者使用韻散結合的語體模式，大致說來，敘述故事
時以散文爲主，使用「話說」、「卻說」、「且說」、「單說」等語詞標誌；描寫
場面、人物、景色時以韻文爲主，使用「正是」、「但見」、「恰似」、「怎見得」、
「有詩爲證」、「有道是」、「端的是」等語詞標誌。話本小說韻散結合的語體
模式源於書場說書，現存宋元話本中還殘留有「奉勞歌伴，先聽格律，再聽
蕪詞」、「奉勞歌伴，再和前聲」之類的記載，說書人「日得詞，念得詩，說
得話，使得砌」〔註27〕，使用說、唱、念、誦等多種表達手段，這既有說書
中應用各種韻語文體的實際需要（如故事人物使用詩詞等韻文），也有說書人
借韻散結合的語體模式來調節敘事節奏、豐富表現手法甚至炫才逞學的主觀
選擇。章回小說繼承了話本小說的語體模式，形成了韻散結合的語言風格，
除了敘事、描寫、抒情、議論的需要，章回小說中的韻文更多地是作爲提升
小說文化品味的一種手段。在小說中穿插各種詩詞韻文，一方面可以見出作
者的「詩筆」，另一方面也給讀者帶來較爲高雅的閱讀享受，文化程度較高的
作者和讀者尤其注重這一點。毛宗崗認爲《三國志通俗演義》中周靜軒等下
層文人的詩詞「俚鄙可笑」而「悉取唐宋名人作以實之」的舉動，〔註28〕胡

〔註27〕（宋）羅燁《醉翁談錄‧舌耕敘引》，古典文學出版社 1957 年版，第 5 頁。
〔註28〕（清）毛宗崗《三國志演義凡例》，齊魯書社 1991 年版。

應麟對「閩中坊賈」刊落《水滸傳》中「遊詞餘韻」的不滿，〔註29〕都體現了古代文人對章回小說中詩詞韻文的喜好與吹捧。明代章回小說中的韻文形式多樣，除了詩詞之外，還有散曲、小令、歌謠、駢文、律賦、偈贊以及押韻的頌、贊、銘、誄等各種形式的韻語文學。關於詩詞韻文對章回小說文體的影響，我們留待後文再詳加分析。

　　除了在篇首引用詩詞之外，話本小說在結尾處也多引用詩詞。這種詩詞一般出現在故事結束之後，由敘述者表達，或總結正文，或告誡聽眾。其形式或直接引用詩詞，或先作評論，再引詩詞。如《錯斬崔寧》結尾：「善惡無分總喪軀，只因戲語釀災危。勸君出語須誠實，口舌從來是禍基。」再如《志誠張主管》的結尾：「只有因小夫人生前甚有張勝的心，死後猶然相從。虧殺張勝立心至誠，到底不曾有染，所以不受禍，超然無累，如今財色迷人者紛紛皆是，如張勝者，萬中無一，有詩贊云：誰不貪財不愛淫？始終難染正心人。少年得似張主管，鬼禍人非兩不侵。」前者以詩作結，總結正文並告誡讀者；後者先發議論，再引詩詞加以強調。話本小說以詩作結的方式同樣在章回小說中得以繼承。如《東度記》結尾以一首七律總結全書，並表明作者的創作主旨：「編成一記莫言迂，借得僧家理不虛。句句冷言皆勸善，行行大義總歸儒。綱常倫理能依盡，煩誕支離任笑愚。但願清平無個事，消閒且閱這篇書。」天啓年間杭州爽閣主人刊本《禪真逸史》結尾也以一首《滿江紅》抒發了作者人生如夢、看破榮辱的歸隱思想。在各回的結尾，則變異為一聯詩句，以「正是……」的格式引出，內容大多是對前文的總結。

## 二、說書人聲口的敘說方式

　　本文所用的「敘說方式」概念指的是敘述者以何種身份與語氣向讀者敘述故事。話本小說脫胎於說話伎藝，敘述者極力摹擬說書人聲口，將讀者擬想為書場聽眾，因此小說中充斥著自言自語、自問自答的說書人聲口，敘述者既要向擬想中的聽眾講述故事，又要不時中斷敘述進程，假設聽眾提問，再回答問題，藉此發表自己的評論。概括起來，話本小說中的說書人聲口有以下功能：交代故事背景，如《秦並六國平話》卷上入話部分在敘述漢高祖劉邦領兵入函谷關後，有一段說書人聲口云：「這頭回且說個大略，詳細根

---

〔註29〕　（明）胡應麟《少室山房筆叢》卷四十一「莊岳委談下」，上海書店 2001 年版，第 437 頁。

源，後回便見」；介紹人物身世，如《三國志平話》卷上在介紹司馬仲相出場時敘述者以說書人聲口自問問答：「這秀才姓甚名誰？複姓司馬，字仲相……」；解釋情節中的疑問，幫助聽眾理解，如《五戒禪師私紅蓮記》敘述者介紹五戒禪師「俗姓金，法名五戒」，擔心聽眾不解其意，緊接著以自問自答的方式做了解釋：「且問：何謂五戒？第一戒者，不殺性命……此之謂五戒」；抒發感歎並發表自己的評論，引導聽眾的情感走向，如《吻頸鴛鴦會》敘述張二官之婦與人私通，被張二官殺死之後，有一段說書人聲口評論：「故知士矜才則德薄，女衒色則情放。若能如執盈，如臨深，則爲端士、淑女矣。豈不美哉？……在座看官，要備細，請看敘大略，漫聽秋山一本《刎頸鴛鴦會》」。

明代章回小說沿用了話本小說的敘說方式，除了歷史演義中因爲史官聲口的存在而沖淡了說書人聲口之外，英雄傳奇、神魔小說與世情小說中說書人聲口非常明顯。章回小說中的說書人聲口有其特定的語言標誌，除了引導開頭的「話說」、「卻說」、「且說」等外，文中還有諸如「看官聽說」、「說話的」、「有詩爲證」、「花開兩朵，各表一枝」之類的符號標記，而回末套語「欲知後事如何，且聽下回分解」更是說話伎藝在書面文學中打下的烙印——儘管章回小說是呈給讀者閱讀的書面讀物，作者仍然忘不了或者改不掉提醒讀者繼續「聽」下去的習慣。我們可以選擇幾部產生於不同時期，代表不同階段章回小說藝術成就的小說作爲個案分析說書人聲口對章回小說文體的影響。

《水滸傳》作爲世代累積型章回小說的代表，敘述者以說書人聲口敘事是順理成章的事情。早在兩宋時期，大多數的水滸故事即已成爲說書人耳熟能詳的材料，宋人羅燁《醉翁談錄》載有《石頭孫立》、《青面獸》、《花和尚》、《武行者》等「小說」故事，講史平話《大宋宣和遺事》也敘述了宋江等人反上梁山的故事。在將各種形式的水滸故事加工整理成《水滸傳》的同時，說書人慣用的敘事手段與敘說方式也得以保留下來。作爲「文人小說」，《水滸傳》離「小說」話本已經有了不小距離，除了那些已經內化爲章回小說文體形態標誌的語詞符號之外，口頭說唱的色彩淡化了許多，不過我們還是能在小說找出不少說書人聲口的例證。「智取生辰綱」一節，經驗老到的楊志最終還是未能守住生辰擔子，眼睜睜地看著一夥強人將生辰綱劫走。可這夥人到底是些什麼人？讀者急於知道答案。這時敘述者便以說書人聲口自問自答

解開了謎團:「我且問你:這七人端的是誰?不是別人,原來正是晁蓋、吳用、公孫勝、劉唐、三阮這七個」。「血濺鴛鴦樓」一節,武松翻進廚房,一刀殺死一個使女,「那一個卻待要走,兩隻腳一似釘住了的,再要叫時,口裏又似啞了的,端的是驚呆了。」這段敘述本來沒什麼疑問,想必讀者也能理解「那一個」驚呆了的原因,偏偏敘述者要以說書人聲口發表一下自己的看法:「──休道是這兩個丫環,便是說話的見了,也驚得口裏半舌不展」。說書人在情節緊張處插敘自己的評論,一方面可以延緩敘事節奏,另一方面也可以拉近同聽眾的距離,章回小説襲用了這種方法。「花榮大鬧清風寨」前夕,宋江離開清風山前往清風鎮尋找花榮,後被劉高夫人指認為強盜而被捕,這本是後話。然而敘述者在宋江剛剛啓程、尚未到底清風寨之前便說出了後文的故事:「若是說話的同時生,並肩長,攔腰抱住,把臂拖回,便不使宋江要去投奔花知寨,險些兒死無葬身之地。」這是典型的說書人聲口。說書人在一個故事結束時先透露一點下個故事的信息,再引而不發,留下懸念,無非是為了留住聽眾。《水滸傳》使用此種方式來預敘人物的遭際,以吸引讀者的注意力,目的是一樣的。

　　《金瓶梅詞話》是文人個人創作的章回小説,雖然沒有經過世代累積型的演變,但作者顯然也深受話本小説之影響,〔註30〕其中說書人聲口的大量使用便是明證。僅以一例證之:全書共使用了 45 處「看官聽說」,〔註31〕其功能或者是表達情感與觀點,或者是介紹人物背景、解釋場景安排,或者是預敘故事情節。第一回寫潘金蓮自從被張大戶嫁與武大,常常自怨自艾,敘述者乘機以說書人聲口發表了對婦人的一番見解:「看官聽說:但凡世上婦女,若自己有些顏色,所稟伶俐,配個好男子,便罷了。若是武大這般,雖好殺也未免有幾分憎嫌。自古佳人才子相湊著的少,買金偏撞不著賣金的。」第二回寫潘金蓮放簾子失手打了西門慶,兩人見面之後,敘述者介紹西門慶的身世:「看官聽說:莫不這人無有家業的?原是清河縣一個破落戶財主,就縣門前開著個生藥鋪。」說書場上人物初次登場時,說書人須向聽眾介紹其身世背景,在此回小説中,西門慶也是第一次登場亮相,因此敘述者便以說

---

〔註30〕　《清平山堂話本》中之《刎頸鴛鴦會》無論從故事情節還是構思立意都堪稱《金瓶梅》之前導。

〔註31〕　參(日)寺村政男《金瓶梅詞話中的作者介入文──「看官聽説」考》,黃霖等編譯《日本金瓶梅研究論文集》,齊魯書社 1989 年版,第 244～261 頁。

書人聲口做了介紹。第十八回寫潘金蓮挑撥西門慶與吳月娘的關係，導致西門慶遷怒月娘，敘述者借機預敘了下文的情節發展：「看官聽說：自古讒言罔行，雖君臣父子，夫婦昆弟之間，猶不能免，況朋友乎？……自是以後，西門慶與月娘尚氣，彼此覿面都不說話。……兩個都把心來冷淡了。」正是西門慶與月娘鬥氣才使潘金蓮專寵，膽大妄爲去勾引女婿陳經濟。小說在此以說書人聲口爲後文故事情節的發展埋下了伏筆。

　　考察話本小說對章回小說文體的影響，馮夢龍編創的幾部章回小說是絕佳的例證。馮夢龍以話本與擬話本小說創作高手的身份編創章回小說，在章回小說中留下了太多話本小說的痕跡，我們甚至可以認爲他根本就是在按照話本小說的編創方式創作章回小說。馮夢龍改編了署名羅貫中著的《三遂平妖傳》，不但改變了原書「首如暗中聞炮，突如其來；尾如餓時嚼臘，全無滋味」，主要人物「突然而來，杳然而去」〔註32〕等情節、結構上的諸多弊病，在小說的形式上也做了較大調整，可視爲對話本小說結構體制的回歸。馮夢龍重新創作了篇首與篇尾詩詞，使其內容與小說密切相關，與小說正文融爲一體；增加了「燈花婆婆」一節頭回故事，由獼猴精化身燈花婆婆作怪的故事引出正文中通臂白猿與白雲洞天書的故事，過渡自然巧妙。最能見出馮夢龍以話本小說創作手法創作章回小說的還是《平妖傳》中明白顯露的說書人聲口。如果說《水滸傳》、《金瓶梅》中的說書人聲口是作者（編者）尚未擺脫說唱文學影響的無意識行爲，那麼《平妖傳》中的說書人聲口則是馮夢龍有意而爲之的舉動。小說共使用了 9 次「說話的」與 12 次「看官」來強調敘述者與讀者之間是說書人與聽眾的關係，馮夢龍深知讀者最關切的事情莫過於小說的故事情節與人物的來龍去脈，因此每當情節要緊之處與人物登場之時，敘述者便以說書人聲口循循善誘，或提醒讀者注意文中的伏線（「話頭」），或以自問自答的方式解釋各種可能的疑問。如第六回對左黜的安排：「看官牢記話頭，這左黜自在劍門山下關王廟裏做道士……」，第七回對胡永兒的安排：「說話的，忘了一樁緊要關目了，那胡媚兒還不知下落，緣何不見題起？看官且莫心慌……」。除了交代人物的來龍去脈，敘述者還以說書人聲口對小說的一些情節做出解釋，如第七回：「說話的，這雲端裏的菩薩是誰？就是聖姑姑變來的。第二回書上曾說過來，他是多年狐精，變

---

〔註32〕　（明）張譽《平妖傳敘》，（明）馮夢龍《新平妖傳》，上海古籍出版社《古本小說集成》影印金閶嘉會堂刊本。

人、變佛，任他妖幻⋯⋯」；第二十回：「說話的，有一句來問：你這書第十三回上，說聖姑姑和蛋子和尚左黜三人煉法，三年方就，何等煩難，今日胡永兒變錢變米，卻恁地容易，可不前後相背了？看官有所不知，當初⋯⋯」。在增補本《平妖傳》裏，敘述者多次以說書人聲口提及自己曾在第×回書說過什麼之類的話題。表面看來，這是作者在紀錄或者摹擬說書情境中說書人與聽眾之間的對話，但實際上，這裏的「第×回書」應該指作爲書面文學的《平妖傳》而非作爲說話伎藝的說平妖故事——現實生活中的說書場上，說書人不可能要求他的聽眾能回憶起發生在若干回以前的情節，聽眾也不見得能保證每回說書都能到場，只有在整齊有序的章回小說文本中，這樣的對話才有進行的可能，因此我們可以認定馮夢龍是有意識地、自覺地使用了說書人聲口來爲小說敘事服務，這種傾向在以時事爲題材的《警世陰陽夢》中表現得更爲明顯。

明代章回小說中的說書人聲口是敘述者介入故事的一種修辭手段，敘述者籍此來解釋說明故事中有可能引起讀者疑問的任何方面，發表對人物與事件的評論並以此引導讀者的價值判斷與情感取向。當敘述者以說書人聲口介入故事時，敘事的連貫性受到破壞，在今天的讀者看來這未免有點令人掃興，但古人未必作如是觀，他們對事實本身的興趣要遠勝於關心小說結構是否嚴謹，這從張譽對《三遂平妖傳》的批評與馮夢龍對《三遂平妖傳》的改訂便可初見端倪。對小說的文體結構來說，說書人聲口的使用也並非全無用處：「且說」、「話說」、「卻說」等詞語可以使敘事的焦點在不同事件之間自由轉換；「話分兩頭」、「花開兩朵，各表一枝」是作者處理歷時態的線性時間與共時態的不同事件之矛盾的藝術手段；「但見」、「有詩爲證」導出的詩詞韻文可以調控敘事節奏，有助於形成張馳有度的敘事效果；「且聽下回分解」，在故事情節的高潮之處強行中斷敘事進程並將結果保留至下一回中，不但可以保持小說結構的勻稱與平衡，而且能造成環環相扣、「一百回是一回」〔註33〕的整體感。

---

〔註33〕（清）張竹坡《金瓶梅讀法》，（明）蘭陵笑笑生《金瓶梅》，秦脩容整理，中華書局 1998 年版。

# 第二節　俗講變文對章回小說文體之影響

　　明代章回小說近法宋元話本，遠師唐代俗講變文，如果說因其受話本小說影響最深而可稱爲「話本之肖子」，那麼俗講變文也稱得上「章回之祖禰」。對佛教經典與小說文體之間的關係，陳寅恪先生有精闢的認識。他說：「自佛教流傳中土後，印度神話故事亦隨之輸入，觀近年發現之敦煌卷子中如《維摩詰經文殊問疾品演義》諸書，益知宋代說經與近世彈詞章回體小說等多出於一源，而佛教經典之體裁與後來小說文學蓋有直接關係」，〔註34〕「雖一爲方等之聖典，一爲世俗之小說，而以文學流別言之，則爲同類之著作」〔註35〕。在具體論述俗講變文與章回小說文體之間的傳承關係時，他說：「案佛典制裁長行與偈頌相間，演說經義自然仿傚之，故爲散文與詩歌互用之體。後世衍變既久，其散文體中偶雜以詩歌者，遂成今日章回體小說。」〔註36〕唐代俗講變文對明代章回小說文體的影響是多方面的，除了陳寅恪先生所指出的「散文體中偶雜以詩歌」、韻散交錯的語體模式外，俗講伎藝「變文」與「變相」相結合的表演形式也影響了章回小說圖文結合的敘事方式，本節內容擬從這兩個方面展開論述。

## 一、韻散結合的語體模式

　　章回小說韻散結合的語體模式受俗講變文的影響，而後者又源於僧侶講唱經文的儀式與體制。〔註37〕本文擬結合章回小說文體的特點，就擇其要者而言之。

　　講唱經文，首先由都講吟誦押座文，其形式爲讚唄，以七言爲主。如《八相押座文》：

> 始從兜率降人間，先向王宮示生相，九龍齊噀香和水，爭浴蓮花葉
> 上身。聖主摩耶住後園，嬪妃採女走樂喧，魚透碧波堪賞玩，無憂
> 花色最宜觀。無憂花樹葉敷榮，夫人彼中緩步行，舉手或攀枝餘葉，
> 釋伽聖主袖中生……長成不戀世榮華，厭患深宮爲太子，捨卻金輪

〔註34〕陳寅恪《〈西遊記〉玄奘弟子故事之演變》，1929 年前中央研究院《歷史語言研究所集刊》第二本第二分。

〔註35〕同上。

〔註36〕陳寅恪《敦煌本〈維摩詰經・文殊師利問疾品〉演義跋》，1930 年前中央研究院《歷史語言研究所集刊》第二本第一分。

〔註37〕講唱經文之體，孫楷第先生論述頗爲詳盡，見《唐代俗講俗講軌範與其本之體裁》，《滄州集》（上），中華書局 1965 年版。

七寶位，夜半逾城願出家。……在聽甚深微妙法，身中佛性甚分明。一沾兩沾三沾雨，減卻衢中多少塵。一句兩句大乘經，減卻身中多少罪。我擬請佛恐人坐多時，便擬說經。願不願？願者檢心掌待著。西方還有白銀臺，四眾聽法心總開。願聞法者合掌著，都講經題唱將來！〔註38〕

又如《維摩經押座文》：

頂禮上方香積世，妙喜如來化相身。示有妻兒眷屬徒，心淨常修於梵行。智力神通難可測，手搖日月動須彌。（念菩薩佛子）我佛如來在菴園，宣說甚深普集教；長者身心歡喜了，持其寶蓋詣如來。（念菩薩佛子）……居士維摩眾中尊，十德圓明人所重，親近無邊三世佛，故號維摩長者身。（佛子）……今晨擬說甚深文，惟願慈悲來至此，聽眾聞淨罪消滅，總證菩提法寶身。火宅茫茫何日休，五欲終朝生死苦，（重述）不似聽經求解脫，學佛修行能不能？能者虔恭合掌著，經題名目唱將來！〔註39〕

從上述引文可知，押座文的作用有兩個方面。一是向聽眾簡要介紹將要敘述的內容及人物身世，如《八相押座文》對釋伽聖主的介紹，《維摩經押座文》對維摩居士的介紹；二是告誡聽眾要想解脫痛苦，消滅罪孽，就得靜心聽講，學佛修行。押座文這種性質，很容易讓人聯想到《西遊記》第一回開頭的那首詩：

混濁未分天地亂，茫茫渺渺無人見。自從盤古破鴻蒙，開闢從茲清濁辨。覆載群生仰至仁，發明萬物皆成善。欲知造化會元功，須看西遊釋厄傳。

與此相同的還有《東遊記》卷首：

讀罷殘編細品論，看來世事未全均。蹠分有壽顏分天，崇也繁華範也貧。自信光陰為過客，常思富貴等浮雲。人生適意須行樂，且看東遊呂洞賓。

明代章回小說篇首詩詞無疑深受俗講變文中押座文之影響，敘述者以詩詞的形式或介紹故事背景，點明主旨大意，渲染氛圍；或抒發內心感慨，表達一己之見，寓意勸懲。部分篇首詩詞還會呼喚讀者進行閱讀，以實現小說的教化目的，表現了作者強烈的主體意識，如《西遊記》提醒讀者「須看西

---

〔註38〕王重民等編《敦煌變文集》，人民文學出版社1984年版，第823～826頁。
〔註39〕王重民等編《敦煌變文集》，人民文學出版社1984年版，第829～831頁。

遊釋厄傳」,《東遊記》提醒讀者「且看東遊呂洞賓」。明代章回小說中類似的篇首詩詞尚有不少,如《東度記》:「大道原明徹,邪魔擾世緣。莫昧菩提樹,須開寶葉蓮。五倫同此理,三省即先賢。克復工須易,予欲又何言!」以及《封神演義》第一回開頭的長篇古風:「混濁初分盤古先,太極兩儀四象懸。子天丑地人寅出,避除獸患有巢賢。……三十一世傳殷紂,商家脈絡如斷弦,紊亂朝綱如絕倫紀,殺妻誅子信讒言。……天挺人賢號尚父,封神壇上列花箋,大小英靈尊位次,商周演義古今傳。」這些都是俗講變文之押座文在章回小說中的回響。

　　正說是講唱經文的主體部分。正說時先由都講摘誦經文,謂之「唱經」,次由法師就經文解說,再由梵唄吟詞偈,如是者循環往復,直至講唱完畢。法師解說經文,用散文說白;梵唄吟詞偈,用韻文念白,其形式短者多七言八句,略同律詩,長者每句八字或九字不等,有類古風歌行。隨著唱經——解說——吟詞三節迴環,遂形成了韻文——散文交錯的表現形式。俗講變文繼承了這種表現形式,形成了韻散交錯的語體模式,敘述者先以散文說白,再雜以韻文念誦。如《伍子胥變文》:

> ……船人曰:「子至吳國,入於都市,泥塗其面,披髮獐狂,東西馳走,大哭三聲。」子胥曰:「此法幸願解之」。船人答曰:「泥塗其面者外濁內清;……」子胥蒙他教示,遂即拜謝魚人。慮恐楚使相逢,不得久停,至岸即發。哽咽聲嘶,由(尤)如四鳥分飛,狀若三荊離別。遂別魚人南行,眷戀之情,悲傷不已。回頭遙望,忽見魚人覆舟而死。子胥愧荷魚人,哽咽悲啼不已,遂作悲歌而歎曰:
>
> 「大江水兮淼無邊,雲與水兮相接連;痛兮痛兮難可忍,苦兮苦兮冤復冤。自古人情有離別,生死富貴總關天。先生恨胥何勿事?遂向江中而覆船。波浪舟兮浮沒沉,唱冤枉兮痛切深,一寸愁腸似刀割,途中不禁淚沾襟。望吳邦兮不可到,思帝鄉兮懷恨深,倘值明主得遷達,施展英雄一片心。」〔註40〕

又如《目連變文》:

> 昔佛在日,摩竭國中有大長者,名拘離陁。其家巨富,財寶無論,於三寶有信重之心,向十善起精崇之志。宮中夫人,號曰靖(青)

---

〔註40〕王重民等編《敦煌變文集》(上集),人民文學出版社 1984 年版,第 15 頁。

提，端正雖世上無雙，慳貪又欺誑佛法。生育一子，號曰目連，塵
劫而深種善因，承事於恒沙諸佛。……母生慳吝之心，不肯設齋布
施，到後目連父母壽盡，各取命終。父承善力而生天，母招慳報墮
地獄。或值刀山劍樹，穿穴五藏而分離；或招爐炭灰河，燒炙碎塵
於四體。……當爾之時，有何言語？

目連父母並凶亡，輪迴六道各分張。母招惡報墮地獄，父承善力上
天堂。思衣羅繡千重現，思食珍饈百味香。足躡庭臺七寶地，身倚
帷悵白銀床。冥間母受多般苦，穿刺燒承不可量。鐵磑磑來身粉碎，
鐵叉叉得血汪汪。饑喰孟火傷喉胃，渴飲鎔銅損肝脹（腸）。錢財豈
無隨己益，不救三塗地獄殃。〔註41〕

在俗講變文中，韻文的作用主要有兩種：一種配合散文敘事，以詩詞歌曲的
方式抒發感慨，發表議論，描述場面、情節或人物，如上引《伍子胥變文》
的那一段；另一種僅爲詠歎之用，以韻文形式將前面散文敘述的內容重複一
遍，其目的或爲加深聽眾印象，方便記憶，如上引《目連變文》的那一段。
就韻文的使用情況來看，也大致可以分爲兩種類型：一種出自敘述者之口，
是敘述者講述故事的手段；另一種出自人物之口，是人物代言的工具。在具
體的使用過程中，有時二者分開表述，可以明顯辨別何處爲敘述者使用，何
處爲人物使用，如《伍子胥變文》中敘述者用以描述環境、場面的韻文與伍
子胥抒發內心感慨的韻文就容易區分；有時則混合一起，需要結合韻文的語
氣、內容等特徵加以分辨，如《李陵變文》中大多數韻文中既有敘述者對情
節與場面的描述，也包含李陵的內心獨白，二者之間缺乏必要的過渡與銜接。

　　俗講變文中韻文與散文交錯使用的方式影響了章回小說中韻散交錯的語
體模式的形成。一般來說，俗講變文中韻文與散文交接之處多有轉換標誌，
或稱「引端」的詞語，如「若爲」、「若爲陳說」、「云云」、「詩云」、「於爾之
時，有何言語？」等，這種「引端」發展到章回小說中，便成了「恰似」、「但
見」、「怎見得？」、「畢竟如何？」、「有詩爲證」、「詩云」、「有道是」等等之
類的引導語詞。敘述者在散文說白之後，再以引導語詞導出一段韻文，是章
回小說韻散交錯最爲常見的形式。如《西遊記》第一回寫美猴王至西牛賀洲
尋找神仙，便以散文敘述與韻文描述相結合，其中對景物、人物與場面的描

---

〔註41〕王重民等編《敦煌變文集》（下集），人民文學出版社1984年版，第756～757
　　　　頁。

述使用韻文：先以「果然是座好山——」引出一段韻文描述山的風景奇特，再以「歌曰——」引出一段韻文讚揚樵夫的恬淡自適，又以「但看他打扮非常——」引出一段韻文描述樵夫的外表形象；到了「斜月三星洞」，又以「但見——」引出一段韻文描述洞府「真個賽天堂」，接下來又以「但見——」引出韻文描述仙童的外貌，以「果然是——」引出韻文描述須菩提祖師的外貌，之後才是正式拜師學法。鄭振鐸曾說：「我很疑心，後來小説裏的四六言的對偶文學來形容宮殿、美人、戰士、風景以及其他事物，其來源恐怕便是從『變文』這個方面的成就承受而來的。」〔註42〕這種推測完全是正確的，在俗講變文裏有他的根據，試以《維摩詰經講經文》中對魔女的描寫爲例：「……其魔女者，一個個如花菡萏，一人人似玉無殊。身柔軟兮新下巫山，貌娉婷兮才離仙洞。盡帶桃花之臉，皆分柳葉之眉。徐行時若風颭芙蓉，緩步處似水搖蓮亞。朱唇旖旎，能赤能紅；雪齒齊平，能白能淨。輕羅拭體，吐異種之馨香；薄穀掛身，曳殊常之翠彩。」〔註43〕這不禁讓人聯想到《金瓶梅》中對潘金蓮的描寫，《紅樓夢》中對林黛玉的描寫，尤其是寫林黛玉的「閑靜時如嬌花照水，行動處似弱柳扶風」兩句，與寫魔女的「徐行時若風颭芙蓉，緩步處似水搖蓮亞」從句式到內容竟是何等的神似！

## 二、圖文結合的敘事方式

唐代俗講變文是與變相結合使用的。關於變文與變相的涵義及其間的關係，前人已有明確的解釋。「蓋人物事跡以文字描寫之則謂之變文，省稱曰變；以圖像描寫則謂之變相，省稱亦曰變」〔註44〕，「變文與變相圖的含義是同一的，不過表現的方法不同，一個是文辭的，一個繪畫的。以繪畫爲空間的表現的是變相圖，以口語式文辭爲時間展開的是變文」〔註45〕。僧侶講唱經文的地點最初都是在寺院裏，變相圖畫在佛教寺院的牆壁上，唐代兩京寺院的牆壁上就有吳道子等人畫的壁畫如《地獄變》、《降魔變》、《目連變》、《維摩詰經》諸經變相圖。後來隨著俗講場所從寺院轉移至市井間，僧侶們便請人

---

〔註42〕鄭振鐸《中國俗文學史》，東方出版中心1996年版，第158頁。

〔註43〕王重民等編《敦煌變文集》，人民文學出版社1984年版，第620頁。

〔註44〕孫楷第《唐代俗講軌範與其本之體裁》，《滄州集》（上集）中華書局1965年版，第65頁。

〔註45〕傅芸子《俗講新考》，周紹良等編《敦煌變文論文錄》（上冊），上海古籍出版社1982年版，第154頁。

將變相圖畫在紙上，於是就有了可以攜帶的畫卷，俗講僧人以「鋪」作爲稱呼變相畫卷的量詞，「一鋪」即「一卷」。在《王昭君變文》中，敘述者於「莫怪適下頻下淚，都爲殘雲度嶺西」詩句後云：「上卷立鋪畢，此入下卷」〔註46〕，《漢將王陵變》也有「從此一鋪，便是變初」〔註47〕的提示語言。

變文與變相的密切關係可分別在變文與變相中找到明證。

先以變相爲例。現存敦煌西千佛洞第十窟東壁的《祇園記圖》以連環圖畫的形式敘述了給孤獨長者以黃金布地買祇陀太子園以及外道六師與舍利弗鬥法兩個故事，全圖由十一幅情節相連的圖像組成。第一幅表現須達告別釋迦牟尼與舍利弗往舍衛國選地建精舍。畫上作二人向釋伽跪拜，須達身後有侍者二人。畫中題榜稱：「須達長者辭佛□（將）向舍衛國□精舍，佛□舍利弗共□建造精舍，辭佛之時。」第二幅畫敘述二人走向南去，前有光頭者爲舍利弗，後爲須達，畫上題榜稱：「須達長者共舍利弗向舍衛國，爲佛造立精舍，□□行……。」第三幅畫被煙燻已不可辨。第四幅畫描述須達與舍利弗對話之狀，僅殘留須達與侍者。題榜稱：「須達長者□□□太子□園，佛□□□舍利弗□□時。」從第五幅畫起就是勞度差與舍利弗鬥法，圖中一樹被風吹得搖搖欲倒。題榜稱：「勞度差化作大樹，舍利弗化作□風吹時。」每一幅圖畫都表示一段故事情節，上面有文字略爲陳述。〔註48〕在《祇園記圖》裏，圖像是主要的敘事手段，文字起補充說明的作用。變文與變相以這樣的方式結合是由特定場合決定的，在寺院與洞穴中的牆壁上表現佛教故事，空間十分有限，僧侶們盡可能地將故事的主要人物以及情節梗概以圖畫的方式形象直觀地呈現出來，而將詳盡演說細枝末節的任務留給言語表達來完成。在以紙質爲媒介的文本形式中，變文與變相的結合方式就發生了細微的改變，文字所佔的比例有所增大，能夠與變相平分秋色甚而至於佔據主導地位，變相成了一種輔助手段。如法國巴黎藏伯字 4524 號一卷《降魔變》，與敦煌壁畫《祇園記圖》表現的是同一內容，僧侶們將不同情節的故事分別繪在長卷上，正面爲變文六段，紙背有變相六幅，變文與變相敘述的情節相呼應。

---

〔註46〕《王昭君變文》，王重民等人編《敦煌變文集》，人民文學出版社 1984 年版，第 100 頁。

〔註47〕《漢將王陵變》，王重民等人編《敦煌變文集》，人民文學出版社 1984 年版，第 36 頁。

〔註48〕參金維諾《敦煌壁畫〈祇園記圖〉考》，周紹良等編《敦煌變文論文錄》，上海古籍出版社 1982 年版，第 341～352 頁。

再以變文為例。有足夠的證據表明,現存變文大多數實際上是與變相配合使用的。除了前面提及的「上卷立鋪畢,此入下卷」、「從此一鋪,便是變初」之類提示前後轉換的語句外,我們還可以在變文中間找出許多表明變相存在的例證。從變文中韻文的使用情況來看,在情節緊張、關鍵之處或遇到重要的場面時,一般用韻文來描述,這時敘述者會提醒觀眾注意這一情節或場面,通常以「××處,若為陳說」的格式表示。《漢將王陵變》第一段敘述王陵與灌嬰二將請命「擬往楚家斫營」,散文說白之後便是一段韻文描寫王陵與灌嬰的對話,在韻文之前有一句話作為提示:「二將辭王,便往斫營處,從此一鋪,便是變初。」「二將辭王,便往斫營處」提醒觀眾這是後面韻文所描述的場面,也是這幅變相的標題;「從此一鋪,便是變初」表明這一場面是第一幅變相的內容。第二段敘述「二將斫營」的經過,有一段韻文描寫了斫營時的慘烈場景,這幅變相的標題便為「二將斫營處」。第三段敘述斫營歸來,敘述者以「而為轉說」引出後面韻文,所謂「轉說」,當指敘述者(俗講僧)用言語轉述圖畫的內容。第四段敘述楚將鍾離末前往王陵住處捉拿王陵,路遇王陵之妻,陵妻歸告陵母,鍾離末與陵之妻、母的交鋒用韻文表述,這幅變相便以「(新婦)斂袂堂前,說其本情處」標題。此後的四段韻文前面也分別有「若為陳說」、「而為轉說」這樣的提示語,這些都是敘述者參照變相演說情節、場面的標誌。在《李陵變文》中,我們也可以發現類似的變相標題,如「李陵共單于火中戰處」、「李陵共單于鬥戰第三陣處」、「李陵共兵士別處」、「李陵降服處」、「(武帝)誅陵老母處」、「(陵)將侍從迎(漢使)處」等等。在《王昭君變文》中,也有「(昭君)榮拜號作胭脂貴氏處」、「(胭脂)指天歎帝鄉而曰處」、「明妃遂作遺言,略敘生平,留將死處」、「(單于)哭明妃處」、「(單于)葬昭君處」、「(漢使)宣哀帝問,遂出祭詞處」等等,《大目乾連冥間救母變文》中也有「看目連深山坐禪之處」、「目連向前問其事由之處」、「門官引入見大王,問目連事之處」等語句,其中「看目連深山坐禪之處」更是明白無誤地表明這是變相的標題,所以提醒觀眾要「看」。

俗講變文使用圖像與文字相結合,並以韻文描述圖畫內容的手段對章回小說圖文結合的敘事方式產生了影響。早在被稱為「章回小說雛形」、「章回小說之祖」的長篇話本《大唐三藏法師取經詩話》中便以出現了諸如「行程遇猴行者處第二」、「入大梵天王宮第三」、「入香山寺第四」等標題,這些語句都是每個故事的題目,其來源則當是每幅圖畫的標題。敘述者依據圖畫演

說，每幅圖畫自成一段故事，用文字紀錄下來便成了分節的長篇話本。或許此時的圖畫如同俗講中的變相一樣，與文字內容尚處於分離狀態，因此不易保存並流傳。後來書坊主發明了一個方法，將圖像與文字印刷在一塊，書本的上半頁是圖畫，下半頁是文字，這樣圖像與文字就緊密地結合在一起了，元至治年間建安虞氏書坊所刊《全相平話五種》便採取這樣的方式，每頁書的上部三分之一爲圖畫，下部三分之二爲文字，文字內容是對圖畫的詳盡演說，而每幅圖畫也配有簡要的標題，以概括故事內容。受其影響，明代章回小說普遍採取了圖像與文字相結合的敘事方式，就圖像的使用情況而言，主要有三種類型：單面方式（如清江堂刊本《大宋中興通俗演義》）、雙面連式（如萃慶堂刊本《鐵樹記》）、上圖下文式（如三臺館刊本《新刊按鑒演義全像唐書志傳》），各種類型的圖畫與文字結合的程度不同，所產生的敘事效果也大有差別。在章回小說中，每當有重要場面或情節出現之時，敘述者總要以「但見」、「怎見得」、「有道是」、「有篇言語，單說××的好處」之類的引導語詞或句子引出韻文描寫，這種套路應當是受俗講僧用文字演說圖像的方式之影響所致，儘管敘述者眼前並無圖畫存在，但他盡可設想，摹擬情境，以文字表述心中的幻象。關於圖文結合的敘事方式與明代章回小說文體的關係，我們擬留待後文再作詳細的論述。

## 第三節　史傳文學對章回小說文體之影響

中國古代小說文體的產生與發展跟悠久的史傳傳統密切相關。先秦時期的史學著述中已孕育著古代小說的文體要素，章太炎以爲「周秦西漢之小說，似與近世不同，如《周考》七十六篇，《青史子》五十七篇……與近世雜史相類。」〔註49〕按《周考》「考周事也」，《青史子》「古史官記事也」，〔註50〕都屬於史學著述，班固歸之於「小說家」類，其「小說」認定雖「與近世不同」，但也可以見出其中的小說文體因素。漢魏六朝時期，志人、志怪的雜傳盛行，劉知幾《史通‧雜述篇》將其分爲「逸事」（如《西京雜記》）、「瑣言」（如《世說新語》）、「雜記」（如《搜神記》）三類，即後世所言筆記體小說，其產生是摹擬史傳創作的結果。程千帆指出：「西漢之末，雜傳漸興，魏晉以來，斯風

---

〔註49〕章太炎《諸子學略說》，《國粹學報》1906 年第 21 期。
〔註50〕（漢）班固《漢書‧藝文志》，中華書局 1962 年版，第 1744 頁。

尤甚,方於正史,若驂隨斬。其體實上承史公列傳之法,下啟唐人小說之風,乃傳記之重要發展也。」〔註51〕李劍國也以大量事實證明「志怪小說乃史乘之支流」。〔註52〕不僅筆記體小說如此,唐以來傳奇體小說的源頭也應該追溯至史傳文學。馬端臨《文獻通考》認為「傳記之作……而通之於小說」,並把《越絕書》等稱為「實雜史而以為小說者」。〔註53〕唐傳奇多以「記」、「傳」等命名,如《古鏡記》、《枕中記》、《秦夢記》、《長恨歌傳》、《補江總白猿傳》、《東城老父傳》等,此舉也當受《左傳》、《史記》等史傳經典之影響。元末明初以來,章回小說文體初興,託史以演義成了早期章回小說創作方式的最佳選擇,夏志清指出:「在長篇小說的形成階段,演義體的事實敘述顯然佔有優勢,而其他類型的小說至少也託名為歷史。因此,僅次於說書人,歷史家們為中國小說的創造提供了最重要的文學背景。小說家在小說的藝術尚未十分圓熟之前,就依靠各代的歷史所提供的取用不竭的人物與故事,這些人物與故事的真實性,即便是在極少藝術性的枯燥敘述裏也會呈現出來。」〔註54〕夏志清較好地解釋了明代章回小說尤其是歷史演義的題材來源,這是明代章回小說與史傳文學關係的一個重要方面,但另一方面,即明代章回小說為何以及如何「託名為歷史」的問題,他沒有進一步展開論述。本節擬將對上述問題做出較為詳細的分析。

## 一、虛構與敘事:史傳文學與明代章回小說互通的基點

中國古代小說文體何以能在史傳文學中孕育成熟並最終走向獨立?對這個問題的探討是瞭解明代章回小說文體為何以及如何從史傳傳統中汲取養分的前提。我們認為,虛構與敘事是史傳文學與小說文體共同的特徵,以此為基點,明代章回小說找到了自己理想的模仿對象,史傳文學在選取並組織材料方面,在刻畫人物形象、編織故事情節等方面均能給章回小說非常貼近的啟發。

毫無疑問,史學著述以對歷史事件的真實記載為使命,講究實錄是良史之才的首要條件,歷代史家均以撰寫信史作為自己追求的目標。漢代班固認為《史

---

〔註51〕 程千帆《先唐文學源流論略》(之四),《武漢師範學院學報》1981年第4期。

〔註52〕 李劍國《唐前志怪小說史》,南開大學出版社1984年版,第75頁。

〔註53〕 (元)馬端臨《文獻通考》卷一九五「經籍考二十二」,中華書局1986年版,第1647頁。

〔註54〕 (美)夏志清《中國古典小說史論》,胡益民等譯,江西人民出版社2001年版,第10頁。

記》「其文直，其事核，不虛美，不隱惡，故謂之實錄」〔註55〕，唐代李肇稱「言報應，敘鬼神，徵夢卜，近帷箔，悉去之；紀事實，探物理，辨疑惑，示勸誠，採風俗，助談笑，則書之」〔註56〕，宋人吳縝認爲「有是事而如是書，斯謂事實」〔註57〕，清人錢大昕也以爲「惟有實事求是，護惜古人之苦心，可與海內共白」〔註58〕。然而如何想是一回事，怎麼做又是另外一回事。在具體的採撰過程中，能否「書法無隱」、「據史實錄」，往往因受主客觀條件的限制而無法得到保證。董狐、齊太史、南史氏這樣爲了堅持「書法無隱」的撰史原則而甘願以身殉職的史官畢竟並不多見，遑論那些因客觀條件的制約而無法反映事實眞相的記載。劉知幾《史通·採撰》曾尖銳地批評歷代史傳著述中的失實之處，如嵇康《高士傳》「好聚七國寓言」、皇甫謐《帝王紀》「多採《六經》圖讖」，范曄《後漢書》「朱紫不別」，沈約《宋書》「好誣先代」、魏收《魏書》「黨附北朝，尤苦南國」，唐修《晉書》以「詼諧小辯」或「神鬼怪物」入史，甚至連孔子《春秋》也有多有「未諭」和「虛美」處，或「爲賢者諱」，或「眞僞莫辨，是否相亂」。〔註59〕個中原因，劉勰從史家的創作心理做出解釋，他說：「蓋文疑則闕，貴信史也。然俗皆愛奇，莫顧實理。傳聞而欲偉其事，錄遠而欲詳其跡，於是棄同即異，穿鑿旁說，舊史所無，我書則傳，此訛濫之本源，而述遠之巨蠹也。」〔註60〕「俗皆愛奇，莫顧實理」道出了史家在編撰史傳時存在有意杜撰的秘密，而錢鍾書從史家的創作方式做出的解釋更容易使人明白爲何史傳著述中多有虛構的事實。他說：「史家追敘眞人實事，每須遙體人情，懸想事勢，設身局中，潛心腔內，忖之度之，以揣以摩，庶幾入情合理。蓋與小說、院本之臆造人物、虛構境地，不盡同而可與相通。」〔註61〕既然史家之「臆造人物、虛構境地」與小說相通，那麼史家在編撰史傳時無意識地將歷史當作小說來寫或者摻入小說的文體因素就是順理成章的事情。美國新歷史主義的代表人物海登·懷特解釋了歷史學家是如何將史傳寫成小說那樣的現象，他說：「在

---

〔註55〕（漢）班固《〈漢書·司馬遷傳〉贊》，中華書局1962年版，第2738頁。

〔註56〕（唐）李肇《唐國史補·序》，上海古籍出版社1979年版，第3頁。

〔註57〕（宋）吳縝《四部叢刊三編·史部·新唐書糾謬·序》，上海書店1935年版。

〔註58〕（清）錢大昕《廿二史考異·序》，商務印書館1937年版。

〔註59〕（唐）劉知幾《史通通釋·內篇·採撰第十五》，（清）浦起龍釋，中華書局1978年版，第115～116頁。

〔註60〕（南朝·梁）劉勰《增訂文心雕龍校注·史傳》，楊明照等校注，中華書局2000年版，第207頁。

〔註61〕錢鍾書《管錐編·左傳正義》，中華書局1986年版，第166頁。

從檔案研究過渡到話語的構建並向書寫形式轉化的過程中，歷史學家必須運用富有想像力的作家所使用的那種同樣的語言比喻化策略，從而給他們的話語賦予那種潛在的、派生的、或內涵性（connotative）的意義」，「正是歷史話語通常產生的這種闡釋，使事件獲得了在敘述性虛構作品中所見到的那種情節結構形式上的一致性」，並因此「轉化爲一個具有可辨認的開頭、中部和結尾三階段的故事」，這樣，歷史與小說之間就存在一種天然的聯繫，即「歷史話語運用了文學虛構作品中最純粹形式出現的意義——生產結構」。〔註62〕相應地，法國學者保爾·利科向我們證明了讀者同樣可以將史傳當作小說來讀的心理基礎，他說：

> 一部史書能被讀爲小說。這樣做時，我們加入閱讀的契約，並共享該條約所創立的敘事的聲音與隱含的讀者之間的共謀關係。根據這個條約，讀者放鬆了警惕。種種懷疑被心甘情願地懸置起來。信任起著支配作用。讀者準備特許歷史學家一種過分的權利去洞悉別人的內心。以這種權利爲名，古代歷史學家毫不猶豫地在其筆下英雄人物的嘴裏放進杜撰出來的話語，而文獻資料並未保證這些話語，只是使它顯得更爲合情合理罷了。現代歷史學家不再允許自己進行這些異想天開的侵犯，異想天開是就該詞的嚴格意義而說的。不過，當他們力求重新實行，也就是說，重新思考對於目的和方法的某種估量時，仍然在更爲洞察入微的形式中求助小說的天才。那麼，歷史學家就不再被禁止去「描繪」某種情境，「表達」某種思想的演變，或者賦予它某種內心話語的「生氣」。〔註63〕

上面我們從作者創作與讀者接受兩個方面分析了史傳中的虛構因素，接下來探討史傳的敘事特徵。中國史學批評傳統向來把「善序事」（「善敘事」）作爲「良史之才」的一個重要標準：「夫史之稱美者，以敘事爲先」，「夫國史之美者，以敘事爲工」。〔註64〕班彪認爲司馬遷「善述序事理，辯而不華，質

---

〔註62〕（美）海登·懷特《「描繪逝去時代的性質」：文學理論與歷史寫作》，參（美）拉爾夫·科恩主編《文學理論的未來》中譯本，中國社會科學出版社 1993 年版，第 53 頁。

〔註63〕（法）保爾·利科《時間與敘事》，轉引自樂黛雲、陳珏編《北美中國古典文學研究名家十年文選》，江蘇人民出版社 1996 年版，第 3 頁。

〔註64〕（唐）劉知幾《史通通釋·內篇敘事第二十二》，（清）浦起龍釋，中華書局1978 年版，第 165、168 頁。

而不野」〔註65〕；劉勰評價《春秋》「存亡幽隱，經文婉約」、《左傳》「原始要終，創爲傳體」、《史記》「雖殊古式，而得事序焉」、《漢書》「贊序弘麗，儒雅彬彬」；〔註66〕劉知幾評價《左傳》「或腴辭潤簡牘，或美句入詠歌」，「工侔造化，思涉鬼神，著述罕聞，古今卓絕」；〔註67〕翦伯贊先生也認爲《資治通鑑》「敘事則提要鈎元，行文則刪繁就簡」〔註68〕。綜觀各家評論，史傳的敘事之美主要表現在秩序、文辭和結構等方面，通俗點說，即史家如何用合適的語言將不同事件組織成爲一個整齊有序的統一體，並通過對事件的描繪來刻畫人物形象，突出人物性格。經典的史傳作品無不深諳敘事之道，不僅故事情節生動流暢，人物形象也栩栩如生。如《左傳・宣公二年》記晉靈公欲殺忠臣趙盾，先派刺客，後使猛犬；趙盾先以「恭敬」感動刺客鉏麑而免於一死，後仗屬下提彌明救助而得以全身。敘述簡明扼要，區區一百三十餘字，而場面殺機四起，情節緊張曲折，晉侯之兇險、趙盾之忠誠、鉏麑之俠義與提彌明之勇猛也躍然紙上，其藝術成就不亞於任何優秀的短篇小說。

　　探討史傳文學對明代章回小說文體的影響，我們擬從《史記》與《資治通鑑》入手。前者是紀傳體的始祖，以人繫事，人物是敘述的重點；後者是編年體的代表，以事繫時，事件是故事的中心。明代章回小說在摹擬、借鑑史傳敘事的特徵時，兼顧之中有所偏重，一般來說，歷史演義明顯偏向編年體，英雄傳奇更加倚重紀傳體，神魔小說與世情小說的痕跡則較爲模糊，大抵彼此兼容。

## 二、《史記》與明代章回小說

　　前人評價明代章回小說，總要與《史記》扯上關係。天都外臣以爲雅士之賞《水滸傳》「甚以爲太史公演義」〔註69〕，唐順之等人謂「《水滸》委曲

---

〔註65〕　（南朝・宋）范曄《後漢書・班彪傳》，（唐）李賢等注，中華書局1965年版，第1325頁。

〔註66〕　（南朝・梁）劉勰《增訂文心雕龍校注・史傳》，楊明照等校注，中華書局2000年版，第206～206頁。

〔註67〕　（唐）劉知幾《史通通釋・外篇雜說上第七》，（清）浦起龍釋，中華書局1978年版，第19頁。

〔註68〕　翦伯贊《學習司馬光編寫〈通鑑〉的精神——跋〈宋司馬光通鑑〉》，人民日報1961年6月18日，第5版。

〔註69〕　（明）天都外臣《水滸全傳序》，（元）施耐庵《水滸全傳》，人民文學出版社1954年版。

詳盡，血脈貫通，《史記》而下，便是此書」〔註70〕，金聖歎認爲「《水滸》勝似《史記》」〔註71〕，張竹坡說「《金瓶梅》是一部《史記》」〔註72〕，毛宗崗稱「《三國》敘事之佳，直與《史記》彷彿」〔註73〕，陳忱以爲《水滸後傳》「深得太史公筆法」〔註74〕。似乎沒有《史記》，不但小說家們不會寫小說，連批評家們也將失去比附的對象。對明清小說評點中的「擬史批評」現象，錢鍾書先生有精闢的見解：「明、清評點章回小說者，動以盲左、腐遷筆法相許，學士哂之。哂之誠是也，因其欲增稗史聲價而攀援正史也。然其頗悟正史稗史之意匠經營，同貫共規，泯町畦而同騎驛，則亦何可後非哉。」〔註75〕的確，除了評點家有攀附《史記》以擡高小說身價的主觀願望以外，這幾部成熟的章回小說在藝術成就上可以追步《史記》也是一個客觀事實。

司馬遷誠爲「良史之才」，但《史記》不一定屬於「信史」。如此論說並不矛盾，也絲毫沒有貶低《史傳》之史學價值與地位的意思，主要就《史記》的題材選擇方式而論，而這一點幾乎是所有史學著述的共同特徵。關於《史記》記載之不實，歷來頗有非議。劉知幾認爲《史記》「多聚舊記，時採雜言，故使覽之者事罕異聞，而語饒重出」〔註76〕；蘇轍認爲「司馬遷作《史記》，記五帝三代，不務推本《詩》、《書》、《春秋》，而以世俗雜說亂之」〔註77〕；鄭樵稱《史記》「全用舊文，間以俚語，良由採摭未備，筆削不遑」〔註78〕；王若虛稱司馬遷「採摭異聞小說，習陋傳疑，無所不有」〔註79〕；龔自珍認爲「太史公之學，

〔註70〕（明）李開先《一笑散・時調》，葉楓校訂，文學古籍刊行社 1955 年據康熙間陸貽典抄本影印。

〔註71〕（清）金聖歎《讀第五才子書法》，《第五才子書施耐庵水滸傳》，上海古籍出版社《古本小說集成》影印金閶葉瑤池刊本。

〔註72〕（清）張竹坡《金瓶梅讀法》，（明）蘭陵笑笑生《金瓶梅》，秦脩容整理，中華書局 1998 年版。

〔註73〕（清）毛宗崗《讀三國志法》，毛宗崗評本《三國演義》，齊魯書社 1991 年版。

〔註74〕（清）陳忱《水滸後傳論略》，上海古籍出版社《古本小說集成》影印紹裕堂刊本。

〔註75〕錢鍾書《管錐編・左傳正義》，中華書局 1986 年版，第 166 頁。

〔註76〕（唐）劉知幾《史通通釋・內篇六家第一》，（清）浦起龍釋，中華書局 1978 年版，第 19 頁。

〔註77〕（宋）蘇轍《穎濱遺老傳上》，《蘇轍散文全集》，今日中國出版社 1996 年版，第 242 頁。

〔註78〕（宋）鄭樵《通志・總序》，中華書局 1984 年版。

〔註79〕（金）王若虛《滹南遺老集》卷一一《史記辨惑三》，中華書局 1985 年版，第 78 頁。

在乎網羅六國放失舊聞。若夫五帝、三王事實，大都鈔襲雜書百家傳說，又往往排比失倫」〔註80〕。有意思的是，史評家緊緊揪住司馬遷選材的紕漏不放，對《史記》的歷史真實性頗有微辭，而文評家卻大加讚賞司馬遷的敘事才華，對《史記》的藝術成就深感折服。茅坤論《史記》說「……讀前段，便可識後段結按處，讀後段，便可追前段起按處。於中欲損益一句一字處，便如於匹練中抽一縷，自難下手」〔註81〕；陳文燭稱讚《史記》「長於敘事，而論贊尤奇」〔註82〕；馮班說「《史記》敘事，如水之傳器，方圓深淺，皆自然相應」、「序論形勢，指說人情，分明如畫，文亦有餘也」〔註83〕。對於「信史」來說，採撰「舊聞」、「雜記」入史傳自然不能讓史評家信服，儘管司馬遷已經作了相當詳細的考辨；但對小說而言，這些卻是極好的題材。不盡屬實的作品素材，出類拔萃的敘事能力，這些正是一個優秀的小說家，尤其是駕馭篇幅長大、內容繁複的章回小說的小說家所必須具備的條件，所以當司馬遷以卓越的敘事才華將它們加以排比鋪陳時，《史記》便成了極具文學性的小說作品，其寫人敘事的偉大成就使它成爲後世章回小說模仿的對象。

《史記》刻畫人物，非常注意人物的個性化與典型性，「同敘智者，子房有子房風姿，陳平有陳平風姿。同敘勇者，廉頗有廉頗面目，樊噲有樊噲面目。同敘刺客，豫讓之與專諸，聶政之與荊柯，才出一語，乃覺口氣各不同。《高祖本紀》，見寬仁之氣於紙上；《項羽本紀》，覺暗噁叱吒來薄人。」〔註84〕這種講究「同而不同處有辨」的藝術手段對明代章回小說當有所影響，起碼在《水滸傳》中可以找到類似的例證。金聖歎說：「《水滸》所敘，敘一百八人，人有其性情，人有其氣質，人有其形狀，人有其聲口。」〔註85〕人物個性鮮明，即便是同一類型的人物，也注意寫出其中的區別，「《水滸傳》只是寫人粗鹵處，便有許多寫法：如魯達粗鹵是性急，史進粗鹵是少年任氣，李逵粗鹵是蠻，武松粗鹵是豪傑不受羈靮，阮小七粗鹵是悲憤無說處，焦挺

〔註80〕　（清）龔自珍《龔自珍全集·論太史公古文之學》，上海人民出版社 1975 年版，第 74 頁。

〔註81〕　（宋）毛坤《史記鈔》卷首《讀史記法》，明萬曆間西吳閭氏刻本。

〔註82〕　（宋）陳文燭《二酉園文集》卷二《古文短篇序》，齊魯書社 1997 年版。

〔註83〕　（清）馮班《鈍吟雜錄》卷六、卷四，中華書局 1985 年版。

〔註84〕　（日）瀧川資言《史記會注考證》引齋滕正謙《拙堂文話》語，文學古籍刊行社 1955 年版。

〔註85〕　（清）金聖歎《水滸傳序三》，《第五才子書施耐庵水滸傳》，上海古籍出版社《古本小說集成》影印金閶葉瑤池刊本。

粗鹵是氣質不好。」〔註86〕《史記》非常善於通過緊張的矛盾衝突刻畫人物形象，突出人物性格，如《項羽本紀》「鴻門宴」一節將項羽、劉邦置於尖銳緊張的矛盾衝突中，項羽勢利強大，謀士范增蠢蠢欲動，欲借機除掉劉邦；劉邦勢單力薄，危在旦夕，幸得項伯等人相救脫險。通過戲劇化的場面描述，借助人物語言、動作使故事情節緊張刺激，人物形象鮮明生動，如項羽之有勇無謀、范增之老謀深算等均清晰可見。無獨有偶，《史記》中的「鴻門宴」故事在《三國演義》中也有翻版。嘉靖本第六十八則「玄德躍馬跳檀溪」敘述蔡瑁設宴請玄德襄陽赴會，欲借機殺死劉備，劉備在伊籍的幫助下得以逃出陷阱，整個故事與「鴻門宴」如出一轍，對立的事由、雙方出場的人物角色、結局幾乎雷同。如都以宴會爲場面精心設計，計劃的實施均因內部出現告密者而失敗，其結局自然是設宴者陰謀破產，被邀者倉惶逃命。稍有不同的是，「鴻門宴」將重心置於人物性格的刻畫，「襄陽赴會」更在意情節的出人意表，這種差別與各自的體例相關聯：紀傳體的《史記》以人物爲中心，仿編年體的《三國演義》以事件爲中心。《史記》善於通過人物語言呈現人物性格，在人物的唇吻中間展示人物形象，如《魏其武安侯列傳》敘述魏其侯竇嬰與武安侯田蚡因灌夫醉酒罵座一事而展開「廷辯」，雙方唇槍舌劍，言語之間頗具機鋒，這種場面又讓人容易聯想到《三國演義》的「諸葛亮舌戰群儒」。

《史記》善於以誇張的手法來描寫場面，在情節許可的前提下有意誇大事實真相以加深讀者印象，這種敘述方式對明代章回小說也產生了很大的影響。如《項羽本紀》「垓下之圍」一節這樣描述深陷絕境而勇猛依然的項羽：

> ……漢騎追者數千人，項王自度不得脫，……謂其騎曰：「吾爲公取彼一將」。令四面騎馳下，期山東爲三處。於是項王大呼「馳下」，漢軍皆披靡，遂斬漢一將。是時，赤泉侯爲騎將，追項王。項王嗔目叱之，赤泉侯人馬俱驚，辟易數里。〔註87〕

再看《三國演義》「張翼德大鬧長阪橋」對張飛的描寫：

> 卻說文聘引軍追趙雲至長阪橋。只見張飛倒豎虎鬚，圓睜環眼，手綽蛇矛，立馬橋上；又見橋東樹林之後，塵頭大起，疑有伏兵，便勒住馬，不敢近前。……飛乃厲聲大喝曰：「我乃燕人張翼德也！誰

〔註86〕（清）金聖歎《讀第五才子書法》，《第五才子書施耐庵水滸傳》，上海古籍出版社《古本小說集成》影印金閶葉瑤池刊本。

〔註87〕（漢）司馬遷《史記‧項羽本紀》，中華書局1998年版，第133頁。

敢與我決一死戰？」聲如巨雷，曹軍聞之，盡皆股栗。……飛望見
曹操後軍一陣腳移動，乃挺矛又喝曰：「戰又不戰，退又不退，卻是
何故！」喊聲未絕，曹操身邊夏侯傑驚得肝膽碎裂，倒撞於馬下。

操便回馬而走，於是諸軍眾將一齊望西奔走。〔註88〕

描寫英雄氣概，二者之間有太多相似。沒有直接證據能夠證明羅貫中一定參
照了《史記》的寫法，但《史記》對《三國演義》產生了影響應當無可懷疑，
至少毛宗崗看出了二者之間的關係，他說：「予嘗讀《史記》，至項羽垓下一
戰，寫項羽，寫虞姬，寫楚歌，寫九里山，寫八千子弟，寫韓信調軍，寫眾
將十面埋伏，寫烏江自刎，以為文章紀事之妙莫有奇於此者，及見《三國》
當陽、長阪之文，不覺歎龍門之復生。」〔註89〕

除了人物形象的刻畫與環境場面的描繪以外，《史記》敘事結構的安排也
是明代章回小說傚仿的部分。惠棟認為「《史記》長篇之妙，千百言如一句，
由其線索在乎，舉重若輕也」〔註90〕，說的是其條理清晰，渾然一體；毛宗崗
評本《三國演義》第一百二十回末尾在三國歸晉之後，敘述者言曰「此所謂『天
下大勢，合久必分，分久必合』者也」，與第一回開頭的「天下大勢，分久必
合，合久必分」遙相呼應，因此毛宗崗評曰：「直應轉首卷起語，真一部書如
一句。」〔註91〕《史記·魏公子列傳》「通篇以『客』起，以『客』結，最有
照應。……故以好客為主，隨路用客穿插，便成一篇絕妙佳文」〔註92〕；《第
五才子書水滸傳》第一回以洪太尉掘開石碣，放走三十六天罡星、七十二地煞
星開始，至第七十迴天降石碣，一百八位英雄排定坐次而結束，石碣在小說中
起了貫串始終的作用，因此金聖歎評曰：「一部大書七十回，以石碣起，以石
碣止，奇絕」，「蓋始之以石碣，終之以石碣者，是此書大開闔。」〔註93〕文評
家評《史記》與小說評點家評《三國演義》、《水滸傳》都強調作品敘事結構的
嚴整統一，這絕非巧合，從中可以見出《史記》對章回小說文體的影響。

總之，《史記》對明代章回小說的影響是相當深遠的，這種影響不止是其

---

〔註88〕　（清）毛宗崗評本《三國演義》，齊魯書社 1991 年版。
〔註89〕　（清）毛宗崗評本《三國演義》第四十一回回評，齊魯書社 1991 年版。
〔註90〕　（清）惠棟《九曜齋筆記》卷二，江蘇廣陵古籍刻印社 1982 年版。
〔註91〕　（清）毛宗崗評本《三國演義》，齊魯書社 1991 年版。
〔註92〕　（清）李景星《四史評議》，韓兆琦、俞樟華校點，嶽麓書社 1986 年版，第
　　　　　72 頁。
〔註93〕　（清）金聖歎《第五才子書施耐庵水滸傳》之「楔子」夾評、第七十回回評，
　　　　　上海古籍出版社《古本小說集成》，影印金閶葉瑤池刊本。

具體的敘事技巧給後代小說家們提供了可以模仿的對象，更重要的是開啓了小說家們的敘事思路，使他們懂得如何將爲數眾多的人物與紛紜複雜的事件編織在一起，成爲一個有機的整體，「如常山之蛇，首尾相應，未嘗枝枝節節而爲之。相其氣勢不至終篇，必不輟筆」〔註94〕。

## 三、《資治通鑒》類史傳與明代章回小說——以「按鑒演義」爲中心

　　明代章回小說中，歷史演義種類繁盛，自盤古開闢至有明一代，除南北朝外各朝均有敷演。〔註95〕故可觀道人《新列國志序》云：「自羅貫中氏《三國志》一書，以國史演爲通俗演義，汪洋百餘回，爲世所尚。嗣是傚顰日眾，因而有《夏書》、《商書》、《列國》、《兩漢》、《唐書》、《殘唐》、《南北宋》諸刻，其浩瀚幾與正史分鑒並架。」可觀道人所舉《夏書》諸刻，其書名前都冠以「按鑒演義」標題。再審視明代其他歷史演義，我們發現「按鑒演義」幾乎是歷史演義共同的編創方式。然而何謂「按鑒」？作者如何「按鑒」？爲何「按鑒」？對上述問題的思考將有助於我們加強對歷史演義乃至章回小說文體的理解，對此，學界已有所探討。〔註96〕本文在此基礎上擬結合小說與史傳文本，以明代歷史演義爲中心，考察「按鑒」現象對章回小說文體特徵的影響及其生成原因。

### （一）明代歷史演義的「按鑒」現象

　　明代歷史演義，大多以「按鑒」直接標題，或在封面、卷首等其它部位標明「按鑒」，或雖無「按鑒」之名，但有「按鑒」之實。茲臚列各種「按鑒」之作，以爲考察之基礎。

#### 1、書題直接標明「按鑒」者

音釋補遺按鑒演義全像批評三國志傳，雙峰堂刊本。

〔註94〕余嘉錫《太史公書亡篇考》，《余嘉錫論學雜著》，中華書局 1963 年版，第 82 頁。

〔註95〕乾隆年間杜綱（約 1740～約 1800）撰成《北史演義》與《南史演義》，填補了南北朝無歷史演義的空白。

〔註96〕紀德君先生對此做過有益的探討，如《「按鑒」與歷史演義文體之生成》（《文學遺產》2003 年第 5 期）、《明代「通鑒」類史書之普及與「按鑒」通俗演義的興起》（《揚州大學學報》2003 年 5 期）等相關文章，本文有所借鑒，特此致謝。

新鍥京本校正通俗演義按鑑三國志傳，三垣館刊本。

重刻京本通俗演義按鑑三國志傳，楊閩齋刊本。

新鍥京本校正按鑑演義全像三國志傳，種德堂刊本。

新刻按鑑演義全像三國英雄志傳，楊美生刊本。

二刻按鑑演義全像三國英雄志傳，楊美生刊本。

新刻湯學士校正古本按鑑演義全像通俗三國志傳，湯賓尹刊本。

精鐫按鑑全像鼎峙三國志傳，黎光堂刊本。

新刻考訂按鑑通俗演義全像三國志傳，黃正甫刊本。

京板全像按鑑音釋兩漢開國中興傳志，詹秀閩刊本。

新刊按鑑演義全像唐國志傳，三臺館刊本。

新鐫玉茗堂批點按鑑參補南北宋志傳，鄭五雲堂刊本。

新刻全像按鑑演義南北兩宋志傳，三臺館刊本。

新刊按鑑演義全像大宋中興岳王傳，三臺館刊本。

新鐫玉茗堂批評按鑑參補出像南北宋志傳，三槐堂刊本。

新刊按鑑演義全像唐國志志傳，三臺館刊本。

新刊出像補訂參採史鑑唐書志傳通俗演義〔註97〕，世德堂刊本。

新刊參採史鑑唐書志傳通俗演義，清江堂刊本。

新鐫玉茗堂批點按鑑參補楊家將傳（刊者未明）。

**2、書題未標明「按鑑」，但在封面、卷首等部位標明按鑑者**

新刊通俗演義三國志史傳，葉逢春刊本。目錄題「新刊按鑑漢譜三國志傳繪像足本大全」。

新刊校正出像古本大字音釋三國志通俗演義，萬卷樓刊本。封面識語云：「輒購求古本，敦請名士，按鑑參考，再三讎校。」

開闢衍繹通俗志傳，麟瑞堂刊本。目錄葉題「新刻按鑑編纂開闢衍繹通俗志傳」。

盤古至唐虞傳，余季岳刊本。卷首題「按鑑演義帝王御世盤古至唐虞傳」。

有夏志傳，余季岳刊本。卷首題「按鑑演義帝王御世有夏志傳」。

有商志傳，余季岳刊本。卷首題「按鑑演義帝王御世有商志傳」。

---

〔註97〕《唐書志傳通俗演義》雖未直接標題「按鑑」，但「參採史鑑」乃是「按鑑」的通俗化、直觀化表述，亦即「按鑑」之意。

列國前編十二朝傳，三臺館刊本。卷首題「刻按鑑通俗演義列國前編十二朝」。

春秋五霸七雄列國志傳，三臺館刊本。封面題「按鑑演義全像列國評林」。

全漢志傳，寶華樓刊本。目錄頁題「全像按鑑演義東西漢志傳」。

全漢志傳，克勤齋刊本。《西漢志傳》卷一題「京本通俗演義按鑑全漢志傳」。

岳武穆盡忠報國傳，友益齋刊本，封面題「重訂按鑑通俗演義精忠傳」。

**3、雖未標「按鑑」之名，但有「按鑑」之實者**

此類歷史演義雖未明言「按鑑」，但其「按鑑演義」的編創方式仍然清晰可見。其特徵有二：一是按史傳編年的方式敘事，於卷首標明敘事起訖時間；二是以按語的方式標明主題與題材的來源，並借史傳、史臣之名發表評論。

東西晉演義，大業堂刊本。卷首標明敘事起訖時間。如卷一云：「起自晉武帝太康元年庚子歲四月，止於晉惠帝永熙元年庚戌歲，首尾共十一年事實」。

鐫楊升庵批點隋唐兩朝志傳，龔紹山刊本。目錄後標明本卷敘事之起訖時間。

隋唐演義，本衙藏板，卷首標明敘事起訖時間並有「按隋唐史鑑節目」字樣。

大唐秦王詞話，澹園主人撰。卷首均有「按史校正」字樣。

新刊大宋中興通俗演義，清江堂刊本。《凡例》云：「大節題目俱依《通鑑綱目》牽過……」。卷首均標明敘事起訖時間，有雙行小字注，有小字注釋按語、「綱目斷云」之類評語。

武穆精忠傳，天德堂藏板。卷首標明敘事起迄時間，注明「按宋史本傳節目」或「按實史節目」。「金黏罕邀求誓書」一節中敘劉輅死節之後，有「綱目斷云」一段議論。第二卷卷首介紹宋高宗皇帝時，亦云：「按通鑑帝諱構字德基……」。

皇明英烈傳，三臺館刊本。卷首標明敘事起訖時間。文中多次出現「按皇明通紀」、「按皇明啓運錄」等按語，以及「按皇明通紀論曰」等敘述者的論說。

以上列僅出了 36 種「按鑑」類演義，敘述範圍涵蓋盤古開闢、夏、商、周、列國、兩漢、兩晉、三國、隋唐五代、兩宋以及明代等朝歷史，其數量

亦足以佔據明代章回小說之半壁江山。可以說，「按鑑」已成爲明代小說作者撰寫歷史演義的不二法門。

### （二）何謂「按鑑」

歷史演義中的「按鑑」顯然係動賓結構語詞。「按」，本義爲「用手向下壓」，引申爲「依據、依照」的意思。《禮記·月令》云：「是月也，命工師效功，陳祭器，案度程，毋或作爲淫巧，以蕩上心。」〔註98〕《前漢書》「楊雄傳」云：「移圍徙陳，浸淫蹴部，曲墜堅重，各案行伍。師古曰：『……案，依也』。」〔註99〕古代「案」與「按」通，在此處爲依據、依照的意思，這大概沒有疑義。至於「鑑」，長期以來學界一般認爲指的是宋司馬光之《資治通鑑》。歐陽健《中國神怪小說通史》評「按鑑演義帝王御世系列」的《盤古至唐虞傳》、《有夏志傳》、《有商志傳》云：「所謂『按鑑』，『按』的是司馬光的《資治通鑑》。可是《通鑑》的紀事，上起周威烈王二十三年（公元前403），下迄後周世宗顯德六年（959），要爲超出《通鑑》範圍之外的歷史『演義』，就根本無『鑑』可按，於是只能依靠傳說，加上作者自己的想像去敷衍成文了」〔註100〕，齊裕焜《中國歷史小說通史》也認爲「所謂『按鑑』，『按』的是司馬光的《資治通鑑》」〔註101〕，夏志清《中國古典小說史論》也將「按鑑」解釋爲「根據《資治通鑑》」〔註102〕。

如果歷史演義所「按」之「鑑」即《資治通鑑》，那麼非但上古史無「鑑」可按，兩宋及以後各朝題材的歷史演義也無「鑑」可按，因爲《資治通鑑》敘事止於後周顯德六年，根本不涉宋朝及以後史事。這樣看來，「按鑑」類演義中將有大半是徒有虛名。究竟是古人在故弄玄虛，大玩「按鑑」的噱頭，還是我們今天的理解有偏誤，縮小了「鑑」所指的範圍？從明代小說的出版銷售情況來看，書坊主故弄玄虛也不無可能；而我們誤認了「鑑」的確指對象亦時有發生。石昌渝根據《大宋中興通俗演義》中之「綱目斷云」認爲「本書以弘治間浙江刊本《精忠錄》爲基礎，參照《通鑑綱目》，並吸收民間傳

---

〔註98〕《禮記集說》卷六之五，《叢書集成初編》影印吳興劉氏嘉業堂刊本。
〔註99〕參羅竹風主編《漢語大詞典》，漢語大詞典出版社，1997年版，第3630頁。
〔註100〕歐陽健《中國神怪小說通史》，江蘇教育出版社1997年版，第436頁。
〔註101〕齊裕焜《中國歷史小說通史》，江蘇教育出版社2000年版，第120頁。
〔註102〕（美）夏志清《中國古典小說史論》，胡益民等譯，江西人民出版社2001年版，第41頁。

說編撰而成。」〔註 103〕這種理解便值得商榷，朱熹《資治通鑑綱目》根本不涉及宋朝史事，此處所言「綱目」指的是明代商輅的《續資治通鑑綱目》。〔註 104〕有一個事實我們不能忽略：自《資治通鑑》問世之後，宋元明三朝產生了不少續書與仿作，並形成了所謂的「通鑑」學。究竟孰是孰非，通過細讀文本，對比、分析「按鑑」類演義與「通鑑」類史傳便知。

我們首先考察「按鑑」類演義所敘故事起訖時間及大致內容。上述各朝「按鑑」類演義，按照所敘事故事的時間排定，大體如下表：

## 表1 「按鑑」類演義

| 書　名 | 敘事時間年限 | 備　註 |
|---|---|---|
| 開闢衍繹通俗志傳 | 起於盤古開闢<br>迄於武王伐紂 | 敘盤古、三皇、五帝、夏桀、商湯至周武王伐紂事 |
| 列國前編十二朝 | 起於盤古開闢<br>迄於武王伐紂 | 敘盤古、三皇、五帝、夏桀、商湯至周武王伐紂事 |
| 盤古至唐虞傳 | 起於盤古開闢<br>迄於舜帝南巡 | 敘盤古、三皇及堯、舜、禹事 |
| 有夏志傳 | 起於大禹治水<br>迄於湯王滅桀 | 敘禹王、后羿、少康、夏桀及商湯事 |
| 有商志傳 | 起於湯王祈雨<br>迄於太子滅紂 | 敘商湯、紂王及周武王事 |
| 新鐫陳眉公先生批評春秋列國志傳 | 起於商紂王七年<br>迄於秦始皇二十六年 | 標明「按先儒史鑑列傳」。 |
| 按鑑演義全像列國評林 | 起於商紂王七年<br>迄於秦始皇二十六年 | 「引」云：「謹按五經並《左傳》、《十七史綱目》、《通鑑》、《戰國策》、《吳越春秋》等書」 |
| 全像按鑑演義東西漢志傳 | 起於文王渭濱遇太公<br>迄於單于送鄭眾還國 | 西周早期諸王史事已經越出《資治通鑑》敘事年限 |
| 京本通俗演義按鑑全漢志傳 | 起於公孫乾遇呂不韋<br>迄於牢修上書誣黨人 | 第一節首云：「按鑑本傳，昔日文王夢飛熊……」 |

〔註103〕石昌渝主編《中國古代小說總目》（白話卷），山西教育出版社 2004 年版，第 37 頁。

〔註104〕關於《大宋中興通俗演義》的題材來源，其實孫楷第早已指出乃參採明商輅《續資治通鑑綱目》等書。見《中國通俗小說提要》，《藝文志》第三輯，山西人民出版社 1985 年版，第 201 頁。

| 書　名 | 敘事時間年限 | 備　註 |
|---|---|---|
| 三國志通俗演義 | 起於漢靈帝建寧二年<br>迄於晉元帝太康元年 | 多「史官評曰」、「贊曰」及小字注 |
| 東西晉演義 | 起於武帝太康元年<br>迄於安帝兀熙元年 | 文中多小字注釋；有「按鑒」、「綱目發明」之類評論 |
| 隋唐演義 | 起於隋煬帝大業元年<br>迄於唐僖宗中和二年 | 卷首注明「按隋唐史鑒節目」 |
| 隋唐兩朝史傳 | 起於隋煬帝大業元年<br>迄於唐僖宗中和二年 | 詔書、奏摺等大多原文襲自《資治通鑒》 |
| 唐書志傳通俗演義 | 起於隋煬帝大業十三年，迄於唐太宗貞觀十九年 | 諸多情節原文襲自《資治通鑒》 |
| 新刻全像按鑒演義南北兩宋志傳 | 起於唐明宗天成元年<br>迄於宋眞宗乾興元年 | 宋朝史事已經越出《資治通鑒》敘事年限 |
| 新刊大宋中興通俗演義 | 起於靖康元年<br>迄於紹興廿五年 | 文中多「綱目斷云」、「按《通鑒》」之類評論，《資治通鑒綱目》不敘宋朝史事 |
| 武穆精忠傳 | 起於靖康元年<br>迄於紹興廿五年 | 卷首注明「按宋史本傳節目」文中多「按通鑒」之類評論 |
| 新鑴玉茗堂批點按鑒參補楊家將傳 | 起於宋太祖建隆元年<br>迄於宋神宗熙寧七年 | 宋朝史事已經越出《資治通鑒》敘事年限 |
| 皇明英烈傳 | 起於元順帝至正元年<br>迄於大明洪武四年 | 卷首注明「按皇明通紀」 |

　　再考察「通鑒」類史傳。

　　《資治通鑒》書成而倍受推崇，衍生了大批續書與仿作。劉恕「嘗思司馬遷《史記》始於黃帝而包犧、神農闕漏不錄，公爲歷代書而不及周威烈王之前」〔註105〕，因而自撰《資治通鑒外紀》以續《資治通鑒》之前史事，自周共和元年庚申至威烈王二十二年丁丑，凡四百三十八年。金履祥「用邵氏《皇極經世書》、胡氏《皇王大紀》之例損益折衷，一以尚書爲主，下及《詩》、《禮》、《春秋》，旁採舊史、諸子，表年繫事，後加訓釋，斷自唐堯以下，接於《資治通鑒》，勒爲一書」〔註106〕，是爲《資治通鑒前編》。李燾亦「仿司

―――――――――――

〔註105〕（宋）劉恕《通鑒外紀引》,《資治通鑒外紀》,《四部叢刊》影印上海涵芬樓藏明刊本。

〔註106〕（宋）許謙《通鑒前編前序》,（宋）金履祥《資治通鑒前編》,臺灣商務印書館影印文淵閣《四庫全書》第 332 卷，第 3 頁。

馬光《資治通鑑》例，斷自建隆，迄於靖康，爲編年一書，名曰《長編》」〔註107〕，即《續資治通鑑長編》。劉時舉撰成《續宋編年資治通鑑》，始自高宗建炎元年，迄於寧宗嘉定十七年。朱熹「因司馬光《資治通鑑》、胡安國《通鑑舉要補遺》而折衷之，大書爲綱，分注爲目」〔註108〕，編爲《資治通鑑綱目》，並創作「綱目體」，爲後世歷史演義所仿傚。陳桱「以司馬氏《通鑑》、朱子《綱目》並終於五代，其周威烈王以上雖有金履祥《前編》而亦斷自陶唐」，〔註109〕，因此撰成《通鑑續編》，敘事始自盤古開闢而終於昺、昺二王。許誥撰《通鑑綱目前編》，以補自《春秋》至《資治通鑑》七十餘年之事。商輅遵從《通鑑綱目》體例撰成《續資治通鑑綱目》，始於宋建隆庚申，終於元至正丁未，凡四百有八年史事。就敘事時間年限而論，《資治通鑑外紀》、《資治通鑑前編》、《通鑑綱目前編》爲續前之書；《續資治通鑑長編》、《續宋編年資治通鑑》、《續資治通鑑綱目》爲續後之書；《通鑑續編》則將敘事時間年限既往前上溯至盤古開闢，又往後推移至宋昺、昺二王。

　　現將上述「通鑑」類史傳及其所敘史事起訖時間排列於下：

## 表2　「通鑑」類史傳

| （作者）書名 | 敘事時間年限（公元紀年） | 備　註 |
| --- | --- | --- |
| （宋）司馬光《資治通鑑》 | 起於周威烈王二十三年，迄於後周顯德六年（前403年～959年） | 敘周威烈王二十六年至唐五代後周顯德六年 1362年事 |
| （宋）劉恕《資治通鑑外紀》 | 起於陶唐，迄於周威烈王二十二年（堯～前404年） | 敘包犧、神農、黃帝、堯、舜、禹、夏、商至西周早期君王事 |
| （宋）金履祥《資治通鑑前編》 | 起於唐堯，迄於周威烈王二十二年（堯～前404年） | 敘堯、舜、禹、商湯、武王至魯人獲麟、孔子作《春秋》事 |
| （宋）李燾《續資治通鑑長編》 | 起於宋太祖建隆元年，迄於哲宗元符二年（960年～1099年） | 敘宋朝一祖八宗事 |
| （宋）劉時舉《續宋編年資治通鑑》 | 起於高宗建炎元年，迄於寧宗嘉定十七年（1127年～1224年） | 敘宋高宗、孝宗、光宗、寧宗四朝事 |

〔註107〕（元）脱脱《宋史》「李燾傳」，中華書局1985年版，第1914頁。
〔註108〕（宋）朱熹《年譜》，《朱子全書》，上海古籍出版社、安徽教育出版社 2002年版，第119頁。
〔註109〕（清）永瑢等《四庫全書總目》，中華書局1965年版，第428頁。

| （作者）書名 | 敘事時間年限（公元紀年） | 備　註 |
|---|---|---|
| （宋）朱熹《資治通鑑綱目》 | 起於周威烈王二十三年，迄於後周顯德六年（前 403 年～959 年） | 敘周威烈王二十六年至唐五代後周顯德六年 1362 年事 |
| （元）陳桱《通鑑續編》 | 起於自盤古開闢，迄於宋端宗祥興二年（盤古～1280 年） | 敘盤古、天地人皇、三皇五帝、夏、商、周至宋昺、昺二王事 |
| （明）商輅《續資治通鑑綱目》 | 起宋建隆元年，迄元至正二十七年（960 年～1367 年） | 敘宋太祖至元順帝事 |
| （明）許誥《通鑑綱目前編》 | 起於魯哀公二十七年，迄於周威烈王二十二年（前 476 年～前 403 年） | 敘《春秋》至《資治通鑑》、《通鑑綱目》間 70 餘年事 |

　　從上述表格可知，《資治通鑑》及其續書所涵蓋的歷史時段已經跨越上自盤古開天闢地，下迄元順帝二十七年長達數千年的歷史。即便是盤古開闢、三皇五帝之類上古歷史故事（或神話故事），也有《資治通鑑外紀》、《資治通鑑前編》、《通鑑續編》等續前之作足資「按鑑」。徐朔方《開闢衍繹・前言》、《列國前編十二朝傳・前言》以二書所敘故事越出《資治通鑑》之前而斷言「可見『按鑑』云云是當時小說家的俗套，全不足信」，何滿子《有夏志傳・前言》、《有商志傳・前言》也以同樣理由認為這段歷史「其實並沒有《通鑑》可按」，〔註 110〕這種看法是不切實際的。非但如此，《續資治通鑑長編》、《續宋編年資治通鑑》、《續通鑑綱目》等續後之作亦保證了兩宋至元朝故事同樣有「鑑」可按。清江堂刊本《新刊大宋中興通俗演義・凡例》云：「大節目俱依《通鑑綱目》牽過……」考其內容，該書所依據的史料便來源於明代商輅的《續資治通鑑綱目》，體例亦模仿朱熹開創的綱目體。余邵魚三臺館刊本《題全像列國志傳引》云：「《列國傳》……莫不謹按五經並《左傳》、《十七史綱目》、《通鑑》、《戰國策》、《吳越春秋》等書，而逐類分紀。」其所「按」之「鑑」既包括《通鑑》，也包括《左傳》等其他史傳文獻。此處所言《通鑑》並非《資治通鑑》，因為《列國志傳》所敘商朝與西周部分史事已經越出《資治通鑑》之敘事時間年限。因此僅據一「鑑」字或「通鑑」一詞就斷言所「按」之「鑑」即《資治通鑑》顯然是冒失之舉。

　　通過考察「按鑑」類演義與「通鑑」類史傳，我們認為，「按鑑」即「參

〔註 110〕徐、何二人所撰四種《前言》見《古本小說集成》，上海古籍出版社 1994 年版。

採史鑒」之意，是依據、依照史鑒而創作的意思，所「按」之「鑒」以《資治通鑒》爲主但並不局限於此，包括《資治通鑒》的諸多續書與仿作以及相關的其他各朝之史傳文獻。將「鑒」範圍於《資治通鑒》一書顯然過於狹窄，既不符合「按鑒」類演義的創作實際，也無法解釋諸多超越《資治通鑒》敘事範圍的「按鑒」現象。

### （三）如何「按鑒」？

既然「按鑒」即依據、依照史鑒進行創作之意，那麼作者又是如何「參採史鑒」的呢？換句話說，「按鑒」類演義從哪些方面參採了「通鑒」類史傳呢？

在「以國史演爲通俗演義」的過程中，早期的歷史演義作者大都遵從一個基本的創作原則：「雖敷演不無增添，形容不無潤色，而大要不敢盡違其實」〔註111〕。在創作方法上，堅持「編年取法麟經，記事一據實錄」，〔註112〕根據史傳文本而「留心損益」〔註113〕。這種創作模式一直延續到清代，清人呂撫就宣稱其《廿一史通俗衍義》「悉遵《綱鑒》，半是《綱鑒》舊文」〔註114〕。在具體的操作層面上，「按鑒」類演義主要從兩個方面「參採史鑒」：從史鑒中獲取可資敘述的主題與題材；借鑒史鑒的敘述模式。

### 1、獲取主題與題材

「據正史，採小說」是歷史演義主題與題材來源的兩種主要方式。《資治通鑒》及其續書與仿作以其涵蓋數千年的記載爲歷史演義提供了內容非常豐富的史料。試舉幾例予以說明：

### 表3 「按鑒」類演義與「通鑒」類史傳之關係

| 小說名稱 | 史料來源 |
| --- | --- |
| 開闢衍繹 | 《通鑒續編》卷一及《資治通鑒前編》卷一至卷六 |
| 列國前編十二朝 | 《通鑒續編》卷一及《資治通鑒前編》卷一至卷六 |
| 盤古至唐虞傳 | 《通鑒續編》卷一及《資治通鑒前編》卷一 |

〔註111〕（明）可觀道人《新列國志敘》，（明）馮夢龍《新列國志》，上海古籍出版社《古本小說集成》影印金闆葉敬池刊本。

〔註112〕（明）余邵魚《題全像列國志傳引》，中華書局《古本小說叢刊》影印三臺館刊本。

〔註113〕（明）庸愚子《三國志通俗演義序》，（明）羅貫中《三國志通俗演義》，上海古籍出版社《古本小說集成》影印嘉靖元年刊本。

〔註114〕（清）呂撫《綱鑒通俗演義凡例》，光緒庚寅（1890）仲夏廣百宋齋刊本。

| 小說名稱 | 史料來源 |
|---|---|
| 有夏志傳 | 《資治通鑒前編》卷三 |
| 有商志傳 | 《資治通鑒前編》卷四至卷六 |
| 新鐫陳眉公先生批評春秋列國志傳 | 卷一至卷九來源於《資治通鑒前編》卷一至卷十八，卷十至卷十一來源於《資治通鑒》卷一至卷七 |
| 按鑒演義全像列國評林 | 卷一至卷九來源於《資治通鑒前編》卷一至卷十八，卷十至卷十一來源於《資治通鑒》卷一至卷七 |
| 東西晉演義 | 《資治通鑒》卷八十一至卷一百八十 |
| 隋唐演義 | 《資治通鑒》卷一百八十至卷二百五十六 |
| 唐書志傳通俗演義 | 《資治通鑒》卷一百八十三至卷一百九十九 |
| 大宋中興通俗演義 | 《續資治通鑒綱目》卷十一至卷十五 |
| 全像按鑒演義南北兩宋志傳 | 卷一來源於《資治通鑒》卷二百七十四至卷二百七十九，卷二至卷二十來源於《續資治通鑒長編》卷一至卷九十九 |
| 隋唐兩朝史傳 | 《資治通鑒》卷一百八十至卷二百五十五 |
| 武穆王精忠傳 | 《續資治通鑒綱目》卷十一至卷十五 |
| 全像按鑒演義東西漢志傳 | 《資治通鑒》卷五至卷四十八 |
| 京本通俗演義按鑒全漢志傳 | 《資治通鑒》、《史記》、《前漢紀》、《西漢紀年》、《後漢書》 |
| 新鐫玉茗堂批點按鑒參補楊家將傳 | 《續資治通鑒長編》卷一至卷二百五十八 |

　　需要指出的是，「通鑒」類史傳除了記載官方正統的史實之外，還博採野史傳聞，走的其實也是「據正史，採小說」的途徑，只不過以「正史」為主，輔之以「小說」罷了——司馬光即自稱「遍閱舊史，旁採小說」而撰成《資治通鑒》〔註115〕，並且告訴他的助手范夢得：「若詩賦有所譏諷，詔誥有所戒諭，妖異有所儆戒，詼諧有所補益，並告存之。」〔註116〕受其影響，歷史演義主題與題材的來源也同時存在兩種途徑——史鑒作品與野史傳聞，即便是內容最接近史事的「按鑒」演義，也並非百分之百地錄自史鑒，還糅合了野史傳聞，再加上一點作者的想像與虛構。歷史演義參採史鑒的程度不同，產生了兩種類型的風格，「一是愈趨愈文的『按鑒重編』的歷史故事。一是愈趨

〔註115〕　（宋）司馬光《資治通鑒・序》，中華書局 1956 年版。
〔註116〕　（宋）司馬光《司馬文正公傳家集》卷六十三《答范夢得》，商務印書館 1937 年版，第 777 頁。

愈野，更擴大了，更增添了許多附會的傳說進去的通俗演義，若《說唐傳》之類。」〔註117〕

### 2、借鑒敘述模式

作爲編年體通史，《資治通鑑》在敘述體例上採取「年經國緯」的方式，以時間爲中心，鋪敘一定年限內某國或某朝發生的事件，各卷前均標明本卷敘事起訖時間年限，每卷自成一個敘事單元，發生在特定歷史時期內的主要事件按照時間條理清晰地呈現在讀者面前。《資治通鑑綱目》糅合《春秋》編年簡史與三傳注疏的體裁，採取「表歲以首年，而因年以著統；大書以提要，而分注以備言」〔註118〕的方式，創造了條理明晰、重點突出的綱目體，即先以大字敘述事件的故事梗概，再以小字對該事件做出詳細的注釋；在思想上則承襲了儒家的正統觀念。受其影響，歷史演義的作者在「按鑑」演義時大都參採「通鑑」類史傳的敘事模式，主要體現在以事繫時的文本結構和模擬史官的敘說方式兩個方面。

### （1）以事繫時的文本結構

編年體史傳敘事的基本思路即先言某年（某月），再敘某事。這種敘事模式肇始於《春秋》而爲《資治通鑑》所繼承。出於方便閱讀的需要，司馬光在《資治通鑑》各卷之首標明本卷敘事起訖時間的年限，並進而另編《資治通鑑目錄》以方便讀者檢索，「著其歲陽歲名於上而各標《通鑑》卷數於下，……使知某事在某年，在某卷」〔註119〕。「按鑑」類歷史演義承襲了這種以事繫時的結構方式，各卷卷首均標明敘事起訖時間年限，大多數作品還列出了標明卷數、時間、回目的目錄，同樣能使小說讀者「知某事在某年，在某卷」。除了在整體上造成以時間維繫故事單元的效果外，在各章節敘事的開始，敘述者也是盡可能地先標示具體的日期，再敘述事件。由於強調以時間而不是以人物（紀傳體）或事件（紀事本末體）爲分回或分卷的根據，因而這種文本結構方式的優點與缺陷同樣明顯：其優點是能爲作者理順史事脈絡，排比、演繹史事提供極大方便，同時也能讓讀者對某一王朝或某一時期的史事獲得整飭、清晰的感知印象；其缺點則是破壞了事件的完整呈現，如梁啓超所言，其敘事「無論如何巧妙，其

---

〔註117〕鄭振鐸《中國文學研究》（上），花山文藝出版社1998年版，第174～175頁。
〔註118〕（宋）朱熹《資治通鑑綱目序例》，《朱子全書》，上海古籍出版社、安徽教育出版社2002年版。
〔註119〕（清）永瑢等《四庫全書總目》，中華書局1965年版，第422頁。

本質總不離帳簿式。讀本年所紀之事，其原因在若干年前者或已忘其來歷，其結果在若干年後者苦不能得其究竟。非直翻檢之勞，抑亦寡味矣」〔註120〕，同時也不利於讀者對小說人物形象獲得連續完整的認同。

### （2）模擬史官的敘說方式

以說書人聲口敘事是明代章回小說敘說方式的共同之處。除此之外，歷史演義還有著不同於英雄傳奇等其他類型章回小說的敘說特點，那就是除了每回開頭的「話說」、「卻說」以外，在文中還多了一種史官聲口的敘說，它以各種不同形式出現，如「論曰」、「評曰」、「斷曰」、「綱目斷雲」、「××有詩曰」之類。

歷史演義中的史論傳統根源於史傳中史官對史事的評論，可追溯到《左傳》中的「君子曰」、《史記》中的「太史公曰」以及《漢書》中的「贊曰」等，而受《資治通鑑》及《資治通鑑綱目》的影響尤其強烈。《資治通鑑》在敘述史事之後，司馬光通常以史臣聲口評說。如卷一記「威烈王二十三年，命晉大夫魏斯、趙籍、韓虔爲諸侯」史事之後，接著就有「臣光曰：天子之職，莫大於禮」一段長篇議論。《資治通鑑綱目》中史官聲口的敘說成分更多，形式也更爲豐富多樣，朱熹以「考異」、「考證」、「正誤」、「質實」、「書法」、「發明」、「集覽」等方式不僅評論，還爲人物、事件、地理、名詞等做出詳盡的注釋。這種獨特的敘說方式在「按鑑」類歷史演義中得到了很好的繼承。以《大宋中興通俗演義》（建陽清江堂刊本）爲例：全書中共出現「按史傳」、「按通鑑」、「按秦檜」、「按鄂郡」等有關史傳、人物、地理的論說 17 次，「綱目斷雲」、「宋鑑斷雲」、「××史評」、「論曰」等形式的評論 19 次，「有詩贊曰」、「斷曰」、「評曰」等以詩歌形式的評論 9 次。除此之外，敘述者還以史官身份肆意徵引各種歷史文獻，以追求客觀眞實的史傳敘事效果：全書共徵引「表」23 次，「詔」18 次，「疏」6 次，「書」13 次，「檄文」3 次，狀詞、供詞、招詞、判詞等共 5 次。「按鑑」類演義的敘述者隨時中斷敘事進程而以史官聲口發表自己的評論，在文中安插過多的游離於情節之外的歷史文獻（儘管有的歷史文獻確實有助於推動情節的發展），敘事的眞實性得以增強，但同時也付出了沉重的代價——歷史演義作爲一種小說的審美特性被大大地消解：敘述者對故事情節的隨意干預導致情節線索零亂而不連貫，過於明顯的

---

〔註120〕梁啓超《中國歷史研究法》，上海古籍出版社 1998 年版，第 20 頁。

歷史說教嚴重影響到讀者對人物形象做出獨立的價值判斷與道德評論。

## （四）為何按鑑？

清人蔡奡評《東周列國志》云：「若說是正經書，卻畢竟是小說樣子，……但要說他是小說，他卻件件從經傳上來」〔註121〕，其本意是讚美《東周列國志》真實的敘事效果，卻不經意間描述了大多數「按鑑」類演義的尷尬：小說無法承受經傳之重，「按鑑」而成的演義之作只能是似小說而非小說，似經傳而非經傳的怪胎。即便才高如羅貫中氏，其《三國志通俗演義》不也遭人詬病爲「事太實則近腐」〔註122〕、「七分實事。三分虛構。以致觀者往往爲所惑亂」〔註123〕嗎？既然如此，古人爲何還要津津樂道於「按鑑」演義呢？是什麼原因讓他們如此熱衷於以這種方式進行小說創作？我們認爲，史意之影響、創作之便利、商業之目的三者可以解釋明代章回小說中突出的「按鑑」現象。

### 1、史意之影響

余邵魚《題全像列國志引》云：「《列國傳》……編年取法《麟經》，記事一據實錄。……且又懼齊民不能悉達經傳微辭奧旨，復又改爲演義，以便人觀覽。庶幾後生小子開卷批閱，雖千百年往事，莫不炳若丹青；善則知勸，惡則知戒。」〔註124〕余氏此言反映了明代歷史演義普遍的創作思想，不能簡單地視作故弄玄虛。他至少傳達了這麼一個信息：歷史演義在題材的編排、選取以及創作動機等方面無不深受史學意識之影響。

《春秋》開創的「屬辭比事」傳統影響到編年體史傳與歷史演義結構方式的形成。「屬辭」指對語詞的抉擇與文采的修飾；「比事」即按照年、時、月、日的順序排比史事並根據史事的輕重、大小而取捨、詳略的意思。〔註125〕《春秋》敘二百四十二年史事，在結構上「以事繫日，以日繫月，以月繫時，以時繫年」〔註126〕，逐年編次。這種以時間爲軸心維繫故事的結構方式具有非常明顯的優點，劉知幾將其概括爲「繫日月而爲次，列歲時以相續，中國

〔註121〕（清）蔡奡《東周列國志讀法》，王筱雲、韋鳳娟等編《中國古典文學名著分類集成文論卷》(3)，百花文藝出版社1994年版，第213頁。
〔註122〕（明）謝肇淛《五雜俎》，上海書店出版社2001年版，第312頁。
〔註123〕（清）章學誠《丙辰雜記》，中華書局1986年版，第90頁。
〔註124〕（明）余邵魚《按鑑演義全像列國志傳評林》，中華書局《古本小說叢刊》影印三臺館刊本。
〔註125〕參瞿林東《中國古代史學批評縱橫》，中華書局1994年版，第2頁。
〔註126〕（晉）杜預《春秋經傳集解序》，文學古籍刊行社，1954年版。

外夷，同年共世，莫不備載其事，形於目前。理盡一言，語無重出」〔註127〕，遂成為《資治通鑑》之類編年體史傳的通例並為後世歷史演義所仿傚。

《左傳》提倡「書法無隱」，強調「實錄」的精神影響到史傳作品與歷史演義求信貴真創作思想的形成。史傳作品求信貴真自不待言，敷演史鑑的歷史演義也要追求真實的敘事效果就只能從史傳傳統講求「實錄」的史學意識去尋找解釋。《隋煬帝豔史・凡例》宣稱「稗編小說，欲演正史之文而家喻戶曉之……不獨膾炙一時，允足傳信千古」〔註128〕。在絕大多數人看來，歷史演義是歷史的通俗化表述，只不過將「令人展卷而思睡」的史鑑作品轉變為「士君子爭相膾錄」的歷史演義而已。形式變了，但敘事的真實性不可喪失。一些「按鑑」類演義直接抄襲史鑑作品中的相關情節，如《大宋中興通俗演義》卷一「師中大敗殺熊嶺」等情節幾乎一字不漏地襲自《續資治通鑑綱目》。這種抄襲行為固然有少數作者（主要是書商型作者）急於牟利的動機所在，但強調「實錄」的史意影響是「按鑑」類歷史演義普遍拘牽於史事的根本原因。在這種觀念影響下，不但作者將歷史演義當史來寫，讀者也將其當史讀，以史鑑作品來核實、印證歷史演義敘事的真實性。李大年指摘《唐書志傳通俗演義》「似有紊亂《通鑑綱目》之非」〔註129〕，胡應麟質疑《三國志演義》說：「古今傳聞為謬，率不足欺有識，惟關壯繆明燭一端則大可笑，乃讀書之士亦什九信之，何也？……案《三國志・羽傳》及裴松之注，及《通鑑》、《綱目》，並無其文，演義何所據哉？」〔註130〕都是作如是觀。

孔子《春秋》作而「亂臣賊子懼」，司馬光《資治通鑑》成而神宗以為「鑑於往事，有資於治道」，朱熹著《資治通鑑綱目》以「明天道，定人道，昭監戒，著幾微」〔註131〕。史傳作品追求經世致用之敘事效果的意識也誘發了歷史演義「按鑑」的動機。在主觀上歷史演義的作者大多有借敷演史事而寓勸懲的願望，在客觀上廣大「愚夫愚婦」也正是依靠歷史演義而非史傳作品形

〔註127〕（唐）劉知幾著，（清）浦起龍釋《史通通釋》，上海古籍出版社1978年版，第27頁。

〔註128〕齊東野人《隋煬帝豔史》，上海古籍出版社《古本小說集成》影印人瑞堂刊本。

〔註129〕（明）李大年《唐書志傳通俗演義序》，（明）熊大木《唐書志傳通俗演義》，中華書局《古本小說叢刊》影印楊氏清江堂刊本。

〔註130〕（明）胡應麟《少室山房筆叢》「莊岳委談下」，上海書店2001年版，第432頁。

〔註131〕（宋）朱熹《資治通鑑綱目序例》，《朱子全書》，上海古籍出版社、安徽教育出版社2002年版。

成了自己的倫理道德理想。可觀道人認爲《新列國志》讀者「若引爲法戒，其利益亦與六經諸史相埒」；〔註132〕吳沃堯更是直接標榜其《兩晉演義》爲「小學歷史教科之臂助」、「失學者補習歷史之南針」〔註133〕。

史意影響促成了歷史演義以時間爲軸心結構故事，追求敘事的眞實性並藉此實現勸善懲惡的教化功能，《資治通鑒》等史鑒作品爲歷史演義的創作提供了主題、題材以及敘事模式等方面依據、模仿的可能，給作者帶來了創作的便利。

### 2、創作之便利

莫伯冀《三國志通俗演義跋》云：「按宋人語錄每以俗語解經……元監察御史鄭鎭孫撰《直說通鑒》十卷，取司馬氏《通鑒》，以俗語衍之，與小說無異，今猶有傳本。可知研經繹史用通俗語言，前人已開其端，羅氏實沿其例。」〔註134〕《直說通鑒》是否「與小說無異」姑且不論，但這種用通俗語言「研經繹史」的方法對歷史演義作者「按國史演爲通俗演義」有啓發之功卻勿庸置疑。在敘事模式上，《春秋》開創的以事繫時的文本結構及三傳注疏的闡述方法，《史記》、《資治通鑒》等採用的史官敘事聲口以及《資治通鑒綱目》「大書爲綱，分注爲目」的「綱目體」，都爲歷史演義的編創提供了很好的典範。在主題與題材上，《資治通鑒》及其續書與仿作彙集了數千年的史事（同樣少不了野史傳聞），這爲歷史演義的創作提供了源源不斷的素材。至於「按鑒」類演義對「通鑒」類史傳的依靠關係，前文已有充分闡釋，此處不再贅言。

### 3、商業之目的

不可否認，明代歷史演義中的許多「按鑒」之作存在高舉「按鑒」大旗虛張聲勢的成分。這些作品主要出版於明代刻書業非常發達的金陵、建陽等地區而尤以建陽爲甚，其作者也多數身兼作者與書商二職。在商言商，在書商型作者的眼裏，歷史演義不僅僅是傳播歷史知識的普及讀物，更重要的是它必須爲書坊主帶來可觀的經濟效益。在競爭日益激烈的出版市場，書坊主們絞盡腦汁，想出各種辦法來擴大自己產品的銷路。當各家書坊的小說在裝

---

〔註132〕（明）可觀道人《新列國志敘》，（明）馮夢龍《新列國志》，上海古籍出版社《古本小說集成》影印金閶葉敬池刊本。

〔註133〕（清）吳沃堯《兩晉演義序》，江西人民出版社1988年版。

〔註134〕莫伯驥《三國志通俗演義跋》，轉引自丁錫根編《中國歷代小說序跋集》，人民文學出版社1996年版，第911頁。

幀、成本上已甚爲接近時，強調小說敘事的眞實性效果便成了在競爭中獲勝
的另一條途徑。大打「按鑒」牌來標榜自家小說題材來源的可靠性，並說明
小說具有史傳一般的教化功用，已成爲歷史演義的一大賣點，是許多書坊主
慣用的伎倆。周日校刊本《三國志通俗演義》「識語」云：「是書也，刻已數
種，悉皆訛舛，茫昧魚魯，觀者莫辨，予深憾焉。輒購求古本，敦請名士，
按鑒參考，再三讎校」；余季岳刊本《盤古至唐虞傳》「識語」云：「邇來傳誌
之書，自正史外稗官小說雖輒極俚謬，不堪目觀。是集……悉遵鑒史通紀，
爲之演義……不比世之紀傳小說，無補世道人心者也，四方君子以是傳而置
之座右，誠古今來一大帳簿也哉。」類似廣告在明代歷史演義的「識語」、「引
言」乃至封面上數見不鮮。僅《三國志通俗演義》一書在明代便有十數種「按
鑒」版，標榜「按鑒」以促銷的商業目的由此可見一斑。

　　通過考察「按鑒」類演義與「通鑒」類史傳的具體文本，我們認爲「按
鑒」即「參採史鑒」之意，是依據、依照史鑒而創作的意思，所「按」之「鑒」
以《資治通鑒》爲主但並不局限於此，包括《資治通鑒》的諸多續書與仿作
以及相關的其他各朝之史傳文獻。由於史意的影響，「通鑒」類史傳又爲歷史
演義的創作提供了主題、題材以及敘事模式的便利，因而明代的小說們「按
鑒」演義，創作出了歷史演義這種章回體小說；書商型作者或書坊主出於商
業目的而刻意標榜「按鑒」，又對明代歷史演義「按鑒」現象的形成起了推波
助瀾的作用。其實從創作的角度而言，除《三國演義》等少數作品外，絕大
部分「按鑒」類演義都病於「拘牽史實，襲用陳言，故既拙於措辭，又頗憚
於敘事」〔註135〕，史意有餘而文學韻味不足；從接受角度而言，歷史演義除
少數作品外，讀者很難像《紅樓夢》之類的世情小說那樣欣賞到豐富多彩的
人物形象體系，也難以出現「經學家看見《易》，道學家看見淫……」〔註136〕
之類的多主題闡釋，這不僅僅是作者水平高低的問題，歷史演義獨特的主題、
題材來源以及敘說方式決定了讀者難以擺脫敘述者過於明顯甚至是強加給讀
者的影響而做出獨立自主的道德評論與價值判斷。

---

〔註135〕魯迅《中國小說史略》，上海古籍出版社1998年版，第102頁。
〔註136〕魯迅《〈絳洞花主〉小引》，《魏晉風度及其他》，上海古籍出版社2000年版，
　　　　第184頁。

## 第四節　詩詞韻文對章回小說文體之影響

　　明代章回小說一個非常突出的文體形態特徵是其韻散結合的語體模式，在以散文敘事爲主的小說結構中大量引入詩詞韻文。前面我們已經比較詳細地論述了唐代俗講變文與宋元話本小說對章回小說韻散結合語體模式的影響，若要系統全面地探討敘事之中夾以詩詞韻文的傳統，則仍需做若干補充。

### 一、中國敘事散文中的詩詞韻文傳統

　　散文敘事中引入詩詞韻文的傳統，至遲在先秦史傳文學中即已嶄露頭角。《左傳·隱公元年》敘鄭莊公在潁考叔的安排下與其母文姜「闕地及泉，隧而相見」，敘述者以歌唱的方式表現了當時莊公母子喜悅的心情：「公入而賦：『大隧之中，其樂也融融。』姜出而賦：『大隧之外，其樂也洩洩。』」〔註137〕既沒有違背「不及黃泉，無相見也」的誓言，又享受了母子和好的天倫之樂，這種心情讓兩位當事人以詩歌的形式眞情流露自然遠比由敘述者敘說要形象得多。漢代司馬遷《史記》沿襲了韻散結合的語體模式，於散文敘事中多引詩歌，如《史記·項羽本紀》便以一曲「力拔山兮氣蓋世，時不利兮騅不逝。騅不逝兮可奈何，虞兮虞兮奈若何！」道盡了霸王四面楚歌英雄末路時的無限悲涼。漢魏六朝以來，韻散結合的語體模式已經在敘事性散文體著述中廣泛應用了。楊公驥以爲，「從《烈女傳贊》中可以看出，……『傳』是散文體，『贊』是詩歌體，……述說故事的『韻散組合』的文體，早在前漢時（公元前）已被使用。」〔註138〕王文才則認爲「六朝以來文士所作頌、贊、銘、誄等類的文章，莫不以韻文爲主，而附以散文的序」。〔註139〕在中國古代小說文體類型中，志怪小說最早嘗試於散文敘事中雜以詩詞韻文，《搜神記》中《紫玉》敘紫玉因與韓重愛情受阻而悒鬱身亡，當韓重往墓前憑弔時紫玉從墓中出來與愛人相見，以一首四言古風表達了自己對外界干預勢力的憤懣以及忠貞不渝的愛情理想：「南山有鳥，北山張羅。鳥既高飛，羅將奈何！……身遠心近，何當暫忘。」〔註140〕至唐人「始有意爲小說」，傳奇小說「文

〔註137〕楊伯峻編著《春秋左傳注》，中華書局 1990 年版，第 15 頁。
〔註138〕楊公驥《唐代民歌考釋及變文考論》，吉林人民出版社 1962 年版，第 342～343 頁。
〔註139〕任二北《敦煌曲初探·序》，上海文藝聯合出版社 1954 年版。
〔註140〕（晉）干寶《搜神記》，中華書局 1979 年版，第 394 頁。

備眾體，可以見史才、詩筆、議論」，〔註141〕「史才指小說中敘事之散文言。詩筆即謂詩之筆法，指韻文而言。」〔註142〕韻文與散文相結合，遂形成了唐傳奇「抒情與敘事結合的獨特風格：既有美妙的意境，又有細緻的刻劃；既有豐富的想像，又有如實的描繪。」〔註143〕用駢體文寫成的《遊仙窟》通體引用詩詞韻文自然不足為奇，以散文敘事為主的《柳毅傳》、《柳氏傳》、《飛煙傳》等作品中詩詞韻文的數量也頗為可觀。需要指出的是，在史傳類敘事散文與志怪、傳奇小說中，詩詞韻文的使用大多偏重於人物之口，是人物抒情言志的表現手法，敘述者大量引入詩詞韻文並以此作為敘事手段，肇始於唐代俗講變文，宋元話本蒙其澤惠，至明代章回小說而蔚為大觀。

## 二、明代章回小說中的詩詞韻文

　　引用詩詞韻文是明代章回小說的普遍現象。從題材類型而言，無論是歷史演義還是英雄傳奇、神魔小說或者世情小說，無不引用詩詞韻文；從成書方式來說，世代累積型小說如《三國演義》、《水滸傳》等既承話本之舊，引用詩詞韻文自然順理成章，個人創作型小說如《金瓶梅》、《西洋記》也大量引用詩詞韻文，當是文人習性與創作慣性使然。為了方便考察明代章回小說中詩詞韻文的使用情況及其發展規律，我們統計了 73 部章回小說的詩詞韻文使用情況，無論是出版年代還是類型分佈，這個數量都應該具有一定的代表性，能比較全面地反應詩詞韻文與明代章回小說的關係，為我們分析詩詞韻文對章回小說文體的影響提供一定的依據。

---

〔註141〕（宋）趙彥衛《雲麓漫鈔》卷八，傅根清點校，中華書局 1996 年版，第 135 頁。
〔註142〕陳寅恪《元白詩箋證稿》，上海古籍出版社 1978 年版，第 4 頁。
〔註143〕游國恩等主編《中國文學史》第二冊，人民文學出版社 1963 年版，第 196 頁。

## 表4 明代章回小說引用詩詞韻文情況 [註144]

| 時　間 | 版　本 | 書　名 | 類　型 | | 總數 | 平均 |
|---|---|---|---|---|---|---|
| | | | 敘述者 | 人物 | | |
| 正德間 | 北京圖書館藏本 | 孔聖宗師出身全傳（殘卷19則） | 23 | 3 | 26 | 1.4 |
| 嘉靖元年 | 司禮監刊本 | 三國志通俗演義（240則） | 331 | 16 | 347 | 1.4 |
| 嘉靖三十一年 | 楊氏清江堂刊本 | 大宋中興通俗演義（74則） | 34 | 24 | 58 | 0.8 |
| 萬曆十六年 | 楊氏清白堂刊本 | 繡像東西漢全傳（112則） | 143 | 17 | 160 | 1.4 |
| 萬曆十六年 | 余氏克勤齋刊本 | 全漢志傳（118則） | 212 | 12 | 224 | 1.9 |
| 萬曆十九年 | 楊明峰重刊本 | 皇明開運英武傳（59則） | 109 | 23 | 132 | 2.2 |
| 萬曆二十年 | 金陵世德堂刊本 | 三遂平妖傳（20回） | 42 | | 42 | 2.1 |
| 萬曆二十二年 | 雙峰堂刊本 | 水滸志傳評林（104回） | 299 | 39 | 338 | 3.3 |
| 萬曆二十五 | 三山道人刊本 | 三寶太監西洋記（100回） | 305 | 56 | 361 | 3.6 |
| 萬曆三十年 | 雙峰堂熊仰臺刊本 | 北遊記（24則） | 8 | 4 | 12 | 0.5 |
| 萬曆三十一年 | 楊氏清白堂刊本 | 達摩出身傳燈傳（70）則 | 146 | 87 | 233 | 3.3 |
| 萬曆三十一年 | 萃慶堂刊本 | 鐵樹記（15回） | 63 | 3 | 66 | 4.4 |

〔註144〕本表所統計的詩詞韻文包括詩、詞、曲、賦、歌謠、偈贊、駢文及其他押韻的文體形式，不包括只有兩句話的聯句形式，以小說中有文體實體的為準，僅提及名稱的不在統計之內。另外為了便於考察同一小說中詩詞韻文的演變狀況，我們納入了清代評改的兩部明代章回小說：毛宗崗《三國志演義》與汪象旭《西遊記證道書》。

| 時　間 | 版　本 | 書　名 | 類　型 | | 總數 | 平均 |
| --- | --- | --- | --- | --- | --- | --- |
| | | | 敘述者 | 人物 | | |
| 萬曆三十一年 | 楊閩齋刊本 | 西遊記（100回） | 469 | 122 | 591 | 5.9 |
| 萬曆三十一年 | 萃慶堂刊本 | 飛劍記（13回） | 26 | 38 | 64 | 4.9 |
| 萬曆三十一年 | 萃慶堂刊本 | 咒棗記（14回） | 23 | 8 | 31 | 2.2 |
| 萬曆三十一年 | 巫峽望仙岩刊本 | 征播奏捷傳通俗演義（100回） | 249 | 7 | 256 | 2.6 |
| 萬曆三十一年 | 世德堂刊本 | 西遊記（100回） | 581 | 142 | 723 | 7.2 |
| 萬曆三十三年 | 詹秀閩刊本 | 兩漢開國中興傳志（42則） | 112 | 18 | 130 | 3.0 |
| 萬曆三十四年 | 三臺館刊本 | 春秋五霸七雄列國志傳（226節） | 328 | 54 | 382 | 1.7 |
| 萬曆三十四年 | 臥松閣刊本 | 楊家府演義（58則） | 104 | 14 | 118 | 2.8 |
| 萬曆三十八年 | 容與堂藏板 | 李卓吾批評忠義水滸傳（100回） | 770 | 39 | 809 | 8.1 |
| 萬曆四十四年 | 勵園書室刊本 | 續英烈傳（34回） | 26 | 4 | 30 | 0.9 |
| 萬曆四十七年 | 金閶龔紹山刊本 | 隋唐兩朝史傳（122回） | 146 | 11 | 157 | 1.3 |
| 萬曆四十七年 | 大業堂刊本 | 東西兩晉志傳（347則） | 15 | 4 | 19 | 0.1 |
| 萬曆間 | 三臺館刊本 | 八仙傳（56回） | 10 | 27 | 37 | 0.7 |
| 萬曆間 | 書林劉蓮臺刊本 | 唐三藏西遊釋厄傳（67節） | 209 | 14 | 223 | 3.3 |
| 萬曆間 | 書林安正堂 | 唐鍾馗全傳（38回） | 36 | 4 | 40 | 1.1 |
| 萬曆間 | 白門萬卷樓刊本 | 三教開迷歸正演義（100回） | 276 | 33 | 309 | 3.1 |

| 時　間 | 版　本 | 書　名 | 類　型 | | 總數 | 平均 |
|---|---|---|---|---|---|---|
| | | | 敘述者 | 人物 | | |
| 萬曆間 | 煥文堂刊本 | 南海觀音全傳（25 則） | 25 | 1 | 26 | 1.0 |
| 萬曆間 | 本衙藏板 | 隋唐演義（114 節） | 144 | 19 | 163 | 1.4 |
| 萬曆間 | 忠正堂梓行 | 天妃娘娘傳（32 回） | 84 | 15 | 99 | 3.1 |
| 萬曆間 | 夢梅館校勘本 | 金瓶梅詞話（100） | 400 | 180 | 580 | 5.8 |
| 萬曆間 | 日本內閣文庫藏本 | 承運傳（39 則） | 39 | | 39 | 1.0 |
| 萬曆間 | 金閶龔紹山刊本 | 殘唐五代史演義傳（60 回） | 152 | 9 | 161 | 2.7 |
| 萬曆間 | 朱蒼嶺刊本 | 唐三藏出身全傳（40 則） | 50 | 8 | 58 | 1.5 |
| 萬曆間 | 湯學士校本 | 三國志傳（240 節） | 191 | 16 | 207 | 0.9 |
| 萬曆間 | 三臺館刊本 | 皇明英烈傳（61 則） | 86 | 16 | 102 | 1.7 |
| 萬曆間 | 三臺館刊本 | 列國前編十二朝（50 節） | 12 | 7 | 19 | 0.4 |
| 天啓三年 | 金陵九如堂刊本 | 韓湘子全傳（30 回） | 146 | 131 | 277 | 9.2 |
| 天啓四年 | 北京圖書館藏本 | 七曜平妖傳（72 回） | 132 | | 132 | 1.8 |
| 天啓間 | 載陽舒文淵梓行 | 封神演義（100 回） | 747 | 97 | 844 | 8.4 |
| 天啓間 | 積慶堂藏板 | 鍾伯敬批評忠義水滸傳（100 回） | 778 | 35 | 813 | 8.1 |
| 天啓間 | 杭州爽閣主人刊本 | 禪眞逸史（40 回） | 247 | 28 | 275 | 6.9 |
| 天啓間 | 浙江省圖書館藏本 | 于少保萃忠傳（70 回） | 111 | 41 | 152 | 2.2 |
| 崇禎元年 | 崢宵館刊本 | 魏忠賢小說斥奸書（40 回） | 116 | | 116 | 2.9 |
| 崇禎元年 | 長安道人國清編次 | 警世陰陽夢（40 回） | 37 | 21 | 58 | 1.5 |

| 時　間 | 版　本 | 書　名 | 類　型 | | 總數 | 平均 |
| --- | --- | --- | --- | --- | --- | --- |
| | | | 敘述者 | 人物 | | |
| 崇禎元年 | 長澤規矩也藏本 | 皇明中興聖烈傳（48則） | 16 | 7 | 23 | 0.5 |
| 崇禎二年 | 崢宵館刊本 | 禪眞後史（60回） | 131 | 15 | 146 | 2.4 |
| 崇禎三年 | 翠娛閣刊本 | 遼海丹忠錄（40回） | 158 | | 158 | 4.0 |
| 崇禎四年 | 人瑞堂刊本 | 隋煬帝豔史（40回） | 439 | 29 | 468 | 11.7 |
| 崇禎四年 | 昌遠堂李仕弘梓 | 華光天王傳（18回） | 3 | | | 0.2 |
| 崇禎六年 | 名山聚刊本 | 隋史遺文（60回） | 338 | 17 | 355 | 5.9 |
| 崇禎八年 | 麟瑞堂刊本 | 開闢衍繹通俗志傳（80回） | 16 | 8 | 24 | 0.3 |
| 崇禎八年 | 金閶萬卷樓刊本 | 東度記（100回） | 228 | 193 | 421 | 4.2 |
| 崇禎九年 | 日本內閣文庫藏本 | 孫龐鬥志演義（20卷） | 98 | 34 | 132 | 6.6 |
| 崇禎十三年 | 國家圖書館藏本 | 西遊補（16回） | 12 | 6 | 18 | 1.1 |
| 崇禎十四年 | 貫華堂刊本 | 第五才子書施耐庵水滸傳（70回） | 3 | 23 | 26 | 0.4 |
| 崇禎十五年 | 友益齋刊本 | 岳武穆精忠報國傳（28則） | 50 | 8 | 58 | 2.1 |
| 崇禎十六年 | 金閶葉敬池刊本 | 新列國志（108回） | 482 | 44 | 526 | 4.9 |
| 崇禎十七年 | 復旦圖書館藏本 | 檮杌閒評（50回） | 420 | 8 | 428 | 8.6 |
| 崇禎間 | 北大圖書館藏本 | 新刻繡像批評金瓶梅（100） | 345 | 60 | 405 | 4.1 |
| 崇禎間 | 北京圖書館藏本 | 戚南唐剿平倭寇志傳（殘36回） | 49 | | 49 | 1.4 |
| 崇禎間 | 武林泰和堂刻本 | 東西晉演義（50回） | 8 | 2 | 10 | 0.2 |

| 時　間 | 版　本 | 書　名 | 類　型 | | 總數 | 平均 |
|---|---|---|---|---|---|---|
| | | | 敘述者 | 人物 | | |
| 崇禎間 | 余季岳刊本 | 有夏志傳（19 則） | 74 | 85 | 159 | 8.4 |
| 崇禎間 | 余季岳刊本 | 盤古至唐虞傳（7 則） | 37 | 4 | 41 | 5.9 |
| 崇禎間 | 余季岳刊本 | 有商志傳（12 則） | 22 | 9 | 31 | 2.6 |
| 崇禎間 | 金鑑堂藏板 | 續西遊記（100 回） | 276 | 120 | 396 | 4.0 |
| 崇禎間 | 天德堂刊本 | 武穆精忠傳（80 則） | 30 | 29 | 59 | 0.7 |
| 崇禎間 | 金閶嘉會堂刊本 | 新平妖傳（40 回） | 180 | 16 | 196 | 4.9 |
| 崇禎間 | 日本內閣文庫藏本 | 近報叢談平虜傳（20 回） | 22 | | 22 | 1.1 |
| 弘光元年 | 興文館刊本 | 勦闖小說（10 回） | 55 | 1 | 56 | 5.6 |
| 清初 | 醉耕堂本 | 毛宗崗批評三國演義（120 回） | 211 | 16 | 227 | 1.9 |
| 清初 | 日本內閣文庫藏本 | 西遊證道書（100） | 96 | 68 | 164 | 1.6 |

　　根據上面的統計數據，我們可以發現明代章回小說使用詩詞韻文的若干規律。一、在四種題材類型的小說中，神魔小說使用詩詞韻文的次數普遍要高於其他類型小說。如《韓湘子全傳》平均每回有 9.2 首，《封神演義》有 8.4 首，世德堂本《西遊記》有 7.2 首，《新平妖傳》有 4.9 首，《飛劍記》有 4.9 首，《鐵樹記》有 4.4 首，《東度記》有 4.2 首，《續西遊記》有 4.0 首，《西洋記》有 3.6 首；二、歷史演義中帶有濃重的幻想色彩、虛構成分較多者使用詩詞韻文的次數要高於依傍史實、「以國史演爲通俗演義」者。如《有夏志傳》每則有 8.9 首，《檮杌閒評》有 8.6 首，《盤古至唐虞傳》有 5.9 首，《孫龐鬥志演義》有 6.6 首，而嘉靖本《三國演義》每則只有 1.4 首，《大宋中興通俗演義》只有 0.8 首，《東西晉演義》只有 0.2 首、《東西兩晉志傳》更是每則不到 0.1 首；題材大致相同的隋唐系列小說，《隋煬帝豔史》平均每回有 11.7 首，《隋史遺文》有 5.9 首，而《隋唐兩朝史傳》只有 1.3 首。三、同一小說在不同時期的版本演變過程中，詩詞韻文的數量有較大的變化，後出的版本詩詞韻文

呈遞減趨勢。如嘉靖本《三國志通俗演義》共有 347 首，平均每則 1.4 首，如果比照兩則合一回計算則每回 2.8 首，到了湯學士校本《三國志傳》只有 210 首，平均每回 1.8 首，毛評本《三國演義》只有 227 首，平均每回 1.9 首；較接近原本的容與堂本《水滸傳》共有 809 首，平均每回 8.1 首；雙峰堂本《水滸志傳評林》只有 338 首，平均每回 3.3 首，到了金聖歎評本《水滸傳》，則只剩下 26 首，平均每回 0.4 首；較接近原本的世德堂本《西遊記》共有 723 首，平均每回 7.2 首，楊閩齋本只有 591 首，平均每回 5.9 首，到了汪象旭評本《西遊證道書》，只剩下 164 首，平均每回 1.6 首；萬曆本《金瓶梅詞話》共有 580 首，平均每回 5.8 首，崇禎本《新刻繡像批評金瓶梅》還剩下 405 首，平均每回 4.1 首。四、馮夢龍編創的三部小說體現了明代章回小說文體格式向話本小說的回歸傾向，除了前文論及的說書人聲口之外，在詩詞韻文的使用上也是如此。世德堂刊本《三遂平妖傳》共有 42 首，平均每回 2.1 首，嘉會堂本《新平妖傳》則有 196 首，平均每回 4.9 首；三臺館刊本《春秋五霸七雄列國志傳》共有 382 首，平均每回 1.7 首，葉敬池刊本《新列國志》共有 526 首，平均每回 4.9 首；而《隋煬帝豔史》更是以總數 468 首，平均每回 11.7 首的紀錄雄踞明代章回小說使用詩詞韻文的平均密度之首。〔註 145〕

　　明代章回小說中，神魔題材類型想像與虛構的空間最大，沒有求信貴真的思想包袱，作者便可遊戲筆墨，馳騁才學，凡遇景物、場面、動作描寫處，便是盡情賣弄詩詞韻文時，夏志清就憑藉《西遊記》中的「大量的詩文」而認為「吳承恩應是整個中國文學中技藝最嫻熟的描寫詩人之一」〔註 146〕。歷史上流傳下來可供作者借鑒的神話與傳說也最為豐富，這類故事在民間流傳時大多是以口耳相傳的形式，甚至本身就以詩詞韻文為傳播的載體而存在，作者將它們納入到自己的小說中時，往往也會借鑒它們的表達方式。相反，敷衍史實的歷史演義容易受「羽翼信史而不違」的創作宗旨束縛，作者吟詩作賦時便多了許多顧忌，小說中引用的詩詞韻文大多是前人已有的詠史詩或現成的辭賦作品，用來品評人、事尚可，於景物、場面、人物描寫則不大合適。我們發現，神魔小說中專門用於人物／景物、場面、動作等各種描寫的

〔註 145〕魯迅認為《隋煬帝豔史》乃馮夢龍作，見《唐宋傳奇集‧稗邊小綴》，齊魯書社 1997 年版，第 242 頁。
〔註 146〕（美）夏志清《中國古典小說史論》，胡益民等譯，江西人民出版社 2001 年版，第 123 頁。

長篇韻文的數量要遠遠超過歷史演義，如《西遊記》有 290 處韻文用於各種描寫，《封神演義》中有 193 處，《東度記》也有 89 處，歷史演義中用於抒情與議論的詩詞很多，這種用於描寫的韻文就非常少了，嘉靖本《三國演義》有 23 處韻文用於戰爭、人物的描寫，在同類小說中算是較多的了，其他的如《皇明開運英武傳》只有 6 處，《續英烈傳》只有 2 處，《東西晉演義》只有 1 處，馮夢龍增補本《新列國志》詩詞韻文總數有 526 首之多，但用於描寫的韻文也只有區區 6 處。不過在那些並不嚴格依傍史實、作者有較多發揮的歷史演義類作品中，專門用於描寫的長篇韻文就明顯增多，如《隋煬帝豔史》有 25 處，《隋史遺文》有 31 處。也因為如此，這種類型的歷史演義實際上已經部分地跨入了英雄傳奇與世情小說的門檻，屬於題材的混類現象。

明代章回小說中的詩詞韻文大致可以分為敘述者引用與人物引用兩種類型，敘述者引用型的詩詞韻文一般都帶有某種程序化意味，去掉這些詩詞韻文或將它們改寫成散文一般不會影響到小說的故事情節，人物引用型的詩詞韻文則具有代言體的性質，沒有它們將影響人物內心情感的表達，從四大奇書的版本演變過程中可以看出不同類型的詩詞韻文在小說敘事中地位和作用。嘉靖本《三國志通俗演義》有敘述者引用型詩詞韻文 331 首，人物引用型 16 首，湯學士校本《三國志傳》保留了 191 首敘述者引用型，人物引用型保持不變，毛宗崗評本《三國演義》刪去了 120 首敘述者型詩詞韻文，人物引用型沒有變動，還是 16 首。容與堂本《水滸傳》中敘述者引用詩詞韻文 770 首，人物 39 首；雙峰堂本《水滸志傳評林》刪去了 471 首敘述者引用型詩詞韻文，但保留了全部的 39 首人物引用型詩詞韻文；金聖歎評改本《水滸傳》將敘述者引用型詩詞韻文刪除殆盡，只保留了開頭與結尾處的 3 首，但幾乎保留了容與堂本前面七十一回的所有人物引用型詩詞韻文，共計 23 首。世德堂本《西遊記》有敘述者引用型詩詞韻文 581 首，人物引用型 142 首，楊閩齋刊本《西遊記》有敘述者引用型 469 首，人物引用型 122 首，變動不算太大，到了汪象旭評本《西遊證道書》，刪去了絕大多數敘述者引用型詩詞韻文，只剩下 96 首，人物引用型也刪去泰半，只剩下 68 首。萬曆本《金瓶梅詞話》有敘述者引用型詩詞韻文 400 首，人物引用型 180 首，崇禎本《新刻繡像批評金瓶梅》刪改了部分敘述者引用型，還剩下 345 首，刪去了三分之二的人物引用型，只剩下 60 首。《三國演義》與《水滸傳》中人物引用型詩詞韻文數量較少，且大多是刻畫人物形象、表現人物性格必不可少的手段，前者如

「三顧茅廬」一節中諸葛亮村人、友人、親戚等人引用的五處韻文，既襯托了諸葛亮雅致高亮的風度，又弔足了劉備和讀者的胃口，實在不可多得；後者如石竭村裏三阮的歌謠、潯陽江邊宋江的反詩，既刻畫了人物性格，又串聯了故事情節，同樣不可或缺，是故在歷來的版本演變中，敘述者引用型的詩詞韻文多有刪除而人物引用型基本得以保留。《西遊記》的早期版本還保留著比較明顯的說唱痕跡，人物引用型詩詞韻文有類戲曲人物的唱詞，如孫悟空、豬八戒等人自我介紹時所用的長篇韻文就有類戲曲程序的自報家門，後出的版本便將此類韻文刪改成了散文。《金瓶梅詞話》中人物引用型韻文多為曲詞形式，小說還保留著比較完整的說唱文學特徵，崇禎本對這一部分進行了較大的加工，或直接刪除，或改換成散文，使得小說的說唱氣息大大降低，完成了從說唱本向散說本的轉變。就四大奇書的詩詞韻文使用情況來看，整體上呈現出逐漸下降的趨勢，這標誌著章回小說文體正逐步擺脫說唱文學的影響，向文人化、書面化邁進。

## 三、詩詞韻文的敘事功能

明代章回小說在散文敘事中大量夾以詩詞韻文的做法很容易引起不明就裏的現代讀者的不滿和反感，美國學者畢雪甫先生的觀點很具有代表性，他在《論中國小說的若干局限》一文中將濫用詩詞視為中國古代小說的局限之一，認為這種傳統在乍興的時候，插入的詩詞或許有特定的功能，後來卻只是「有詩為證」，徒能拖延高潮的到來，乃至僅為虛飾，無關要旨。針對這種觀點，臺灣學者侯健先生替中國古代小說作了一定程度的辯護，但對小說中詩詞韻文的敘事功能卻語焉不詳，留下了繼續探討的空間。〔註147〕

對於小說中的詩詞韻文，中國古人自有他們的眼光。馮夢龍當可稱為對小說中夾以詩詞韻文有特殊癖好的小說家，不但在數量上往往有驚人之舉，質量上也頗為用心。他宣稱《隋煬帝豔史》中「詩句書寫，皆海內名公巨筆」，這固然不無自我吹捧之意，但其中「詩句皆制錦為欄，如薛濤烏絲等式，以見精工鄭重之意」卻是有目共睹。至於詩詞韻文的功效，他認為「皆寓譏諷規諫之意」，可見並非「僅為虛飾」。〔註148〕李春芳強調詩詞韻文對刻畫人物

---

〔註147〕詳見侯健《有詩為證、白秀英和水滸傳》，《中國小說比較研究》，臺北東大圖書有限公司1984年版，第75～93頁。

〔註148〕（明）馮夢龍《隋煬帝豔史凡例》，上海古籍出版社《古本小說集成》影印人瑞堂刊本。

形象、襯託人物性格的作用，他在《岳鄂武穆王精忠傳敘》中說「即其錄，觀其事，誦其詩，詠其詞，王之生氣凜凜猶在也」〔註149〕，意即詩詞韻文有助於再現典型環境中的典型人物。李大年《唐書志傳演義序》稱「詩詞檄文頗據文理，使俗人騷客披之，自亦得諸歡慕」〔註150〕，意謂小說中詩詞韻文可以雅俗共賞。毛宗崗論認為「敘事之中，夾帶詩詞，本是文章極妙處」，究竟妙在何處他沒有解釋，在他看來這似乎是一個不言自明的問題，從他譏諷周靜軒詩鄙俚可笑，對漢人作唐律的「穿幫」現象耿耿於懷可以看出，他同樣迷戀在散文敘事中夾以詩詞韻文。〔註151〕為何古人如此熱衷於在散文敘事中夾以詩詞韻文呢？胡適認為有兩個原因，其一是舊日文人多足不出戶，缺乏觀察景致的經驗，只好找現成的詞藻充充數；其二是人類趨易避難的本性使作者喪失了「鑄造新字面和新詞句」的動力，容易接受現成的詞句。〔註152〕夏志清也將其原因歸結於「宋代說書人所用的語言已經裝載著許許多多採自名家的詩、詞、賦、騈文的陳套語句，以至於他們（元、明的說書人）用起現成的文言套語來，遠比自己創造一種能精確描寫風景、人物面貌的白話散文得心應手。」〔註153〕但是如果我們能認真反思浦安迪提出的「文人小說」與「奇書文體」這兩個互相關聯的概念，則上述那些看似非常有理——實際上也確實折服了不少讀者的解釋就還有商榷的餘地。我們承認明代章回小說深受宋元話本小說之影響，但不完全相信明代章回小說作者缺乏觀察經驗與創新能力的說法。明代章回小說的作者們（包括後來的評改者）大多數是參加過科舉的文人學士，有創作小說遣興抒懷的雅致，即便是熊大木、余象斗、鄧志謨一類以小說為業的書商型作者，我們也不能懷疑他們較高的文化水準。將小說中大量引用詩詞韻文的原因解釋為作者缺乏觀察經驗與創新能力，不但低估了「舊日文人」的生活閱歷與文學水準，而且容易造成完全抹煞小說中詩詞韻文作用的危險。我們認為，明代章回小說中大量引用詩詞韻

---

〔註149〕（明）熊大木《武穆王精忠傳》，上海古籍出版社《古本小說集成》影印天德堂刊本。

〔註150〕（明）熊大木《唐書志傳通俗演義》，中華書局《古本小說叢刊》影印楊氏清江堂刊本。

〔註151〕（清）毛宗崗《三國志演義凡例》，齊魯書社 1991 年版。。

〔註152〕胡適《〈老殘遊記〉序》，《胡適古典文學研究論集》，上海古籍出版社 1988年版，第 1264 頁。

〔註153〕（美）夏志清《中國古典小說史論》，胡益民等譯，江西人民出版社 2001 年版，第 11 頁。

文如其說是作者出於創作便利的考慮，不如說是作者自覺選擇的結果，選擇的依據便是詩詞韻文的敘事功能。相對而言，我們樂意認同下面的觀點：

> 以精英爲讀者的成熟小說，常常加進詩詞以放慢行動節奏，這些詩詞通常是敘事者所作，或者由他「引」自前人，往往是無名氏。這種詩詞描繪人物、場景，或對事件進行道德評價。文人小說家，或者夏志清所謂的學者型小說家，利用小說這一形式以滿足具體的知識分子需要：社會政治評論、哲學探討、自我表白、甚至僅爲娛悅自己或賓朋。更多的通俗作品則將向文化程度較低的讀者提供娛樂作爲首要功能。〔註154〕

我們將從以下幾個方面闡述明代章回小說中詩詞韻文的敘事功能：刻畫人物形象，襯託人物性格；描寫景物與場面，烘託故事背景；組織故事內容，編織情節結構。很明顯，我們對詩詞韻文敘事功能的歸類立足於傳統的「小說三要素」說，即人物、環境、情節，不同小說、不同語境中的詩詞韻文其作用肯定各有差異，做如此區分也僅屬權輿，絕無圈地爲牢之意。

不容否認，明代章回小說描寫人物外貌襲用了太多千篇一律的套語，以至筆下的人物個個「面如傅粉，唇若塗朱，目似點漆」，男的自然有「潘安之貌」，女的也不妨「賽過貂嬋」，到處都是俊男美女，卻又人人形象雷同，全無個性。不過若因此而全盤否定小說中詩詞韻文對人物形象的刻畫，未免有失公允，至少在幾部藝術成就較高的小說中我們頗能找出幾處成功的人物描寫。《水滸傳》中人物眾多，但人物刻畫非常成功，「一百八人，人各一傳，性情面貌，裝束舉止，儼有一人跳躍紙上。」〔註155〕一百零八條好漢，人人都以詩詞韻文進行了外貌描寫，如李逵「黑熊般一身鹵肉，鐵牛似遍體頑皮……」，戴宗「面闊唇方眼突，瘦長清秀身材……」，文字雖然簡短，卻也精練傳神。又如第23回寫武松的行者形象：「直裰冷披黑霧，戒箍光射秋霜。額前剪髮拂眉長，腦後護頭齊項。頂骨數珠燦白，雜絨縧結微黃。鋼刀兩口迸寒光，行者武松形象。」第57回寫魯達的和尚形象：「自從落髮寓禪林，萬里曾將壯士尋。臂負千斤扛鼎力，天生一片殺人心。欺佛祖，喝觀音，戒

---

〔註154〕（美）何谷理《明清白話文學的讀者層辨識——個案研究》，樂黛雲、陳鈺編選《北美中國古典文學研究名家十年文選》，江蘇人民出版社1996年版，第449頁。

〔註155〕（清）劉廷璣《在園雜誌》，中華書局2005年版，第83頁。

刀禪杖冷森森。不看經卷花和尚，酒肉沙門魯智深。」前者著力於對人物外表的精細描摹，讀者借助詩歌很容易勾勒出自己心中的武松形象，敘述者特意選用的一系列冷色調詞語，如「冷披」、「黑霧」、「秋霜」、「寒光」，又襯托出武松作為冷面殺手的性格，這與武松「天殺星」的特徵也是相吻合的。後者對人物外表採取粗線條的勾勒，將詩歌的重心放在人物性格的刻畫上，結合對魯達言行的概括完成人物形象的塑造。《三國演義》描寫人物外貌一般不用詩詞韻文，多以散文形式白描勾畫，如劉備「身長七尺五寸，兩耳垂肩，雙手過膝，目能自顧其耳，面如冠玉，唇若塗朱」，張飛「身長八尺，豹頭環眼，燕頷虎鬚，聲若巨雷，勢如奔馬」，關羽「身長九尺三寸，髯長一尺八寸，面如重棗，唇若抹朱，丹鳳眼，臥蠶眉，相貌堂堂，威風凜凜」。〔註156〕敘述者關注的是人物出現在讀者面前的第一印象，故除身材、五官、聲音以及氣質等能直觀呈現的外部特徵外，一般不涉及人物性格，這種寫實手法是受史傳敘事的客觀化傳統影響造成的。《三國演義》表現人物性格的方式有兩種，除了在具體的故事情節中讓人物性格自然表露外，還借助詠史詩的力量影響讀者的判斷，從側面襯托人物性格。如曹操「割髮代首」故事，毛宗崗評本引入了一首詠史詩評論：「十萬貔貅十萬心，一人號令眾難禁。拔刀割髮權為首，方見曹瞞詐術深。」其實就事實本身而言，在人心渙散、號令不行的形勢下，曹操為了不違反自己立下的軍令而割髮代首，未嘗不是一種積極有效的應對方案，如果拋開「尊劉抑曹」的正統觀念，說曹操嚴於律己或機智靈活也未嘗不可。毛宗崗為了要塑造一個奸雄形象，借助史官的威權做出如此評判，目的就是為了襯托曹操奸詐的性格。又如劉備「聞雷驚箸」故事，毛宗崗也有詠史詩評論：「勉從虎穴暫棲身，說破英雄驚殺人。巧借聞雷來掩飾，隨機應變信如神。」劉備巧言令色以掩飾內心的慌亂，其實與曹操的「詐術」不見得有什麼區別，但劉備是「正統」的代表，於是這種欺騙別人的舉動也就成了劉備隨機應變的表現。《金瓶梅詞話》以詩詞韻文的形式描繪了男女主角西門慶和潘金蓮的外貌，敘述者借助人物視角描述了彼此的形象。潘金蓮看西門慶：「也有二十五六年紀，生的十分博浪。頭上戴著纓子帽兒，金玲瓏簪兒，金井玉欄杆圈兒；長腰身穿綠羅褶兒；……可意的人兒，風風流流從簾子下丟與奴個眼色兒。」西門慶看潘金蓮：「……卻不想是個美貌妖嬈的婦人。但見他黑鬒鬒賽鴉翎的鬢兒，翠彎彎的新月的眉兒，清冷冷杏子眼兒，

---

〔註156〕其實這些句子都有明顯的駢偶化傾向，從寬泛意義上說也屬於韻文形式。

香噴噴櫻桃口兒，……肉奶奶胸兒，白生生腿兒，更有一件緊揪揪、紅紿紿、白鮮鮮、黑裀裀，正不知是什麼東西。」作者以略帶輕佻的筆調，描述了人物的衣著打扮與身體器官，較為露骨地表現了對色欲的渴求。但由於是借助人物的眼睛展示一切，因此這種輕佻與色欲也就成了人物性格的一部分。

　　明代章回小說中詩詞韻文對景物與場面的描寫同樣多有出采之處。嘉靖本《三國志通俗演義》「劉玄德三顧茅廬」一節敘述者引入了一首七言古風描寫臥龍崗的風光：

> 襄陽城西二十里，一帶高崗枕流水。高崗屈曲壓雲根，流水潺湲飛石髓。勢若困龍石上蟠，形如丹鳳松陰裏。柴門半掩閉茅廬，中有高人睡未起。修竹交加列翠屏，四時籬落野花馨。床頭堆積皆黃卷，座上往來無白丁。扣戶蒼猿時獻果，守門老鶴夜聽經。囊裏名琴藏古錦，壁懸寶劍掛七星。廬中先生獨幽雅，閒來親自勤耕稼。專待春雷驚夢回，一聲長嘯分天下。

臥龍崗是諸葛亮居住之地，諸葛亮因地得號「臥龍」。古風以抒情的筆調描繪了臥龍崗的清幽與雅致，為後文臥龍的出場渲染了氣氛。未見其人，先觀其地，詩裏描繪的一山一水，一草一木，都是為了映襯諸葛亮的「幽雅」情懷和「長嘯分天下」的非凡抱負。又如容與堂本《水滸傳》「景陽崗武松打虎」一節對武松打虎場面的描述：

> 景陽岡頭風正狂，萬里陰雲霾日光。焰焰滿川楓葉赤，紛紛遍地草芽黃。觸目晚霓掛林藪，侵人冷霧滿窮蒼。忽聞一聲霹靂響，山腰飛出獸中王。昂頭踴躍逞牙爪，谷口麋鹿皆奔忙。山中孤兔潛蹤跡，澗內獐猿驚且慌。卞莊見後魂魄喪，存孝遇時心膽強。清河壯士酒未醒，忽在崗頭偶相迎。上下尋人虎饑渴，撞著猙獰來撲人。虎來撲人似山倒，人去虎迎如岩傾。臂腕落時墜飛炮，爪牙爬處成泥坑。拳頭腳尖如雨點，淋漓兩手鮮血染。穢污腥風滿松林，散亂毛髮墜山崦。近看千均勢未休，遠觀八面威風斂。身橫野草錦斑銷，緊閉雙睛光不閃。

這段韻文置於武松打虎的散文描述之後，從情節結構的角度來說可以刪除，故金聖歎評本《水滸傳》沒有保留。但在說唱文學中，以韻文的形式復述這個驚心動魄的場面還是很有必要的，韻文本身並沒有多少文采，但對場面的

敘述有條不紊，明白曉暢，易於觀眾（讀者）理解記誦。〔註157〕在早期的通俗小說中，以韻文描述場面是一種比較常見的現象，作者樂於書寫，讀者也容易接受。《三國演義》「虎牢關三戰呂布」對戰爭場面的描寫，《金瓶梅詞話》「豪家攔門玩煙火」對元宵燈火的描寫，《封神演義》「渭水文王聘子牙」一節對周文王迎請姜子牙場面的描寫，莫不如此。

　　詩詞韻文在結構故事，編織情節方面具有無可替代的作用。明代章回小說大多選擇在情節發展至高潮時嘎然而止，將故事結局拖入下一回中，回末的退場套語與回首的開場詩詞便承擔了過渡與聯結的作用。容與堂本《水滸傳》第三回「魯提轄拳打鎮關西」敘述魯提轄打死鎮關西之後，亡命至代州雁門縣，正擠在人堆裏「聽」通緝自己的布告時被一人「攔腰抱住」，故事便在此處打住。此人是誰？魯達生死如何？敘述者將謎底留待下回揭開，用幾句套語將故事情節過渡到了第四回「趙員外重修文殊院」：「不是這個人看見了，橫拖倒拽將去，有分教：魯提轄剃除頭髮，削去髭鬚，倒換過殺人姓名，辱惱殺諸佛羅漢，直教禪杖打開危險路，戒刀殺盡不平人。畢竟扯住魯提轄的是什麼人，且聽下回分解。」第四回開場詩詞云：「躲難逃災入代州，恩人相遇喜相酬。只因法網重重布，且向空門好好修。打座參禪求解脫，鹵茶淡飯度春秋。他年證果塵緣滿，好向彌陀國裏遊。」詩的內容除了接續上回故事，即魯達逃亡到代州，偶遇曾經救助過的金老兒外，還預告了接下來將要發生的故事，即魯達削髮為僧，後來終成正果。張竹坡也曾敏銳地發現了《金瓶梅》中詩詞韻文的這種敘事功能，他說：「《金瓶》內，即一笑談，一小曲，皆因時致宜，或直出本回之意，或足前回，或透下回，當於其下另自分注也。」〔註158〕「直出本回之意」，即直接敘述本回內容；「足前回」，即補足、充實前面所敘述的內容，也即「補敘」；「透下回」，即透露、預告後文將要發生的故事，是為「預敘」，張竹坡此論大致概括出了詩詞韻文在小說結構上的功能。在小說敘事中，預敘是最為常見的手法，可以事先交代與下文有關的一些情況，節約文本空間，理清故事線索。從作者角度來說，可以使文本的內容布局前後平衡，不至於厚此薄彼；從讀者角度來

〔註157〕這段韻文與「獨龍山前獨龍崗」一段都是《水滸傳》曾以說唱體詞話流傳的證據，是書會才人在將說唱體改寫成散說體的過程中遺留所致。有關這個問題的詳細論述見《「四大奇書」與明代章回小說文體之關係——以版本演變為中心》一章。

〔註158〕（清）張竹坡《金瓶梅讀法》，（明）蘭陵笑笑生《金瓶梅》，秦脩容整理，中華書局1998年版，第1505頁。

說，可以在心理接受上有個提前量，不至於顯得過於突兀，張竹坡稱之爲「預補法」。〔註 159〕小說第二十九回「吳神仙冰鑒定終身」一節敘述了吳神仙給西門慶和他的六房妻妾以及大姐、春梅看相，每個人的命相均有一首七絕描繪，內容與後文各人的結局相呼應。如描繪大姐的「惟夫反目性通靈，父母衣食僅養身。狀貌有拘難顯達，不遭惡死也艱辛。」便預敘了第九十三回大姐在陳敬濟的打罵下被迫自縊身亡的結局。除了打破故事發生的自然時序，事後總結或提前透露故事信息外，詩詞韻文還可以成爲推動情節發展的主要動力，催化事件的發生並將其黏合爲一個有機整體。《水滸傳》中吳用賺取盧俊義上梁山的過程是一個精心設計的圈套，在整個過程中有三處引用詩歌：吳用在盧俊義家牆壁上所題的四句卦歌是一首誣陷「盧俊義反」的藏頭詩，是計謀得以實現的關鍵；盧俊義途經梁山時打出的四面絹旗又書寫著一首向梁山好漢宣戰示威的七絕，其意與吳用所題藏頭詩針鋒相對；最後阮氏三兄弟所唱的三首山歌宣告了盧俊義的束手就擒，「吳用智賺盧俊義」的情節至此結束。金聖歎對這段故事中引用的幾首詩歌讚不絕口：「前寫吳用，既有卦歌四句，後寫員外，便有絹旗四句以配之，已是奇絕之事。不謂讀至最後，卻另自有配此卦歌四句者，又且不止於一首而已也。論章法則如演連珠，論一一四句各各之妙，則眞不減於旗亭畫壁，賭記絕句矣。」〔註 160〕毛宗崗在《三國演義》結尾引入一首長篇七言古風，概述從漢高祖開國至三國歸晉數百年間的歷史大事，並以「紛紛世事無窮盡，天數茫茫不可逃。鼎足三分已成夢，後人憑弔空牢騷」表達了自己的歷史觀，與卷首詩詞遙相呼應。毛宗崗對自己引入的這兩首詩詞頗爲得意，他說：「此一篇古風將全部事跡隱括其中，而末二語以一『夢』字、一『空』字結之，正與首卷詞中之意相合。一部大書以詞起以詩收，絕妙章法」〔註 161〕，道出了詩詞韻文在小說結構中的敘事功能。

在中國文學傳統中，小說以敘事爲主，詩詞以抒情見長，小說中引入詩詞韻文的做法能實現二者的互動互補：詩發揮了小說的敘事功能，可以「形容人態，頓挫人情」，〔註 162〕蓋「文所不能言之意，詩或能言之。大抵文善醒，

〔註 159〕 （清）張竹坡《金瓶梅》第十二回行評云「未入私僕，先安敗露之因，此謂預補法。」

〔註 160〕 （清）金聖歎《第五才子書施耐庵水滸傳》第六十回回評，上海古籍出版社《古本小說集成》影印金閶葉瑤池刊本。

〔註 161〕 （清）毛宗崗《三國志演義》第一百二十回回評，齊魯書社 1991 年版。

〔註 162〕 （明）袁無涯《忠義水滸全書發凡》，參朱一玄、劉毓忱編《水滸傳資料彙編》，百花文藝出版社 1981 年版，第 148 頁。

詩善醉。醉中語亦有醒時道不到者」〔註163〕，小說具有了詩的情調與意境，使得「事在眼中，情餘言外」〔註164〕，「既足以賞雅，復可以動俗」〔註165〕，不登大雅之堂的小說高攀了居文學正宗的詩歌，身價地位都有所提高，文人學士也可以借助小說來敘事言理，吟詠性情，對章回小說的創作與文體的發展不無裨益。

---

〔註163〕（清）劉熙載《藝概》，上海古籍出版社 1978 年版，第 90 頁。

〔註164〕（明）李卓吾評本《水滸傳》第三十九回評宋江潯陽江題反詩云：「吟飲情事，寫得稠迭生動，事在眼中，情餘言外。」

〔註165〕（清）何昌森《水石緣序》，（清）李春榮《水石緣》，上海古籍出版社《古本小說集成》影印經綸堂刊本。

# 第三章 明代章回小說文體之流變

## 引 言

　　自元末明初《三國演義》、《水滸傳》等小說的產生，至明末清初「四大奇書」文人評改本的流行，章回小說文體經過近三百年的歷史演變，終於從草創權輿走向成熟定型。選擇元末明初作爲章回小說文體發展的起點，是因爲我們認定產生於這個階段的《三國演義》、《水滸傳》等爲最早的章回小說。此前的《宣和遺事》、《取經詩話》等雖說也具備了章回小說文體的許多形態特徵，甚至可以稱爲「章回小說之祖」，但就像類人猿是人類之祖，而「猿」與「人」畢竟是兩個不同的概念一樣，此類小說終究屬於話本體裁。以「四大奇書」的文人評改本作爲章回小說文體定型的標誌，則是考慮到這幾部小說卓越的藝術成就以及它們對後世章回小說創作的典範意義。明代章回小說的文體形態呈現出許多局部的差別，即便同一部小說的不同版本其文體形態也往往大相徑庭，時人對章回小說的文體特徵並無規定，我們今天對章回小說文體的定義也只是約定俗成，而這種大眾印象的形成，很大程度來源於「四大奇書」的文人評改本。根據現存的小說版本來看，明代章回小說的發展很不平衡。如果將明代章回小說文體近三百年的歷史演變分爲前後兩個半期，我們發現嘉靖元年（1522）《三國志通俗演義》的出版剛好是其間的分水嶺。在前半期洪武至正德的一百五十年裏，章回小說的數量較少，主要靠抄本流傳，明代章回小說的產生主要集中在後半期的一百五十年。嘉靖至萬曆年間，歷史演義、神魔小說的創作非常活躍，並且從歷史演義中分化出來英雄傳奇，

《金瓶梅》的問世標誌著世情小說作爲一種章回小說類型的誕生,「四大奇書」的早期版本均產生這個階段。泰昌至崇禎年間,章回小說的數量持續增加,但大多質量平平,其創作仍然處於摹擬、因襲的套路,晚明大量產生的時事小說是此階段一個獨特的創作現象,「四大奇書」的文人評改本陸續產生,延至清初《三國演義》毛宗崗評本、《西遊記》汪象旭評本的問世,代表明代章回小說最高藝術水平的「四大奇書」完成了各自的文體流變,標誌著章回小說文體的成熟定型。本章擬根據明代章回小說發生(包括創作與刊行兩種狀態)的實際情況,分三個時段探討明代章回小說文體的流變。在這個流變過程中,分佈於各個不同歷史階段的章回小說文本是我們得以考察明代章回小說文體流變狀況的具體例證,我們的研究將以具有獨特意義的小說個體和作爲創作現象的小說群體爲重點,主要從小說的成書方式以及章回小說文體特徵的四個主要組成部分——回目的設置、開頭與結尾的模式、韻文的使用情況以及敘說方式的構成對明代章回小說文體做歷時態研究。

## 第一節　洪武至正德（1368～1521）的章回小說創作及其文體特徵

此一階段的章回小說創作並不興盛,現存僅《三國演義》、《水滸傳》、《隋唐兩朝志傳》、《殘唐五代史演義》、《三遂平妖傳》、《孔聖宗師出身全傳》等六部作品。明代早期的章回小說以抄本形式流傳,這給小說的傳播與保存帶來極大不便。迄今爲止尚未發現這六部小說的任何原本,我們的研究只能以後出的刻本爲依據,經過多年的輾轉反覆,這些小說早已「今非昔比」、「面目全非」,這勢必影響到章回小說文體流變研究的精確度。近年來,有不少論者對其中某些小說的作者與成書年代提出置疑,在缺少原本印證的情況下,我們姑且相信刊本小說的題署與前人文獻的紀錄,對此類問題不做過多的探討。〔註1〕這一階段的章回小說創作尙處於起步階段,不但作品數量不多,其

〔註 1〕　學界有不少人根據現存明刊本《隋唐》、《殘唐》與《三國志通俗演義》之間存在大量相似情節的事實否認兩書的作者爲羅貫中,並推斷兩書的成書時間在嘉靖、萬曆年間。鄭振鐸認爲《殘唐五代史演義》「文辭很粗卑,乃學《三國演義》而未能者。……大約所謂羅本、湯顯祖、卓吾子,都是託名的,決不是眞的出自他們之手。」(《鄭振鐸古典文學論文集》,上海古籍出版社 1984年版,第 447 頁。)曾良《〈殘唐五代史演義傳〉三題》(《社會科學研究》1995

文體格式也不夠規範。這幾部作品都稱得上是世代累積型小說，作者博採史傳、話本、戲劇與野史傳聞，以「編次」、「輯撰」的方式摸索著章回小說的創作方式，故還深深地保留著以往文學樣式的烙印。但《三國演義》、《水滸傳》的問世標誌著章回小說文體的產生，完成了從作為口頭講唱文學的話本向作為案頭之作的章回小說的蛻變，初步確立了章回小說文體的軌範並成為後世小說模仿的對象。從題材類型而言，歷史演義占絕對優勢，即便是英雄傳奇《水滸傳》與神魔小說《三遂平妖傳》的產生，也離不開作為本事的歷史材料；從文體規範而言，此一階段的章回小說並未定型，還帶著剛從話本小說脫胎的濃厚印記，回目的設置並不規範，以單句為主，字數不統一，開頭與結尾較為隨意，尚未形成固定的格套，韻文占較大比例，說書者聲口與史官聲口隨處可見。

　　《三國演義》現存最早版本為嘉靖元年（1522）刊本《三國志通俗演義》。據書前題署弘治甲寅（七年，1494）庸愚子所作《三國志通俗演義序》，可知至遲在弘治七年以前，《三國演義》即以抄本形式流傳民間：「書成，士君子之好事者，爭相膽錄，以便觀覽。」羅貫中原本《三國演義》的面貌今已無

年第 5 期）認為，「舊題羅貫中編輯的《殘唐》，當是明中後期，《三國》、《水滸》已產生廣泛影響，文人（或書賈）為了獲利，才依託羅貫中之名，又因襲《三國》、《水滸》，將長期流傳的五代史故事編輯而成」；沈伯俊《〈隋唐志傳〉非羅貫中所作》（《明清小說研究》1997 年第 4 期）認為「〈隋唐志傳〉成書至少是在嘉靖本《三國志演義》刊刻之後，可能晚至隆慶、萬曆年間，絕非羅貫中所作」；陳國軍《〈殘唐五代史演義傳〉非羅貫中所作》（《明清小說研究》1999 年第 1 期）認為「《殘唐》小說的刊行、創作時間應在萬曆二十八年後」。我們認為，這些論述均有一定的道理，但不能讓人完全信服。原因在於他們用於比勘的《隋唐》、《殘唐》乃至《三國演義》的版本均非原本，都是經過了相當長時間傳抄、改竄並且已經非常流行的明代中後期版本，無法準確反映原本的面貌。如林瀚序已經明白無誤地交代清楚了他修改羅氏原本《隋唐》的事實，而萬曆四十七龔紹山刊本《隋唐》又暴露出了不少曾經修改的破綻。書商為了獲利，當然有可能託羅貫中之名，但另一方面，他們為了獲利，模仿已經產生廣泛影響的《三國演義》修改《隋唐》、《殘唐》原本的可能性也並非沒有，更何況在章回小說文體的草創初期，編撰者有意無意重複自己的編創模式也是完全可能的。本文堅持柳存仁的觀點，認為「其中一部分文字或者保存一《隋唐志傳》舊本之真相，並且承認此《兩朝志傳》實仍當有一彷彿《三國志傳》性質之舊本為之先驅。」（參柳存仁《羅貫中講史小說之真偽性質》，劉世德主編《中國古代小說研究——臺灣香港論文選輯，上海古籍出版社 1983 年版）在尚未找到確鑿的證據之前，我們認為這種表述較為謹慎，也較符合已知的事實。

法得知，我們只能從較接近原本的小說版本來推測其本來面貌。在現存數十種《三國演義》版本中，一般認爲「志傳」系列比較接近羅貫中原本，還保留著原本較多的文體特徵。今藏於西班牙愛思哥利亞王室圖書館的嘉靖二十七年（1528）葉逢春刊本《新刊通俗演義三國志史傳》是現存「志傳」系列中最早的建陽刊本，雖然此本仍然無法避免地受到後人改竄（如加入了生活於明代中期的周靜軒詩），但據此我們多少可以推知羅貫中原本的一些特徵。此本分十卷二百四十則，則目爲單句，以六言爲主，間有七言與八言，如第一則「祭天地桃園結義」，第三則「安喜縣張飛鞭督郵」、第八則「曹操謀殺董卓」。卷首有一首從「一從混濁分天地」敍至「萬古流傳三國志」的歷代歌，各卷前均標明本卷敍事時間的起訖年限。開頭無套語，少見後來章回小說常用的「卻說」、「話說」之類引頭語詞，結尾多以簡短的問句結束，較爲隨意，如「怎麼取勝」、「性命如何」、「此人是誰」、「畢竟是誰」之類。這些特徵都比較接近元至治年間刊本《全相三國志平話》，羅貫中原本當亦如此。文中多引詩詞，如標明「靜軒」所作的有 43 首，記於「史官」名下的有 65 首，主要爲詠史詩作，藉此表達敍述者對人物事件的情感與觀點。除已知署名「靜軒」等的詩詞爲後人所加入外，其他究竟爲原本所有抑或同爲後人加入尚不得而知。全書極少見後期章回小說常見的說書人聲口，引導讀者閱讀的是貫穿全書的史官聲口，這種敍說方式的選擇無疑由作者「據國史演爲通俗」的創作宗旨決定，以小說文體而欲求「庶幾乎史」的敍事效果。羅貫中以《全相三國志平話》爲藍本，參採陳壽《三國志》及裴松之、習鑿齒等人所作注釋，明人高儒《百川書志》說他「據正史，採小說，證文辭，通好尙，非俗非虛，易觀易入，非史氏蒼古之文，去瞽傳詼諧之氣，陳敍百年，該括萬事」〔註2〕，這大概即羅氏原本的風貌。

　　《水滸傳》原本今亦不可見，我們只能從前人的記載中得知其大概情形。〔註3〕袁無涯刊本《忠義水滸全書發凡》云：「古本有羅氏致語，相傳《燈花婆婆》等事，既不可復見」〔註4〕。錢希言《戲瑕》云：「（《水滸傳》）詞話每

〔註2〕 （明）高儒《百川書志》，上海古籍出版社 2005 年版，第 82 頁。

〔註3〕 竺青、李永祜《〈水滸傳〉祖本及「郭武定本」問題新議》（《文學遺產》1997 年第 5 期）認爲「題署『施耐庵的本，羅貫中編次』的百回本《忠義水滸傳》是現知所有明代《水滸傳》的祖本，其成書年限至遲不晚於成化年間。」

〔註4〕 （明）袁無涯《忠義水滸全書發凡》，轉引自朱一玄、劉毓忱編《水滸傳資料彙編》，百花文藝出版社 1981 年版，第 148 頁。

本頭上有請客一段，權做個德勝利市頭回，此政是宋朝人借彼形此，無中生有妙處。」〔註 5〕天都外臣（汪道昆）云：「故老傳聞：洪武初，越人羅氏，詼詭多智，為此書，共一百回，各以妖異之語引其首，以為之豔。嘉靖時，郭武定重刻其書，削去致語，獨存本傳。余猶及見燈花婆婆數種，極其蒜酪。」〔註 6〕周亮工《因樹屋書影》也說《水滸傳》原本前有「致語」或「楔子」。上述引文中的「致語」、「豔」、「德勝利市頭回」等，內容大致相同，指正文前的那些鋪敘描寫的部分，其形式多為駢文或韻文，可用於說唱。「致語」又名「樂語」〔註 7〕，是古代宮廷藝人在演奏樂舞百戲開始時，用對偶文字和詩章說唱的祝頌之詞，宋元說話藝人把「致語」這種形式運用到說話藝術中去，又稱為「引子」或「引首」，胡適認為「是用四六句調或是韻文的。」〔註 8〕「豔」是「豔段」的簡稱，本為宋元雜劇用語，是搬演正劇前的一場，以「豔」名之，或許是形容這一小段詞採動人、趣味盎然之意。「頭回」，即開頭的一回，宋元說話藝人把講說故事正文之前的一個故事稱為「頭回」，前面加上「德（得）勝利市」字樣，魯迅以為是當時聽眾多為軍民，冠以「得勝」二字取吉祥之意，王古魯、胡適等人以為是說話藝人開場時用鼓板吹奏「得（德）勝令」曲子，故稱「得勝頭回」。〔註 9〕據此，可知《水滸傳》原本為一百回，各回前有可用於說唱的「致語」或「頭回」故事，還保留著明顯的宋元說話

---

〔註 5〕（明）錢希言《戲瑕》，王雲五主編《叢書集成初編》，商務印書館 1936 年版，第 8 頁。

〔註 6〕（明）天都外臣《水滸傳序》，人民文學出版社 1954 年版。

〔註 7〕「樂語」或稱為「教坊詞」，徐師曾《文體明辨》：「按樂語者，優伶獻伎之詞，亦名致語。……宋制，正旦、春秋、興龍、坤成諸節，皆設大宴，仍用聲伎，於是命辭臣撰寫致語以畀教坊，習而誦之：而吏民宴會，雖無雜戲，亦有首章：皆為謂之樂語。」南宋魏齊賢、葉棻於淳熙年間所編的《聖宋名賢五百家播芳大全文粹》（宋刻本，收入線裝書局 2004 年出版的「宋集珍本叢刊」第九十四冊）收入的「樂語」分為「御宴致語」、「聖節錫宴致語」、「生辰致語」、「宴餞致語」、「鹿鳴宴致語」、「時節宴會致語」、「慶賀致語」、「禮席致語」諸類，這就給我們研究樂語這種文體提供了非常有益而詳細的史料。《宋文鑒》卷一百三十二收「樂語」五篇。以《宋文鑒》所錄蘇軾《集英殿秋宴教坊致語》為例，包括「勾合曲，勾小兒隊、隊名、問小兒隊、小兒致語、勾雜劇、放小兒隊、勾女童隊、隊名、問女弟子隊、女童致語、勾雜劇、放隊」等節。

〔註 8〕胡適《「致語」考》，《中國章回小說考證》，安徽教育出版社 1999 年版，第 69～72 頁。

〔註 9〕王古魯《話本的性質和題材》，見人民文學出版社 1957 年版《二刻拍案驚奇》附錄三。

藝術特色，非常接近話本小說的文體特徵。又據明萬曆二十二年（1594）雙峰堂刊本《京本增補校正全像忠義水滸志傳評林》上層評語可知，《水滸傳》原本多有「引頭詩」，如卷八「吳用舉戴宗」一回評曰「凡引頭之詩，皆未乾《水滸》內之事，觀之摭（遮）眼，故寫於上層，隨愛覽者覽之」；第九卷「楊雄醉罵潘巧雲」一回評曰「詞之事皆是一引頭，何必要？故錄上層，隨便覽觀」；第十卷「楊雄大鬧翠屏山」一回評曰「各傳皆有引頭之詩，未見可取。」各回皆有引頭詩詞，同樣保存了較爲明顯的宋元話本小說特徵。

　　《隋唐兩朝志傳》與《殘唐五代史演義》均題署「羅本編輯」。《隋唐》所附林瀚《隋唐志傳序》亦云：「《三國志》羅貫中所編，《水滸傳》則錢塘施耐庵集成。二書並行世遠矣，逸士無不觀之。唯唐一代闕焉，未有以傳。予每憾焉。前歲偶寓京師，訪有此作，求而閱之，始知實亦羅氏原本。因於暇日遍閱隋唐書所載英君名將忠臣義士，凡有關於風化者悉編爲一十二卷，名曰《隋唐志傳通俗演義》。」〔註10〕又清文錦堂刊四雪草堂本《隋唐演義》之褚人獲《序》亦云：「《隋唐志傳》，創自羅氏，纂輯於林氏，可謂善矣」〔註11〕，同書所附林瀚《隋唐演義原序》題署「時正德戊辰仲春花朝後五日」。據此可知羅貫中創作有《隋唐志傳》，正德年間林瀚以此爲基礎纂輯成《隋唐志傳通俗演義》。萬曆年間龔紹山刊本《隋唐兩朝志傳》也非原作，其間存在曾經刪改的痕跡，如第八十九回後又有一個「第八十九回」，不合常理；書末木記云：「是集自隋公楊堅於陳高宗（當作陳宣帝）大（當作太）建十三年辛丑歲受周主禪即帝位起」，可實際上正文並無楊堅受禪的情節，一開始就寫楊廣陰謀纂奪太子位。另萬曆本《殘唐五代史演義》亦非原本——小說每回有一插圖，基本上以回目爲圖題，原版應爲六十圖，此本闕二十九圖，又第四十八回圖「契丹兵助石敬塘」與第四十七回圖「廢帝遣將追公主」次序顛倒，可知此本非原刊本。

　　孫楷第認爲萬曆四七十年（1619）刊本《隋唐兩朝志傳》「似所據爲羅氏舊本，而書成遠在正德之際，……且即此書九十一回以前觀之，其規模間架，亦猶是羅貫中詞話之舊。唯於神堯起義以前增隋事數回而已」〔註12〕。全書

---

〔註10〕 （明）羅貫中《隋唐兩朝史傳》，上海古籍出版社《古本小說集成》影印日本尊經閣藏本。

〔註11〕 （清）褚人獲《隋唐演義》，上海古籍出版社《古本小說集成》影印四雪草堂刊本。

〔註12〕 孫楷第《日本東京所見中國小說書目》，人民文學出版社1981年版，第38～39頁。

雖據史實敷演，抄襲史書之處不少，且雜採民間里巷傳聞及戲曲說唱多種材料。不但「規模間架」多所依傍，《隋唐志傳》的文體形態特徵也頗同於《三國志傳》的早期版本。開頭無套語，起訖頗爲隨意，結尾有少數回目使用「畢竟如何」、「未知如何」等簡單的問句，沒有出現在萬曆末期大部分章回小說中已經定型成格式的結尾套語「欲知後事如何，且聽下回分解」等語句。回目爲單句，以七言爲主，夾以六言、八言。語言質樸，多詠史詩詞。《殘唐五代史演義》題材與元人雜劇多有相同之處，趙景深以爲《殘唐》小說在前，元人雜劇乃據小說而改編者。〔註 13〕然此論證據不足，說《殘唐》係採元人雜劇而成者也未嘗不可。五代故事早在宋代即已成爲說話人熟悉的題材，甚至出現了專門說五代史故事的藝人，宋元時期還產生了《五代史平話》。與《三國志傳》以《三國志平話》爲藍本不同的是，《殘唐》與《五代史平話》的關係並不密切。《五代史平話》取編年體例，梁、唐、晉、漢、周五代各自獨立成篇，筆墨均衡；《殘唐》則從頭至尾按年代順序敘事，全書以李存孝爲中心，至王彥章死後敘事節奏陡然加快。全書六十回，以李存孝、王彥章爲中心的梁代故事四十二回，占全書的百分之七十，而唐、晉、漢、周四代故事合占全書的百分之三十。此外，《殘唐》敘李存孝故事與正史並不盡合，作者雖大體遵從史實，但對人物作了相當的虛構與加工，因此與其說《殘唐》是五代的歷史演義，還不如說李存孝一人的英雄傳奇。

　　《三遂平妖傳》現存有明萬曆二十年（1592）世德堂刊本，四卷二十回。此本非羅氏原本，泰昌元年（1620）天許齋刊本張譽《平妖傳敘》云：「疑非全書，兼疑非羅公眞筆」，崇禎間嘉會堂《新平妖傳識語》也認爲它「原起不明，非全書也。」嘉靖年間晁瑮《寶文堂書目》「子雜」類收錄有兩種《平妖傳》，可見至遲在嘉靖時《平妖傳》已廣爲流傳。《平妖傳》以北宋慶曆年間貝州王則起義的歷史事件爲原型，南宋時說話藝人曾將這個故事編成話本，羅燁《醉翁談錄・舌耕敘引》中紀錄有「貝州王則」。齊裕焜認爲，《三遂平妖傳》「展示了初期長篇神怪小說的面貌。它是由一些『妖術』、『公案』、『靈怪』類的短篇話本雜湊而成的」，「構成此書的五個故事，在《醉翁談錄》所著的說話名目中，可見其部分底本：『妖術』類有『千聖姑』，可能即聖姑姑和永兒的故事；『貝州王則』，即此書中的王則起義故事；『公案』類有『八角

---

〔註13〕詳見趙景深《殘唐五代史演傳》，《中國小說叢考》，齊魯書社 1980 年版，第122 頁。

井』，當即此書卜吉的故事；『靈怪』類有『葫蘆兒』，當是此書蛋子和尚和杜七聖的故事」。〔註 14〕此本小說回目為聯句，字數七言、八言不等；各回有引首詩詞，結尾先以「正是」引出一聯對句，再以「畢竟如何，且聽下回分解」的套語結束。從小說開頭、結尾的格式化來看，我們懷疑這是後人修改所為，元末明初的章回小說當不至出現如此規範的文體特徵。小說多詩詞，描寫人物景物與場面時多用韻文，說書人聲口較為明顯，這些特徵表明羅氏原本還保留著明顯的話本小說特色。雖以王則起義的史實為素材，但全書並沒有完整地再現那段歷史，王則也並非全書的中心人物。王則起義是借助彌勒教的勢利開始的，宗教巫術與術數在王則起義的過程中起了很大的作用，這類題材在市井俚巷中流傳非常廣泛。在史實與傳聞之間，作者將筆墨更多地留給了後者，以「妖」——即以聖姑姑和胡永兒為首的一干神魔為小說敘述的中心。就這樣，《三遂平妖傳》不經意間成了明代神魔小說的開山之作，魯迅在《中國小說史略》第十六篇《明之神魔小說》（上）中說：「其在小說，則明初之《平妖傳》已開其先，而繼起之作尤夥。」〔註 15〕

　　《孔聖宗師出身全傳》約成於正德年間，撰人不詳，四卷十九則。小說分則標目，則目為單句，字數不一，以六七言居多。各則以「卻說」、「話表」開頭，結尾有「不知後來如何，再聽下回又講」、「話猶未竟，再聽下面又敘」句式，尚未定型成格式。此書或由書會才人依據平話創作而成，第一卷第一則（則目頁佚）云：「後有山人覽傳至此，口占西江月一首……」、「備論歷代帝王」一節末尾有「後有才人覽傳至此，援筆題曰……」句式。全書根據《闕里志》中孔子年譜次序，雜取史傳、《孔子家語》等書中有關孔子事跡編寫而成，情節比較散漫，內容以對話、解說為主，語言比較呆板。各則後有詩詞作結，常用一些小說套語，可見作者企圖以小說形式宣揚孔子事跡。但由於作者拘泥於史料記載，雖套用小說形式，而未能注重小說的人物形象塑造和故事情節安排，全無文采。是以胡適《跋》以為作者「文字不高明，僅僅能鈔書，卻不能做通俗文字，所以這部書實在不能算作一部平話小說」〔註 16〕。另外，《西諦書目》和《北京圖書館善本書目》均把此書列入史部傳記類，不認為它是小說。

---

〔註 14〕齊裕焜《明代小說史》，浙江古籍出版社 1997 年版，第 91 頁。
〔註 15〕魯迅《中國小說史略》，上海古籍出版社 1998 年版，第 104 頁。
〔註 16〕（明）佚名《孔聖宗師出身全傳》，上海古籍出版社《古本小說集成》影印北京圖書館藏本。

# 第二節 嘉靖至萬曆（1522～1620）的章回小說創作及其文體特徵

　　嘉靖至萬曆的近一百年，是章回小說發展的黃金時期，作品數量眾多，類型齊備，文體形態漸趨規範。《三國演義》的成功，推動了歷史演義創作熱情的高漲，「事記其實，亦庶幾乎史」〔註17〕成為人們評判此類小說價值的標準，後來者紛紛仿傚，認為演義當「補經史之所未賅」〔註18〕，「其利益亦與六經諸史相垺」〔註19〕。在這種小說觀念指導下，小說創作依傍史實，講求實錄，作者較少發揮，除正史之外，各種野史傳聞也成了值得信賴的資料來源，因為在時人看來，這不過是歷史另一種形式的記載。《水滸傳》以「敘一時故事而特置重於一人或數人」〔註20〕的方式替人物作傳，從歷史演義中另立門庭，開創了英雄傳奇小說類型。與歷史演義「傳信貴真」不同，英雄傳奇允許作者有相當程度的想像與虛構，即所謂「傳奇貴幻」。少了史實的羈絆，作者可以馳騁才情，虛實相生。《大宋中興通俗演義》總體上屬於歷史演義，但也出現了向英雄傳奇靠攏的偏差，在某種程度上可稱為岳飛的傳奇；至《楊家府世代忠勇演義》則完全是「以一人一家事為主，而近於外傳、別傳以及家人傳者」〔註21〕。萬曆間神魔小說創作的興盛，可視為對講求實錄的歷史演義的反撥。從歷史演義到英雄傳奇再到神魔小說，小說取材經歷了由「傳信貴真」到「傳奇貴幻」再到「不極不幻」的轉變，至《西遊記》以其「漫衍虛誕」的特色而趨於極至。《西遊記》是神魔小說創作的典範，後來者總不離對它的摹擬與因襲。萬曆二十年（1592）金陵世德堂刊本《西遊記》文體形態已非常規整，《西洋記》、《封神演義》等小說亦步亦趨，為章回小說文體格式的確立打下了較好的基礎。萬曆年間，產生了世情小說的開山之作——《金瓶梅詞話》，至此，明代章回小說的四種類型均已產生。雖然世情小說創作的繁盛直到清初才出現，但《金瓶梅詞話》以其嶄新的視角從傳統的歷史

---

〔註17〕（明）庸愚子《三國志通俗演義序》，（明）羅貫中《三國志通俗演義》，上海古籍出版社《古本小說集成》影印嘉靖元年刊本。

〔註18〕（明）陳繼儒《敘列國傳》，（明）余邵魚《春秋列國志傳》，上海古籍出版社《古本小說集成》影印萬曆乙卯刊本。

〔註19〕（明）可觀道人《新列國志敘》，（明）馮夢龍《新列國志》，上海古籍出版社《古本小說集成》影印金閶葉敬池刊本。

〔註20〕魯迅《中國小說史略》，上海古籍出版社1998年版，第103頁。

〔註21〕孫楷第《中國通俗小說書目》，人民文學出版社1982年版，第5頁。

事件、神魔鬼怪、英雄豪傑題材中開闢了一片全新的天地，以市井百姓的日常生活爲敘述的對象，其意義與影響不容小覷。關於《金瓶梅詞話》的成書方式和文體特徵，我們將在第四章《「四大奇書」與明代章回小說文體之關係——以版本演變爲中心》中集中討論，此處不作贅述。

嘉靖元年（1522）《三國演義》的刊行，結束了章回小說僅靠抄本流傳的歷史，影響迅速擴大，「嗣是傚顰日眾」，作者甚夥，讀者對這種小說文體也表現出了極大的熱情，許多小說一版再版，《三國演義》、《水滸傳》更是先後刊行數十次。〔註22〕除去再版的小說之外，據不完全統計，嘉靖至萬曆的近百年時間裏，共產生了以下章回小說：〔註23〕

1、《大宋中興通俗演義》，熊大木撰，嘉靖三十一年（1552）楊氏清江堂刊本，八卷七十四則；

2、《唐書志傳通俗演義》，熊大木撰，嘉靖三十一年（1552）楊氏清江堂刊本，八卷九十節；

3、《全漢志傳》，熊大木撰，萬曆十六年（1588）余氏克勤齋刊本，十二卷一百二十一則；

4、《皇明開運英武傳》，撰人不詳，萬曆十九年（1591）楊明峰刊本，八卷五十九節；

5、《西遊記》，吳承恩撰，萬曆二十年（1592）金陵世德堂刊本，二十卷一百回；

6、《三寶太監西洋記》，羅懋登撰，萬曆二十五年（1597）三山道人刊本，二十卷一百回；

7、《繡榻野史》，呂天成撰，萬曆二十七年（1599）種德堂刊本，二卷；

8、《北方真武祖師玄天上帝出身志傳》，余象斗撰，萬曆三十年（1602）熊仰臺刊本，四卷二十四則；

---

〔註22〕萬曆時期建陽書坊主余象斗《批評三國志傳·三國辨》云「坊間所梓《三國》，何止數十家矣」，《忠義水滸志傳評林·水滸辨》云「《水滸》一書，坊間梓者紛紛」。

〔註23〕嚴格地說，明代絕大多數的再版章回小說都可以視爲一種新的創作，再版時的修改會影響到小說文體的變化，許多小說的文體格式往往就是在不斷修改中趨於規範，尤以「四大奇書」爲甚，本文第四章《「四大奇書」與明代章回小說文體之關係——以版本演變爲中心》嘗試對這一問題做出探討。限於篇幅，本章不打算探討此一時期再版的章回小說。

9、《征播奏捷傳通俗演義》，名衢逸狂撰，萬曆三十一年（1603）巫峽望
　　仙岩刊本，六卷一百回；

10、《鐵樹記》，鄧志謨撰，萬曆三十一年（1603）萃慶堂刊本，二卷十五
　　回；

11、《咒棗記》，鄧志謨撰，萬曆三十一年（1603）萃慶堂刊本，二卷十四
　　回；

12、《飛劍記》，鄧志謨撰，萬曆三十一年（1603）萃慶堂刊本，二卷十三
　　回；

13、《兩漢開國中興傳志》，撰人不詳，萬曆三十三年（1605）詹秀閩刊本，
　　六卷四十二則；

14、《楊家府世代忠勇演義志傳》，秦淮墨客撰，萬曆三十四年（1606）天
　　德堂刊本，八卷五十則；

15、《列國志傳》，余邵魚撰，萬曆三十四年（1606）三臺館重刊本，二百
　　二十六則；

16、《三國志後傳》，酉陽野史撰，萬曆三十七年（1609）序刊本，十卷一
　　百四十回；

17、《東西兩晉志傳》，撰人不詳，萬曆四十年（1612）大業堂刊本，十二
　　卷三百四十七則；

18、《西漢通俗演義》，甄偉撰，萬曆四十年（1612）大業堂刊本，八卷一
　　百零一則；

19、《雲合奇蹤》，託名徐渭撰，萬曆四十四年（1616）序刊本，二十卷八
　　十則；

20、《皇明英烈傳》，撰人不詳，萬曆年間三臺館刊本，六卷六十一節；

21、《南北兩宋志傳》，熊大木撰，萬曆間世德堂刊本，二十卷一百回；

22、《東漢十二帝通俗演義》，謝詔撰，萬曆間大業堂刊本，十卷一百四十
　　六則；

23、《金瓶梅詞話》，蘭陵笑笑生撰，萬曆丁巳東吳弄珠客序刊本，十卷一
　　百回；

24、《達摩出身傳燈傳》，朱開泰撰，萬曆間清白堂刊本，四卷七十則；

25、《唐鍾馗全傳》，撰人不詳，萬曆間安正堂刊本，四卷三十八回；

26、《天妃濟世出身傳》，吳還初撰，萬曆間忠正堂刊本，三卷三十二回；

27、《八仙出處東遊記》，吳元泰撰，萬曆間三臺館刊本，二卷五十六回（則）；

28、《南海觀世音菩薩出身修行傳》，西大午辰走人撰，萬曆間煥文堂刊本，四卷二十五則；

29、《三教開迷歸正演義》，潘境若撰，萬曆間萬卷樓刊本，二十卷一百回；

30、《浪史》，風月軒又玄子撰，成書不晚於泰昌元年，嘯花軒刊本，四十回；

31、《承運傳》，撰人不詳，萬曆間刊本，三十九則；

32、《戚南塘剿平倭寇志傳》，因卷首第十一頁前全闕，故不知全書卷數、撰人、刊刻書坊以及年代。據其上圖下文的版式，疑似萬曆年間建陽刊本，殘存一至三卷；

33、《于少保萃忠全傳》，孫高亮撰，萬曆間刊本，十卷七十回；

34、《封神演義》，許仲琳撰，天啓間金閶舒載陽刊本，二十卷一百回；〔註24〕

35、《牛郎織女傳》，朱名世撰，萬曆間余成章刊本，四卷五十五則；

36、《海陵佚史》，無遮道人撰，萬曆間刊本，二卷。

　　在洪武至正德期間，章回小說創作尚處於起步階段，一百五十餘年時間裏只留下了區區六部作品，而羅貫中一人便擁有其中五部的著作權，這一百五十餘年的章回小說史幾乎可以稱爲羅貫中時代。自嘉靖至萬曆年間，章回小說創作進入蓬勃發展時期，某一作者「獨步書林」的局面被打破，尤其引人關注的是一個由書坊主及其雇員組成的職業作家群的出現，其中以熊大木、余邵魚、余象斗、鄧志謨爲代表。〔註25〕他們創作的章回小說藝術水準

〔註24〕關於《封神演義》的作者有兩種說法：許仲琳或陸西星，前者以章培恒《〈封神演義〉作者補考》（《復旦學報》（社科版）1992年第4期）爲代表，後者以柳存仁《陸西星吳承恩事跡補考》（《中華文史論叢》1981年第2輯）爲代表，本文從章說；關於《封神演義》的成書年代，魯迅以爲「成於隆慶萬曆間」（《中國小說史略·明之神魔小說（下）》，劉振農《〈封神演義〉成書年代考實——兼及〈西遊記〉成書的一個側面》（《中國人民警官大學學報》（哲社版）1997年第2期），認爲成於萬曆二十五年以前，章培恒《〈封神演義〉前言》（江蘇古籍出版社1996年版）認爲成於天啓年間，本文從前說，以爲在萬曆年間較合理。

〔註25〕關於這幾位作者的生平事跡可參閱陳大康《關於熊大木字、名的辨正及其他》（《明清小說研究》1991年第3期）、蕭東發《明代小說家、刻書家余象斗》（《明清小說論叢》第四輯，春風文藝出版社1986年版）、吳聖昔《鄧志謨經歷、家境、卒年探考》（《明清小說研究》1993年第3期）、（韓）金文京《晚明小說、類書作家鄧志謨生平初探》（辜美高、黃霖主編《明代小說面面觀——明代小說國際學術研討會論文集》，學林出版社2002年版）等論文。

都非常低下，單從欣賞角度而言沒有多大價值；但他們的創作引領了明代章回小說創作高峰的到來，對推動章回小說文體的發展功不可沒，尤其是通過他們的作品，我們可以發現明代章回小說文體演變的足跡，從章回小說文體發展史的角度考慮，他們的創作具有重要意義。

　　《大宋中興通俗演義》，熊大木《序》云：「以王本傳行狀之實跡，按通鑒綱目而取義」〔註26〕撰成。全書實抄錄史傳連綴成文，殊少自出機杼之處。《凡例》自稱「大節題目俱依通鑒綱目牽過，內諸人文辭理淵難明者愚則互以野說連之，庶便俗庸易識」〔註27〕，然除少數幾處採集《效颦集》及《江湖紀聞》之「野說」外，所據史料均出自《續資治通鑒綱目》並仿綱目體綴輯，文中大量插入表、疏、奏、詔等歷史文獻以及史評與詠史詩詞，以至小說史意有餘而文采不足，「俗庸易識」不過空談。小說分則標目，不標則數，則目為七言單句（偶有八言）。各則開頭間或有「卻說」字樣，結尾間或有「且聽下回分解」語句，但均未定型成格套。第一則有長篇古詩一首，概述自開天闢地至大宋一統天下事，類似話本小說之入話。又大木所撰《唐書志傳通俗演義》，編創方式與《大宋中興通俗演義》大同小異，故事情節大體抄襲《資治通鑒》原文連綴而成，「竟境之創造既少，鈎稽組合亦無其學力，徒為呆板不靈抄綴之俗書而已。」〔註28〕然兩書能圍繞主要人物展開敘述，前者以武穆王岳飛為中心，後者以秦王李世民為重點，雖然據史演義，卻也敢於刪削情節，詳略有節，突出主要人物的英雄形象，故其敷衍史實有類《三國》，而刻畫人物頗同《水滸》，在歷史演義中書寫英雄傳奇，明代章回小說中許多作品存在文類雜糅的現象，大木可謂首開風氣者。元明兩代以兩漢故事為題材之小說甚多，今存元代平話《前漢書續集》，明萬曆三十三年（1605）刊本《兩漢開國中興傳志》，甄偉《西漢通俗演義》〔註29〕，謝詔《東漢十二帝》等，而以熊大木《全漢志傳》敘兩漢史事最為詳備。全書敘事摹仿《三國》與《水

〔註26〕　（明）熊大木《大宋中興通俗演義》，上海古籍出版社《古本小說集成》影印楊氏清江堂刊本。

〔註27〕　同上。

〔註28〕　孫楷第《中國通俗小說提要》，《藝文志》第二輯，山西人民出版社1985年版，第199頁。

〔註29〕　據趙景深先生考證，《西漢演義》以元代平話《前漢書續集》為藍本編撰成書。詳見趙景深《〈前漢書續集〉與〈西漢演義〉》，《中國小說叢考》，齊魯書社1980年版，第110～119頁。

滸》。尤其是人物的描述，劉秀每以忠義之由辭受皇位，恰似劉備之翻版；手下 28 員戰將係天上星宿下凡，頗類《水滸》之 108 名天罡地煞星轉世。又排兵布陣，籌劃謀略，以及動輒觀星象，看人相，極似《三國》。內容大多遵從史實，較少發揮。各則以七言單句為目，開頭較少套語，結尾則大多有定型化語句，如「欲知如何，下回便見」等，接近後來章回小說常見之「欲知後事如何，且聽下回分解」等句式。熊大木《南北兩宋志傳》分《南宋志傳》與《北宋志傳》兩部分，前者以《五代史平話》為藍本，稱得上是對五代中晉、漢、周三朝平話的擴寫，雖云：《南宋志傳》，而宋太祖事並非全書敘述的重點，僅散見於漢、周二朝敘述之中；後者參採《楊家府演義》等小說（第一回按語有云：「收集楊家府等傳，參入史傳年月編定」），以楊家父子為中心，可視為楊家父子的英雄傳奇，於史傳外雜採野史傳聞，市井俚說，故小說多有不經之處。全書分回標目，不標回數。回目為七言聯句。每回前有「話說」、「卻說」字樣引出本回內容，結尾有簡單問句如「畢竟如何」等。文中常以「但見」、「有詩為證」等引出詩詞韻文，或寫景，或狀物，或擬人。《列國志傳》，現存主要版本有明萬曆三十四年（1606）三臺館重刊本，八卷二百二十六則。該本繫於邵魚據舊本加以改編，余象斗重編而成。余邵魚《題全像列國志傳》宣稱小說「編年取法麟經，記事一據實錄。凡英君良將，七雄五霸，平生履歷，莫不謹按五經並《左傳》、《十七史綱目》、《通鑒》、《戰國策》、《吳越春秋》等書，而逐類分紀。」余象斗《題列國志序》又聲稱「旁搜列國之事實，載閱諸家之筆記，條之以理，演之以文，編之以序。」余氏叔侄羅列大堆史傳，開出編撰秘方，無非標榜小說具有信史的價值，「雖千百年往事，莫不炳若丹青」，「是誠諸史之司南」。然小說除參採《左傳》與《十七史詳節》（第七卷卷首《敘列國傳》云：「六卷以上演《左氏春秋》傳記之義，其事則說五霸；七卷以下因呂氏（祖謙）《史記詳節》之校，其事則說七雄」）外，更多的是從話本與戲劇中攫取題材。其敘武王伐紂故事，與元人講史平話《武王伐紂》多有雷同；敘春秋五霸故事，與明崇禎間刊本《孫龐鬥志演義》相同，戰國七雄故事，又襲自《七國春秋後集》。此外，據孫楷第考證，小說對元人雜劇亦多有採錄，如《洗紗女抱石投江》、《孫武子吳官操女兵》、《范蠡扁舟歸五湖》等則故事，均與元人雜劇情節相同。是故孫先生指出，「全書八卷所演，蓋取之宋元以來傳說，如說話人話本及劇本所譜，排比先後，取其

資料，亦略參以史實，原非邵魚自創之書也」〔註30〕。全書分則標目，不標則數。則目爲單句，七言或八言不等。結尾多「畢竟如何」、「此人是誰」等問句。文中多詠史詩詞，史官聲口較爲明顯。《北方眞武祖師玄天上帝出身志傳》與崇禎四年（1631）昌遠堂刊本《五顯靈官大帝華光天王傳》均爲余象斗編撰。余象斗以民間流傳的佛道故事爲題材，參採筆記、戲劇資料，模仿《西遊記》的結構方式撰成二書。《北遊記》敘述玉帝一魂下凡投胎，不斷降生人家，最後得道。修行途中降魔除妖，與唐僧取經事相類，但形容簡陋。故事情節多採民間傳說及佛典，該書前六則內容與佛教的《本生經》故事雷同，第二十二則則直接採用佛典中著名的「雪山太子割肉飼鷹」、「投崖飼虎」故事，魯迅指出，「此傳所言，間符舊說，但亦時竊佛傳，雜以鄙言，盛誇感應，如村巫廟祝之見。」〔註31〕明沈德符《萬曆野獲編》卷二十五「論劇曲」有「《華光顯聖》……則太妖誕」語，魯迅據此推斷「此種故事，當時且演爲劇本矣」。〔註32〕趙景深則據小說中兩節類似戲劇出場白的話推斷「《南遊記》大約是由戲劇改編的」〔註33〕。二書均分則標目，不標則數，則目爲單句，字數少則五言，多則十幾言不等；開頭大多以「卻說」引導，結尾多「不知後來如何，且聽下回分解」語句，基本上定型成爲格套。除少數標明「仰止余先生」的詩詞之外，二書較少詩詞韻文。《鐵樹記》、《咒棗記》、《飛劍記》三書皆爲鄧志謨撰。鄧志謨《鐵樹記敘》云：「予性頗嗜眞君之道。因考尋遺跡，搜檢殘編，彙成此書，與同志者共之。」〔註34〕具體說來，《鐵樹記》的題材主要來源於《太平廣記》中《許眞君》、《蘭公》、《諶母》以及宋代白玉蟾編《玉隆集》中《旌陽許眞君傳》、《續眞君傳》等傳記。此外，鄧志謨還從明代一些方志與民間傳聞中襲取了素材。〔註35〕《咒棗記》卷首鄧志謨「引

---

〔註30〕孫楷第《中國通俗小說提要》，《藝文志》第三輯，山西人民出版社 1985 年版，第 194 頁。另外，趙景深認爲崇禎間刊本《孫龐演義》「一定是根據《七國春秋前集》改編的；我們雖不能看到《七國春秋前集》的原文，卻可以根據這《孫龐演義》稍稍得到《七國春秋前集》的彷彿。」見趙景深《中國小說叢考》，齊魯書社 1980 年版，第 104 頁。
〔註31〕魯迅《中國小說史略》，上海古籍出版社 1998 年版，第 106 頁。
〔註32〕同上。
〔註33〕趙景深《〈四遊記〉雜識》，《中國小說叢考》，齊魯書社 1980 年版，第 226 頁。
〔註34〕（明）鄧志謨《鐵樹記》，上海古籍出版社《古本小說集成》影印萃慶堂刊本。
〔註35〕參見汪小洋《鄧志謨〈鐵樹記〉的另一版本與來源》，《明清小說研究》2000 年第 4 期；李豐楙《鄧志謨鐵樹記研究》，臺灣清華大學中文系編《小說戲曲研究》第二集。

言」云：「餘暇日考《搜神》一集，慕薩君之油然仁風，摭其遺事，演以《咒棗記》。」〔註36〕沈德符《萬曆野獲編》補遺卷四「薩、王二眞君之始」記載了明代宣德、成化年間薩眞人、王靈官深受朝野追捧的故事，鄧志謨當對此類傳聞耳熟能詳。除歷代野史筆記外，《元曲選》中收有《薩眞人夜斷碧桃記》一劇，其劇情亦爲《咒棗記》襲取。《飛劍記》末尾鄧志謨自敘云：「予素慕眞仙之雅，爰捃其遺事爲一部《飛劍記》，以闡揚萬口云云」〔註37〕。呂洞賓飛劍斬黃龍的故事自北宋以來一直盛傳於民間，小說、戲曲紛紛以其爲題材，鄧志謨彙集各種俚俗傳聞，雜採小說、戲曲編撰成《飛劍記》。鄧志謨三部神魔小說的編創方式完全相同，皆以各種野史筆記、俚俗傳聞爲題材，襲取小說、戲曲中的故事情節，摹擬甚至抄襲《西遊記》的情節模式，終因作者才氣不逮，難以望其項背。從文體形態看，三書分回標目，標明回數，回目爲七言聯句，比此前小說的單句標目有所進步。各回以「卻說」引出所敘故事，結尾有「且看下回分解」語句，但均未定型成格套。文中多詩詞，描述人物、景物、場面等均用韻文。情節極不連貫，敘事隨起隨訖，以主人公行蹤爲敘事線索，大多爲敘事片斷的綴輯，故結構並不完整，亦缺少一般章回小說所有的開端、發展、高潮、結局等環節。

自元末明初羅貫中《三遂平妖傳》首開神魔小說創作之先河以來，嘉靖至萬曆年間神魔小說創作已蔚爲大觀，除上述余象斗《南遊記》、《北遊記》，鄧志謨《鐵樹記》、《咒棗記》、《飛劍記》外，尚有吳承恩《西遊記》、許仲琳《封神演義》、羅懋登《三寶太監西洋記》、朱開泰《達摩出身傳燈傳》、佚名《唐鍾馗全傳》、吳還初《天妃濟世出身傳》、吳元泰《八仙出處東遊記》、西大午辰走人《南海觀世音菩薩出身修行傳》、潘境若《三教開迷歸正演義》、朱名世《女郎織女傳》等小說。此一階段神魔小說創作的興盛，打破了歷史演義一支獨秀的局面。至此，作爲明代章回小說一種重要的題材類型，神魔小說形成了自己的文體軌範並奠定了在明代章回小說史上的地位。

《三遂平妖傳》開闢了神魔小說的題材類型，《西遊記》則確立了神魔小說的敘事模式並成爲後來者仿傚的對象。〔註38〕關於唐僧西行取經故事，唐代有

〔註36〕（明）鄧志謨《咒棗記》，上海古籍出版社《古本小說集成》影印萃慶堂刊本。
〔註37〕（明）鄧志謨《飛劍記》，上海古籍出版社《古本小說集成》影印萃慶堂刊本。
〔註38〕關於章回小說題材類型與敘事模式之間的關係，詳見第五章《題材類型與明代章回小說文體之關係——以敘事模式爲中心》。

《大唐慈恩寺三藏法師傳》與《大唐西域記》等較爲正式的傳記資料，宋代有《大唐三藏取經詩話》等說書話本，至元代，西遊故事呈現了豐富多彩的面貌，小說有《西遊記平話》，戲曲有《唐三藏西天取經》雜劇。吳承恩在廣泛襲取前代已有故事情節與人物形象的基礎上，雜採民間傳聞，同時發揮自己天才的想像，以卓越的藝術才能撰成《西遊記》小說。《西遊記》版本甚夥，一般認爲萬曆二十年（1592）世德堂刊本《西遊記》最接近吳承恩原本。小說分回標目，回目爲聯句，以七言居多，間以四言、五言或八言。各回開頭多以「話表」、「卻說」等詞引出敘事；結尾多以「正是」引出對句，有「畢竟⋯⋯如何，且聽下回分解」套語，已成格套。多引首詩詞，部分還以詩詞結束，前二十回中共有九回有引首詩詞，有兩回有結尾詩詞，則吳承恩原本每回皆有引首詩詞與結尾詩詞，部分回目爲改作者刪削也未可知。文中大量使用詩詞韻文，所佔比例極高。沒有明顯的說書人口吻，但隨處可見的詩詞韻文似乎也可用來說唱。舉凡人物、景物、戰鬥及一般的場面描寫，敘述者全用詩詞韻文，則吳承恩原本爲說唱體，抑或西遊故事曾經說唱方式流傳而被吳承恩納入小說皆有可能。全書以唐僧師徒西行取經爲線索，取經過程中的八十一難作爲八十一個小故事穿成一串，結構比較單一；敘述過程模式化，不離「行進——逢妖——（求助）除妖——行進」幾個步驟，迴環往復直至結局。後出之神魔小說，其敘事模式皆學步《西遊記》，而藝術成就無一能與比肩。《封神演義》以宋元講史平話《武王伐紂平話》爲藍本，兩書故事情節大體相同，《演義》是對《平話》的推演與放大，這種關係有類於《三國演義》與《三國志平話》。據趙景深考證，《封神演義》共有二十八回故事幾乎完全根據《平話》來擴大改編，反過來說，《平話》中有四十二則故事可以在《封神演義》中找到自己的身影。〔註39〕另據柳存仁考證，《封神演義》亦多處襲取《列國志傳》故事情節。〔註40〕此外，《封神演義》對雜劇如元吳昌齡《那吒太子眼睛記》、趙敬夫《夷齊諫武王伐紂》，小說《三國演義》、《西遊記》等也多有模仿與參探之處。〔註41〕全書分回標目，回

〔註39〕趙景深《〈武王伐紂平話〉與〈封神演義〉》，《中國小說叢考》，齊魯書社1980年版，第97到104頁。

〔註40〕柳存仁《元至治本全相武王伐紂平話明刊本列國志傳卷一與封神演義之關係》，《和風集》（下），上海古籍出版社1991年版，第1230～1259頁。

〔註41〕參徐朔方《論〈封神演義〉的成書》，《小說考信編》，上海古籍出版社1997年版，第349～361頁；方勝《〈西遊記〉〈封神演義〉「因襲」說證實》，《光明日報》1985年8月27日；方勝《再論〈封神演義〉因襲〈西遊記〉——與徐朔方同志商榷》，《徐州師範學院學報》（哲社版）1988年第4期。

目爲單句，以七言爲主，間有八言。各回有引首詩詞，以「話說」引出本回故事，結尾有「畢竟……，且聽下回分解」語句，已定型成格套。文中多詩詞韻文，寫景狀物與議論抒情皆以韻語出之。第一回開頭以長篇韻文敘說歷史的做法與《三國志傳》卷首之《全漢總歌》相同，又舒載陽刊本卷首李雲翔序云：「俗有姜子牙斬將封神之說，從未有善本，不過傳聞於說詞者之口」〔註42〕，凡此種種，頗可疑《封神演義》有說唱體藍本存在。此外，小說敘虛幻不經之事而以「演義」名之，概因其以講史話本《武王伐紂平話》爲藍本之故。如第一回回首長詩末尾所言——「商周演義古今傳」，作者本意或在編撰一本商周兩朝之歷史演義。魯迅以爲《封神演義》「似志在於演史，而侈談神怪，什九虛造，實不過假商周之爭，自寫幻想」〔註43〕，與此意想相同者尚有《三寶太監西洋記通俗演義》。《西洋記》雖以明永樂、宣德年間鄭和下西洋的史實爲框架，然敘事「侈談怪異，專尚荒唐」，「所述戰事，雜竊《西遊記》《封神傳》，而文辭不工，更增支蔓，特頗有里巷傳說」，〔註44〕實在不能歸於歷史演義之類。不過《西遊記》也並非向壁虛構，書中所引材料大半出自馬歡《瀛涯勝覽》與費信《星槎勝覽》，〔註45〕書中主要人物金碧峰史上亦實有其人，明宋廉《宋學士文集·鑾坡後集》卷五之《寂照圓明大禪師碧峰金公設利塔碑》與葛寅亮編《金陵梵刹志》之《碧峰寺起止紀略》、《非幻大禪師志略》均有詳細記載，〔註46〕民間關於碧峰長老下西洋的傳說也頗爲盛行。羅懋登參採各種文獻資料與野史傳聞，仿照《西遊記》與《封神演義》撰成《西洋記》小說。全書分回標目，標明回數，回目爲七言聯句。各回有引首詩詞，結尾有「卻不知……，且聽下回分解」語句，俱已定型成格式。文中多詩、詞、韻文以及「論曰」、「斷曰」等形式，語言囉嗦，敘事極不連貫。故事情節多有抄襲《西遊記》與《封神演義》之處，尤以《西遊記》爲甚，而文采相差不可以道里計，清人俞樾以爲「其書視太公封神、玄奘取經尤爲荒誕，而筆意恣肆，則略過之」，〔註47〕未免過譽。

---

〔註42〕（明）許仲琳《封神演義》，上海古籍出版社《古本小說集成》影印金閶舒載陽刊本。

〔註43〕魯迅《中國小說史略》，上海古籍出版社1998年版，第117頁。

〔註44〕魯迅《中國小說史略》，上海古籍出版社1998年版，第120頁。

〔註45〕詳見趙景深《三寶太監西洋記》，《中國小說叢考》，齊魯書社1980年版，第264～295頁。

〔註46〕詳見廖可斌《〈三寶太監西洋記通俗演義〉主人公金碧峰本事考》，《文獻》1996年第1期。

〔註47〕（清）俞樾《春在堂隨筆》，江蘇古籍出版社2000年版，第100頁。

《三教開迷歸正演義》敘林兆恩及其弟子宣揚三教合一，破除世人癡迷之事。林兆恩實有其人，福建莆田人，別稱三教先生，畢生鑽研佛道二家精義，遂倡三教合一之說，著有《林子全集》四十卷，黃宗羲《南雷文案》卷八有《林三教傳》。然小說《敘》云：「其立名則若有若無，若眞若假，其立言則至虛至實，至快至切」〔註48〕，小說「跋」亦強調「其中事跡若虛若實，人名或眞或假，且信意而筆無有定調」，「除怪誕不根者十之三以妝點作傳之花樣，其餘借名託姓」，〔註49〕可知小說實乃以林兆恩之相關事跡與傳聞爲綱要而演三教合一之神話，內容虛實摻半，史實與傳聞雜糅。小說分回標目，標明回數，回目爲七言聯句，對仗較爲工整。每回前以「卻說」引出所敘故事，結尾有「畢竟（未知）……，且聽下回分解」語句，已定型成格套。文中描述人物、景物、場面多用韻文或詩詞。《達摩出身傳燈傳》以佛教俗講中達摩禪師故事爲根據編創而成，分則標目，則目爲單句，字數四言至九言不等。則末附有偈詩，文字多有錯訛。全書多詩、偈，所佔比例極大，文體接近於俗講。其他如《南海觀世音菩薩出身修行傳》、《唐鍾馗全傳》、《天妃濟世出身傳》、《八仙出處東遊記》、《女郎織女傳》等多據市井間俚俗傳聞編輯成書，情節線索單一且殊無文采，文體不成格套，在明代神魔小說中實屬不入流之作。

　　嘉靖至萬曆年間，歷史演義仍然是最主要的題材類型，佔據此一階段章回小說總量的半壁江山。《兩漢開國中興傳志》、《西漢通俗演義》與《東漢十二帝通俗演義》均據舊本改編。《兩漢》與《西漢》所據爲元人講史平話《前漢書續集》與熊大木《全漢志傳》，甄偉《西漢通俗演義序》云：「偶閱西漢卷，見其多牽強附會，支離鄙俚，未足以發明楚、漢故事，遂因略以致詳，考史以廣義；越歲，編次成書。」〔註50〕《東漢十二帝通俗演義》卷首《序》云：「有好事者爲之演義，名曰《東漢志傳》，頗爲世鑒賞。耐歲久字漫，不便覽閱。唐貞予復梓而新之，且屬不佞稍增評釋。」〔註51〕所稱《東漢志傳》當指熊大木《全漢志傳》以及據大木本增益之《兩漢開國中興志傳》的東漢

〔註48〕（明）潘鏡若《三教開迷歸正演義》，上海古籍出版社《古本小說集成》影印萬卷樓刊本。

〔註49〕同上。

〔註50〕（明）甄偉《西漢通俗演義》，轉引自朱一玄、劉毓忱編《明清小說資料選編》（上），南開大學出版社2006年版，第13頁。

〔註51〕（明）陳繼儒《東漢十二帝通俗演義序》，轉引自孫楷第《日本東京所見小說書目》，上雜出版社1953年版，第83頁。

部分。《兩漢》與《西漢》皆分則標目，則目爲單句，字數六言、七言不等。開頭或有「卻說」、「話說」等語詞，結尾有「畢竟如何，且聽下回（節）分解」之類語句，均未定型成格套。《東漢》分回標目，回目爲七言聯句，結尾大多有詩歌代替常見的問句作結，這在明代章回小說中並不多見。《皇明開運英武傳》、《皇明英烈傳》、《雲合奇蹤》三書皆敘明太祖朱元璋起兵建國事，《英武傳》與《英烈傳》內容體制全同，《雲合奇蹤》與前書大同小異，稍有刪改。據傳《英武傳》乃明郭勳爲宣傳其祖郭英之功而作，朗瑛《七修類稿》卷二十四與沈德符《萬曆野獲編》卷五均載有此事。或以爲郭勳所作不過後人僞託，孫楷第以爲「蓋相傳市人演說之本，坊肆增補之，因編次爲此書。勳使內官演唱於上前者，度理亦第取外間話本用之，謂爲勳自撰則誤也」〔註52〕，可備一說。小說敘事大體遵從史實，然亦雜採野史傳聞，足以補正史之不足。〔註53〕每則均標明題材出處，有《西樵野記》、《今獻彙言》等。小說分節標目，節目爲七言聯句（標明「節目」二字）。節前有引首詩詞，多「卻說」、「話說」引領語詞，結尾亦多有詩詞，偶見「不知如何」一類問句，均未定型成格套。敘事中多插「史臣論曰」一類大段議論與奏章表折等公文，故事情節時常中斷，極不連貫。《雲合奇蹤》分則標目，則目爲四言聯句。各則有引首詩詞，有「卻說」、「且說」等引領語詞，結尾罕見套語，敘事隨起隨訖。

當歷史演義從以敷演一段完整的歷史爲主逐漸轉變爲以描述某一歷史人物的經歷爲主時，作者選取題材的角度和結構故事的方法就跟著發生了變化。他不再拘泥於追求「庶幾乎史」的敘事效果，也不再恪守「編年取法麟經」的寫作教程，人物成了小說的中心，歷史事件已經退居次要的位置，作者關注的是人物形象的塑造而非所敘故事的眞假。在這類小說中，說其「七實三虛」已言過其實，更多的作品往往只是「三實七虛」而已。這樣的小說，我們寧願稱其爲英雄傳奇。嘉靖至萬曆年間，英雄傳奇繼承了《水滸傳》開創的傳統，產生了好幾部此種題材類型的小說。《楊家府世代忠勇演義》敘北宋楊業（一作繼業）世代抗遼保國事，本事載《宋史》本傳，及《續資治通鑒長篇》等書。南宋時即衍爲故事，流傳民間。宋人羅燁《醉翁談錄》所載

〔註52〕 孫楷第《中國通俗小說提要》，《藝文志》第二輯，山西人民出版社1985年版，第214頁。
〔註53〕 詳見趙景深《〈英烈傳〉本事考證》，《中國小說叢考》，齊魯書社1980年版，第176～209頁。

話本名目有《楊令公》、《五郎爲僧》二種，元陶宗儀《輟耕錄》載有金人院本《打王樞密》，臧晉叔《元曲選》收錄《昊天塔孟良盜骨》、《謝金吾詐折清風府》等雜劇，明人亦有數種演楊家府故事之雜劇如《開詔救忠》、《活拿蕭天祐》、《破天陣》等。又據嘉靖間熊大木《南北宋志傳》之《北宋志傳》）第一回按語，有「收集《楊家府》等傳」一句，如萬曆丙午刊本《楊家府演義》爲原本，則此《楊家府》爲市井間演楊家將故事之話本也有可能。《楊家府演義》所敘故事雖有史可徵，然作者廣泛採擷戲曲、平話與野史傳聞，是故小說虛實參半，不拘泥於史。又小說雖名演義，卻並非以敷演北宋歷史爲目的，主要圍繞楊家府五代忠勇的英雄事跡組織故事情節，因此從題材類型而論，本書歸入英雄傳奇更爲合理。全書分則標目，則目爲單句，以七言爲主，間有六言。第一則前有詩一首，類似話本之入話。文中多詩詞，而開頭結尾均無套語，這在明代章回小說中並不多見。《於少保萃忠全傳》敘於謙一生經歷，雖重大事件不違史實，而生平事跡多採於野史傳聞，如卷首林從吾《敘》云：「裒採演輯，凡七歷寒暑」，力求「公之事跡無弗完也。」秉此目的，作者選材無分鉅細，但凡可襃揚於公者便採入傳中，以至小說頗有流水帳簿之嫌。小說分回標目，標明回數，回目爲七言聯句，對仗較爲工整。各回開頭無套語，結尾有「未知何人」、「未知如何，下回便見」語句，但未定型成格套。第一回正文前有長篇「敘述古風一首」，概說於少保一生功績，類似話本小說之入話。語言明白曉暢，通俗易懂，確如《敘》所言能使「三尺童豎，一覽了了」。雖然仍保留「有詩爲證」類說話者聲口痕跡，但敘述者以說書人身份強行介入敘事過程，打斷敘事的事例並不多見。不過在某一事情敘述完畢後，多以「後人有詩曰」進行議論。

## 第三節　泰昌至崇禎（1620～1644）的章回小說創作及其文體特徵

　　泰昌至崇禎的二十五年，章回小說創作持續著往日的繁榮，歷史演義與神魔小說仍然是兩大主流類型，英雄傳奇與世情小說還在緩慢地增長。此一階段，章回小說的文體形態已經定型，絕大部分小說的回目爲對偶的聯句形式，開頭、結尾的套語已經成形，詩詞韻文的比例相對下降，敘述者以說話人聲口或史官聲口隨意中斷敘事進程，干預敘事的現象也明顯減少。文人的

參與對小說文體的定型與審美趣味的提升有著重要意義。自章回小說文體產生以來，明代文人始終表示出了很高的熱情，他們以各種形式推崇這種文體的價值與地位，在擺脫小說「小道可觀」卻「君子不爲」的尷尬處境時發揮了積極作用。然而在很長時間裏文人對章回小說的關注都停留在理論總結與價值宣揚等方面，親自投身於小說創作的文人屈指可數。直到明代章回小說發展的最後一個階段，馮夢龍、于華玉、方汝浩、袁于令、董說等大批文人才開始打破雅俗觀念的偏見投身於小說創作，並以他們的創作實現章回小說審美趣味從俗趨雅的轉變。發端於市井書場的章回小說最終走向文人的案頭，成爲雅俗共賞的文體類型，文人的參與起了決定性作用。

　　此一階段，章回小說的創作繼續保持強勁增長的勢頭，除去再版小說，短短二十五年時間裏共產生了三十一部章回小說，增長速度甚至超過了嘉靖至萬曆年間。據不完全統計，泰昌至崇禎年間共產生了以下章回小說：

1、《新平妖傳》，馮夢龍增補，泰昌元年（1620）天許齋刊本，四十回；
2、《昭陽趣史》，墨莊主人撰，天啓元年（1621）墨莊主人本，二卷六十五則；
3、《韓湘子全傳》，楊爾曾撰，天啓三年（1623）金陵九如堂刊本，八卷三十回；
4、《七曜平妖全傳》，沈會極撰，天啓四年（1624）刊本，六卷七十二回；
5、《禪眞逸史》，方汝浩撰，天啓間杭州爽閣主人刊本，八集（卷）四十回；
6、《警世陰陽夢》，長安道人國清撰，崇禎元年（1628）刊本，十卷四十回；
7、《魏忠賢小說斥奸書》，陸雲龍撰，崇禎元年（1628）崢霄館刊本，四十回；
8、《皇明中興聖烈傳》，樂舜日撰，崇禎元年（1628）刊本，五卷四十八則；
9、《禪眞後史》，方汝浩撰，崇禎二年（1629）崢霄館刊本，十集六十回；
10、《遼海丹忠錄》，陸人龍撰，崇禎三年（1630）翠娛閣刊本，八卷四十回；
11、《隋煬帝豔史》，齊東野人撰，崇禎四年（1631）人瑞堂刊本，八卷四十回；

12、《玉閨紅》，東魯落落平生撰，崇禎四年（1631）文潤山房刊本，六卷
　　三十回；

13、《隋史遺文》，袁于令撰，崇禎六年（1633）名山聚刊本，十二卷六十
　　回；

14、《開闢衍繹通俗志傳》，周遊撰，崇禎八年（1635）麟瑞堂刊本，六卷
　　八十回；

15、《掃魅敦倫東度記》，方汝浩撰，崇禎八年（1635）萬卷樓刊本，二十
　　卷一百回；

16、《孫龐鬥志演義》，吳門嘯客撰，崇禎九年（1636）刊本，二十卷二十
　　回；

17、《西遊補》，董說撰，崇禎十三年（1640）刊本，十六回；

18、《第五才子書施耐庵水滸傳》，崇禎十四年（1641）貫華堂刊本，五卷
　　七十回；

19、《岳武穆盡忠報國傳》，于華玉撰，崇禎十五年（1642年）友益齋刊本，
　　七卷二十八則；

20、《新列國志》，馮夢龍撰，崇禎十六年（1643）金閶葉敬池刊本，一百
　　零八回；

21、《新刻繡像批評金瓶梅》，崇禎間刊本，二十卷一百回；

22、《近報叢譚平虜傳》，吟嘯主人撰，崇禎間刊本，二卷二十回；

23、《盤古至唐虞傳》，撰人不詳，崇禎間余季岳刊本，二卷七則；

24、《有夏志傳》，撰人不詳，崇禎間余季岳刊本，四卷十九則；

25、《有商志傳》，撰人不詳，崇禎間余季岳刊本，四卷十二則；

26、《大英雄傳》，許曦等撰，已佚，四十回；

27、《醋葫蘆》，伏雌教主撰，崇禎間筆耕山房刊本，四卷二十回；

28、《續西遊記》，撰人不詳，崇禎間刊本，一百回；

29、《鎮海春秋》，吳門嘯客撰，崇禎間刊本，二十回；

30、《檮杌閒評》，撰人不詳，崇禎間刊本，五十回；

31、《剿闖通俗小說》，西吳懶道人撰，南明福王弘光元年（1645）興文館
　　刊本，十回

　　嘉靖至萬曆年間章回小說創作的繁榮，給後人留下了極其豐富的小說作品，同時也給後來者積纍了寶貴的創作經驗。隨著人們對章回小說文體的認

識逐漸加深，越來越多的文人積極參與到章回小說的創作中來。與其他文體形式的發展歷程相類的是，章回小說作爲一種文體形式最初起源於民間而最終成熟於文人之手。泰昌至崇禎年間，文人參與小說創作的熱情繼續高漲，其中一個突出的現象就是對已有小說進行改編。經過他們的重新創作，不但小說的內容更加豐富，可讀性得到增強，而且其文體格式也更爲規範。可以這樣說，明代章回小說文體形式的最終定型，就是通過明末（包括清初）幾部文人評改本章回小說來確定的。在這一階段，我們先討論幾部文人改編的小說。鑒於改本與原作之間的巨大變化，我們將其視爲新的創作。《新平妖傳》與《新列國志》均繫馮夢龍據舊本改編而成。《新平妖傳》與羅貫中原本《三遂平妖傳》之間最大的變化，一是擴大了小說的容量，增加了一倍的篇幅，使小說結構更加完整，人物形象更加豐滿，來龍去脈清晰可辨，改變了原作「首如暗中聞炮，突如其來；尾如餓時嚼蠟，全無滋味」的不足，做到了「備人鬼之態，兼真幻之長」〔註54〕；二是在形式上趨於規整，小說分回標目，標明回數，回目爲聯句，七言或八言不等，對仗工整。各回開頭有引首詩詞，以「話說」引出所敘故事，結尾有「畢竟不知……如何，且聽下回分解」語句，俱已定型成格套。《新列國志》是對余邵魚《列國志傳》的改編。與舊本比，新作主要有兩個方面的成就。一是講求史料的真實與全面。作者有感於「舊誌事多疏漏，全不貫串，兼以率意杜撰，不顧是非」，於是「以《左》、《國》、《史記》爲主，參以《孔子家語》、《公羊》……劉向《說苑》、賈太傅《新書》等書，凡列國大故，一一備載。令始終成敗，頭緒井如，聯絡成章，觀者無憾」。〔註55〕二是注意材料的處理與情節結構的安排。歷史演義固然以全面敷演歷史爲鵠的，但倘若裁剪不慎，極容易形同史鈔，明代早期的幾部歷史演義均有此缺憾。馮夢龍聲稱「茲編一案史傳，次第敷演，事取其詳，文撮其略。其描寫摹神處，能令人擊節起舞。即平鋪直敘中，總屬血脈筋節，不致有嚼蠟之誚。」又云：「小說詩詞，雖不求工，亦嫌過俚。茲編盡出新裁，舊志胡說，一筆抹盡。」〔註56〕兩相對比，我們認爲馮夢龍當得起如許自負。小說分回標目，標明回數，回目爲聯句，以七言爲主，間有六言或八言，對

〔註54〕（明）張譽《平妖傳敘》，（明）馮夢龍《新平妖傳》，上海古籍出版社《古本小說集成》影印金閶嘉會堂刊本。
〔註55〕（明）馮夢龍《新列國志凡例》，上海古籍出版社《古本小說集成》影印金閶葉敬池刊本。
〔註56〕同上。

仗工整。各回開頭有「話說」引出所敘故事，結尾有「未知如何，且聽下回分解」語句，俱已定型成格套。于華玉《岳武穆盡忠報國傳》以熊大木《大宋中興通俗演義》爲藍本改編而成。與《演義》相比，《報國傳》有兩方面的變化。一是圍繞主要人物組織故事情節，刪除了與武穆王事跡不太相干的題材。《岳武穆盡忠報國傳凡例》認爲《演義》的某些記載「俗裁支語，無當大體，間於正史，多戾繇來」，於是「特正厥體制，芟其繁蕪」。〔註 57〕二是規範了小說的文體格式。《報國傳》分則標目，則目爲單句，七言、六言各十四句，比《演義》整齊；刪除了《演義》每則末尾的結語詩詞，全書無說書人口吻，無詩詞韻文形式，行文更爲簡潔；《凡例》認爲「舊傳沿習俗編，惟求通暢，句復而長，字俚而贅」，因此「痛爲剪剔，務期簡雅」，對《演義》文字也作了一些修改，主要是將《演義》中口語較濃、通俗化的詞句加以文飾，追求「簡雅」，使其語言更書面化、文人化。金聖歎評改本《第五才子書施耐庵水滸傳》與託名李漁評改本《新刻繡像批評金瓶梅》分別對原本做出了大幅度的修改，使小說的文體形態發生了很大的變化，標誌著明代章回小說文體的成熟與定型。關於其中的文體演變，我們將在第四章《「四大奇書」與明代章回小說文體之關係——以版本演變爲中心》集中論述，此處不作贅述。

自《金瓶梅》開闢世情小說題材類型以來，學步者亦不乏其人。然大多未能學其「描寫世情，儘其情僞」之佳處，「著意所在，專在性交」，〔註 58〕以至流於淫藝。《昭陽趣史》〔註 59〕以《趙飛燕外傳》爲藍本，雜採《西京雜記》、《趙飛燕別傳》等野史傳聞，同時襲取《漢書‧外戚傳下‧孝成趙皇后傳》相關情節編撰成書。小說敘趙飛燕、合德姐妹與漢成帝事，雖以歷史爲依託，實則多荒誕不經之事。小說目錄分回標目，回目爲四言單句；正文卻只分上下兩卷，不標回目，上卷末尾云：「怎生行樂？怎生結局？且聽下回分解」。書中多詩詞韻文，不但寫景狀物多以詩詞韻文出之，小說人物亦動輒吟詩作賦，填詞作曲以抒發情感，表達見解。此外，說書人聲口亦隨處可見。《玉閨紅》敘宦門小姐閨貞及其婢女紅玉因家逢不幸外逃，途中閨貞被人拐入窰子，紅玉被金尙書收留，後二人俱嫁與金尙書子金玉文事。以玉、閨、紅三

〔註 57〕（明）于華玉《岳武穆盡忠報國傳》，上海古籍出版社《古本小說集成》影印友益齋刊本。
〔註 58〕魯迅《中國小說史略》，上海古籍出版社 1998 年版，第 128～129 頁。
〔註 59〕本文所參《昭陽趣史》與《玉閨紅》等小說見陳慶浩、王秋桂主編《思無邪彙寶》，法國國家科學研究中心、臺灣大英百科股份有限公司 1994 年版。

人爲名，顯然是模仿《金瓶梅》之命名方式。小說分回標目，回目爲七言聯句，對仗較爲工整。各回有引首詩詞，以「卻說」、「且說」等語詞引領敘事，結尾以「正是」引出一個對句，有「要知如何，且聽下回分解」語句，已定型成格套。多詩詞韻文，「看官聽說」之類說書人聲口也較爲多見。小說對晚明北京下層社會窰子的狀況描寫細緻入微，實乃開清初邪狹小說一派之先河。

　　神魔小說仍然是此一階段重要的題材類型。《韓湘子全傳》係據前代小說唱本與戲曲劇本改編而成，其藍本當是說唱體小說話本《十二度韓門子》。此外，據戴不凡考證，「全書至少係綜合雜劇三本以上和南戲一本而成」。〔註60〕第一回前有標明「入話」詞一首，表明了本書與話本小說之間的關係。小說分回標目，標明回數，回目爲七言對句，對仗較爲工整，開頭、結尾有固定套語，已屬較爲成熟的章回體格式。然書中極多詩詞韻文，尤以戲曲爲甚，不僅敘述者以唱詞代言，連人物對話也多用唱詞，又顯示了小說與早期說唱文學之間還保留著血脈關聯。明代章回小說中但凡先以說唱形式存在，後經文人改編（或據此創作）者其詩詞韻文的使用頻率均比一般小說要高，這是此類小說的一大特色，《金瓶梅詞話》亦然。《掃魅敦倫東度記》敘達摩祖師率眾徒弟在東土傳經布道事，萬曆間朱開泰本《達摩出身傳燈傳》題材與之相同。然《東度記》內容豐贍，筆意恣肆，其文辭與意想俱遠勝於《傳燈傳》。小說分回標目，標明回數，回目爲七言聯句。每回開頭以「話說」引出所敘故事，從第二卷（第六回）起，結尾多有「下回自曉」語句。又每卷卷首有《引記》，多爲詩詞，內容不外乎宣揚佛法，勸諭世人行善。第一回正文前部還有敘述者的大段議論，談天說地，類似《西遊記》之引首；勸善懲惡，彷彿《金瓶梅》之開頭。書中多詩詞，描述景物、場面多用「但見」引出詩詞或韻文，雖然隨處可見「卻說」、「話說」字樣，但除每卷卷首外，敘述者的干預倒並不多見。《續西遊》續演玄奘師徒取經事，仿《西遊》而少奇想，故《西遊補》所附雜記評曰：「《續西遊》摹擬逼真，失於拘滯，添出比丘靈虛，尤爲蛇足。」〔註61〕劉廷璣則譏笑其爲狗尾續貂。〔註62〕小說分回標目，標明回數，回目爲七言聯句，對仗較爲工整。各回開頭大多有「話表」引出所

---

〔註60〕戴不凡《小說見聞錄》，浙江人民出版社1980年版，第261頁。

〔註61〕（明）董說《西遊補》，上海古籍出版社《古本小說集成》影印崇禎刊本。

〔註62〕（清）劉廷璣《在園雜誌》卷三云：「如《西遊記》乃有《後西遊記》、《續西遊記》。《後西遊》雖不能媲美於前，然嬉笑怒罵皆成文章，若《續西遊》則誠狗尾矣。」

敍故事，結尾有「且聽下回分解」語句，已定型成格套。《西遊補》乃作者的遊戲與玩世之作，借「西遊」之酒杯，澆自己胸中之塊壘。書中小月王與唐僧等人的對話與行事，可視爲對傳統禮教乃至對《西遊記》本身的顛覆；第四回「一竇開時迷萬鏡物形現處本形亡」描繪放榜時儒生百態，竟是半部《儒林外史》。全書的結構方式很有特點，幻中入幻的形式明顯深受唐傳奇影響。小說分回標目，標明回數，回目爲七言對句，較爲工整。開頭結尾極少說書套語，中間亦少見詩詞韻文形式，屬於已逐步擺脫話本小說之影響的章回體小說。

　　經過前面兩個階段的繁榮，歷史演義的創作面臨著題材枯竭的困窘，除南北兩朝外，有史可徵的朝代幾乎都已經被「演義」過，這種狀況迫使小說家們不得不去開闢新的題材領域。他們很快發現了歷史的長河中尚有兩極可以開採，最遠的那段從鴻蒙開闢至商周換代，最近的那段即逝去不久的本朝歷史。只是遠古時期的那段歷史基本上沒有可靠的文獻資料可以依傍，可供他們參採的至多是一些零星片斷的神話故事，於是習慣於「按鑒演義」的小說家們便將這段歷史「敷演」成了一個個創世神話，從題材內容與文體特徵而論，這類小說與其稱之爲歷史演義，不如就叫做神魔小說來得貼切，如《開闢衍繹通俗志傳》、《盤古至唐虞傳》、《有夏志傳》、《有商志傳》等。與此不同，剛剛逝去的本朝故事不但有可靠的新聞載體邸報可資借鑒，而且由於年代相隔不遠，小說家們對流傳於市井間的里巷傳聞尚感親切，某些親身經歷過的往事甚至記憶猶新，於是以明末歷史爲題材的章回小說風起雲湧，竟成了泰昌至崇禎間小說創作的一大特色，人們稱之爲「時事小說」。但此類小說大多成書倉促，作者缺少發揮，以至多數形同史鈔，有些甚至成了後人修史的文獻資料。〔註63〕泰昌至崇禎間的時事小說按照內容大致可以分爲三類：一是描寫農民起義，《七曜平妖全傳》敍天啓二年（1622）山東白蓮教徒徐鴻儒起義事，《剿闖通俗小說》敍明末李自成起義事；二是描寫魏忠賢專權禍國，有《警世陰陽夢》、《魏忠賢小說斥奸書》、《皇明中興聖烈傳》、《檮杌閒評》；三是描寫遼東戰事，有《遼海丹忠錄》、《近報叢譚平虜傳》、《鎮海春秋》。

　　明末時事小說以逝去不久的本朝史事爲題材，其成書年代與事件的發生相隔時間最遠不過十數年，如《檮杌閒評》刊於魏忠賢自縊後十六年；最近

---

〔註63〕（清）計六奇編《明季北略》敍毛文龍事多採自《鎮海春秋》，敍李自成事多採自《剿闖通俗小說》。

則只有數月，如《警世陰陽夢》刊於魏忠賢自縊後僅七個月。其他如《遼海丹忠錄》、《近報叢譚平虜傳》、《剿闖通俗小說》等小說的刊行與事件的結束也不過相隔一年的時間。時事小說對歷史題材處理的時效性，是一般歷史演義所不具備的，這與時事小說的成書方式有很大關係。明末時事小說大多以邸報為根據，再參採朝野傳聞撰成。《魏忠賢小說斥奸書凡例》云：「是書自春徂秋，歷三時而成。閱過邸報，自萬曆四十八年至崇禎元年，不下丈許。且朝野之史，如正續《清朝聖政》兩集，《太平洪業》、《三朝要典》、欽頒爰書、《玉鏡新譚》，凡數十種，一本之聞見，非敢妄意點綴，以墜綺語之戒」；又云：「是書動關政務，事係章疏」，可見作者創作態度之嚴謹。〔註64〕《皇明中興聖烈傳》「從邸報中與一二舊聞，演成小傳，以通世俗」〔註65〕；《近報叢譚平虜傳》「記邸報中事之關係者，與海內共欣逢見上之仁明智勇。間就燕客叢譚，詳為紀錄」〔註66〕；《遼海丹忠錄序》標榜「其詞之寧雅而不俚，事之寧核而不誕」〔註67〕，所選題材大都來自邸報與奏章；《剿闖通俗小說》中也提及引錄了《國變錄》、《泣鼎傳》等當時的野史筆記。從邸報中擷取素材使得時事小說的內容大多真實可靠，但小說對歷史事件的快速反映和作者的倉促成文又嚴重影響到小說反映歷史的深度和小說藝術水準的高度。由於事件發生不久甚至有的還沒有完全結束即被作者採入小說，作者對重大的歷史問題難以做出深刻的反思，有的甚至來不及消化咀嚼就被組織進了小說中去，這使得大部分時事小說都停留在僅僅羅列事件的編年史水平，作者沒有時間（當然也有可能缺乏能力）將歷史事件進行剪裁、加工，渲染成為小說作品。《七曜平妖傳序》云：「秉史氏之筆而錯以時序」〔註68〕，《魏忠賢小說斥奸書》、《遼海丹忠錄》、《剿闖通俗小說》等均在各回（卷）前首先明確標示故事發生的時間，《近報叢譚平虜傳》在每個故事下注明題材來源於「邸報」

〔註64〕　（明）陸雲龍《魏忠賢小說斥奸書》，上海古籍出版社《古本小說集成》影印崇禎元年刊本。

〔註65〕　（明）西湖野臣《皇明中興聖烈傳》，上海古籍出版社《古本小說集成》影印長澤規矩也藏本。

〔註66〕　（明）吟嘯主人《近報叢譚平虜傳》，上海古籍出版社《古本小說集成》影印本。

〔註67〕　（明）平原孤憤生《遼海丹忠錄》，上海古籍出版社《古本小說集成》影印翠娛閣刊本。

〔註68〕　（明）文光斗《平妖全傳序》，（明）沈會極《七曜平妖傳》，上海古籍出版社《古本小說集成》影印明刻清修本。

或是「叢譚」，都表明作者在主觀上存在將時事小說寫成新聞，是邸報的通俗化表述的意願。小說語言文白相間，文言來自邸報，白話出於傳聞，二者未能融爲一體。除《檮杌閒評》、《鎮海春秋》藝術水準較高外，其他大多乏善可陳，《剿闖通俗小說》更是不忍卒讀。從小說的文體形態來看，大多模仿話本小說體制，《七曜平妖傳》、《皇明中興聖烈傳》前有標明「入話」或類似入話的文字，《鎮海春秋》常以「看官」與「說話的」問答的方式對某些事件做出解答，《魏忠賢小說斥奸書》與《遼海丹忠錄》各回均有引首詩詞。最可注意的是《警世陰陽夢》的文體格式，全書共十卷，自卷一至卷八爲「陽夢」，凡三十回；自卷九至卷十爲「陰夢」，凡十回。卷數相銜接，回數則自爲起訖，似一書而非一書。小說分回標目，標明回數，回目爲四言單句。正文卷首有長篇《引首》，談論人生如夢，歷數自軒轅皇帝以來夢之傳聞，引出本文故事情節，極類話本之入話。第一回先從魏忠賢倒臺說起，然後倒敘魏忠賢之生平、發跡變態事，此種先敘結局，而後追敘緣由及過程的倒敘手法在明代章回小說中非常獨特。每回開頭有「話說」（「卻說」）字樣，引出所敘故事情節，結尾有「畢竟（未知）後來如何，且聽下回分解」，俱已定型成格式。文中描述人物、景物、場面多用韻文或詩詞，說書人口吻亦頗爲常見。

　　上文粗略地勾勒了章回小說文體在有明一代近二百八十年時間裏的流變歷程，接下來再作簡單的小結。從小說的成書方式來看，明代章回小說還難以擺脫世代累積型成書方式的影響，作者個人的獨創能力非常薄弱。七十餘部章回小說，絕大多數係依靠前人的藍本或底本撰成，題材內容與情節模式的抄襲現象屢見不鮮，眞正稱得上獨立創作、無所依傍的僅有萬曆中後期的《繡榻野史》與天啓、崇禎年間的《禪眞逸史》、《禪眞後史》等爲數不多的幾部小說。〔註69〕儘管早期的章回小說創作大多是由書會才人與書坊主完成，可如果因此而將造成明代章回小說缺少獨立之作的原因歸結於作者文化水平的低下卻不盡符合實際，在明代中晚期已經有許多的文人參與到章回小說創作中來，他們中間很多人都是文學創作的高手。我們認爲這種現象主要

〔註69〕我們認爲《金瓶梅詞話》可以稱爲個人創作的小說，因爲目前還沒有找到情節類似的前人底本；但不能說它是獨立創作的小說，因爲作者從前人的小說、戲曲中襲取了太多的題材與故事情節。「個人創作」和「獨立創作」在評估小說的成書方式時應有所區別，前者強調作者人數的單一性，後者突出成書過程的無所依傍。關於《金瓶梅詞話》的成書問題，我們留待後文再作詳細的討論。

是章回小說文體自身的發展規律造成的。在章回小說創作的前期階段，歷史演義佔據絕大多數，其他類型的小說也大都依據一定的歷史背景產生，小說家們能輕而易舉地找到事件的藍本，宋元時期發達的說話藝術甚至爲他們留下了初具規模的話本供其敷演擴張。明代中期佛道盛行，豐富的宗教故事和浩瀚的宗教典籍爲小說創作提供了很好的素材，有些甚至稍加點染即可成爲小說，因此在章回小說創作的第二個階段，神魔小說盛行。神魔小說雖以虛幻爲特色，但它們的成書並非作者向壁虛造，同樣離不開一定的藍本。在章回小說創作的第三個階段，閹黨與東林黨之間的鬥爭、後金政權與明朝政府的戰爭以及農民起義成了當時社會的主要矛盾，發生在不久以前的歷史事件便成了小說家們的題材來源，紀錄事件發生的邸報更是爲小說家們提供了直接襲取的底本，於是時事小說成了此一階段的創作重點。從小說的文體形態來看，章回小說繼承了話本小說的大部分文體特徵。如果說早期的章回小說因爲脫胎於講史平話而保留了其母體的部分特徵是無心之舉，那麼中晚期的章回小說創作仍然如此就只能理解爲小說家們有意而爲之。明代章回小說的文體格式在絕大部分時間裏都很不規範，儘管其基本的程序大多數小說都會遵循，但小說家們還沒有固定一種約定俗成的文體格套，直到明末清初代表明代章回小說最高水準，同時也是四大題材類型章回小說中最爲經典的「四大奇書」文人評點本的出現，章回小說的文體格式才算定型。大體上說，明代章回小說的回目設置經歷了一個由單句到聯句、由字數不定到定型爲七言或八言、由散漫到凝練、由散句到對仗的過程。開頭與結尾模式的形成同樣經歷一個由不規整、帶有隨意性到最後趨於定型成格套的過程。明代章回小說使用詩詞韻文的情況在整體上呈現出逐步減少的趨勢，隨著小說作者文人化、專業化程度的加強，詩詞韻文在風格上逐步由俗趨雅、在功能上更能緊扣主題。明代章回小說的敘說方式主要體現在說書人聲口和史官聲口。一般來說，歷史演義以史官聲口爲主，敘述者似乎處於將小說當歷史來寫的幻想狀態；在其他類型小說則以說書人聲口爲主，敘述者有意摹擬說書情境來敘說故事。當然也有例外，在某些文人創作中，除了還保留著話本小說分回標目的特徵，其他特徵已經逐漸淡化。

下編　專題研究

# 第四章 「四大奇書」與明代章回小說文體之關係——以版本演變為中心

## 引 言

　　自「四大奇書」產生之後，批評家們對其卓越的藝術成就推崇備至，如李贄將《水滸傳》與《史記》等並稱為「宇宙內五大部文章」〔註1〕，金聖歎則將《水滸傳》與《莊子》等並稱為「六才子書」。小說家們對這幾部小說的模仿與因襲也到了令人吃驚的地步，就連號稱「自出來以後，傳統的思想和寫法都被打破了」〔註2〕的《紅樓夢》，也是「深得金瓶壺奧」〔註3〕，「脫胎於《金瓶梅》」〔註4〕。「四大奇書」不僅開闢了明代章回小說的四種題材類型，確立了章回小說的創作範式，而且以其規範的文體格式標誌著章回小說文體的定型。從某種意義上說，明代章回小說文體的發展史就是「四大奇書」文體流變的歷史，考察「四大奇書」的成書經過及其文體流變歷程，

---

〔註1〕 （明）周暉《金陵瑣事》卷一「五大部文章」，文學古籍刊行社1955年版。
〔註2〕 魯迅《中國小說的歷史的變遷》，《中國小說史略》附錄，齊魯書社1997年版，第382頁。
〔註3〕 脂硯齋《紅樓夢》第十三回眉批。
〔註4〕 諸聯《紅樓評夢》，參一粟《紅樓夢資料彙編》，中華書局1963年版，第117頁。

有助於我們更深入、更細緻地梳理明代章回小說文體的生成及其流變軌跡，因此本文專闢一章集中探討「四大奇書」與明代章回小說文體的關係。備受推崇的「四大奇書」並非一蹴而就，它們卓越的藝術成就也不是與生俱來，其中每一部小說都經歷了一個不斷發展的過程。可以說，在中國古代小說史上，沒有任何其他小說像「四大奇書」這樣經歷了如此漫長且複雜的歷史演變，從最初的草創雛形到最後成爲坊間的通行版本，數百年間經過了不斷的修改與潤色，也因此留下了數量眾多、形態各異的小說版本。這些不同形態的小說版本爲我們考察「四大奇書」的成書經過與文體流變提供了有利條件。研究小說文體的演變，可以根據不同時期不同小說之間文體形態的對比，也可以比勘同一小說不同版本文體形態之間的差異，對章回小說文體研究來說，後者似乎更容易落到實處。一種小說文體在其發展演變過程中所發生的每一個變化，都會在小說版本上留下深深的腳印，憑藉這些印記，我們可以發現這種小說文體是如何一步步從萌芽狀態走向成熟並逐漸消亡。通過小說版本的演變考察某一小說文體類型乃至中國古典小說的發展史，前人早已在理論與實踐上有成功嘗試。「我們從板本變遷沿革的痕跡，可以看出七八百年中的小說發達史」〔註 5〕，魯迅《中國小說史略》、胡適《中國章回小說考證》、鄭振鐸《中國文學研究》、孫楷第《中國通俗小說書目》等著作在這方面爲我們提供了很好的範例。本文對「四大奇書」的版本考察往上追溯到小說的初期形態（即胡適、王國維等人所謂的「雛形」、「章回小說之祖」），將一些初具規模的小說如《宣和遺事》、《取經詩話》、《三國志平話》等納入到考察範圍；往下截止小說最爲通行的版本，如金聖歎評點之《第五才子書施耐庵水滸傳》、毛宗崗評點之《三國志演義》、傳爲李漁評點之《新刻繡像批評原本金瓶梅》以及汪象旭評點之《西遊證道書》，在中間長達數百年的演變史中，選取文體形態變化相對明顯的版本作比較分析。由於本文的立意在於借助版本之間的差異說明章回小說文體的變化以及「四大奇書」對章回小說文體演變產生的影響，因此對其他尚有爭議的問題或存而不論，或在前人研究的基礎上取其一說，對不影響本文結論得出的問題不作過多探討。

---

〔註 5〕 薇：《〈日本東京大連圖書館所見中國小說書目提要〉》，《國立北平圖書館館刊》1932 年 8 月第 6 卷第 4 期，轉引自胡從經《中國小說史學史長編》，上海文藝出版社 1998 年版，第 152 頁。

# 第一節 「四大奇書」在小說學史上的成立

## 一、「奇書」的涵義

「奇書」一詞較早見諸《抱朴子・內篇序》：「考覽奇書，既不少矣，率多隱語，難可卒解。自非至精，不能尋究；自非篤勤，不能悉見也」〔註6〕，「奇」取「特異、稀罕」之意，與「尋常」相對，「奇書」指那些平時絕少見到之書。又《文史通義》卷六「外篇一」云：「前代搜訪圖書，不懸重賞，則奇書祕策，不能會萃；苟懸重賞，則僞造古逸，妄希詭合；三墳之《易》，古文之《書》，其明徵也」〔註7〕，便是將「奇書」與「祕策」並舉。除此以外，「奇」還有「出人意外、變幻莫測」之意，與「正」相對，「奇書」指那些思想內容、藝術特色都出人意表、超凡脫俗的作品。張譽《平妖傳敘》認爲「小說家以眞爲正，以幻爲奇」，認爲《玉嬌梨》、《金瓶梅》「另闢幽蹊，曲終奏雅」，「可謂奇書，無當巨覽」；〔註8〕盧聯珠《第一快活奇書序》以爲「書之所貴者奇也。《易》備六經之體，而韓昌黎以『奇』括之。至子史百家，隸騷壇，列藝苑者，靡不爭勝於奇。下逮稗官野史，統目之爲傳奇，蓋奇則傳，不奇則不傳」〔註9〕，便是指《平妖傳》、《第一快活奇書》（《如意君傳》）在思想內容、藝術特色等方面出人意外、變幻莫測的特點。將某幾部書並稱爲「×大奇書」，或者突出某部書爲「第×奇書」，則並非要強調這些作品的「特異、稀奇」，也不僅僅是讚賞它們在思想內容、藝術特色等方面「出人意外、變幻莫測」，更主要的乃是標榜這幾部作品在同類作品中的典範意義。《文獻通考》卷二百十二「經籍考三十九」云：「高氏《子略》曰：班固稱太史公取《戰國策》、《楚漢春秋》、陸賈《新語》作《史記》。三書者，一經太史公採擇，後之人遂以爲天下奇書，予惑焉」〔註10〕，已有推舉《戰國策》等三部書爲「天下三大奇書」之意。《郎潛紀聞初筆》卷三云：「國初諸儒，稱梅文鼎《曆算全書》、顧祖禹《讀史方輿紀要》、李清《南北史合鈔》，爲三大奇書。康祺按：李氏之《南北史鈔》與後

---

〔註6〕 （晉）葛洪《抱朴子》，上海書店 1986 年據世界書局《諸子集成》影印本。

〔註7〕 （清）章學誠《文史通義》外篇一「和州志藝文書序例」，葉瑛校注，中華書局 1985 年版，第 655 頁。

〔註8〕 （明）馮夢龍《新平妖傳》，上海古籍出版社《古本小說集成》影印金閶嘉會堂刊本。

〔註9〕 （清）陳天馳《如意君傳》，民國年間擷華書局鉛印本。

〔註10〕 （元）馬端臨《文獻通考》，中華書局 1986 年版。

之沈炳震《新舊唐書合鈔》，皆博贍過人，而疏略不免，尚不及彭元瑞、劉鳳誥合注《新五代史》體例之善；以擬梅、顧二書，經天緯地，專門名家，更瞠乎後已」〔註11〕，更是明確使用「三大奇書」的概念。儘管馬端臨、陳康祺兩人都對上述作品能否符合「×大奇書」的盛名表示懷疑，但這種懷疑也正好說明時人心中已經確定「奇書」的標準：「×大奇書」的稱謂只能贈給那些具有典範意義的、能代表同類作品最高水準的作品。

## 二、小說學史之「四大奇書」

「奇書」一詞引入小說學史，既是素為「小道」的小說地位上升的表現，又是時人對小說文體追求典範之作的訴求。余邵魚《題全像列國志傳引》認為「凡以寫其胸中蘊蓄之奇，庶幾不至湮沒焉耳。奈歷代沿革無窮，而雜記筆箚有限。故自《三國》、《水滸傳》外，奇書不復多見」〔註12〕。很是感歎小說成為「奇書」之不易。一般來說，小說「奇書」的典範意義主要表現為「以奇文寫奇事」。託名金人瑞《三國志演義序》指出，「作演義者，以文章之奇而傳其事之奇，而且無所事於穿鑿，第貫穿其事實，錯蹤其始末，而已無之不奇。」〔註13〕「奇文」指藝術特色層面的成就，在語言、結構、表現手法等方面卓爾不群；「奇事」側重小說題材的獨特性或者典型性，並非要求小說敘述「特異、稀奇」之事。當各種題材類型的小說均已出現典範之作，亦即產生了「奇書」時，人們品評「奇書」的標準便偏向於作品的藝術成就，更看重小說騰挪跌宕，化平庸為神奇的表現手法。煙水散人《賽花鈴題辭》對此有著透徹的分析：

> 予謂稗家小史，非奇不傳。然所謂奇者，不奇於憑虛駕幻，談天說鬼，而奇於筆端變化，跌宕波瀾。故投桃報李，士女之恒情；折柳班荊，交友之常事。乃一經點勘，則一聚一散，波濤疊興；或喜或悲，性情互見。至夫點睛扼要，片言隻字不為簡；組詞織景，長篇累牘不為繁。使誦其說者，眉掀頤解，恍如身歷其境，斯為奇耳。〔註14〕

〔註11〕 （清）陳康祺《郎潛紀聞 初筆 二筆 三筆》，晉石點校，中華書局 1984 年版。
〔註12〕 （明）余邵魚《題全像列國志傳引》，中華書局《古本小說叢刊》影印三臺館刊本。
〔註13〕 （清）金人瑞《三國志演義序》，轉引自黃霖。韓同文編《中國歷代小說論著選》，江西人民出版社 2000 年版，第 337 頁。
〔註14〕 （清）吳興白雲道人《賽花鈴》，上海古籍出版社《古本小說集成》影印清初本衙藏板本。

中國古代小說學史上「四大奇書」的提出,是在明代章回小說文體得到了充分的發展,產生了以《水滸傳》等爲代表的一批高水準藝術作品的背景之下。順治庚子年(1660),鹵湖釣史《續金瓶梅集序》提出「三大奇書」的概念:

> 今天下小說如林,獨推三大奇書,曰《水滸》、《西遊》、《金瓶梅》者,何以稱?夫《西遊》闡心而證道於魔,《水滸》戒俠而崇義於盜,《金瓶梅》懲淫而炫情於色,此皆顯言之,誇言之,放言之,而其旨則在以隱、以刺、以止之間。唯不知者,曰怪、曰暴、曰淫,以爲非聖而畔道焉。〔註15〕

鹵湖釣史以「闡心而證道於魔」、「戒俠而崇義於盜」、「懲淫而炫情於色」來概括《水滸》、《西遊》、《金瓶梅》的特點,並以之作爲品評它們爲「三大奇書」的依據,是抓住了三部小說在表現手法上的一個共同特色:反諷手法的成功使用,這種概括是很到位的。康熙十八年(1679),李漁《古本三國志序》提出「四大奇書」之說:

> 昔弇州先生有宇宙『四大奇書』之目:曰《史記》也,《南華》也,《水滸》與《西廂》也。馮猶龍亦有『四大奇書』之目:曰《三國》也,《水滸》也,《西遊》與《金瓶梅》也。兩人之論各異。愚謂書之奇,當從其類。《水滸》在小說家,與經史不類。《西廂》係詞曲,與小說又不類。今將從其類以配其奇,則馮說爲近是。〔註16〕

李漁認爲王世貞與馮夢龍各有「四大奇書」之說,而馮夢龍的說法更符合文體分類邏輯。

有清一代,明代章回小說「四大奇書」的概念及其指涉對象逐漸得到世人認可,其藝術上的偉大成就也成爲後世小說追步的目標。《滿文本金瓶梅序》云:「歷觀編撰古詞者,或勸善懲惡,以歸禍福;或快志逞才,以著詩文;或明理言性,以喻他物;或好正惡邪,以辨忠奸。其書雖稗官古詞,而莫不各有一善。如《三國演義》、《水滸》、《西遊記》、《金瓶梅》四種,固小說中之

---

〔註15〕 (清)紫陽道人《續金瓶梅》,上海古籍出版社《古本小說集成》影印清順治十七年原刻本。

〔註16〕 (清)李漁《李笠翁批閱三國志》,《李漁全集》,浙江古籍出版社1992年版,第1頁。

四大奇也，而《金瓶梅》於此為尤奇焉。」〔註17〕我們固然不能簡單地拿「四大奇書」與「編撰古詞者」的四個目標去對號入座，但說每一種奇書「各有一善」卻是勿庸置疑的。又《林蘭香敘》云：「近世小說，膾炙人口者，曰《三國志》、曰《水滸傳》、曰《西遊記》、曰《金瓶梅》，皆各擅其奇，以自成為一家。惟其自成一家也，故見者從而奇之。」〔註18〕其所說「各擅其奇」與上文「各有一善」不約而同地指出了一個事實：《水滸傳》等四部小說之所以能並稱為「四大奇書」，是與它們各自獨特的藝術成就分不開的；也惟其如此，「四大奇書」方能獨步「天下小說之林」，代表同類小說的最高水準，並因此成為後世小說的典範。

## 第二節 「四大奇書」的版本演變與文體流變

### 一、《水滸傳》的成書與版本演變

#### 1、「繁本」與「簡本」之爭

「四大奇書」之中，《水滸傳》的版本問題是最複雜的，自《水滸傳》傳世至今，版本問題一直爭論不休，尤其是所謂「繁本」與「簡本」之間的關係，至今尚難定論。坦率地說，在尚未發現能夠直接說明「繁本」與「簡本」孰先孰後的史料之前，爭論「簡本」與「繁本」的先後關係無異於爭論是先有蛋還是先有雞，任何一種觀點看上去都振振有辭，言之成理，既不能使對方完全信服，也不會輕易讓對方駁倒。然而這個問題終究很有探討的必要，誠如聶紺弩所言，「它的繁本與簡本孰先孰後，誰出於誰，可能是它的完成過程中的一個重要的具體情況。弄清楚這一問題，就會有助於對長篇小說這一文學形式的形成乃至對小說文學的發展和對整個文學史的瞭解。」〔註19〕因此從版本演變的角度來探討明代章回小說文體的發展狀況，《水滸傳》「繁本」與「簡本」之間的關係問題仍然是一個無法迴避的問題。

大致說來，對「繁本」與「簡本」的關係主要有兩種意見：一種認為「簡

---

〔註17〕（清）佚名《滿文本金瓶梅序》，轉引自黃霖編《金瓶梅資料彙編》，中華書局 1987 年版，第 5 頁。
〔註18〕（清）隨緣下士《林蘭香》，上海古籍出版社《古本小說集成》影印道光十八年本衙藏板本。
〔註19〕聶紺弩《中國古典小說論集》，上海古籍出版社 1981 年版，第 142 頁。

本」在前,「繁本」在「簡本」基礎上加工而成;另一種認爲「繁本」在前,
「簡本」由「繁本」刪節而成。二者論爭由來已久,現擇其要者而言之。認
爲「繁本」由「簡本」加工而成的觀點始自魯迅。魯迅認爲一百十五回《忠
義水滸傳》「惟文詞蹇拙,體制紛紜,中間詩歌,亦多鄙俗,甚似草創初就,
未加潤色者,雖非原本,蓋近之矣」;而一百回本《忠義水滸傳》「惟於文辭,
乃大有增刪,幾乎改觀,除去惡詩,增益駢語;描寫亦愈入細微……」,由
此他得出結論說「若百十五回簡本,則成就殆當先於繁本」,理由是「以其
用字造句,與繁本每有差違,倘是刪存,無煩改作也。又簡本撰人,止題羅
貫中,周亮工聞於故老者亦第云羅氏,比郭氏本出,始著耐庵,因疑施乃演
爲繁本者之託名,當是後起,非古本所有」。〔註20〕鄭振鐸同樣堅持簡本先
於繁本產生,各種簡本如《英雄譜》本《水滸傳》、《新刊京本插增王慶田虎
忠義水滸傳》等「其中必有一部分是羅氏的原文」,「羅氏的原本一定不會是
後來諸種繁本的《水滸傳》如一百回本、一百二十回以及七十回本等的原本
的。」〔註21〕聶紺弩以四萬餘言的長篇大論,從「繁本與繁本的遞承關係」、
「簡本與簡本的異同及其演化過程」、「繁本與簡本的異同及其先後問題」等
方面展開論述,同樣認爲「簡本在先,繁本在後,繁本由簡本加工而來。」
〔註22〕

堅持「繁本」在前,「簡本」由「繁本」刪節而成的觀點最早可追溯到明
代萬曆年間。萬曆十七年(1589)天都外臣所作《水滸傳敘》云:

> 故老傳聞:洪武初,越人羅氏,詼詭多智,爲此書,共一百回,各
> 以妖異之語引於其首,以爲之豔。嘉靖時,郭武定重刻其書,削其
> 致語,獨存本傳。余猶及見《燈花婆婆》數種,極其蒜酪。餘皆散
> 佚,既已可恨。自此版者漸多,復爲村學究所損益。蓋損其科渾形
> 容之妙,而益以淮西、河北二事。賁豹之文,而畫蛇之足,豈非此
> 書之再厄乎!〔註23〕

天都外臣認爲《水滸傳》自成書之後,經過了幾次大的刪改:首先是郭勳刪
去了各回之前的致語,其次是「村學究」刪去了有「科渾形容之妙」的修飾

---

〔註20〕魯迅《中國小說史略》,上海古籍出版社 1998 年版,第 96～100 頁。
〔註21〕鄭振鐸《水滸傳的演化》,《中國文學研究》(上),花山文藝出版社 1998 年版,
第 100 頁。
〔註22〕聶紺弩《中國古典小說論集》,上海古籍出版社 1981 年版,第 140～204 頁。
〔註23〕(元)施耐庵《水滸全傳》,人民文學出版社 1954 年版。

成分,增加了征王慶、田虎二事。「致語」即用駢文或韻文寫成的小說引子,「極其蒜酪」是說羅氏原本中所用詩詞非常之多,即空觀主人《拍案驚奇凡例》云:「小說中詩詞等類,謂之蒜酪」〔註24〕。「赭豹之文,而畫蛇之足」,天都外臣顯然對這種刪去致語、詩詞而增加征王慶、田虎故事的改作極為不滿。明代同樣對這種刪改不滿的還有胡應麟《少室山房筆叢》:

> 余二十年前所見《水滸傳》本,尚足尋味。十數載來,爲閩中坊賈刊落,止錄事實,中間遊詞餘韻,神情寄寓處,一概刪之,遂幾不堪覆瓿。復數十年,無原本印證,此書將永廢。因歎是編初出之日,不知當更何如頁。〔註25〕

清初周亮工《因樹屋書影》亦云:

> 故老傳聞,羅氏爲《水滸傳》一百回,各以妖異語引其首。嘉靖時,郭武定重刻其書,削其致語,獨存本傳。金壇王氏《小品》亦云:此書每回前各有楔子,今俱不傳。予見建陽書坊中所刻諸書,節縮紙本,求其易售,諸書多被刊落。此書亦建陽書坊翻刻時刊落者。
>
> 〔註26〕

胡應麟、周亮工不但都堅持「簡本」由「繁本」刪節而成的觀點,還指出刪改者即建陽書坊主。胡適主張「百十回本和百二十四回本等等簡本大概都是胡應麟所說的坊賈刪節本」〔註27〕,孫楷第同樣認爲「簡本」是建陽坊賈刪節「繁本」而成,他認爲與百回繁本比,簡本(《京本增補校正忠義水滸志傳評林》)在「詩詞之刪略」、「正文之刪略」、「節目之省並」以及「增加部分」四個方面作了刪改,「此本增多田王故事,於舊本原有文字刪略殊多,實爲書肆妄作因陋就簡之俗本」。〔註28〕劉世德從《水滸傳》的引頭詩切入,對比余象斗雙峰堂刊本《京本增補忠義水滸志傳評林》與天都外臣序本、李卓吾評本,通過比較引頭詩的有無、異文、回目的對仗與押韻等細節,認爲「繁本

---

〔註24〕 (明)凌濛初《初刻拍案驚奇》,上海古籍出版社《古本小說集成》引用尚友堂刊本。

〔註25〕 (明)胡應麟《少室山房筆叢》卷四十一「莊岳委談下」,上海書店 2001 年版,第 437 頁。

〔註26〕 (清)周亮工《因樹屋書影》,中華書局 1958 年版,第 8 頁。

〔註27〕 胡適《中國章回小說考證》,安徽教育出版社 1999 年版,第 93 頁。

〔註28〕 孫楷第《日本東京所見小說書目》,人民文學出版社,1981 年版,第 97～105 頁。

在先，雙峰堂刊本（簡本）在後。雙峰堂刊本所據的繁本不是容與堂刊本，而是天都外臣序本。」〔註29〕20 世紀 80 年代以來，「繁本」在前，「簡本」由「繁本」刪節而來的觀點得到了越來越多的支持。〔註30〕

上面簡要回顧了《水滸傳》「簡本」與「繁本」的關係之爭，現在對這種爭論作一個簡單的辨析。堅持「簡本」在前，「繁本」是在「簡本」基礎上加工潤色而成的觀點顯然受文學進化論的影響，以爲後出者一定比前面的高級。說文學文體都要經過一個不斷發展演變的過程是沒錯的，但由此認爲藝術成就高的作品一定晚於藝術成就低的作品出現，或者說是在藝術成就低的作品的基礎上加工而成就有點絕對化了。詩、詞、曲諸種文體的發展並不是愈到後來成就愈高，明代章回小說更因其經歷了不同水準的創作者、刪改者懷抱不同目的的加工改造而變得情況非常複雜。草創權輿、初具規模的小說經過加工改造而藝術成就大大提高的情況固然存在，「四大奇書」也確實都曾經歷了這麼一個過程，但因爲各種原因而加工改造導致小說藝術性大大降低的事實也並非沒有。認爲小說是不斷進化的，其藝術成就越來越高，後出的小說藝術成就一定高於前面的小說，因而斷定在同一小說的演變過程中，藝術成就高的小說版本一定由藝術成就低的小說版本演變而來，這種觀念並不符合中國古代小說的發展實際。姑且不論明代「四大奇書」之後，成百上千的章回小說中能夠踵武其藝術成就者除了《紅樓夢》、《儒林外史》之外寥寥無幾，就「四大奇書」本身而言，除《金瓶梅》外，《三國演義》、《水滸傳》、《西遊記》都存在因爲加工改造而導致藝術成就大大降低的事實。〔註31〕魯迅因所見《水滸傳》版本有限，故其結論未離推測與揣摩：「甚似草創初就」、「殆當先於繁本」，這種表述較尙不失嚴謹。鄭振鐸認定「長篇小說的藝術的

---

〔註29〕劉世德《談〈水滸傳〉雙峰堂刊本的引頭詩問題》，《文獻》1993 年第 3 期。

〔註30〕如周學禹《論〈水滸〉繁本與簡本的先後關係》，《信陽師院學報》（哲社版）1983 年第 2 期。張國光《魯迅以來盛行的〈水滸〉簡本「加工」爲繁本說的再討論──兼與轟紺弩商榷〈論〈水滸〉的簡本與繁本〉一文的「結論」》，《水滸〉與金聖歎研究》，中州書畫社 1981 年版，第 21～43 頁；《再評轟紺弩的〈水滸〉簡本先於繁本說──兼辨〈水滸〉成書之前並無所謂「詞話本」流傳》，《湖北大學學報》（社科版）1987 年第 5 期。陳遼《郭刻本〈水滸〉非〈水滸〉祖本（兼談〈水滸〉版本的演變）》，《江漢論壇》1983 年第 3 期。

〔註31〕楊致和本《西遊記》與朱鼎臣本《西遊釋厄傳》都由吳承恩《西遊記》刪節而成；朱鼎臣本《三國志史傳》以及劉龍田本《三國志傳》等也都是刪節而成。

進步，是嘉靖以後的事。在此時之前，其文筆都是比較幼稚」〔註32〕，所以堅持「簡本」先於「繁本」產生。隨著經眼《水滸傳》版本的增多，他後來又修改了先前的結論：「我認爲最沒有價值的是那些『文簡事繁』的閩本，它們『求簡』的結果，把百回本的原文，刮去了肌肉，榨出了血液，只留下一副枯骨架子，作品便完全被損壞了」〔註33〕，這種說法與明代天都外臣及胡應麟等人如出一轍。聶紺弩《論〈水滸傳〉的繁本與簡本》曾被稱爲是「自有繁本簡本爭論以來最有份量最有說服力的一篇宏文」〔註34〕，的確，該文材料翔實，旁徵博引，煌煌四萬餘言，足見作者所費心血之巨。然而作者在進化論的指導下，先入爲主地認定《水滸傳》「繁本」由「簡本」進化而成，必然導致在論述過程中的偏頗與不公，在選擇材料時有意迴避不利於自己觀點的部分。他說：「既然最早的長篇小說的完成，有一個文字技術的逐漸精細，故事情節的逐漸合理，思想性、藝術性逐漸提高的過程，那麼，簡本《水滸》就是繁本的未完成品，繁本是由簡本加工改造而來，似乎是顯而易見的。」〔註35〕尙未展開論述卻先有如此論斷，其論述過程的科學性與合理性不能不引起我們的懷疑。〔註36〕本文僅舉其一例說明。因爲不相信「《水滸》是由繁變簡，由好變壞，而這種演變過程是由村學究或書賈完成的」，所以他說「實在不容易想像何以前人如此淺妄無知，如此不憚煩地把繁本刪成簡本；刪了之後，又能一印再印，印成幾十種本子」；〔註37〕因爲認定村學究或書賈不會幹這種「淺妄無知」的事情，所以他認爲「《建陽本》（按：指雙峰堂本《京本增補

---

〔註32〕鄭振鐸《水滸傳的演化》，《中國文學研究》（上），花山文藝出版社1998年版，第100頁。

〔註33〕鄭振鐸《〈水滸全傳〉序》，人民文學出版社1954年版。

〔註34〕見曲家源《〈水滸〉版本研究的重大進展：評馬幼垣教授的〈水滸論衡〉》，山西師大學報（哲社版）1993年第4期。

〔註35〕聶紺弩《論〈水滸〉的簡本與繁本》，《中國古典小說論集》，上海古籍出版社1981年版，第142頁。

〔註36〕關於聶文的疏漏與不合理之處，張國光已有詳細論述，見張國光《魯迅以來盛行的〈水滸〉簡本「加工」爲繁本說的再討論——兼與聶紺弩商榷〈論〈水滸〉的簡本與繁本〉一文的「結論」》，《〈水滸〉與金聖歎研究》，中州書畫社1981年版，第21～43頁；《再評聶紺弩的〈水滸〉簡本先於繁本說——兼辨〈水滸〉成書之前並無所謂「詞話本」流傳》，《湖北大學學報》（社科版）1987年第5期。

〔註37〕聶紺弩《論〈水滸〉的簡本與繁本》，《中國古典小說論集》，上海古籍出版社1981年版。

校正忠義水滸志傳評林》）是由兢兢業業地工作而來的。」稍微具有版本目錄學常識的人都知道，自宋迄明，葉夢得、胡應麟、謝肇淛等人都曾指出過建陽本「因射利計」所以「品最下而值最廉」甚至「訛濫」的特點，書坊主爲了獲取最大利潤不得不降低成本，抄襲、刪改、盜印小說的現象早已習以爲常，又何嘗「兢兢業業」地工作過呢？更何況《水滸志傳評林》每頁上層評語中已多次明白無誤地表明了刪改者所依據的原本及其行爲與動機。

指出「簡本加工成繁本說」中間存在的錯誤並不等於否認《水滸傳》要經歷一個發展演變的過程，也並不等於承認「繁本刪改成簡本說」就完全正確。小說語言的「簡單」或「繁縟」，文筆的「幼稚」或「成熟」本無一定標準，僅是相對而言，再幼稚的《水滸傳》簡本比起宋元話本《宣和遺事》來，其文筆都要成熟得多，篇幅也增加了數十倍。從話本小說形態的《宣和遺事》到章回小說形態的《水滸傳》，必然經歷一個從簡單到繁縟、從幼稚到成熟的過程。建陽版《水滸傳》「簡本」系統是明代章回小說在書坊主商業化操作下的特殊產物，這種現象無法用進化論來解釋，「簡本加工成繁本說」的錯誤在於它無視這樣的客觀存在，強行將「簡本」系統安排到《水滸傳》演變軌跡的前頭。「繁本刪改成簡本說」也只有在一定條件下方能成立，只有當「繁本」僅指百回本系統，「簡本」僅指「建陽本」系統時，說「簡本」由「繁本」刪改而成才沒有問題，〔註38〕而「建陽本」是否就是《水滸傳》原本或者最接近原本，仍然有待證明。就《水滸傳》成書的整個歷程來看，誰也無法否認它經歷了由簡單到繁縟、由幼稚到成熟的過程，從這個角度而言，說「繁本」由「簡本」加工而成並非全無道理。只是需要指出的是，這個意義上的「簡本」與「繁本」應該超越魯迅最先的指涉範圍，它不限於某一具體的小說版本，指的是《水滸傳》演變歷史上的不同階段。

### 2、《水滸傳》成書的三個階段

如果承認《宣和遺事》等話本小說爲《水滸傳》的雛形，那麼截至金聖歎腰斬《水滸傳》止，我們認爲自宋元至清初數百年間《水滸傳》共經歷了

---

〔註38〕所謂「繁本」與「簡本」的範圍，魯迅與鄭振鐸的指涉稍有不同。魯迅的「繁本」指一百回本，「簡本」指一百十五回本，見《中國小說史略》，上海古籍出版社第96～100頁。鄭振鐸認爲，「所謂繁本，蓋即指如郭本之增潤羅氏原本，放大爲二三倍的篇幅的幾個本子而言。又有簡本，則指羅氏原本；未加放大，或依據原本而並不放大的幾個本子而言。」見《中國文學研究》（上），花山文藝出版社1998年版，第105頁。

三個階段的演變：話本、說唱本、說散本。第一階段指水滸故事流傳時期說書藝人所編的話本小說，以《宣和遺事》爲代表；第二階段指《水滸傳》的詞話本形式，雖然至今沒有發現任何《水滸傳詞話》，但現存《水滸傳》本身的一些文體特徵及有關史料使我們有理由相信，《水滸傳》曾以詞話本形式存在；第三階段即現今流傳之各種《水滸傳》。說散本《水滸傳》先是由說唱本《水滸傳》加工而成《水滸傳》繁本，以百回本爲代表；後來建陽書賈又據繁本有所增刪，增加征田虎、王慶故事，刪去了大量詩詞、韻文，是爲《水滸傳》簡本，以《京本增補校正全像忠義水滸志傳評林》爲代表；崇禎年間，金聖歎將袁無涯刻本引首及第一回全文、第二回之洪太尉回京一段合併爲「楔子」，以袁本第二回剩餘部分爲第一回，刪去袁本第七十二回以下各回，託名爲「貫華堂古本水滸傳」，即《第五才子書忠義水滸傳》。試就每一個階段的《水滸傳》作簡單的論述。

宋元時期，水滸故事已廣泛流傳於民間，宋末遺民龔開作《宋江三十六人贊並序》云：「宋江事見於街談巷語，不足採著。雖有高如李嵩輩傳寫，士大夫亦不見黜。余年少時壯其人，欲存之畫贊，以未見信書載其實，不敢輕爲」〔註39〕，可見在水滸故事流傳的第一階段，除了口頭傳播外，還以文字與圖畫的方式流傳。宋江等人的英雄故事不但是人們茶餘飯後的談資，而且成爲戲曲作者、說書藝人的題材。臧晉叔《元曲選》收錄《黑旋風雙獻功》（高文秀）、《梁山泊黑旋風負荊》（康進之）、《同樂院燕青博魚》（李文蔚）、《都孔目風雨還牢末》（李致遠）、《爭報恩三虎下山》（無名氏）等曲目，羅燁《醉翁談錄·舌耕敍引》也記載說書人講說《石頭孫立》、《青面獸》、《花和尚》、《武行者》等故事。當宋江等三十六人的故事在說書場合廣爲演說之時，有人將各單篇的故事彙聚在一起，力求整合連貫爲一個完整的故事，稍作加工，寫成話本小說，這便是《水滸傳》的雛形。這樣的人或許是說書人，或許是書會先生，文采並不高明；這樣的話本小說應該不止一部，魯迅推測「後之小說，既以取捨不同而分歧，所取者又以話本非一而違異，田虎王慶在百回本與百十七回本名同而文迥別，殆亦由此而已」〔註40〕，《宣和遺事》只是其中一部，而且並非原本。

〔註39〕見（宋）周密《癸辛雜識·續集上》，吳企明點校，中華書局 1988 年版，第145 頁。

〔註40〕魯迅《中國小說史略》，上海古籍出版社 1998 年版，第 99 頁。

　　《宣和遺事》前集故事情節與《水滸傳》關係較爲密切。除了提供與水滸故事的產生與發展大致相同的歷史背景外，有幾段故事已經直接關涉到水滸故事中的情節與人物，如「楊志等押花石綱違限配衛州」、「孫立等奪楊志往太行山落草」、「宋江因殺閻婆惜往尋晁蓋」、「宋江三十六將共反」、「張叔夜招宋江三十六將降」、「徽宗宿李師師家」等故事單元。與後來的章回小說《水滸傳》相比較，《宣和遺事》只是粗陳梗概，情節極其簡單，文筆非常簡陋，除了概述故事情節，幾乎不作任何描述，因此魯迅認爲此書「乃由作者掇拾故書，益以小說，補綴聯屬，勉成一書，故形式僅存，而精彩遂遜」〔註41〕。鄭振鐸推測此書爲「這種傳說或傳奇的一個極簡單的概略，或係說話人作爲底本用的一個提綱」〔註42〕。《宣和遺事》的作者確實是在「掇拾舊書」的基礎上寫成水滸故事「極簡單的概略」，試舉一例以證明：宋江得天書後，知有三十六天罡星之數，「見（現）梁山濼上見有二十四人，和俺共二十五人了。宋江爲此只得帶領得朱同、雷橫、李逵、戴宗、李海等九人直奔梁山濼上，尋那哥哥晁蓋。……」而此前故事中並未交代朱同等九人，此處九人來歷突兀，不符合說書中每一人物出場都有介紹的習慣，應當是《宣和遺事》的作者抄襲他書時遺漏了相關九人的故事。到了梁山濼後，「宋江道：今會中只少了三人。那三人是：花和尚魯智深、一丈青張橫、鐵鞭呼延綽。」可是接下來卻又寫道：「……呼延綽卻帶領得李橫反叛朝廷，亦來投宋江爲寇。那時有僧人魯智深反叛，亦來投奔宋江。這三人來後，恰是三十六人數足。」前面寫的是「張橫」，可接下來卻變成了「李橫」。尤其明顯的是，不管李橫還是張橫，都不在天書所言三十六人之數，可見《宣和遺事》是拼湊不同小說而成，這種抄襲所留下來的疏漏足以證明《水滸傳》演變的早期存在著各種不同的話本。〔註43〕

<hr />

〔註41〕魯迅《中國小說史略》，上海古籍出版社1998年版，第80頁。

〔註42〕鄭振鐸《水滸傳的演化》，《中國文學研究》（上），花山文藝出版社1998年版，第92頁。

〔註43〕黃霖先生根據萬曆年間刻本吳從先《小窗自紀》卷三《讀水滸傳》一文推斷，元初還存在另一種話本《水滸傳》，與《宣和遺事》分別屬於不同系統。詳見黃霖《一種值得注目的〈水滸〉古本》，《復旦學報》（社科版）1980年第4期。又（清）學山海居主人《重刊宋本宣和遺事跋》云：「余於戊辰冬得《宣和遺事》二冊，識是述古舊藏……但檢《述古堂書目》宋人詞話門，有《宣和遺事》四卷，茲卻二卷，微有不同……」《述古堂書目》所載四卷本《宣和遺事》今不可見，但它爲說唱體詞話形式卻極有可能，士禮居刊本或許即據述古堂本刪改而成。

在《水滸傳》演變的第二階段，有說唱體的《水滸傳》詞話存在，這有多方面的證據可以證明。首先是民間有說唱《水滸傳》詞話的鮮活事例。徐文長《呂布宅詩序》云：「始村瞎子習極俚小說，本《三國志》，與今《水滸傳》一轍，爲彈唱詞話耳。」〔註44〕胡應麟《少室山房集》亦云：「歌者屢召不至，汪生狂發，據高座劇談《水滸傳》，奚童彈箏佐之，四席並傾，余賦一絕賞之：『琥珀蒲桃白玉缸，巫山紅袖隔紗窗。不知誰發汪倫興，象板牙籌說宋江。』」〔註45〕「彈唱詞話」、「象板牙籌說宋江」都說明了《水滸傳》詞話的存在。

其次是有人見過詞話本《水滸傳》。明錢希言《戲瑕》云：

> 詞話每本頭上有「請客」一段，權做個『德勝市利頭回』，此政是宋朝人借彼形此，無中生有妙處。遊情泛韻，膾炙人口，非深於詞家者不足與道也。微獨雜說爲然，即《水滸》一部，逐回有之，全學《史記》體。文待詔諸公暇日專聽人說宋江，先講攤頭半日，功父（按：錢希言字）猶及與聞。今坊間刻本，是郭武定刪後書矣。郭固跗注大僚，其於詞家風馬，故奇文悉被剗薙，眞施氏之罪人也。而世眼迷離，漫云搜求武定善本，殊可絕倒。〔註46〕

這一段話中，錢希言提及文徵明曾親耳聽人說唱《水滸傳》詞話，錢希言還見過詞話本《水滸傳》。詞話本《水滸傳》的各卷卷首有「入話」或「得勝頭回」，亦即說唱者所說唱之「攤頭」，這些「入話」後來被郭勳刪除。清周亮工《因樹屋書影》也提及《水滸傳》前曾有「致語」，爲郭勳所削。又楊定見百二十回本《水滸傳》發凡也說：「古本有羅氏『致語』，相傳《燈花婆婆》等事，既不可復見。」「致語」即小說前的「引子」或「入話」、「得勝頭回」，以駢文或韻文寫成，可以說唱。

除了有說唱《水滸傳》的演出以及詞話本《水滸傳》小說的記載之外，孫楷第還從百回本《水滸傳》第四十八回找到未被刊落的一段偈讚唱詞「獨

---

〔註44〕 （明）徐文長《徐文長佚稿》卷四，上海雜誌公司《中國文學珍本叢書》本，1936年版。

〔註45〕 （明）胡應麟《少室山房集》卷七十五，臺灣商務印書館影印文淵閣《四庫全書》本，第49頁。

〔註46〕 （明）錢希言《戲瑕》，王雲五主編《叢書集成初編》，商務印書館1936年版，第8頁。

龍山前獨龍崗，獨龍崗上祝家莊。……」〔註47〕證明了《水滸傳》詞話本在的存在，並經過比較元代水滸雜劇與百回本《水滸傳》之關係，根據百回本中存在的說話者口吻，進一步確定今傳百回本《水滸傳》其祖本為元末書會所編之《水滸傳》詞話，其作者或許是施耐庵，或許是羅貫中，也可能是書會的集體編撰而署名為施、羅。〔註48〕與話本相比較，詞話本《水滸傳》已經發生了質的飛躍，文辭大為改觀，「遊辭泛韻，膾炙人口」；篇幅也擴大許多倍，光是各卷卷首的「攤頭」（入話）便可講說半天。

《水滸傳》演變的第三個階段，便是由說唱體的《水滸傳》變為說散體的《水滸傳》。大約嘉靖時期，有人將說唱體的《水滸傳》刪改為說散體的《水滸傳》，錢希言、周亮工以為此人即武定侯郭勳，〔註49〕人們稱此本為「郭本」。據錢希言、周亮工等人所言，郭本對詞話本所做的最大改動便是「刪其致語，獨存本傳」，將各卷卷首的「入話」全部刪除。除此以外，文中的偈讚唱詞應當也有大量刪削。郭本今不可見，沈德符《萬曆野獲編》卷五說：「武定侯郭勳，在世宗朝，號好文多藝能計數。今新安所刻《水滸傳》善本，即其家所傳。前有汪太函序，託名天都外臣者。」〔註50〕沈德符認為新安刻本為郭本的覆刻本，容與堂本又與新安刻本基本相同，於是世人多以郭本為一切繁本《水滸傳》的祖本。〔註51〕萬曆二十二年（1594），建陽坊賈余象斗雙峰堂刊

---

〔註47〕類似的偈讚唱詞其實還有不少，百十五回本「景陽崗武松打虎」中描寫武松打虎經過的那篇詩讚「景陽崗頭風正狂內容與前面的散文描述重複，完全可以刪去；鍾伯敬評本第七十回有做老郎的誇讚張清「祖代英雄播英武」一段詩讚，這些應當都是原本說唱詞話所有。

〔註48〕詳見孫楷第《滄州集》（上），中華書局1965年版，第121～143頁。

〔註49〕胡適、鄭振鐸根據郭勳死於嘉靖二十八年，而郭本出於嘉靖三十年後，推斷百回本乃「假託為郭家所傳」，「或許是作者借郭勳或郭府以自重而已」，見胡適《中國章回小說考證》，安徽教育出版社1999年版，第87頁，鄭振鐸《中國文學研究》（上），花山文藝出版社1998年版，第108頁。另袁世碩考證郭勳實死於嘉靖二十一年，見袁世碩《文學史學的明清小說研究》，齊魯書社1999年版，第18頁。

〔註50〕（明）沈德符《萬曆野獲編》，中華書局1959年版，第139頁。

〔註51〕陳遼根據上海圖書館藏明刻本《京本忠義傳》殘卷與容與堂本之間的區別，認為郭刻本並非《水滸傳》的祖本，見陳遼《郭刻本水滸非水滸祖本，兼談水滸版本的演變》，《江漢論壇》1983年第3期。章培恒根據袁無涯刻本《發凡》中提到的郭本「移置閻婆事」及於七十二回中「大寇」名單中「去田、王而增遼國」的特點，對比新安刻本以及容與堂本諸本後認為，郭本並非《水滸傳》的祖本，在郭本之前還有更早的本子為祖本，見章培恒《關於水滸的郭勳本與袁無涯本》，《復旦學報》（社科版）1991年第3期。

印《京本增補校正全像忠義水滸志傳評林》，爲《水滸傳》早期簡本之一。雙峰堂本《水滸傳》在內容上刪去了繁本中的大量詩詞、韻文，增加了征田虎、王慶故事，〔註52〕在版式上對繁本進行了大膽改造，採取建陽刻本傳統的上圖下文式，並在圖畫的上方增加一欄，除了對小說作簡單的評點外，還將正文中的大量詩詞挪入上層並說明緣由。簡本在文體上的最大變化主要有兩點：第一，刪去了繁本中的大量詩詞、韻文，並對小說語言做出相應的改造，使得小說的說唱色彩進一步減弱。儘管從說唱本到說散本，《水滸傳》已經成功地從口頭文學轉變爲案頭之作，但繁本中依然存在的大量詩詞、韻文使小說仍然帶有濃厚的說唱色彩，尤其是用於人物、場景描寫的韻文，還保留著鮮明的吟唱痕跡。簡本對繁本中「遊詞泛韻」的刪除，在文人士大夫看來當然是極大地損害了小說的審美特徵，所以胡應麟等人對此極爲不滿；但對廣大市井百姓而言，他們最感興趣的並非小說詩詞的吟詠讚歎，而是故事內容的豐富多彩與故事情節的連貫流暢，「觀傳者無非覽看詞語，觀其事實，豈徒看引頭詩者矣？放此引頭詩，反摭（遮）人耳目……」（《水滸志傳評林》第四十回）。坊賈增加征田虎、王慶故事，使得小說內容大爲增加；詩詞、韻文的刪除又清理了阻礙故事情節連貫發展的障礙。第二、增加了大量插圖，上圖下文、連貫插圖的方式使小說存在兩種語言的敘述，圖像語言對故事情節的敘述比文字部分更加形象與直觀，大大地增強了小說的通俗性，深受廣大市民喜愛，「世所傳者，獨建陽本耳」。結合中國古代章回小說文體的演變實際來看，簡本刪除詩詞、韻文，突出情節連貫流暢的特點非但不能被視爲「《水滸》版本的歷史是一種倒退的、偶然的現象」〔註53〕，相反，這種改動應該算得上一種進步，是小說文體演變的必然趨勢，明末至近代以來，中國古代章回小說總體上正是遵循著詩詞韻文逐漸減少，情節日趨連貫的規律發展。

崇禎年間，金聖歎將袁無涯刻本一百二十回刪改爲七十回本。金聖歎對袁本的改動，其主要的也是最爲成功的地方在於小說結構的調整。金聖歎將袁本引首及第一回全文、第二回之洪太尉回京一段合併爲「楔子」，以袁本第二回剩餘部分爲第一回，刪去袁本第七十二回以下各回，並將第袁本七十一回回目「梁山泊英雄排坐次」修改爲「梁山泊英雄驚惡夢」，自撰盧俊義夢見梁山

---

〔註52〕《水滸志傳評林》並非最早插增田虎、王慶故事的水滸簡本，見馬幼垣《現存最早的簡本水滸傳》，《中華文史論叢》1985 年第 3 期。

〔註53〕聶紺弩《中國古典小說論集》，上海古籍出版社 1981 年版，第 143 頁。

泊一百零八條好漢俱被嵇康擒拿斬首一事結束全書。袁本「引首」已經敘及
嘉祐三年天下瘟疫盛行，文武百官商議奏聞天子祈禳瘟疫一事，接下來第一
回還是寫皇帝早朝，眾臣奏請祈禳瘟疫，金聖歎將袁本的「引首」與第一回
並作一回，使得原本割裂的「祈禳瘟疫」一事更爲緊湊與連貫。袁本第二回
開頭先寫洪太尉回京復命，再寫高俅出身。洪太尉是第一回的主角，本應於
第一回結束；而高俅事是第二回乃至以後數回的重點，不應被洪太尉事沖淡。
金聖歎將洪太尉與祈禳瘟疫併入楔子，一則使「洪太尉誤走妖魔」成爲一個
整體，二則保證了下一回能集中筆墨敘述高俅事跡，這種改動顯然更爲合理。
除了開頭的改動頗爲成功外，金聖歎選擇「驚惡夢」結束全書，於水滸故事
處於高潮時嘎然而止，餘音嫋嫋，令人遐想，又避免了袁本因招安後接連征
戰所留下的許多破綻。此外，金聖歎將袁本的詩詞、韻文幾乎刪汰近盡，徹
底消除了《水滸傳》的說唱色彩，雖然有利於故事情節的連貫流暢，但對中
國古代章回小說特有的詩意盎然、可吟可唱的韻味來說不能不說是一種損失。

## 二、《三國演義》的成書與版本演變

《三國演義》的成書如同《水滸傳》一樣，是廣泛吸取民間傳聞、說唱
故事、戲曲題材以及史傳內容的成果。在數百年的版本演變過程中，經過不
同創作者的改訂，儘管內容的增刪不如《水滸傳》那麼明顯，但其文體演變
的軌跡依然清晰可循。

三國故事至遲在唐代即已流傳民間。段成式《酉陽雜俎》、李商隱《驕兒
詩》都曾提及三國故事，蘇軾《志林》有民間講說三國故事的記錄，孟元老
《東京夢華錄》云：「霍四究，說《三分》」〔註 54〕，羅燁《醉翁談錄》亦云：
「史書講晉、宋、齊、梁。三國志諸葛亮雄才」〔註 55〕，三國故事在宋代已
經成了專業說書人的專門題材。三國故事既已成爲說書人的科目，敘述三國
故事的話本小說隨即應運而生，如元至治年間刊本《全相三國志平話》。《全
相三國志平話》雖然「詞不達意，粗具梗概而已」，但其上圖下文的格式表明，
此本並非是說話人口頭說書的簡單記錄，應當是專供市井百姓傳閱的書面讀
物。儘管文筆仍嫌幼稚簡陋，但故事情節已經相當完整，敘述條理清晰，結

---

〔註 54〕王雲五主編《叢書集成初編》本，商務印書館 1936 年版，第 93 頁。
〔註 55〕古典文學出版社 1957 年版，第 4 頁。

構也粗具規模，相對《宣和遺事》之於《水滸傳》來說，〔註 56〕《全相三國志平話》更有資格被稱爲《三國演義》的藍本。《三國演義》中所有的重大故事情節，大都在《全相三國志平話》出現；而《全相三國志平話》的文體特徵，也具備了《三國演義》所有的諸多方面。平話中有陰文標目，如「三謁諸葛」、「趙雲抱太子」、「張飛拒水斷橋」等等，又「至治新刊全相平話三國志卷上」下邊有陰文「二十二終」字樣，應指第二十二節完畢之意，可見原本平話是分則標目，且標明序數的。鄭振鐸曾推測虞氏刊本《三國志平話》前應還有藍本，他說：「且我們既有了宋人傳下的《五代史平話》，難保同時不有一種宋本的《三國志平話》。所以虞氏所刊的《三國志平話》很有以一種舊本作爲藍本的可能。」〔註 57〕這種推測是對的，建安虞氏覆刻《平話》時或爲節約紙張故，或爲別的原因而將則目並序數刪去，只是並不徹底，留下了不少刪改的痕跡。

　　《三國演義》對《全相三國志平話》所做的工作，主要有三個方面。一是擴大增飾《全相三國志平話》中已有的故事情節。《全相三國志平話》敘事簡單，人物形象的刻畫多爲粗線條式的勾勒，對語言、動作、場面的描述不夠細膩、深入，這些特點在《三國演義》中得到了根本性的改觀。如《全相三國志平話》中「古城聚義」後半節以及「三顧諸葛」一節，約 1400 字，在《三國演義》（嘉靖本）中被敷演成《劉玄德三顧茅廬》、《玄德風雪訪孔明》、《定三分亮出茅廬》三則，約 7650 字。二是刪節了《全相三國志平話》的一些故事，或嫌其情節繁瑣，或嫌其與史無徵，或嫌其不利於人物形象的刻畫。如平話上卷在虎牢關三戰呂布之後，還有張飛獨戰呂布一事，《三國演義》刪去不用；《全相三國志平話》下卷有龐統嫌歷陽令官職太小，掛冠而去並遊說沿江四郡造反事，《三國演義》也刪去不用。三是增加了不少史實，如孫策大戰太史慈、孔明遺計救劉琦等，以及奏摺詔表等歷史文獻與詩詞歌賦。《三國演義》對《全相三國志平話》的改造稱得上脫胎換骨，在文體上的表現主要有三點：一是描寫細膩詳盡，文采飛揚，故事情節曲折動人而人物形象也更

---

〔註56〕學界一般認爲《宣和遺事》爲《水滸傳》的藍本，其實《宣和遺事》除了第一次提供了相對完整的三十六人姓名與幾個簡單的故事情節外，對《水滸傳》的影響並不是太大，倒是對《大宋中興通俗演義》的影響更爲顯著──熊大木《大宋中興通俗演義》有相當多的情節全文照抄《宣和遺事》。

〔註57〕鄭振鐸《三國志演義的演化》，《中國文學研究》（上），花山文藝出版社 1998年版，第 155 頁。

加豐滿；二是語言由俚俗趨向文雅，由原來的「言辭鄙謬，又失之於野」轉變爲「文不甚深，言不甚俗」，小説的文人化得以加強；三是減弱了民間野史傳聞的色彩，加強了小説敘事的眞實性，「事紀其實，亦庶幾乎史」，朝歷史的通俗化敘述靠近。

完成三國故事敘述從話本體向章回體轉變的作者是羅貫中，這已經成爲定論；但羅貫中的原作究竟是怎樣一回事，至今無人能見廬山眞面貌。一般認爲，有弘治甲寅（1494）庸愚子序與嘉靖壬午（1522）修髯子序的《三國志通俗演義》是現存最早的《三國演義》刻本（通稱爲嘉靖本）。〔註58〕自 20 世紀早期鄭振鐸提出「這許多刊本必定是都出於一個來源，都是以嘉靖本爲底本的」，「這部羅貫中著的《三國志通俗演義》，爲一切萬曆本，二李本的祖本者」〔註 59〕以來，認爲嘉靖本最接近羅貫中原本，一切《三國演義》的版本都源自於嘉靖本的觀點得到了很多人的支持。〔註60〕然而 20 世紀 80 年代以來，隨著新材料的不斷發現以及版本間比勘的不斷深入，上述觀點遭到了越來越多的論者質疑。柳存仁首先發難，他根據《三國志傳》系統與《三國志通俗演義》系統各本題署中的作者及書名信息，具體比較了笈郵齋刊本與嘉靖本之後認爲，《三國志傳》系統與《三國志通俗演義》系統在內容上有較大出入，其祖本當在嘉靖本之前，比嘉靖本更接近羅貫中原作。〔註61〕張穎、陳速根據嘉靖本與周日校本中小字注的差異以及萬曆以後諸本與嘉靖本故事情節的差別，認爲嘉靖本不是《三國演義》的最早版本，《三國志傳》比《三國志通俗演義》更具備作爲《三國演義》祖本的條件。〔註62〕金文京在小川環樹的啓發下，圍繞（花）

〔註58〕張志和認爲嘉靖本不是最早刊本，黃正甫刊本《三國志傳》應早於嘉靖本出現，是《三國演義》的最早刊本，見張志和《黃正甫刊本〈三國志傳〉乃今見〈三國演義〉最早刊本考》，《北京師範大學學報》（哲社版）1994 年第 3 期。

〔註59〕鄭振鐸《三國志演義的演化》，《嘉靖本三國志演義的發現》，《中國文學研究》（上），花山文藝出版社 1998 年版，第 198 頁，221 頁。

〔註60〕如馮沅君《三國志演義芻論》，《馮沅君古典文學論文集》，章培恒、馬美信《三國志通俗演義》前言，上海古籍出版社 1980 年版；袁世碩《明嘉靖刊本〈三國志通俗演義〉乃羅貫中原作》，《東嶽論叢》1980 年第 3 期；陳鐵民《三國演義成書年代考》，《文學遺產》增刊第十五輯；劉敬圻《〈三國演義〉嘉靖本和毛本校讀札記》（上），《求是學刊》1981 年第 1 期。

〔註61〕（澳）柳存仁《羅貫中講史小説之眞僞性質》，劉世德主編《中國古代小説研究——臺灣香港論文選輯》。

〔註62〕張穎、陳速《有關〈三國演義〉成書年代和版本演變問題的幾點異議》，《河北師院學報》（哲社版）1987 年第 1 期。

關索故事的有無，對嘉靖本與建安本進行了深入細緻的比較，他認為建安本除了花關索故事為嘉靖本所無以外，其他的故事情節二者大致相同，文辭區別也不甚明顯，二者的關係是來自同一源頭的同系統版本的異本關係。〔註63〕魏安根據各版本抄刻時的串行脫文來考察同一系列相關版本間的繼承關係與不同系列版本間的先後問題，他認為羅貫中《三國演義》寫成之後，在抄本流傳的過程中形成了兩大系統，即「志傳」系統與「通俗演義」系統，嘉靖本是「通俗演義」系統的祖本，它與「志傳」系統的祖本都源於羅貫中原本。〔註64〕總的說來，學界20世紀80年代以來的研究基本上廓清了從羅貫中原本到「通俗演義」系統與「志傳」系統各本之間的演變歷程：羅貫中在《全相三國志平話》的基礎上，又根據陳壽《三國志》及裴松之注「留心損益」，對《全相三國志平話》做了一定的增補與刪節，「編次」成章回體小說《三國演義》。「書成，士君子之好事者，爭相謄錄，以便觀覽」〔註65〕，在相互傳抄的過程中，《三國演義》的故事內容發生了一些變化，有的抄本增加了史實內容，刪節了一些「言辭鄙謬，失之於野」的成分，使得《演義》朝史實方向靠近，嘉靖本《三國志通俗演義》的祖本便屬此類；有的抄本增加了野史傳聞，如民間流傳的「(花)關索故事」，這使《演義》又多了幾分虛構與想像的成分，葉逢春刊本《三國志傳》的祖本當是這種。在兩種版本系統中，「志傳」較「通俗演義」更多地保留了羅貫中原本的面貌。

　　《三國演義》的羅貫中原本或早期版本，有可能以詞話本形式存在。孫楷第曾據嘉靖本卷八各則末尾的詰問語句，推測「原本或者是《三國詞話》」〔註66〕。現今發現的一些史料，當可以補證孫氏的推斷。《徐文長佚稿》卷四《呂布宅詩序》云：「始村瞎子習極俚小說，本《三國志》，與今《水滸傳》一轍，為彈唱詞話耳。」此證一。嘉靖癸丑（1553）建陽書坊詹氏進賢堂重刊本《風月錦囊》卷二《精選續編賽全家錦三國志大全》「開場」云：

　　　關羽英雄，張飛勇猛，劉備寬仁。桃園結義，誓同生死，天長地久，

---

〔註63〕（韓）金文京《〈三國志演義〉版本試探——以建安本諸本為中心》，周兆新主編《三國演義叢考》，北京大學出版社1995年版。

〔註64〕（英）魏安《〈三國演義〉版本考》，上海古籍出版社1996年版。

〔註65〕（明）庸愚子《三國志通俗演義序》，（明）羅貫中《三國志通俗演義》，上海古籍出版社《古本小說集成》影印嘉靖元年刊本。

〔註66〕孫楷第《三國志平話與三國志通俗演義》，《滄州集》（上），中華書局1965年版，第118～119頁

意合情眞。共破黃巾三十六萬，功蓋諸邦名譽馨。十常侍貪財賄賂，元嬌受非刑。弟兄嘯聚山林，國舅將情表聖君，轉受平原縣尹。曹公舉薦，虎牢關上，戰敗如臣，呂布出關，李確報怨，黃允正宏俱受兵。三國志，輯成詞話一番新。〔註67〕

上文所言「李確」應指「李傕」，「黃允」應指「王允」，詞話作者當是文化水平不高的下層文人。上田望認爲，根據結尾「三國志，輯成詞話一番新」，可知《大全》不僅是戲曲劇本，其原本很可能爲有關三國故事的長篇說唱樂曲係詞話。再聯繫到明成化年間重刊本說唱詞話《花關索傳》與清乾隆前期抄本說唱詞話《三國志玉璽傳》，三國故事曾以詞話形式流傳當無可懷疑。此證二。

修髯子《三國志通俗演義引》云：「……余不揣譾劣，原作者之意，綴俚語四十韻於卷端，庶幾歌詠而有所得歟？……」下有所謂俚語六十四句：「今古興亡數本天，就中人事亦堪憐。欲知三國蒼生苦，請聽通俗演義篇。……此編非直口耳資，萬古綱常期復振。」這幾句話大有可觀。先看修髯子的解釋。「原作者之意」是指根據羅貫中原來的創作思路，亦即按照原本《三國演義》的模式；「綴」字既可理解爲創作，也可解釋爲「連綴」、「連接」——葉逢春刊本《三國志傳》卷首的「全漢總歌」從盤古開闢寫至三國鼎立：「一片混沌分天地，清濁剖闢陰陽氣。開天立教治乾坤，伏曦神農與黃帝。……獻帝遷都社稷危，鼎足初分天地碎。曹劉孫號魏蜀吳，萬古流傳三國志。」修髯子的「俚語」從三國故事敘起，剛好接續了《全漢總歌》。這一點或又可證明修髯子所據底本出自葉逢春刊本或其祖本，而後者最接近羅貫中原本。「歌詠」意即修髯子所續「俚語四十韻」與《全漢總歌》一樣都可用來吟詠或歌唱。這幾句話連起來理解，我們是否可以認爲修髯子所據以修改的本子即是說唱體《三國志》詞話呢？再看修髯子所作「俚語」。「欲知三國蒼生苦，請聽通俗演義篇」，爲什麼要說「聽通俗演義篇」而不是「看（或讀）通俗演義篇」？這不正好說明原本《通俗演義》是說唱詞體詞話嗎？結尾兩句「此編非直口耳資，萬古綱常期復振」中「口耳資」也表明「此編」原本是靠口耳相傳的。這些雖然不是直接的證據，但我們認爲還是較有說服力的。此證三。這些證據即便不能證明羅貫中原本即說唱體詞話本，至少也可以證明《三國演義》早期有詞話本存在，嘉靖本的修改，或直接以詞話本爲藍本，或參考了詞話本。

---

〔註67〕　（日）上田望《明代通俗文藝中的三國故事——以〈風月錦囊〉所選〈精選續編賽全家錦三國志大全〉爲線索》，周兆新主編《三國演義叢考》第348頁。

　　嘉靖本代表著《三國演義》朝史實化方向推進的一極，是文人學士根據史傳作了大量修改的版本。它訂正了羅貫中原本以及抄本中的許多不合「史實」之處，並增加了不少史家評論與文人的詩贊，如嘉靖本中范曄的《論》、《贊》與陳壽的《評》來自南宋呂祖謙編撰的《十七史詳節》，卷二十一《孔明秋風五丈原》中引用了景泰五年（1454）進士尹直的《明相贊》。據統計，嘉靖本中共引用《論》13 篇，《贊》15 篇，《評》14 篇。歷史文獻的大量引用，極大地增強了小說敘事的歷史感與真實性，給《三國志通俗演義》帶來了「事紀其實，亦庶幾乎史」的讚譽。在將歷史文獻引入小說中的過程中，嘉靖本的改訂者對小說語言也進行了一定的改造。要實現歷史的通俗化，「蓋欲讀誦者人人得而知之」，小說語言自然不能過於深奧；而文人學士的審美趣味又決定了對「言辭鄙謬，又失之於野」的俚俗口語，「士君子多厭之」，必然提升語言的文化品位。這樣的創作目的與宗旨促成了《三國志通俗演義》獨特的語言風格：「文不甚深，言不甚俗」，介於文言與白話之間。全書二十四卷二百四十則，每則有七言標目，格式較為齊整；結尾多有「此人是誰？」、「後來如何？」等詰問句式，仍然保留著說唱藝術的痕跡。除此之外，還出現了「畢竟如何，且聽下回分解」這樣的套語，這種結尾方式後來成為章回小說固有的格式。

　　以葉逢春本《三國志傳》為代表的「志傳」系統較多地保留了羅貫中原本的特徵，具有鮮明的民間文學色彩。「志傳」系統幾乎皆為建陽書坊所刊，建陽坊賈並不關心小說是否與史實相符合，他們不會根據史傳來修訂小說內容；他們在意的是如何增加小說的故事性與趣味性來爭取盡可能多的讀者。與「通俗演義」系統相比較，「志傳」系統各本少了范曄、陳壽、尹直等人的《論》、《贊》、《評》，卻多了署名「靜軒」的詩作。來自民間的（花）關索故事與不第文人周靜軒的詠史詩顯然要比名公大臣范曄、陳壽、尹直等人的高文典冊通俗得多，更接近市井百姓的審美趣味。

　　康熙十八年（1679），醉畊堂刊刻了毛綸、毛宗崗父子評點的《四大奇書第一種》，即後來坊間通行的《第一才子書三國志演義》。毛氏父子對《三國演義》的評改，徹底完成了《三國演義》的版本演變歷程並最終確立了歷史演義的敘事軌範。毛評本《三國演義》不但是《三國演義》諸多版本中最完善的章回體格式，而且是眾多歷史演義中文體最為成熟者。毛評本出「而一切舊本乃不復行」，成為《三國演義》坊間最為通行的版本。

　　毛宗崗以《李卓吾先生批評三國志》為藍本，偽託得古本而加以評改。

其改訂，概括起來主要有以下幾個方面：一、修正語言，講求通暢，使人「頗覺直捷痛快」；二、甄別事實，講求眞實，「使讀者得窺全豹」；三、增入文字，講求文采，「以備好古者之覽觀」；四、改訂回目，講求工整，「務取精工，以快閱者之目」；五、刪改詩詞，講求雅順，俗本詩詞「甚俚鄙可笑」，「此編悉取唐宋名人作以實之」。

《三國演義》的語言在四大奇書中獨具特色：「文不甚深，言不甚俗」，屬淺近的文言，比古奧難懂的史傳文獻略顯通俗，但比《水滸傳》、《西遊記》、《金瓶梅》等小說又明顯生疏。因此毛宗崗認爲「俗本之乎者也等字，大半齟齬不通，又詞語冗長，每多複沓處」〔註68〕，對《三國演義》的語言進行了較大幅度的修正，主要是精簡語句，去除冗詞，刪節與情節無關緊要的詩詞──李本共有詩詞352首，毛本刪去幾近一半，還剩188首。從篇幅來看，李本約70萬2千字，毛本約59萬4千字，如不計毛本對李本故事內容的增加，則毛本縮減了10餘萬字。試以「青梅煮酒」一節比較：

李本：

> 須臾席散，玄德辭操而歸。雲長曰：「險驚殺我兩個！」玄德以落箸事說與關、張，關、張不解。玄德曰：「吾之學圃、懼雷，其理頗同。曹操奸謀之輩，早晚必有人在此窺覦。吾種菜之故，欲使操知我無用；失匙箸者，蓋懼操言我亦英雄矣，予未能答，忽一聲雷震，只說懼雷，使操看我如同小兒，不相害也。」關、張曰：「兄之高明遠見瞞過曹操也！」

毛本：

> 關公賺城斬車冑：須臾席散，玄德辭操而歸。雲長曰：「險些驚殺我兩個！」玄德以落箸事說與關、張。關、張問是何意。玄德曰：「吾之學圃，正欲使操知我無大志；不意操竟指我爲英雄，我故失驚落箸。又恐操生疑，故借懼雷以掩飾之耳。」關、張曰：「兄眞高見！」

兩段文字內容全同，差別主要體現在對「玄德以落箸事說與關、張」的描述。李本中玄德的解釋看似詳盡，實則囉嗦。玄德似乎掩飾不住心中的喜悅而絮叨不止，難免給讀者以陰謀得逞，不禁炫耀之感，而關、張二人也有拍馬溜須的嫌疑。毛本刪去33字，玄德的解釋言簡意賅，邏輯嚴密，「學圃」與「落

---

〔註68〕（清）毛宗崗《三國志演義凡例》，齊魯書社1991年版。

著」的關聯清晰可見，體現了玄德舉重若輕、隨機應變的能力，而關、張二人的讚歎也較爲自然。

毛宗崗對《三國演義》內容、文字的增刪，基於擁劉反曹的正統思想和求信貴眞的小說觀念。毛本增入的故事如關羽秉燭達旦，刪去的故事如諸葛亮欲火燒魏延於上方谷；增入的文字如陳琳《討曹操檄》，刪去的文字如周靜軒詩，都是在這種思想觀念指導下的改訂。增入「秉燭達旦」一事能更好地突出關羽作爲「義」的化身，而刪去「火燒魏延」一事也是爲了維護諸葛亮的形象——老實說，儘管諸葛亮早就看出「魏延腦後有反骨」，但以「莫須有」的罪名將自家戰功赫赫的大將與敵人一起燒死於上方谷，無疑是一個見不得人的陰招，這對代表正統思想、智慧化身的諸葛亮的形象刻畫是極爲不利的。毛本將此事刪去，以「前面魏延已不見了」一句代替李本中「魏延望後谷中而走，只見谷口壘斷，仰天長歎曰：『吾今休矣！』」，便輕描淡寫地化解了可能給諸葛亮的人格帶來損傷的破壞。陳琳《討曹操檄》文采飛揚，傳誦千古，毛宗崗將其增入小說，除了能提升小說的文人化品味，還能增強小說敘事的歷史眞實感。刪除周靜軒詩，並非毛宗崗反對小說中使用詩詞，而是他認爲下層文人周靜軒的詩歌過於俚鄙可笑，有損小說的品位。李本中冠名周靜軒的詩有 66 首，毛宗崗或刪除，或改作，或留用而改名換姓，一首不留。此外，李本中漢朝人鍾繇、王朗等人作了唐代才成熟的七言律詩，毛宗崗「悉依古本削去，以存其眞」，這正是其求信貴眞的小說觀念的表現，他竭力要維護歷史演義的眞實感，不容出現任何有違歷史眞實的問題，哪怕只是技術上的「穿幫」也不放過。

《李卓吾先生批評三國志》在版本形態上的最大特點，便是它第一次不分卷，每兩節合併爲一回，將原書的二百四十則合併爲一百二十回。但這種分回也僅僅停留於外在形式，小說正文仍然單句標目，每一回中的兩則故事並未融爲一體，即毛宗崗《凡例》所云：「俗本題綱，參差不對，雜亂無章。又於一回之中，分上下兩截」。毛宗崗重新編寫了小說回目，將李本各回中分開的兩則融合爲一回，徹底改變了《三國演義》單句標目的狀況。回目對仗工整，不僅涵義豐富，概括準確，而且極具對偶句式的形式美，確實可「快閱者之目」。此外，毛宗崗對《三國演義》的結構也做了堪稱經典的調整。歷史滄桑、人世坎坷，卷首那曲膾炙人口的《臨江仙·滾滾長江東逝水》讓人一展卷便沉浸在厚重的歷史感之中，與結尾的古風相映成趣，首尾呼應。毛宗崗大概也對自己的這一手筆得意非凡，他說：「此

一篇古風將全部事跡隱括其中，而末二語以一『夢』字、一『空』字結之，正與首卷詞中之意相合。一部大書以詞起以詩收，絕妙章法。」〔註69〕儘管所論無非八股舊套，但毛宗崗的小說結構意識在他的評改中還是隨處可見，給後來的小說家與小說批評家開了「無限眼界，無限文心」〔註70〕。

## 三、《西遊記》的成書與版本演變

### 1、《西遊記》的祖本與節本之爭

　　現今存世的明刊本《西遊記》有三種文體形態差異顯著的版本，即萬曆二十年（1592）金陵世德堂刊刻之《新刻出像官板大字西遊記》（簡稱世本，或稱吳本），〔註71〕萬曆年間羊城朱鼎臣編輯之《鼎鍥全相唐三藏西遊傳》（簡稱朱本），萬曆年間齊雲楊致和（又題「陽至和」）編輯之《新鍥三藏出身全傳》（簡稱楊本）。由於內容以及文字上的差異，人們亦稱世本爲「繁本」而以朱本、楊本爲「簡本」。如同《水滸傳》一樣，《西遊記》「繁本」與「簡本」之間的關係一直是《西遊記》研究史上一個非常重要而又眾說紛紜的話題。釐清三種版本之間的關係，是瞭解《西遊記》成書經過的一個重要方面，又有助於我們把握明代章回小說文體演進的過程。

　　大致說來，對《西遊記》三種版本之間的關係主要可以歸納爲兩種意見。一種認爲簡本是繁本的祖本，世本據楊本或朱本加工而成；另一種則認爲簡本是繁本的節本，楊本與朱本都據世本刪節而成。魯迅首先提出楊本爲世本的祖本。他說：「又有一百回本《西遊記》，蓋出於四十一回本《西遊記傳》之後，而今特盛行，且以爲元初道士丘處機作。……惟楊志和本雖大體已立，而文詞荒率，僅能成書；吳則通才，敏慧淹雅，其所取材，頗極廣泛，……加以鋪張描寫，幾乎改觀」。〔註72〕不過後來魯迅讀了鄭振鐸《西遊記的演化》，便改變了自己的觀點，轉而贊成鄭振鐸提出的節本說。〔註73〕嗣後，長澤規矩也〔註

〔註69〕（清）毛宗崗《三國志演義》評語，齊魯書社1991年版。
〔註70〕（清）馮鎮巒《讀聊齋雜說》，轉引自朱一玄《〈聊齋誌異〉資料彙編》，中州古籍出版社1985年版，第585頁。
〔註71〕一般認爲，另外三種明刊本《西遊記》，即《鼎鍥全像西遊記》、《唐僧西遊記》與《李卓吾先生批評西遊記》均出自世德堂本。
〔註72〕魯迅《中國小說史略》，上海古籍出版社1998年版，第111頁。
〔註73〕魯迅《中國小說史略日譯本序》云：「鄭振鐸教授又證明了《四遊記》中的《西遊記》是吳承恩《西遊記》的摘錄，而並非祖本，這是可以訂正拙著第十六篇的所說的，那精確的論文，就收在《佝僂集》裏。」（《且介亭雜文二集》）

74）、柳存仁、陳新等人仍然堅持楊本、朱本爲世本的祖本。柳存仁認爲，「不
只是西遊記傳（按：即楊本）刪割釋厄傳而襲取其大部分的文字，百回本西遊
對釋厄傳及西遊記傳實際上也都有所承襲，而皆出它們之後。」〔註75〕陳新認
爲楊本是吳本的祖本，朱本前七卷是吳氏稿本，朱本是吳本前十五回和楊本的
捏合本。〔註76〕此爲祖本說。另一方面，胡適首先提出楊本、朱本爲世本的節
本。他說：「《四遊記》中的《西遊記傳》是一個妄人刪割吳承恩的《西遊記》，
勉強縮小篇幅，湊足《四遊記》之數的。《西遊》小說篇幅太大，決不能和其他
三種並列，故不能不硬加刪削。」〔註77〕鄭振鐸雖然駁斥了胡適舉出的某些證
據，但仍然贊成楊本與朱本爲吳本的節本。他說：「朱鼎臣之刪節吳氏書爲《西
遊釋厄傳》，當無可疑。其書章次淩雜，到處顯出朱氏之草草斧削的痕跡。朱本
第一卷到第三卷，敘述孫悟空出身始末者，離吳氏書的本來面目，尚不甚遠，
亦多錄吳氏書中的許多詩詞。其第四卷，凡八則，皆寫陳光蕊事，則爲吳氏書
所未有，而由朱氏自行加入者。」「至於楊致和本，則較朱本略爲整齊；所敘事
實更近於吳氏書。吳氏書之所有，楊本皆應有盡有。但其大部分，則皆有鈔朱
氏本的刪節之文的痕跡。」〔註78〕孫楷第以爲，「夫唯刪繁就簡可無變更；由簡
入繁乃欲絲毫不變原本，在理爲不必要，在事爲不可能。故余疑此朱鼎臣本爲
簡本，且自吳承恩之百回本出。」〔註79〕黃永年服膺孫楷第判斷小說繁、簡關
係的準則並支持節本說，他認爲「用這個準則來斷定楊、朱簡本之源出百回本
繁本是絕對錯不了的。」〔註80〕杜德橋針對柳存仁的觀點與論據進行了較有說
服力的反駁，他贊成楊本、朱本爲節本說，並且進一步指出「朱本第四卷好像

---

〔註74〕 孫楷第《日本東京所見中國小說書目》云：「村口主人初得此書（按：指朱本），
　　　　顧惹中日學者之注意。長澤規矩也氏首先發表於《斯文雜誌》，疑爲《西遊》
　　　　祖本。」人民文學出版社 1981 年版，第 83 頁。
〔註75〕 柳存仁《跋唐三藏西遊釋厄傳》，《倫敦所見中國小說書目》，第 37 頁。
〔註76〕 見陳新《〈西遊記〉版本源流的一個假設》（《西遊記研究》，江蘇古籍出版社
　　　　1984 年版）、《重評朱鼎臣〈唐三藏西遊釋厄傳〉的地位和價值》（《江海學刊》
　　　　1983 年第 1 期）等論文。
〔註77〕 胡適《跋〈四遊記〉本的〈西遊記傳〉》，《胡適古典文學研究論集》第 934 頁。
〔註78〕 鄭振鐸《西遊記的演化》，《中國文學研究》（上），花山文藝出版社 1998 年版，
　　　　第 260 頁、第 264 頁。
〔註79〕 孫楷第《日本東京所見中國小說書目》，人民文學出版社 1981 年版，第 84 頁。
〔註80〕 黃永年《論〈西遊記〉的成書經過和版本源流——〈西遊證道書〉點校前言》，
　　　　《古代文獻研究集林》（第二集）第 13 頁。

有跟汪憺漪《證道書》一樣的底本——即大略堂《釋厄傳》那種版本。」〔註81〕
——這種推斷動搖了鄭振鐸認爲朱本第四卷是朱鼎臣自行加入的結論。

　　儘管兩說的堅持者都曾舉出了一些證據來闡明自己的觀點，但節本說似乎更有說服力，已經基本上爲學界所接受。需要指出的是，世德堂本《西遊記》並非吳承恩原本，其間刪削的痕跡早已爲我們所熟悉。儘管由於原本不可見而不得不借助於世本與楊本、朱本進行比勘，但根據這種比勘所發現的差異得出的結論具有很大的不確定性。種種跡象表明，楊本、朱本並非直接刪節世本，世本也並非楊本、朱本的祖本。與其說世本與楊本、朱本之間存在父子關係，不如說世本與楊、朱二本是叔侄關係更爲合理，它們都源自一個共同的祖本——包括唐僧出身故事在內的百回繁本，〔註82〕世本、楊本以及朱本出於不同目的以不同方式分別作了刪節。除了刪去唐僧出身故事，世德堂本更好地保存了《西遊記》的原貌，因而在尚未發現原本的情況下，一般都視世本作爲《西遊記》的寫定本。

## 2、《西遊記》成書的幾個階段

　　取經故事的源頭，應追溯到玄奘本人所寫的《大唐西域記》與其弟子慧立、彥悰所寫的《大唐慈恩寺三藏法師傳》，這兩部書爲小說《西遊記》中的某些情節提供了虛構的依據。小說《西遊記》的雛形，則當屬宋元時期講經話本《大唐三藏法師取經詩話》，〔註83〕無論從故事情節還是從文體特徵來說，「這部書確是《西遊記》的祖宗」〔註84〕。《西遊記》成書的第一階段，便是這部《取經詩話》。

---

〔註81〕 杜德橋《〈西遊記〉祖本考的再商榷》，劉世德主編《中國古代小說研究——臺灣香港論文選輯》，第 190 頁。

〔註82〕 鄭明娳《論西遊記三版本間之關係》認爲，楊本與朱本「前後各來自不同的祖本」，「各刪自某種接近世本的繁本」。見臺灣靜宜文理學院主編《中國古典小說研究專集》（6），臺北聯經出版事業公司 1981 年版。

〔註83〕 關於《取經詩話》的文體，孫楷第、陳汝衡、張錦池等以爲屬說經話本（孫楷第《滄州集》（中華書局 1965 年版，第 97 頁；陳汝衡《陳汝衡曲藝論文選》，中國曲藝出版社 1985 年版，第 357 頁；張錦池《〈大唐三藏取經詩話〉家數考論——兼論宋人「說話」分類問題》，《學術交流》1989 年第 3 期；胡士瑩以爲屬『『小說』範疇的『詩話』』體」（《話本小說概論》，中華書局 1980 年版，第 170 頁）；李時人、蔡鏡浩則認爲其既非說經，也非小說，「實是唐、五代『寺院』俗講的底本」（《〈大唐三藏取經詩話〉成書時代考辨》，《徐州師範學院學報》1982 年第 5 期）。本文從胡士瑩所說。

〔註84〕 胡適《中國章回小說考證》，安徽教育出版社 1999 年版，第 243 頁。

　　《取經詩話》全書共十七節，約一萬五千字。每節自有題目，且標明序數，頗類章回小說的回目。全書節目如下：

　　□□□□第一（全闕）　　行程遇猴行者第二　　　入大梵天王宮第三
　　入香山寺第四　　　　　過獅子林及樹人國第五　過長坑大蛇嶺處第六
　　入九龍池處第七　　　　遇深沙神第八（題闕）　入鬼子母國處第九
　　經過女人國處第十　　　入王母池之處第十一　　入沉香國處第十二
　　入波羅國處第十三　　　入優鉢羅國處第十四　　天竺國度海之處第十五
　　轉至香林寺受《心經》第十六　　　　　到陝西王長者妻殺兒處第十七

　　《取經詩話》的十七個故事，大都可以在《西遊記》的「八十一難」中找到它們的影子。取經故事的主要人物除豬八戒和小龍馬外，唐僧（「法師」）、孫行者（「猴行者」）已經活躍在小說當中，沙僧（「深沙神」）也隱隱若現，呼之欲出。

　　《取經詩話》的節目設置非常簡拙，基本上可概括爲「動詞（如『遇』、『入』、『過』、『到』、『至』等）加名詞（表處所，如『大梵天王宮』、『女人國處』等）加序數詞（『第一』、『第二』等）」的模式。嚴格地說，此類節目僅僅只是一個動賓短語，所包含的信息量極其有限，不像後來章回小說的回目那樣以句子形式準確概括本節所述故事情節，更沒有成熟的聯句回目那種對稱之美。說話人以地名爲界，將取經故事分割成若干單元，標以序數，便能在較長時間內有序地演說所有故事。對說話人而言，這種標題方式或許只有提示每次說書的任務與內容的作用，但對章回小說的發展來說，它卻開啓了回目設置的原初模式，奠定了中國古代長篇小說分回標目的基礎，故《取經詩話》與《宣和遺事》等同爲「後世小說分章回之祖」〔註85〕。

　　《西遊記》成書過程的第二個階段，是元本《西遊記平話》。《西遊記平話》全本今不可見，只有三處殘文。一是《永樂大典》13139 卷「送」字韻「夢」字條中，有一條「魏徵夢斬涇河龍」，敘涇河龍王與袁守誠賭卦，違背天條，魏徵奉玉帝命斬龍王一事。文中插有「玉帝差魏徵斬龍」一句，當是原文的題目；結尾有「正喚作魏徵夢斬涇河龍」一語，正是古代說話人慣用的結尾句式。二是朝鮮漢語教科書《朴通事諺解》中所引《西遊記平話》殘文，〔註86〕文中

---

〔註85〕王國維《宋槧大唐三藏取經詩話跋》，載《國學月報》1927 年 10 月第 2 卷。
〔註86〕《朴通事諺解》所引《西遊記平話》，學界一般認爲產生於元代，如趙景深《也談〈西遊記平話〉殘文》（1961 年 7 月 8 日《文匯報》）、胡明楊《〈老乞大諺解〉

有一段對話云：「『我兩個部前買文書去來。』『買甚麼文書去？』『買《趙太祖飛龍記》、《唐三藏西遊記》去』『買時買《四書》、《六經》也好。既讀孔聖之書，必達周公之理。要怎麼那一等平話？』『《西遊記》熱鬧，悶時節好看。有唐三藏引孫行者，到車遲國，和伯眼大仙鬥聖的。你知道麼？你說我聽。』」〔註87〕文中附有八條關於《西遊記》的注釋。三是《銷釋眞空寶卷》所錄有關取經故事的唱詞：「唐聖主，焚寶山，三參九轉；祝香停，排鸞駕，送離金門。……到東土，獻眞經，唐王大喜；金神會，開寶藏，字字分明。」〔註88〕

《西遊記平話》全本的文體特徵無從知道，但從殘存的「玉帝差魏徵斬龍」一則可窺見其大概。首先，《西遊記平話》分則標目，則目的設置比《取經詩話》有很大進步，由原來的動賓短語發展為一個完整的主謂句，能較好地概括本節所述故事內容；每則故事結尾已經出現慣用語句，總括前文所述故事。但這種結尾句式與後來章回小説中的標誌性結尾「畢竟如何，且聽下回分解」性質不同：「正喚作……」是對前述故事的總結，它是封閉性的，標誌著一個完整故事的結束；「畢竟如何，且聽下回分解」是開放性的，它將一個完整的故事分割成兩段敘述，敘述者選擇在故事情節的發展達到高潮、讀者對故事主人公的命運所產生的激情即將達到頂點之前的那一頃刻嘎然而止，中斷敘事進程，最大程度地激發讀者的閱讀欲望和想像力，「我們愈看下去，就一定在它裏面愈能想出更多的東西來。我們在它裏面愈能想出更多的東西來，也就一定愈相信自己看到了這些東西」〔註89〕，這一點，正是中國古代章回小説的獨特魅力。其次，《西遊記平話》中描寫的份量比《取經詩話》大為加重，對話描寫生動活潑，能較好地刻畫人物形象並推動情節發展。《取經詩話》中的對話大多是詩歌形式，《西遊記平話》中已演變為散文化的口語（殘文中無一首詩歌），古拙粗率，更加生活化。第三，《西遊記平話》中的

和〈朴通事諺解〉中所見的漢語和朝鮮語對音》（《中國語文》1963 年第 3 期）持此說。熊篤《論楊景賢〈西遊記雜劇〉——兼說〈朴通事諺解〉中所引〈西遊記平話〉非元代產物》（《重慶師範學院學報》（哲社版）1986 年第 4 期）認為其非元代產物。然而熊篤的論文或可證明《朴通事諺解》產生於「永樂之後，正德之前」，卻無法證明其所引《西遊記平話》也產生於此時。本文從前說。

〔註87〕 （朝鮮）邊暹等《朴通事諺解》，轉引自朱一玄、劉毓忱編《西遊記資料彙編》，南開大學出版社 2002 年版，第 110～111 頁。

〔註88〕 轉引自胡適《胡適文集·古典文學研究（上）》，人民文學出版社 1998 年版，第 203～204 頁。

〔註89〕 （德）萊辛《拉奧孔》，朱光潛譯，人民文學出版社 1997 年版，第 19 頁。

故事情節應當非常接近後世的章回體小說《西遊記》，以《西遊記平話》之「玉帝差魏徵斬龍」與《西遊記》之「袁守誠妙算無私曲，老龍王拙計犯天條」相比較，除了文字上的繁簡之別以及個別細微之處的差異外，二者在人物形象、故事情節等方面基本相同。

與《西遊記平話》同時或者稍後，應當存在《西遊記》詞話。一直以來，人們推測吳承恩《西遊記》之前存在說唱體《西遊記》。胡士瑩曾據明李詡《戒庵漫筆》所記「道家所唱有道情，僧家所唱有拋頌詞說，如《西遊記》、《藍關記》，實匹體耳」，推測《西遊記》或許是「經歷過詞話階段而發展成為長篇小說的」。〔註90〕又，《金瓶梅詞話》第十五回也有記載云：「又有那站高坡打談的詞曲楊恭，到看這扇響鈸遊腳僧演說《三藏》」；第七十一回小廝演唱的諸宮調【正宮・端正好】中有一支曲子【呆骨朵】亦云：「這的調鼎鼐三公府，那裏也剃頭髮唐三藏。我向這坐席間聽講書，你休來我耳邊廂叫點湯！」據葉德均考證，「打談」即明代詩讚係講唱詞話的別稱，〔註91〕而遊腳僧演說《三藏》，當是以唐三藏西天取經故事為題的說唱；至於諸宮調中也有講書「唐三藏」，更說明說唱體《西遊記》極有存在的可能。近年來，不少論者舊話重提，主張《西遊記》詞話的存在，〔註92〕終因缺少足夠的材料支持而難以服人。迄今為止，人們極少在各種公私書目、野史筆記等文獻中發現《西遊記》詞話的相關記載，《戒庵漫筆》、《金瓶梅詞話》中的兩例證據仍略顯單薄，不足以徵信。本文擬從「內證」入手，試圖在現存的《西遊記》小說中找到些許《西遊記》詞話存在的痕跡。

儘管世本《西遊記》不是《西遊記》原本，也非其初刻本，但現存各本中它最接近原本尚無疑問，以之考察《西遊記》寫定前的本來面貌應當可行。據筆者粗略統計，世本中有各類詩詞 433 首，各類形式的韻文 290 段，包括律詩、絕句以及西江月、臨江仙、蘇武慢等曲詞與詩讚、頌、駢儷詞等多種形式。在詩詞中，屬於敘述者引用的有 291 首，出自小說中人物之口的有 142 首，二者所佔比例大約為二比一。假若原本《西遊記》為

---

〔註90〕 胡士瑩《話本小說概論》，中華書局 1980 年版，第 192 頁。
〔註91〕 葉德均《宋元明講唱文學》，上海古典文學出版社 1957 年版，第 55 頁。
〔註92〕 見程毅中、程有慶《〈西遊記〉版本探索》（《文學遺產》1997 年第 3 期），張錦池《西遊記考論》（黑龍江教育出版社 1997 年版），吳聖昔、吳惟《〈西遊記〉版本研究的共同坐標——試以「詞話本→前世本→世本」三者關係為基點》（《南京師大文學院學報 2002 年第 2 期》）等論說。

一百回，則平均每回所包含的詩詞、韻文數量超過 7 首（段）。一回書中可吟可唱的次數超過 7 次，這已經令人吃驚；出自人物之口的詩詞韻文數量如此之多，則似乎只有在民間說唱文學中才算合理——畢竟孫悟空、豬八戒等人本不是什麼文人學士、附庸風雅之輩，何況那些詩詞韻文本身也大都無甚文采，只有民間的職業說唱藝人才能夠並熱衷於「出口成章」。

世本《西遊記》固然屬散說語體，但其中吟唱的語段也並不少見，最易使人注意的是小說中介紹人物的身世背景，多以自報家門式的吟唱方式進行，比較典型的是唐僧師徒四人的出身經歷，均以長篇詩讚詞話道出。先看唐僧出身的介紹：

> ……次日，三位朝臣聚眾僧，在那山川壇裏逐一從頭查選，內中選得一名有德行的高僧。你道他是誰人？
>
> 靈通本諱號金蟬，只為無心聽佛講，轉託塵凡苦受摩，降生世俗遭羅網。投胎落地就逢凶，未出之前臨惡黨。父是海州陳狀元，外公總管當朝長。出身命犯落江星，順水隨波逐浪決。海島金山有大緣，遷安和尚將他養。年方十八認親娘，特赴京都求外長。總管開山調大軍，洪州剿寇誅凶黨。狀元光蕊脫天羅，子父相逢勘賀獎。復謁當今受主恩，凌煙閣上賢名響。恩官不受願為僧，洪福沙門將道訪。小字江流古佛兒，法名換做陳玄奘。
>
> ——第十一回 還受生唐王遵善果 度孤魂蕭瑀正空門

按世本無清刊諸本中敘唐僧出身故事的「陳光蕊赴任逢災，江流僧復仇保本」一回，有關唐僧身世的信息主要來自於上述詩讚之詞。〔註93〕在小說中具有相同敘事功能的還有出自孫悟空、豬八戒、沙僧等人物之口的幾段詩讚詞話。孫悟空與妖怪打鬥前，總要不厭其煩地敘述自己的出身，所使用的文字從體例格式、語氣措辭以及出現頻率來看，當是說唱者在不同場合、不同場次演說取經故事的集合，否則，斷無如此重複繁瑣之理。

孫悟空：

> ……那怪道：「我不曾會你，有什麼手段說來我聽。」行者笑道：「我兒子，你站穩著，仔細聽之！我——

---

〔註93〕關於《西遊記》原本是否有「陳光蕊、江流僧」一回，黃肅秋與蘇興兩人的觀點較有代表性：黃認為有此一回（《論〈西遊記〉的第九回問題》，《西遊記研究論文集》，作家出版社 1957 年版）；蘇持反對意見（《吳承恩〈西遊記〉第九回問題》，《北方論叢》1981 年第 4 期）。學界當前主要傾向於黃說。

自小神通手段高，隨風變化逞英豪。養性修眞熬日月，跳出輪迴把
命逃。一點誠心曾訪道，靈臺山上採藥苗。那山有個老仙長，壽年
十萬八千高。老孫拜他爲師父，指我長生路一條。他說身內有丹藥，
外邊採取徒枉勞。得傳大品天仙傳，若無根本實難熬。回光內照寧
心坐，身中日月坎離交。萬事不思全寡欲，六根清靜體堅牢。返勞
還童容易得，超凡入聖路非遙。三年無漏成仙體，不同俗輩受煎熬。
十洲三島還遊戲，海角天涯轉一遭。活該三百多餘歲，不得飛升上
九霄。下海降龍眞寶貝，才有金箍棒一條。花果山前爲帥首，水簾
洞裏聚群妖。玉皇大帝傳宣詔，封我齊天極品高。幾番大鬧凌霄殿，
數次曾偷王母桃。天兵十萬來降我，密密層層布槍刀。戰退天王歸
上界，哪吒負痛領兵逃。顯聖眞君能變化，老孫硬賭跌平交。道祖
觀音同玉帝，南天門上看降妖。卻被老君助一陣，二郎擒我到天曹。
將身綁在降妖柱，即命神兵把首梟。刀砍錘敲不得壞，又教雷打火
來燒。老孫其實有手段，全然不怕半分毫。送在老君爐裏煉，六丁
神火慢煎熬。日滿爐開我跳出，手持鐵棒繞天跑。縱橫到處無遮擋，
三十三天鬧一遭。我佛如來施法力，五行山壓老孫腰。整整壓該五
百載，幸逢三藏出唐朝。吾今皈依西方去，轉上雷音見玉毫。乾坤
四海問一問，我是歷代馳名第一妖！」

那怪聞言笑道：「你原來是那鬧天宮的弼馬溫麼？……」

——第十七回　孫行者大鬧黑風山　觀世音收伏熊羆怪

洋洋 64 句，448 字，這篇詞話簡直就是一篇完整的悟空自傳，是對前面七回
內容的高度概括。兩軍對壘，互通姓名是古代交戰的傳統，但如此詳盡地向
對手敘說自身經歷的恐怕只有在民間說唱文學中才有。以簡練乾脆、合轍押
韻的說唱形式，將故事內容編成五言或七言的詞話，或間以各種詞曲與駢文，
通過兩人一問一答，問者散說，答者或吟或唱，既方便說唱者記憶，又有利
於聽眾理解，是說唱詞話慣用的敘述方式，這在明成化間刊本說唱詞話中頗
爲常見。同樣的詩讚詞話還有可見於豬八戒、沙僧的自報家門：

豬八戒：

……行者喝一聲道：「潑怪！你是哪裏來的邪魔？怎麼知道我老孫的
名號？你有甚麼本事？實實供來，饒你性命！」那怪道：「是你也不
知我的手段。上前來站穩著，我說與你聽。我——

自小生來心性拙，貪閒愛懶無休歇。不曾養性與修眞，混濁迷心熬
日月。……只因王母會蟠桃，開宴瑤池邀眾客。那時酒醉意昏沉，
東倒西歪亂撒潑。……放生遭貶出天關，福陵山下圖家業。我因有
罪錯投胎，佛名喚做豬剛鬣。」

行者聞言道：「你這廝，原來是天蓬水神下界，怪道知我老孫名
號。……」

——第十九回　雲棧洞悟空收八戒　浮屠山玄奘受心經

沙僧：

……八戒道：「你既不是邪妖鬼怪，卻又怎生在此傷生？你端的甚麼
姓名，實實說來，我饒你性命。」那怪道：「我——

自小生來神氣旺，乾坤萬里曾游蕩。英雄天下顯威名，豪傑人家做
模樣。……玉皇大帝便加升，親口封爲捲簾將。南天門裏我爲尊，
靈霄殿前吾稱上。……你敢行兇到我門，今日肚皮有所望。莫言粗
糙不堪嘗，拿住消停剁鮓醬！」

八戒聞言大怒，罵道：「你這潑物，全沒一些兒眼色，我老豬還掐出
水沫兒來哩。……」

——第二十回　八戒大戰流沙河　木叉奉法收悟淨

世本中類似的語段還有不少。不管是敘述者以第三人稱轉述的方式（唐僧出
身故事）還是以第一人稱代言的方式（孫悟空、豬八戒、沙僧等人出身故事），
上述詞話都應當是《西遊記》詞話留下的痕跡。世本中大量的詩詞韻文都僅
起詠歎作用，即便刪削殆盡也不會影響小說故事情節的完整；類似上述詩讚
詞話卻具有敘事功能，承載著較大的信息量，刪除它們將影響故事情節的連
貫與完整。（汪象旭《西遊證道書》刪除了絕大部分詩詞韻文，卻保留了敘述
唐僧師徒出身的詩讚詞話。）有論者推斷《西遊記》原本應有「陳光蕊、江
流僧」一回，世本將其刪除，其主要根據便是第十一回唐僧出身詞話中透露
的信息。如果此說成立，則世本刪去的恐怕不止有關唐僧出身的一回，豬八
戒、沙僧兩人的來歷同樣只在詩讚詞話中有完整然而簡要的介紹。〔註94〕又

〔註94〕孫楷第推測世本刪去此回的原因是「萬曆間刻書者嫌其褻瀆聖僧，且觸近本
　　　　朝（高皇），語焉不詳，遂爲刪去」（《日本東京所見小說書目》，第81頁）；
　　　　黃永年則認爲原本中根本就沒有此回，理由是「這部小說實際上已把孫悟空
　　　　作爲主角，對主角孫悟空的出身在應用開頭整整七回文字來大寫，配角豬八

如第九回「袁守誠妙算無私曲，老龍王拙計犯天條」中唐王與魏徵的對答：

> 唐王聞言，大驚道：「賢卿盹睡之時，又不曾見動身手，又無刀劍，如何卻斬此龍？」魏徵道：「主公，臣的——
>
> 身在君前，夢離陛下。身在君前對殘局，合眼朦朧；夢離陛下乘瑞龍，出神抖擻。那條龍，在剮龍臺上，被天兵將綁縛其中。是臣道：『你犯天條，合當該死；我奉天命，斬汝殘生。』龍王哀苦，臣抖精神。龍王哀苦，伏爪收鱗甘受死；臣抖精神，撩衣進步舉霜鋒。挖又一聲刀過處，龍頭因此落虛空。」
>
> 太宗聞言，心中悲喜不一……

魏徵的回答是一段正經八百合轍押韻的唱詞，如果不是出自說唱詞話，我們實在無法想像君臣之間的日常對話會以這種方式進行。這樣的對話在《西遊記》非常之多，如果不是限於篇幅，我們還可以舉出許多例子。

《西遊記》成書的最後一個階段便是吳承恩《西遊記》。〔註95〕吳承恩充分利用各種民間伎藝、變文、戲曲中流傳的取經故事，在《取經詩話》、《西遊記平話》、《西遊記詞話》等已有小說的基礎上，完成了《西遊記》的寫定。吳承恩對此前各種文體、各種版本《西遊記》的加工改造是脫胎換骨的，「是那麼神駿豐腴，逸趣橫生，幾乎另成了一部新作」〔註96〕。他第一次將眾多取經故事集合在一部書中，運用宏富的想像，憑藉高超的才華，以清晰的線

---

戒、沙和尚、龍馬，包括唐僧就只好委屈點用詩句或簡單的文字交代過去。」（《論〈西遊記〉的成書經過和版本源流——〈西遊證道書〉點校前言》，《古代文獻研究集林》（第二集）第 41 頁）結合小說中豬八戒、沙僧、龍馬等人物的出身介紹文字來看，黃的說法有一定道理。因為除了唐僧，其他三個「配角」也都只有一段偈讚詞話概述出身，而在小說中留下所謂「刪改的痕跡」的，不止唐僧故事有，其他三個角色都有。

〔註95〕自胡適、魯迅肯定《西遊記》作者為吳承恩以來，陸續有論者對此提出質疑。較有代表性的有俞平伯《駁〈跋銷釋真空寶卷〉》，1933 年《文學》創刊號；（日）磯部彰《〈西遊記〉的接納與流傳——以明代正德到崇禎年間為中心》，《中國古典小說研究專集》（6），臺灣靜宜文理學院主編，臺北聯經出版事業公司 1981 年版；張靜二《有關〈西遊記〉的幾個問題‧撰者是誰的問題》，臺北《中外文學》第十二卷五期，1983 年 10 月版；章培恒《百回本〈西遊記〉是否吳承恩所作》，《社會科學戰線》1983 年第 4 期；《再談百回本〈西遊記〉是否吳承恩所作》，《復旦學報》（社科版）1986 年第 1 期。在沒有找到更讓人信服的作者之前，本文從前說。

〔註96〕鄭振鐸《西遊記的演化》，《中國文學研究》（上），花山文藝出版社 1998 年版，第 254 頁。

索，嚴謹的結構，將散見於各種文體、各種版本中的取經故事整合爲一個有機統一體，由大鬧天宮、取經緣起與西天取經三大塊組成。三大塊可各自獨立成篇：第 1～7 回敘悟空出身經歷，第 9～12 回敘唐王選派玄奘取經的緣起，第 13 至 100 回敘師徒四人西天取經。因爲都以取經事件爲中心，第二、第三部分可合併爲一大塊；而由於第 8 回「我佛造經傳極樂，觀音奉旨上長安」的連接，第一部分悟空出身與第二、第三部分的取經故事巧妙地連成一體：觀音菩薩的東土之行如同一根線，一頭拴在五行山下的悟空身上，另一頭則牽上了遙遠的長安城中的唐三藏。這樣看來，則第一、第二部分又可合併爲一大塊，即取經前奏；第三部分是小說的主體——西天取經。作爲主體的西天取經包括八十一個故事，以師徒四人的行蹤爲線索串在一起。儘管吳承恩《西遊記》中仍然保留著不少拼湊、組裝的痕跡，某些細節甚至還存在矛盾之處，但能夠將流傳各地、散見於各種材料之中的眾多形態不一的故事整合成一部完整的小說，這種能力非大手筆不能夠。胡適以爲「這部書的結構，在中國舊小說之中，要算最精密的了」〔註 97〕。這種評價不算過分。寫定後的《西遊記》，小說語言大爲改觀，生動活潑之中閃爍著幽默與機智的鋒芒；人物形象性格鮮明，「師弟四人各一性情，各一動止」〔註 98〕。從外在的文體形態特徵來看，小說回目的設置由《取經詩話》的動賓短語、《西遊記平話》的單句發展成爲對仗工整的聯句，不但能更準確、精鍊地概括本回的故事情節，而且具有形式上的對稱美。開頭、結尾已經程序化，每回有「畢竟如何，且聽下回分解」一類慣用語句，除少數幾回，各回開頭大都有引首詩詞，以「卻說」、「話表」等詞語引出所敘故事。與《水滸傳》、《三國演義》比較，《西遊記》中說話伎藝的痕跡已經大大減弱，除了古代章回小說慣用的以「卻說」、「話說」並引首詩詞開頭，以「且聽下回分解」結尾外，正文中說話人的語氣並不多見。相反，小說中的文人化傾向明顯增強，過多地插入詩詞、典故甚至使得作者有賣弄才學的嫌疑。如第九回「袁守誠妙算無私曲，老龍王拙計犯天條」一回，漁夫與樵子互答中插入了 4 首詩，10 首詞，而在《西遊記平話》中這一節是無任何詩詞的。又如第六十四回「荊棘嶺悟能努力，木仙庵三藏談詩」中，松、柏、檜、竹、杏諸怪與三藏吟詩唱和達 13 首，而這些詩歌對推動故事情節全無作用，這只能視爲作者的炫才之舉。

〔註 97〕 胡適《中國章回小說考證》，安徽教育出版社 1999 年版，第 262 頁。
〔註 98〕 （明）睡鄉居士《二刻拍案驚奇序》，上海古籍出版社《古本小說集成》影印尚友堂刊本。

　　康熙年間，汪象旭託大略堂古本《西遊記》，重新改訂，加以評點，是爲《西遊證道書》。笑蒼子《西遊證道書跋》云：「古本之較俗本，有三善焉：俗本遺卻唐僧出世四難，一也；有意續鳧就鶴，半用俚詞填湊，二也；篇中多用金陵方言，三也。而古本應有者有，應無者無。令人一覽了然，豈非文壇快事乎？」〔註99〕大略堂古本《西遊記》今不可見，學界亦多疑汪象旭此舉實爲「託古改制」舊套，如金聖歎託貫華堂古本《水滸傳》、毛宗崗託古本《三國演義》然。今以世德堂本《西遊記》與《西遊證道書》相較，除第九回不同外，二書相差無幾，則笑蒼子所謂「俗本」，當指百回本，而古本《西遊記》，實即《西遊證道書》亦未可知，一般認爲，汪象旭即以百回本爲底本改訂而成《西遊證道書》。

　　《證道書》對百回本（以世德堂本《西遊記》爲例）的改訂，其最爲顯著之處便是加入第九回「陳光蕊赴任逢災，江流僧復仇報本」，將百回本第九至十二回共四回故事重新結構，組合爲第十至十二回。第九回是否爲《西遊記》原有，學界尚無定論，但《證道書》加入此回，豐富了唐僧出世故事，並彌補了《西遊記》中不少情節上的漏洞，對讀者來說，無疑是一件大受歡迎的好事，清刊《西遊記原旨》、《西遊眞詮》、《新說西遊記》諸本，便都以《證道書》爲藍本。從文體演變的角度來說，則《證道書》對百回本詩詞韻語的刪節更有價值。百回本從詞話本演變而來，說唱痕跡並未刪汰近盡，詩詞韻語的數量頗爲可觀，證道書對此做了大幅度的刪改。世德堂本《西遊記》共有詩詞 433 首，其中敘述者引用 291 首，人物引用 142 首；《證道書》共有詩詞 126 首，其中敘述者引用 58 首，人物引用 68 首。世德堂本《西遊記》有各式韻語 290 段，《證道書》只有 38 段。笑蒼子指責俗本「有意續鳧就鶴，半用俚詞填湊」，《證道書》便刪節了世德堂本《西遊記》近 80％的詩詞韻語，使《西遊記》的故事情節更加「令人一覽了然」，這種改訂是符合古代章回小說文體的演變趨勢的。以第一回爲例，世德堂本《西遊記》共有詩詞歌賦 13 首，韻文 5 段，《證道書》則只剩下 4 首詩歌，1 段韻文。又如第九回（世德堂本作「袁守誠妙算無私曲，老龍王拙計犯天條」，《證道書》改爲第十回，作「老龍王拙計犯天條，魏丞相遺書託冥吏」），世德堂本《西遊記》共有 4 首詩，10 首詞寫漁夫與樵子的互答，《證道書》則全部刪去，將漁夫與樵子的互答改作幾句簡短的散文以引出龍王

<hr>

〔註99〕（清）笑蒼子《西遊證道書跋》，上海古籍出版社《古本小說集成》影印清初　　　　原刊本。

與袁守誠賭卦的故事。總之,《證道書》的改訂——加入唐僧出世故事,刪去「俚詞」,使《西遊記》更爲通俗,更加符合一般讀者的審美需求,不但清刊諸本都以之爲藍本,即便現在,它仍是坊間最爲通行的小說版本。

## 四、《金瓶梅》的成書與版本演變

現存明刊本《金瓶梅》有兩種版本系統,一種是詞話本,或稱說唱本,以卷首有東吳弄珠客寫於萬曆丁巳(1617)季冬的《金瓶梅序》的《新刻金瓶梅詞話》爲最早;另一種是繡像本,或稱崇禎本、說散本,即《新刻繡像批評金瓶梅》。一般認爲,詞話本早於繡像本,繡像本據詞話本刪改而成。有論者提出,「人們要想弄清明代長篇小說的形成史,就必須借助《金瓶梅》,因爲它是能夠展示這個全部形成過程的唯一標本」〔註100〕。四大奇書中,《金瓶梅》確實有其獨特之處。而要瞭解《金瓶梅》的成書過程並「弄清明代長篇小說的形成史」,首先得弄清兩個問題:《金瓶梅詞話》的成書方式與文體。

《金瓶梅》的成書經過與其他三大奇書有所不同。一是自《金瓶梅》問世以來即有不少人言之鑿鑿地肯定其出自某某人之手,如袁中道《遊居柿錄》云乃京師一西門千戶家之紹興老儒「逐日記其家淫蕩風月之事。以門慶影其主人,以餘影其諸姬」〔註101〕;謝肇淛《金瓶梅跋》云乃永陵一金吾戚里之門客病其主人縱淫無度而「採摭日逐行事,彙以成編,而託之西門慶也」〔註102〕;沈德符《萬曆野獲編》云乃嘉靖間大名士「指斥時事,如蔡京父子則指分宜,林靈素則指陶仲文,朱勔則指陸炳,其他各有所屬云」〔註103〕;欣欣子《金瓶梅詞話序》云乃其好友笑笑生「爰罄平日所蘊者,著斯傳,凡一百回」〔註104〕;謝頤《金瓶梅序》更是指名道姓地說「《金瓶》一書,傳爲鳳洲門人之作也,或云即鳳洲手」〔註105〕。儘管《金瓶梅》的作者究竟是誰仍然是《金瓶梅》研究史上的「哥德巴赫猜想」,但眾多作者候選人的提出至少造成了一個既成事實:《金

〔註100〕劉輝《金瓶梅成書與版本研究》,遼寧人民出版社1986年版,第2頁。
〔註101〕(明)袁中道《遊居柿錄》,上海遠東出版社1996年版,第212頁。
〔註102〕轉引自黃霖、韓同文編《中國歷代小說論者選》,江西人民出版社2000年版,第172頁。
〔註103〕(明)沈德符《萬曆野獲編》,中華書局1959年版,第653頁。
〔註104〕轉引自黃霖、韓同文編《中國歷代小說論者選》,江西人民出版社2000年版,第200頁。
〔註105〕轉引自黃霖編《金瓶梅研究資料》,中華書局1987年版,第4頁。

瓶梅》是一部個人創作的小說。二是迄今為止，人們尚未發現類似《宣和遺事》、《取經詩話》與《三國志平話》，敘述《金瓶梅》故事的前期小說作品，它似乎缺少一個逐漸成書的過程，所以人們一般將它排除在世代累積型的集體創作之外，而把「第一部個人獨創型小說」的桂冠贈給了它。

上個世紀五十年代以來，有論者開始質疑《金瓶梅》的個人創作說，主張《金瓶梅》「是在同一時間或不同時間裏的許多藝人集體創造出來的」。〔註106〕這個觀點的提出雖然很快遭到了不少人的反駁，但也得到了一些人的支持。〔註107〕雙方爭論的焦點，主要集中在如何看待《金瓶梅》獨特的成書方式——大量引用前人作品以及小說中出現的諸多錯誤和矛盾之處。應當承認，《金瓶梅》中引用的小說、戲曲以及其他史料大大超出了一般意義上的題材借鑒。有學者考證，《金瓶梅》除了直接將《水滸傳》中武松與潘金蓮的故事引進小說外，還多次改編移植其他故事片斷於小說中。此外，被《金瓶梅》借用的白話短篇小說有《港口漁翁》、《刎頸鴛鴦會》、《志誠張主管》、《戒指兒記》、《西山一窟鬼》、《五戒禪師私紅蓮記》、《楊溫攔路虎傳》、《新橋市韓五賣春情》等八種；文言短篇小說有《如意君傳》；戲曲有《琵琶記》、《香囊記》、《南西廂記》、《玉環記》和《寶劍記》等五種；二十組套曲，一百二十支散曲以及至少三種寶卷。〔註108〕持集體創作說者認為，抄襲現有小說《水滸傳》以及大量引用小說、戲曲等題材的現象只能在說書藝人長期流傳的話本中才有，而小說中的諸多錯誤與矛盾也是不同作者參與創作過程的結果。持個人創作說者則認為，「《金瓶梅》借《水滸傳》故事人物的開端，以及摘抄詞曲、移植話本情節等，實際上反映了古代作家初次嘗試創作長篇小說，還擺脫不了傳統說唱文學的影響，還要從傳統中尋求某些東西作為新事物的

〔註106〕潘開沛《金瓶梅的產生和作者》，《光明日報》1954年8月29日。

〔註107〕徐朔方力主此說，見《金瓶梅的作者是李開先》（《杭州大學學報》（社科版）1980年第1期）、《〈金瓶梅〉成書補證》（《杭州大學學報》（社科版）1981年第1期）、《論金瓶梅的成書及其他》（齊魯書社1988年版）。此外，蔡國梁《金瓶梅考證與研究》（陝西人民出版社1984年版）、程毅中《金瓶梅與話本》（《金瓶梅研究第二輯》，中國金瓶梅學會主編，江蘇古籍出版社1991年版）也贊成集體創作說。

〔註108〕參馮沅君《金瓶梅詞話中的文學史料》（《古劇說彙》，作家出版社1956年版）、（美）韓南《金瓶梅探源》（《金瓶梅西方論文集》，徐朔方選編，沈亨壽等翻譯，上海古籍出版社1987年版）與周鈞韜《〈金瓶梅〉抄引〈水滸傳〉考探》、《〈金瓶梅〉抄引話本、戲曲考探》（《金瓶梅新探》，百花文藝出版社1987年版）。

特點，這正是第一部作家創作的長篇通俗小說創作上幼稚和粗疏的一面」，「不必強說成是世代累積的緣故。」〔註109〕我們認爲，如何看待《金瓶梅》中大量的抄襲與引用現象的關鍵並不在於其來源如何，數量多寡，而應關注其被組織進小說裏的方式怎樣，作用如何。被引入《金瓶梅》中的諸多小說、戲曲題材，其實並未構成小說的主要故事情節，也沒有決定小說主題思想的形成，它們是作爲一種修辭手段被引入小說的，其作用是推動故事情節發展和刻畫人物形象，被引入小說中的各種材料，沒有一樣能獨立成爲相關的故事單元或情節片斷。《宣和遺事》中的「楊志賣刀」、「劫取生辰綱」等題材，《三國志平話》中的「三謁諸葛」、「趙雲抱太子」等題材，《取經詩話》中的「行程遇猴行者處」、「過女人國」等題材後來都經過改造、放大成了《水滸傳》、《三國演義》、《西遊記》中的重要組成部分，可以獨立成篇的故事單元，它們在被引入到小說中之前就已經初具規模，後來改變的只是這些故事的形容與修飾，基本的故事情節則始終保持一致。《金瓶梅》引用的各種題材就不一樣了，它們只是作爲修飾成分而存在，作者利用它們來描述人物語言、動作、心理、場面，或者增飾各條大大小小的情節線索。以《金瓶梅》多次引用的戲曲《寶劍記》爲例：小說第六十七回引入了戲曲第三十三齣中的兩隻南曲《駐馬聽》，西門慶與應伯爵等人賞雪時由伶人春鴻唱來助興；第七十回引入第三齣中高俅管家的一段念頌詞，用來形容太尉朱勔家的富貴景象；第六十一回引入第二十八齣中趙太醫給李瓶兒看病的一段自報家門；第七十九回引入第十齣林沖找算命先生圓夢的故事來寫吳月娘找吳神仙算命。《寶劍記》寫的是水滸故事，敘述林沖被逼上梁山後其妻子貞娘到梁山與丈夫相會，可這些材料引入到《金瓶梅》中後，已經與水滸故事全不相關，它們的作用僅僅是作爲《金瓶梅》故事的一些修飾成分而存在。打個不恰當的比方，如果說《宣和遺事》等話本中的材料到了《水滸傳》等小說中只是發生了物理變化，語言、結構等外在形式發生了極大改變但故事的基本情節並未改動，那麼《刎頸鴛鴦會》、《寶劍記》等小說、戲曲中的材料引入《金瓶梅》中後發生的是化學變化，它們已經完全融入《金瓶梅》的故事之中，屬於《金瓶梅》的一部分而與原來的故事沒有關係，《金瓶梅》中引用再多的材料也算不上「世代

〔註109〕李時人《「說唱詞話」與金瓶梅詞話》（《復旦學報》1985 年第 5 期）、《關於金瓶梅的創作成書問題──與徐朔方先生商榷》（《上海師範大學學報》（社科版）1985 年第 3 期）。

累積」，這只是作者選材、修飾的一種手段而已。至於小說中的錯誤和前後矛盾之處，不足以成爲斷定小說出自多人之手的證據——多人聯手創作固然容易出現錯誤，但誰又能保證個人創作就一定正確無虞？作爲一部以市井百姓的日用起居爲題材的長篇巨帙，出現些許時間、地點乃至情節上的錯誤和矛盾實在是很正常的事情，何況《金瓶梅》經過了抄本階段，誰又能保證傳抄過程沒有產生錯誤和矛盾？沈德符《萬曆野獲編》云：「然原本實少五十三回至五十七回，遍覓不得，有陋儒補以入刻，無論膚淺鄙俚，時作吳語，即前後血脈，亦絕不貫串，一見知其贋作矣。」〔註110〕如果沈德符所言不假，那麼傳抄過程出現一些無傷大雅的細節問題就更是自然而然的事了。〔註111〕所以我們認爲《金瓶梅》的成書方式歸於個人創作比較合理。

《金瓶梅詞話》的文體，歷來被認爲是說唱體「詞話」。孫楷第論「詞話乃元明習語」時舉例說：「有著書擬說唱本名『詞話』者，如無名氏之《金瓶梅詞話》。」〔註112〕馮沅君也曾敏銳地覺察到《金瓶梅詞話》與傳統的說唱文學之間存在著千絲萬縷的聯繫，她說：

> 讀《金瓶梅詞話》時，最能使我們感到奇特而注意的是書中人常常以韻語，尤其是曲，來代替普通的語言。……這些以韻語代語言的例子都應與《蔣淑眞刎頸鴛鴦會》中的十篇商調《醋葫蘆》有同樣的功用或來源，雖然書中並無「奉勞歌伴，先聽格律，後聽蕪詞」，和「奉勞歌伴，再和新聲」等辭句。換句話說，這些代言語的韻語都是用以供「說話」時歌唱的，至少也是這種體例的遺跡。不然的話，一個人在罵架的時候居然會罵出一支曲子出來，不是太不近情理嗎？〔註113〕

《金瓶梅詞話》中這種「太不近情理」的地方其實多得不勝枚舉。除了罵架時以曲代言，人物的日常對話也有許多以曲代言的例子，最令人詫異的是第七十九回西門慶臨終前與妻子吳月娘交代後事的對話竟然也以曲調的形式：

> ……那月娘不覺桃花臉上滾下珍珠來，放聲大哭，悲慟不止。西門
> 慶道：「你休哭，聽我吩咐你，有《駐馬聽》爲證：

---

〔註110〕（明）沈德符《萬曆野獲編》，中華書局1959年版，第653頁。
〔註111〕徐扶明指出現存《金瓶梅詞話》中有不少曾經修改的痕跡。見《〈金瓶梅〉原爲詞話考》，《金瓶梅研究第二輯》，中國金瓶梅學會主編。
〔註112〕孫楷第《滄州集》（上），中華書局1965年版，第99頁。
〔註113〕馮沅君《金瓶梅詞話中的文學史料》，《古劇說彙》第183～185頁。

賢妻休悲，我有衷情告你知：妻，你腹中是男是女，養下來看大承認，守我家私，三賢九烈要貞心，一妻四妾攜帶著住。彼此光輝光輝，我死在九泉之下口眼皆閉。」

月娘聽了，亦回答道：

「多謝兒夫，遺後良言教道奴。夫，我本女流之輩，四德三從，與你那樣夫妻。平生做事不模糊，守貞肯把夫名虧？生死同途，一鞍一馬不須吩咐。」

除了以曲代言，《金瓶梅詞話》裏以詞代言的也不在少數，而且同樣「太不近情理」。第七回回前有詞題詠媒婆薛嫂：「我做媒人實可能，全憑兩腿走殷勤。唇槍慣把鰥男配，舌劍能調烈女心。……」；第三十回寫接生婆蔡老娘與吳月娘的對話，蔡老娘念道：「我做老娘姓蔡，兩隻腳兒能快。……橫生就用刀割，難產須將拳揣。不管臍帶胞衣，著忙用手撕壞。……」；第六十一回寫太醫趙搗鬼給李瓶兒看病時與應伯爵的對話，趙搗鬼說：「我做太醫姓趙，門前常有人叫。只會賣杖搖鈴，哪有真材實料。行醫不按良方，看脈全憑嘴調。……頭疼須用繩箍，害眼全憑艾醮。……尋我的少吉多凶，到人家有哭無笑。……」第九十回寫拳師李貴「在街心扳鞍上馬，高聲說念一篇道：『我做教師世罕有，江湖遠近揚名久。……分明是個鐵嘴行，自家本事何曾有。少林棍，只好打田雞；董家拳，只好嚇小狗。……』」

很顯然，這種自報家門式的人物語言只能出現在戲曲或說唱伎藝裏，[註114] 由表演者以第三人稱代言的身份道出，通常採用「我做……」的句式，內容包括姓名、家世、職業等。從上文所引四處自報家門來看，這類內容誇張，表演者竭力拿「我」開涮，甚至諷刺、挖苦所代言的角色以博取觀眾或聽眾笑聲的韻文在戲曲或說唱伎藝中能起到活躍現場氣氛的作用，達到「以悅俗邀布施」的目的。也只有在那種規定情境中，這種形式的韻文才是合適的。如果日常生活中人物的對話與獨白也採用這種方式，那將比表演者嘲笑角色的內容更為滑稽，更令人費解。試想，面對蔡婆「刀割」、「拳揣」的接生方法，趙搗鬼「繩箍」、「艾醮」的治病良方，吳月娘、西門慶他們還能笑出聲音來嗎？就像前文所引第七十九回西門慶臨終與吳月娘的對話一樣，我們不能按照現代意義上的小說語言來理解這樣的曲詞韻文，這是說唱體詞話中才有的事情，說散本《金瓶梅》便刪去了這類曲詞韻文。

---

〔註114〕前文已經指出，趙搗鬼看病一節即出自戲曲《寶劍記》。

《金瓶梅詞話》裏不止是人物說話以詞曲代言，敘述者也時常以韻文形式敘事。如第二回寫潘金蓮放簾子時失手將叉杆打在西門慶身上：

> 婦人便慌忙賠笑。把眼看那人，也有二十五六年紀，生得十分博浪。頭上戴著纓子帽兒，金玲瓏簪兒，金井玉欄杆圈兒；長腰身穿綠羅褶兒；腳下細結底陳橋鞋兒，清水布襪兒，腿上勒著兩扇玄色挑絲護膝兒，手裏搖著灑金川扇兒。越顯出張生般龐兒，潘安的貌兒。可意的人兒，風風流流從簾子下丟與奴個眼色兒。

西門慶正要生氣，回頭一看，卻發現是一個美貌妖嬈的婦人：

> 但見他黑鬒鬒賽鴉翎的鬢兒，翠灣灣的新月的眉兒，清冷冷杏子眼兒，香噴噴櫻桃口兒，直隆隆瓊瑤鼻兒，粉濃濃紅豔腮兒，嬌滴滴銀盆臉兒，肉奶奶胸兒，白生生腿兒，更有一件緊揪揪，紅縐縐，白鮮鮮，黑裀裀，正不知是甚麼東西。

這兩段外貌描寫使用的是兒化的詞讚，後面那段詞讚還是疊音詞。很顯然，這種形式的敘述適合吟誦，不宜散說，是說唱文學特有的語體，說話人稱它為「開相」。

然而《金瓶梅詞話》的語言畢竟不全是詞曲韻文，它以散說為主。與其他中規中矩的詞話相比較，它的「血統」難免令人質疑。葉德均說，「《金瓶梅詞話》雖插有許多詞曲，又用曲和韻文代言，但全書仍以散文為主，和詩讚係詞話迥不相類。」〔註115〕葉德均眼裏正統的詞話是諸聖鄰整理的《大唐秦王詞話》與楊慎擬作的《歷代史略十段錦詞話》，使用七言和十言詩讚。又有論者根據十六種成化說唱詞話的形式體制斷言「詞話的唱詞主要是七言句，只有少量的十言（稱攢『十字』），並沒有『詞調之詞』和『駢麗之詞』，更沒有曲」〔註116〕。案《金瓶梅詞話》雖然也有七言和十言詩讚，但更多的是詞曲，不包括只引曲譜名或首句的曲子，全文引錄的曲文即多達二十組套曲、一百二十支散曲。〔註117〕趙景深根據吳晗《金瓶梅的著作時代及其社會背景》重加統計，發現《金瓶梅詞話》裏共有詞八首，小曲二十七支，小令

〔註115〕葉德均《戲曲小說叢考》，中華書局 2004 年版，第 676 頁。
〔註116〕李時人《關於〈金瓶梅〉的創作成書問題——與徐朔方先生商榷附：「詞話」新證》，《金瓶梅新論》，學林出版社 1991 年版，第 107～132 頁。
〔註117〕（美）韓南《〈金瓶梅〉探源》，《金瓶梅西方論文集》第 31 頁。

五十九支，套數二十套三十種。〔註118〕葉德均說《金瓶梅詞話》「和詩讚係詞話迥不相類」，卻沒有說它和樂曲係詞話也毫不相干，他並未完全否定《金瓶梅詞話》的詞話體裁；此論則徹底切斷了《金瓶梅詞話》和詞話之間的關係，其關鍵在於它將「詞話」之「詞」的範圍縮小到只有唱詞一種，其根據則是16種成化說唱詞話中，「唱詞要占全部字數78%」。我們認爲這種看法頗有商榷的餘地。首先，16種成化說唱詞話不能代表元明詞話的整體，這16種詞話中「沒有『詞調之詞』和『駢麗之詞』，更沒有曲」，不代表其他詞話中也沒有，儘管尚未發現其他完整的詞話，但沒有發現不等於沒有，至少孫楷第、葉德均等人發現了不少散見於元明雜劇、小說中的詞話片斷遺文；其次，16種成化詞話屬於民間說唱伎藝的書面紀錄，《金瓶梅詞話》屬於文人的個人創作，不同的創作主體對表達方式的選擇是不一樣的。對說唱藝人或者書會才人來說，選擇七言唱詞顯然比曲詞更爲得心應手。有論者統計，《金瓶梅詞話》裏的曲、詞、詩、讚、賦及其他可唱韻文共有五百九十九種。〔註119〕要將如此眾多的文體類別較好地融合在一起，一般說唱藝人才力不逮，非有較高文學素養者不能。第三，任何文體都有一個發展演變的過程，其文體形態特徵是變動不居的，同一文體類型不同時期的作品之間存在差異是很正常的現象，年代越久遠，差異越顯著，但只要文體的基本屬性沒有改變，仍然不失爲同一文體類型。同爲歷史題材的章回小說，羅貫中作的《三國演義》與二月河作的《乾隆皇帝》在文體形態上便相去甚遠。

孫楷第認爲《金瓶梅詞話》屬「詞話體」，其體制是「話本以白文演成；間腋以詞調，詩，聯對摘句，四六短文者，如明以來以說散爲主諸小說。其事爲白加誦……」，〔註120〕我們認同這樣的觀點。小說作者深諳所處時代的說唱伎藝，對各種通俗文學亦相當熟悉，他竭力模擬樂曲係說唱詞話的形式體制，同時又受詩讚係詞話的影響。第一次獨立創作長篇章回小說，他似乎缺少足夠的創作經驗和信心，「仰仗過去文學經驗的程度遠勝於他自己的個人觀察」〔註121〕，他不得不借鑒已有的小說如《水滸傳》等和現成的說唱文學、

---

〔註118〕趙景深《〈金瓶梅詞話〉與曲子》，《中國小說叢考》，齊魯書社1980年版，第308～312頁。

〔註119〕參劉輝《從詞話本到說散本——〈金瓶梅〉成書過程及作者問題研究》，《金瓶梅成書與版本研究》。

〔註120〕孫楷第《滄州集》，中華書局1965年版，第107頁。

〔註121〕（美）韓南《〈金瓶梅〉探源》，《金瓶梅西方論文集》第37頁。

戲曲作品。他移植了《水滸傳》的「武松殺嫂」故事作為自己小說的開端，將原本屬於配角的西門慶與潘金蓮變成小說的主人公。他選擇了散說作為小說基本的敘述方式，這一點與民間說唱詞話以韻語為主體有很大不同。但他還不能完全擺脫民間說唱詞話的影響，在移植、引入眾多的戲曲或說唱題材到小說中時，他不是為了創作一種新的小說體式而去改變那些被移植、引入題材的表現形式，相反，為了保留它們的原有形式而不得不對小說的體制創新作了很大的犧牲。「他時常煞費苦心，設計特別適合使用這些散曲的情景。從某種意義上來說，這部小說差不多是一部納入一種敘事性框架的散曲選。」〔註122〕在這種背景下創作出來的《金瓶梅詞話》，文體形態自然會發生很大改變：它是詞話體，但它試圖選擇念白的散說作為主要的敘述方式；它不同於傳統的民間說唱詞話，但它的骨子裏仍然流淌著說唱詞話的血液，它身上的說唱詞話特徵，只有到了《新刻繡像批評金瓶梅》才基本蛻化乾淨。

從說唱本《金瓶梅詞話》到說散本《新刻繡像批評金瓶梅》，《金瓶梅》的文體特徵發生了很大的變化。這主要表現在以下幾個方面。

首先是回目的改訂。鄭振鐸早就注意到《金瓶梅》回目的變化，他說：「詞話本的回目，就保存渾樸的古風，每回二句，並不對偶，字數也不等」，「崇禎本便大不相同了，駢偶相稱，面目一新」。〔註123〕具體說來，崇禎本對詞話本回目的改訂可分為幾種情況。一、崇禎本改變了詞話本中多數回目對仗不工整的現象，將回目全部改成對偶句，不僅更切合主題，而且使小說回目超越了概括故事情節的基本功能，具有更高層次的美學意蘊。詞話本與崇禎本回目完全相同者有 11 回，大同小異、只有少量字詞不同者有 26 回，差別較大者有 63 回。很顯然，崇禎本只沿用了詞話本 11 回的回目而改訂了其餘的 89 回，改訂者所佔比例為 89%。〔註124〕如第八回，詞話本作「潘金蓮永夜盼西門慶，燒夫靈和尚聽淫聲」，上聯 9 個字，下聯 8 個字，不僅字數不等，而且全無對仗。崇禎本改作「盼情郎佳人占鬼卦，燒夫靈和尚聽淫聲」，雖然只改動了上聯，但改動後不僅對仗工整，而且上下聯所包含的意

---

〔註122〕（美）夏志清《中國古典小說史論》，胡益民等譯，江西人民出版社 2001 年版，第 174 頁。

〔註123〕鄭振鐸《談金瓶梅詞話》，《中國文學研究》（上），花山文藝出版社 1998 年版，第 239 頁。

〔註124〕需要指出的是，詞話本中目錄部分的回目與正文前的回目不同的情況較為普遍，共有 27 回的回目兩處存在差異。這裏所依據的是目錄部分的回目。

蘊具有強烈的反諷效果：上聯「盼情郎」三字寫潘金蓮望眼欲穿地盼望情人西門慶前來幽會，下聯「燒夫靈」寫潘金蓮迫不及待地燒毀丈夫武大郎的靈牌，一邊是溫情脈脈的戀愛情景，另一邊是寒氣森森的死人場面，兩者之間的對比非常強烈，在讀者心中能產生極大的震撼，有力地概括了潘金蓮淫蕩惡毒的性格。類似的改動還有很多，如第三十一回，詞話本作「琴童藏壺覷玉簫，西門慶開宴吃喜酒」，字數不等，對仗亦不工，崇禎本改作「琴童藏壺搆釁，西門開宴爲歡」；第七十二回，詞話本作「王三官拜西門慶爲義父，應伯爵替李銘釋冤」，崇禎本改作「潘金蓮毆打如意兒，王三官義拜西門慶」，改訂後不僅僅對仗工整，而且更切合該回的故事情節。二、詞話本中有些回目不能準確、清晰地描述該回的故事情節，崇禎本改動後概括力得到加強，所包含的信息量也大幅增加。如第十八回寫西門慶因受親家陳洪牽連，派家人來保上東京宰相府打點關係，成功逃脫罪罰，在家蓋造花園，派女婿陳經濟管工之事。詞話本作「來保上東京幹事，陳經濟花園管工」，只是簡單地陳述了兩個事實，至於來保上東京幹什麼事，陳經濟花園管工怎麼樣了，我們不得而知。崇禎本改作「賄相府西門脫禍，見嬌娘敬濟銷魂」，不僅使回目對仗工整，而且簡練地交代了事情的緣由與結果，突出了主題，更重要的是回目本身所透露的信息已經爲後文埋下了伏筆——得到蔡京庇護，西門慶更加發達且有恃無恐；利用監理花園的機會，陳經濟勾搭上了潘金蓮，兩人的關係發展成爲小說的主要情節之一。類似的還有第四十九回，詞話本作「西門慶迎請宋巡按，永福寺餞行遇胡僧」，崇禎本改作「請巡按屈體求榮，遇梵僧現身施藥」，兩相比較，崇禎本的改作顯然技高一籌。三、崇禎本改動了詞話本的幾處故事情節，相應地改作了回目。如詞話本第一回，開首即敘武松景陽崗打虎，後面才是潘金蓮出場，尚未擺脫《水滸傳》的影響，故其回目爲「景陽崗武松打虎，潘金蓮嫌夫賣風月」；崇禎本將此回改爲先敘西門慶一干十人在玉皇廟結拜，由廟裏畫中的紙老虎引出景陽崗打真老虎的武松，再敘武松與武大郎、潘金蓮的相遇。故事的中心發生轉移，人物的地位自然跟著發生了變化，《水滸傳》「武松打虎」一節中，武松是「主」，西門慶、潘金蓮是「賓」；《金瓶梅》中，西門慶與潘金蓮是「主」，武松是「賓」，所以崇禎本做此改動，回目亦改作「西門慶熱結十兄弟，武二郎冷遇親哥嫂」。此外，崇禎本刪去了詞話本第五十一回吳月娘聽宣卷「金剛科儀」的

部分，所以回目也相應地由「月娘聽演金剛科，桂姐躲在西門宅」改作「打貓兒金蓮品玉，鬥葉子敬濟輸金」。類似的還有第八十四回，詞話本作「吳月娘大鬧碧霞宮，宋公明義釋清風寨」，崇禎本改作「吳月娘大鬧碧霞宮，普靜師化緣雪澗洞」。

其次是冒頭詩的改訂。古典小說中的冒頭詩，其源頭可以追溯到說話伎藝的開場白，說話人在正式開講前用一段韻文形式的言語向觀眾介紹本回說書的內容提要，既能幫助觀者提前瞭解故事的大致情節，又可以在觀眾心裏留下懸念，增強故事的吸引力。〔註125〕詞話本每回前均有冒頭詩，但崇禎本作了較大範圍的改訂。除了第五、七、十四、十六、二十四、三十九、四十二、五十一等8回沿用詞話本外，其餘的92回均作了改訂，改訂者所佔比例為 92%。從體制來看，詞話本的冒頭詩大部分使用詩、詞、格言；崇禎本的冒頭詩則以詞曲居多，共有50回使用浪淘沙、菩薩蠻、西江月等曲調。從內容來看，詞話本的冒頭詩大多涉及本回情節，能預敘正文將要發生的故事，但也有不少冒頭詩游離於本回所敘故事之外，其存在更多地是為了保持結構的完整和平衡。例如第二十九回「吳神仙貴賤相人，潘金蓮蘭湯午戰」：

> 百年秋月與春花，展放眉頭莫自嗟。
>
> 吟幾首詩消世慮，酌二杯酒渡韶華。
>
> 閒敲棋子心情樂，悶撥瑤琴興趣賒。
>
> 人事與時俱不管，且將詩酒作生涯。

按此回先敘吳神仙給西門慶一家相命，後敘西門慶與潘金蓮於浴盆中宣淫。雖說吳神仙極其準確地預敘了西門慶一家男女往後的命運，但敘述者從頭至尾並無叫人超脫塵世之意。相反，從場面的描述中似乎可以看出敘述者對西門慶與潘金蓮的淫亂行徑持一貫的欣賞態度，冒頭詩的超脫勸誡與正文內容的入世讚賞無法保持統一。崇禎本除了將此回回目改作「吳神仙冰鑑定終身，潘金蓮蘭湯邀午戰」，使之對仗工整外，還改作了冒頭詩，使之切合本回內容與情節：

> 新涼睡起，蘭湯試郎偷戲。去曾嗔怒，來便生歡喜。
>
> 奴道無心，郎道奴如此。情如水，易開難斷，若個知生死。
>
> ——【右調點絳唇】

---

〔註125〕詳見第二章第二節「話本小說對章回小說的影響」。

崇禎本中此類改作尙有不少。大體上說，詞話本中的冒頭詩多引用民間流行的現成作品，不少詩作言詞俚俗，且不能切合正文內容與情節。崇禎本的改作則以自出機杼者居多，無論言詞還是文意均勝出詞話本。

第三，詩詞曲賦等韻文及套語的刪改。崇禎本的改訂，眞正使《金瓶梅》的文體形式發生徹底改觀的不在於它改動了多少回目與冒頭詩，而是它刊落了詞話本中大量的詩詞曲賦等韻文，並將許多說唱部分改寫成散文語言，使《金瓶梅》完成了從說唱本向說散本的轉變。據統計，詞話本有詩 170 首，崇禎本刊落 70 首，改寫 6 首，加入 3 首，還剩 109 首；詞話本有詞曲贊賦等 226 首（支，篇），崇禎本刊落 115 首（支，篇），刪節 15 首（支，篇），還剩 126 首（支、篇）；詞話本有各式韻語 81 段，崇禎本刊落 74 段，還剩 7 段〔註 126〕。此外，詞話本有「看官聽說」這樣的敘述者介入文字 45 處，崇禎本刊落了 16 處，還剩 29 處。〔註 127〕如第八回，詞話本有曲調 7 支，崇禎本刪去 3 支；詞話本有詩 2 首，崇禎本刪去 1 首；詞話本有「看官聽說」一段敘述者評論和尙的話，崇禎本也刪去了。第七十一回，詞話本有一套諸宮調《正宮·端正好》並 15 支小令，崇禎本將小令全部刪去；詞話本有 2 篇由「但見」引出的賦，崇禎本刪去 1 篇，刪節 1 篇；詞話本有 1 首由「正是」引出的七律，崇禎刪去了「正是」後面的兩句詩，將七律改成了七絕。另外，詞話本中原有的人物對話以曲代言、以詞代言的現象，崇禎本也作了很大的改動，如第二十回西門慶與虔婆的對話，第三十回、四十回、六十一回、九十回蔡老娘、趙裁縫、趙太醫以及李貴的自報家門，第四十二回祝實念的文章，第五十回水秀才的詞賦等韻文全都刪去。經過崇禎本的改訂，《金瓶梅》的說唱色彩大大減弱，文人化程度進一步加強，作爲第一部由文人獨立創作的長篇章回小說，《金瓶梅》已經基本上擺脫了對傳統說唱伎藝的依靠，開闢了一條小說創作的新途徑，爲後世小說創作積纍了寶貴的藝術經驗。

〔註 126〕參劉輝《從詞話本到說散本——〈金瓶梅〉成書過程及作者問題研究》，《金瓶梅成書與版本研究》。
〔註 127〕參（日）寺村政男《〈金瓶梅詞話〉中的作者介入文——「看官聽說」考》，黃霖等編《日本研究〈金瓶梅〉論文集》，齊魯書社 1989 年版。

# 第三節 「四大奇書」的文體演變與明代章回小說文體的發展

　　前面對「四大奇書」的成書經過與版本演變做了一個大致的梳理，我們從中可以發現「四大奇書」文體演變的若干規律。單個地考察，「四大奇書」中的每一部分別是同類型題材小說的文體典範，它有力地推動了同類型題材小說的發展，不管是繼續遵從奇書的文體軌範還是在此基礎上有所變更，「四大奇書」的文體典範意義都不容忽視；作為一個群體，「四大奇書」的文體演變能夠反映明代章回小說文體的發展過程，藉此我們可以得知一種新型的小說體式是如何從草創萌芽走向成熟定型，並最終成為此類文體的標誌。

## 一、「四大奇書」的文體演變規律

　　我們可以從成書方式的演變與文體形態的演變來總結「四大奇書」的文體演變規律。

　　「四大奇書」之中，《水滸傳》、《三國演義》、《西遊記》的成書方式為世代累積型，是在已有故事片斷的基礎上加工改造的結果，在成為章回小說之前，已有較為發達的長篇話本作為創作的底本，施耐庵、羅貫中、吳承恩等作者的工作，是將散見於各種小說、戲曲乃至民間說唱伎藝中的題材組合成一個有機的整體。這樣說並沒有否定施耐庵等人的功績，正是他們在加工改造現有題材的過程中創造出了一種全新的小說文體形式，為後人（包括蘭陵笑笑生）提供了章回小說創作的藝術經驗。《金瓶梅》的成書方式為個人創作型，儘管作者仍然搬用移植了不少小說、戲曲中的題材，但這種利用與此前三大奇書的加工改造性質完全不同。最根本的區別是，除了《水滸傳》中的「武松殺嫂」故事為小說提供了一個故事的開端，蘭陵笑笑生並沒有任何足夠依賴的底本作為加工改造的基礎。也正因為如此，第一次個人創作章回小說的作者還缺乏足夠的經驗和信心，他在建構小說的人物形象體系和鋪設故事情節時，不得不大量借用已有的各種材料來修飾。但這些都沒有妨礙小說成為一部偉大的具有開拓意義的作品，這不僅僅因為蘭陵笑笑生第一次將普通市井百姓的生活引入小說而帶來了題材類型的突破，更重要的是他成功地實現了明代章回小說成書方式的轉變，雖然這種轉變還有點「拖泥帶水」的不足。《金瓶梅》的成書方式為其後的小說創作提供了很好的示範。在現存的

明代章回小說中，大部分都有類似《金瓶梅》的成書經歷，它們沒有現成的小說底本可依，但有大量的故事情節可以借鑒。產生其後的歷史演義自不必說，它們的成書借徑史籍幾乎接近抄襲的地步；神魔小說《三寶太監西洋記》除了大量移植地理學著作《瀛涯勝覽》和《星槎勝覽》中的題材以外，還襲用了《西遊記》、《封神演義》、《包公案》等小說中的情節；〔註 128〕至於學步《金瓶梅》的世情小說，清代更是蔚爲大觀。

「四大奇書」文體形態演變的過程，亦即明代章回小說文體發展演變的過程，無論是小說回目設置的格律化與開頭結尾的模式化還是小說結構的調整與語言的選擇，「四大奇書」都給明代章回小說的文體演變確定了基本的軌範。《水滸傳》、《三國演義》、《西遊記》分別從此前的話本小說脫胎成爲章回小說，是小說文體的革新，其文體形態沿著舊有的蹤跡，經過文人的改訂與創新而發生巨變；《金瓶梅》是文人個人創作章回小說的第一次嘗試，在明代章回小說的發展過程中，它的成書具有承前啓後的意義，而其大量保留的說唱詞話特徵，是明代早期章回小說都曾歷經說唱階段的證據。孫楷第曾斷言「詞話爲通俗小說之先河。凡吾國舊本通俗小說，皆自詞話出」〔註 129〕，四大奇書的成書過程都經歷了詞話本階段，它們的許多版本至今還殘留著說唱文學的痕跡，在說唱文學高度發達的中國古代，四大奇書經歷介於口頭文學與案頭文學之間的詞話本階段非常符合文學發展的一般規律。《水滸傳》、《三國演義》、《西遊記》歷經演變的時間較長，每一次版本演變都朝著小說的書面化、文人化邁進，直至明末清初，其版本形態已經基本定型；《金瓶梅》自詞話本至崇禎本，前後不過數十年，其時《水滸傳》等小說的文體形態已經趨於規整，爲評改者提供了很好的模本。金聖歎、毛宗崗、汪象旭、李漁等人的評改，既有共同的一面，也有各自的側重點。金聖歎對袁無涯刻本《水滸傳》的改訂，影響最大之處是結構的調整。他將原本第一回全部及第二回的前半改作「楔子」，刪去第七十二回以下。此舉的主要目的固然是受其政治思想桎梏，不想給犯上作亂的梁山好漢們招安的機會，但改訂後的《水滸傳》結構更趨統一也是事實，「蓋晁蓋七人以夢始，盧俊義一百八人以夢終，皆極

---

〔註 128〕詳見趙景深《三寶太監西洋記》，《中國小說叢考》，齊魯書社 1980 年版，第264～295 頁。

〔註 129〕孫楷第《水滸傳舊本考》，《滄州集》（上），中華書局 1965 年版，第 124 頁。

大章法」〔註130〕。毛宗崗對《李卓吾先生批評三國志》的改訂，除了小說開
頭與結尾的重新設計，其於文體最有意義者是小說回目的設置和開頭結尾的
模式化。他將原本分割的兩則融合爲一回，並撰寫了對仗工整的回目，使《三
國演義》的回目第一次以文詞華美、涵義豐富的對偶句形式出現；他使原本
並不規範的開頭結尾方式定型化，從外觀上賦予了《三國演義》形式之美。
汪象旭對世德堂本《西遊記》的改訂，影響最大的則是他增入了第九回「陳
光蕊赴任逢災，江流僧復仇報本」，豐富了《西遊記》的故事內容，同時完善
了小說的情節結構，消除了不少矛盾和破綻之處。託名李漁者雖然也對《金
瓶梅》的結構進行了小規模調整，如將第一回「景陽崗武松打虎，潘金蓮嫌
夫賣風月」改寫爲「西門慶熱結十兄弟，武二郎冷遇親哥嫂」，淡化了《水滸
傳》的影響而突出了主人公的地位，但他最大的動作還是對小說敘述語言的
選擇。他對小說中詩詞曲賦的大量刪節使小說語言回歸到敘述體的本色，極
大地削弱了小說的說唱色彩，這一點也正是「四大奇書」的評改者們共同致
力的目標。從下列《四大奇書」文體形態演變圖表》可知，在「四大奇書」
文體形態的若干表徵裏，評改者對小說中詩詞曲賦等韻文的改動是力度最大
的一項。有意思的是，「四大奇書」的評改者們不約而同地大肆刪節小說中的
詩詞曲賦等韻文，卻沒有誰對這一舉動作出適當的理論闡釋，唯一對此有過
說明的毛宗崗的理由竟然是嫌棄「俗本」中詩詞格調不夠高雅（「甚俚鄙」）。
毛宗崗對小說中插入詩詞的看法與書坊主余象斗截然不同，二者代表了兩種
不同文化階層的讀者類型對小說的審美取向。以毛宗崗爲代表的文人階層追
求小說的雅致與詩意，不在乎小說故事情節是否連貫完整，認爲「敘事之中
夾帶詩詞，本是文章極妙處」〔註131〕；以余象斗爲代表的市井百姓追求小說
故事內容的豐富多彩與情節結構的完整連貫，對小說中插入詩詞基本上持否
定態度，認爲「觀傳者無非覽看詞語，觀其事實，豈徒看引頭詩者矣？放此
引頭詩，反遮人耳目」〔註132〕。這兩種不同的觀念在明代的章回小說創作中
均有所體現。大致說來，文化程度較高的作者對小說中插入詩詞的偏好要勝
過一般的下層文人，一些才力不濟的作者爲了附庸風雅，也常常借用他人詩

---

〔註130〕（清）金聖歎《貫華堂第五才子書水滸傳》第七十回夾評。
〔註131〕（清）毛宗崗《三國志演義凡例》，齊魯書社1991年版。
〔註132〕（元）施耐庵《京本增補全像忠義水滸志傳評林》第四十回評語，上海古籍
　　　　出版社《古本小說集成》影印雙峰堂刊本。

作來裝點門面，而被引用次數較多的，又多是毛宗崗們不大瞧得上眼的「周靜軒」、「胡曾」和「麗泉」等不第文人的詩作。

表5 「四大奇書」不同版本文體形態之比較

| 小說名稱 | 版本 | 文體形態 | | | 詩詞曲賦韻文總數 |
| --- | --- | --- | --- | --- | --- |
| | | 回　目 | 開　頭 | 結　尾 | |
| 水滸傳 | 袁無涯刻本 | 聯句。七言、八言爲主，偶有六言、九言。 | 無冒頭詩。正文以「話說」引出。 | 無對句。有套語。 | 851 |
| | 金聖歎評本 | 聯句。七言、八言爲主，偶有六言、九言。 | 無冒頭詩。正文以「話說」引出。 | 無對句。有套語。 | 26 |
| 三國演義 | 李卓吾評本 | 單句。七言。 | 無冒頭詩。無套語。 | 無對句。大多爲詰問語句，間有套語。 | 352 |
| | 毛宗崗評本 | 聯句。以七言爲主，間有八言。對仗工整。 | 無冒頭詩。正文以「卻說」引出。 | 有對句。有套語。 | 190 |
| 西遊記 | 世德堂刻本 | 聯句。以七言爲主，間有四言、八言。對仗工整。 | 無冒頭詩。無套語。 | 有對句。有套語。 | 723 |
| | 汪象旭評本 | 聯句。以七言爲主，間有四言、五言、八言。對仗工整。 | 間有冒頭詩。正文以「卻說」引出。 | 有對句。有套語。 | 144 |
| 金瓶梅 | 詞話本 | 聯句。以七言爲主，間有八言、九言。大部分不對仗 | 有冒頭詩。正文以「話說」引出。 | 有詩詞或對句。有套語。 | 580 |
| | 崇禎本 | 聯句。以七言爲主，間有六言、八言。對仗工整。 | 有冒頭詩。正文以「話說」引出。 | 有詩詞或對句。無套語。 | 405 |

## 二、「四大奇書」對明代章回小說創作的影響

「四大奇書」這個概念雖然遲至康熙十八年（1679）才出現在李漁所作《古本三國志序》裏，但在明代人眼中，《水滸傳》、《三國演義》、《西遊記》與《金瓶梅》早已是代表章回小說創作最高水準的作品集群，人們習慣於以這四部藝術水準超拔的小說作爲品評其他小說的標尺。他們對每一部小說的特點都有自己的理解和感悟，並以之衡量其他作品，不管對這一特點是讚賞或者貶抑，都表明「四大奇書」在明代章回小說創作中具有典範意義。煙霞外史《韓湘子敘》云：「（《韓湘子全傳》）有《三國志》之森嚴，《水滸傳》之奇變，無《西遊記》之譴虐，《金瓶梅》之褻淫。」〔註133〕姑且不論煙霞外史對「四大奇書」特點的概括是否準確，至少從這種比對中可以看出「四大奇書」在明代章回小說中的地位和份量。煙霞外史對「四大奇書」的品評兼具作品取材與藝術風格兩方面，他認同「森嚴」的《三國志》與「奇變」的《水滸傳》，對「譴虐的」《西遊記》與「褻淫」的《金瓶梅》則心懷芥蒂。顯然，這種認識不僅僅是明人小說觀念的體現，它同時也反映了明人對小說的好惡程度受其政治思想和倫理觀念的約束。《魏忠賢小說斥奸書》是一部講述魏忠賢生平事跡的時事小說，作者自稱「閱過邸報，不下丈許」，讀過「朝野之史，凡數十種」，小說取材大體忠於史實。峥宵主人《魏忠賢小說斥奸書凡例》云：「是書動關政務，事係章疏，故不學《水滸》之組織世態，不效《西遊》之布置幻景，不習《金瓶梅》之閨情，不祖《三國》諸誌之機詐」〔註134〕，試圖用「不學「、「不效」、「不習」、「不祖」來否定它與四大奇書之間存在師承關係，並以此突出《斥奸書》與四大奇書不同，但這恰好表明他心中仍然以四大奇書爲標尺，從反面證明了四大奇書在明代章回小說中的典範意義。

四大奇書之中，明人亦有所軒輊。一般來說，明人大都首肯《水滸傳》、《三國演義》與《西遊記》，對《金瓶梅》則頗有微詞。張譽《平妖傳敘》云：

> 小說家以眞爲正，以幻爲奇。然語有之：「畫鬼易，畫人難。」《西遊》幻極矣。所以不逮《水滸》者，人鬼之分也。鬼而不人，第可資齒牙，不可動肝肺。《三國志》人矣，描寫亦工；所不足者幻耳。

〔註133〕 （明）雉衡山人《韓湘子全傳》，上海古籍出版社《古本小說集成》影印九如堂刊本。

〔註134〕 （明）吳越草莽臣《魏忠賢小說斥奸書》，上海古籍出版社《古本小說集成》影印北京大學藏本。

然勢不得幻，非才不能幻，其季孟之間乎！嘗闢諸傳奇：《水滸》,《西廂》也；《三國志》,《琵琶記》也；《西遊》，則近日《牡丹亭》之類矣。他如《玉嬌麗》、《金瓶梅》，另闢幽蹊，曲終奏雅。然一方之言，一家之政，可謂奇書，無當巨覽，其《水滸》之亞乎！他如《七國》、《兩漢》、《兩唐宋》，如弋陽劣戲，不味鑼鼓了事，效《三國志》而卑者也。《西洋記》如王巷金家神說謊乞布施，效《西遊》而愚者也。至於《續三國志》、《封神演義》等，如病人囈語，一味胡談。《浪史》、《野史》等，如老淫吐招，見之欲嘔，又出諸雜刻之下矣。〔註135〕

張譽對《水滸傳》、《三國演義》與《西遊記》的分析對比很有道理。他結合小說題材與讀者感受，認爲《西遊記》過「幻」，《三國演義》過「眞」，《水滸傳》則眞幻結合，奇正相生，對讀者而言既有趣味性（「可資齒牙」），又具教化功能（「可動肝肺」）。以《西廂記》等三部成就顯著的戲曲來比擬《水滸傳》等三部章回小說，亦可看出《水滸傳》等小說的特點及其在明代章回小說中的地位和價值。《牡丹亭》中人物「出生入死」，頗類《西遊記》中人物「上天入地」，二者同屬「幻極」，荒誕不經。《琵琶記》宣稱「休論插科打諢，也不尋宮數調，只看子孝共妻賢」，肩負倫理教化職責，與《三國演義》「當知正統、閏運、僭國之別」的歷史教誨如出一轍。《西廂記》無論曲詞、賓白還是結構在元雜劇中皆首屈一指，王驥德《曲律》稱其「法與詞兩擅其極」〔註136〕，譽爲「神品」，賈仲明評曰「天下奪魁」，張譽以之比擬《水滸傳》，可見《水滸傳》在明人心中的地位非常之高。張譽對《金瓶梅》評價也不低，稱其爲「水滸之亞」，稱許的正是《金瓶梅》在寫法上「另闢幽蹊」的獨創藝術。

明人對章回小說文體的認識尙缺乏學理層次的探討，還不能總結出章回小說創作的理論，專門講述小說創作要領的「小說話」和「小說法程」要到清末民初才出現，就連零星、片斷的小說評點也多半是「借他人之酒杯，澆自己心中之塊壘」，發發牢騷，吐吐怨言，常常於小說理論不得要領。明代的小說家們要創作章回小說，不得不依靠前人的作品，循規蹈矩，依樣畫葫蘆。「四大奇書」的出現開啓了中國古代章回小說創作的大門，並以其超拔的藝

---

〔註135〕（明）馮夢龍《新平妖傳》，上海古籍出版社《古本小說集成》影印墨憨齋刻本。

〔註136〕（明）王驥德《曲律》，王卓校釋，北方文藝出版社2000年版，第173頁。

術水準成爲明清兩朝章回小說創作模仿的典範。可觀道人感歎自《三國演義》「爲世所尙」而「嗣是倣顰者日眾」，冥飛說「自《西遊》作者開關蹊徑以後，步其後塵者不知凡幾」〔註137〕，黃人譏諷「《後水滸傳》處處模仿前傳，而失之毫釐，繆以千里」〔註138〕，脂硯齋認爲《紅樓夢》「深得《金瓶》壼奧」〔註139〕，平子謂「《紅樓夢》全脫胎於《金瓶梅》，乃《金瓶梅》之倒影」〔註140〕，張新之則不無誇張地說「《紅樓夢》脫胎在《西遊記》，借徑在《金瓶梅》，攝神在《水滸傳》〔註141〕。諸如此類，無不說明「四大奇書」對章回小說文體的影響之深廣。

---

〔註137〕冥飛《古今小說評林》，參朱一玄、劉毓忱編《西遊記資料彙編》，第375頁。

〔註138〕黃人《小說小話》，參朱一玄、劉毓忱編《水滸傳資料彙編》，第522頁。

〔註139〕《脂硯齋重評石頭記》第十三回眉批，上海古籍出版社《古本小說集成》影印本。

〔註140〕（清）飲冰等《小說叢話》，轉引自陳平原、夏曉虹編《二十世紀小說理論資料》第一卷，北京大學出版社1989年版，第69頁。

〔註141〕（清）張新之《紅樓夢讀法》，轉引自朱一玄編《紅樓夢資料彙編》，南開大學出版社2001年版，第701頁。

# 第五章　題材類型與明代章回小說文體之關係──以敘事模式爲中心

## 引　言

　　大約自二十世紀上半期始，學界開始接受將章回小說分爲歷史演義、英雄傳奇、神魔小說與世情小說四種類型的做法。這種分類無疑遵從小說的題材取向，似乎並不涉及作爲小說形式的文體特徵。然而，「文學類型的理論是一個關於秩序的原理，它把文學和文學史加以分類時，不是以時間或地域（如時代或民族語言等）爲標準，而是以特殊的文學上組織或結構類型爲標準」〔註1〕。敘述對象的不同可能帶來敘述方式的區別，同樣的敘述對象按照不同方式敘述也會形成不同的小說類型（如西門慶與潘金蓮的故事在《水滸傳》裏只是英雄傳奇的一段插曲，在《金瓶梅》中就成了世情小說的故事主體），人們對章回小說類型的劃分表面上看遵循的只是題材的類別，實際上它還潛在地遵循著組織或結構上的準則，在遵從統一文體規範的前提下，不同題材類型的章回小說有著不同的敘事模式，敘事模式之間的差異又形成了各種題材類型章回小說文體內部特徵的獨特性，以敘事模式爲切入點，探討題材類型對明代章回小說文體的影響，不僅在理論上可行，對深入與細化章回小說文

---

〔註1〕　（美）韋勒克、沃倫《文學理論》，劉象愚等譯，江蘇教育出版社2005年版，第267頁。

體研究也很有必要。本文第三章全面考察了明代章回小說的文體流變，對各種題材類型的章回小說有個大致的分析。通過分析我們可以發現，歷史演義與神魔小說是明代章回小說中數量最多、內在的敘事風格最爲鮮明的兩種類型，其敘事模式非常清晰。英雄傳奇以歷史上的眞人眞事爲藍本，雖然允許作者不必嚴格依傍史實而可任意發揮，但與歷史演義之間始終存在「剪不斷、理還亂」的關係，以至人們對英雄傳奇的定義與作品確認一直含糊不清。確切地說，這類小說的敘事模式要到清代中後期「楊家將」系列、「岳家將」系列、「薛家將」系列、「呼家將」系列小說全部問世之後才形成自己獨特的敘事風格。世情小說在明代並不發達，《金瓶梅》自問世後便只能一支獨秀，孤芳自賞，雖然其間也產生了不少模仿之作，但作者本意大多不在「描摹世態，見其炎涼」，他們將筆觸局促於閨閣之內，專寫床笫之歡，實在難以擔當世情小說「著此一家，即罵盡諸色」的使命。直到清代中期《紅樓夢》的產生，世情小說方才形成自己的敘事模式。限於研究範圍，本章在勾勒章回小說四種類型的形成歷史之後，暫時只探討歷史演義與神魔小說的敘事模式，將英雄傳奇與世情小說留待本課題進一步深入之後再作打算。

## 第一節　明代章回小說類型概說

　　「中國小說向無明瞭的分類」〔註2〕，與發達的傳統詩文類型理論相比，中國古代小說的分類似乎是人們「羞於啓齒」的話題。數百年來，人們津津樂道的也就幾家文言小說的分類──劉知幾《史通》將「小說」分爲十類，但除「逸事」、「瑣言」、「雜記」外，其他七類與現代意義的小說相去甚遠；胡應麟《少室山房筆叢》將「小說」分爲六類，也只有「志怪」、「傳奇」、「雜錄」屬於現代意義的小說；紀昀《四庫全書總目》分「小說」爲「敘述雜事」、「紀錄異聞」、「綴輯瑣語」三類，卻剔除了最具小說性質的「傳奇」。至於白話小說的分類，一直到小說地位發生翻天覆地的變化，從「君子弗爲」的「小道」上升到「文學之最上乘」的「說部」以後才進入人們的視線。大約20世紀初期始，在西方與日本小說類型理論的影響下，陸續有人對中國古代小說分門別類，其中可大致勾勒出明代章回小說類型理論的演變軌跡。

---

〔註 2〕鄭振鐸《中國小說的分類及其演化的趨勢》，《中國古典文學文論》，花山文藝出版社 1998 年版，第 226 頁。

　　明代章回小說類型理論自其產生之日起便處於零散、混亂的狀況。在「以西例律我國小說」的時代背景下，時人免不了將中國古代小說和小說類別與西洋小說及其分類作比較，試圖建立自己的小說類型理論。草創權輿的艱辛加上小說本體的複雜，使他們在分類的過程中倍感惶惑。俠人深感「吾祖國之文學，在五洲萬國中，眞可以自豪也」，卻不得不承認「西洋小說分類甚精，中國則不然，僅可約舉爲英雄、兒女、鬼神三大派，然一書中仍相混雜。此中國之所短一」。〔註3〕將中國小說分爲英雄、兒女、鬼神三派，著眼於小說題材，標準固然明確，但類別未免籠統而抽象。黃人將「明人章回小說」分爲「歷史小說」、「家庭小說」、「神怪小說」、「軍事小說」、「宮廷小說」、「社會小說」、「時事小說」七類，同樣著眼於小說題材，但他對「章回小說」文體的理解與認定發生了偏差，將屬於話本小說的《拍案驚奇》、《石點頭》等也納入章回小說。〔註4〕謝无量將明代章回小說分爲四類：歷史或故事小說（如《英烈傳》）、風情小說（如《平山冷燕》）、神怪小說（如《西遊記》）、淫穢小說（如《金瓶梅》），基本上以題材內容爲別。〔註5〕管達如的分類要靈活得多，標準不拘一格，類別多種多樣。他按「文學」（即語體）分爲文言體、白話體、韻文體；按「體制」（即文體）分爲筆記體、章回體；按「性質」（即題材）則分爲九類，其中涉及明代章回小說者有四類：一、武力小說（英雄小說），《水滸傳》之類；二、寫情小說（兒女小說），《金瓶梅》之類；三、神怪小說，《封神演義》之類；四、歷史小說，《三國演義》之類。〔註6〕管達如的小說分類比較合理，影響也較深遠，後人的分類基本上不出其範圍。成之的分類與管達如完全一致，他關於小說分類的感觸也頗具代表性：「此種分類，名目甚多，而其界說甚難確定。往往有一種小說，所包含之材料甚多，歸入此類既可，歸入他種，亦無不可者」。〔註7〕直到今天，這種困惑仍然存在。

〔註3〕俠人《小說小話》，轉引自陳平原、夏曉虹編《二十世紀中國小說理論資料》第一卷，北京大學出版社1989年版，第76頁。

〔註4〕黃人《明人章回小說》，參自黃霖、韓同文編《中國歷代小說論著選》，江西人民出版社2000年版，第259～260頁。

〔註5〕謝无量《明清小說論》，鄭振鐸編《中國文學研究》，上海書店1990年版，第3頁。

〔註6〕管達如《說小說》，參陳平原、夏曉虹編《二十世紀中國小說理論資料》第一卷，北京大學出版社1989年版，第373～376頁。

〔註7〕成之《小說叢話》，轉引自陳平原、夏曉虹編《二十世紀中國小說理論資料》第一卷，第426～430頁。

　　眞正自覺建立中國古代小說類型理論體系的是魯迅，他「將小說類型的演進作爲中國小說史敘述的重點……把中國小說（尤其是元明清三代的章回小說）的藝術發展理解爲若干主要小說類型演進的歷史」〔註8〕。透過其三種小說史著作，我們可以發現魯迅小說類型理論的發展歷程。就明代章回小說類型而言，《中國小說史大略》分三篇專論「元明傳來之歷史演義」、「明之歷史的神異小說」、「明之人情小說」，提出了「歷史演義」（以《三國演義》、《水滸傳》爲例）、「神異小說」（以《西遊記》、《封神傳》爲例）、「人情小說」（以《金瓶梅》、《玉嬌梨》爲例）三種類型。值得注意的是，除此以外，魯迅還提出了「英賢小說」的概念，從他的界定來看，已經非常接近後世的「英雄傳奇」：「又有述一時之事，而特置重於豪傑者，例如宋人之講《中興名將傳》，固講史之一支，然分析之，則亦可謂之英賢小說」〔註9〕，並舉《英烈傳》、《平妖傳》爲例。〔註10〕在論述「人情小說」時，魯迅又認爲它「實亦英賢小說之支流也」〔註11〕。從《中國小說史大略》對明代章回小說的分類可以看出，魯迅所採用的標準對歷史（講史）非常倚重：「歷史演義」自不必說；「神異小說」的標題前還要加上「明之歷史」的定語，其界說——「至於取史上一事或一人，而又不循舊文，出意虛造，以奇幻之思，成神異之談」〔註12〕，更是明白無誤地表明了它和歷史（講史）的關係；至於「人情小說」，既然作爲「英賢小說之支流」，當然也與歷史（講史）脫不了干係。正因爲如此，他方才把具有一定歷史背景的《水滸傳》歸入「歷史演義」。

　　在《中國小說史略》中，魯迅將明代章回小說分爲「講史」、「神魔小說」、「人情小說」三類，基本上承續了《中國小說史大略》的做法。但他襲用宋元說話的概念「講史」取代了「歷史演義」，並且刪除了《中國小說史大略》中的「英賢小說」概念，將《英烈傳》等小說歸入「講史」門下，強調了《水滸傳》的「講史」性質：

---

〔註8〕　陳平原《論魯迅的小說類型研究》，《魯迅研究月刊》，1991年第9期。

〔註9〕　魯迅《中國小說史大略》，《中國小說史略》附錄，齊魯書社1997年版，第307頁。

〔註10〕　魯迅此處所言《平妖傳》非指《三遂平妖傳》，乃敘城步縣令王謙得關羽之助平叛峒苗楊應龍事。

〔註11〕　魯迅《中國小說史大略》，《中國小說史略》附錄，齊魯書社1997年版，第313頁。

〔註12〕　魯迅《中國小說史大略》，《中國小說史略》附錄，齊魯書社1997年版，第308頁。

　　至於敘一時故事而特置重於一人或數人者，據《夢粱錄》(二十) 講
　　史條下云：「有王六大夫，於咸淳年間敷衍《復華篇》及《中興名將
　　傳》，聽著紛紛。」則亦當隸於講史。《水滸傳》即其一，後出者尤
　　夥。較顯者有《皇明英烈傳》……〔註13〕

這段論說顯然係《中國小說史大略》中「英賢小說」定義的翻版。儘管魯迅
此處仍將《水滸傳》歸入「講史」，但他似乎覺察到了與《三國演義》的不同，
突出了《水滸傳》「敘一時故事而特置重於一人或數人」的特點，這一點正是
依託歷史背景的「英雄傳奇」(「英賢小說」) 與敷演史傳作品的「歷史演義」
之區別，可惜他並未憑藉這種眼光繼續發掘二者之間的差異。

　　在《中國小說的歷史的變遷》中，魯迅提出了「歷史小說」(以《三國演
義》、《開闢演義》為例)、「神魔小說」(以《西遊記》、《封神傳》為例)、「世
情小說」(以《金瓶梅》為例) 三種類型。分類標準仍然著眼於小說題材，對
小說類型的理解與界定與前述二書並無大異，只是用「歷史小說」的概念取
代了《中國小說史略》中的「講史」。

　　縱觀魯迅的三部小說史著作，魯迅共提出了「歷史演義」、「講史」、「歷
史小說」、「神異小說」、「神魔小說」、「人情小說」、「世情小說」、「英賢小說」
等諸多概念，將明代章回小說大致分為三種類型。無疑，魯迅對明代章回小
說的類型設計及概念界說已成為後世小說研究經常引用的經典，後來者儘管
有類型數量的多少之別，但從分類思想的提出、分類標準的擬定直至類型概
念的設計，基本上都沿襲魯迅開創的類型理論。需要指出的是，魯迅對明代
章回小說的分類至少有兩個地方存在一定的迷誤。其一是混淆了《水滸傳》
之類依託歷史背景，但重點不在於演述歷史進程而在於表現人物經歷的小說
與《三國演義》之類主要依據史傳敷演，重點在於完整地演述某一段歷史進
程的小說的類別。儘管在《中國小說史大略》中他提出了「英賢小說」概念
來突出「講史」中「特置重於豪傑者」，在《中國小說史略》中又加強了《水
滸傳》、《英烈傳》等小說特徵的辨析，他還是未能將《水滸傳》之類的小說
從「講史」中獨立分類。其二是魯迅先後使用了「歷史演義」、「講史」、「歷
史小說」三個不同概念來指稱《三國演義》之類的小說，這三者儘管存在一
定的重合面 (都與歷史有關)，但無論從內涵還是外延來說，三者之間的差異
非常之大，用它們來指稱同一類型小說會給人們的理解帶來不少困惑。「講史」

───────────────

〔註13〕魯迅《中國小說史略》，齊魯書社 1997 年版，第 121 頁。

乃說話四家之一,是說話人的口頭伎藝,儘管講史的書面紀錄平話具有章回小說文體的某些特徵,但畢竟屬話本體裁。歷史演義是文人「據正史,採小說」編撰而成的書面文學,雖然也會摻雜野史傳聞及個人臆說,但對史傳的敷演才是此類小說的命意所在,以「講史」指稱「歷史演義」會造成文體類型的混亂。「歷史演義」這個概念不僅僅指小說以歷史為題材,更重要的是它體現了小說的編創方式,是正史的通俗化敘述,「以通俗論人,名曰演義」〔註14〕,明代敷演正史而成的章回小說非「演義」二字不能道盡其中奧妙。「歷史小說」是清末民初西洋小說引入中國以後才出現的小說類型概念,以之指稱《三國演義》之類的小說僅能指明其題材類型,卻無法體現其獨特的編創方式。

「英雄傳奇」一辭始見於胡適《〈水滸傳〉考證》,胡適以之指稱宋江故事:「那種故事一定是一種『英雄傳奇』,故龔聖與『少年時壯其人,欲存之畫贊』。」〔註15〕其後鄭振鐸用它來指稱《水滸傳》,儼然已成為一個小說類型概念:

> 《水滸傳》是中國英雄傳奇中最古的著作,也是她們之中最傑出的一部代表作,……初期的中國英雄傳奇,大都是由歷史小說分化而來的。然而這個最早期的英雄傳奇《水滸傳》,卻是與最早期歷史小說並行發展起來的。〔註16〕

在《插圖本中國文學史》中,鄭振鐸進一步規定了「英雄傳奇」的特徵,明確了它與「歷史演義」的區別:「人物可真可幻,事跡若實若虛,年代以可以完全不受歷史的拘束,如此,作者的情思可以四顧無礙,逞所欲為,材料也可以隨心所造,多少不拘。」〔註17〕鄭振鐸對明代章回小說類型理論的貢獻,不僅僅在於他在胡適的基礎上提出了「英雄傳奇」這一小說類型概念,更重要的是他第一次將《水滸傳》與《三國演義》分別列入兩種不同的小說類型,釐清了明代章回小說中依託歷史背景敘述人物經歷的「英雄傳奇」與敷演史傳作品敘述歷史故事的「歷史演義」之間的關係。至此,明代章回小說的幾

---

〔註14〕 (明)雄衡山人《東西兩晉演義序》,(明)夷白堂主人《東西兩晉演義》,王繼祥、閻然校點,時代文藝出版社1987年版。

〔註15〕 胡適《中國章回小說考證》,安徽教育出版社1999年版,第11頁。

〔註16〕 鄭振鐸《水滸傳的演化》,《中國文學研究》(上),花山文藝出版社1998年版,第89頁。

〔註17〕 鄭振鐸《插圖本中國文學史》,人民文學出版社1957年版,第721頁。

種主要類型均已有了切合各自題材與創作方式特徵的概念，降至上個世紀中期，將明代章回小說分爲四種類型的做法已經得到了越來越多的認同。施愼之將明代章回小說分爲歷史小說（以《三國演義》爲例）、神魔小說（以《西遊記》爲例）、英雄小說（以《水滸傳》爲例）、寫實小說（以《金瓶梅》爲例）。〔註18〕胡雲翼將明代章回小說分爲英雄小說（以《水滸傳》爲例）、歷史小說（以《三國演義》爲例）、神魔小說（以《西遊記》爲例）、豔情小說（以《金瓶梅》爲例）。〔註19〕北京大學中文系編《中國小說史稿》、游國恩等主編《中國文學史》也將明代章回小說分爲歷史演義（歷史小說）、英雄傳奇、神魔小說（神話小說）、淫穢小說四類。表述雖各有差別，但大體並無二致，除去「淫穢小說」的概念明顯受特定時代背景影響，著眼於小說的道德評判更勝於題材類型之外，其他類型概念大都能準確、客觀地反映明代章回小說的實際類型。時至今日，人們已經普遍接受明代章回小說分爲歷史演義、英雄傳奇、神魔小說、世情小說四種類型的觀點。當然，此種分類以小說題材類型爲依據，內容繁複的章回小說必然會有混類現象的存在，由此帶來的種種困惑與不便也屢見於前人論述。我們堅持明代章回小說類型的四分法，也只是認同每一部章回小說中特徵最爲顯著的那類題材，就每一部章回小說而言，從不同的角度與目的出發，或許即有不同的認識與類別，這些可能性都應該允許存在，畢竟「品題分類，事屬權假，不得以嚴格繩之，學者苟別有所見，亦不必相襲，要其大端近是而已」〔註20〕。本文做這樣的分類，更多地是爲了論述的方便。

　　按照韋勒克與沃倫的觀點，「文學類型應視爲一種對文學作品的分類編組，在理論上，這種編組是建立在兩個根據之上的：一個是外在形式（如特殊的格律或結構等），一個是內在形式（如態度、情調、目的以及較爲粗糙的題材和讀者觀眾範圍等）。外表上的根據可以是這一個也可以是另外一個（比如內在形式是『田園詩的』和『諷刺的』，外在形式是二音步的和品達體頌歌式的）；但關鍵性的問題是接著去找尋『另外一個』根據，以便從外在和內在兩個方面確定文學類型」〔註21〕。在「外在形式」相同，即都是章回體小說

---

〔註18〕施愼之《中國文學史講話》，世界書局1941年版。
〔註19〕胡雲翼《新著文學史》，上海北新書局1947年版。
〔註20〕孫楷第《中國通俗小說書目・前言》，人民文學出版社1982年版，第12頁。
〔註21〕（美）韋勒克、沃倫《文學理論》，劉象愚等譯，江蘇教育出版社2005年版，第274頁。

的情況下，將明代章回小說分爲歷史演義、英雄傳奇、神魔小說、世情小說四類，其主要根據無疑是作品的「內在形式」，即大致相同的題材類別，但除此之外我們還應該且能夠找到此種分類的「另外一個」根據，即每一種類型的章回小說有著大致相同的敘事模式。通過探討每一種類型章回小說的敘事模式，我們可以發現作品的題材類型對明代章回小說的文體有著怎樣細緻而微妙的影響。

# 第二節　歷史演義的敘事模式

　　明代章回小說中，歷史演義數量最多，作爲一種小說類別，其敘事藝術已相當成熟並呈現出鮮明的獨特個性，本文擬從敘事時間與敘事聲音兩個層面探討歷史演義的敘事模式。

## 一、「編年取法麟經」──歷史演義的敘事時間

　　在小說敘事中，存在著兩種不同形態的時間形式，即故事發生的自然時序與故事被敘述的先後次序。一般將前者稱爲「故事時間」，將後者稱爲「敘事時間」。「從某種意義上說，敘事的時間是一種線性時間，而故事發生的時間則是立體的。在故事中，幾個事件可以同時發生但是話語則必須把它們一件一件地敘述出來；一個複雜的形象就被投射到一條直線上。正因爲如此，才有必要截斷這些事件的『自然』接續，因爲他用歪曲時間來表達某些美學目的。」〔註22〕與西方小說「從中間開始，繼之以解釋性的回顧」〔註23〕不同的是，中國古代章回小說普遍遵循故事的自然時序，極少扭曲故事時間；對故事發生的立體時間，敘述者一般採用「花開兩朵，各表一枝」的策略，最終轉化爲按照故事發生的先後順序展開敘述。在明代章回小說中，歷史演義的「敘事時間」更是嚴格遵循「故事時間」，敘述者很少對故事時間進行任何形式的扭曲與變形。不僅如此，敘述者對故事時間的強調與突出也幾乎到了無以復加的地步，絕大多數小說的故事時間清晰可見，小說中充斥著長度不一的時間刻度，即使是少數沒有具體標明發生時間的故事片斷，要找出它

〔註22〕（法）茲維坦・托多羅夫《敘事作爲話語》，張寅德編《敘述學研究》，中國社會科學出版社 1989 年版，第 294 頁。

〔註23〕（法）熱拉爾・熱奈特《敘事話語 新敘事話語》，王文融譯，中國社會科學出版社 1990 年版，第 14 頁。

的時間刻度也並非難事。歷史演義敘事時間的獨特性，主要表現在兩個方面：總體上的大歷史觀與具體敘述中的編年體操作。

明代歷史演義的敘述者在「按鑑演義」某一段特定歷史故事時，有一個大致的傾向，即在敘述本朝故事前，習慣於追溯歷史，將時間的刻度推向前方，近者直至本朝開國，遠者直至鴻蒙初闢，盡管大多以概述的形式出現，但這種力圖追求整飭的大歷史感的時間處理方式顯然構成了明代歷史演義的一大特色。

《開闢衍繹》的故事時間起自盤古開天闢地而迄於周武王弔民伐罪，其中大半故事處在史前時期，並無時代朝紀可考。即便如此，敘述者仍然要將時間的標杆往前推，通過「邵康節」、「余仰止」、「胡五峰」之口，借助「一萬八百年為一會」、「一十二萬九千六百年為一元中」等時間刻度，「寅」、「卯」、「辰」、「巳」、「午」等時間概念，以議論的形式對遠古荒渺的宇宙做出自己的評判，以便接續本書故事時間，形成整飭的歷史感觀。在歷史演義中，這種往前追溯時間的敘述形式更多地以詩歌的面貌出現。《新列國志》敘事始自周宣王，卷首有長篇古風一首，概述自盤古開闢至秦併六國：

> 鑿開混濁分天地，持世三皇並五帝。中天氣薄揖讓衰，夏后商周子孫繼。夏祚四百商六百，獨有週年卜過曆。屬主東遷避犬戎，紐解王綱成列國。東門樹黨爭雄雌，射鉤公子奮臨淄。晉楚宋秦紛角逐，風林從此無寧枝。五霸方沈吳越綴，雄風東海推鳥喙。六卿田氏接踵興，七國縱橫遊客沸。蘇張舌敝七雄亡，十二金人歸咸陽。鎬洛荒蕪九鼎沒，姬姜枝葉逢秋霜。誰把干戈換禮樂，小弁楊水清波濁。安得成康壽百年，山河帶礪尊周索。

《兩漢開國中興傳志》故事時間起自「趙惠王五年季春時候，秦昭王命王翦為將伐趙」，迄於「光武駕坐洛陽，是為東漢」。然第一則「帝業承傳統緒」仍用了相當長的篇幅，以韻散結合的方式追溯歷史，自周武王弔民伐紂，於「戊午日兵臨孟津，甲子日血浸朝歌」一直到趙惠王五年秦趙交戰，中間跨越商（「凡三十一世，歷六百二十九年」）、周（「凡三十七世，歷八百六十七年」）兩朝歷史。《隋史遺文》第一回敘述者先講述本書的創作目的，要「成一本史書寫不到人間並不曾知得的一種奇談」，接下來便追溯歷史，「從古相沿，剝中有復。虞夏商周，秦漢兩晉。晉自五馬渡江，天下分而為二，這叫做南北朝。……周又滅齊，江北方成一統。這時周又生出一個楊堅」，引出隋

朝開國皇帝楊堅。《英烈傳》第一回開頭即追溯歷史:「卻說從古到今,萬千餘年,變更不一。三皇五帝而後,秦為漢所除,赤手開基。……皇天厭亂,於洛陽夾馬營中,生出宋太祖來,姓趙名匡胤。……」直至講完「泥馬渡康王」後方才接續元順帝忽必烈的故事。《三國志後傳》第一回開頭即說:「蓋聞天開於子,地闢於丑,人生於寅……上及三皇,中及五帝,下及湯武文武,疊相為治……」再敘春秋戰國、東西兩漢,直至蜀漢炎興元年,後主劉禪寵用宦官黃浩,干預朝政等等。《殘唐五代史演義》故事時間起自唐僖宗乾符元年,訖於宋太祖建隆元年,第一回開首有「按宋待制孫甫史論」一篇,以長篇古風概述自鴻蒙初闢、三皇五帝至黃巢起義,唐室衰微:

> 子丑乾坤判,惟寅人所生。聖君開至治,賢相在新民。
>
> 三王惟尚德,五帝盡施仁。唐虞民物阜,湯武放誅民。
>
> 春秋因魯史,孔子道難行。德衰征伐尚,風漓治亂循。
>
> 圖王人孚見,尚霸眾爭橫。秦強吞六國,漢傑羨三人。
>
> 東西二百四,吳魏蜀三分。五季相循並,君臣疊亂爭。
>
> 一朝征戰起,藩鎮坐皇庭。世祖承平治,太宗起義兵。
>
> 遼夷皆拱服,怙冒盡稱臣。胡虜入中國,宮中開禍門。
>
> 祿山方被掃,巢賊又侵凌。天意除奸暴,否泰本相循。
>
> 廣歌記遺迹,傳記最分明。

全詩敘述自天地開闢始,歷經三皇五帝、堯舜湯武、春秋戰國、東西兩漢、三國兩晉、五代隋唐,至黃巢起義接續本書故事時間。與此相同,《大宋中興通俗演義》第一回回首同樣有長篇古風一首,概述自盤古開闢至本朝故事。

這種在小說開頭處追溯歷史,概述以前史實的敘述方式,到了毛宗崗評改《三國演義》時發展到一個新的高度,卷首那支《臨江仙》「滾滾長江東逝水,浪花淘盡英雄」由以往小說對歷史事實的具體陳述形而上為對歷史潮流、人物命運的哲學思考,而第一回回首的「話說天下大勢,分久必合,合久必分」,更是以深諳天人之道的史家口吻,站在歷史之外對歷史發展所作的精闢論述。在這裏,具體的故事時間已經虛化為遠古的時空隧道,敘述者關注的不再是某一朝某一代故事,而是整個人類歷史的共同命運,帝王將相、英雄豪傑已灰飛煙滅,唯有歷史滄桑、世事巨變留下的足跡可供後人瞻仰。

除了在小說開頭追溯歷史,以便接續本書敘述的時間河流外,敘述者還採取時間編目的形式,在各卷卷首標出本卷所敘故事時間的起始與結束,故

事時間前後銜接，同樣能形成敘事時間整飭與統一的大歷史感。如《列國志傳》卷一標明「起自商紂王七年癸丑至戊寅二十六年事實」，《東漢十二帝演義傳》卷一標明「起自晉武帝太康元年庚子歲四月，止於晉惠帝永熙元年庚戌歲，首尾共十一年事實」，《隋唐兩朝志傳》卷一標明「隋煬帝大業元年乙丑歲至於大業十二年丁丑歲止，凡十三年事實」，《南北宋志傳》卷一標明「起唐明宗天成元年丙戌歲凡四國三鎮，至唐廢帝清泰三年丙申歲，首尾凡十一年事實」，《皇明英烈傳》卷一標明「起元順帝至正元年辛巳歲，至元順帝至正五年乙酉歲，首尾凡五年事實」，《遼海丹忠錄》卷三標明「起萬曆四十七年，至天啓二年」。歷史演義在卷首標明所敘故事時間起訖的做法顯然是對編年體史傳敘事的模仿，如《資治通鑑綱目‧三篇卷一》開頭即標明本卷敘事的時間年限：「起戊申元順帝至正二十八年明太祖洪武元年，盡壬子明太祖洪武五年，凡五年」。歷史演義在敷演傳統史傳的題材內容的同時模仿借鑒了它們的藝術形式。

　　明代歷史演義在敘事時間處理上的另一獨特之處便是具體敘述中對故事時間的編年體操作。中國傳統史傳開創的「比事」手法，以編年紀事的方式，按年、時、月、日的順序排比史事。孔子修《春秋》，記二百四十二年史事，「以事繫日，以日繫月，以月繫時，以時繫年」〔註 24〕，使頭緒紛繁的歷史故事變得井井有條。劉知幾論編年體的長處云：「繫日月而爲次，列歲時以相續，中國外夷，同年共事，莫不備載其事，形於目前。理盡一言，語無重出。」〔註 25〕敷演、模仿史傳而作的歷史演義也以編年體的操作方式來編排故事時間，「編年取法麟經，敘事一據實錄」，使小說的敘事時間基本上伴隨故事時間的流駛而向前發展。在歷史演義中，我們可以描繪出兩條時間發展的曲線，一條是按照自然時序流駛的故事時間，另一條是敘述者對故事時間加工改造後的敘事時間，由於敘述者以編年體的方式處理故事時間，因而這兩條曲線竟能大致吻合，這一特點是其他題材類型的章回小說所不具備的。

　　《三國演義》於明代歷史演義中產生時間最早、藝術成就最高，在敘事時間的處理上也是編年體操作的典範。全書敘事起自漢靈帝建寧元年（168），訖於晉武帝太康元年（280），故事時間跨度共計 112 年。儘管從不同角度去看，《三

---

〔註 24〕　（晉）杜預《〈春秋經傳集解〉序》，文學古籍刊行社，1954 年版。
〔註 25〕　（唐）劉知幾《史通通釋‧內篇二體第二》，（清）浦起龍釋，中華書局 1978年版，第 27 頁。

國演義》可以説綜合了中國傳統史傳的多種敘事體例，如從保持故事情節完整一致的角度來看，「三顧茅廬」、「七擒孟獲」等故事序列類似紀事本末體，而從敘述人物經歷、刻畫人物形象的角度看，「姜維大戰牛頭山」、「姜維計困司馬昭」等故事單元則類似紀傳體，但全書的基本敘事體例當屬編年體，對時間刻度的偏愛與倚重，是《三國演義》敘事時間處理的一大特色。全書大體上沿著時間的流駛逐年紀事，其基本模式乃先言某時，再敘某事，或敘完某事之後再確認其時。小説開頭即云：「後漢桓帝崩，靈帝即位，時年十二歲」，結尾又説「後主劉禪亡於晉太康七年，魏主曹奐亡於太康元年，吳主孫皓亡於太康四年，三主皆善終。」從頭至尾嚴守編年體例，敘事時間清晰可辨。小説中每一重大歷史事件都嚴格遵循編年紀事原則，以事繫時，突出時間標記，以建安元年至建安十年這十一年間（第二十七則至第六十五則）的敘事時間爲例：

是歲大荒，敕改興平爲建安元年。

卻説曹操起十五萬兵討張繡。……時建安二年五月也。

操令曹仁守許都，其餘皆跟操出征，……時建安二年秋九月。

時建安三年夏四月，操引大兵進發，留荀彧在許都，調兵遣將。

須臾，縊死呂布。時建安三年十二月也。

術坐於床上，大叫一聲，倒於地下，吐血斗餘而死。時建安四年六月也。

時建安五年八月初。朝賀，操於省廳上大宴賓客，令鼓吏撾鼓。

（吉平）拜畢，撞階而死。操令分其肢體號令。時建安五年正月也。

是夜，建安五年十月二十三日，星光滿天，沮授在軍中與監者曰：……

玄德到荊州，時建安六年秋九月也。

時建安七年春正月也，曹操商議興師。

紹翻身大叫一聲，吐血斗餘而死。時建安七年夏五月也。

至建安八年春二月，操分路攻打，譚、尚、熙、幹皆大敗……

建安八年冬十月，曹操引兵棄西平，徑取冀州。

建安九年春二月，袁尚與審配商議：……

配向北坐，而引頸就刃而死。時建安九年秋七月也。

建安十年春正月，曹操進兵南皮，時天氣肅寒，河道盡凍，糧船不通。

不難看出，《三國演義》的敘事時間基本上與故事時間吻合，大體上按照歷史年代逐年逐月排列所敘故事，這種時間處理方式在明代歷史演義中具有普遍性。如《殘唐五代史演義》云：「是時乾符三年，天下荒旱，改爲廣平元年，庚子歲」（第三回），「時天福二年二月，洛陽城中，軍情告急（第五十回）」；《大宋中興通俗演義》云：「靖康二年正月初一日，黏罕遣人入城朝賀，頗不爲禮，宋臣多有懷不平之恨者」（第四回），「靖康三年，北國皇帝降旨，幽二帝於五國城不遣」（第六回）；《列國志傳》云：「襄公薨，子文公立，時平王十五年也」（第四回），「時周桓王十年春蒐之期，孔父嘉簡閱車馬，號令頗嚴」（第八回）；《東漢演義傳》云：「乙丑元始五年，臘月八日，平帝壽誕，文武百官各整朝衣象笏，肅候午門之外，待駕臨賀」（第一回），「丙寅三月，王莽親抱子嬰住於龍榻之上，眾百官文武拜伏金階」（第三回）；《東西晉演義》云：「辛丑太康二年三月，武帝詔選吳孫皓宮人五千入宮內，朝夕淫樂遊宴，怠於政事」（第九回）。當明代歷史演義以敷演史傳爲中心逐步轉變爲以講述人物命運爲中心時，隨著敘事重點的轉移，敘述者對故事時間的處理也發生了若干改變，不再孜孜以求敘事時間與故事時間的吻合，儘管小說仍然按照故事發生的先後順序連貫敘事，我們也可以輕易地找到事件發生的具體時間，但時間刻度與時間標記已不再是敘述者首先要強調的內容，敘事者對小說敘述體例的選擇由以編年體爲主而轉向以紀傳體爲主，這樣的小說儘管仍然有著明確的歷史背景，但與其將它們歸入歷史演義，還不如認定爲英雄傳奇更爲恰當，如《楊家府世代忠勇演義》、《岳武穆王精忠傳》等小說。

## 二、「官府傳話奴才」——歷史演義的敘事聲音

金聖歎批評《三國演義》「分明如官府傳話奴才，只是把小人聲口，替得這句出來，其實何曾自敢增添一字」〔註26〕，比謝肇淛「事實則近腐」〔註27〕、章學誠「七分實事。三分虛構。以致觀者往往爲所惑亂」〔註28〕的評論明顯嚴厲得多。與《水滸傳》這類依託一定歷史背景，但不完全演述史實的小說

---

〔註26〕 （清）金人瑞《讀第五才子書法》，《第五才子書施耐庵水滸傳》，上海古籍出版社《古本小説集成》影印金閶葉瑤池刊本。
〔註27〕 （明）謝肇淛《五雜組・十五》，上海書店出版社 2001 年版，第 312 頁。
〔註28〕 （清）章學誠《丙辰雜記》，中華書局 1986 年版，第 90 頁。

相比，《三國演義》囿於史傳，較少發揮，作者自由書寫的空間不夠大，倘若從這個角度立論，則充當「官府傳話奴才」的不只《三國演義》，幾乎所有敷演史傳的歷史演義都得扣上這頂帽子。個中原因固然可以從很多方面加以解釋，單就敘事模式來說，明代歷史演義無一例外地使用史官化的敘事聲音是其中非常重要的方面。

在小說敘事中，敘事聲音與敘事視角是兩個不同的概念，敘事視角指的是「視點決定投影方向的人物是誰」而敘事聲音指的是「敘述者是誰」，簡而言之，敘事視角指「誰看」而敘事聲音指「誰說」。〔註29〕就敘事視角而言，明代章回小說基本上採用全知視角或以全知視角為主，各種題材類型的小說之間並無多大差異；但從敘事聲音來說，歷史演義與眾不同，史官化的敘事聲音是其敘事模式的另一大特色。歷史演義敘事聲音的史官化總體表現為敘述者模擬史家敘事，講求敘述、描寫的質樸、簡潔與含蓄之美，在語言形態上大多選擇文言。《三國演義》雖說「言不甚深」，但也「文不甚俗」，比起《水滸傳》、《西遊記》等「明白曉暢，語語家常」〔註30〕，近乎大白話的敘事語言，無疑要深奧得多，而在那些大半抄撮史傳而成的所謂「按某某史鑒實錄」的小說中，處處「論曰」、「斷云」，文言化程度更高，令人頗有「慨慨無生氣」〔註31〕之感。明代歷史演義敘事聲音史官化最突出的特徵是敘述過程中無處不在、形態各異的史官評論。正文前面的「敘述」、「引言」，中間的「有詩為證」、「某某有詩曰」乃至各種名目的「按語」、「注釋」以及史家的評論，結尾處的「論曰」、「綱目斷云」等等，無不向讀者宣告小說中史官的存在。以嘉靖本《三國志通俗演義》為例，全書共有「論曰」27處、「斷曰」2處、「贊曰」124處、「評曰」26處、「歎曰」28處，各種詠史詩471首，「史官」二字出現200次。小說中充滿了如此繁複的史官評論，無怪乎金聖歎要斥之為「官府傳話奴才」。

明代歷史演義中敘述聲音的史官化主要有兩種表現形式，一種是敘述者直接參與評論，「只憑三寸舌，褒貶是非」〔註32〕，另一種是敘述者借助他人

---

〔註29〕　（法）熱拉爾・熱奈特《敘事話語 新敘事話語》，王文融譯，中國社會科學出版社1990年版，第126頁。

〔註30〕　（明）袁宏道《東西漢通俗演義序》，轉引自黃霖、韓同文《中國歷代小說論著選》，江西人民出版社2000年版，第184頁。

〔註31〕　鄭振鐸《宋元話本是怎樣發展起來的》，《鄭振鐸古典文學論文集》，上海古籍出版社1984年版，第406頁。

〔註32〕　（宋）羅燁《醉翁談錄・舌耕敘引》，轉引自黃霖、韓同文《中國歷代小說論著選》，江西人民出版社2000年版，第92頁。

之語來表達自己的觀點或「於序事中寓論斷」〔註33〕。這種特徵是受口頭講史與史傳編撰雙重影響的結果。一方面，作爲說話形式的「講史」，說書人在講論古今時需要根據現場氣氛和觀眾的反應，隨時中斷敘述進程，插敘自己對人物與事件的看法，引起觀眾共鳴並以此吸引觀眾的注意力。另一方面，史家編撰歷史，既可使用「春秋筆法」，寓褒貶於語詞的選擇與詞序的排列，使用修辭手段表達自己的觀點；也可直抒胸臆表達自己的史論，如《左傳》中的「君子曰」、《史記》中的「太史公曰」、《漢書》中的「贊曰」；還可以借助別人的評論來代替自己的觀點，比如徵引文獻史料、引用歷史人物的話語等等。講史與史傳的敘述者發表評論的各種方式，在明代歷史演義中都有所體現。

　　《三國演義》第十九則「李傕郭汜殺樊稠」敘述董卓被誅，部將李傕、郭汜葬其屍骨，不料「霹靂震開卓墓」，「三葬皆廢」，這時敘述者一改以往冷靜敘事的筆調，反問道：「豈無天地神明乎？」，話雖只有一句，卻足以表明敘述者此時那種大快人心的情感取向。《唐書志傳通俗演義》第七回「李密擁眾寇東都，季珣死節箕川俯」敘述季珣死節後，敘述者云：「鍾谷演義至此，亦筆七言四句挽之云：『喪首轅門血未乾，唯君義氣重如山。墳前石馬經年立，古木斜陽日色寒。』」鍾谷即小說作者熊大木，他按捺不住對季珣死節的敬仰之情，將自己的敘述行爲也帶進了小說之中，由故事的敘述者變身爲故事的參與者，以作者的名義表達了敘述者對事情的看法。《警世陰陽夢》前十一回敘述者的語調還比較平緩，語氣也算平和，到了第十二回「上寵招權」敘述魏進忠進入內廷服侍之後，便陡然急轉，絲毫不加掩飾對魏進忠的憎惡與痛恨，從此以「魏賊」稱之，並以模仿說書人口吻發表了一番評論：「話說國賊魏監，在內廷服役，……天啓爺……御筆親題，賜名『忠賢』這兩個字，上意望他做個好人。忠不敢爲奸，賢不敢爲惡。那知他後邊倒做了圖叛逆、盜帑藏的國賊！辜負了聖上改名的大恩。」《遼海丹忠錄》第二回「哈赤計襲撫順，承胤師覆清河」敘述努兒哈赤攻陷撫順，明軍大敗，敘述者評論道：「總之，近來邊將都是處堂燕雀，平日守不成個守，所以容易爲夷人掩襲；到戰也不成個戰，自然至於覆敗。」敘述者情不自禁，隨意發表評論的現象在明末產生的大批以時事爲題材的歷史演義中尤其突出。

---

〔註33〕　（清）顧炎武《日知錄集釋》卷二十六，（清）黃汝成集釋，上海古籍出版社1985年版。

　　除了敘述者直接發表評論，明代歷史演義敘事聲音史官化的另一種形式，也是最為常見的形式即敘述者借助他人之語表達自己的觀點。敘述者或引用名人的詠史詩，或引用經典史傳的史論來表達自己對歷史人物與事件的看法。其中詠史詩以周靜軒、逸狂、麗泉、胡曾、劉後村等人居多，而史傳以《史記》、《資治通鑒》、《資治通鑒綱目》為最。《大宋中興通俗演義》第三回「師中大戰殺熊嶺」敘述京城失陷，欽宗慟哭，後悔當初未從仲師道乘勝追擊之謀，敘述者引用了一首詠史詩表達自己的看法：「後南儒詠史有一詩云：『陳跡分明斷簡中，才看卷首可占終。兵來尚恐妨恭謝，事去方知悔夾攻。丞相自言芝產第，太師頻奏鶴翔空。如何直到宣和季，始憶元城與了翁。』」《殘唐五代史演義》第五十五回「史弘肇擒孫飛虎」敘述晉主石敬塘死後，敘述者忍不住對其屈身於契丹以換取王位的行徑表明了自己的觀點：

> 史臣斷曰：晉祖以唐朝禁臠之親，地尊勢重，迫於情疑，請兵契丹，賂以州邑，而取人之國。以中國之君，而屈身夷狄，玩好珍異，旁午道途，小不如意，呵責繼之。當時朝野，莫不痛心，而晉祖事之，殊無赧色。夫以古人行一不義、殺一不辜而得天下，猶且不為，況附夷狄，以伐中國，又從而取之者乎？《綱目》書晉王尊號於契丹，契丹加晉王尊號，所以著中國，事夷狄，首足倒懸之極，其惡契丹而賤敬塘也，甚矣！

　　歷史演義的作者熱衷於從歷朝詠史詩中尋找適合評論對象的詩歌，似乎他們寫作的時候手邊即放著詠史詩集，可以信手捏來，只要覺得能表達自己的觀點，他們往往不計數量，多多益善，有時甚至到了堆砌的地步。嘉靖本《三國演義》第二百七則「孔明秋風五丈原」敘述孔明辭世，敘述者在引用了史官陳壽、習鑿齒、朱黼等人的 3 篇評論以及掾犍的 1 篇碑文後，又接連引用了「蜀人楊戲」、「唐賢元微之」、「白樂天」、「宋程伊川」、「宋尚書姚伯善」、「宋陳蘭石」、「宋楚菊山」、「宋參政葉士能」、「胡曾」、「南軒張氏」、「尹直」等人的詠史詩歌 11 首。又如《殘唐五代史演義》引用史官評論 12 處，詠史詩 45 首；《隋唐兩朝志傳》引用史官評論 5 處，詠史詩 120 首；《皇明開運英武傳》引用史官評論 5 處，詠史詩 103 首；《全漢志傳》引用史官評論 5 處，詠史詩 204 首；《春秋五霸七雄列國志傳》引用史官評論 22 處，詠史詩 340 首。除了大量引用史官評論與詠史詩，明代歷史演義還通過徵引歷史文獻的方式增強小說敘事聲音的史官化效果。如《大宋中興通俗演義》徵引表 23 處，

詔 17 處，書 13 處，按 7 處，疏 5 處，記 4 處，檄文 3 處，狀 3 處，以及判、跋、偈、祝、榜、貼黃、箚等各式公文。《全漢志傳》徵引書 17 處，詔 10 處，表 8 處，疏 4 處，祭文 2 處，聖旨 2 處，貼 2 處，以及榜、銘、勅、祝等公文。《春秋五霸七雄列國志傳》徵引表 11 處，賦 9 處，詔 6 處，頌 6 處，銘 2 處，祭文 2 處，以及奏章、榜、制、等公文。此類議論性文字的大量引用，在客觀上能加強小説敍事聲音的史官化，尤其是明末那些以時事爲題材的歷史演義，作者大量抄錄邸報，甚至不加改動即進入小説，已嚴重影響了小説的可讀性。

　　明代歷史演義敍事時間總體上的大歷史觀與具體敍述中的編年體操作以及敍述聲音的史官化，是受小説題材制約而形成的敍事模式。不管直接取材於史傳還是雜錄野史傳聞，作者總是將小説當作歷史來寫，同時他們也希望讀者能將小説當作歷史去讀，企圖通過對歷史的通俗化敍述來實現以史經世的教化目的。余邵魚作《列國志傳》，自言「庶幾後生小子，開卷批閱，雖千百年往事，莫不炳若丹青；善則知勸，惡則知戒，其視徒鑿爲空言以炫人聽聞者，信天淵相隔矣」〔註34〕，陳繼儒以爲「即野修無係朝常，巷議難參國是，而循名稽實，亦足補經史之所未賅」〔註35〕，可觀道人認爲「若引爲法戒，其利益亦與六經諸史相埒」〔註36〕。這種對歷史演義教化功用的高度自信，與史家對自身職責的認識相當。杜佑撰《通典》，自謂「實採群言，征諸人事，將施有政」〔註37〕；司馬光編《資治通鑒》，「專取關國家盛衰，繫生民休戚，善可爲法，惡可爲戒者」〔註38〕，以收「鑒於往事，有資於治道」〔註39〕之效。抱著這種創作目的，明代歷史演義的作者在選擇小説素材時緊緊依傍史傳，或「牽野說以就正史」（很多在我們今天看來純屬無稽之談的野史傳聞，在他們眼裏也大都眞實可

〔註34〕　（明）余邵魚《題全像列國志傳引》，中華書局《古本小説叢刊》影印三臺館刊本。

〔註35〕　（明）陳繼儒《敍列國傳》，（明）余邵魚《春秋列國志傳》，上海古籍出版社《古本小説集成》影印萬曆乙卯刊本。

〔註36〕　（明）可觀道人《新列國志敍》，（明）馮夢龍《新列國志》，上海古籍出版社《古本小説集成》影印金閶葉敬池刊本。

〔註37〕　（唐）杜佑《〈通典〉自序》，王文錦等點校，中華書局 1988 年版。

〔註38〕　（宋）司馬光《進資治通鑒表》，《司馬溫公文集》，中華書局 1985 年版，第 14 頁。

〔註39〕　（宋）胡三省《新注資治通鑒序》，《新注資治通鑒》，上海古籍出版社 1987 年版，第 5 頁。

信），並按照歷史敘事的模式進行小說敘事。余邵魚聲稱《列國志傳》「凡英君良將，七雄五霸，平生履歷，莫不謹按五經並《左傳》、《十七史綱目》、》《通鑒》、《戰國策》、《吳越春秋》等書，而逐類分紀」〔註40〕；可觀道人說《新列國志》「本諸《左》、《史》，旁及諸書，考覈甚詳，搜羅極富」〔註41〕；甄偉為「補史所未盡」而作《西漢通俗演義》，書中「詔表辭賦，模仿漢作，詩文論斷，隨題取義」；〔註42〕庸愚子說羅貫中「以平陽陳壽《傳》，考諸國史」，「留心損益」寫成《三國志通俗演義》，「事紀其實，亦庶幾乎史」；〔註43〕《隋煬帝豔史》自詡「雖云小說，然引用故實，悉遵正史，並不巧借一事，忘設一語，以滋世人之感。故有源有委，可徵可據，不獨膾炙一時，允足傳信千古」〔註44〕。明代歷史演義的這種創作宗旨，直到清末仍有人奉為圭臬：「撰歷史小說者，當以發明正史事實為宗旨，以借古鑒今為誘導，不可過涉虛誕，與正史相刺謬，尤不可張冠李戴，以別朝之事實牽率孱入，貽誤閱者。」〔註45〕創作目的能否完全實現是另外一回事，但明代歷史演義大都做到了將小說當作歷史來寫，因而形成了其獨特的敘事模式。

## 第三節　神魔小說的敘事模式

明代章回小說中，神魔小說數量甚夥，與歷史演義並稱為「明小說之兩大主潮」〔註46〕。自萬曆二十年（1592）《三遂平妖傳》首開風氣，有明一代共產生神魔小說二十餘部，蔚為大觀。作為一個小說類型，明代神魔小說自有其獨特的敘事模式，本文擬從敘事時空以及情節類型與角色功能兩個方面

〔註40〕（明）余邵魚《題全像列國志傳引》，中華書局《古本小說叢刊》影印三臺館刊本。

〔註41〕（明）可觀道人《新列國志敘》，（明）馮夢龍《新列國志》，上海古籍出版社《古本小說集成》影印金閶葉敬池刊本。

〔註42〕（明）甄偉《西漢通俗演義序》，轉引自黃霖、韓同文《中國歷代小說論著選》，江西人民出版社 2000 年版，第 184 頁。

〔註43〕（明）庸愚子《三國志通俗演義序》，（明）羅貫中《三國志通俗演義》，上海古籍出版社《古本小說集成》影印嘉靖元年刊本。

〔註44〕（明）齊東野人《隋煬帝豔史凡例》，上海古籍出版社《古本小說集成》影印人瑞堂刊本。

〔註45〕（清）吳沃堯《兩晉演義序》，江西人民出版社 1988 年版。

〔註46〕魯迅《中國小說的歷史的變遷》，見《中國小說史略》附錄，齊魯書社 1997 年版，第 372 頁。

展開討論。

## 一、神魔小說的敘事時空

　　任何故事的發生都必須依託一定的時間與空間背景，對小說時空布局方式的偏好既能形成作者本人的創作風格，相同的時空布局方式又可以形成小說類型的文體特徵。明代歷史演義以求眞、求實爲旨歸，爲了追求「庶幾乎史」的敘事效果，小說的時空布局都盡力向歷史靠攏，試圖通過最大程度地還原歷史來獲得「史」的認同。與此不同，神魔小說以貴虛、貴幻爲鵠的，講求「文不幻不文，幻不極不幻」〔註 47〕，其時空布局極具「曼衍虛誕」的特色，作者既已擺脫「羽翼信使而不違」的禁錮，便可以馳騁筆墨，恣意妄爲：時間設置可以「出生入死」，穿越前世與今生；空間布置能夠上天入地，「上窮碧落下黃泉」。

　　歷史演義、英雄傳奇與世情小說中的故事時間形態是呈現於人類經驗長河中的自然時間，或稱爲歷史時間，是一種單向度的時間形式，其運行方向具有不可逆性；小說中的空間形式是一維的地理空間，僅作爲人物的活動場所而存在。神魔小說中的故事時間形態則有兩種存在方式，除了體現人類生活的自然時間外，更多地呈現出來的是一種經過作者改造的虛幻時間，或稱爲神話時間。歷史時間不管如何扭曲、變形，作者總得遵循時間的自然法則，在打破時間的先後順序敘事時，敘述者必須使用某些時間標記以引起讀者注意，比如在史傳敘事中，插敘往往用「初」字來表示；在小說敘事中，插敘更多使用「且說」加以說明。相對而言，神話時間的處置要自由得多，敘述者可以根據故事情節發展的需要隨意加以調控，不必擔心是否違背時間運行的自然法則，小說人物能夠在生死輪迴中自由轉換，敘述者也可以憑藉神話時間的便利在過去、現在與未來之間隨意穿梭。神魔小說中的空間是天上、人間、地下三維的立體形式，除了人類生活的朗朗乾坤，還有神仙隱居的逍遙仙界（主要場合有天宮、名山與仙島）以及神魔居住的陰曹地府（主要場合有冥界、洞穴、海底）。歷史演義等小說類型中的空間轉換與地點轉移必須符合生活的邏輯，行軍打仗、流放遷徙的方向離不開東南西北四方的藩籬，其速度也必須在時人條件允許的範圍內，否則便有失實之虞（《水滸傳》中神行太保戴宗之類人物要日行千里，

---

〔註 47〕　（明）慢亭過客《西遊記題辭》，轉引自黃霖、韓同文《中國歷代小說論著選》，江西人民出版社 2000 年版第 278 頁。

就必須借助甲馬之類的神魔法術）；神魔小說在這些方面完全無所顧忌，「通」古今於須臾，「過」四海於一瞬，人物既可自由穿越天界、人間與地府，在速度上也可如電如風，《北遊記》中玉帝的一縷靈魂能在仙界與人間之間頻繁往返，《西遊記》裏孫悟空一個筋斗也可翻越十萬八千里。

明代較早產生的幾部神魔小說大都依託一個特定的歷史背景，截取其中一段史實而加以生發，是故人們在這幾部神魔小說中可以找到某些具體的歷史時間標記。如《三遂平妖傳》以宋仁宗慶曆七年（1047）貝州王則起義爲依託，《西遊記》以唐太宗貞觀三年（629）玄奘西行取經爲依託，《封神演義》以武王伐紂滅商建立周朝爲依託，《三寶太監西洋記》以明永樂三年（1405）鄭和下西洋爲依託。儘管如此，作者並未將這些史實寫成歷史演義，歷史上的眞人眞事並非小說敘述的重點和中心，它僅僅給作者提供了一條可以虛構成文的線索，小說的敘事時間設置也沒有採用歷史故事所涉及的眞實時間，而是另外設置了一套虛幻的時間體系。在《平妖傳》中，作者對王則起義過程的敘述遠不如對聖姑姑以及胡永兒等人變幻法術的描述精彩，王則起義的歷史眞相在小說中已經被虛幻爲聖姑姑、胡永兒、彈子和尙、張鸞、左瘸師、卜吉等人剪草爲馬、撒豆成兵的故事背景。很明顯，敘述者無意經營故事中的歷史時間，而將更多的精力投向小說中的神話時間體系。小說敘述胡永兒的成長經歷，從張院君受孕到胡永兒初逢聖姑姑，僅在開頭兩回用幾句話簡單交代了胡永兒作爲「人」所經歷的歷史時間：第一回後半部分說「經一年光景，媽媽將及分娩……無移時生下一個女兒來……不免做三朝、滿月、百歲、一周……光陰似箭，日月如梭，不覺永兒長成七歲……易長易大，看看十歲」；第二回前半部分敘述者借張院君之口說出「他今年只得十五歲……」，寥寥數語跨越十五年光景，敘事節奏極快。從第二回後半部分聖姑姑傳授胡永兒九天玄女法至第二十迴文彥博平妖小說結束，胡永兒以「妖」的身份與聖姑姑、彈子和尙等一干妖人演繹著小說情節，故事主體在神話時間體系內運行。《西遊記》裏唐僧的西行取經也只是爲孫悟空的斬妖除魔提供一個口實，作爲歷史人物的唐三藏在小說中被虛幻爲一個聯通人間世界與神魔世界的符號：秉承人主唐太宗旨意，去西天佛祖如來處取經。在小說中，取經本身的意義已被消解，作者用心建構的是悟空一路斬妖除魔的歷險過程，這個過程主要發生在神話時間體系內。小說開頭即有詩曰：「混沌未分天地亂，茫茫渺渺無人見。自從盤古破鴻蒙，開闢從茲清濁辨。覆載群生仰至仁，發明

萬物皆成善。欲知造化會元功，須看西遊釋厄傳。」繼之以獨特的時間刻度來標識神話時間體系：「蓋聞天地之數，有十二萬九千六百歲爲一元。將一元分爲十二會，乃子、丑、寅、卯、辰、巳、午、未、申、酉、戌、亥之十二支也。每會該一萬八百歲。」若干元、會交替之後，「天開於子，地闢於丑，人生於寅」，天地人「三才定位」。作爲小說的主要角色，孫悟空卵生於東勝神州傲來國花果山上的仙石之內，這段非同尋常的降生經歷已暗喻他的行動將不受自然時間體系的限制，而隨著孫悟空在生死簿上「把猴屬之類，但有名者一概勾之」，故事情節便徹底在神話時間體系內運行。且不說各類神魔以投胎轉世之法在渺渺茫茫的神話時間體系內延續著自己的生命，作爲人類的陳光蕊、唐太宗等人也可以擺脫生老病死的自然規律，借著還魂的便利出入陰陽之間續寫不死的神話。《封神演義》中姜子牙斬妖封神的風頭大大蓋過了武王的滅商建周，朝代更替的歷史演變在小說中並未得到很好的體現，作者醉心描述的還是各路神魔從降生人世到最後走向封神臺的時間旅程。小說第一回開頭有長篇古風一首：「混沌初分盤古先，太極兩儀四象懸。子天丑地人寅出，避除獸患有巢賢。……天挺人賢號尚父，封神壇上列花箋，大小英靈尊位次，商周演義古今傳。」這種寫法無疑是歷史演義在小說開頭追溯故事時間原始的舊套，似乎作者本來也有將武王伐紂、滅商建周的這段史實寫成「商周演義」的初衷。然而小說中的歷史時間表述實在過於短促，從第一回紂王題詩褻瀆女媧，招致女媧報復，派遣軒轅墳中三個妖精「隱其妖形，託身宮院，禍亂君心」開始，小說的敘事時間便進入了神話時間體系。狐狸精借妲己屍體以成形，哪吒託蓮花而還魂等情節，都是故事情節從歷史時間向神話時間轉換的標誌。《三寶太監西洋記》與其說是敘述永樂皇帝派三寶太監下西洋尋找傳國玉璽的過程，還不如說是敘述碧峰長老與張眞人展示各自法術的西行演出。無論行動的目的、經過還是最終的結果，作爲小說的三寶太監下西洋都與作爲史實的鄭和下西洋相去甚遠。由於依託一定的歷史故事爲背景，小說的歷史時間也時有出現，如下西洋前夕，永樂爺問碧峰長老幾時下洋，敘述者點明「此時已是永樂五年正月十四日」；西洋回來，永樂爺又問三寶太監去了幾年，三寶奏道「永樂七年出門，今是永樂十四年，去了七年有餘」。小說所言鄭和下西洋的起始時間顯然前後矛盾，與作爲歷史事件的鄭和下西洋的時間也有相當差異〔註48〕。除此之外，小說中還數度描述了歷史

〔註48〕明宣德六年（1431）鄭和、王景弘等十二人署名集體刻立的《天妃靈應之記》

時間的流逝，如「一日又一日，不覺的就是初八日」，「迅駒驟隙，飛電流光，不覺的三三如九，已自九年上下」，大都匆匆帶過；敘述碧峰長老降生云：「也不知是黃昏戌時，也不知是鐘鳴亥時，也不知是半夜子時，也不知是雞鳴丑時，也不知是日出寅時，也不知是朝頭卯時」，時間刻度更是非常模糊。正如敘述者所云：「那靈宵殿上方才瞬息，不覺的人世上已經七七四十九歲」，小說對歷史時間描述如此漫不經心，對神話時間的描述卻往往不厭其煩，如對燃燈古佛及其兩位弟子摩訶薩與迦摩阿投胎轉世的緣由經過的描述就非常細膩。

明代較爲晚出的神魔小說，取材從以歷史故事爲依託逐步轉向以民間傳說爲主體，在歷史時間與神話時間的二元時間形態中，敘述者鼎力營造後者而幾乎無暇顧及前者。缺少了歷史時間運行法則的約束，敘述者對小說人物及其經歷的處置就變得頗爲隨意。《北遊記》裏玉帝的一分靈魂在生與死之間頻繁跳躍，倏而爲神，忽而爲人，其頻率之高、次數之多令人歎爲觀止：先是投胎於劉天君之妻紅蓮公主腹中，降生爲「劉長生」；爾後投胎於哥閣國王鄧妃腹中，降生爲「玄明」；嗣後再次投胎於西霞國皇后莫善玄腹中，降生爲玄晃太子；又投入淨洛國善勝皇后腹中，降生爲玄元太子……簡直沒完沒了。《西遊補》中保護唐僧西行取經的行者穿越「古人世界」的「鏤青古鏡」去尋找秦始皇，卻見到了西晉石崇家的「綠珠女子」、越國范蠡家的「西施夫人」、「先漢名士項羽」以及「虞美人」，在「未來世界」，行者又審問了宋朝丞相秦檜。小說的歷史時間設置錯亂得離譜，但敘述者借行者之口解釋了作爲神話時間的合理性：「未來世界中曆日都是逆的」，原來在未來世界裏，「頭就是十二月，卻把正月住腳；每月中打頭就是三十日，或二十九日，又把初一做住腳」。既然如此，則神話時間體系內所有的時間錯亂都是合理的了。在《東遊記》、《南遊記》、《南海觀音傳》、《達摩出身傳燈傳》、《牛郎織女傳》、《東度記》等小說中，歷史時間的痕跡更加淡化，神魔小說創作已經完全脫離史實的羈絆，朝向「曼衍虛誕」的藝術特色遠行。

與二元的時間形態相適應，神魔小說的空間形態是三維的立體空間。除了人類居住的人間世界，神仙居住的天宮、名山、仙島以及神魔居住的地府、

---

碑文明確宣稱：「自永樂三年，奉使西洋，迄今七次」。碑文臚列出七次出使的年份爲永樂三年、五年、七年、十一年、十五年、十九年和宣德六年。小說中的時間錯誤當是混淆了數次出使的年份所致。

洞穴、海底都是人物活動的場所，他們憑藉投胎轉世、解體還魂或變化形體等各種幻化手段打破空間界限，實現活動地點的自由轉換。《西遊記》開頭以四大部洲之說規定了小說的總體空間布局，作爲悟空誕生之地的花果山乃「十洲之祖脈，三島之來龍，自開清濁而立，鴻蒙判後而成」，這種神話色彩頗爲濃厚的地域描述預示著故事主體將在一個虛幻的空間中進行。悟空生活在「花果山福地，水簾洞洞天」，爲了「躱過輪迴，不生不滅，與天地山川齊壽」而去「閻浮世界之中，古洞仙山之內」尋訪神仙道術。此後悟空於西牛賀洲「靈臺方寸山，斜月三星洞」學成七十二般變化，東海龍宮取得如意金箍棒，幽冥境界勾銷生死簿，蟠桃園裏偷吃仙桃，瑤池中暢飮瓊漿玉液，兜率宮內品嘗金丹……西行取經之前，悟空的足跡已遍及天宮地府，名山仙島。增補本《平妖傳》較《三遂平妖傳》增加了一倍篇幅，對神魔的描述比前傳遠爲詳盡。從空間布局的角度來看，小說基本上按照人間世界與神魔世界交錯進行的路線敘述。以小說前十回爲例，第一、二回敘述九天玄女教授袁公劍法以及袁公偷法書歸白雲洞，地點是南山與雲夢山白雲洞；第三回敘述獵戶趙壹射中牡狐胡黜以及聖姑姑爲胡黜療傷，地點在雁門山與雁門山下洞穴；第四回敘述聖姑姑外出替胡黜求藥，地點在益州城半仙堂；第五回敘述聖姑姑母子三人路遇賈道士，地點在劍門山關王廟；第六回敘述聖姑姑夢遇武則天，地點在天后幽宮（武則天墓）；第七回敘述聖姑姑逢楊巡檢，地點在華陰縣；第八敘述蛋子和尚身世，地點在泗水州迎暉寺；第九、十兩回主要敘述蛋子和尚偷盜袁公天書法術，地點在雲夢山白雲洞。從這十回的空間布局可以看出，除了第七回以外，其餘各回故事的空間設置幾乎都與寺廟、名山、洞穴有關，這些正是神魔小說空間設置的慣用場所，而在小說開頭交代人物出身的場所以及故事發生的地點，也是神魔小說空間敘事的一貫做法。敘述者在小說開頭用較短的篇幅布置故事發生的空間背景，鋪設人物所要經歷的路線，預設故事演進將要涉及的地點與場合，是神魔小說空間敘事慣用的套路，如《三寶太監西洋記》開頭敘述燃燈古佛飛離西天天界，途經南海補（普）陀山，「過了錢塘江上，進了杭州城裏」，投生湧金門外金員外家，後出家爲金碧峰長老。《韓湘子全傳》開頭敘述天地之內有九州四海，又「有增城九重，其高萬一千里百一十四步二尺六寸」，城旁有兩山，「一邊名曰熊耳山，一邊名曰雉衡山。那雉衡山頂上有一株大樹，樹上有一隻白鶴」，這白鶴後來於永平州昌黎縣韓會家投胎，託化爲人，便是韓湘子。《飛劍記》開頭即云：

「粵自鴻蒙一判,天地攸分,天上就起有神仙,居於三十三天,地下就生有黎庶,居於九州之地」,神仙領袖鍾離權的徒弟慧童私下凡塵,投生於河中府永樂縣呂海洲家,降生為呂洞賓。《天妃娘媽傳》卷首亦云:「庖犧以上,邈不可志,六合之外,存而不論。於九州而有閩,於閩而有興郡,眇湄洲之山,有神人居焉,勝境闢自渾沌,封敕膺自漢唐」,接下來敘述北天妙極星君之女玄真投生於福建興化府莆田縣林長者家,是為天妃娘媽。

「空間在故事中以兩種方式起作用。一方面它只是一個結構,一個行動的地點。在這樣一個容積之內,一個詳略程度不等的描述將產生那一空間的具象與抽象程度不同的畫面。空間也可以完全留在背景之中。不過,在許多情況下,空間常被『主題化』:自身就成為描述的對象本身。這樣,空間就成為一個『行動著的地點』(acting place),而非『行為的地點』(the place of action)」。〔註49〕神魔小說的題材類型決定了神魔小說空間設置的功能與意義比之其他類型小說更為突出。神魔小說專寫「義利邪正善惡是非真妄諸端」之爭戰,大致可歸入神魔二元的對立與妥協。其故事內容不離降妖除魔、點化飛升之窠臼,敘述者雖可以縱橫馳騁、恣意虛構,卻始終無法改變故事情節較為單一的先天不足。又由於以神魔為主人公,角色在進入小說之前即已在宗教神話、俚俗傳聞中廣為流傳,人們耳熟能詳,敘述者難以就人物性格做出太多生發,因而神魔小說的人物定型較早,性格單純,殊少變化。這些不利因素迫使敘述者必須在其他方面尋求突破,小說敘事時空布局的極度自由在一定程度上可以化解神魔小說人物與情節單一造成的板滯,形成小說的空靈與流動之美。在神魔小說中,投胎轉世與解體還魂能使小說人物在人與神魔之間自由轉換,這種轉換既是歷史時間與神話時間二元時間形態之間的鏈接,更是天界、人間、地府三維空間形態之間的溝通。活動場所的變換與地點的轉移在小說中發揮著重要的結構作用,順著小說人物在各種空間形態中的活動足跡,不同的故事場景被有組織地串聯起來,形成一幕幕清晰的畫面,如同經過剪輯的電影鏡頭一般在讀者眼前流動。在成功的空間敘事中,空間不僅僅作為一種結構手段存在,其本身也會成為小說敘述的重點而引起人們的關注,甚至從小說中獨立出來,成為一個自足的空間意象而在傳統文化中廣為傳承,如美猴王的花果山、豬八戒的高老莊、如來佛祖的五指山,這些場所與地點在小說中即已不只是作為人物活動的空間

---

〔註49〕 (荷)米克・巴爾《敘述學 敘事理論導論》,譚君強譯,中國社會科學出版社 2003 年版,第 160〜161 頁。

而存在，在今天更是具有獨特的象徵意義。

## 二、神魔小說的情節類型與角色功能

　　前蘇聯民間故事學家普羅普在研究俄國民間故事時發現，「一個民間故事常常把同樣的行動分派給不同的人物。」「故事中的人物做了什麼的問題，對於民間故事的研究來說是一個重要的問題。相比之下，故事中由誰來扮演各種不同的角色，是怎樣扮演的，這些問題成了附帶研究的問題。」「這樣，按照故事中的人物的功能來研究民間故事就是可行的了」。普羅普進而認爲「功能是民間故事中恒定不變的要素，不論這些功能由誰來完成和怎樣完成。功能是構成故事的一個基本成分。」他從 100 個民間故事中將人物功能抽象出來，根據故事中人物的行動分爲壞人、施惠者、幫助者、被尋找者和她的父親、傳信者、英雄、假英雄七種不同角色。「具有同樣功能的故事可以看作是屬於同一類型。在此基礎上，就可以制定出一種故事類型的索引，其分類尺度不再是含混不清的情節特徵，而是精確的結構特徵。」〔註 50〕普羅普研究的最終目的是要根據人物的角色功能建立俄國民間故事的類型學，他對人物角色分類的準確性和代表性程度多高姑且不論，但這種研究思路和方法卻能給我們的神魔小說研究帶來不少啓發。中國古代神魔小說大多出自宗教故事與民間傳說，就其題材而言與俄國民間故事具有同構異質的特點，借鑒普羅普的研究策略，我們可以從神魔小說中抽象出各種不同的角色功能，並根據人物的行動將故事情節分爲不同類型。在這裏，我們關注的重心由以往對人物形象的分析轉向對行動模式的探討，並最終落實到小說結構的研究。不是說人物形象不重要，對神魔小說的文體研究來說，故事中人物的行動模式及由此確立的角色功能更能夠顯示此類小說的獨特性。

　　明代神魔小說的故事情節大體上可分爲兩種類型：神魔鬥法、降妖除魔與傳經布道、點化飛升，絕大多數小說中這兩種情節類型同時存在，只是各有偏重，敘述者顯其一端而已。〔註 51〕如《西遊記》整體上以如來佛祖欲將

〔註 50〕　（蘇）普羅普《民間故事形態學的定義與方法》，葉舒憲編《結構主義神話學》，陝西師範大學出版社 1988 年版，第 3〜11 頁。

〔註 51〕　關於神魔小說的類型，學界一般從題材與主題兩方面辨析。林辰按題材分爲五類：一是依附於歷史故事的史話類，二是依附於佛教故事的神佛類，三是依附於道教故事的神仙類，四是依附於人妖物怪的奇異類，五是託神怪而寓

三藏真經「永傳東土，勸化眾生」，委派觀音菩薩選取唐僧西行取經爲構架，在具體敘述中則以唐僧師徒與各路妖魔的爭鬥爲主體；《飛劍記》主要敘述呂洞賓廣施法術，普度眾生，但其中也有「呂梁河飛劍斬蛟精」的描述。基於這種理解，我們將明代神魔小說分爲兩種類型，《西遊記》、《封神演義》、《西洋記》、《平妖傳》、《天妃娘媽傳》、《南遊記》等小說屬於第一種類型，故事情節偏重於神魔鬥法、降妖除魔；《東遊記》、《北遊記》、《韓湘子全傳》、《飛劍記》、《咒棗記》、《鐵樹記》、《東度記》等小說屬於第二種類型，故事情節以傳經布道、點化飛升爲主體。不同情節類型的小說中，人物的角色功能也不盡相同。第一種類型的小說中，正邪雙方圍繞某一目標展開爭鬥（如《西遊記》裏代表正義的唐僧師徒以取經爲目標，代表邪惡的各路妖魔或迷戀唐僧「相貌堂堂、丰姿英俊」的外表，或垂涎唐僧肉「千年不老」的神奇功效而紛紛阻攔正方目標的實現；《平妖傳》裏代表邪惡的王則試圖推翻朝廷，自建政權，代表正義的文彥博則鎮壓王則起義，阻撓其目標的實現），在爭鬥的過程中雙方都有借助外力的可能（如《西遊記》裏孫悟空總是在面對神通廣大的妖魔無計可施的時候求助觀音菩薩，《平妖傳》裏王則的造反更是離不開左黜、聖姑姑等一干妖人的支持），爭鬥的結果是正義戰勝邪惡，神魔達成妥協。此類小說中人物有三種角色功能：行動主體、反對者、幫助者。行動主體指小說中居主導地位、推動故事情節向前發展的人物或人物群體，反對者指故事情節中阻撓行動主體意願順利實現的人物或人物群體，幫助者指在行動主體與反對者爭鬥的過程中參與其中的第三方力量，它既可幫助行動主體剷除障礙，順利實現目標，也可幫助反對者共同阻撓行動主體，延緩其行動進程。如《西遊記》中唐僧師徒是行動主體，各路妖魔是反對者，觀音菩薩等神仙是幫助者；《平妖傳》中王則是行動主體，文彥博是反對者，聖姑姑等妖魔是王則的幫助者，九天玄女等神仙是文彥博的幫助者；《封神演義》中武

世事的寓意類（林辰主編《中國神話小說大系》，巴蜀書社等 1989 年版）：齊裕焜按題材分爲三類，第一類由宗教故事演化而來，第二類由講史故事分化而來，第三類由民間故事演化而來（齊裕焜著《明代小說史》，浙江古籍出版社 1997 年版）；劉世德按主題分爲四類：尋找、追求的主題，斬妖、除魔的主題，征戰的主題，修行成道的主題（劉世德《變化多端的神魔小說》，程毅中主編《中國古代小說流派漫話》，中央黨校出版社 1994 年版）；胡勝結合主題與題材二者分爲三類：「借史事而自逞幻想」的「史話類」、「神道類」、「寓意諷刺類」（胡勝著《明清神魔小說研究》，韓國新星出版社 2002 年版）。本文側重於故事情節模式的分類。

王、姜尙君臣等人是行動主體，紂王、聞仲君臣等人是反對者，燃燈道人等
闡教勢力是行動主體的幫助者，趙公明等截教勢力是反對者的幫助者。第二
種類型的小說在神仙與凡人之間建立一個契約：觸犯天條或違背道義的神仙
將被貶往人間，而一心向善、修行有爲的凡人則將升往天庭，促使這個契約
得以實現的行動是神仙的傳經布道、點化飛升。如《飛劍記》中慧童私下凡
塵，投生呂家爲呂洞賓，經鍾離權點化飛升，終成八仙之一；《咒棗記》中薩
眞人經過三世修行，終成正果，經張虛靖、葛仙翁、王方平三位天師引導飛
升成仙。一般來說，此類小說的故事情節較前者簡單，行動中缺少第三方勢
力的介入，因此人物的角色功能大體上只有兩種：行動主體與客體，即行動
主體行爲施行的對象。需要說明的是，此類小說中的神仙點化往往具有磁鐵
效應，一個客體被作用後又可以成爲行動主體去作用其他客體，如《東遊記》
中老君傳道鐵拐李，鐵拐李點化鍾離權，鍾離權點化呂洞賓，呂洞賓點化韓
湘子……這樣，鐵拐李、鍾離權、呂洞賓等人物就具有了雙重的角色功能，
既是前一故事的客體，又是後一故事的行動主體。

　　對情節類型與角色功能的分析有助於我們更好地認識神魔小說作爲一個
小說類型的特徵。在同一情節類型的神魔小說中，不管人物如何變化，人物
的角色功能不會改變。從另外一個角度來說，同一情節類型的神魔小說，其
結構方式大體上也是相同的。第一種類型的神魔小說遵循著「主體行動——
遭遇反對——尋求幫助——繼續行動」的模式，作爲行動主體的人物可以是
孫悟空，也可以是華光天王，還可以是碧峰長老，但行動模式不會改變。試
以《西遊記》、《南遊記》、《西洋記》三部小說爲例分析這種行動模式：

　　《西遊記》的故事主體是唐僧經歷的八十一難，從第十三回開始至九十
九回結束，敘述者講述了唐僧師徒西行旅途中的四十一個歷險故事，〔註52〕
每一次歷險都經歷著大致相同的行動模式。如第十三回敘述唐僧山城逢虎
精，得太白金星相助；雙叉嶺遇老虎，得劉伯欽相助。第十七回敘述孫悟空
黑風山斗熊羆怪，得觀音菩薩相助。第二十回敘述孫悟空黃風嶺除黃風怪，
得靈吉菩薩相助。故事情節在歷險與脫險的迴環往復中前進。

　　《南遊記》敘述如來坐下弟子妙吉祥先後投胎三次，化身靈光、靈耀、
華光三人，其中以華光大鬧天曹、中界、陰司三界，尋找吉芝陀聖母爲故事

---

〔註52〕參鄭振鐸《西遊記的演化》，《中國文學研究》（上），花山文藝出版社1998年
　　　版，第273～276頁。

主體。華光的救母歷程如同唐僧的西行，在受阻與得助的循環中前進。如「華光與鐵扇公主成親」敘述華光尋母途中無法抵抗鐵扇威力，後得風毒洞老仙鎮風丹相助，終克鐵扇公主；「華光火燒東岳廟」敘述華光欲火燒東岳廟，被喪門弔客哭殺神官哭死，後得朝真山洪玉寺火炎王光佛相救；「華光三下酆都」敘述華光往酆都救母，有韓元帥、關元帥持照魔鏡把守關門，華光無法入關，後得鐵扇公主、金睛獨眼鬼、火漂將等相助，終於救出吉芝陀聖母。每次救助行動都以同樣模式進行。

《西洋記》以三寶太監下西洋的經歷為故事主體，其途中歷險的行動模式與《西遊記》如出一轍，人物的角色功能也基本相同。如第二十一回敘述三寶太監一行過軟水洋受阻，碧峰長老求助東海龍王；過吸鐵嶺受阻，碧峰長老又求助玉帝和西海龍王。第二十二回過西洋大海遇怪風，得天妃宮主相助。第二十三至三十回過金蓮寶象國哈密西關遇羊角仙和姜金定，無法克敵，碧峰長老上東天門求助元始天尊收服羊角仙，張天師請出黃斤力士收服姜金定。

第二種類型的小說遵循著「神仙下凡──投胎轉世──得道飛升」的行動模式，行動主體可以是玄天上帝，也可以是呂洞賓，還可以是韓湘子，但故事情節基本上沿著相同的模式演進。故事大都敘述天上神仙因故往凡間投生為人（或者是人世間凡人修行得道），功德圓滿之後，經上界神祇考察可以步入仙林，於是便有神仙前來點化，度引昇天。試以《北遊記》、《東遊記》、《韓湘子全傳》為例分析這種行動模式。

《北遊記》又名《北方真武祖師玄天上帝出身志傳》，敘述玄天上帝之出身由來與經歷。小說敘述了玉帝的一縷靈魂先後四次投胎凡間，完成夙願，最後被封為五虛師相北方玄天上帝。這四次的投胎經歷完全相同，先是由天上神仙選定凡間人家，然後上帝投胎、化身人家子弟，待完成一定因緣之後再由某位神仙度引昇天，完成一次飛升的經歷。上帝受封之後掌管太陽宮，並再次化身凡人去中界收妖除魔，完成度引他人的任務。不管是上帝被其他神仙度引還是去凡間度引他人，其行動模式都是一致的。

《東遊記》又名《八仙出處東遊記》，很明顯，小說以八仙的出身由來與經歷為主要故事情節，小說上卷寫八仙來歷，下卷寫八仙鬥法。八仙的來歷同樣遵循著「神仙下凡──投胎轉世──得道飛升」的行動模式，如鍾離權、藍採和、呂洞賓等人均為天界神仙，因過降生人間，在經歷一定因緣之後又

被神仙度引昇天。八仙昇天的行動也如出一轍，老子度引鐵拐李，鐵拐李度引鍾離權、藍採和，鐵拐李、藍採和度引何仙姑⋯⋯如同磁石吸鐵一般，靠著神仙度引的法力將眾仙的行動聯繫在一起。

《韓湘子全傳》全稱爲《韓湘子十二度韓昌黎全傳》，小說敘述雄衡山上的白鶴被鍾離權、呂洞賓點化成仙，後投胎於昌黎韓家，化身爲韓湘子。湘子成年之後隨鍾、呂二仙飛升，又去度引其叔爺韓愈，前後反覆十二次，故事情節就在不斷的度引行動中展開，直至最後韓門一家全部昇天，故事方才結束。

通過上述分析我們發現，神魔小說的情節類型與角色功能具有高度模式化的特點，不同的故事往往重複相同的行動模式，容易給人千篇一律、陳陳相因的印象。這種敘事模式是由《西遊記》開創的，但《西遊記》能極盡恍惚變幻之能事，並且「使神魔皆有人情，精魅亦通世故」，其他的小說作者則才力不逮，雖學步《西遊》而難以踵武其後，故明代章回小說中神魔類型數量頗豐而佼佼者並不多見。

# 第六章 圖文結合與明代章回小說文體之關係──以建陽本爲中心

## 引 言

　　圖文並茂是中國古籍的傳統，葉德輝《書林清話》云：「吾謂古人以圖書並稱，凡有書必有圖。」〔註1〕圖文結合作爲一種敍事手段始自唐代俗講變文，小說中引入圖文結合的敍事方式，至遲在宋代即已出現，嘉祐八年（1063）建安余氏靖安勤有堂刊本《新刊古列女傳》爲現存最早的小說插圖本，有插圖 123 幅，上圖下文式，圖文各占頁高一半，每兩頁圖合爲一幅雙面連式插圖（圖 1）。元至治年間刊本《全相平話五種》不僅是小說連續插圖本的代表作，其上圖下文、連續插圖的形式亦成了後世小說插圖最通行的格式（圖 2）。明代章回小說很好地繼承了中國古籍圖文並茂的傳統，遠師唐代俗講變文，近法宋元講史話本，其插圖不僅種類繁多、質量精湛，而且將圖像與文字之間的相互發明發揮得淋漓盡致，圖文結合是明代章回小說普遍採取的敍事方式。〔註2〕

---

〔註 1〕 （清）葉德輝《書林清話》，中華書局 1957 年版，第 218 頁。
〔註 2〕 周心慧編《古本小說版畫圖錄》（增訂本，學苑出版社 2005 年版）共著錄明代章回小說插圖本 90 餘種，庶幾囊括明代章回小說。

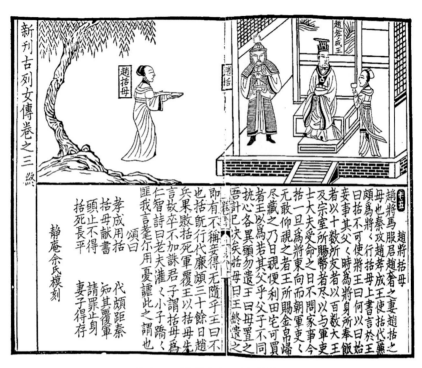

圖1 《新編古列女傳》
元建安余靖庵刊本，清道光五年揚州阮氏摹刻本

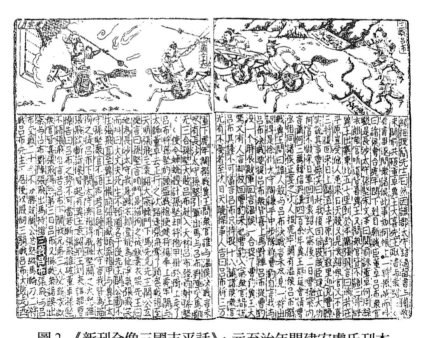

圖2 《新刊全像三國志平話》，元至治年間建安虞氏刊本

對古代小說中的插圖，前輩學者如魯迅、鄭振鐸、阿英諸位先生涉獵頗深，不僅傾其心血收藏刊印各種版畫，而且多次撰文論述插圖的價值，惜其曲高和寡，未能引起學界足夠的關注。

近年來，這一沉寂多年的話題似乎又引起了人們的興趣，陸續有人對此展開研究。〔註3〕只是局面並未有大的改觀，方法略顯單一，研究的深度尤其不夠。研究古代小說中的插圖，從版本的角度可以瞭解古代小說的歷史變遷，從版畫的角度可以考察古代繪畫藝術的發展狀況，從傳播的角度可以知曉古代社會對插圖書籍的接受程度，從文化的角度則「可以使我們得見各時代的眞實的社會的生活的情態」〔註4〕。上述四種視角均有其存在的意義與價值，學界多年來的研究也基本上循此而行。然除第一種視角外，其他的研究均離小說本體有較遠的距離，更有甚者，這四種研究方法都在聚焦於插圖的同時忽略了插圖賴以存在的文字，確切地說是忽略了小說圖文之間的互動關係，未能深入揭示中國古代小說敘事方式的獨特性。在插圖本小說中，圖像與文字結合爲一個有機的生命整體而存在，任何一個單獨成分都不能完整、準確地表達小說本身蘊涵的全部意義，圖像離不開文字的邏輯說明，而文字也離不開圖像的形象描述，圖像以線條作爲分隔空間的界線來表示文字所描述的現實空間。在這裏，時間藝術與空間藝術得到了很好的結合，「圖與文也是如鳥之雙翼，互相輔助的」〔註5〕。就具體分工而言，文字應該居主體地位，圖畫起補充說明的作用，因爲「插圖是一種藝術，用圖畫來表現文字所已經表白的一部分的意思；插圖作者的工作就在補足別的媒介物，如文字之類之表白」〔註6〕。離開了文字部分，小說中插圖的意義與價值就大打折扣──它畢

---

〔註3〕 見金宏偉《文學插圖的審美價值》(《文藝爭鳴》1987 年第 2 期)、帥斌《論文學插圖的審美價值》(《江西師大學報》(哲社版) 1991 年第 4 期)、宋莉華《插圖與明清小說的閱讀及傳播》(《文學遺產》2000 年第 4 期)、杜丹《淺析明代戲曲小說插圖本中的視覺符號》(《東華大學學報》(社科版) 2005 年第 1 期)、轟付生《論晚明插圖本的文本價值及其傳播機制》(《南京師大學報 (社科版) 2005 年第 3 期》以及周心慧主編《古本小說版畫圖錄》(增訂本) (學苑出版社 2000 年版)、美國華盛頓大學教授 Robert E.Hegel 著《中華帝國晚期插圖本小說閱讀》(*Reading Illustrated Fiction in Late Imperial China*，*Stanford University Press*，1998)

〔註4〕 鄭振鐸《插圖本中國文學史・例言》，人民文學出版社 1957 年版，第 3 頁。

〔註5〕 鄭振鐸《〈中國歷史參考圖譜〉序、跋》，《鄭振鐸全集》第 14 卷，花山文藝出版社 1998 年版，第 376 頁。

〔註6〕 鄭振鐸《插圖之畫》，《鄭振鐸全集》第 14 卷，花山文藝出版社 1998 年版，第 3 頁。

竟只是插圖而已，並非獨立存世的繪畫作品，儘管這並不妨礙我們從小說中欣賞到非常精美的圖畫。今天我們為許多精美絕倫的小說版畫叫好，那是因為我們將這些版畫先驗地置於一個已經熟悉的具體語境之中的緣故，而這個具體語境首先是由語言文字建構出來的。以明代陳洪綬的《水滸葉子》為例，離開了耳熟能詳的水滸故事，則這些人物畫像就只有線條和色彩方面的意義，它們或許仍然可以稱得上漂亮的人物畫像，但是絕不會有水滸人物的精氣神，在一個不熟悉水滸故事的觀眾眼裏，這些名叫宋江、李逵的人物與一般的張三、李四不會有任何分別。本文試圖彌補此前研究的不足，從小說文體的角度，將圖像與文字相結合視為一種敘事手段展開研究，希冀借助小說中的插圖現象，探討明代章回小說敘事方式的特點並分析其成因。

圖3　《明公批點合刻三國水滸全傳英雄譜》
　　　崇禎年間雄飛館刊本

## 第一節　明代章回小說的插圖現象

明代章回小說使用插圖是一個普遍現象，從地域來說，無論「金陵」（南京）、「金閶」（蘇州）、「武林」（杭州）還是「建邑」（建陽），全國各主要刻書地生產的

圖4　《新刊校正古今音釋出像三國志傳通俗演義》
萬曆十九年（1571）金陵萬卷樓周曰校刊本

章回小說都以插圖本居多；從題材來看，不管歷史演義、英雄傳奇、神魔小說還是世情小說，均有插圖本存在；從版式而言，主要有單面方式（圖3）、雙面連式（圖4）以及上圖下文式（圖5、圖6）等，此外還有少量的月光式、鑲嵌式、上評中圖下文式。〔註7〕

　　爲了招徠買主，明人多在小說的書名與題署中標示小說的插圖，主要使用「全像」（「全相」）、「出像」（「出相」）、「繡像」等概念。所謂「全像」，即以全幅圖畫表現每回的故事內容，作者在用文字講述故事的同時，以圖說的方式集中敘述主要的故事情節，圖畫中一般還配有簡單的文字，能概括圖畫的內容。在各種插圖中，「全像」的內容最豐富，其表現力也最強，各幅圖畫相連即相當於後世的連環圖畫。「全像」小說有的採用上圖下文的方式，頁面的上部三分之一是圖畫，下部三分之二是文字，圖畫與文字各所表現的內容

────────────────

〔註7〕從圖文結合的密切程度來看，月光式是單面方式的變體，鑲嵌式與上評中圖下文是上圖下文式的變體。

大致能夠對應，此類「全像」小說以建陽本居多，如萬曆三十年（1602）書林熊仰臺刊本《北方眞武祖師玄天上帝出身志傳》（內封題「全像北遊記玄帝出身傳」），爲上圖下文式，每幅圖配有六至八字標題。除建陽本外，其他地方刊印的「全像」小說一般採用單面方式或雙面連式，圖畫的多少視小說回數而定，通常情況下是每回一幅插圖，以回目爲圖畫的標題，有的「全像」小說將所有插圖集中於書前或卷首，這樣也能形成圖畫形式的連貫敘事；也有的將插圖分散到各回正文中間，可以看作該回小說文字內容的圖像概括。如萬曆四十二年（1614）袁無涯刊本《出像評點忠義水滸全書》有圖 120 幅，集中於書前；萬曆三十七年（1609）酉陽野史所撰《三國志後傳》（目錄頁題署「新鐫全像通俗演義續三國志」），有圖 56 幅，分散在正文中間。「出像」與「全像」相同，建陽本「出像」小說一般採用上圖下文式，如萬曆間熊龍峰中正堂刊本《新刊出像天妃濟世出身傳》即是上圖下文，其他地方刊印的小說則採用單面方式或雙面連式，如天啓間杭州爽閣主人刊本《禪眞逸史》（卷首題「新鐫批評出像通俗奇俠禪眞逸史」），有圖 40 幅，每回一圖，天啓三年（1623）金陵九如堂藏板《韓湘子全傳》（第一回題「新鐫批評出像韓湘子」），有圖 30 幅，也是每回一圖。〔註8〕「繡像」一般只突出小說中的人物肖像，少有故事背景，更不敘述故事情節，與「全像」、「出像」相比，內容要單薄得多，表現力也相差甚遠。「繡像」的作用主要是以圖像的形式幫助讀者直觀感受小說中的人物形象，對於文化水平較低的讀者來說其作用不容忽視，事實上對於文化水平較高、理解能力較強的讀者來說，人物「繡像」也不無裨益，人們往往在進入小說的文字世界之前便先入爲主地接受了圖畫對小說人物的描繪，然後再到文字描述中去尋找對應，栩栩如生的人物繡像甚至能蓋過文字的風頭，能讓讀者對相應的文字描述漫不經心。如天啓間金閶葉昆池刊本《新刊玉茗堂批點繡像南北宋傳》分《南宋志傳》與《北宋志傳》，每《傳》前有圖 16 幅，均爲人物畫像。也有的「繡像」小說其圖畫部分同樣可以表現

〔註8〕 魯迅在《中國小說史略·元明傳來之講史（上）》中說：「日本內閣文庫藏元至治(1321 至 1323 年)間新安虞氏刊本全相(猶今所謂繡相全圖)平話五種」，在《且介亭雜文·連環圖畫瑣談》中又說「宋元小說，有的是每頁上圖下說，卻至今還有存留，就是所謂『出相』；明清以來，有卷頭只畫書中人物的，成爲『繡像』」。他認爲「全相」與「出相」相同。只是根據明代章回小說的實際情況來看，「出相」的插圖不只「上圖下說」一種，還包括單面方式與雙面連式。

動作內容，敘事故事情節，這樣的「繡像」其實與「全像」已無分別。如崇禎四年（1631）人瑞堂刊本《隋煬帝豔史》內封題「繡像批評」，正文卷首卻題「新鐫全像通俗演義隋煬帝豔史」，其《凡例》對「繡像」方法的介紹更是表明「繡像」也可以敘事故事，而不僅僅只能描摹人物：「錦欄之式，其制皆與繡像關合。如調戲宣華則用藤纏，賜同心則用連環，剪綵則用剪春羅，會花陰則用交枝，自縊則用落花，唱歌則用行雲，獻開河謀則用狐媚，盜小兒則用人參果，選殿女則用娥眉，斬佞則用三尺，玩月則用蟾蜍，照豔則用疎影，引諫則用葵花，對鏡則用菱花，死節則用竹節，宇文謀君則用荊棘，貴兒罵賤則用傲霜枝，弒煬帝則用冰裂，無一不各得其宜。」

　　明人在章回小說中植入插圖主觀上是爲了促進小說的銷售，獲取利益，但這一舉動在客觀上能降低讀者閱讀的難度，增加閱讀興趣。萬曆間建陽吳觀明刊本《李卓吾先生批評三國志序》稱「此刻圖繪精工，批評遊戲較水滸、西遊更爲出色，亦與先刻批評三國志本一字不同，覽者便知」，在明代章回小說中，精美的插圖和名人的評點一直是書坊主有力的競爭武器，這符合當時讀者的閱讀習慣。萬曆十九年（1591）金陵周曰校刊本《新刊校正出像古本大字音釋三國志通俗演義》識語云：「是書也刻已數種，悉皆訛舛。輒購求古本，敦請名士，按鑒參考，再三讎校，俾句有圈點，難字有音注，地裏有釋義，典故有考證，缺略有增補，節目有全像」，在這部小說裏，「全像」與「音注」、「釋義」、「考證」、「增補」都是降低小說閱讀難度的手段，這也是小說插圖最基本的功能。同樣以插圖作爲小說促銷廣告的還有萬曆二十年（1592）雙峰堂余象斗刊本《音釋補遺按鑒演義全像批評三國志傳》，其識語云：「坊間所梓三國何止數十家矣，全像者止劉鄭熊黃四姓，宗文堂人物醜陋，字亦差訛，久不行矣。種德堂其書板欠陋，字亦不好，仁和堂紙板雖新，內則人名詩詞去其一分，惟愛日堂者其板雖無差訛，士子觀之樂然，今板已矇，不便其覽矣。本堂以諸名公批評圈點校證無差，人物字畫各無省陋，以便海內士子覽之，下顧者可認雙峰堂爲記。」如此強調「全像」的重要性，可見當時讀者對小說插圖非常喜愛，圖像精美的插圖本小說當是奇貨可居，雖然實際上余象斗刊本《三國志傳》的插圖一如建陽本的傳統，古樸、簡拙，除了能配合文字敘事，很難稱得上精美。

　　然而不要以爲書坊主們標榜自己小說插圖的作用完全是爲射利計，一味

胡吹，有人還眞觸摸到了小說中文字敘事與圖像敘事二者結合的必要性，袁無涯刊本《出像評點忠義水滸全書發凡》云：

> 此書曲盡情狀，已爲寫生，而復益之以繪事，不幾贅乎？雖然，於琴見文，於牆見堯，幾人哉？是以雲臺、凌煙之畫，《豳風》、《流民》之圖，能使觀者感奮悲思，神情如對，則像固不可以已也。

這種認識相當深刻，既考慮到了讀者的不同層次，又分析了讀者的審美心理，形象地闡發小說中插圖的重要意義。明人對小說中圖像與文字相互發明的闡述最爲精當者莫過於《禪眞逸史凡例》：

> 圖像似作兒態，然史中炎涼好醜，辭繪之。辭所不到，圖繪之。昔人云：詩中有畫。余亦云：畫中有詩。俾觀者展卷，而人情物理，城市山林，勝敗窮通，皇畿野店，無不一覽而盡。其間仿景必眞，傳神必肖，可稱寫照妙手，奚徒鉛槧爲工。

這段話肯定了在插圖本小說中「辭」（文字）居首要地位，「辭所不到，圖繪之」，精闢地指出了圖文結合的必要性及其重要意義，與後來見所見齋「文字所不達，以像示之而已」〔註9〕，魯迅「（插圖）能補文字之所不及」，鄭振鐸「插圖作者的工作就在補足別的媒介物，如文字之類之表白」諸論有異曲同工之妙；而「畫中有詩」的借用，更是表明圖畫作爲敘事手段，同樣具有文字的敘事功能，在插圖本章回小說中，圖像與文字相互發明，時間藝術與空間藝術融合無間，渾然一體，最終取得通俗化的敘事效果。

明代章回小說的插圖主要使用三種版式，大致經歷了由上圖下文式到單面方式再到雙面連式的發展演變，單從版畫藝術發展的角度來看，這種變化呈愈來愈大氣的趨勢，若就圖像與文字相結合的密切程度而言，則是愈來愈疏離。單面方式插圖一般位於卷首，圖畫較爲集中，如萬曆三十八年（1610）杭州容與堂刊本《李卓吾批評忠義水滸傳》全書 100 回，每回兩幅圖畫，爲回目聯句的圖解，全書共 200 幅插圖集中於卷首。雙面連式插圖則主要分佈於正文中間，同樣是對回目文字的圖解，回目即圖畫的標題，如萬曆三十一年（1603）萃慶堂刊本《新鍥晉代許旌陽得道擒蛟鐵樹記》，全書 15 回，每回配有兩面插圖相連。單面方式插圖與雙面連式插圖的區別主要表現爲畫面內容的不同。因爲篇幅是單面方式的兩倍，所以雙面連式插圖能容納更多的信息。單面方式插圖由於畫幅的限制一般以人物繡像爲主，發展到雙面連式

---

〔註 9〕見所見齋《閱畫報書後》，《申報》1884 年 6 月 19 日。

插圖，則因爲畫幅的擴大而留給了作者更多的表現餘地，除了描繪人物畫像外，雙面連式插圖還可以留出更多的空間來表現故事情節，呈現出一種動態的描述，從敘事的角度來說，雙面連式插圖的敘事功能顯然比單面方式插圖強大。不管是單面方式還是雙面連式，插圖中都會有少量的文字說明，一般以回目或簡短的語句爲標題，能概括圖畫的內容。不過單靠這兩類圖畫中的少量文字，顯然還難以充分理解小說的故事情節，只有將圖畫與正文相配合，才能使二者相得益彰，充分發揮各自的優勢。相對於單面方式與雙面連式插圖來說，上圖下文式插圖中圖像與文字的結合最爲直接，也最爲緊密，幾乎達到了渾然一體的程度。這種插圖每頁的上部三分之一爲圖畫，下部三分之二爲文字。與單面方式和雙面連式相比，上圖下文式插圖中圖畫的畫幅最小，這限制了此類圖畫在故事背景、人物形象上作更多更精彩的描繪，因此從藝術的角度而言其審美價值不如單面方式與雙面連式插圖。然而狹小的畫幅促使作者將精力更多地集中在講述故事情節上，因此上圖下文式插圖雖然缺少大幅度的背景介紹與人物形象的精雕細刻，但不乏栩栩如生的人物動作，單就每一頁插圖來說，這種簡樸古拙的插圖已經虎虎而有生氣，而當成百上千幅這樣的插圖聯貫出現在讀者眼前時，下部文字所描述的故事情節在圖畫中同樣「呼之欲出」。上圖下文式插圖以龐大的群體數量（上圖下文式因爲每頁有圖，所以一部章回小說少則有幾百，多則有上千幅插圖，如《京本增補校正全像忠義水滸志傳評林》插圖多達 1242 幅）蘊涵著非常豐富的信息，又因其與文字的緊密結合（單面方式與雙面連式插圖都與正文相隔一定距離，其圖文結合的程度遠不如上圖下文式直接）而將圖文之間的相互發明發揮得淋漓盡致。如果將單面方式與雙面連式插圖本比作是一本畫冊，那麼上圖下文式插圖本則是一部電影，每一頁圖都是一個分鏡頭。當讀者連續翻閱上圖下文式插圖時，很容易產生電影「蒙太奇」的感覺。因此上圖下文式插圖的敘事功能最爲強大，爲單面方式與雙面連式插圖所不及。加上圖畫本身就配有簡短的語句，也能概括故事情節，所以文化程度較低的讀者，通過讀圖也能大致瞭解小說的內容，魯迅就曾經說過，「這種書的幅數極多的時候，即能只靠圖像，悟到文字的內容，和文字一分開，也就成了獨立的連環圖畫」〔註10〕。這樣的章回小說擁有最廣大的讀者群體，精明的書坊主投其所好，大量出版

---

〔註10〕魯迅《「連環圖畫」辯護》，《魯迅全集》第四卷，人民文學出版社 2005 年版，第 458 頁。

上圖下文式的章回小說就在情理之中了。建陽刻本明代章回小說，上圖下文式插圖本數量最多、種類最全，是其他任何地域、任何插圖形式的版本所無法比肩的，即便在明代中晚期單面方式、雙面連式插圖在金陵等地的書坊被廣泛採用時，建陽書坊主仍然信守這一古老的「祖傳秘方」，就是看中了這種插圖版式強大的敘事功能。書坊主對插圖版式的選擇具有一定的地域色彩，建陽本章回小說以上圖下文式爲主，金陵、金閶、武林等地的刊本以單面方式和雙面連式爲主，做出這種選擇的原因有許多，其中傳統的習慣力量與當地的文化氛圍居主導地位。鑒於上圖下文式圖像與文字結合最爲緊密，而建陽本又是這種版式使用最早、時間最長、影響最大的章回小說，因此本文以建陽本章回小說爲中心來探討圖文結合作爲一種敘事方式對明代章回小說文體的影響。

## 第二節 「上圖下文」與建陽本章回小說

　　福建建陽是中國古代的刻書重鎮，自宋迄明一直是全國最爲重要的出版基地之一，號稱「圖書之府」。清代福建人陳壽祺云：「建安、麻沙之刻盛於宋，迄明末已。四部巨帙自吾鄉鋟板，以達四方，蓋十之五六。」〔註11〕景泰《建陽縣志》云：「天下書籍備於建陽之書坊」〔註12〕，嘉靖《建陽縣志》亦云：「比屋皆鬻書籍，天下客商販者如織，每月一、六日集」〔註13〕。數百年來能夠一直保持興旺的發展態勢，建陽刻本書籍一定有其過人之處。葉夢得《石林燕語》有言曰：「今天下印書，以杭州爲上，蜀次之，福建最下。京師比歲印板，殆不減杭州，但紙不佳；蜀與福建，多以柔木刻之，取其易成而速售，故不能工。福建本幾遍天下，正以其易成故也。」〔註14〕葉夢得對「福建本」的評價大體上是客觀公正的：質量「最下」，數量「遍天下」；對其原因的分析也比較中肯：「取易成而速售」，這正是建陽本書籍在激烈的市場競爭中常勝不衰的法寶。到了明代，建陽刻本質量上的缺陷招致了文人學士的嚴厲批評。胡應麟說：「閩中紙短窄黧脆，刻又舛僞，品最下而值最

〔註11〕轉引自張秀民《中國印刷史》，上海人民出版社1989年版，第377頁。
〔註12〕轉引自張秀民《中國印刷史》，上海人民出版社1989年版，第377頁。
〔註13〕轉引自張秀民《中國印刷史》，上海人民出版社1989年版，第377頁。
〔註14〕（宋）葉夢得《石林燕語》卷八，商務印書館1941年版，第74頁。

廉。余筐篋所收，什九此物，即稍有力者弗屑也。」〔註15〕謝肇淛以鄙夷甚至帶點憤怒的口吻說：「閩建陽有書坊，出書最多，而紙版俱最濫惡，蓋徒爲射利計，非以傳世也。」〔註16〕大概在明代士人看來，書坊主以售書來獲利是令人無法接受的事情，「爲射利計」而粗製濫造則更令人不齒，所以郎瑛也這樣認爲：「我朝太平日久，舊書多出，此大幸也，亦惜爲福建書坊所壞。蓋閩專及貨利爲計，凡遇各省所刻好書，聞價高即便翻刊，卷數、目錄相同而於篇中多所減去，使人不知。故一部止貨半部之價，人爭購之……」〔註17〕

　　不容否認，建陽本書籍在質量上確實不夠精美，多有瑕疵，但如果因此而否定建陽本的歷史功績，未免有失公允，至少在小說領域，建陽本憑藉「易成而速售」的特點，在加速小說的流通，擴大小說的影響，促進小說文體的變革等方面做出了很大的貢獻。現存明代章回小說，超過一半的版本是建陽本，它爲我們研究章回小說文體的發展演變提供了許多寶貴的材料。我們固然痛恨建陽本常常偷工減料，幾令書無全帙的伎倆，但也不要忘記建陽本「一部止貨半部之價，人爭購之」所帶來的便利。要知道，明代書籍的價格大都不菲，萬曆末年姑蘇龔紹山刊本《新鐫陳眉公先生評點春秋列國志傳》每部售價紋銀一兩，金閶舒載陽刊本《新刻鍾伯敬先生批評封神演義》更是每部售價紋銀二兩，在當時可購買大米 2.75 石，相當於一個知縣月俸的三分之一強，遠非一般讀者所能承受。〔註18〕建陽本章回小說以低廉的售價行世，所以很受市井百姓歡迎，這從建陽本章回小說再版的頻率之高可見一斑。萬曆二十一年（1593）余氏雙峰堂刊本《京本增補校正全像忠義水滸志傳評林》卷首「水滸辨」云：「《水滸》一書，坊間梓者紛紛，偏像者十餘幅，全像者止一家，前像版字中差訛，其版蒙舊，惟三槐堂一幅，省詩去詞，不便觀誦。」我們認爲，建陽本章回小說之所以能夠暢銷，與書坊主對小說的定位有很大關係。建陽書坊主「爲射利計」，需要擴大小說的讀者面，鼓動最廣大層次的市井百姓購買小說，一方面通過節縮紙板，減少成本以降低售價，另一方面則設法降低小說的閱讀難度，激發讀者的閱讀興趣。在各種手段中，採用圖

〔註15〕　（明）胡應麟《少室山房筆叢》卷四，上海書店出版社 2001 年版，第 43 頁。
〔註16〕　（明）謝肇淛《五雜俎》卷十三，上海書店出版社 2001 年版，第 266 頁。
〔註17〕　（明）郎瑛《七修類稿》卷四十五，上海書店出版社 2001 版，第 479 頁。
〔註18〕　參潘建國《明清時期通俗小說的讀者與傳播方式》，《復旦學報》（社科版）2001年第 1 期。

文結合的敘事方式，給小說配上插圖的效果最為明顯，建陽本章回小說幾乎無書不圖，具體刊佈情況見下表：

**表6 明代建陽本章回小說使用插圖情況一覽表**

| 小說名稱 | 版本 | 插圖版式 | | | 小說名稱 | 版本 | 插圖版式 | | |
|---|---|---|---|---|---|---|---|---|---|
| | | 上圖下文式 | 單面方式 | 雙面連式 | | | 上圖下文式 | 單面方式 | 雙面連式 |
| 新刊通俗演義三國志史傳 | 葉逢春刊本 | ✓ | | | 新刊京本全像插增田虎王慶忠義水滸全傳 | 雙峰堂刊本 | ✓ | | |
| 新刊大宋中興通俗演義 | 清江堂刊本 | | ✓ | | 全像水滸 | 雙峰堂刊本 | ✓ | | |
| 新刊參採史鑒唐書志傳通俗演義 | 清江堂刊本 | | ✓ | | 新鐫校正京本大字音釋圈點三國志演義 | 鄭以楨刊本 | ✓ | | |
| 鼎鍥京本全像西遊記 | 清江堂刊本 | ✓ | | | 鼎鍥京本全像西遊記 | 楊閩齋刊本 | ✓ | | |
| 京本通俗演義按鑒全漢志傳 | 克勤齋刊本 | ✓ | | | 鼎鍥全像唐三藏西遊釋厄傳 | 劉蓮臺刊本 | ✓ | | |
| 音釋補遺按鑒演義全像批評三國志傳 | 雙峰堂刊本 | ✓ | | | 新刊按鑒演義全像唐書志傳 | 三臺館刊本 | ✓ | | |
| 新刻京本補遺通俗演義三國志傳 | 熊清波刊本 | ✓ | | | 新鋟全像大字通俗演義三國志傳 | 喬山堂刊本 | ✓ | | |
| 北方眞武祖師玄天上帝出身志傳 | 熊仰臺刊本 | ✓ | | | 新鋟全像大字通俗演義三國志傳 | 笈郵齋刊本 | ✓ | | |
| 新鋟音釋評林演義合相三國志史傳 | 忠正堂熊佛貴刊本 | ✓ | | | 唐鍾馗全傳 | 安正堂刊本 | ✓ | | |
| 新鍥晉代許旌陽得道擒蛟鐵樹記 | 萃慶堂刊本 | | | ✓ | 新鐫出像天妃濟世出身傳 | 忠正堂刊本 | ✓ | | |

| 小說名稱 | 版本 | 插圖版式 | | | 小說名稱 | 版本 | 插圖版式 | | |
|---|---|---|---|---|---|---|---|---|---|
| | | 上圖下文式 | 單面方式 | 雙面連式 | | | 上圖下文式 | 單面方式 | 雙面連式 |
| 鍥五代薩眞人得道咒棗記 | 萃慶堂刊本 | | | ✓ | 全像水滸 | 未明 | ✓ | | |
| 鍥唐五代呂純陽得道飛劍記 | 萃慶堂刊本 | | | ✓ | 新鐫全像東西晉演義志傳 | 三臺館刊本 | ✓ | | |
| 新鍥京本校正通俗演義按鑒三國志傳 | 三垣館刊本 | ✓ | | | 新鍥唐三藏出身全傳 | 未明 | ✓ | | |
| 京板全像按鑒音釋兩漢開國中興傳志 | 詹秀閩刊本 | ✓ | | | 新刊八仙出處東遊記 | 三臺館刊本 | ✓ | | |
| 新刊京本春秋五霸七雄全像列國志傳 | 三臺館重刊本 | ✓ | ✓ | | 新鐫全像南海觀世音菩薩出身修行傳 | 煥文堂刊本 | ✓ | | |
| 重刻京本通俗演義按鑒三國志傳 | 楊閩齋刊本 | ✓ | | | 新鍥國朝承運傳 | 未明 | ✓ | | |
| 新刻皇明開運輯略武功名世英烈傳 | 三臺館刊本 | | | ✓ | 新刻考訂按鑒通俗演義全像三國志傳 | 黃正甫刊本 | ✓ | | |
| 新刻京本全像演義三國志傳 | 與耕堂費守齋刊本 | ✓ | | | 新刻增補批評全像西遊記 | 閩齋堂刊本 | ✓ | | |
| 新鍥京本校正按鑒演義全像三國志傳 | 種德堂刊本 | ✓ | | | 五顯靈官大帝華光天王傳 | 昌遠堂刊本 | ✓ | | |
| 新刻按鑒演義全像三國英雄志傳 | 楊美生刊本 | ✓ | | | 武穆王精忠傳 | 天德堂刊本 | | ✓ | |
| 新刊京本校正演義全像三國志傳評林 | 雙峰堂刊本 | ✓ | ✓ | | 新刻全像水滸傳 | 劉興我刊本 | ✓ | | |
| 李卓吾先生批評三國志 | 劉君裕刊本 | | ✓ | | 新鐫全像武穆精忠傳 | 天德堂刊本 | | ✓ | |

| 小說名稱 | 版本 | 插圖版式 | | | 小說名稱 | 版本 | 插圖版式 | | |
|---|---|---|---|---|---|---|---|---|---|
| | | 上圖下文式 | 單面方式 | 雙面連式 | | | 上圖下文式 | 單面方式 | 雙面連式 |
| 京本增補校正全像忠義水滸志傳評林 | 雙峰堂刊本 | ✓ | | | 按鑑演義帝王御世盤古至唐虞傳 | 余季岳刊本 | ✓ | | |
| 新刻全像忠義水滸志傳 | 藜光堂刊本 | | | | 按鑑演義帝王御世有夏志傳 | 余季岳刊本 | ✓ | | |
| 新刻湯學士校正古本按鑑演義全像通俗三國志傳 | 未明 | ✓ | | | 按鑑演義帝王御世有商志傳 | 余季岳刊本 | | ✓ | |
| 精鐫按鑑全像鼎峙三國志傳 | 黎光堂刊本 | ✓ | | | 新刻按鑑演義列國前編十二朝傳 | 三臺館刊本 | ✓ | ✓ | |
| 新刻全像按鑑演義南北兩宋志傳 | 三臺館刊本 | ✓ | | | 新刊京本編輯二十四帝通俗演義東西漢志傳 | 文臺堂刊本 | ✓ | | |
| 新刊按鑑演義全像大宋中興岳王傳 | 三臺館刊本 | ✓ | | | 新刻按鑑編輯二十四帝通俗演義全漢志傳 | 三臺館刊本 | ✓ | | |
| 李卓吾先生批評三國志 | 吳觀明刊本 | | ✓ | | 二刻按鑑演義全像三國英雄志傳 | 未明 | ✓ | | |
| 孔聖宗師出身全傳 | 未明 | ✓ | | | 新鐫龍興名世錄皇明開運英武傳 | 楊明峰重刊本 | ✓ | | ✓ |
| 新刊京本通俗演義按鑑全漢志傳 | 愛日堂刊本 | ✓ | | | 新鐫京本校正通俗按鑑全像三國志傳 | 聯輝堂刊本 | ✓ | | |
| 按鑑增補全像兩漢志傳 | 鹵清堂刊本 | ✓ | | | 新鐫全像達摩出身傳燈傳 | 清白堂刊本 | ✓ | | |
| 明公批點合刻三國水滸全傳英雄譜 | 雄飛館刊本 | | ✓ | | 新鐫全像通俗演義隋煬帝豔史 | 人瑞堂刊本 | | ✓ | |

| 小說名稱 | 版本 | 插圖版式 | | | 小說名稱 | 版本 | 插圖版式 | | |
|---|---|---|---|---|---|---|---|---|---|
| | | 上圖下文式 | 單面方式 | 雙面連式 | | | 上圖下文式 | 單面方式 | 雙面連式 |
| 新刻音釋旁訓評林演義三國志傳 | 王泗源刊本 | ✓ | | | 戚南塘剿平倭寇志傳 | 未明 | ✓ | | |
| 新刻全像牛郎織女傳 | 余成章刊本 | ✓ | | | | | | | |

　　據上表可知，建陽本章回小說的插圖版式以上圖下文式最爲常見。這具有非常悠久的歷史傳統，前文提及的宋刊本《古烈女傳》與元刊本《全相平話五種》都是建陽刊本，嘉靖二十七年（1548）建陽葉逢春刊本《新刊通俗演義三國志史傳》是現存最早的插圖本章回小說，也是上圖下文式。建陽書坊主使用插圖具有非常明確的目的，那就是盡可能地使小說變得通俗易懂。在諸種插圖版式中，上圖下文式保證了圖像與文字之間最密切的聯繫，能最大限度地降低讀者閱讀的難度，儘管書坊主選取這種版式的最終目的仍然是「貨利爲計」，但這在事實上推動了明代章回小說因爲採取圖文結合的敘事方式而朝向更加通俗化邁進。葉盛《水東日記》云：「今書坊相傳射利之徒僞爲小說雜書，南人喜談如漢小王（光武）、蔡伯喈（邕）、楊六使（文廣），北人喜談如繼母大賢等事甚多。農工商販，抄寫繪畫，家畜而有之；癡騃文婦，尤所酷好……」〔註19〕這段文獻表明，書坊主深諳讀者心理，熟悉讀者口味，不僅小說題材豐富多樣，表現形式也是投其所好──「抄寫繪畫」──顯然是圖文結合的，也唯其如此，才能「癡騃文婦，尤所酷好」。明末文人陳際泰（1567～1641）自傳《陳氏三世傳略》云：

> 十歲時……是年冬月從族舅濟川借《三國演義》，向牆角曝背觀之。母呼食粥不應，呼午飯又不應，及饑，索粥飯皆冷。母捉裾將與杖，既而釋之。母或飲濟川酒：「舅何故借而甥書，書上載有人馬相殺事，甥耽之，大廢眠食。」泰亟應口曰：「兒非看人物，看人物下截字也，已悉之矣。」〔註20〕

〔註19〕　（明）葉盛《水東日記》卷二十一，中華書局1980年版，第214頁。
〔註20〕　轉引自（韓）金文京《〈三國志演義〉版本試探──以建安本諸本爲中心》，周兆新主編《三國演義叢考》，北京大學出版社1995年版。

上截有人馬相殺事，下截有文字，陳際泰閱讀的當是通行的建陽刊本上圖下文式《三國志傳》（圖5）。一個年僅十歲的小孩，閱讀「事紀其實，亦庶幾乎史」的歷史演義，如果不是因爲小說採取圖文結合的敘事方式，恐怕難以入迷到「索粥飯皆冷」的地步。《傳略》中母親與小孩的對話都是圍繞小說插圖進行，在質疑與釋疑的交鋒中我們可以感受到圖文結合作爲敘事方式的真正魅力，它使章回小說這種文體形式「婦孺皆知，老少咸宜」。

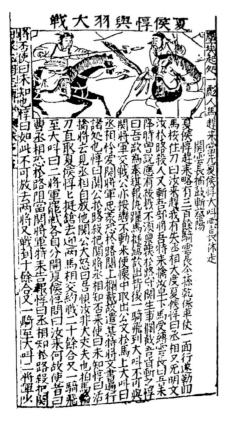

圖5 《新鋟全像大字通俗演義三國志傳》萬曆年間建陽喬山堂劉龍田刊本

正如朗瑛指責的那樣，建陽書坊主熱衷於翻刻各種小說，並且大多偷工減料，導致了中國古代小說史上「簡本」與「繁本」現象的產生，尤其是影響較大的小說，如《水滸傳》、《西遊記》更是翻印得最多，也刪節得最厲害。建陽本章回小說採用簡本形式的原因，胡應麟等人歸結爲「射利計」。爲了獲取最大利潤，書坊主盡量降低刊刻成本，削減小說的字數能縮減刻工的工作量並減少紙張的使用；爲了擊敗競爭對手，書坊主設法增加小說的故事內容，讓讀者獲得比繁本更多的信息量，比繁本更有吸引力。但是這樣一來，書坊主們面臨一個兩難的選擇：一方面要最大限度地縮減小說的篇幅以便降低刊刻成本，另一方面要容納更多的故事內容來增加小說的吸引力，而增加內容又不得不增加小說的篇幅。書坊主們採用圖文結合的敘事方式比較圓滿地解決了這個矛盾：圖畫與文字之間的相互發明可以彌補小說因爲刪節文字而造成的部分遺漏並以圖畫的形式增加相應的故事內容，同時栩栩如生的圖畫也可以讓讀者轉移注意力，不再計較書坊主的「偷工減料」。事實上，書坊主對小說文字的刪節大都限於「遊詞餘韻」，沒有影響到小說故事情節的完整，從某種意義來說，刪去了「遊詞餘韻」反而更有利於保持故事情節的連貫與統一。而插圖的連

貫使用，同樣能夠敘述完整的故事情節，尤其是上圖下文式插圖的連貫使用，甚至形成了兩種不同媒介、不同方式交錯敘述同一個故事的局面：上部是以圖像的方式形象直觀地敘述故事，下部是以文字的方式含蓄蘊藉地敘述故事。這種敘事風格不一定討文人學士們喜歡，但一般的市井百姓肯定歡迎，他們關心「事實」（故事情節）遠勝於「遊詞餘韻」，這符合建陽書坊主們給自己產品的定位，章回小說本來就是一種「通俗」小說。

　　爲了更好地說明上圖下文式對章回小說文體形成的影響，我們打算以個案分析的形式進行闡述。我們將選取《水滸傳》的兩種不同版本進行比較，一種是所謂「簡本」《京本增補校正全像忠義水滸志傳評林》（以下簡稱《京》本），上圖下文式；另一種是所謂「繁本」《李卓吾先生批評忠義水滸傳》（以下簡稱《李》本），單面方式，希望通過不同程度的圖文結合所產生的不同敘事效果來說明這種敘事方式對章回小說文體的影響。〔註21〕

　　先將《京》本與《李》本的版式特徵及文體形態作一個簡單的對比：

### 表 7《李》本與《京》本的版式、文體形態比較

| 書　名 | 行款及字數 | 詩　詞 | 韻　文 | 插　圖 | 備　註 |
|---|---|---|---|---|---|
| 李卓吾先生批評忠義水滸傳 | 半葉十一行<br>行二十二字<br>共約 74.3 萬字 | 敘述者 501 首<br>人物 39 首<br>共計 540 首 | 269 段 | 單面方式<br>每回兩幅<br>共 200 幅 | 無徵田虎、王慶故事 |
| 京本增補校正全像忠義水滸志傳評林 | 半葉十四行<br>行二十一字<br>共約 36.6 萬字 | 敘述者 248 首<br>人物 39 首<br>共計 287 首 | 51 段 | 上圖下文式<br>共 1242 幅 | 有徵田虎、王慶故事 |

　　從上表可知，《李》本字數是《京》本的兩倍，所用詩詞是《京》本的兩倍，韻文是《京》本的五倍有餘，而《京》本的插圖則是《李》本的六倍多。《京》本要以《李》本一半的篇幅表現《李》本的全部內容，還要增加征田虎、王慶故事二十回內容，無疑是有一定難度的。在保證故事情節完整的前提下，書坊主除了盡可能地刊落詩詞、韻文外，還必須借助於連續插圖的配合，通過充分發揮圖像敘事的特點和作用，來補足大幅度削減文字所帶來的缺略和不足。換句話說，書坊主雖然刪節了大量文字，但是同時增加了大量插圖，對一

〔註21〕除征田虎、王慶故事外，《李》本與《京》本的回目幾乎全是相同的，這表明二者之間存在「親緣」關係：或者來源於一個共同的祖本，或者一本以另一本爲藍本。本文認爲，《京》本是據《李》本刪節而成。

般讀者而言，「失之東隅，收之桑榆」，栩栩如生的圖畫比含蓄蘊藉的詩詞、韻文更具有吸引力。再就小說成本來看，《李》本每頁可刻 242 個字，《京》本除了上部三分之一刻了圖畫外，下部三分之二可刻 294 個字，這意味著《京》本在增加數倍於《李》本插圖的情況下，仍然能節約大量紙張，其成本自然更低，售價更便宜，因此建陽刻《水滸傳》簡本雖然屢遭文人學士斥責，但並不妨礙它迅速佔領小說市場，暢銷全國，「世所傳者，獨建陽本耳」〔註22〕。

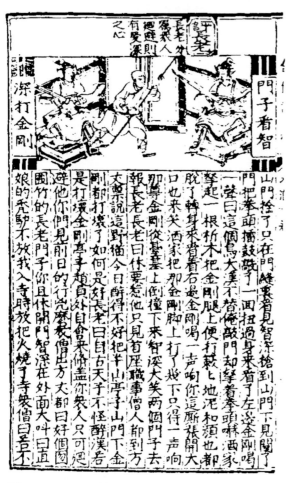

圖 6　《京本增補校正全像忠義水滸志傳評林》萬曆二十二年（1594）建陽余氏雙峰堂刊本

下面以第四回「趙員外重修文殊院，魯智深大鬧五臺山」爲例，具體分析《李》本與《京》本的文體差異。本回內容包括如下四個故事單元，《李》本與《京》本敘述各故事單元時存在較大不同：

一、魯達偶遇金氏婦女。魯達見金翠蓮時，《李》本有一段「但見」韻文描述翠蓮形象；《京》本刪去「但見」韻文，78 字。金氏婦女款待魯達，《李》本描述甚詳，寫金老兒如何安排翠蓮陪坐，自己和小廝去買酒，丫鬟燙酒燒荣，共143 字；《京》本只用了兩個字：「酒來」。趙員外與魯達相見，《李》本用了 141 字描述整個場面，《京》本只寫了一句話：「只聽見丫鬟來報：官人回來了」，12 字。趙員外邀魯達去莊園避禍，《李》本用了 195字，《京》本只用了 34 字。

二、趙員外引薦魯達到五臺山出家。《李》本有兩段「但見」韻文，一段

〔註22〕（清）周亮工《因樹屋書影》，中華書局 1958 年版，第 8 頁。

描寫「果然好座大山」，一段描寫「果然好座大刹」；《京》本保留了描寫大刹的韻文，刪去描寫大山的韻文，共94字，原因應是「果然好座大山」與故事情節的發展無直接關係——魯達此行並非遊山玩水。

三、智深醉酒鬧事。第一次醉酒歸寺，《李》本有一段「但見」韻文描繪智深醉態，共94字；《京》本刪去。智深酒醒挨方丈訓誡，《李》本插敍一段議論：「昔大唐一個名賢姓張名旭，作一篇醉酒歌行，單說那個酒。端的做的好……」韻散結合共224字；《京》本刪去。第二次醉酒歸寺，《李》本寫道：「滿堂僧眾大喊起來，都去櫃中取了衣？要走……」，後有一段「但見」韻文描寫眾人與智深的打鬥場面，共計306字；《京》本只一句話：「滿堂眾僧大喊起來逃去」，共10字。

四、智眞長老打發智深去相國寺。《李》本寫道：「『我這裏決然安你不得了，我夜來看了，贈汝四句偈言，終身受用。』智深道：『師父教弟子那裏去安身立命？』……有分教……直教名馳塞北三千里，證果江南第一州。」共111字。《京》本就一句話：「智深曰：師父交徒弟那裏去？」共11字。不但刪去了對話描寫，還刪去了「有分教」這樣的說書人套語。

《李》本第四回共有文字9312個，單面方式插圖兩幅，一幅爲「趙員外重修文殊院」，另一幅爲「魯智深大鬧五臺山」，圖畫標題合在一起即是本回回目；《京》本第四回共有文字4451個，上圖下文式插圖16幅。兩相比較，《李》本文字是《京》本的兩倍有餘，《京》本插圖則是《李》本的八倍。《京》本第四回的16幅插圖分別是：

圖1：金老兒拖魯智深走〔註23〕　　圖2：老金父子拜謝魯達
圖3：魯達同趙員外回莊　　　　　圖4：魯達去發爲和尚
圖5：魯智深拜長老爲師　　　　　圖6：眾長老鳴鐘會眾僧
圖7：趙員外辭別眞長老　　　　　圖8：魯智深山門下坐想
圖9：魯達踢倒漢子搶酒　　　　　圖10：魯和尚大鬧五臺山
圖11：智眞長老怪罵智深　　　　　圖12：智深入店吃酒大醉
圖13：智深醉打倒亭子柱　　　　　圖14：門子看智深打金剛（圖表13）
圖15：魯智深亂打眾和尚　　　　　圖16：智眞長老發落智深

我們發現，《京》本第四回16幅插圖的標題有這樣一些特點：一、除圖4

---

〔註23〕「智深」是魯達到五臺山出家後才有的法號，此前一般稱爲「魯達」或「魯提轄」。圖1標題中的失誤也可證明《京》本是書坊主據某一個繁本刪改而成。

外，其餘 15 幅插圖均為八字標目，與回目格式相同，所有標題均可視為一個完整的主謂句，這意味著每一個標題都具有敘事功能，能表明人物的行動；二、除了圖 6 與圖 7 外，其他圖畫標題中的主語均為「魯達」（或「魯智深」），事實上圖 6 與圖 7 的主人仍然是「魯智深」——圖 6「眾長老鳴鐘會眾僧」是為了魯達的剃度，圖 7「趙員外辭別真長老」既委託智真長老看顧智深，「凡事看吾薄面」，又叮囑智深「凡事自宜省戒」。因此將這 16 幅插圖連貫起來看，即是本回魯達故事的另一種敘述：

　　一、魯達偶遇金氏婦女（圖 1～圖 3）

　　二、趙員外引薦魯達上五臺山出家（圖 4～圖 7）

　　三、魯智深兩次醉酒鬧事（圖 8～圖 15）

　　四、智真長老打發智深去相國寺（圖 16）

這個故事情節與本迴文字所表述的內容是完全吻合的，因此我們有理由認為《京》本實際上存在敘述相同故事情節的兩種不同形式：一種以文字的方式敘述，另一種以圖畫的方式敘述。讀者既可以帶著讀文時產生的想像到圖畫中去尋求印證，也可以「看圖讀文」，借助圖像的形象與直觀跳過文字障礙，同樣能夠獲得閱讀的審美愉悅。論裝幀與小說插圖的精美，文人學士無疑會選擇相對雅致的《李》本，但論價格與閱讀的接受程度，廣大的市井百姓當然更喜歡通俗的《京》本。

## 第三節　圖文結合作為敘事手段與小說文體的關係

　　文體是一種形式，它由符號構成。文學作品的話語形式並非局限於文字一途，除文字外，圖像也是人類廣泛使用的話語形式。英國符號學家特倫斯・霍克斯認為，「在人類社會裏，語言明顯地起支配作用並被普遍認為是占支配地位的交流手段。但是，同樣明顯的是，人類也借助非語詞手段進行交流，所使用的方式因而可以說或者是非語言的（儘管語言的模式仍然是規範的而且占支配地位的），或者是能夠『擴展』我們關於語言的概念，直到這一概念包括非言語的領域為止」〔註24〕。圖像就是這樣一種非語言的交流手段，「在圖像經驗裏，一定的感知機制在發揮作用，它和現實客體感知過程裏所包含

---

〔註24〕　（英）特倫斯・霍克斯《結構主義與符號學》，瞿鐵鵬譯，上海譯文出版社 1987
　　　　年版，第 128 頁。

的情況屬於同一類型。……圖像符號並不像客體那樣擁有『相同』的物質屬性，但它們仰仗於『同一』感知的『結構』，或同一關係系統（人們可以認爲，它們擁有同一種感覺，而不具備同一種物質感知支架）。」〔註25〕中國古代使用圖像作爲交流手段的歷史可謂源遠流長。一般認爲，成書於先秦時期的《山海經》是某種圖本的文字贊注，《隋書·經籍志》載郭璞曾作《山海經圖贊》，陶淵明《讀山海經》亦云：「泛覽周王傳，流觀山海圖」，朱熹云：「疑本依圖畫而爲之，非實紀載此處有此物也」〔註26〕，胡應麟也認爲「古先有斯圖，撰者因而紀之，故其文義應爾」〔註27〕。《山海經》基本上依靠圖像敘事，文字的敘事性並不明顯，單從文字部分很難發現完整的故事內容，是故神話學家袁珂認爲「這類故事情節完整的神話，在《山海經》中，實在並不多見。檢核起來，不過是七八段罷了。」〔註28〕原因其實很簡單，我們今天理解的「故事情節完整的神話」，是以文字表述爲標準的，所採用的物質媒介是文字，而先民對文字敘事的依賴程度遠不如圖像敘事，在《山海經》裏，圖像承擔主要的敘事功能，文字起補充說明的作用，這樣的圖文結合方式更像後來的畫報，與插圖本小說採取圖文結合的敘事方式沒有本質區別，只是圖像與文字分擔的敘事功能有程度輕重的不同。

　　中國古代小說選擇圖像與文字相結合的方式作爲敘事手段，理論上在於圖像與文字之間存在的天然聯繫使得圖文結合作爲敘事手段成爲可能。文字是一種假定的符號，它從圖畫中脫胎而來，逐漸簡單化，變成一種符號體系來代表語言，表達語言中的每一個詞。文字的演化，經歷了一個圖畫性逐漸減弱，而符號性逐漸增強的過程。在世界文字體系中，漢字與圖像之間的淵源更爲深刻。漢字採用以形表意的造字方式，「六書」中的象形、指事和會意三種方式都是直接以形表意；形聲字除以「形符」表意外，「聲符」也大多是一個以形表意字。漢字字形與事物之間的關係非常密切，最爲典型者如象形文字本身就是圖像的變形：「象形者，畫成其物，隨體詰詘，日月是也。」〔註

〔註25〕（意）烏蒙勃托·艾柯《符號學理論》，盧德平譯，中國人民大學出版社1990年版，第221頁。

〔註26〕（宋）朱熹《晦庵集》，《四庫全書》，上海古籍出版社1986年版，第1145卷，第418頁。

〔註27〕（明）胡應麟《少室山房筆叢》卷三十二，上海書店出版社2001年版，第315頁。

〔註28〕袁珂《中國神話史》，上海文藝出版社1988年版，第22頁。

〔註29〕（漢）許慎《說文解字敘》，中華書局1963年版，第314頁。

29〕隨著漢字的演化，具體的圖畫逐漸抽象爲線條構成的圖形，這給書寫帶來了極大的便利，但同時也因爲抽象而失去了圖畫固有的直觀性與形象性，這又給閱讀帶來了不小的困難。宋人鄭樵云：「見書不見圖，聞其聲不見其形；見圖不見書，見其人不聞其語。圖，至約也；書，至博也。即圖而求易，即書而求難」〔註 30〕，因此文化程度較低的群體仍然不得不借助於圖畫來表達思想，交流感情，這樣的事例在尙未開發的少數民族部落中仍然可以見到。在明代章回小說中，通俗化的語言是占支配地位的交流手段，但作者與讀者仍然不得不借助圖像手段進行交流。個中緣由，有人總結爲「蓋讀小說者類多婦孺，其於文章不能貫串涵泳以窺其妙，往往數四展誦，未得旨趣，不得不藉圖以傳之」〔註 31〕。此說未必深刻，但「婦孺」識字不多，不得已借助圖畫閱讀卻是事實。作爲一種篇幅長大、人物眾多、情節複雜的小說文體，章回小說無論是講述滄海桑田世事變遷的人類歷史，還是描述虛無縹緲上天入地的神魔鬼怪，無論是描繪世態炎涼人間百態的芸芸眾生，還是刻畫已經成爲市民理想人格化身與精神信仰的英雄好漢，單靠抽象的文字在創作與閱讀兩個方面都會面臨不少困難。縱然文化程度相對較高的小說作者能勉爲其難，但對廣大「愚夫愚婦」、「豎子牧民」而言，閱讀起來即便不是困難重重，至少也得磕磕碰碰。「因中國文字太難，只得用圖畫來濟文字之窮」〔註 32〕，而有了圖畫的補充說明，我們就無需替古人擔憂。明人汪廷訥云：「夫簡策有圖，非徒工繪事也。蓋記未備者，可按圖而窮其勝；記所已備者，可因圖而索其精。圖爲貢幽闡邃之具也。」〔註 33〕

古人讀書做學問講究「左圖右書」，「索象於圖，索理於書」，大抵圖畫直觀，易於賦形；文字深邃，長於說理。只有「圖」與「書」緊密結合，才能達到「人亦易爲學，學易爲功」〔註 34〕的效果。在插圖本章回小說中，圖畫與文字各擅其長，相互發明，二者之間的密切配合能夠最大限度降低閱讀的難度，增加閱讀的興趣，作爲中國古代通俗小說的主要類型，章回小說在許

〔註 30〕（宋）鄭樵《通志·圖譜略·索象》，上海古籍出版社 1990 年版，第 929 頁。
〔註 31〕《閱畫報書後》，《申報》1884 年 6 月 19 日。
〔註 32〕魯迅《連環畫瑣談》，《魯迅全集》第六卷，人民文學出版社 2005 年版，第 28 頁。
〔註 33〕（明）汪廷訥《坐隱奕譜·坐隱圖跋》，環翠堂刊本，廣西師大出版社 2001 年版。
〔註 34〕（宋）鄭樵《通志·圖譜略·索象篇》，上海古籍出版社 1990 年版，第 929 頁。

多方面具備「適俗」的特徵，圖文結合的敘事方式應當是一個重要方面。我們認爲，圖文結合強化了明代章回小說的通俗性，讀者群體對這種敘事方式的訴求與擁護刺激了書坊主與作者在小說文本中選取文字與圖像相結合的方式來建構文本的符號體系，使用明白如畫的語言與形象直觀的圖像能造成章回小說最大程度的通俗性，這對作者、讀者與書坊主三方都是一件大快人心的事情：有了圖像的補充，作者可以減少文字的使用，因爲「一幅詳明的版畫，比之長篇大論的文章，更能引人入勝，更能把道理闡說明白」〔註35〕，能夠以較少的文字表述更多的內容，在既定有限的篇幅中容納更多的故事情節；讀者一方面因爲有圖畫的配合而降低了認識與理解的難度，另一方面因爲圖畫的存在而增加了閱讀的興趣，能夠在獲取知識的同時得到審美的愉悅；書坊主則因爲銷量大增而獲利甚豐，對利潤的追求促使他們出版發行更多的章回小說，這又推動了章回小說文體的發展。

需要指出的是，隨著明代章回小說的發展，大批專業畫家與刻工加入到小說插圖的創作之中，極大地提升了插圖的審美品味，尤其是金陵、金閶、武林等地刻本，一改建陽本上圖下文的傳統版式，大量採用單面方式與雙面連式插圖，畫幅大增，更富於表現力，不僅故事背景得到突出，人物形象也精雕細刻，栩栩如生。如萬曆年間金陵世德堂刊本《新刻出像官板大字西遊記》、《唐書志傳通俗演義題評》，金閶龔紹山刊本《新鍥陳眉公批評春秋列國志傳》、《鐫楊升菴批點隋唐兩朝志傳》，錢塘王愼修重刊本《三遂平妖傳》等，都是明代章回小說插圖精品。據說當年馬廉先生得到王愼修刊本《三遂平妖傳》時欣喜若狂，竟將書齋「不登大雅之堂」易名爲「平妖堂」，可見繪刻精工的小說插圖對文人的吸引力有多大。其實早在明代中晚期，精美的小說插圖本就已經成了文人案頭的珍品，崇禎四年（1631）人瑞堂刊本《隋煬帝豔史·凡例》云：「坊間繡像，不過略似人形，止供兒童把玩。茲編特懇名筆妙手，傳神阿堵，曲盡其妙。一展卷，而奇情豔態勃勃如生，不啻顧虎頭、吳道子之對面，豈非詞家韻事、案頭珍賞哉！」章回小說發展到這裏，小說中的插圖已經超越了其最基本的敘事功能，成爲了提升小說審美層次的重要工具，這時的圖文結合也由確保章回小說文體通俗性的敘事手段轉變爲渲染文人雅致情懷的編輯方式，在章回小說從俗趨雅的發展過程中，詩詞韻文經歷過這種轉變，圖文結合也是如此。

---

〔註35〕鄭振鐸《〈中國古代版畫叢刊〉總序》，《鄭振鐸全集》第 14 卷，花山文藝出版社 1998 年版，第 275 頁。

# 結　語

　　有明一代二百八十餘年時間裏，章回小說大致形成了這樣一個創作格
局：歷史演義佔據半壁江山，神魔小說與之分庭抗禮，英雄傳奇正在自立門
戶，世情小說悄然異軍突起。章回小說題材重心的轉移一方面反映了作家創
作興趣與讀者閱讀期待的變化，另一方面也是對小說文體的認識逐漸深入、
作家自主創新能力逐步提高的表現。梁啓超曾經如此概括古代小說創作的模
式：「我國小說體裁，往往先將書中主人翁之姓氏、來歷，敘述一番，然後詳
其事跡於後；或亦有用楔子、引子、詞章、言論之屬，以爲之冠者，蓋非如
是則無下手處矣。」〔註1〕非常明顯，前者受史傳敘事的影響，後者是說話伎
藝的遺留，在具體的小說作品中這兩者往往同時存在，章回小說尤其如此。
明代早期的章回小說創作受史傳敘事影響非常深刻，不僅在題材的選擇上表
現出歷史故事的唯我獨尊，而且在敘事方式上與修史體例亦步亦趨，甚至乾
脆形同史鈔。作家們顯然還沒有找到一種新的體制格式，於是只能從話本小
說那裏尋求幫助，他們直接移用了話本小說的體制格式作爲章回小說的外
殼，舊瓶裝新酒，在很長時間裏章回小說都一直保留著話本小說的文體形態。
隨著小說文人化、書面化、典雅化的逐步加強，章回小說蛻化了話本小說的
某些特點，舊貌換新顏，但一些基本的體制格式仍然得以保留，並且內化爲
章回小說文體自身的一部分，其功能與意義早已超出了原來的成分。當這些
標誌性的文體形態特徵也最終消失的時候，便意味著章回小說文體的消亡。

---

〔註 1〕知新室主人《〈毒蛇圈〉譯者識語》，參陳平原、夏曉虹編《二十世紀小說理
　　　　論資料》第一卷，北京大學出版社 1989 年版，第 94 頁。

　　章回小說文體自元末明初產生，經過數百年的歷史演變，在漫長的時間裏留下了數以千計的小說作品，其中不少已經成了我們民族寶貴的文學遺產，給我們帶來了獨具魅力的審美享受。時至今日，仍然有人癡迷於這種文體，在孜孜不倦地創作章回小說，雖然讀者已寥寥無幾；小說文體自身也發生了顯著的變化，除了還保留著分回標目的最後一道防線，小說中回目的設置以及詩詞韻文等「遊辭餘韻，神情寄寓處」再已難現往昔的精彩。不敢奢望章回小說這種古老的文體形式再煥發出新的生機與活力，在網絡、電視、報刊、雜誌等媒介所帶來的新的文化消費形式的衝擊下，章回小說的創作與接受前景堪憂，最終恐怕難以逃脫消亡的宿命。果真如此，則加強對古代章回小說的挖掘、整理、研究，應當成為這個時代文化遺產保護的一項重要內容，當代學界的一個歷史使命。

# 附錄　明代章回小說編年敘錄

## 一、凡　例

一、本編年收錄明代章回小說刻本 163 種，起於正德年間刻本《孔聖宗師出身全傳》，止於南明弘光元年（1645）刻本《剿闖通俗小說》，以作品的刊刻年代為限。刊刻年代尚無定論，如以「明末清初」或「明清之際」概稱之者暫不在本編年收錄之列。

二、本編年力求展現明代章回小說刻本的全貌，凡同一小說的所有明代刻本皆收錄入內，刊刻於其他年代的版本則不在此列。敘述時以初刻本、通行本為重點，其他從略。

三、本編年所敘內容以版本形態、文體形態為主，兼及小說的成書方式與題材來源，對小說內容不作過多介紹。部分小說的序跋與凡例中涉及上述內容，也酌情抄錄入內。

四、本編年所收小說以《古本小說集成》、《古本小說叢刊》、《明清善本小說叢刊》、《思無邪彙寶》為主，同時參考了《中國通俗小說總目提要》、《中國古代小說總目》（白話卷）等資料，敘錄中的部分內容參閱了上述書目中的《前言》及相關介紹，在此一併說明，並致謝忱。

## 二、正文

### 正德年間

#### 孔聖宗師出身全傳　四卷　十九則

不題撰人。全名《全相孔聖宗師出身全傳》。第一則前作《新鋟孔聖宗師

出身全傳》。全書分四卷十九則,分則標目,則目為單句,字數不一,以六七言居多。各則以「卻說」、「話表」開頭,結尾有「不知後來如何,再聽下回又講」、「話猶未竟,再聽下面又敘」句式,尚未定型成格式。上圖下文,正文半葉十行,行十七字。

此書或由書會才人依據平話創作而成,第一卷第一則(則目頁佚)「後有山人覽傳至此,口占西江月一首⋯⋯」、「備論歷代帝王」一節末尾有「後有才人覽傳至此,援筆題曰⋯⋯」句式,「山人」為何種身份尚不可知,但「才人」當指編撰本書之作者。全書根據《闕里志》中孔子年譜次序,雜取史傳、《孔子家語》等書中有關孔子事跡編寫而成,沒有貫串情節,內容以對話、解說為主,語言比較呆板,插圖亦單調不夠生動。一般每則後有詩詞作結,常用一些小說套語,可見作者是企圖以小說形式宣揚孔子事跡的。但由於作者拘泥於史料記載,雖知套用小說形式,而未能注重小說的人物形象塑造和故事情節安排,全無文采。是以《西諦書目》和《北京圖書館善本書目》均把此書列入史部傳記類,不認為它是小說。

### 嘉靖元年（壬午，1522）

#### 三國志通俗演義　二十四卷　二百四十則

司禮監刊本。前有弘治甲寅(七年,1494)庸愚子(金華蔣大器)《三國志通俗演義序》,末署「弘治甲寅仲春季望庸愚子拜書」,有章二,曰「金華蔣氏」、「大器」。次有嘉靖壬午(元年,1522)修髯子‧關中(或關西)張尹(字尚德)《三國志通俗演義引》及《三國志宗僚》,末署「嘉靖壬午孟夏吉望關中修髯子書於居易草亭」,有「關西張尚德」章。卷首題「晉平陽侯陳壽史傳」、「後學羅本貫中編次」。正文半葉九行,行十七字。無圖。

此本全書分二十四卷,每卷十則,共二百四十則。則目為七言單句,不標則數。各則開頭無套語,結尾有「畢竟如何,且聽下回分解」、「此人是誰?」、「後來如何?」等句式,但尚未定型成格式。經常中斷敘事進程,介紹主要人物出場,以史傳筆法追溯家世源流,如同小傳;同時雜以野史傳聞,傳主時常籠罩命定光環。對人物外表亦有所描繪,用散文體。較少「卻說」、「話說」、「看官聽說」之類說書人口吻,插入較多的「史官詩曰」、「論曰」、「贊曰」一類文人化程度較高的評論。戰爭描寫程序化,常有「××領兵三千,伏於左路;××領兵兩千,伏於右路」之類套語。雖然明顯不同於話本體式,

但說書人的影響依然清晰可見。敘述者隨意打斷敘事時間，轉述其他話題，造成故事情節的零亂與破碎。以史爲綱，輔以野史傳聞的寫法亦爲後來歷史小說所仿傚。

### 嘉靖二十七年（戊申，1548）

### 新刊通俗演義三國志史傳　十卷　闕卷三、十

　　建陽葉逢春刊本。前有嘉靖二十七年元峰子《三國志傳加像序》，序後有「新刊按鑒漢譜三國志傳繪像足本大全目錄」，包括十卷二百四十段的則目和「三國君臣姓氏附錄」的目錄，後加周靜軒先生詩。卷首題「新刊通俗演義三國志史傳卷之一」、「東原羅本貫中編次」、「書林蒼溪葉逢春彩像」、「起（漢靈帝）中平元年甲子歲」、「止（漢獻帝）興平二年乙亥歲」、「首尾共一十二年事實」、「目錄二十四段」，接著羅列二十四段的則目，繼後題「按晉平陽侯陳壽史傳」，接下來便有「一從混濁分天地」以至「萬古流傳三國志」的歷代歌，然後才開始本文。第二卷以後則只題「東原羅本貫中編次」，有起止年代和則目目錄，再題「按晉平陽侯陳壽史傳」，緊接著本文。上圖下文，半葉十六行，行二十字。

　　此本內容、文字與嘉靖司禮監刊本基本上一致，只有以下幾點不同：

　　第一、則目以七言爲主，間有六言、八言，似乎更接近原本。

　　第二、每卷卷首都標明所敘歷史起止年代。這在以後的很多版本中都被繼承，成爲歷史演義通用的方法，而其來源當是《通鑒綱目》，因此更早的原本《三國志演義》或許已經如此。

　　第三、卷首「一從混濁分天地」以下的歷代歌，也是嘉靖本所無，或爲此本所加，也有可能是原本所有。後之建陽刊本多轉引此歌，乃名曰「全漢歌」或「全漢總歌」。這種從天地開闢爲始歷敘各代的歌詞在成化本說唱詞話等說唱文學中較常見，表明建陽刊本接近民間文學的性質。

　　第四、嘉靖司禮監刊本所加的很多來自史書的論贊、表、注解乃至尹直的諸葛亮贊，在此本都找不到，此本只保留著來源更早的一些注解。

　　第五、引用很多周靜軒先生的詩，爲嘉靖司禮監本所無，或是此本所加，也有可能爲原本所有。

　　第六、此本文字比嘉靖司禮監本粗糙，脫文或訛誤較多，卻往往無意中保留著原本部分面貌，足以訂正嘉靖司禮監本之誤。

總之，嘉靖司禮監本和此本為源自同一祖本卻具有不同特色的兩種版本。嘉靖本引用大量史書資料，其主要趨向為史化；此本的特色在於加像、加靜軒詩等，其主要傾向為通俗化、娛樂化。這兩種不同的特色決定了以後《三國志演義》演變發展的導向，分別被江南刊本和建陽刊本繼承。

### 嘉靖三十一年（壬子，1552）

#### 新刊大宋中興通俗演義　八卷　七十四則

建陽楊氏清江堂刊本。首載熊大木《序武穆王演義》，署「嘉靖三十一年歲在壬子冬十一月望日建邑書林熊大木鍾谷識」。次凡例七條，圖三十幅。正文卷一首題「新刊大宋演義中興英烈傳卷之一」，署「鼇峰熊大木編輯、書林清白堂刊行」，而卷一末則題「新刊大宋中興通俗演義卷之一」。卷一第一葉版心無書題，第五、六、七、八葉版心題「大宋演義」，除此五葉外，全書其他各葉版心均題「中興演義」。卷八末有木記云：「嘉靖壬子孟冬楊氏清江堂刊行」。版心題「大宋演義」與卷一第一葉書題「新刊大宋演義中興英烈傳」統一，但與全書其他各葉所題不統一，正文前五葉乃後來補配，卷一第一葉署「清白堂刊行」，則補配者為清白堂。正文半葉十一行，行二十二字。板框上下雙欄，行間有絲欄。有雙行小字注釋。正文中有按語，亦有評語。

所附《會纂宋岳鄂武穆王精忠錄後集》卷首署「賜進士巡按浙江監察御史海陽李春芳編輯、書林清白堂梓行」。全書分為三則，則無序數，則目為「古今褒典」、「古今賦詠」、「律詩」。每則首葉和末葉均題「會纂宋岳鄂武穆王精忠錄後集」。第三則「律詩」末葉有木記：「嘉靖壬子年秋清白堂新梓行」。書末附正德五年李春芳《重刊精忠錄後序》。版心題「精忠錄」，魚尾間題「後集」，魚尾下署葉次。正文半葉十一行，行二十二字。

分則標目，不標則數，則目為七言單句（偶有八言）。各則開頭間或有「卻說」字樣，結尾間或有「且聽下回分解」語句，但均未定型成格式。第一則有長篇古詩一首，概述自開天闢地至大宋一統天下事，類似話本小說之入話。此書系熊大木「以王本傳行狀之實跡，按通鑑綱目而取義」作成。每卷卷首均標明所敘歷史起訖時間、「首尾凡×年」事實，所據史料出自《續資治通鑑綱目》並仿綱目體，有雙行小字注，有按語，有評語，評語冠以「論曰」、「評曰」、「斷雲」、「綱目斷雲」、「史評曰」、「史臣曰」、「瓊山丘氏（塋）曰」等。引劉後村、姚子章、洪兆等人詩並徐鹿文，正文中輯入大量表、疏、奏、詔。

開頭、結尾全無套語，敍事拘牽於史實，雜以野史傳聞，如《凡例》所云：「大節題目俱依通鑑綱目牽過，內諸人文辭理淵難明者愚則互以野說連之，庶便俗庸易識」，文中大量引用表、疏、奏、詔，使得小說史意有餘而文采不足，說書人語氣淡薄而文人化程度增強，未必如作者所願「庶便俗庸易識」。倒是正文前所附三十幅插圖稱得上圖文並茂，通俗易懂，稱得上「俗庸易識」。

不憑文采而靠插圖招徠讀者，或許是熊大木一輩文化程度不高的書坊主改竄、編撰通俗小說的共同特點。建陽刊本大都取上圖下文版式，刊印讕陋，但「流佈甚速」，這與書坊主設法降低刊刻成本，迎合讀者口味有很大關係。

### 嘉靖三十一年（壬子，1552）

### 新刊參採史鑒唐書志傳通俗演義　八卷　九十節

熊大木撰　建陽楊氏清江堂刊本。題「金陵薛居士的本」、「鰲峰熊鍾谷編集」。首李大年《唐書演義序》，落款後鈐有陽文印章二：「首引」、「江南散人」。次「新刊唐書志傳目錄卷之首」，列「唐臣紀」八十六人、「諸夷番將紀」七人、「皇族紀」二人、「別傳」二十人。目錄葉題「新刊秦王演義」，八卷九十節。其第三十五節、三十六節的題目爲墨丁，正文第三十四節後第三十七節前，中只一節，其節的序數和題目均爲墨丁。據此推斷，編書時只有八十九節，刊刻時誤爲九十節，第三十六節誤刻爲三十七節，以下蟬聯，不可勝改，故成此狀。正文第九十節之「九十」二字亦爲墨丁，且無題目。正文卷首題「新刊參採史鑒唐書志傳通俗演義」，署「金陵薛居士的本、鰲峰熊鍾谷編集」。每卷之首均標明情節時間起訖，並注「按唐書實史節目」。惟卷二的起訖時間被剗去。卷一正文前引有《鍾谷子述古風一篇單揭唐創立之有由》。正文半葉十二行，行二十五字。版心題「唐史志傳」或「唐國志傳」。正文中引有周靜軒詩。卷末有木記云：「嘉靖癸丑孟秋楊氏清江堂刊」。

分節標目，標明節數，節目爲聯句。各節開頭有「卻說」引領語詞，結尾偶有「看下節如何分解」套語，但未定型成格套。全書大體抄綴史書而成，基本上以《資治通鑑綱目》中隋唐史實爲據，按順序照抄原文，再雜以少量虛構故事。文中多靜軒詠史詩，歷史文獻也有不少，熊大木所撰歷史演義大多如此。

### 嘉靖三十二年（癸丑，1553）

### 鼎鍥京本全像西遊記　二十卷　一百回

建陽楊氏清江堂刊本。上圖下文，文半葉十五行，行二十七字。內封面

題「新鐫全像西遊記，書林楊閩齋梓行」，每卷首行題「鼎鐫京本全像西遊記卷×」，次行三行題「華陽洞天主人校，閩書林楊閩齋梓」，卷二、三、七至九、一四至一九均題「清白堂楊閩齋梓」，藏日本內閣文庫，臺灣《明清善本小說叢刊》影印。(據黃永年《論〈西遊記〉的成書經過與版本源流——〈西遊證道書〉點校前言》，見《古代文獻研究集林（第二集）》)

### 嘉靖間

**忠義水滸傳　二十卷　存第十一卷第五十一至第五十五回**

明嘉靖間刊本。題「施耐庵集撰」，「羅貫中纂修」。正文半葉十行，行二十字。

### 嘉靖間（1522～1566）

**京本忠義傳　二十卷　殘存第十卷之第十七、三十六背面兩葉**

版心上端標目《京本忠義傳》，當是書名之簡寫。魚尾下標卷數，下端或魚尾下標葉碼。葉面分上下兩欄：上欄爲總括每葉內容的提要細目；下欄爲正文。殘存卷十之第十七葉內容爲「石秀見楊林被捉」，其故事見「容與堂」刊「百回本」之第四十七回。第三十六葉內容爲「祝彪與花榮戰」，其故事見「容與堂」刊「百回本」之第五十回。以每五回爲一卷計算，第十卷恰爲第四十六回至第五十回，可知此殘本乃是出版時間最早的一百回「初定」系統，是非常珍貴的《水滸傳》版本資料。

### 嘉靖間

**大宋中興通俗演義**

嘉靖內府精抄本。圖彩繪，共三十八葉。僅存卷四、五、六、八、九。版框爲紅格紅口，四周雙邊。全書一百七十四葉。有蕭璠跋。

### 嘉靖間

**水滸傳　一百卷　一百回**

郭武定刊本。據馬蹄疾《水滸書錄》：「此本傳說爲明嘉靖時武定侯郭勳家刻。見於明晁瑮《寶文堂書目》，也多見於明、清筆記之記載。明汪道昆《忠義水滸傳序》云：『其書無慮數百十家，而《水滸》稱爲行中第一……嘉靖時，郭武定重刻其書，削去致語，獨存本傳。余猶及見燈花婆婆數種，極其蒜酪。』又明楊定見《忠義水滸全傳發凡》云：『郭武定本，即舊本。

移置閣婆事甚善；其於寇中去田、王而增遼國，猶是小家照應之法。不知大手筆者不正爾爾。』從這些敍述，郭勳刻本是在『舊本羅貫中水滸傳』的基礎上整理的。」從以上兩則記載所指的幾處重要修改，可知「舊本羅貫中水滸傳」原有「征田虎、王慶」內容，因爲「舊本」原稿極不成熟，需要進行大的修改，所以在刊行「初定本」百回本時，將其暫行刪去。至袁無涯刊行修改定稿後的一百二十回本時，則將修改、定稿後的「田、王二傳」重新恢復。

### 萬曆十六年（戊子，1588）

#### 全漢志傳　十二卷　一百十八則

熊大木撰。余氏克勤齋刊本。《全漢志傳》由《西漢志傳》與《東漢志傳》組成，西漢六卷六十一則，東漢六卷五十七則，合計十二卷一百十八則。西漢首《敍西漢志傳首》，東漢首《題東漢志傳序》，均署「萬曆十六年秋月書林余氏克勤齋梓」。《西漢志傳》卷一題「京本通俗演義按鑑全漢志傳」署「鼇峰後人熊鍾谷編次，書林文臺余世騰梓行」。克勤齋乃福建建陽書坊，其刊刻者署名尚有余碧泉、余明臺等。《東漢志傳》卷一署「愛日堂繼葵劉世忠梓行」，尾葉圖中有木記云：「清白堂楊氏梓行」。正文上圖下文，每半葉十四行，行二十二字。

元明兩代以兩漢故事爲題材之小說甚多，今存元代平話《前漢書續集》，明萬曆三十三年刊本《兩漢開國中興傳志》，甄偉《西漢通俗演義》，謝詔《東漢十二帝》等，而以《全漢志傳》敍兩漢史事最爲詳備。

全書敍事摹仿《三國》與《水滸》。尤其是人物的描述，劉秀每以忠義之由辭受皇位，係爲劉備之翻版；其下 28 員戰將爲天上星宿下凡，顯然抄襲《水滸》之「36 天罡星，72 地煞星」轉世；排兵布陣，籌劃謀略，以及動輒觀星象，看人相，極似《三國》。內容大多遵從史實，較少發揮。全書敍述還算脈絡清楚，主次分明，雖然人物性格並不突出，但也並無前後矛盾之處。可惜《三國》、《水滸》在前，無法邁越前者。各則以七言單句爲目，開頭較少套語，多接前則直接敍述故事；結尾則大多有定型化語句，如「欲知如何，下回便見」等，接近後來通見之「欲知後事如何，且聽下回分解」等句式。中間有幾處前後之間銜接脫節，如「白水村明君出現」一則，第 22 頁與第 23 頁之間便前後脫節，或爲影印之遺落，或爲作者之倉促大意所致。

**萬曆十六年前後**（戊子，1588）

**張鳳翼序刻武定版忠義水滸傳　一百回**

原本未見。張鳳翼（1527～1613）《處世堂集・續集》卷六四載《水滸傳序》中有「刻本惟郭武定為佳，坊間雜以王慶、田虎，便成添足，賞音者當辯之」等語，可知此本當刻於郭武定本同時，據《處世堂集》其他篇目推定，此序的撰寫時間當在明萬曆十六年（1588）前後，是現存時間最早的《水滸傳序》。作者撰寫此《序》時，包括「田、王」二傳在內的《水滸全傳》已經與「百回本」同時在世間流行。

**萬曆十七年**（己丑，1589）

**新安刻天都外臣序忠義水滸傳　一百卷　一百回**

天都外臣序，新安刻。據沈德符《萬曆野獲編》云：「武定侯郭勳，在世宗朝，號好文多藝，能計數。今新安所刻《水滸傳》善本，即其家所傳，前有汪太函（道昆）序，託名『天都外臣』，所說即此本。原本已佚。

**萬曆十九年**（辛卯，1591）

**新刊校正出像古本大字音釋三國志通俗演義　十二卷　二百四十則**

金陵周曰校刊本，或稱萬卷樓刊本。板心下題「仁壽堂刊」。首有《全像三國志通俗演義引》，末署「嘉靖壬子孟夏吉望關中修髯子書於居易草亭」，旁署「萬曆辛卯季冬吉望刊於萬卷樓」，又有《全像三國志通俗演義敘》，末署「弘治甲寅仲春季望庸愚子拜書」。正文署「晉平陽侯陳壽史傳」、「後學羅本貫中編次」、「明書林周曰校刊行」。封面上有周曰校識語，謂「是書也刻已數種，悉皆訛舛。輒購求古本，敦請名士，按鑒參考，再三讎校，俾句有圈點，難字有音注，地裏有釋義，典故有考證，缺略有增補，節目有全像」云云。正文半葉十三行，行二十六字。

則目為七字單句，不標則數，每則有圖兩面合成一幅，有十一字聯句，比較工整，與則目的古拙形成鮮明對比。各則開頭無套語，結尾偶見「畢竟如何，且聽下回分解」句式，但未定型成格式。

是書為《三國志通俗演義》嘉靖本在「萬曆辛卯」的「新刊校正」本。除由嘉靖本的二十四卷二百四十則改訂為十二卷二百四十則外，在則目上也有些許出入。如嘉靖本第 83 則「張益德據水斷橋」、第 84 則「劉玄德敗走夏口」分別為萬卷樓本第 81 則「張益德據水斷橋」、第 82 則「劉玄德敗走夏口」，

而嘉靖本的第 81 則「劉玄德敗走江陵」、第 82 則「長阪坡趙雲救主」則爲萬卷樓本所無。同樣地，嘉靖本第 123 則「玄德斬楊懷高沛」、第 124 則「黃忠魏延大爭功」分別爲萬卷樓本第 121 則「玄德斬楊懷高沛」、第 122 則「黃忠魏延大爭功」，而嘉靖本第 121 則「趙雲截江奪幼主」、第 122 則「曹操興兵下江南」則爲萬卷樓本所無。

### 萬曆十九年（辛卯，1591）

#### 皇明開運英武傳　八卷　五十九節

郭勳撰。原板南京齊府刊行，書林明峰楊氏重梓。題「新鐫龍興名世錄皇明開運英武傳」。卷一署「原版南京齊府刊行、書林明峰楊氏梓行」。

分節標目，不標節數，節目爲七言聯句，對仗較爲工整。各節開頭無套語，有詩或詞一首。結尾偶見「……如何，下節便見」語句，但數量極少，以因故事結束而自然結尾者居多，沒有出現《水滸傳》中成熟、定型的結尾模式。第一節前有長篇古詩一首，概述全書情節。每卷前標明故事起訖時間，起於元順帝至正元年辛巳歲，終於明洪武十四年辛酉歲，前後共 48 年。作爲歷史小說，未脫《三國志通俗演義》窠臼，隨處可見《三國志通俗演義》的影子，寫人常取自神其主俗套，敘事則不如《三國志通俗演義》有規模，有氣勢，人物性格也不甚鮮明，缺少獨創。如劉基像諸葛亮的翻版，徐達、常遇春等將領則是關羽、趙雲等人的延續。而第一回敘地坍一角，有石碑預言國運一事，顯然係模仿《水滸》。敘事中多插「史臣論曰」類大段議論與奏章表折等公文，故事情節時常中斷，極不連貫，似史非史，似小說非小說。

### 明萬曆二十年（壬申，1592）

#### 新刊京本校正演義全像三國志傳評林　二十卷，存卷一至八、十三至十八

雙峰堂余象斗刊本。前有《三國志宗僚》，卷首題「晉平陽（侯）陳壽史傳」，「閩文臺余象斗校梓」。上評，中圖，下文。半葉十五行，行二十二字。卷一、三、五、七、十三、十五第一葉都有半葉圖一幅。

此本乃余象斗於萬曆二十年出了《音釋補遺按鑑演義全像批評三國志傳》之後，再度受萬卷樓本等江南版本的影響加以修改的本子，代表了建陽本靠攏江南本的傾向，書名中的「京本校正」爲其標誌。具體表現爲：

第一、棄余象斗本的《君臣姓氏》，另取江南本《三國志宗僚》。《君臣姓氏》中有關索的名字，《三國志宗僚》則無。

第二、單數卷前面所加的半葉圖，不符合建陽本上圖下文的版式，乃模
仿江南本所爲。

第三、評林部分除轉錄部分余象斗本原來批評之外，另採用江南本的一
些注解和音釋。

## 萬曆二十年（壬辰，1592）

### 新刻出像官板大字西遊記　二十卷　一百回

金陵世德堂刊本。題「華陽洞天主人校，金陵世德堂梓行」。卷九、十、
十九、二十則題「金陵榮壽堂梓行」，卷十六題「書林熊雲濱重鍥」，可能是
三種刻本的拼湊。

卷首有秣陵陳元之《刊西遊記序》，末署「壬辰夏端四日」。比癸卯本似
早十一年。華陽洞天在南京屬句容縣，秣陵即南京，華陽洞天主人很可能就
是陳元之。有年代可考的百回本，以此書爲最早。圖嵌正文中，半葉十二行，
行二十四字。

分回標目，回目爲聯句，以七言居多，間以四言、五言或八言。各回開
頭間或有「話表」、「卻說」等詞；結尾有「畢竟……如何，且聽下回分解」
套語，已成定式。文中大量使用詩、詞、賦及各種韻文，所佔比例極高。沒
有明顯的說書人口吻，但隨處可見的韻文似乎也可用來說唱。但凡人物、景
物、戰鬥及一般的場面描寫，敘述者全用韻文，雖然明代章回小說使用韻文
並不少見，但此書尤爲特別。唐僧取經過程中八十一難，作爲八十一個小故
事，敘述過程模式化，不離「行進——逢妖——除妖——行進」或「行進—
—逢妖——求救——除妖——行進」等程序。惟其騰挪變化，上天入地之描
述，大多爲後世神魔小說所借鑒。

世德堂本刪去原本第九回「陳光蕊赴任逢災，江流僧復仇報本」，將第十、
十一、十二回分編爲四回，塡還第九回的空缺。但第十一回唐僧出身的韻語
中卻又留下刪改前的痕跡：「出身命犯落（紅）星，順水隨波逐浪泱。海島金
山有大緣，遷安和尚將他養。」遷安，本書做法明。第九十九回總結取徑八
十一難，仍將「滿月拋江」列爲第三難。這是無法彌逢的矛盾。

由此可以想見在世德堂本之前必有另一原本。陳元之序說：「或曰出今天
潢河侯王之國，或曰出八公之徒，或曰出王自制。」黃永年據周弘祖《古今
書刻》推定此書所記的魯王府刻《西遊記》是它的原本（見《論西遊記的成

書經過和版本源流》，陝西師範大學古籍整理研究所《古代文獻研究集林》第
二集）。據《實錄》，周弘祖萬曆十三年以南京光祿寺卿被劾罷官。所署壬辰
可能是嘉靖十一年，也可能是萬曆二十年。

萬曆二十年（壬辰，1592）

**音釋補遺按鑑演義全像批評三國志傳　二十卷　存卷一至十二、十
九、二十**

建陽書林雙峰堂余象斗刊本。封面上題「桂雲館余文臺新繡」、「謹依古
板」、「校正無訛」、「按鑑批點演義」、「全像三國評林」。中間有識語，上有圖
大小兩面，當是所謂「獻帝即位」圖。有萬曆壬辰（二十年，1592）余象烏
撰《題全像評林三國志敘》，版框內上頭另題《三國辯》，云：「坊間所梓三國
何止數十家矣，全像者止劉鄭熊黃四姓，宗文堂人物醜陋，字亦差訛，久不
行矣。種德堂其書板欠陋，字亦不好，仁和堂紙板雖新，內則人名詩詞去其
一分，惟愛日堂者其板雖無差訛，士子觀之樂然，今板已朦，不便其覽矣。
本堂以諸名公批評圈點校證無差，人物字畫各無省陋，以便海內士子覽之，
下顧者可認雙峰堂爲記。」接著有《全漢歌》、《按史鑑後漢三國志目錄》、《按
史鑑後漢三國志君臣姓氏附錄》。卷首稱「音釋補遺按鑑演義全像批評三國志
傳卷之一　後漢」、「東原貫中羅本編次」、「書坊仰止余象烏批評」、「書林文臺
余象斗繡梓」。（卷七、卷八又稱：「書坊仰止余世騰批評」）版面分上中下三
段，上段爲《新增評斷》，中段爲圖，下段乃本文。本文部分半葉十六行，行
二十字。卷二十最後一葉圖左題「書林忠懷義刻」，後有蓮臺牌記「萬曆壬辰
仲夏月」、「書林余氏雙峰堂」。書末有木記，云：「萬曆壬辰仲夏月，書林余
氏雙峰堂」。

此本序中《三國志辯》爲《三國志演義》的版本研究提供了可貴資料，
據此可知葉逢春第一次出版加像本之後不到五十年之間已有四種有圖本出
現，從中亦可窺見《三國志演義》的出版自萬曆以後逐漸盛行的情況。

萬曆二十年（壬辰，1592）

**三遂平妖傳　四卷　二十回**

羅貫中撰。金陵唐氏世德堂刊本。首《重刊平妖傳引》，末署「武勝童昌
祚益開甫撰，虎林柴應楠仲美甫書」。目錄葉題「三遂平妖傳」。全書分爲四
卷。一至五回爲卷一；六至十回爲卷二；十一至十四回爲卷三；十五至二十

回爲卷四。目錄置於各卷之前。卷一至卷三題「東原羅貫中編次」、「錢塘王愼修校梓」，卷四則題「東原羅貫中編次」、「金陵世德堂校梓」。文中嵌有插圖三十幅，均左右兩個半葉合爲一圖。圖記刻工名：「金陵劉希賢刻」。正文半葉九行，行二十字。

明確標明回數，每回以七言或八言對句爲目，而八言居多。結尾有定型化句式「畢竟……如何，且聽下回分解」，較前幾種小說更接近後來的結尾樣式。全書以神話爲主，以歷史爲幌子，人物的神通變幻尚不離於現實生活，較《西遊記》更爲拘謹，較《封神演義》更爲寫實。在結構安排上似乎摹仿《水滸傳》，前六回以胡永兒事爲主，第七至第十五回以張鸞、左瘸師、卜吉等人事爲主，第十六回至第二十回以王則事爲主。第八回「野林中張鸞救卜吉、山神廟張鸞賞雙月」中張知州將卜吉刺配山東密州牢城，暗地裏囑咐防送公人於半路結果卜吉性命，被張鸞所救一段情節與《水滸傳》中林沖刺配滄州、高太尉囑咐防送公人於半路結果林沖性命，被魯智深所救一段情節極其相似，猶有甚者，連兩個公人的名字都叫董超、薛霸。學界一直有羅貫中撰《水滸傳》一說，此處情節或許也是一證。書中有幾處較爲細膩、逼眞的心理描寫，如第十回「莫坡寺瘸師入佛肚 任吳張夢授永兒法」吳三郎跌落佛像前的心理活動即詳盡，細緻，逼眞如畫。全書儘管較《水滸傳》遠少些說書人的干預，但敘述者有時也難免不由自主地跳出故事的敘述，以說書人口吻發表自己的評論，如第十二回「包龍圖下令捉妖僧 李二哥首妖遭跌死」：「……他夫妻兩個有一個會事的就出來拜謝了這個和尚，便齋他一齋打什麼緊？終不成他眞個要你的齋吃？他來試探你也未見得，或者把幾句好言語指斷他，交他離了我家便了。李二夫妻卻沒有這般見識，千不合萬不合起個念頭道……」。

《三遂平妖傳》演宋時貝州王則起義事，起於胡員外產女永兒，中敘聖姑姑傳法及卜吉、張鸞、彈子和尚等事，並敘王則變亂始末，止於文彥博平亂班師。王則事《宋史》有傳，以慶曆七年僭號東平郡王，改元得聖，六十六日而平，是一次短暫的起義活動。此事在民間早有流傳，羅燁《醉翁談錄》記南宋說話人的小說節目中有「貝州王則」的記載。羅貫中或即在民間傳說和說話人底本的基礎上再行加工創作而成，有類於《忠義水滸傳》的創作過程。該書版本早有著錄，明嘉靖晁瑮《寶文堂書目》即有「三遂平妖傳上下卷」，「南京刻」記錄，此書卷四首題「金陵世德堂校梓」正相吻合。與現存

明萬曆間金陵世德堂刻《新刻出像官板大字西遊記》相比較，其版刻風格、插圖形式均極近似。據卷四所署，可知此本原爲金陵世德堂所刊；而據童昌祚所撰「引」及卷一至卷三所署，又可知此書系王愼修據世德堂本重刊。

### 萬曆二十一年（癸巳，1593）

#### 新刊出像補訂參採史鑒唐書志傳通俗演義　八卷　八十九節

金陵唐氏世德堂刊本。此爲嘉靖三十二年（1553）楊氏清江堂刊本《唐書志傳通俗演義》的翻刻本，文字悉同，不同之處爲本書書眉上加有題評。首有《唐書演義敍》作序者即題評者，正文卷首署「歲癸巳陽月」「姑孰陳氏尺蠖齋評釋」。次有「新刊唐書志傳姓氏」，「唐臣紀」八十六人，「諸夷番將紀」列七人，「皇族紀」列二人，「列傳」列二十人。目錄葉題「新刊秦王演義」。正文卷首題「新刊出像補訂參採史鑒唐書志傳通俗演義題評」，署「姑孰陳氏尺蠖齋評釋、繡谷唐氏世德堂校訂」。每卷卷首題署相同。圖二十四幅，附於正文之中。每圖由兩個半葉合成，圖右上角有題，記有刻工王少淮姓名字樣。正文半葉十二行，行二十四字。有眉批。正文中間有雙行小字注釋。版心題「唐史志傳」，下端或有「世德堂刊」四字。

### 萬曆二十一年（癸巳，1593）

#### 新刊出像補訂參採史鑒唐書志傳通俗演義題評　八卷

金陵周氏大業堂刊本。版本情況或同世德堂刊本。

### 萬曆二十二年（甲午，1594）

#### 京本增補校正全像忠義水滸志傳評林　二十五卷　一百零四回

雙峰堂刊本。書前無目次。正文有卷數，有回目，三十一回後無回數。書前有「萬曆（二十二年）甲午（1594）歲臘月吉旦」《題水滸傳敍》。卷首署「中原貫中 羅道本 名卿父 編集，後學 仰止 余宗下 雲登父 評校，雲林文臺 余象斗 子高父 補梓」。上圖下文，半葉十四行，行二十一字。

此本在容與堂本《李卓吾批評忠義水滸傳》基礎上刪改而成。保留了容與堂本的《引首》（略有刪節），刪去了《批評水滸傳述語》等四篇文字及目錄，增添了一篇《題水滸傳敍》，每葉上半葉增插圖一幅，圖上部有評，左右兩邊有題解說明。與容與堂刊本較，此本刊印讝陋，文字粗疏，故事情節歧亂蕪雜，章回劃分長短不均，回目命名尙欠規範，甚至正文內容自卷七「三

十一回」以後，連回數排列都沒有編就。所增插圖，爲迎合知識水平不高的讀者，便於銷售。具體說來，有如下特點：

一、縮減文字，刪略殊多，正如明人胡應麟所謂：「止錄事實，遊詞餘韻神情寄寓處，一概刪之。」（《少室山房筆叢》卷四十一）。此書卷首題敘上格《水滸辨》已明言：「今雙峰堂余子改正增評，有不便覽者芟之，有漏者刪之」。余象斗刪改容與堂刊本固然全爲射利計，爲獲取最大利潤使然，致使刪略過多，有些語句甚至不通。但他刪改的大量韻文詩詞，實與故事情節並無太多關涉，因此從另一角度而言，此舉促成了明代章回小説的精簡。事實上章回小説發展到明中後期，文人獨立創作的小説中詩詞及韻文數量已大爲減少，到明末清初，與故事情節無涉的詩詞及韻文更是少見。

二、增入征田虎、王慶故事。這雖然非此本所獨有，另一殘本《新刊京本全像插增田虎王慶忠義水滸全傳》亦然，但兩書版式基本一樣，可能也是余氏書坊所刊。標出「增補」、「插增」，表明已與傳世之百回本不同，至少可斷田虎、王慶故事是其時所增補，導致嗣後不久出現了一百二十回本《水滸全傳》。

分回標目，標明回數，回目爲七言聯句。開頭有詩，以「話説」引出所敘故事；結尾有「且聽下回分解」語句。本書是容與堂本《李卓吾批評忠義水滸傳》的簡本，總體刪節情況是前面部分刪節較少，還保留了較多的詩詞韻文，到後來幾乎刪節怠盡。因爲刪節程度的加劇，所以全書在敘事節奏上呈現逐漸加快的趨勢，但從藝術欣賞的角度而言，詩詞韻文的缺失同樣導致了古典章回小説那種雍容不迫的敘事氣度的喪失，文學性大受損害。可見中國古代章回小説中的詩詞韻文並非全爲累贅，要結合這種獨特的文體加以分析。

## 萬曆二十四年（丙申，1596）

### 新刻京本補遺通俗演義三國志傳　二十卷

熊清波刊本。前面有《重刻杭州考正三國志傳序》，序後有「桃園結義」半葉圖一幅。卷一首題「新刻京本補遺通俗演義三國志傳卷一」、「東原羅本貫中編次」、「書林誠德堂熊清波鋟行」，本文前有「總歌「。此書行款較爲特殊，大約每隔四五葉就有上圖下文的半葉，其他都是全葉本文。有圖的，每半葉十四行，行十九字；無圖的，每半葉十四行，行二十八字。最後有蓮臺木記「萬曆歲次丙申冬月」、「誠德堂熊清波鋟行」。

萬曆二十五年（丁酉，1597）

**新刻全像三寶太監西洋記通俗演義　二十卷　一百回**

羅懋登撰，三山道人刊。首《敍西洋記通俗演義》，末署「萬曆丁酉歲（二十五年，一五九七）菊秋之吉二南里人羅懋登敍」。目錄葉題「新刻全像三寶太監西洋記通俗演義」。正文卷首題「新刻全像三寶太監西洋記通俗演義」，署「二南里人編次」、「三山道人繡梓」。每回插圖兩幅，圖插在正文中。正文半葉十一行，行二十五字。行間有絲欄。版心題「出像西洋記」。

分回標目，標明回數，回目爲七言聯句。各回開頭有詩或詞一首，以「卻說」引出所敍故事；結尾有「且聽下回分解」語句，俱已定型成格式。文中多詩、詞、韻文以及「論曰」、「斷曰」等形式，語言囉嗦，敍事極不連貫。此書敍明初鄭和下西洋通使三十餘國事，並穿插了許多神魔故事和奇事異聞。據羅氏自序，他有感於當時中國與日本在朝鮮交戰、倭患日極的情形而作此書。書中關於鄭和出使經歷，多引用馬歡《瀛涯勝覽》和費信《星槎勝覽》中的記載，至於神魔故事，則多摹仿《西遊記》和《封神榜》。又，該書雖以鄭和命名，但眞正的主人公是金碧峰，相當於《西遊記》中的孫悟空；而鄭和，則相當於唐僧。第二十一回「軟水洋換將硬水　吸鐵嶺借下天兵」中搬出「魏徵斬浃河龍」故事，顯係抄襲《西遊記》，卻又不如《西遊記》能將此故事很好地融入情節，顯得生硬而多餘。碧峰長老入東海見龍王熬廣一段又摹仿孫悟空見龍王事，但全無《西遊記》神韻，牽強附會，東施效顰。第二十八回「長老誤中吸魂瓶　破瓶走透金長老」羊角仙用三寸小瓶吸金長老入瓶化爲血水，顯然係抄襲《西遊記》中平頂山金角、銀角大王用寶瓶吸附孫悟空故事，但遠不如《西遊記》中生動。第四十七回「馬太監征頂陽洞　唐狀元配王（黃）鳳仙」亦係摹仿《水滸》中相同情節。除此而外，此書又雜糅進民間傳說，如第九十二回「玉通和尙私紅蓮」故事見於《清平山堂話本》之《五戒禪師私紅蓮記》；第九十五回「五鼠鬧東京」故事則見於小說《五鼠鬧東京包公收妖傳》，等等。

萬曆三十年（壬寅，1602）

**北方真武祖師玄天上帝出身志傳　四卷　二十四則**

余象斗撰。書林熊仰臺刊本。略稱《北遊記》。內封題「全像北遊記玄帝出身傳　書林熊仰臺梓」，上部印有玄天上帝的圖像。卷首題署「刊北方眞武

祖師玄天上帝出身志傳一卷，三臺山人仰止余象斗編，建邑書林余氏雙峰堂梓」。版心題「（全像）真武傳」。卷一末題「刊北方真武祖師志傳卷之一終」。卷末有蓮牌木記云：「壬寅歲季春月，書林熊仰臺梓」。每頁上圖下文，圖二百三十八幅，每圖有六到八字標題，概括該圖內容。正文半葉十行，行十七字。

分則標目，不標則數，則目為單句，五言至七言不等。各則開頭以「卻說」引出所敘故事，除最後二則外，各則文末均套用「不知後來如何，且聽下回分解」語句，已定型成格式。描述人物、景物、場面用韻文或詩、詞。全書情節未脫《西遊記》老套，敘述玉帝一魂下凡投胎，不斷降生人家，最後得道。修行途中降魔除妖，與唐僧取經事相類，但形容簡陋。故事情節多採民間傳說及佛典。該書前六則內容與佛教的《本生經》故事雷同，第二十二則則直接採用佛典中著名的「雪山太子割肉飼鷹」、「投崖飼虎」故事。全書所介紹的三十六員玄帝部將，大多是民間信仰的神靈，而且不屬於同一時代，經過了作者的改編、加工。

此本為熊仰臺據余象斗雙峰堂刊本重印本。原刊本應早於萬曆三十年刊行。今本《四遊記》中，除《北遊記》外，《南遊記》也題余象斗編，《東遊記》、《西遊記》估計也都經過他的整理加工。日本內閣文庫藏明刻本《東遊記》，版式與明刻本《北遊記》完全相同，卷首有余象斗所作題記。另《北遊記》第一卷中記「後來余先生看到此處，有詩歎曰」；《南遊記》第二卷中記「後來仰止余先生看到此處，有詩一首」。此類文字，可能是余象斗的原話，也可能是後人重印時所加，還可能是余象斗編集、整理二書時添加。如果屬於後者，則很可能在余象斗雙峰堂刊本前還有一底本。

**萬曆三十一年**（癸卯，1603）

**新鍥音釋評林演義合相三國志史傳　二十卷　存卷一至五、卷十一至二十、共十五卷**

忠正堂熊佛貴刊本。前面有「桃園結義」圖二葉。次有《題三國志弁言》，為「癸卯夏月穀旦鄧以誠題」。卷一首題「新鍥音釋評林演義合相三國志史傳卷之一」、「翰林　九我　李廷機校正」、「書林　東澗　熊佛貴梓行」。半葉十四行，而前葉後半葉的最後七行和次葉前半葉的前面七行上層合為一圖（書題中的所謂「合相」當指此），以至每半葉有圖的七行為行二十字；無圖的七行則行

三十字，上層有稱作「釋義」、「評林」等的注解。這種縮小式的上圖下文在二十卷本中較爲多見，其目的應是爲了節省篇幅。末卷最後有蓮臺木記「大明萬曆癸卯年春月」、「書林忠正堂熊東澗梓」。

### 萬曆三十一年（癸卯，1603）

#### 征播奏捷傳通俗演義　六卷　一百回

眞齋名衢逸狂撰。巫峽望仙岩（佳麗書林）刊本。內封框上橫題「巫峽望仙岩藏板」，框內中間小字署「萬曆癸卯秋，佳麗書林謹按原本重鐫」，框內中兩行大字題「刻全像音詮征播奏捷傳通俗演義」，兩側有一聯：「宣慰肆猖獗，妄動干戈，卒致身夷族滅」、「總兵揚武威，盡搗巢穴，始貽國泰民安」。首《刻征播奏捷傳引》，末署「龍飛萬曆昭陽闕單重光作噩哉生明九一居主人撰」。「昭陽闕單」（單闕）即癸卯（萬曆三十一年）。次《新刻全像音詮征播奏捷傳通俗演義凡例》、《新刻全像音詮征播奏捷傳通俗演義領目》。目錄葉題「新刻全像音詮征播奏捷傳通俗演義」。正文卷首題「新刻全像音詮征播奏捷傳通俗演義」，下注：「遞依原板刊行」，署「清虛居吉瞻仙客考正」、「巫峽岩道聽野史紀略」、「棲眞齋名衢逸狂演義」、「凌雲閣鎭宇儒生音詮」。有插圖二十五幅。正文半葉十一行，行二十二字。行間有絲欄。正文中夾有雙行小字注釋。文中還有玄眞子的詩、詞以及論、評。版心題「征播奏捷傳」。有《後敍》，署「棲眞齋玄眞子撰」。書末有木記。

目錄葉分回標目，回目爲七言單句。但正文將兩回目並爲一回，回目變爲七言聯句。每回開頭有詩一首，以「話說」引出所敍故事；結尾多「畢竟後來如何，且聽下回分解」句式，基本定型。前五回概述自明太祖至萬曆皇帝事，與故事情節並無關涉，按鑒簡錄，全無文采。文中多「有詩爲證」、「詩曰」，內容與情節亦並無太多關聯。描繪人物、景物、場面多用「但見」、「正是」字樣引出大段韻文或駢文，重大事件後大多有「玄眞子」所題「詩曰」或「論曰」、「評曰」，致使敍事進程時被中斷，故事情節極不連貫。正如書末木記所云，此書系在史傳與傳聞之上「敷演其義，而以通俗命名」，內容大多有史可徵，故敍事較爲拘謹，描述不離實錄，末四回尤其照錄史事，不成小說樣式。作爲歷史演義，此書拘牽於史實，太少敷演；作爲時事小說，此書又多錄野史傳聞。

演征討播州宣慰使楊應龍事，事在明萬曆二十八年（一六00）。書末木記

云：「西蜀省院刊有《平播事略》，備載敕奏文表，風示天下；道聽子紀其耳聆目矚事之顛末，積成一帙，梓行坊中。不佞因合二書之所述事跡，敷演其義，而以通俗命名，令人之易曉也。」按《平播事略》即指署名李化龍撰之《平播全書》，李是平播之役的統帥，時任總督湖廣、川、貴軍務兼巡撫四川。該書由李化龍託四川右參政王嘉謨等編纂，共十五卷，萬曆二十九年初刊行，後收入《畿輔叢書》，《叢書集成初編》據以排印。《四庫全書總目》五十四《雜史類》存目三《平播始末》條云：「萬曆間，播州宣慰使楊應龍叛，郭子章方巡撫貴州，被命與李化龍同討平之。子章嘗有《黔記》，頗載其事。晚年退休家居，聞一二武弁疊作平話，左袒化龍，飾張功績，多乖事實，乃仿紀事本末之例，以諸奏疏稍加詮次，復爲此書，以辯其誣。」戲曲中亦曾有《平播記》，乃參戰的大將之一李應詳以厚禮託張鳳翼所作，見《傳奇彙考標目》。

### 萬曆三十一年（癸卯，1603）

#### 鼎鍥京本全像西遊記　二十卷　一百回

閩書林楊閩齋刊本。封面「書林楊閩齋梓行」。卷一題「華陽洞天主人校」，「閩書林楊閩齋梓」。卷二題「華陽洞天主人校」，「清白堂楊閩齋梓」。（卷三、卷七——卷九、卷十四——卷十九，皆題清白堂）卷首有癸卯夏秣陵陳元之序。上圖下文，半葉十五行，行二十七字。

此本書題亦不一致，如封面曰「新鐫全像西遊記傳」，敘曰「全像西遊記」，目錄曰「新鐫京板全像西遊記」。

### 萬曆三十一年（癸卯，1603）

#### 鐵樹記　二卷　十五回

鄧志謨撰。萃慶堂刊本。題「新鐫晉代許旌陽得道擒蛟鐵樹記」。首有《引》，有圖。正文半葉十一行，行二十四字，行間有絲欄。版式同萃慶堂刊本《飛劍記》。

分回標目，標明回數，回目爲七言聯句。以「卻說」引出所敍故事，結尾有「且看下回分解」語句，但均未定型化。文中多詩詞，描述人物、景物、場面等均用韻文。情節極不連貫，敍事隨起隨訖，以主人公行蹤爲敍事線索，大多爲敍事片斷的綴合，故結構並不完整，亦缺少一般章回小說所有的開端、發展、高潮、結局等環節。

李豐楙《鄧志謨〈鐵樹記〉研究》指出：「《鐵樹記》的主要情節是以《旌

陽許眞君傳》爲依據——即《化錄》第一至三十三化的大部分事件，約等於第四、五、六、七、九、十、十一及十四回；至於最末的第十五回，大約襲用了《續眞君傳》的過半資料——即《化錄》第三十八到六十三的大部分……鄧志謨撰述許旌陽的得到傳說，既然根據的是神仙傳記，而仙傳的記傳筆法也多遵循出發——歷程——回歸的基本結構，因此可說是一種時間歷程序的情節，將主角的得道成仙，安置在中國傳統道教神話的框架中，讓許眞君從異常的出生開始，經歷了開悟學道、尋求名師、名師點化；又有關鍵性的學成除妖，積纍功德，然後進入功果圓滿、升仙得道回歸天界。這是典型的神仙人物的成道歷程小說。……其他的資料來源及其性質，則涵括了多方面：首先是他新考尋所得的遺跡，擴充了原先只限於江西豫章的地域性。其次就是有關道教常見的神仙說話的類型，如誤入洞天、地中遊歷等仙眞事跡。此外爲了表現道士的專長，而描述設壇做法的過程；或者一些術數中人的風水、占卜諸術的運用，還有些襲用自通俗文學，如公案小說的判案案例之類。但爲數可觀的則是一些附加上去的詩詞、疏奏等，完全是爲了表現傳統的文士的寫作本領，將這些炫耀文才的文章盡量插入情節中，藉以增多小說的篇幅，這都是鄧氏有意增益的小說成分。」（臺灣清華大學中文系編《小說戲曲研究》第二集）

### 萬曆三十一年（癸卯，1603）

#### 咒棗記　二卷　十四回

鄧志謨撰。萃慶堂刊本。卷首有《薩眞人咒棗記引》，末署「竹溪散人題，時萬曆癸卯（三十一年）季秋之吉。」目錄後有圖「薩眞人像」。正文卷首題「鍥五代薩眞人得道咒棗記」，署「安邑竹溪散人鄧氏編，閩書林萃慶堂余氏梓」。正文半葉十一行，行二十四字。行間有絲欄。

分回標目，標明回數，回目爲七言聯句。以「卻說」引出所敘故事，結尾有「且看下回分解」語句，但均未定型化。文中多詩詞，描述人物、景物、場面等均用韻文。情節極不連貫，敘事隨起隨訖，以主人公行蹤爲敘事線索，大多爲敘事片斷的綴合，故結構並不完整，亦缺少一般章回小說所有的開端、發展、高潮、結局等環節。故事情節不離談神論道，有的情節明顯抄襲《西遊記》，如第六回「王惡收攝猴馬精　眞人滅祭童男女」中王惡做了湘陰神道，向居民索食童男女，有堂兄妹，童男名「一稱金」，童女名「一稱銀」，便與《西遊記》中情節相同。

小說《引言》云:「余暇日考《搜神》一集,慕薩君之油然仁風,摭其遺事,演以《咒棗記》。咒棗云者,舉法術一事,該其餘也。」本書敘薩真人積善學道、飛升成仙的故事,但它不完全是作者憑空虛構出來的。相傳薩真人係五代時蜀西河人。《元曲選》中收有《薩真人夜斷碧桃記》一劇,已出現薩真人的藝術形象,自稱:「汾州西河人也。……棄醫學道,雲遊方外,參訪名山洞天,後到西蜀峽口,遇一道人,乃虛靖大師,覷貧道有仙風道骨,傳授咒棗之道,乃神霄青符五雷秘法。……」劇情大致為《咒棗記》因襲。又據明沈德符《萬曆野獲編》補遺卷四「薩、王二真君之始」條記載:明宣德間,改禁城之西天將廟為大德觀,「封薩真人為崇恩真君,王靈官隆恩真君。成化年間改觀為宮,又加『顯靈』二字。……元人雜劇有『薩真人夜看碧桃花』者,蓋祖此。……此二宮者,俱在京師兌隅,雄麗軒敞,不下宮掖,而他正神列在祀典者,顧寂寂無聞,豈神之廟食,亦有數歟?」這則資料告訴我們,薩真人和王靈官在明代被吹捧為新的道教團的始祖,在神廟享受祭祀,被人們狂熱信仰。直到清代,筆記小說中仍屢有薩真人和王靈官的記載,可見民間流傳相當廣泛。《咒棗記》中寫薩真人懲戒王惡的故事,又見明余象斗《北遊記》第二十二回「祖師河南收王惡」中,這也從另一方面說明,此種靈怪傳聞當時在各地都有傳播,小說家採集並利用時,大同小異,此詳彼略,未必一定有傳承關係。鄧志謨也是根據這些傳聞彙集、加工、整理而成的。

**萬曆三十一年**(癸卯,1603)

**飛劍記　二卷　十三回**

鄧志謨撰。萃慶堂刊本。卷首有「呂純陽飛劍記引」,末無題署,有缺文。目錄亦有缺葉。正文卷首題「鍥唐代呂純陽得道飛劍記」,署「安邑竹溪散人鄧氏編,閩書林萃慶堂余氏梓」。上下卷末題「呂純陽飛劍記」,目錄題「飛劍記」。每回一圖,圖嵌正文中。正文半葉十一行,行二十四字。行間有絲欄。

分回標目,標明回數,回目為七言聯句。開頭大多以「卻說」引出所敘故事,結尾偶見「且聽下回分解」語句,但均未定型化。文中多詩詞,描述人物、景物、場面等均用韻文。情節極不連貫,敘事隨起隨訖,以主人公行蹤為敘事線索,大多為敘事片斷的綴合,故結構並不完整,亦缺少一般章回小說所有的開端、發展、高潮、結局等環節。

《鐵樹記》、《飛劍記》和《咒棗記》是三部道教小說。作者明顯地崇奉

道教，卻並不排斥儒教和佛教。《鐵樹記》第一回有一段文字，並稱儒、佛、道三較之祖爲「三個大聖人」。這種三教調和、並重的思想在《飛劍記》中也有反映，如第一回中稱馬祖爲「釋家一個慧眼禪師」。又在第五回中借百牡丹之口說：「你既讀孔聖之書，豈不達周公之禮？」多處宣揚儒家的倫理道德觀念。這說明鄧志謨的思想中三教並存，只是對道教尤爲篤信而已。《飛劍記》的基調是彰顯道教全眞道北五祖之一呂純陽。有關呂純陽的種種傳說，在北宋時盛傳於民間。後來，小說、戲曲踵事增華，編造了許多故事，成爲一個道法高妙的仙人形象。《飛劍記》就是根據各種民間傳說彙集和演化而成的。其中第五回斬黃龍事，又馮夢龍《醒世恒言》第二十二卷「呂洞賓飛劍斬黃龍」，但故事內容頗有差異，可能出於兩個不同系統的民間傳說。

**萬曆三十三年**（乙巳，1605）

**新鍥京本校正通俗演義按鑒三國志傳　二十卷　二百四十則**

閩建鄭少垣聯輝堂三垣館刊本。封面題「聯輝堂」、「刻三國志」、「赤帝餘編」、「三垣館鄭氏少垣刊行」。有顧充《新刻三國志赤帝子餘編序》。接著有《三國志目錄》、《鐫全像演義三國志君臣姓氏附錄》。卷首題「新鍥京本校正通俗演義按鑒三國志傳卷之一　後漢」、「東原貫中羅本編次」、「書林少垣聯輝堂梓行」。上圖下文，正文半葉十五行，行二十七字。卷二十最後有蓮臺牌記「萬曆乙巳歲孟秋月」、「閩建書林鄭少垣梓」。此本文字與楊春元本較近，比余象斗本稍有距離。

**萬曆三十三年**（乙巳，1605）

**京板全像按鑒音釋兩漢開國中興傳志　六卷　四十二則**

書林詹秀閩刊本。封面署「按鑒增補全像兩漢志傳」、「西清堂詹秀閩藏板」。無目錄。正文卷首題「京板全像按鑒音釋兩漢開國中興傳志」，卷一、三、五署「撫宜黃化宇校正」、「書林詹秀閩繡梓」。卷末有木記，云：「萬曆乙巳（三十三年）多月詹氏秀閩梓行」。正文上圖下文，每半葉十一行，每行二十三年，並有小字注。

此書前四卷二十八則敍西漢事，後二卷十四則敍東漢事。分卷分則，不標則數。則目爲六言或七言單句。開頭多以「話說」、「卻說」、「且說」等語引起全文，結尾偶有「畢竟如何？」（「漢楚兵入咸陽」），「不知蕭王性命如何，且聽下回分解」。雖然沒有分回，但結尾仍不自主地露出分回的痕跡，可見分

回是約定俗成、由來已久的。章回小說中「且聽下回分解」之「回」不應該指文本形式特徵的「回」,而應該是傳統說書時說一次或一場的意思。

漢代故事在南宋時已成爲說話題材。《醉翁談錄》有「說征戰有劉項爭雄」的記載,《夷堅志》支丁卷三「班固入夢」條記茶肆中有幅紙用緋條貼尾云:「今晚講說漢書。」今存元代《全相平話前漢書續集》、明代熊大木編《全漢志傳》和本書內容基本相同,文字亦多雷同,三書有著密切的關係。孫楷第《中國通俗小說書目》引日本長澤規矩也語,謂此書較《全漢志傳》爲詳。大冢秀高《增補中國通俗小說書目》謂此書實由《全漢志傳》中提取並適當增寫而成。《全漢志傳》刊於萬曆十六年(一五八八),此書刊於萬曆三十三年(一六〇五)。此書前四卷相當於《西漢志傳》之前三卷和卷四之前四則,後二卷相當於《東漢志傳》之前二卷,分則及則目俱不同。此書較《全漢志傳》文字更爲通暢,詩詠有所增加,部分內容有所增刪和調整,書中人名稍有差異。本書有兩行小字注,兼及音釋與內容。如卷一敘劉邦斬白蛇後注云:「按舊本說此蛇眾人看時其大如山,漢祖視之小如一帶,未知的否。但此亦不必論。」《全漢志傳》敘吳公捉王莽曰:「原來莽字乃是蛇稱,吳公又是蟲類,故王莽被吳公所捉矣。」此書則注云:「按吳公捉王莽此一段係是小說,蓋以莽爲蟒蛇,必須蜈蚣能制之。而蜈蚣又畏蝘蜓,故以偃太尉打倒吳公也。本欲刪去,奈人聞習已久,姑留之,恐駭世。」可知此書原有所本,但未必就是《全漢志傳》。此書卷四與《全相平話前漢書續集》同,而《全漢志傳》相應部分則增加了不少內容,如韓信訪異人、高祖斬丁公、封諸將、敦禮樂、招田橫等事,平話及此書均無。《全漢志傳》敘韓信手下差人謝公著向蕭何告發韓信謀反,平話及此書則爲婦人青遠向蕭何首事,其情節亦略有差異。王古魯云:「此書第三卷自項羽自刎於烏江之後,以迄第四卷卷尾文帝即位止,情節與元刊本《前漢書續集》相同(文字和插圖,稍有相異之處),說明此書是繼承虞氏所刊平話的系統的。」比勘三書,可知《兩漢開國中興傳志》之祖本當爲《前漢書續集》。有《續集》必有《正集》,惜已佚,而從此書可推知《正集》之內容。

## 萬曆三十四年(丙午,1606)

### 楊家府世代忠勇演義志傳　八卷　五十則

秦淮墨客撰。天德堂刊本。首《楊家府通俗演義序》,末署「萬曆丙午(三

十四年）長至日秦淮墨客書」，有「紀振倫」、「春華」二印。目錄葉題「新編全相楊家府世代忠勇通俗演義」，正文卷一首題「鐫出像楊家府世代忠勇演義志傳」，署「秦淮墨客校閲、××××參訂」；卷二首題「新刻全像楊家府世代忠勇通俗演義志傳」，署「秦淮墨客校正、煙波釣叟參訂」；卷三首題「鐫新編出像楊家府世代忠勇通俗演義志傳」，署名同卷二。有插圖。正文半葉十行，行二十字，行間有絲欄。版心題「楊家府演義」。

此書不標回數，則目爲七言單句，亦有少量六言單句。每則有插圖一幅，圖上方有標題，左右有對句。第一則前有詩一首，類似楔子，又似入話。敘述詳盡，文辭較爲流暢。在歷史演義小説中屬於上品。第二卷第五則「六郎三擒孟良」係模仿《三國》中「諸葛亮七擒孟獲」事，行軍布陣仰觀天象、俯察地形，亦類《三國》。

此書敘北宋楊業（一作繼業）世代抗遼保國事，本事載《宋史》本傳，及《續資治通鑑長篇》等書。南宋時即衍爲故事，流傳民間。謝維新《合璧事類》後集載採自傳聞之「楊家將」故事。羅燁《醉翁談錄》載話本名目，有《楊令公》、《七郎爲僧》二種。元人編爲雜劇，今存《昊天塔孟良盜骨》、《謝金吾詐折清風府》，明人亦有數種演楊家府故事之雜劇。據明嘉靖間熊大木《南北宋志傳》後編（即《北宋志傳》）第一回按語，有「收集《楊家府》等傳」一句，可推知前此已有演楊家將故事之評話。此書題「秦淮墨客校閲」或「校正」，而不題「編次」，正表明了這一事實。

熊大木所編之《北宋志傳》亦敘楊家府故事，此書與之內容大致相同，然亦頗多差異。擇要而言：一、此書分則，有單句字數不等的回目；《北宋志傳》分回，回目爲整齊的對偶句。二、此書開端簡單交代宋太祖開國，征北漢，便專敘楊繼業降宋抗遼；《北宋志傳》開頭部分敘呼延贊故事，隨後方敘楊繼業歸宋事。三、此書於楊家將破遼後，有楊文廣征儂智高故事；《北宋志傳》沒有這部分情節，且無楊文廣其人。四、《北宋志傳》止於「楊宗保平定西夏，十二婦得勝回朝」；此書於「十二寡婦征西（新羅國）」後，復以「懷玉舉家上太行」，楊家隱退結束全書。五、兩書都夾有神怪鬥法的荒誕情節，而此書尤多，民間傳説的怪異性更濃重。或許此書是因襲了原有《楊家府傳》的情節內容，《北宋志傳》爲與其前編（即《南宋志傳》）格調一致，而有所刪改。

## 萬曆三十四年（丙午，1606）

### 新刊京本春秋五霸七雄全像列國志傳　八卷　二百二十六則

建陽余氏三臺館重刊本。內封上圖下文。上圖左右題「謹依古板校正批點無訛」，下文左右大字題「按鑑演義全像列國評林」，中欄上題「三臺館刻」，中欄下題「《列國》一書，乃先族叔翁余邵魚按鑑演義纂集，惟板一付，重刊數次，其板甚舊。象斗校正重刻，全像批斷，以便海內君子一覽。買者須認雙峰堂牌記。」下署「余文臺識」。卷首《題全像列國志傳引》，末署「大明萬曆歲次丙午（三十四年）孟春重刊，後學畏齋余邵魚謹序」。次《題列國序》，序云：「不穀深以為惴，於是旁搜列國之事實，載閱諸家之筆記，條之以理，演之以文，編之以序」，末署「大明萬曆歲次丙午孟春重刊，後學仰止余象斗再拜序」。次《列國併吞凡例》，後有木記，但木記文字已北被剟去。根據封面題詞「謹依古板校正批點無訛」，如卷三《宋楚泓水大戰》正文插有余邵魚的署名七言絕句一首，可知余邵魚當是根據舊本加以改編的。又根據余象斗序，可知余象斗是余邵魚之後的又一改編校訂者。他所留下的修改痕跡比他的「先族叔」略多，如卷一《子牙收服崇侯虎》、《子牙收服洛陽城》及卷三《魯村婦秉義全社稷》都有他的署名詩作。本書前六卷各卷首書名標目為《新刊京本春秋五霸七雄全像列國志傳》，下署「後學畏齋余邵魚編集，書林文臺余象斗評林」。第七卷、八卷書名標目同前，第七卷的署名為「書林余象斗校評」，第八卷為「後學思齊齋余邵魚編集，書林文臺余象斗評梓」。後兩卷為下卷，前六卷為上卷。第七卷卷首《敘列國傳》云：「六卷以上演《左氏春秋》傳記之義，其事則說五霸；七卷以下因呂氏（祖謙）史記詳節之校，其事則說七雄。」從種種跡象看來，後二卷出自余象斗的改筆明顯地較前六卷為多。正文上圖下文，半葉十三行，行二十字。

分節標目，不標節數。節目為單句，七言或八言不等。結尾多「畢竟如何」、「此人是誰」等語句，但為定型成格式。每卷卷首標明故事起訖時間，以「按魯瑕丘伯左丘明春秋傳」、「按先儒史記列傳」一類標誌表明此書故事來源的真實性。少描述而多議論，尤其多以歷史名人之名議論，如「威烈王初封韓趙魏」一節之「東屏先生讀史至此亦有一絕以歎周綱蕩然詩云」、「蘇秦說六國合縱」一節之「潛淵先生讀史至此有詩贊曰」、「子噲傳位子之」一節之「靜軒先生讀史至此有詩歎曰」。顯然，在歷史演義小說作者眼裏，他們是將此類題材小說當史來寫並當史來讀的。

萬曆三十四年（丙午，1606）

**楊家府世代忠勇演義志傳　八卷　五十則**

秦淮墨客撰。臥松閣刊本。此本爲萬曆三十四年天德堂刊本的重印本。

萬曆三十七年（己酉，1609）

**三國志後傳　十卷　一百四十回**

西陽野史撰。首《新刻續編三國志序》，末署「萬曆歲次己酉嘉平月穀旦」。次《引》。目錄葉題「新鐫全像通俗演義續三國志」。次「各主建都郡國地名」及當時地圖。正文卷首題「新刻續編三國志後傳」，署「晉平陽侯陳壽史餘雜記」、「西蜀酉陽野史編次」。圖五十六幅，插在正文中。圖中署刻工姓名「金陵魏少峰刻像」。正文半葉十二行，行二十七字。版心題「續三國志」。

分回標目，回目爲七言單句，標明回數。每回開頭偶見「話說」、「卻說」字樣，但未定型；結尾以「後人有詩贊曰」引詩一首作結。誠如正文卷首所題「晉平陽侯陳壽史餘雜記」，此書敘事大體按史傳編年，多標明年號；內容與《東西晉演義》大致相同，但較後者敷演增飾尤甚。中間多雜有野史傳聞，或以「按」的形式夾雜於所敘人物、事件之後。惟全書既以「史餘」自居，專注於按年繫事，故結構流於鬆散，無貫串始終之線索，亦無形象鮮明生動之人物。

萬曆三十八年（庚戌，1610）

**李卓吾批評忠義水滸傳　一百卷　一百回**

杭州容與堂刊本。據日本薄井恭一《明清插圖本圖錄》云，此本「爲百回本中最早出現的版本」。板心下題「容與堂藏板」。卷首有《批評水滸傳述語》，末署「小沙彌懷林謹述」，又有《梁山泊一百單八人優劣》、《水滸傳一百迴文字優劣》、《又論水滸傳文字》三篇。每葉十一行，行二十二字。正文首行題「李卓吾先生批評忠義水滸傳卷之」，每回末題「李卓吾先生批評忠義水滸傳卷之×終」字樣。每葉上有眉批，行間有夾評回末有總評。每回前有圖二幅，全書共二百幅。書藏北京圖書館和日本內閣文庫。內閣文庫本有李卓吾《忠義水滸傳序》，後署「溫陵卓吾李贄撰」，另行刻「庚戌仲夏日虎林孫樸書於三生石畔」。此「庚戌」當爲明萬曆三十八年（一六一〇）。此本無徵田虎、王慶故事，與前此刊行之天都外臣序本同。尤爲特別處，此本正文中多有擬刪節符號，擬刪節文句，皆上下鈎乙，或句旁直勒，中刻「可刪」

字樣。所擬刪節文字多爲批評者視爲「絮煩」或「無關目」者，即與所敘情節無直接關係之敘述和說明，尤其是正文中所插入之韻文。這雖然完全出自批評者之己見，未必妥當，但也是小說由話本轉爲讀本之所必然，原先說話人爲調節講述速度和氣氛之語句，便會被專注情節的批評者視爲無關緊要。同爲《水滸傳》繁本之袁無涯刊一百二十回本，與此本比勘，便稍有簡略，所簡文字有爲此本所擬刪者。如第四十一「宋江智取無爲軍」中一段說萬里長江有許多去處，並有古人詩爲證凡一百三十八字，便是此本擬刪，一百二十回本已刪者。與崇禎末熊飛館刊《二刻英雄譜》本比勘，則此本所擬刪處，熊本大都刪削不錄。可見此百回本在《水滸傳》多種版本中有其獨具的重要價值。此本標明李卓吾批評，回後評語均以「李贄曰」或「李卓吾曰」、「李和尚曰」、「李禿老曰」起句。此本刊行後，陳繼儒謂：「《水滸傳敍》屬先生手筆，《水滸》細評，亦屬後人所託者耳。」（《國朝名公詩選》）錢希言更指爲葉晝所爲：「比來盛行溫陵李贄書，則有梁溪人葉開陽名晝者，刻畫摹仿，次第勒成，託於溫陵之名以行。」「於是有李宏父批點《水滸傳》、《三國志》、《西遊記》，《紅拂》、《明珠》、《玉合》數種傳奇，及《皇明英烈傳》、并出畫筆，何關於李？」（《戲瑕》）按此本評語深惡宋江、吳用，與李卓吾序特尊宋江忠義之意頗不合，且評語之來自亦不明，故論者多贊同葉晝僞託之說。然批評《水滸傳》以此書最早，評論小說人物、情節，頗多中肯之處，可以說是金聖歎批評《水滸》之先導。

此本標明回數，回目爲七言或八言聯句，對仗工整。正文前有引首一篇，概述自宋朝開國至仁宗嘉祐三年事，以嘉祐三年瘟疫引出第一回「張天師祈禳瘟疫，洪太尉誤走妖魔」。明代章回小說中以引首導入正文者並不多見，此文引首從形態看類似話本之入話或頭回，但作用比入話或頭回重要：一，從宋朝開國說起，使得宋朝歷史在時間上較爲完整，符合歷史小說向人們普及歷史知識的教化觀念；二、先敘述一段太平盛世，突然轉入瘟疫盛行，然後由「祈禳瘟疫」引出「誤走妖魔」，故事銜接自然通暢，情節發展有張有弛。每回開篇以「詩曰」或「詞曰」引出詩或詞一首，以「話說」引出故事情節。文中用「但見」、「正是」、「恰似」等字樣引出大量韻文，或寫人，或敘事，或狀物，便於說唱，應屬說書人或書會才人所作，至少也受其影響而成。有規範的「欲知後事如何，且聽下回分解」句式結尾。文中隨處可見說書人慣用語，如「忙忙似喪家之犬，急急如漏網之魚」，有時並不恰當。說書人口吻非常明顯。

萬曆三十八年（庚戌，1610）

**重刻京本通俗演義按鑑三國志傳　二十卷　二百四十則**

閩建楊春元閩齋刊本。前有《三國志傳目錄》、《三國志宗僚》，卷首題「晉平陽侯陳壽史傳」，「明閩齋楊春元校梓」。上圖，下文。正文半葉十五行，行二十八字。卷二十最後題「次泉刻」，有蓮臺牌記「萬曆庚戌歲孟秋月閩建書林楊閩齋梓」。

萬曆三十九年（辛亥，1611）

**新鍥京本校正通俗演義按鑑三國志傳　二十卷**

此本與鄭少垣本版式完全相同，只把「少垣聯輝堂」部分挖改成「雲林鄭世容」而已。鄭世容是宗文堂族人，跟鄭少垣應是同族。

萬曆四十年（壬子，1612）

**東西兩晉志傳　十二卷　三百四十七則**

周氏大業堂刊本。未署撰人。首雉衡山人《東西兩晉演義序》。目錄葉題「新鍥重訂出像注釋通俗演義東西兩晉志傳題評」。前有「西晉紀元傳」、「東晉紀元傳」及「附五胡僭爲十六國紀元」。每卷有插圖四五幅，圖插在正文中，有繪工署名：「王少淮寫像」。前兩卷插圖版心署「世德堂刊」。正文西晉卷首題「新鍥重訂出像西晉志傳通俗演義題評」，署「秣陵陳氏尺蠖齋評釋，繡谷周氏大業堂校梓」。東晉卷首題「新鍥重訂出像注釋通俗演義東晉志傳題評」。正文半葉十二行，行二十四字，行間有絲欄。西晉四卷一百一十六則，東晉八卷二百三十一則，共十二卷三百四十七則。

分則標目，不標則數，則目爲七言單句。各則開頭偶見「話說」、「卻說」、「史說」字樣，但未定型成格式。結尾無套語，偶有詩、詞。書依時代前後順序敘述，每卷前標明該卷所述事件起訖年代。全書上接三國，下止劉宋，內容基本上依據正史，旁取野史、筆記。

萬曆四十年（壬子，1612）

**重刻西漢通俗演義　八卷　一百零一則**

甄偉撰。金陵周氏大業堂刊本。卷首《西漢通俗演義序》，末署「萬曆壬子歲（四十年）春月之吉鍾山甄偉撰」。署「×耕堂藏板」。題「鍾山居士建鄴甄偉演義」、「繡谷後學敬弦周世用訂訛」、「金陵書林敬素周希旦校鋟」。無圖，無評，有則目，不標則次。正文半葉十四行，行三十字。

**萬曆四十二年**（甲寅，1614）

**出像評點忠義水滸全書　一百二十回**

袁無涯刊本。封裏版記橫書「卓吾評閱」，直大書「繡像藏本水滸四傳全書」，下屬「本衙藏版」。每葉十行，行二十二字。全書三十二冊。首李贄《讀忠義水滸全傳序》，次楊定見《忠義水滸全傳小引》、袁無涯《出像評點忠義水滸全書發凡》、《宣和遺事》、《水滸忠義一百八人籍貫出身》、《新鐫李氏藏本忠義水滸全書引首》，次行分題「施耐庵集撰，羅貫中纂修」。又次《忠義水滸傳目錄》。有插圖六十葉，「劉君裕刻」字樣，計全像一百二十幅，其中一百幅係襲用李玄伯藏「大滌餘人序」百回本《忠義水滸傳》之插圖，餘二十幅係補增。

以此本與前述《水滸全傳》一百零四回、一百十五回、一百一十回等諸本比較，此本文字描寫細膩成熟，情節安排合理連貫，章節劃分均衡一致，「征田虎、王慶」部分的地理路線也連貫真實，地名錯誤大大減少，尤其是第九十一回對隱士人物「許貫忠」身世情節的描寫，以及第九十九回對「混江龍水灌太原城」一章的修改描寫，使「許貫中」的描寫與作者的實際情況符合接近，其「化身人物」的意義更為突顯。可見「袁無涯刊本」一百二十回《水滸全傳》，乃是在「雙峰堂本」、「藜光堂本」、「劉興我本」、「英雄譜本」等初稿原本基礎上，經過進一步修改、完成的「定稿本」。

**萬曆四十二年**（甲寅，1614）

杭州刊本《楊東萊批評西遊記》（據薛冰《插圖本》所說。也可能是戲曲，未見文本）

**萬曆四十三年**（乙卯，1615）

**新鐫陳眉公先生批評列國志傳　十二卷**

金閭刊本。內封題「陳眉公先生批點列國傳」，中間小欄署「閶門龔紹山梓」，鈐「每部紋銀壹兩」印。首《敘列國傳》，末署「萬曆乙卯仲秋陳繼儒書」。次《列國源流總論》。目錄葉題「新鐫陳眉公先生批評列國志傳」，署「雲間陳繼儒校正」。每卷正文前有圖五葉，共六十葉。圖與萬曆四十三年《新鐫陳眉公先生批評春秋列國志傳》完全不同。卷一、卷二正文卷首題「新鐫陳眉公先生批評春秋列國志傳」，署「雲間陳繼儒重校」、「姑蘇龔紹山梓行」。此卷一、卷二乃萬曆四十三年刊本的覆刻本（圖除外），最明顯的證據是卷一

末總批：「常山之蛇，首動尾應。不虞列傳中有此妙手。」此本照原本行書覆刻，但「有」錯刻爲「胡」字，因形近的緣故。卷三至卷十二，全用萬曆四十三年舊版重印（圖除外）。

### 萬曆四十三年（乙卯，1615）

**新鐫陳眉公先生批評春秋列國志傳　十二卷　二百二十三則**

周譽吾得月齋刊本。首《敘列國傳》，末署「萬曆乙卯（四十三年）仲秋陳繼儒書」。次《列國傳題詞》，末署「萬曆乙卯秋季朱篁書於鏗鏗齋」。目錄葉題「新鐫陳眉公先生批評列國志傳」，署「雲間陳繼儒校正」、「古吳朱篁參閱」。目錄分十二卷共二百二十三則，但目錄與正文標目不盡吻合，次序亦有錯亂情況。目錄葉後有《列國源流總論》。正文每卷之前有圖五葉，共六十葉。圖中記刻工姓名曰「劉君裕刊」、「李青宇鐫」、「劉鐫」。正文卷首題「新鐫陳眉公先生批評列國志傳」，署「雲間陳繼儒校正」、「古吳朱篁參閱」。正文半葉十一行，行二十字。有眉評、雙行夾住和卷末總評。

分則標目，則目爲七言單句，間或有六言。開頭無套語，結尾大多有「畢竟如何」、「未知如何」句式，但未定型化。敘事謹依史傳，正如卷十開首所云：「九卷以上演《左氏春秋》傳記之義，其事則說五霸；十卷以下因呂氏史記詳節之規，其事則說七雄。」呂氏史記指南宋呂祖謙仿《春秋》體例，以《春秋》續書爲目標而編寫的《大事記》十二卷。然其間事多舛訛，亦如可觀道人《新列國志序》所言：「悉出村學究杜撰⋯⋯其他鋪敘之疏漏，人物之顛倒，制度之失考，詞句之惡劣，有不可勝言者矣。」而《列國志題詞》居然自吹「是傳也，按像繪圖，每有詮次，先揭標題，次敘故實，終列評品。雖時事已非，而位號特嚴；一篇之中年月姓氏有紀，主敵裔夏有載。」可見明代歷史演義大多被當作史傳來寫，作爲小說，文筆缺少騰挪跌宕之變化；作爲史傳，又摻雜過多野史傳說。

此本係析八卷本的八卷爲十二卷，將八卷本的前六卷析爲九卷，後兩卷析爲三卷。正文文字內容相同。

### 萬曆四十四年（丙辰，1616）

**雲合奇蹤　二十卷　八十則**

萬曆四十四年序刊本。首《雲合奇蹤序》，末署「萬曆歲在柔兆執徐（丙辰，四十四年）陽月穀旦，賜進士朝列大夫邊關備兵觀察使者古虞徐如翰伯

鷹甫謹撰」，鈐有「徐如翰印」、「辛丑進士」二印。目錄葉題「繡像雲合奇蹤」。每則標題均爲四言聯對。圖二十葉四十圖。正文卷首題「繡像雲合奇蹤」，署「稽山徐渭文長甫編」、「玉茗堂評點」。正文半葉十行，行二十字。中間有絲欄。版心題「雲合奇蹤」。

分則標目，標明則數，則目爲四言聯句。每則有引首詩詞，結尾無套語。第一則正文前有長篇古風一首隱括明太祖起兵立國事，再以散文敘述從三皇五帝至忽必烈亡宋事，類似話本之入話。全書情節與《皇明英武傳》、《皇明英烈傳》大同小異，應是在前書基礎上的刪改。但敘述簡陋，全無文采，描摹人物多用誇張排比句式，了無新意，又不脫自神其主俗套，故事主要人物大都上應天時，身世不凡，顯係輯錄民間傳說或憑空杜撰而成。每則以一詩開頭，少數有「卻說」字樣引出本則內容，但其詩與該則故事大多並無關涉，且低劣不堪。此書敘事起自元順帝末年，迄於明太祖洪武十六年正月，即統一大業完成後的次年。朱元璋立太子在洪武元年，分封諸王始於洪武三年，爲了加強最後一則的氣氛，都移到這一年。書前徐如翰《序》認爲小說出於徐渭之手。徐渭是著名的詩人，而此書每則前都有一首七律，平庸乏味，不可能是他的作品。所謂湯顯祖評點也同樣難以置信。徐序敘述刊刻緣起說：「武林朱生孔嘉、李生房陵以關皇明政績不小，因發所秘而廣之。寧宇問序於余。」這三人大約是杭州的書販。據《上虞縣志》卷四十八劉宗周《徐檀燕公傳》，徐如翰（一五六八～一六三八），萬曆二十九年進士。此書敘事都有史料及筆記爲依據，它是文人的個人創作，同《三國演義》的成書不同。第十七則以劉基爲元代太保劉秉忠之孫，第六十則以修造明孝陵的傳說誤作初建南京宮殿的典故，可能是有意穿鑿附會。第二十六、七則關於浙江杭州、金華（婺州）、諸暨、衢州等地方位的描述，可說是書中不多見的明顯失誤。

**萬曆四十六年**（戊午，1618）

　**新鑴玉茗堂批點按鑒參補南北宋志傳　二十卷　一百回**

　　鄭五雲堂刊本。

**萬曆四十七年**（己未，1619）

　**鑴楊升菴批點隋唐兩朝志傳　十二卷　一百二十二回**

　　金閶龔紹山刊本。首《隋唐史傳序》，末署「西蜀楊慎題」，鈐有陰文圖章「楊慎」、陽文圖章「太史氏」各一枚。次《隋唐志傳敘》，末署「三山林

翰撰」。目錄葉題「鐫楊升庵批點隋唐兩朝史傳」，十二卷一百二十二回，回目爲七言單句。次「鐫楊升庵批點隋唐兩朝史傳附錄」《君臣姓氏》。正文卷首題「鐫楊升庵批點隋唐兩朝史傳」，署「東原貫中羅本編輯」、「西蜀升庵楊愼批評」。首有七言古風《敘述》。次列卷一之十回目錄，目錄後標明本卷敘事之時間起迄。以後各卷卷首均按此體例。正文半葉九行，行二十字。單框，行間有界欄。版心題「隋唐志傳」（「君臣姓氏」葉版心題「隋唐史傳」），下記卷數、葉數。第十二卷卷末有木記云：「是集自隋公楊堅於陳高宗大建十三年辛丑歲受周主禪即帝位起，歷四世，禪位於唐高祖，以迄僖宗乾符五年戊戌歲唐將高元裕戮王仙芝止，凡二百九十五年。繼此以後，則有《殘唐五代志傳》詳而載焉，讀者不可不並爲涉獵，以睹全書云。萬曆己未歲季秋既望金閶書林龔紹山繡梓。」

　　分回標目，標明回數，回目爲七言單句。開頭無套語，亦無詩；結尾偶見「且看如何」等語句，但未定型成格式。文中多以「麗泉有詩曰」、「靜軒有詩曰」或「史官有詩曰」等形式發表評論，故文中總有一遊離於故事情節之外的敘述者（說書人）存在。全書情節與《大唐秦王詞話》多相同之處，按《大唐秦王詞話》成書早於本書，故本書應當抄襲《大唐秦王詞話》。全書多評點，每回有回後總評，中間亦有評點。

　　**萬曆四十七年**（己未，1619）

　　**新刊徐文長先生評唐傳演義　八卷　九十節**

　　武林藏珠館刊本。原本未見，版本情況應同金閶舒載陽刊本《新刊徐文長先生唐傳演義》。

　　**萬曆四十八年**（庚申，1620）

　　**新刻京本全像演義三國志傳　二十卷，闕卷七至十**

　　書林與耕堂費守齋刊本。封面（藍印）題「新刻全像（橫刻）」、「李卓吾先生訂」、「三國志」、「古吳德聚・文樞堂全梓」。前有《三國志小引》，爲玉屏山人如見子題，次爲《鐫全像演義卓吾三國志君臣姓氏附錄》及《卓吾三國志目錄》（兩處「卓吾」二字都似爲挖改）。卷一首題「新刻京本全像演義三國志傳卷之一」、「雲間木天館張瀛海閱」、「書林與耕堂費守齋梓」。上圖下文，除第一葉上半全爲圖每行二十三字之外，第二葉以下皆爲合像式，有圖的七行，行二十三字；無圖的七行，行三十三字。卷二十最後一幅插圖上題「次泉刻」，末葉有蓮臺木記「萬曆庚申歲仲秋月」、「與庚堂費守齋梓行」。

**萬曆四十八年**（庚申，1620）

**新刊徐文長先生評唐傳演義　八卷　九十節**

　　金閶舒載陽刊本。內封中央大字題「隋唐演義」，右上題「徐文長先生評」，左下署「書林舒載陽梓」。首有萬曆庚申（四十八年，1620）錢塘黃士京序。次總紀，目曰「唐君紀」、「諸夷番將紀」、「附僭偽別傳」。插圖三十二葉，均附卷首。正文半葉十行，行二十一字。版心題「唐傳演義」，下端題「藏珠館」。眉欄有評。全書九十節，與楊氏清江堂刊本目錄所標相同。然清江堂刊本正文實爲八十九節，第三十四節與第三十七節之間被剗去節次和題目的一節，此本分爲兩節，即第三十五節「李文紀上表辭官，劉樹義襲封尙主」（其中李綱諫太子一段係從清江堂刊本第三十四回移入）、第三十六節「李世勣十面埋伏，尉遲恭孤城守節」，這樣，正文節數與目錄所標就完全相符。正文卷首題「武林藏珠館繡梓」，版心下端題「藏珠館」，可知此本原爲武林（杭州）藏珠館所刻，後書板歸蘇州書賈舒載陽。舒氏新刻內封，改易書名重印行世。

**萬曆年間**

**皇明英烈傳　六卷　六十一節**

　　余應臺三臺館刊本。內封題「官報皇明全像英烈傳」，「書林余君臺梓行」。卷首題「皇明開運輯略武功名世英烈傳」。有插圖。正文半葉十三行，行二十六字。

　　此本節目文字與萬曆十九年（1591）楊明峰刊本《皇明開運英武傳》八卷六十則完全相同。

**萬曆年間**

**新鍥京本校正按鑒演義全像三國志傳　二十卷　存卷一、二**

　　書林熊成治（沖宇）種德堂刊本。封面前半葉爲《全漢總歌》，後半葉題「刻卓吾李先生」、「訂正三國志・金陵萬卷書樓藏版（中間小字）」。有李贄撰《三國志敘》、《卓吾三國志目錄》、《鐫全相演義卓吾三國志君臣姓氏附錄》（「卓吾」二字爲後人挖改，原來似應「按鑒」等字樣）。卷一首題「新鍥京本校正按鑒演義全像三國志傳卷之一後漢」、「書林種德堂熊沖宇梓行」。上圖、下文，半葉十五行，首尾兩行各三十四字；中間十三行，行二十六字（首尾兩行部分沒有圖）。卷一第三葉前半圖畫中題「次泉刻」。

### 萬曆年間

**新刻按鑑演義全像三國英雄志傳　二十卷　二百四十則**

　　閩書林楊美生刊本。封面題「新鐫全像三國演義」、「書林楊美生梓」，次有吳翼登《敍三國志傳》及《全像三國志傳目錄》。卷一首題「新刻按鑑演義全像三國英雄志傳卷之一」、「晉平陽陳壽史志傳」、「元東原羅貫中演義」、「閩書林楊美生梓行」。上圖下文，每半葉十六行，兩端各三行無圖，每行三十六字；中間十行有圖，每行二十九字。

### 萬曆年間

**新刻音釋旁訓評林演義三國志史傳二十卷　二百四十則**

　　朱鼎臣刊本。此書卷前殘缺，僅存《三國志姓氏》的後半，前面或有序文。次葉前半爲「桃園結義」圖。卷一首題「新刻音釋旁訓評林演義三國志史傳卷之一」、「建邑□□梓」，中間堂名已被挖去不存。上圖下文，每半葉十四行，除首葉上面全爲圖以外，第二葉以下皆兩端各一行無圖，行三十二字；中間有圖的十二行則行二十四字。《旁訓》以小字刻在本文右邊。卷十三稱「古臨　沖懷　朱鼎臣輯」，卷十四則稱「羊城　沖懷　朱鼎臣編輯」，末卷最後插圖題「次泉刻像」。

### 萬曆年間

**李卓吾先生批評三國志　一百二十回**

　　劉君裕刊本。前有禿子《序批評三國志通俗演義》、繆尊素《三國志演義序》、庸愚子《三國志序》、《讀三國史答問》、《三國志宗僚姓氏》及《三國志目錄》。卷一首題「李卓吾先生批評三國志卷一」，半葉十行，行二十二字。每回分兩則，有眉批，回末有總評。有半葉圖一百二十葉二百四十幅（每回二幅），第六十一葉板心題「君裕劉刻」。此書第九十六、一百五、一百十七回的總評中都提到「梁溪葉仲子」，按此時葉仲子乃是萬曆間僞託《水滸傳》、《琵琶記》李卓吾評的無錫人葉晝。由此可推測，此書的李評也是葉晝寫的。

### 萬曆年間

**新刻全像忠義水滸志傳　二十五卷　一百十五回**

　　藜光堂刊本。封面上欄爲「忠義堂圖」，圖框高度爲總高度的五分之二；下欄爲書名「全像忠義水滸」，左右分刻兩行；中間刻「藜光堂藏版」五字。書前有《水滸忠義傳敍》。正文卷首署「清源姚宗鎭國藩父編，武榮鄭國揚文

甫父全校，書林劉欽恩榮吾父梓行」。日本神山潤次《水滸傳諸本》云：「黎光堂本，百十五回。溫陵鄭大郁序，首有『梁山轅門圖』，每頁文中嵌出像。卷端云：『清源姚宗鎮國藩父編』。刻與前（《水滸志傳評林》）皆不下明萬曆，餘大約同京本。」

## 萬曆年間

### 新刻湯學士校正古本按鑑演義全像通俗三國志傳　二十卷　二百四十節

刊行者不明。前有寫刻序文，僅殘存一葉幾字。序後有《湯先生校正三國志傳姓氏》、《新刻湯先生校正三國志傳目錄》，目錄後附《全漢總歌》。卷一首題「新刻湯學士校正古本按鑑演義全像通俗三國志傳卷之一」、「平陽侯陳壽史傳」、「東原　羅貫中　編次」、「江夏湯賓尹校正」，上圖下文，圖像兩旁有四字小題，半葉十五行，行二十五字。

分則標目，不標則數，則目為七言單句。開頭偶見「卻說」字樣，結尾有「未知如何」等語句，均未定型化。

此本與聯輝堂鄭少垣刊本十分接近，差異之處，僅以下數端：一、兩書目錄僅個別文字出入，如本書《司馬炎復受魏禪》，鄭本同，但正文本書作復奪，鄭本作復篡；其他如一本作孔明，一本作諸葛；或一本有誤奪，一本不誤，並無實質性差異。二、插圖有相當多的篇幅雷同，可能一是原刻，一是仿刻。三、鄭本同《三國志通俗演義》嘉靖本的相異處，本書都和鄭本相同，如關索故事的插增；禰衡罵曹不在八月而在正月初一日；龐德和五伯；關公走麥城和玉泉山顯聖的曲筆等等。

本書和鄭本亦有若干差異：如一、本書也有靜軒詩，但不像鄭本那樣有時還附有「希明尉子次韻」詩。二、本書卷九《子龍翼德各得郡（城郡）》：「二人對趙範曰：劉備是反漢之臣，更兼惡了曹丞相……」，鄭本落去「對趙範曰劉備」六字，變得和原意相反。又如卷十三《玉泉山關公顯聖》，本書有一小段以「按傳燈錄云」開始，鄭本則在此段後加「此一節出傳燈錄」。三、本書凡介紹、補敘性文字，都不入正文，標以「參考」二字，如第一節對幽州太守劉焉的介紹；鄭本則入正文。四、本書卷首有《全漢總歌》七言三十二句，鄭本缺。

鄭本卷末標明係萬曆乙巳歲，即三十三年（1605）的刊本，本書殘缺，不知原書有否署明，但書名冠以「湯學士校正」字樣。湯賓尹，字嘉寶，宣城人。萬曆二十三年（1595）第二名進士，例授翰林院編修，三十八年（1610）

九月自右春坊右庶子兼翰林院侍讀升南京國子監祭酒。次年（1611）罷官。此書所謂「湯學士校正」云云似是書坊偽託。它的刊行和鄭本或早或遲都不會超出十年。可以想見當時《三國演義》各地競相版刻的盛況。

萬曆年間

**新鐫通俗演義三國志傳　二十四卷　一百二十回，存卷二、四、五至十一、十四至二十四**

杭州夷白堂刊本。小型巾箱本。卷二首題「新鐫通俗演義三國志傳卷二」、「平陽侯陳壽史傳」、「後學羅本編次」、「武林夷白堂刊」。每半葉九行，行十七字。無圖。卷二十一首書題下有「徽郡原板」字樣。

此書雖爲二十四卷本，且刪掉很多詩編，是一種節本，但其文字比較接近萬卷樓本。

萬曆年間

**新刻校正古本大字音釋三國志通俗演義　十二卷**

仁壽堂刊本。按：萬卷樓刊本《三國志通俗演義》版心題有「仁壽堂刊」字樣。不管萬卷樓刊本是否爲仁壽堂刊本之重刻本，仁壽堂本應刊行於萬曆十九年（1591 年）前。見王重民《中國善本書提要》。

萬曆年間

**精鐫按鑑全像鼎峙三國志傳　二十卷　存卷一至十一、十六至二十**

閩富沙劉榮吾黎光堂刊本。前有《全像三國志傳目次》及《君臣姓氏附錄》（最後半葉爲圖，題「但知英雄一日兄和弟，寧料千秋帝與王」，末尾題「黎光堂英雄三國」）。卷一首題「精鐫按鑑全像鼎峙三國志傳」、「晉平陽陳壽志傳」、「元東原羅貫中演義」、「閩富沙劉榮吾刊梓行」。版心下端題「黎光堂」（卷一第一葉）或「黎光閣」（多葉）。

上圖下文，半葉十五行，兩端各三行無圖，每行三十四字。

萬曆年間

**新刻全像按鑑演義南北兩宋志傳　二十卷**

熊大木撰。建陽余氏三臺館刊本。內封框內上圖下文，下文部分爲左中右三欄，左右二欄大字題「全像兩宋南北志傳」，中欄小字署「三臺館梓行」。首三臺館主人《序》。正文卷首題「新刻全像按鑑演義南北兩宋志傳」。第一

卷首頁題「雲間陳繼儒編次，譚陽書林三臺館梓行」。凡二十卷，不標回數，前十卷爲「南宋志傳」，敘五代末及宋開國事，自石敬瑭征蜀起，至曹彬定江南止；後十卷「北宋志傳」，敘宋初太宗及眞宗、仁宗三朝事，自宋太祖下河東起，至楊宗保定西夏止。其所謂「南宋」「北宋」與通常的歷史名詞之內涵不同，故孫揩第認爲此書「命名至爲不通」。除三臺館本外各本均不題撰人。三臺館本雖然題作「陳繼儒編次」，但卷首三臺館主人的序中卻又云：「昔大本（木）先生，建邑之博洽士也，遍覽群書，涉獵諸史，乃綜覈宋事，彙爲一書，名曰《南北宋兩傳演義》。事取其眞，辭取其明，以便士民觀覽，其用力亦勤矣。」作者爲熊大木無疑，正文卷首的署名很可能是後來重印時挖改的。正文半葉十三行，行二十三字。

《南北宋志傳》是依據以前已有的講史小說和有關文字編撰而成的。《南宋志傳》基本上是《五代史平話》中晉、漢、周三朝平話的擴寫，於中增加了介紹人物、描寫戰鬥場面，以及詔令表奏、「有詩爲證」等類文字，許多地方的情節、文字基本上是一致的。《北宋志傳》與萬曆間的《楊家府演義》同是敘寫楊家將的故事，從某種意義上說，它就是楊家將傳。明唐氏世德堂刊和金閶葉昆池刊兩本《南北宋志傳》的《北宋志傳》第一回按語中均有「收集楊家府等傳，參入史傳年月編定」之語。近世研究者推斷《楊家府演義》當有早於《南北宋志傳》並爲之所據的刊本。正因爲《南北宋志傳》揉合進了多種講史小說材料，所以它對考察從講史到演義小說的演變，有許多方面的價值。

分回標目，不標回數。回目爲七言聯句。前後回之間的銜接不如《水滸傳》有定型化的句式如「欲知後事如何，且聽下回分解」，甚至不如《三國志通俗演義》雖未定型，但已有明顯結句格式如「畢竟如何」等。故事說完，自然了結，極少數回後有「不知後事如何」字樣，但未成規模，只是每回前有「話說」、「卻說」字樣引出本回內容。每卷前標明起迄時間，故事時間脈絡清晰，大概敘述者以實錄爲準繩，力求眞實。全書以演說歷史故事爲主，不脫講史俗套，每以「但見」、「有詩爲證」等字樣或寫景，或狀物，或擬人。刻畫人物頗類《三國志通俗演義》，蓋敘述者欲自神其主，故於主角籠罩神的光環，且義蓋雲天，既能上馬殺敵，有萬夫不擋之勇；又能深謀遠慮，有運籌帷幄，決勝千里之之智。其他人物則或觀天象而知其有帝王之像，或見其金龍附體而知其有九五之尊。估計此種寫人模式爲歷史題材小說所共有。

萬曆年間

南北宋志傳通俗演義　二十卷　一百回

金陵唐氏世德堂。題「南北宋志傳通俗演義題評」。「南宋」五十回，「北宋」五十回，共一百回。有插圖。正文半葉十二行，行二十四字。

萬曆年間（約一年～十一年）

全像水滸傳

海虞三槐堂刊本。

萬曆年間

大滌餘人序本忠義水滸傳　一百回

新安黃誠之刊本。安徽黃誠之、劉啓先刻。書前有大滌餘人《刻忠義水滸傳緣起》，序後有精圖五十葉、一百幅，版心左右題有篆書回目提要三、四、五字不等，圖中偶記有刻工姓名，曰「黃誠之刻」。正文有眉評、圈點、旁勒。此本即明沈德符《萬曆野獲編》所說「出郭本之新安刻本」。此本從回目及插圖、文字等看，都很古樸而欠工雅，如插圖說明文字，有少於三字而多於七字等情況；又回目中第二十六回，「天都外臣序」本、「容與堂」本等均爲「鄆哥大鬧授官亭，武松鬥殺西門慶」，而此本作「偷骨殖何九送喪，供人頭武二設祭」；第七十五回「活閻羅倒舡偷御酒，黑旋風扯詔謗罵欽差」，可見此本的時間略早於「天都外臣序」本和「容與堂」本。

萬曆年間

新刊按鑒演義全像大宋中興岳王傳　八卷　八十則

建陽余氏三臺館刊本。此本爲《新刊大宋中興通俗演義》的一種翻刻本，不附原本的《精忠錄》。首有熊大木序，但改署「三臺館主人言」。將作者熊大木改爲余應鰲，題「紅雪山人余應鰲編次、潭陽書林三臺館梓行」。版心題「全像演義岳王志傳」。上圖下文，正文半葉十三行，行二十三字。文字內容與余氏雙峰堂用萬卷樓舊板挖改重印本相同，但不附《精忠錄》。

萬曆年間

新刊京本全像插增田虎王慶忠義水滸全傳　二十四卷　一百二十回

建陽余氏雙峰堂刊本。爲《水滸傳》簡本，全題《新刻京本全像插增田虎王慶忠義水滸全傳》。全書約當二十四卷一百二十回左右，具體卷數、回數，

難於推定。丹麥皇家圖書館藏有殘本，存卷十五（內缺一至四、七、九至十一、二十二、二十三葉）、卷十六（內缺十七及二十五以下之葉）、卷十七、卷十八（內缺八及二十四以下之葉）、卷十九（內缺一至二十六、二十八至三十二及三十三後半葉以下）。上圖下文，每葉十三行，行二十三字。版式與明萬曆余氏雙峰堂所刊《三國志傳》相同，當亦爲萬曆間建陽書坊所刊。余氏雙峰堂刊有《京本增補校正全像忠義水滸志傳評林》，首頁上欄《水滸辨》云：「《水滸》一書，坊間梓者紛紛，偏像者十餘幅，全像者止一家，前像版字中差訛，其版蒙舊，惟三槐堂一幅，省詩去詞，不便觀誦。」此書以「插增」「全像」爲號召，雙峰堂《水滸志傳評林》題曰「增補校正」，當以此書爲早。

　　分回標目，標明回數，回目爲七言聯句。開頭無套語，大多有詩或詞一首；結尾有「下回分解」語句，已定型成格式。文中描述人物、景物與場面多以「但見」引出詩詞等韻文形式。此書雖然殘缺極甚，並且編刊粗率，致有回數之前後重複，但卻很可寶貴。它與同地、同時而稍後之《水滸志傳評林》，同爲今存最早的《水滸傳》之文簡事繁的本子。此書題名特別標出「插增」二字，便明白表示已出之《水滸傳》是沒有田虎、王慶兩部分的。萬曆十七年（一五八九）新安天都外臣序刻百回本《忠義水滸傳》，沒有田虎、王慶兩部分，此「插增」本殘存者即爲王慶部分之多半，宋江部下多有傷亡，卻無一原梁山泊英雄，可見所謂「插增」，殆非虛語。如此則可斷定，《水滸傳》中田虎、王慶兩部分確係萬曆二十年（一五九二）前後建陽書坊開始添入的。

　　「插增」本與《水滸志傳評林》並不一致，此書另有一殘本在法國巴黎國家圖書館，據鄭振鐸稱，僅存第二十卷及第二十一卷之半。第二十卷自九十九回起，次爲一百回，下面復有九十九、一百兩回，止於一百回。殘存之第二十卷所敘王慶故事，《評林》中爲第二十一卷，亦無《評林》各頁上欄之評語。這些情況，對研討《水滸傳》之演變及簡、繁兩種版本系統之關係，也是有裨益的。

### 萬曆年間

　　**全像水滸**　殘葉，存第二十二卷之十四葉「宋江押王慶回京」

　　建陽余氏雙峰堂刊本。上圖下文，每葉十三行，行二十三字。版心上口題《全像水滸》。文字較其他簡本更爲簡拙，他本「曰」字，此本與插增本均作「道」字。

萬曆年間

### 新鐫校正京本大字音釋圈點三國志演義　十二卷　二百四十則

鄭以楨刊本。封面題「李卓吾先生評釋圈點《三國志》」、「金陵國學原板」、「寶善堂梓」。卷一首題「新鐫校正京本大字音釋圈點三國志演義卷之一」、「晉平陽侯陳壽史傳」、「明卓吾李贄評注」、「閩瑞我鄭以楨繡梓」。半葉十四行，行三十字，有寫刻眉批。每則前似有半葉圖一幅，正文下有注。評在欄外。每卷末記年代起訖。所附詩詞多採自萬曆壬辰余氏雙峰堂刊本，亦有周靜軒詩。上欄眉批「漢高以蛇見興，漢靈以蛇見滅，異哉」，不見於任何評本，不過其出版年代當在天啓崇禎間李卓吾評本流行之時。至於「金陵國學原板」（即南京國子監所刊）雖不無疑問，然從中也可窺見建陽書坊和江南的交流。

萬曆年間

### 唐僧西遊記　二十卷　一百回

署題回目均與清白堂本、世德堂本同。每卷第一行題「唐僧西遊記」。末有長方木記云：「全像唐三藏西遊記卷終」。半葉十二行，行二十四字。

萬曆年間

### 李卓吾先生批評西遊記　一百回（不分卷）

明刊大字本。卷首附圖百葉，前後二面寫一回事。刻繪精絕。「五行山下定心猿」一圖中，岩石上有四個細字，曰「劉君裕刻」。卷首有題詞，後署「幔亭過客」。有墨章二，一曰「字令昭」，一曰「白賓」。「幔亭」、「令昭」、「白賓」，俱是袁於令字。《序》後有《凡例》五條，曰批著眼處，批猴處，批趣處，總評處，碎評處。半葉十行，行二十二字。

萬曆年間

### 鼎鍥全像唐三藏西遊釋厄傳　十卷　六十七節

書林劉蓮臺刊本。題「羊城沖懷朱鼎臣編輯」、「書林蓮臺劉求茂繡梓」。上圖下文。正文半葉十行，行十七字。每卷題《西遊傳》，亦題《西遊釋厄傳》。

分則標目，不標則數，則目多為七言單句，亦有六言、八言、九言不等。每回開頭多有「卻說」字樣，結尾有「且聽下回分解」語句，並附詩或詞一首作結。描述人物、景物或場面多用韻文。

此本乃朱鼎臣據《西遊記》祖本一百回本的刪改本。刪節的情況是先少後多，正文變得先詳後略。朱本前十二節相當於百回本的前六回。詩詞韻語還有部分被保留，文字較少差異。此後刪節的文字逐漸增加，朱本二節相當於百回本一回的比例開始打破。朱本第三十四節在全書正當中，它的前和後各有三十三節。它寫到劉全妻李翠蓮的靈魂被推入唐太宗御妹玉英身內回生，只相當於今傳百回本第十二回的前半止。由於受到篇幅（也即出版成本）的限制，改編者後來變本加厲，如將今傳百回本第五十九到六十一回的《三調芭蕉扇》三回書二萬多字，壓縮成朱本第六十三節《孫行者被獼猴紊亂》中的一小段，不到二百字。不僅如此，烏雞國、車遲國、通天河、玄英洞以及百回本第八十一回《鳳仙郡冒天止雨》的內容都被朱本刪除。

### 萬曆年間

#### 重刻京本增評東漢十二帝通俗演義　十卷　一百四十六則

謝詔撰。金陵大業堂刊本。內封框外橫書「陳眉公增評」，署「大業堂重校梓」。首《序》，末署「雲間眉公陳繼儒書於白石樵」。「陳眉公」疑為偽託。正文卷首署「金川西湖謝詔編集」、「金陵周氏大業堂評訂」。無圖。有則目，不標則次。正文半葉十二行，行二十八字。有句讀旁勒，有小字行側評及注釋。卷首陳繼儒《序》云：「有好事者為之演義，名曰《東漢志傳》，頗為世鑒賞。耐歲久字湮，不便覽閱。唐貞予復梓而新之，且屬不佞稍增評釋。其中有稱謂不協及字句之訛舛者，亦悉為之該竄焉。或可無亥豕帝虎之誤，而覽者亦庶免於攢眉贅齒之苦云。」所稱《東漢志傳》當指明萬曆十六年（1588）熊大木《全漢志傳》以及據熊大木本增益之萬曆三十三年（1605）黃化宇校正《兩漢開國中興志傳》的東漢部分。此書在《東漢志傳》的基礎上寫成，筆力不及《西漢通俗演義》。此書題《東漢十二帝通俗演義》，但並非按史列敘東漢十二個皇帝事，全書十卷以七卷篇幅演述王莽篡漢以及劉秀中興漢室的艱苦卓絕的歷程，時間跨度約五十年；僅以後三卷的篇幅簡述明帝至獻帝一百四十多年的歷史，全書情節框架格局顯然沿襲《全漢志傳》和《兩漢開國中興志傳》。

### 萬曆年間

#### 新刻金瓶梅詞話　十卷　一百回

蘭陵笑笑生撰。簡稱為「詞話本」、「十卷本」；因其中有「萬曆丁巳季冬

東吳弄珠客」序，故又稱「萬曆本」。首《金瓶梅詞話序》，次《〈金瓶梅〉序》，次《跋》，署「廿公書」。接下來有《新刻金瓶梅詞話》詞四闋及酒色財氣《四貪詞》。下刻《新刻金瓶梅詞話目錄》，一百回，不分卷。正文半葉十一行，行二十四字。版心題「金瓶梅詞話」。

分回標目，標明回數，回目爲聯句，字數從七言至十言不等，少許回目上下聯字數亦不對等。各回前有引首詩詞，結尾有「畢竟如何，且聽下回分解」語句，已定型成格套。第一回正文前先敘項羽與劉邦爲情色所迷以至誤國故事，類似話本之入話。文中多詩詞韻文，尤以曲詞爲甚，敘述者或人物多以韻文敘事、代言，說唱氣息濃厚，其原本或爲樂曲係詞話，或爲作者仿詞話體創作成書。

### 萬曆年間

### 新鍥全像達摩出身傳燈傳　四卷　七十則

朱開泰撰。書林清白堂楊麗泉刊本。每卷卷首題「新刻（鍥）全像達摩出身傳燈傳」，卷一、卷二、卷四不署撰人，卷三署「逸士朱開泰修選（撰）」。卷一署「書林麗泉楊氏梓行」，卷二、三、四均署「書林清白堂楊麗泉梓行」。上圖下文，正文半葉十行，行十七字。

書前無目錄，正文分則不分回。則目爲單句，字數四言至九言不等。則末都附有偈詩，文字多有錯訛。全書敘達摩出身及傳經布道事，文字讓陋，情節平淡無奇，文采殊無，讀之味同嚼蠟。全書多詩、偈，所佔比例極大，很疑心此前有同名的變文，抑或由變文演變而成。上圖下文，圖很簡陋。

達摩原爲印度香至國王子，後皈依佛門，拜菩提多羅爲師，得道成佛。達摩開悟有相宗、無相宗、慧宗、戒行宗、無得宗、寂靜宗，使六宗皈依正教。南朝梁普通元年（五二〇），達摩入華，武帝迎至金陵。後渡江往魏，止嵩山少林寺，面壁九年而圓寂。達摩傳法於神光（慧可），開創了禪宗，被尊爲東土始祖。南朝梁釋慧皎《高僧傳》、宋釋道原《景德傳燈錄》燈書也記錄了達摩的有關事跡。

### 萬曆年間

### 新刊按鑑演義全像唐國志傳　八卷　八十九節

建陽余氏三臺館刊本。內封有「雙峰堂記」圖章。首有序，末署「三臺

館主人書」，不記年月。序文與世德堂本陳氏尺蠖齋《唐書演義序》相同。目錄葉題「唐書志傳」。正文上圖下文，圖兩旁有題句。正文半葉十三行，行二十三字。卷首題「新刊按鑑演義全像唐國志傳」，署「紅雪山人余應鰲編次、潭陽書林三臺館梓行」。世德堂本卷首有「鍾谷子述古風一篇單揭唐創立之有由」。此本保留鍾谷子的古風，卻刪去古風之題目，以掩蓋原作者姓名。但卷一第七節寫季珣之死所附熊鍾谷七言絕句，卻未刪去。由此推斷，此本當是承襲世德堂本。

### 萬曆年間

#### 新鋟全像大字通俗演義三國志傳　二十卷

閩書林喬山堂劉龍田刊本。封面題「喬山堂（上層橫寫）」、「鐫圖像」、「劉龍田梓（小字）」、「三國志」。前有《序三國志傳》，爲「歲在屠維季冬朔日清瀾居士李祥題於東壁」，次有《新鐫全像三國志傳君臣姓氏附錄》。卷一首題「新鋟全像大字通俗演義三國志傳」、「書林喬山堂梓」。上圖下文，半葉十五行，而兩端各一行無圖，行三十五字；中間十三行有圖，行二十五字，也是縮小式的插圖。末卷最後插圖上題「三泉刻像」，有木記「閩書林劉龍田梓行」。

### 萬曆年間（約三十七～四十七年）

#### 新鋟全像大字通俗演義三國志傳　二十卷

笈郵齋刊本。封面上半爲「桃園結義」圖，下半題「全像英雄」、「笈郵齋藏板（小字）」、「三國志傳」，最後木記爲「閩書林笈郵齋梓行」。除此之外，行款、插圖、本文都跟劉龍田本完全相同，連「書林喬山堂梓」字樣也沒有改。由此可見，此書乃挪用劉龍田本的版本，只挖改木記的書坊名加以重印，且套上新的封面而成。

### 萬曆年間

#### 《唐鍾馗全傳》四卷　三十八回

書林安正堂刊本。封面有鍾馗主僕像及「安正堂板」、「全像唐鍾馗出身袪妖傳」、「書林劉雙林梓行」等文字。正文卷首題「鼎鋟全像按簽唐鍾馗全傳卷之一」、「書林安正堂補正」、「後街劉雙松梓行」。卷一末題書名爲「鼎鋟全像按簽唐書鍾馗斬妖傳」，卷二、卷三、卷四又題「降妖傳」。全書無序跋、

目錄，正文上圖下文，半葉十行，行十七字。每回亦不標明序次，只在回目上方刻以黑點以資識別（偶有漏刻者），計三十八回。

　　書前無目錄，正文分回標目，回目爲單句，字數從四言至八言不等。開頭以「卻說」引出所敘故事，結尾有「未知（又知）如何，且聽下回分解」句式，定型化。每回結尾有一詩復敘本回內容。全書以鍾馗降生、求學、赴考爲情節線索，以赴考途中斬妖除魔爲主要內容，大多故事均可獨立成篇，前後之間並無邏輯聯繫，可見情節鬆散，敘事俱爲片斷。明代章回小說中大多神魔小說均模仿《西遊記》之敘事模式，而筆力不逮。以主人公行蹤爲線索，貫串故事單元，前後之間並無邏輯聯繫，結構鬆散，情節平淡無奇，敘事手法單一，重敘述而極少描述，殊無文采。

　　鍾馗是一位傳說中的人物，有關他驅鬼除妖的故事，大約在宋朝以前就已流傳。元明時代繼承了對鍾馗的崇拜，在元刊《新編連相搜神廣記》、明刊《三教源流搜身大全》中均載有鍾馗故事。以此爲題材而創作的小說，今可見的除本書外，至少還有《斬鬼傳》、《鍾馗平鬼傳》、《平鬼傳》等數種。戲曲舞臺上也常搬演不衰，如萬曆四十三年的《慶豐收五鬼鬧鍾馗》（《孤本元明雜劇》），清代地方戲劇中有昆曲《鍾馗嫁妹》、秦腔《鍾馗送妹》、湘劇《鍾馗顯聖》等等，可見其影響之廣。

## 萬曆年間

### 天妃濟世出身傳　三卷　三十二回

　　書林熊龍峰忠正堂刊本。內封面題「鍥天妃娘媽傳」雙行大字。上圖下文，正文半葉十行，行十六字。回目前署「新刻宣封護國天妃林娘娘出身濟世正傳」。卷首署「新刊出像天妃濟世出身傳」。上卷卷首題「南州散人吳還初編，昌江逸士涂德孚校，潭邑書林熊龍峰梓」。下卷卷尾有雙行牌記，署「萬曆新春之歲忠正堂熊氏龍峰梓行」。

　　此書標明回數，回目爲七言單句。開頭無固定格式，結尾大多以詩或詞作結。每頁有圖一幅，計 307 幅，每圖配以五言對句。全書敘天妃林氏爲保民平安，除猴精（世尊座後鐵樹上獼猴精）、木魚精（雷音寺裏齋供堂所懸木魚精）事，應屬神魔小說類。小說的主角天妃，是我國舊社會裏獲得沿海居民信仰的女性保護神。她的事跡最早出現於南宋晚期編纂的《咸淳臨安志》裏，卷七三記述順濟聖妃廟即此天妃的神廟時，引用了南宋理宗初年丁伯桂

撰寫的《廟記》,《記》中說「神莆陽湄洲林氏女,少能言人禍福,歿,廟祀之,號通賢神女,或曰龍女也。莆沿海有堆,元祐丙寅夜現光氣,環堆之人一夕同夢曰:『我湄洲神女也,宜館我。』於是有祠曰聖堆。」這大概就是這位林氏天妃的最早面貌。到「宣和壬寅給事路公允迪載書使高麗,中流震風,八舟沉溺,獨公所乘神降於檣獲安濟,明年奏於朝,賜廟額曰『順濟』」。這是她正式列入國家祀典的開始。以後據《咸淳志》,在南宋「紹興二十六年封靈惠夫人,紹熙三年改封靈惠妃,慶元四年加封助順,⋯⋯累封至嘉熙三年為靈惠助順嘉應英烈。」她的影響,如《廟記》所說:「神雖莆神,所福遍宇內,故凡潮迎汐送,以神為心,回南簸此,以神為信,邊防裏捍,以神為命,商販者不問食貨之低昂,惟神之所。⋯⋯神之祠不獨盛於莆、閩、廣、江、浙、淮甸皆祠也。」但到元代,似乎沒有獲得朝廷重視,今存元建陽書坊刻兩卷本《新編連相搜神廣記》(鄭振鐸影印本)就不曾把這位天妃收進去。明建陽書坊以《搜神廣記》為基礎而增廣的七卷本《三教源流搜神大全》(葉德輝影刻本)裏才有了「天妃娘娘」的專條,說「國初成祖文皇帝七年,中貴人鄭和通西南夷,禱祀廟,徵應如宋,歸命,遂敕封護國庇妙靈昭應弘仁普濟天妃,賜祠京師,史祝者遍天下焉」。明清兩代地志如萬曆時王應山修《閩都記》、乾隆時廖必琦等修《莆田縣志》,以及乾隆時林清標據萬曆天啟時《顯聖錄》重修的《湄洲志》,都記載了大量的天妃事跡。但除當時的朝廷封典外,所記世系靈跡多出後來編造,而且顯皆官樣文章。相形之下,這部小說的價值則在這些地誌之上,因為它多少保存了明代對這位林氏天妃的民間傳說,對研究民俗者是很有用的材料。至於此書作為萬曆時作品而在小說史研究方面所具有的的資料價值,自不待言。

### 萬曆年間（約十六～二十二年）

**全像水滸** 殘存第二十二卷之十四葉「宋江解押王慶回京」、「徽宗御賞宋江俊義」兩回

建陽刻本。版心上口題「全像水滸」。上圖下文,每葉十三行,行二十三字。

### 萬曆年間

**新刊大宋中興通俗演義** 八卷 八十則

金陵萬卷樓刊本。首有熊大木序。卷二、卷七首題「書林萬卷樓刊行」,

版心題「仁壽堂」。其他各卷皆題「鼇峰熊大木編輯、書林雙峰堂刊行」。圖嵌正文中，記刻工「王少淮寫」。王少淮刻圖之書還有萬曆二十一年（1593）周氏大業堂刊《唐書志傳通俗演義題評》、萬曆間金陵世德堂刊《南北宋志傳通俗演義題評》。周曰校萬卷樓、周希旦大業堂、唐繡谷世德堂均爲萬曆間南京著名書坊。王少淮自署「上元」，可知爲南京人，爲南京書坊刻圖。據此可知此書乃建陽余氏雙峰堂用萬卷樓舊板挖改重印。此書八卷八十則，後附《精忠錄》二卷。則目較清江堂刊本七十四則多出六則，但文字並未增加。半葉十三行，行二十六字。版心題「全像大宋演義」。此書爲清江堂、清白堂合訂本的翻刻本。

### 萬曆年間

#### 新鐫全像東西晉演義志傳　十二卷　五十回

建陽余氏三臺館刊本。

### 萬曆年間

#### 新鐫重訂出像注釋通俗演義東漢志傳題評　十卷　存卷三、卷四

登龍館刊本。

### 萬曆年間

#### 鐫李卓吾批點殘唐五代史演義傳　八卷　六十回

龔紹山刊本。首周之標《點校殘唐五代史傳敘》。目錄葉題「鐫李卓吾批點殘唐五代史演義傳」。回目爲七言單句。次《五代紀》。卷首題「鐫李卓吾批點殘唐五代史演義傳」，署「貫中羅本編輯」、「卓吾李贄批評」。有圖十六葉，半葉一圖，共三十一幅（最後一葉僅半葉有圖）。每圖爲一回之插圖，基本上以回目爲圖題。原版應爲六十圖，闕二十九圖。第四十八回圖「契丹兵助石敬塘」與第四十七回圖「廢帝遣將追公主」次序顛倒。可知此本非原刊本。第一回正文前有《按宋待制孫甫史記》。文中引有曲木子、靜軒先生、逸狂等人的詩和孫甫評，每回末有「卓吾子評」。正文半葉九行，行二十字。行間有界欄。版心題「殘唐五代傳」。

版式與龔紹山萬曆四十七年所刊《隋唐兩朝志傳》相同，該書題「鐫楊升菴批點隋唐兩朝志傳」，都用「鐫」（而非常見的「新鐫」）、「批點」，是很獨特的相同之處；亦題「東原貫中羅本編輯」。《隋唐兩朝志傳》第十二卷後

「木記」云：「是集自隋公楊堅於陳高宗大建十三年辛丑歲受周主禪即帝位起，歷四世，禪位於唐高祖，以迄僖宗乾符五年戊戌歲唐將高元裕戮王仙芝止，凡二百九十五年。繼此以後，則有《殘唐五代志傳》詳而載焉，讀者不可不並爲涉獵，以睹全書云。萬曆己未歲季秋既望金閶書林龔紹山繡梓。」木記所云：《殘唐五代志傳》即指此書。且兩書中均引用麗泉、靜軒詩和宋孫甫評。孫楷第《日本東京所見小說書目》云：「附麗泉詩之《殘唐》，必與此附麗泉詩之萬曆己未（四十七年）刊本《隋唐兩朝志傳》時代相去不遠，則可斷言耳。」則此書當爲龔紹山原刻，後加以補配而成，且刊刻年代不晚於萬曆四十七年。

另此書雖署「貫中羅本編輯」，但顯然已非羅氏原本，因書中模擬承襲《三國演義》和《水滸》處頗多。如此書第十一回「李晉王閱兵試箭」中李存孝射箭取袍，模仿《三國志演義》第五十六回「曹操大宴銅雀臺」；李存孝斟酒出陣活捉安休休、薛阿檀回營，「其時酒尚未寒」，係模仿《三國志》第五回關羽溫酒斬華雄。第三十七回「雞寶山存孝顯聖」嚇退王彥章的情節，又脫胎於《三國志》「玉泉山關公顯聖」及第一百回「死諸葛走生仲達」。諸如此類，不勝枚舉。

分回標目，回目爲七言單句。書前目錄頁標明回數，正文不標。第一回目錄頁之回目爲「孫待詔史記世採」，正文中爲「按宋待制孫甫史記」，從內容而言，第一回應屬全書引首。全書前部結尾一般有詩詞，後部則有「未知後事如何，且聽下回分解」一類套語，但均未定型成格式。多史官口吻。

## 萬曆年間

### 新鍥唐三藏出身全傳　四卷　四十則

楊致和（或稱陽至和）編。又名《西遊記傳》、《唐三藏西遊全傳》。朱蒼嶺刊本。卷首署：「齊雲陽至和編，天水趙毓眞校，芝潭朱蒼嶺梓。」上圖下文，第一葉圖版左側有雙行木印「書林彭氏發圖像秋月刻」，半葉十行，行十九字。版心題「唐三藏」。

分則標目，不標則數，則目爲單句，六言或七言不等。各則開頭大多有「話表」、「卻說」等字樣引出所敘故事，結尾大多有詩，間或有「且聽下回分解」語句，但均未定型成格式。故事情節簡陋，敘事手法單一，較世德堂本《西遊記》而言，遊詞餘韻俱無，文筆相去甚遠。

　　本書第十一回說：「（殷嬌）小姐再三哀告，將兒入匣拋江，流至金山寺，大石擋住。僧人聽見匣內有聲，收來開匣，抱入寺去，遷安和尚養成。自幼持齋把素，因此號爲江流兒，法名喚做陳玄奘。」這一段表明本書同世德堂百回本相似，它同《西遊眞詮》以及朱鼎臣《鼎鍥全相唐三藏西遊傳》異趣。《眞詮》本、朱本將遷安和尚改名法明和尚。本書缺朱本第十九至二十六則玄奘出身「託孤金山大有緣」的故事；朱本則缺本書第二十九、三十回的烏雞國故事，第三十二回的通天河故事。其他各回只有詳略不同，沒有情節的差異。儘管詳略不同，文字卻可以互相對照。特別是朱本五十到六十以及六十三到六十七，和本書相對應的第十八到二十八以及三十五、三十七到第四十，各則（回）標題相同，起訖一樣。除了玄奘出身的江流故事和通天河故事，以及和尚一名遷安，一名法明外，兩書分明是一個系統。朱本第四十九則以「話分兩頭，又聽下回分解」作結束，下文接敍烏巢禪師故事而遺漏故事的開頭。這個明顯的技術性失誤，本書第十七回完全相同，這是兩書同出一源的鐵證。

　　校勘表明，明清以來，表面上看《西遊記》有兩個版本系統，這是原第九回因人、事、時、地都錯得厲害，各本的或刪或改或存由此而發生分歧，此外除和尚一名遷安，一名法明，各本差異極少，只是繁簡不同。世德堂本是它以前的原本《西遊記》的寫定。《眞詮》本、《證道書》本因加入評注而對正文有所刪削，朱本則以商業性的原因先詳後簡，而以本書作爲《四遊記》之一爲最簡。

### 萬曆年間

#### 八仙出處東遊記　二卷　五十六回（則）

　　三臺館刊本。內封框內上圖下文，圖畫八仙像，文分左中右三欄，左右二欄大字題「全像東遊記上洞八仙傳」，中欄小字題「書林余文臺梓」。首《八仙傳引》，並不論及本書，而專批盜版翻刻，是爲小說體例之罕見。正文卷首題「新刊八仙出處東遊記」，署「蘭江吳元泰著」、「社友凌雲龍校」。下卷卷首則署「蘭江吳元泰著」、「書林余氏梓」。上圖下文。正文半葉十行，行十七字，行間有絲欄。

　　共五十六回（則），書前有總目，不標回次。但上卷從第四回至第二十九回，均標明「第×回」，回目單句，以六言爲主；其餘三十則全無回次。各則開頭大多有「卻說」字樣，但未定型成格式；結尾無套語。第一則前有詞一

關，類似話本小說之入話。本書下卷附補遺事六則，云：「此皆近聞，錄之終篇，其餘以俟知者」。但其後又有《桂溪升仙樓閣序》、《升仙樓閣跋》、《重鍥感應篇序》、《蓬萊景記》、《心箴示張日熹》等幾篇文字，版式字體完全不同。版心上方題「八仙傳」，下方為「下卷」二字，無圖，末葉有「全像八仙傳下卷終」一行字。所補六則遺事尚有一定餘味，而這一部分則全然與本書內容無涉，疑為後印。

八仙故事在我國流傳甚廣，唐代已有《八仙圖》、《八仙傳》，元代戲曲更常出現八仙形象，但元時八仙之姓名尚多異說，至明代猶然。直到明代中葉，八仙姓名才開始固定，湯顯祖《邯鄲夢·仙圓》一齣中〈駐馬聽〉曲所唱八仙之姓名即和本書一樣，從此八仙的名字就未再變更。關於八仙得到的傳說事跡甚多，也甚不一，本書乃博採拼湊而成。要而言之，鐵拐李出身同於《潛確類書》；鍾離權事跡與《歷代神仙史》所引相同；藍採和身世主要據南唐沈汾的《續仙傳》；張果老事跡本於唐鄭處誨的《明皇雜錄》；何仙姑故事同於明《續文獻通考》；呂洞賓事跡則採集較廣，唐宋元明小說戲曲中多有採擷；韓湘子故事多根據宋劉芹《青瑣高議》；曹國舅事跡大致同於《歷代神仙史》所引。除去八仙得道的事跡，本書尚集中描寫了兩次大的事件：鍾呂鬥法大破天門陣是節抄的《楊家將演義》，八仙過海鬧龍宮則是根據元雜劇《爭玉版八仙過滄海》。

### 萬曆年間

### 南海觀世音菩薩出身修行傳　四卷　二十五則

西大午辰走人撰。楊春榮煥文堂刊本。一名《南海觀音全傳》，卷首題「南州西大午辰走人訂著」、「羊城沖朱鼎臣編輯」、「渾城泰齋楊春榮繡梓」。上圖下文，正文半葉十行，行十七字。

書前無目錄，正文分則不分回，但卷一第二、四、七三則文末又有「聽下回分解」字樣。不標則數，則目為單句，六言至十言不等。每則末有句數不等的七言韻文。全書文字簡陋，錯字極多，卷一開頭有《鷓鴣天》一篇，但實為二十六句五言韻文，與《鷓鴣天》詞、曲了無關涉。全書以觀音投胎轉世、出生修行、得道成仙、普度家人為故事單元，平鋪直敘，缺少描述，情節平淡無奇，人物形象亦缺乏風致。

觀音之名出自《法華經》，宋晉明禪師編有《觀世音菩薩本行經簡集》，又

名《香山寶卷》，內容與此小說大致相同。然寶卷之妙善原係仙女轉世，小說改作善男轉生；寶卷中觀音在惠州澄心縣香山懸崖洞修道，小說改作於南海香山普陀巖修行，且比寶卷多出點化善才龍女、青獅白象作怪及被收伏等事。

### 萬曆年間

**三教開迷歸正演義　二十卷　一百回**

潘境若撰。白門萬卷樓刊本。首《三教開迷演義敘》，末署「金陵朱之蕃撰」。次《三教開迷序》，末署「九華山士謹識」。次《三教開迷引》，末署「浙湖居士顧起鶴撰」。目錄葉題「朱蘭嵎批評三教開迷歸正演義」，署「九華潘鏡若編次，蘭嵎朱之蕃評定，白門萬卷樓梓行」。各卷首尾均題「新鐫朱蘭嵎先生批評三教開迷歸正演義」，唯卷八尾題「新刻陳眉公批評三教開迷歸正演義」。說明萬卷樓刊本亦非原刊本，很可能是原版經補配後的重印本。

分回標目，標明回數，回目為七言聯句，對仗較為工整。每回前以「卻說」引出所敘故事，結尾有「畢竟（未知）……，且聽下回分解」語句，已定型成格式。文中描述人物、景物、場面多用韻文或詩詞。如《敘》云：「……其立名則若有若無，若真若假，其立言則至虛至實，至快至切……」內容虛實摻半，史實與傳聞雜糅；情節緊湊連貫，頗有文采。在明代同類歷史演義中屬於佳作。

### 萬曆年間

**新鐫重訂出像注釋通俗演義東漢志傳　十卷**

登龍館刊本。

### 萬曆年間

**牛郎織女　四卷　五十五則**

朱名世撰。仙源余成章刊本。正文卷首題「新刻全像牛郎織女傳」，卷端下題「儒林太儀朱名世編，書林仙源余成章梓」。上圖下文，正文半葉十行，行十七字。

分則標目，不標則數，則目為四言單句。卷首有六言律詩一首，概括全書情節。各則開頭少套語，偶見「且說「一類引領語詞；結尾有詩詞，但無常見的問句。文中可見話本小說之痕跡，描寫人物、景物多用韻文。文辭簡拙，多係據俚俗傳聞編創成書。

### 萬曆年間

#### 繡榻野史　二卷　九十七則

呂天成撰。醉眠閣刊本。首「《繡榻野史》敍」，敍後爲「李卓吾先生批評《繡榻野史傳奇》目錄」。有單面方式插圖十葉。正文半葉九行，行十八字。

分則標目，則目爲單句，字數不等。各則開頭與結尾少套語，結尾多詩詞，第二卷卷末有「後來畢竟不知金氏惡識了大里，弄些什麼計策來雪了他的恨，方寸罷了？且看下回便知端的。」

### 萬曆年間

#### 海陵佚史　二卷

無遮道人編次，醉憨居士批評校刊。全書二卷不分回，然上卷卷末云：「畢竟女待詔去後，定哥怎生結束，且聽下卷分解。」故仍視其爲章回小說。全書文言與白話夾雜，其文言部分多抄襲《金史》，白話部分則以說話人口吻敍事，或來自民間話本。文中多詩詞。

### 萬曆年間

#### 浪史　四十回

風月軒又玄子撰。日本據奚疑齋刊本抄本。首《浪史敍》，署「又玄子題」。正文半葉九行，行二十字。有又玄子回評。分回標目，回目大多爲七言對句，亦有六言、八言、九言不等。

### 萬曆年間

#### 新鍥國朝承運傳　四卷　三十九則

不題撰人。無內封、無序、無則目。版式爲上圖下文，半葉十行，行十七字。正文卷首題「新鍥國朝承運傳」。

分回標目，不標回數，回目爲七言聯句。開頭以多「話說」引出所敍故事，然未定型成格式；結尾有詩一首，復述此回內容。第一回前有長篇古風一首，概述自明太祖起義至明朝建國事，引出第一回敍述胡、藍謀反被誅案，其性質與功用類似話本小說之入話。敍述傳主身世，仍不離舊套，自神其主。無非借助神異之物降臨凡間，或夢見異常，然後解夢、應驗；或借助民間歌謠、謠言造勢，使之行事上應天意，下順民情。本書除了利用夢見神異外，還利用天降石碣於地穴，以天書（偈語）形式表明傳主行事的合法性。明代章回小說寫人成大事，多用此套，自《水滸傳》以來，尤爲多見。

## 泰昌元年（庚申，1620）

### 三遂平妖傳　四十回

天許齋刊本。首《敍》，末署「泰昌元年長至前一日，隴西張譽無咎父題」。次《天許齋批點北宋三遂平妖傳引首》，署「宋東原羅貫中編」、「明隴西張無咎校」。目錄葉題「天許齋批點北宋三遂平妖傳」。圖四十葉共八十幅。每回兩幅。圖插於各冊之首。正文半葉九行，行二十一字。版心題「平妖傳」。正文有眉評。

分回標目，標明回數，回目爲聯句，七言、八言不等，對仗工整。第一回前先敍燈花婆婆故事，再由此引出白雲洞猿精，導入正文。這種手法係承襲話本小說而來，由入話、頭回故事引出正文。文中多詩詞韻文，說話人聲口非常明顯，可以看出作者有意地向話本小說創作的回歸。此書以二十回本《三遂平妖傳》爲藍本改寫而成。主要人物沒有大的改變，但情節已經豐富許多，增加了聖姑、胡永兒、彈子和尚等主要人物來歷的敍說，對他們的結局也有明確的交待，因爲顯得起結有序，脈絡清晰。文筆較前書遠爲高明，細節描寫尤其突出，人物形象血肉豐滿，對前書已是不小的突破。惟其騰挪變化，摹仿《西遊》；以史實爲背景，有意傚仿《水滸》，然終不及《西遊》之恣肆，《水滸》之大氣。

## 天啟元年（辛酉，1621）

### 昭陽趣史　二卷　六十五則

墨莊主人本。卷首題「新編出像趙飛燕昭陽趣史」，署「古杭豔豔生編，情癡生批」。扉葉有墨莊主人識語。次《趣史序》。目錄列上卷二十八目及十一回像目，下卷三十七目及十一回像目。有繡像二幅，圖二十幅。第十一葉北面標「辛酉歲孟秋寫於有況居」。正文兩卷，不分目不分回。上卷末作「怎生行樂，怎生結句？且聽下回分解」。下卷末有情癡生及無住道人批各一條。上下兩卷皆有眉批，卷下有一行間夾批。

另有玩花齋刊本。六卷。刊刻年代不詳。半葉九行，行二十字。

## 天啟三年（癸亥，1623）

### 新刻考訂按鑒通俗演義全像三國志傳　二十卷二百四十段

閩芝城潭邑黃正甫刊本。前有《三國志敍》，爲「癸亥春正月山人博古生題」。次爲《全像三國全編目錄》及《鑴全像演義三國志君臣姓氏附錄》。卷

一首題「新刻考訂按鑒通俗演義全像三國志傳卷之一」、「書林黃正甫梓行」。上圖下文，半葉十五行，因兩端各二行無圖，中間有圖的十一行，行二十六字；無圖的兩端各二行，行三十四字。卷一首葉版框上面左側標有號碼「二」，其後每隔十二葉都有號碼，至卷二十的「四十二」爲止。卷二十末葉有蓮臺木記「閩芝城潭邑」、「書林黃正甫刊行」。

## 天啓三年（癸亥，1623）

### 韓湘子全傳　八卷　三十回

楊爾曾撰。金陵九如堂刊。內封框內右欄小字題「新鐫繡像」，中欄大字題「韓湘子全傳」，左欄小字題「金陵九如堂藏板」。首《韓湘子敍》，末署「天啓癸亥季夏朔日煙霞外史題於泰和堂」。目錄葉題「韓湘子」。圖十六葉。每回一圖。正文卷首題「新鐫批評出相韓湘子」，署「錢塘雉衡山人編次、武林泰和仙客評閱」。正文半葉十行，行二十二字。版心題「韓湘子」。回末有評。

《韓湘子全傳》三十回，第一回題「新鐫批評出像韓湘子」，署「錢塘雉衡山人編次，武林泰和仙客評閱」。雉衡山人即楊爾曾，字聖魯，浙江錢塘（今杭州）人。除編有本書外，另編有《東西兩晉志傳》一書。

有圖 30 幅。第一回前有「入話」詞一首，明確標明爲「入話」者在明代章回小說中並不多見。分回標目，標明回數，回目爲七言對句，對仗較爲工整。開頭、結尾有固定套語。書中多詩詞，唱曲尤其多，不僅有許多標明曲牌、詞牌的曲詞，連人物對話也用韻文。因此疑其爲說唱文學，或許是在說唱文本的基礎上加工潤色而成。該書在文體形式上顯示出一個較爲矛盾的地方：從回目、開頭與結尾看來，應屬於比較成熟的章回小說；從書中詩詞曲賦及其他韻文形式所佔比例之大看來，卻屬於早期不甚成熟的章回小說。

有關韓湘子的故事流傳久遠，早在唐代段成式的《酉陽雜俎》前集卷十九「廣動植類之四」，就有「韓愈侍郎疏從子侄」能使牡丹花變色的故事。每朵花有詩一聯，乃「韓愈出官時詩」，即「雲橫秦嶺家何在，雪擁藍關馬不前」。宋代劉斧的的《清瑣高議》前集卷九亦有「韓湘子」一則，其故事比較詳細，有湘子能詩，能開頃刻花，花朵上有詩，藍關送別並送禦瘴毒之藥給韓愈。宋代李昉等人編輯的《太平廣記》，其中有關韓愈的記述有五條之多。唯「神仙五十四・韓愈外甥」條中寫到韓愈外甥，不知姓名，乃洪崖先生弟子，「神仙中事，無不相究。因說小伎，云能染花」，「吏部（韓愈）以五十六字詩以別之」，情節與前並無二致。小說即據歷代傳說敷演而成。

另有明天啓間人文聚刊本。

### 天啟四年（甲子，1624）

#### 皇明通俗演義七曜平妖全傳　六卷　七十二回

沈會極撰。明末刻清修本。首《平妖全傳序》，末署「天啓甲子春月上浣序、友人文光斗撰」。目錄葉題「新編皇明通俗演義七曜平妖全傳」。六卷七十二回，每回以四字爲題目。入話題「新鐫皇明通俗演義七曜平妖傳總綱」。圖六葉共十一幅。正文卷首題「新編皇明通俗演義七曜平妖後全」。署「吳興會極清隱道士編次」、「洪都瀛海嬾仙居士參閱」、「彭城雙龍延平處士訂正」。卷之二以下每卷均有題署，題「平妖全傳」，署皆同卷一。

分回標目，標明回數，回目爲四言單句。正文前有長篇古風一首，標明「入話」，概述全書內容。每回以「話說」引出所敘故事，結尾有「未知（不知）……且聽下回分解」語句，定型成格式；有詩一首，復述該回情節。是書爲明末時事小說。敘天啓二年山東白蓮教徒徐鴻儒起兵造反始末。所謂「秉史氏之筆而錯以時序」，「觀是書者不徒得白蓮教爲祟之梗概」（文序），當屬歷史演義小說。而且，在起義發生後不久即出現這樣的長篇演義，也頗值得注意。

### 天啟年間

#### 禪真逸史　八集（卷）四十回

方汝浩撰。杭州爽閣主人刊本。八卷四十回，每卷又爲一集，每集五回。首有傅奕「讀禪眞逸史」、諸允修「奇俠禪眞逸史序」、徐良鋪「題奇俠禪眞逸史」等十五篇序。次有凡例八則，題「古杭爽閣主人履先甫識」。圖四十葉，缺九葉，記刻工姓名曰「素明刊」。正文卷首題「新鐫批評出像通俗奇俠禪眞逸史」，署「清溪道人編次」、「心心仙侶評訂」。正文半葉九行，杭二十二字。有圈點。行間有絲欄。版心題「禪眞逸史」。每集後有總評，署名不一。

分回標目，標明回數，回目爲七言聯句，對仗較爲工整。各回前有詩一首，開頭以「話說」引出所敘故事，結尾有「畢竟（未知）……，且聽下回分解」語句，均已定型成格式。文中描述人物、景物、場面多用韻文，引用詩詞多用「有詩爲證」，較少說書人口吻。故事中主要人物多有所本，但情節多屬虛構。全文以林澹然的行蹤爲主要情節，穿插史實與傳聞，線索紛繁而敘述有條不紊，人物描摹細膩逼眞、情態各異。誠如《凡例》所言「天文地理之征符、牛鬼蛇神之變幻靡不畢具，而描寫精工，形容婉切。……針線密縫，血脈流貫，首尾呼吸，聯絡尖巧，無絲毫遺漏。」

另有崇禎間金衙刻《新鐫批評出像通俗演義禪真後史》十集六十回。

**天啟年間**

**鍾伯敬先生批評三國志　二十卷　一百二十回**

積慶堂刊本。卷一首題「鍾伯敬先生批評三國志卷一」、「景陵鍾惺伯敬父批評」、「長洲陳仁錫明卿父校閱」。序缺。十二行，行二十六字。無圖。板心下偶題「積慶堂藏板」。此書評語，除有一部分與李卓吾評本相同之外，大部分都不一樣。

**天啟年間**

**鍾伯敬評忠義水滸傳　一百卷　一百回**

積慶堂刊本

**天啟年間**

**新刊校正古本大字音釋三國志傳通俗演義　十二卷二百四十則**

夏振宇刊本。前有《三國志通俗演義引》（即嘉靖司禮監刊本修髯子引）、《三國志通俗演義序》（即嘉靖司禮監刊本庸愚子序）及《三國志傳宗僚姓氏總目》。卷一首題「新刊校正古本大字音釋三國志傳通俗演義卷之一」、「平陽侯陳壽志傳」、「後學羅貫中編輯」、「書林夏振宇繡梓」。半葉十二行，行二十五字。每半葉上欄橫刻標題六字。無圖。板心上題「官板三國傳」。卷三首題「書林前溪堂繡梓」。此書與萬卷樓本文字互有出入，沒有直接承襲關係。

**天啟乙丑～丁卯年間（1625～1627）**

**鍾伯敬評忠義水滸傳　一百卷　一百回**

四知堂刊本。首為鍾敬伯《水滸傳序》。內容文字與李卓吾評本略同。半葉十二行，行二十六字。

**天啟年間**

**水滸全傳**

映雪草堂刊本。

**天啟年間**

**東西漢演義　十八卷　二百二十五則**

白玉堂刊本。《新刻劍嘯閣批評西漢演義傳》八卷、《新刻劍嘯閣批評東漢演義傳》十卷

## 天啟年間

### 新刊玉茗堂批點南北宋傳　二十卷　一百回

金閶葉昆池能遠居刊本。題「新刊玉茗堂批點繡像南北宋傳」。「南宋」五十回，「北宋」五十回，共一百回。圖各十六葉，共三十二葉。有萬曆四十六年（1618）序。正文半葉十行，行二十字。孫楷第《日本東京所見中國通俗小説書目》云：「此葉昆池本與世德堂卷數回數並同，所載敍文字亦同，惟署題異。今之坊間翻刻及重印本，並從葉昆池本。」

## 天啟年間

### 新鐫玉茗堂批評按鑑參補出像南北宋志傳　二十卷

王昆源三槐堂刊本。

## 天啟年間

### 大唐秦王詞話　八卷　六十四回

澹園主人撰。首《唐秦王本傳敍》、末署「四明通家陸世科從先甫題」。目錄葉題「重訂唐秦王詞話」。正文卷首題「按史校正唐秦王本傳」，署「澹圃主人編次，清修居士參訂」。卷三、五、七署名與卷一同。卷二、四、六、八卻署「澹圃主人編次，夢周居士參訂」。正文半葉十行，行二十二字。

標明回數，回目爲對句，但並不工整，以七言居多，亦有不少八言、六言句式。結尾大多以詩結，並無「欲知後事如何」等語句。韻文部分所佔比例極大，其功用大略有三：或發議論，闡述敍述者主張；或描寫人物、景色；或敍述故事情節。敍事似乎爲其主要功能。韻文大抵有七言、十言、五言三種句式，以七言居多。應該屬於可以唱的文字，因此「詞話」體或許也是講唱文學之苗裔。

此書各卷卷首均有「按史校正」字樣。書中所記唐初大事同兩《唐書》出入很大，處處帶有濃郁的民間傳説色彩。地理上也有明顯差錯，如長安東郊的霸陵川，被寫作遠在潼關之外。可見「按史校正」只是書販的廣告，並不可信。明清流行的唐代歷史小説有兩個系統：一是世代累計型集體創作經文人寫定，如《隋煬帝豔史》、《隋史遺文》；一是拘泥史實的普及讀物，如《唐書志傳通俗演義》，它們經文人「按史」或「按籤（《通籤》）」大加筆削而成。本書事實上屬第一類，名義上卻自居於第二類。除卷首的韻語外，看不出明顯的文人修改痕跡。作者的整理，並未使原作傷筋動骨而面目全非，這倒是它的可貴之處。

　　本書是《金瓶梅詞話》之外僅存的一部明代長篇詞話。楊愼的《歷代史略十段錦詞話》是文人擬作，性質不同。本書卷首有分詠春夏秋冬的四首《玉樓春》詞，再加一首七絕，然後才是正文。《金瓶梅詞話》前也有四首《行香子》詞，大體分詠四季，然後是酒色財氣四貪詞（《鷓鴣天》）。兩書都是韻散夾用，每回起迄都用韻文。散文多於韻文的情況，當是寫定者改編的結果。上述《玉樓春》、《行香子》、《鷓鴣天》都不標詞牌名。文人塡詞作曲不會如此。

　　《醉翁談錄》甲集卷一《小說開闢》說：「吐談萬捲曲和詩」，沈德符《野獲編》卷二十五將《金瓶梅》列於「詞曲」之部，可見詞話二字決非後人隨意所加。詞話中唱的部分被壓縮之後，更常見的稱呼就是話本。一物二名，而略有先後之分。《水滸傳》第五十一回，白秀英「說了開話又唱，唱了又說」的《豫章城雙漸趕蘇卿》就明明說是「話本」。

　　一九六七年上海市嘉定縣宣姓墓出土的明成化年間說唱詞話，主要是七言句和少量十字句。唱的部分，既有《金瓶梅詞話》、《大唐秦王詞話》那樣以詞曲為主，又有成化本詞話以七言、十言句為主的兩種類型，恰恰同戲曲中曲牌體和板腔體並存的情況相似。

## 天啟年間

### 新刻鍾伯敬先生批評封神演義　二十卷　一百回

　　許仲琳撰。金閶舒載陽刊本。首《封神演義序》，末署「邗江李雲翔爲霖甫撰」。目錄葉題「新刻鍾伯敬先生批評封神演義」。卷二首題「新刻鍾伯敬先生批評封神演義」，署「鍾山逸叟許仲琳編輯」、「金閶載陽舒文淵梓行」。其他各卷卷首題署同於卷一。正文半葉十行，行二十字。行間有絲欄。版心題「封神演義」。正文有眉評，回末有「總批」。

　　卷首邗江李雲翔爲霖序云：「俗有姜子牙斬將封神之說，從未有善本，不過傳聞於說詞者之口，可謂之信史哉。」這表明本書由說話或詞話經人寫定。本書卷二的題名許仲琳可能是早期寫定者之一，後來李雲翔加以重訂，卷二的署名可能是刪削未盡的殘留。又云：「余友舒沖甫自楚中重資購有鍾伯敬先生披閱《封神》一冊，尚未竟其業，乃託余終其事。余不愧續貂，刪其荒謬，去其鄙俚，而於每回之後，或正詞，或反說，或以嘲謔之語以寫其忠貞俠烈之品，姦邪頑頓（鈍）之態，於世道人心不無喚醒耳。……書成，其可信不

可信，又在閱者作如何觀，余何言哉。」「尚未竟其業」，似指鍾惺沒有披閱完畢，而從「刪其荒謬，去其鄙俚」來看，那又不可能指託名鍾惺的批語，而是指小說本文，可見李雲翔以小說寫定者的口氣行文。而本書卷二又題「鍾山逸叟許仲琳編輯」。署「康熙乙亥（三十四年，一六九五）午月望後十日長洲人穫學稼題於四雪草堂」的序文則又對作者隻字未提。看來對作者主名似乎參差不一或有異說，實際上恰恰說明此書是民間藝人世代累積的集體創作，沒有單一的作者。

分回標目，標明回數，回目為單句。第一回前有長篇古風一首，概述自鴻蒙初闢至商紂王朝故事。各回有引首詩詞，有「話說」等引領語詞，結尾有「畢竟如何，且聽下回分解」之類套語，已定型成格套。本書據《新刊全相平話武王伐紂書》推演擴大改編而成。平話分三卷，卷上止於太子殷交（郊）逃往華山修道，相當小說第八回；卷中止於姜子牙隱於磻溪，相當於小說第二十三回；卷下相當於小說的後七十七回，占全書四分之三以上。紂王對西周的三十六路征伐和姜子牙過五關斬將可說都出於小說的推演擴大。平話有李雲翔序所說的「斬將」，而沒有「封神」，這就是說，平話屬於歷史演義，到本書才變為神魔小說。

## 天啟年間

### 於少保萃忠全傳 十卷 七十回

孫高亮撰。首林梓序，次王守仁贊，復次吳寬總斷，再次「凡例」二十二則，又次「鐫於少保萃忠傳目錄」，又次圖像四十一幅，正文卷端題「鐫於少保萃忠傳卷之一」、「錢塘孫高亮明卿父纂述」、「檇李沈國元飛仲父批評」。半葉十行，行二十字，版心鐫「萃忠傳」，有眉批和行間批。

分回標目，標明回數，回目為七言聯句，對仗較為工整。第一回正文前有長篇「敘述古風一首」，概說於少保一生功績，類似話本小說之入話。各回開頭無套語，結尾有「未知何人」、「未知如何，下回便見」語句，但未定型成格式。雖然仍有「有詩為證」類說話者聲口痕跡，但敘述者以說書人身份強行介入敘事過程，打斷敘事的事例並不多見。不過在某一事情敘述完畢後，多借「後人」口吻進行論述。描述人物、景物或場面多用詩詞或韻文。

此書敘於謙一生事跡。從書前二十二則凡例看，當是採擇史實為根據，別取野史筆記、軼聞傳說而成。林梓敘云其「裒採演輯，凡七歷寒暑」而完

卷。其寫作年代，據四十回本林梓序署年「萬曆辛巳」（九年，1580），知作於萬曆初。此書除七十回本外，通行的是十卷四十回（或作「傳」本），今存明刊本及道光十五年（1835）重刊雙璧堂本等，書名題《於少保萃忠全傳》、《旌功萃忠傳》。以七十回本與四十回本對校，後者刪去了大量詩詞、奏疏章表、作者及時人評論性或說明性的文字段落，又刪去第六十九、七十兩回寫於謙夢兆、顯靈的「外傳」部分；在編集時則往往合兩回為一回。可見四十回本實為七十回本的縮編本。

又，據孫揩第《中國通俗小說書目》，尚有舊刊本《於少保萃忠傳》十卷七十回，題「西湖沈士儼幼英父纂述」，「武林沈士修奇父批評」。未見。

### 崇禎元年（戊辰，1628）

### 警世陰陽夢　十卷　四十回

長安道人國清撰。內封框內右欄題「警世陰陽夢」，框內左欄有「識語」。首有序，題為《醒言》，末署「戊辰六月硯山樵元九題於獨醒軒」，序尾鈐有「硯山樵」、「元九」二印。全書十卷。卷一至卷八為「陽夢」，凡三十回；卷九至卷十為「陰夢」，凡十回。卷數銜接，回數則自為起訖。正文卷首題「新鐫警世陰陽夢」，數「長安道人國清編次」。有圖八葉十六幅。正文半葉八行，行十八字。

分回標目，標明回數，回目為四言單句。正文卷首有長篇《引首》，談論人生如夢，歷數自軒轅皇帝以來夢之傳聞，引出本文故事情節，極類話本之入話。第一回先從魏忠賢倒臺說起，然後倒敘魏忠賢之生平、發跡變態事，此種先敘結局，而後追敘緣由及過程之敘述手法在明代章回小說中並不多見，但甚符合話本小說之體例。每回開頭有「話說」（「卻說」）字樣，引出所敘故事情節，結尾有「畢竟（未知）後來如何，且聽下回分解」，俱已定型成格式。文中描述人物、景物、場面多用韻文或詩詞，說書人口吻亦並不少見。此本雖為明末時事小說，實錄入太多里巷傳聞，故不同於一般時事小說，敘事較為生動，並不拘泥於史實。

### 崇禎元年（戊辰，1628）

### 魏忠賢小說斥奸書　四十回

陸雲龍撰。崢霄館刊。首《敘》，次《自敘》，末署「崇禎元年午月午日吳越草莽臣題於丹陽道中」，「吳越草莽臣」即杭州人陸雲龍。次《斥奸書凡

例》，末署「崢霄主人識」。有圖二十葉。圖後有《敘》，末署「戊辰仲秋朔日羅刹狂人題」。目錄葉題「新鐫出像通俗演義魏忠賢小說斥奸書」。正文卷首題「崢霄館評定出像通俗演義魏忠賢小說斥奸書」，署「吳越草莽臣撰」。正文半葉十行，行二十一字，行間有絲欄。版心題「斥奸書」。

分回標目，標明回數，回目為七言聯句，各回前標明年譜，以年繫事。每回開頭有詩或詞一首，結尾有「畢竟……如何，且聽下回分解」語句，已定型成格式。全書以歷史編年為序，以魏忠賢生平事跡組織故事情節，以史實為主，雜以野史傳聞。有評語。此書為明末時事小說，在魏忠賢事發後不到一年即刊刻出版。在《警世陰陽夢》之後，《皇明中興聖烈傳》、《檮杌閒評》之前，且對後二書產生了一定影響。《凡例》講述了此書的編創過程、編創方式、編創原則，對瞭解明末同類小說的創作很有參考價值。錄全文如下：

一、是書紀自忠賢生長之時，而終于忠賢結案之日。其間紀各有序，事各有倫，宜詳者詳，宜略者略。蓋將以信一代之耳目，非以炫一時之聽聞。

二、是書不敢言君德，為尊諱也。不敢及鬼神，杜誕妄也。不敢言帷薄，戒褻昵也。不敢濫及，存厚道也。

三、是書自春徂秋，歷三時而始成。閱過邸報自萬曆四十八年之崇禎元年，不下丈許。且朝野之史，如正續《清明聖政》兩集、《太平洪業》、《三朝要典》、《欽頒爰書》、《玉鏡新談》凡數十種。一本之見聞，非敢妄意點綴，以墜於綺語之戒。

四、是書動關政務，半係章疏，故不學《水滸》之組織世態，不效《西遊》之布置幻景，不習《金瓶梅》之閨情，不祖《三國》諸誌之機詐。

五、是書得自金陵遊客，其自號曰「草莽臣」，不願以姓氏見知。曾憶昔年有《頭巾賦》、《三正錄》，秀才有上御史之書，御史有拜秀才之牘，金陵固異士藪也。讀是書者，幸勿作尋常筆墨觀。

### 崇禎元年（戊辰，1628）

#### 皇明中興聖烈傳　五卷　四十八則

樂舜日撰。首有《皇明中興聖烈傳小言》，末署「野臣樂舜日熏沐叩首題」。目錄葉題「皇明中興聖烈傳」，五卷四十八則，每則有標題。圖五葉，共十幅。

正文卷首題「皇明中興聖烈傳」，署「西湖義士述」。正文半葉八行，行二十字。

分則標目，不標則數，則目為單句，以七言為主，間有八言、十言。各則開頭多有「卻說」字樣，結尾多有「不知如何，且聽下回分解」語句，但均未定型成格式。第一則正文前有一段文字敘述魏忠賢母與狐精交合生下魏忠賢，魏忠賢三十而父母雙亡事，與第一則故事時間相接續，其性質與功用類似話本小說之入話。作為明末時事小說，正如《小言》所云：「特從邸報中，與一二舊聞，演成小傳，以通世俗，使庸夫凡民，亦能披閱而識其事，共暢快奸逆之極，歌舞堯舜之天矣」。此書是邸報和傳說的結合。如錢能錫等六人同時升為禮部尚書兼東閣大學士入閣，同《明史‧宰輔年表》相合，可信。《魏進忠寵用殺王安》，則與《明史》卷三〇五王安傳略有出入，可說是藝術加工，雖然並不高明。至於說魏忠賢是狐狸精同他母親野合所生，那就完全是無稽之談了。

### 崇禎元年（戊辰，1628）

#### 皇明開運輯略武功名世英烈傳　六卷　六十一則

玉茗堂批點本。有插圖。正文半葉十行，行二十二字。

### 崇禎二年（己巳，1629）

#### 禪真後史　十集　六十回

方汝浩撰。崢霄館刊。題「清溪道人編次」、「沖和居士評校」，首《禪真後史序》，末署「崇禎己巳（二年）蘭盆日翠娛閣主人題」，鈐「翠娛閣主人」、「雨侯」二印。次《禪真後史源流》。全書十集十卷，從甲到癸，每集（卷）六回，共六十回。圖三十葉，記刻工姓名「洪國良」。正文卷首題「新鐫批評出像通俗演義禪真後史」，署「清溪道人編次」、「沖和居士評校」。正文半葉九行，行二十字，行間有絲欄。版心題「禪真後史」。正文有眉評。

分回標目，標明回數，回目為七言聯句，對仗工整。各回開頭前有詩一首，以「話說」引出所敘故事，結尾有「畢竟（未知）……且聽下回分解」語句，俱定型成格式。目錄前有《禪真後史源流》，敘述《禪真逸史》及林澹然事，引出《禪真後史》故事。

### 崇禎三年（庚午，1630）

#### 遼海丹忠錄　八卷　四十回

陸人龍撰。翠娛閣刊本。首有《序》，末署「時崇禎之重午翠娛閣主人題」。

正文卷首題「新鐫出像通俗演義遼海丹忠錄」，署「平原孤憤生戲草」、「鐵崖熱腸人偶評」。「平原孤憤生」即陸人龍。版心題「丹忠錄」。有圖二十葉，共四十幅。正文半葉九行，行十九字。

《遼海丹忠錄》全稱《新鐫出像通俗演義遼海丹忠錄》，八卷四十回。題「平原孤憤生戲筆」，「鐵崖熱腸人偶評」。首有序，署「時崇禎之重午，翠娛閣主人題」。今存明崇禎間翠娛閣刊本。

分回標目，標明回數，回目爲六言或七言對句，但並不對仗，僅能概括本回故事內容。每卷卷末標明該卷起訖時間，全書按編年體安排故事時間。有圖 40 幅。每回以一首詩或詞開頭，接下來有議論；結尾多以一對句結束，無「欲知後事如何」等套語。雖爲描寫軍事題材小說，但排兵布陣全無《三國演義》之縱橫捭闔，錯落有致，缺少恢弘大氣。有評點。作爲明末時事小說，此書取材於現實，依據邸報奏議等史料，採取史書紀年的體例而創作的，故從文學角度衡量，本書重於敍述，而輕於描寫。但「其詞之寧雅而不俚，事之寧核而不誕，不剿龍於陳言，不借吻於俗輩，議論發其經緯，好惡一本於大公」，也自有其特色。

### 崇禎四年（辛未，1631）

#### 新刻增補批評全像西遊記　一帙八冊

閩齋堂刊本。無內封，有託名李卓吾《批點西遊記序》，序末有「禿老批評」和「閩齋堂楊氏居謙校梓」兩印章。次有「新刻增補批評全像西遊記法言標題目次」。卷首題「新刻增補批評全像西遊記　卷之一」、「仿李禿老批評，閩齋堂楊居謙校梓」，版心題「全像西遊記」。圖中有小字批語，多戲謔語，回末有總評。第八冊卷末有蓮臺木記「總批……崇禎辛未歲閩齋堂楊居謙校梓」。上圖下文，半葉十五行，行二十六字。

### 崇禎四年（辛未，1631）

#### 五顯靈官大帝華光天王傳　四卷　十八則

余象斗撰。書林李仕弘昌遠堂刊本。內封左右兩行大字題「全像華光天王南遊志傳」，中間小字署「昌遠堂李輔梓行」。正文卷端題「刻全像五顯靈官大帝華光天王傳」，署「三臺館山人仰止余象斗編」、「書林昌遠堂仕弘李氏梓」。上圖下文，半葉十行，行十七字。末葉圖署刻工姓名「劉次泉刻像」。版心題「全像華光天王傳」。末葉有木記曰「辛未歲孟冬月書林昌遠堂梓」。

分則標目，不標則數，則目爲單句，字數七言至十幾言不等。開頭以「卻說」引出所敘故事，結尾有「且聽下回分解」語句，均已定型成格式。此書至爲獨特之處在於：全書較少詩、詞或其他韻文形式，除各回開頭處的「卻說」外，無任何說書痕跡。這種狀況在明代章回小說中尤爲特別。

本書所敘華光在民間被奉爲火神，杭州城內普濟橋、豐樂橋及城外五雲山均有華光廟，皆云建於宋代（見《西湖遊覽志》），可見華光傳說由來甚早。又，明沈德符《萬曆野或編》卷二十五論劇曲亦有「華光顯聖則太妖誕」語，魯迅曾據此推斷「此種故事，當時且演爲劇本矣」。趙景深謂本書有些地方的語氣頗似京劇的獨白，或竟由戲劇改編而來（見《中國小說從考·〈四遊記〉雜識》）。可知在本書成書以前，尚有各種民間傳說和戲劇作品敷演其事，本書是在此基礎上進一步加工整理而成。

## 崇禎四年（辛未，1631）

### 隋煬帝豔史　八卷　四十回

齊東野人撰。人瑞堂刊。內封框內中欄大字題「豔史」，右欄題「繡像批評」，左欄署「人瑞堂梓」。首《隋煬帝豔史敘》，末署「笑癡子書於咄咄居」。次《豔史序》，末署「崇禎辛未歲（四年）清和月野史主人漫書於虛白堂」。次「豔史題辭」，末署「崇禎辛未朱明既望橋李友人委蛇居士識於陶陶館中」。次《豔史凡例》十三則。次《隋豔史爵里姓氏》。圖八十葉。圖葉版心署畫題，畫題即回目標題。每回兩幅插圖。目錄葉題「隋煬帝豔史」，正文卷首題「新鐫全像通俗演義隋煬帝豔史」，署「齊東野人編演」、「不經先生批評」。正文半葉九行，行二十字。版心題「豔史」每卷末有總評。

分回標目，標明回數，回目爲四、五、六、七言不等聯句。每回以詩詞始，以詩詞結，結尾有「畢竟不知……，且聽下回分解」句式。從小說類型角度而言，全書以史爲綱，但並未完全拘泥史實，而是大肆增飾以神魔故事。而其描寫隋煬帝與諸妃子之宴飲遊樂，詩詞唱和，又似描摹世情與才子佳人故事。因此我以爲此書不能簡單地認定爲歷史演義，說其是神魔小說、世情小說（才子佳人小說）似亦無不可。文詞流利雅馴，既沒有世代累積型小說行文上常見的粗俗之弊，也缺少潑辣生動之致。

此書《凡例》有不少涉及歷史演義小說的創作目的、創作方法以及繡像圖案的設計。既是作者對《隋煬帝豔史》一書的感言，又可視爲此類小說的創作標準，具有一定的普遍有效性。茲抄錄如下：

　　一、稗官小說，蓋欲演正史之文而家喻戶曉之。近之野史諸書，乃捕風捉影，以眩市井耳目。孰知杜撰無稽，反亂人觀聽。今《豔史》一書，雖云小說，然引用故實，悉遵正史。並不巧借一事，妄設一語，以滋世人之惑。故有源有委，可徵可據，不獨膾炙一時，允足傳信千古。

　　一、著書立言，無論大小，必有關於人心世道者爲貴。《豔史》雖窮極荒淫奢侈之事，而其中微言冷語，與夫詩詞之類，皆寓譏諷規諫之意。使讀者一覽知酒色所以喪身，土木所以亡國，則茲編之爲殷鑒，有裨於風化者豈鮮哉。方之宣淫等書，不啻天壤。

　　一、歷代明君賢相，與夫昏主佞臣，皆有小史。或揚其芳，或播其穢，以勸懲後世。如《列國》、《三國》、《東西晉》、《水滸》、《西遊》諸書，與二十一史並傳不朽，可謂備矣。獨隋煬帝繁華一世，所行皆可驚可喜之事，反未有傳述，殊爲闕典。故爰集其詳，彙成是帙，庶使弔古者得快睹其全云。

　　一、煬帝繁華佳麗之事甚多，然必有幽情雅韻者方採入。如三幸遼東，避暑汾陽等事，平平無奇，故略而不載。

　　一、風流小說最忌淫褻等語，以傷風雅。然平鋪直敍，又失當時親昵情景。茲編無一字淫哇，而意中妙境盡婉轉逗出。作者苦心，臨編自見。

　　一、錦襴之式，其制皆與繡像關合。如調戲宣華則用藤纏，賜同心則用連環，剪綵則用剪春羅，會花陰則用交枝，自縊則用落花，唱歌則用行雲，獻開河謀則用狐媚，盜小兒則用人參果，選殿女則用娥眉，斬佞則用三尺，玩月則用蟾蜍，照豔則用疏影，引諫則用葵花，對鏡則用菱花，死節則用竹節，宇文謀君則用荊棘，貴兒罵賤則用傲霜枝，弒煬帝則用冰裂，無一不各得其宜。雖云小史，取義實深。

## 崇禎四年（辛未，1631）

### 玉閨紅　六卷　三十回

　　東魯落落平生撰。金陵文潤山房刊。首湘陰白眉崇禎四年序。原本未見。

　　小說分回標目，回目爲七言聯句，對仗較爲工整。各回有引首詩詞，以「卻說」、「且說」等語詞引領敍事，結尾以「正是」引出一個對句，有「要知如何，且聽下回分解」語句，已定型成格套。多詩詞韻文，「看官聽說」之類說書人聲口也較爲多見。小說對晚明北京下層社會窯子的狀況描寫細緻入微，實乃開清初邪狹小說一派之先河。

**崇禎六年**（癸酉，1633）

### 隋史遺文　十二卷　六十回

　　袁于令撰。名山聚刊本。首《隋史遺文序》，末署「崇禎癸酉玄月無射日吉衣主人題於西湖冶園」，鈐有「令昭氏」、「吉衣主人」陽文和陰文印章二枚。目錄葉題「劍嘯閣批評出像隋史遺文」。圖三十葉，共六十幅。每回插圖一幅。每幅圖的版心均有圖題，圖題取自各回目中的一句。吉主人（袁於令）序。

　　分回標目，標明回數，回目多爲八言聯句，亦有六言、七言。每回開頭無套語，但有詩或詞一首；結尾偶見「不知如何」等語句，但未定型成格式。第一回正文前部有敘述者大段議論，大談功名富貴，由此引出後文所敘人物。此段文字中有明顯的說書者口吻，如：「……我未提這人，且把他當日遭際的時節略一鋪排，這番勾引那人出來，成一本史書寫不到、人間並不曾知得的一種奇談。……」如同卷首袁于令序言所云，「遺史」爲輔（補充）正史而作，正史以記載歷史事件爲己任，故要求傳信貴眞；遺史以彙聚逸聞趣事爲旨規，講求傳奇變幻。故本文雖然按史編排，但敘事不遵史傳，多虛構變幻之筆。材料取捨與情節安排遵從作者求「幻」的審美需求而非求「眞」的教化目的。

**崇禎八年**（乙亥，1635）

### 開闢衍繹通俗志傳　六卷　八十回

　　周遊撰。麟瑞堂刊本。首王黌序，末署「崇禎歲在旃蒙大淵獻春王正月人日靖竹居士王黌子承父書於柳浪軒」。目錄葉題「新刻按鑒編纂開闢衍繹通俗志傳」。各卷卷首題「五嶽山人周遊仰止集」、「靖竹居士王黌子承釋」。圖二十三葉，四十六幅。書名葉鐫「鍾伯敬先生原評」、「古吳麟瑞堂藏板」。半葉九行，行十八字。

　　分回標目，標明回數，回目爲七言單句。每回均以「卻說」引出所敘故事，結尾有「不知後事如何，且聽下回分解」語句，已定型成格式。第一回正文前有大段議論，託名「邵康節曰」、「余仰止曰」、「胡五峰曰」。全書敘事始自盤古開天關地，止於周武王弔民伐罪。雖名「按鑒編纂」，實是在神話故事、野史傳聞基礎上雜以史實而成。敘事繁簡程度不均，每回篇幅長短不一。

　　此書與《新刻按鑒通俗演義列國前編十二朝傳》文字大同小異，係以後者爲底本的改編。

崇禎八年（乙亥，1635）

**掃魅敦倫東度記　二十卷　一百回**

方汝浩撰。金閶萬卷樓刊本。首有《序》，末署「崇禎乙亥歲立夏前一日世裕堂主人題」。次有《引》，末署「崇禎乙亥夏月華山九九老人撰」，鈐有「九九老人」、「解元之章」二印章。次《閱東度記八法》。目錄葉題「新編掃魅敦倫東度記」。正文卷首題「新編東度記」，署「滎陽清溪道人著，華山九九老人述」。無圖。正文半葉十行，行二十二字。又名《續證道書東遊記》、《東度記》。

分回標目，標明回數，回目爲七言聯句。每回開頭以「話說」引出所敍故事，從第二卷（第六回）起，結尾多有「下回自曉」語句。每卷卷首有《引記》，多爲詩詞，內容不外乎宣揚佛法，勸諭世人行善。第一回正文前部還有敍述者的大段議論，談天說地，類似《西遊記》之引首；勸善懲惡，彷彿《金瓶梅》之開頭。書中多詩詞，描述景物、場面多用「但見」引出詩詞或韻文，雖然隨處可見「卻說」、「話說」字樣，但除每卷卷首外，敍述者的干預倒並不多見。

此書主要敍達摩祖師率眾徒弟在中國傳教布道事。據此素材撰寫的長篇小說，明末尚有《達摩出身傳燈傳》。兩書相較，卻迥然有別。《東度記》內容豐富，取境複雜，敍述奇幻，寫法別具一格。除塑造達摩師徒等形象外，還以象徵和寓意的藝術手法，刻畫了酒、色、財、氣、貪、嗔、癡、欺心、反目、懶惰等一系列魑魅魍魎的形象。而立意則重在揚禪勸善，掃魅還倫。這部神魔小說，融佛家教義與儒家倫理於一爐，借說因果砭世情，將說教性與世俗性結合起來。所謂「借酒色財氣，逞邪弄怪之談。一魅恣，則以一倫掃」，故頗具特色。

崇禎九年（丙子，1636）

**孫龐鬥志演義　二十卷　二十回**

吳門嘯客撰，又名《前七國孫龐演義》。題「吳門嘯客述」，首望古主人序，崇禎丙子（1636）戴氏主人書於挹珠山房序，及錚城居士跋。圖 40 幅。

分卷不分回，每卷其實就是一回，標明卷數。回目爲七言聯句爲主，間有六言，對仗較爲工整。每卷開頭有「且說」、「話說」等字樣引出所敍故事，結尾有「未知……，且聽下回分解」語句，已定型成格式。第一卷首有古風

一篇，概述戰國七雄狀況。文中描述人物、景物、場面均有韻文。以孫臏、龐涓二人事跡組織情節，脈絡清晰，首尾連貫。

此書雖僅存明末刊本，但其來源甚古。《醉翁談錄・小說開闢》已提到「論機謀有孫龐鬥智」；今存元刊《全相平話五種》中有《樂毅圖齊七國春秋後集》，其書當有「前集」。據孫揩第、趙景深、胡士瑩等學者考證，此書當是「前集」的翻版。《七國春秋後集》開篇即言：「夫《後七國春秋》者，說著魏國遣龐涓為帥，將兵伐韓、趙二國，韓、趙二國不能當敵，即遣使請救於齊。齊遣孫子、田忌為帥，領兵救韓、趙二國，遂合韓、趙兵戰魏，敗其將龐涓於馬陵山下。有胡曾詠史詩為證。詩曰：墜葉瀟瀟九月天，驅羸獨過馬陵前；路傍古木蟲書處，記得將軍破敵年。其夜，孫子用計，捉了龐涓，就魏國會六國君王，斬了龐涓，報了刖足之仇。」接下去是正文。上述「引子」內容正和此書的主要情節相合。比較平話和演義，人物和情節多有關聯，風格亦較接近。此外，元無名氏《馬淩道射龐涓》雜劇中許多情節和此書大致相同；錢塘丁氏善本書室藏明鈔殘本《燕孫臏用智捉袁達》雜劇，和此書第十一回《袁達一番遭陷阱》和第十二回《九曜山野龍納款》題材相同。這些都證明此書是出於古本，對小說史研究具有一定的意義。

## 崇禎十三年（庚辰，1640）

### 西遊補　十六回

董說撰。首《序》，末署「辛巳（崇禎十四年，1641）中秋嶷如居士書於虎丘千頃雲」。圖八葉，共十六幅。次《西遊補答問》，末署「靜嘯齋主人識」。目錄葉題「西遊補」。正文卷首題「西遊補」，下有小字注：「入三調芭蕉扇後。」署「靜嘯齋主人著」。正文半葉八行，行二十字。有眉批和回後評話。

分回標目，標明回數，回目為七言對句，較為工整。開頭結尾極少說書套語，中間亦少見詩詞韻文形式，當是較為成熟、逐漸擺脫說書影響的章回體小說。全書雖云：「西遊補」，卻幾乎只敘行者一人事跡，其他各人包括唐僧幾乎極少出現。應視為作者的遊戲之作、玩世之作，尤其是行者審判秦檜一回，更可見作者之胸襟，明顯是「借他人之酒杯，澆自己胸中之塊壘」。全書的結構方式很有特點，幻中入幻的形式或許深受唐傳奇的影響。而書中小月王與唐僧等人的某些對話與行事，又係對傳統禮教乃至對《西遊記》本身的顛覆。第四回「一寶開時迷萬鏡　物形現處本形亡」描繪放榜時儒生百態，竟是半部《儒林外史》，吳敬梓是否也受其啟發？書中有幾處提及「平話」、「彈

詞」，現摘錄如下：第四回　秦楚之際四聲鼓　眞假美人一鏡中──「項羽又對行者道：『美人，我今晚多吃了幾杯酒，五臟裏結成一個塊壘世界。等我一當講平話相伴，二當出氣。』行者嬌嬌兒應道：『願大王平怒，慢慢說來。』」第十二回「關雎殿唐僧墮淚　拔琵琶季女彈詞」──「低凳上又坐著三個無目女郎：一個叫做隔牆花，一個叫做摸檀郎，一個叫做背轉娉婷。雖然都是盲子，倒有十二分姿色，白玉酥胸穩貼琵琶一面。小月王便叫隔牆花：『你會唱幾部故事？』……隔牆花道『舊故事不消說，只說說新的罷。有《玉堂暖話》、《天刖怒書》、《西遊談》』。小月王道：『《西遊談》新便是他，便是他。』女郎答應，彈動琵琶高聲和詞：『詩曰……』」。

### 明崇禎十四年（辛巳，1641）

#### 金聖歎批評第五才子書施耐庵水滸傳　七十五卷　七十回

貫華堂刊本。署「施耐庵撰」。無圖。正文半葉八行，行十九字。版心魚尾上題《第五才子書》，魚尾下記卷數，版卷下題「貫華堂」。卷一目爲「聖歎外書」，後有「第五才子書水滸傳序」三篇；卷二爲《宋史綱》、《宋史目》；卷三爲《讀第五才子書法》；卷四爲金聖歎僞託施耐庵所作《水滸傳序》；卷五以下爲正文。

分回標目，標明回數，回目爲聯句，對仗工整。此本乃金聖歎據袁無涯刻本刪改而成。金聖歎將袁本引首及第一回全文、第二回之洪太尉回京一段合併爲「楔子」，以袁本第二回剩餘部分爲第一回，刪去袁本第七十二回以下各回，並將第袁本七十一回回目「梁山泊英雄排坐次」修改爲「梁山泊英雄驚惡夢」，自撰盧俊義夢見梁山泊一百零八條好漢俱被嵇康擒拿斬首一事結束全書。除結構做了較大調整外，金聖歎還刪去了袁本中絕大部分詩詞韻文。

### 崇禎十五年（壬午，1642）

#### 岳武穆盡忠報國傳　七卷　二十八則

于華玉撰。友益齋刊本。內封框內中欄大字「精忠傳」，框內右欄小字「重訂按簽通俗演義」，框內左欄小字「友益齋梓行」。首「盡忠報國傳敍」，末署「孝烏通家治生金世俊書」。次凡例六則，末署「金沙輝山于華玉識於孝烏之臥治軒」、「門人信安古雲余邦紹刪次、蘭江伯熙章朝較剞」。正文卷首題「岳武穆盡忠報國傳」，署「臥治軒評」。版心題「盡忠報國傳」。半葉十行，行二十字，行間有絲欄。有眉評。每回後有總評。

分則標目，不標則數，則目爲單句，七言、六言各十四句。書首有一引首，敍宋朝忠臣事，以寇準、岳飛、文天祥三忠臣事跡類比，尤其突出岳飛之忠貞及冤屈，表明作者著書之意：「崇忠誅奸」。全書無說書人口吻，無一處詩詞等韻文形式，開頭與結尾亦無固定語式。有評點，內容拘牽於史實，略無文采，不事鋪張。雖以《大宋中興通俗演義》爲藍本，但因文人的大力改作，已無說唱氣息。從《大宋中興通俗演義》到《岳武穆盡忠報國傳》的演變，可視爲明代文人參與改編講史類作品一個成功範例，表明了明代章回小說尤其是歷史演義類由早期的模擬說書、是說書語言的書面化到逐步擺脫說書模式影響，眞正成爲文人的案頭之作的演變軌跡。

金世俊敍後，有「盡忠報國傳凡例」六則，詳細說明了于華玉編訂此書的宗旨。第一則介紹了前代記載岳飛事跡的書籍，並云：「近有演義舊傳一書，則合史傳家乘而集其成者」，指的是熊大木所編《大宋中興通俗演義》八卷，初刊於嘉靖三十一年，萬曆間書林萬卷樓重刊，《盡忠報國傳》就是在此書基礎上進行刪訂的。以《盡忠報國傳》與萬卷樓刊本《大宋中興通俗演義》（殘本一冊，存卷一，藏北京圖書館，以下簡稱《演義》）相對照，結合凡例，可以看出于華玉刪訂本具有以下特點：

一、《演義》不棄小說稗乘家言，于華玉則認爲《演義》的這些記載「俗裁支語，無當大體，間於正史，多戾緣來」，於是「特正厥體制，芟其繁蕪」。從實際刪訂情況看，刪去的基本是一些比較繁冗或怪異的內容，像《演義》的「金黏罕邀求誓書」與「宋徽宗北狩沙漠」兩則，《盡忠報國傳》全部刪去，這是爲了突出主線，刪除支離，也是合理的。

二、《演義》分八卷，每卷十則，七字標目，字句並不整齊。《盡忠報國傳》刪爲七卷，每卷四則，標目改用六字（偶有七字者），較工整。

三、《演義》分目較細，但一目中也常有數事連綴記敍的。于華玉認爲這樣「累牘難竟」，讀者生厭，於是「茲一事自爲一起訖，以評語間之」。評語以評論事件爲多，也有說明文字。以評語分割敍事段落，眉目清晰，便於閱讀。同時，書眉上亦鐫刻批評文字，依行文隨時評論。

四、于華玉認爲「舊傳沿習俗編，惟求通暢，句復而長，字俚而贅」，因此「痛爲剪剔，務期簡雅」，對《演義》文字也作了一些修改。主要是將《演義》中口語較濃、通俗化的詞句加以文飾，追求「簡雅」，

使其語言更書面化、文人化。據凡例稱，刪訂此書「繕校凡七易丹墨」，可見于華玉用力之勤。另外，《演義》每目後均有詩作結，《盡忠報國傳》將結詩全部刪除，文中亦無詩詞穿插。

## 崇禎十六年（癸未，1643）

### 石渠閣精訂皇明雲合奇蹤　十二卷　八十回

余古齋刊本。首有崇禎十六年序，回目爲七言聯對。圖二十一葉，正文半葉八行，行十七字。文字內容同萬曆四十四年序刊本。

## 崇禎十六年（癸未，1643）

### 雲合奇蹤　十二卷　八十回

載道堂刊本。首有崇禎十六年序，回目爲七言聯對。文字內容同萬曆四十四年序刊本。

## 崇禎十六年（癸未，1643）

### 新列國志　一百零八回

馮夢龍撰。金閶葉敬池刊本。內封框內中欄大字題「新列國志」，右欄題「墨憨齋新編」，左欄小字識語，末署「金閶葉敬池梓行」。首《敍》，末署「吳門可觀道人小雅氏」。目錄葉題「新列國志」。次《凡例》七則。次《引首》。圖五十四葉。正文半葉十行，行二十二字。首可觀道人序。

分回標目，標明回數，回目爲聯句，以七言爲主，間或有六言或八言。各回開頭有「話說」引出所敍故事，結尾有「未知如何，且聽下回分解」語句，俱已定型成格式。此書的思想藝術成就遠在此前同類題材小說之上，即便是後來者如《孫龐鬥志演義》、《鬼谷四友志》、《鋒劍春秋》等等，也難望其項背。正如《凡例》所言，此書的主要成就有以下方面：第一是講求史料的眞實與全面。講求小說的「實錄」精神是明代歷史小說的主流傳統，後人也多以「實」的程度爲評價小說藝術成就的主要標準。這一方面源於古人徵實求信的原始信仰，另一方面也由於中國古代發達的史傳傳統的浸染。《凡例》不無自豪的說：「舊誌事多疏漏，全不貫串，兼以率意杜撰，不顧是非。如臨潼鬥寶等事，尤可噴飯。茲編以《左》、《國》、《史記》爲主，參以《孔子家語》、《公羊》……劉向《說苑》、賈太傅《新書》等書，凡列國大故，一一備載。令始終成敗，頭緒井如，聯絡成章，觀者無憾。」「舊志姓名，率多自造，

即偶入古人，而不考其世。……茲編凡有名史冊者，俱考訂詳愼，不敢以張盲李。」就史料的眞實與全面而言，此說並非自誇。講求史料的眞實與全面，必然面臨如何取捨與解裁的問題，處理不好，會造成史料的簡單堆積，這在明代歷史小說中並不少見。此書的第二個特色便是注意材料的處理與情節結構的安排。《凡例》云：「舊志敘事，或前後顚倒（不可勝舉），或詳略失宜（入趙良諫商君……古文俱全錄不遺）；至秦滅六國，反草草數語而盡，他若五霸之事，有關時事者亦多遺略）。茲編一案史傳，次第敷演，事取其詳，文撮其略。其描寫摹神處，能令人擊節起舞。即平鋪直敘中，總屬血脈筋節，不致有嚼蠟之誚。」又云：「小說詩詞，雖不求工，亦嫌過俚。茲編盡出新裁，舊志胡說，一筆抹盡。」不必較眞此書是否有「令人擊節起舞」、「不致有嚼蠟之誚」的藝術效果，也無需譏諷編撰者那點自負，光是這份理論自覺已比他的同時代人高明了許多。早期章回小說中大量堆砌史料、詩詞曲賦以及逸聞掌故的例子實在太多，連曹雪芹都不屑一顧的指責那些作者「無非是想擺出自己的幾首淫詞豔曲來」，儘管他自己的《紅樓夢》裏也並不缺少詩詞曲賦。明代章回小說在由模擬說書到逐步走向文人化、案頭化的過程中，詩詞曲賦的數量也在不斷的發生變化。就總體趨勢而言，是在逐步減少，一些與故事情節關係不大或全無關聯的詩詞曲賦及其他韻文形式漸漸地消失在不少文人執筆的改編作品中，這可以《金瓶梅》的版本演變爲證。而此書在處理史料方面的功夫，也技高一籌。它敢於刪削，善於裁解，「事取其詳，文撮其略」，有明確的敘事策略做指導，「詳」與「略」的合理安排保證了小說情節的輕重緩急。讀罷此書，確實沒有「嚼蠟之誚」。

## 崇禎末年

### 精鐫三國水滸全傳　別題英雄譜　二十卷　一百回

廣東雄飛館刊本。首熊飛序，晉江楊明琅（穆生）序。前附圖百葉，第一葉至第六十二爲三國圖。第六十三葉至百葉爲水滸圖。上層爲《水滸》，半葉十七行，行十四字。下層爲《三國》，半葉十四行，行二十二字。

此本所收《三國》《水滸》各二十卷。《三國》二百四十回，題「晉平陽陳壽史傳」、「元東原羅貫中編次」、「明溫陵李贄批點」。《水滸》一百十回，目錄作一百零六回。題「錢塘施耐庵編輯」。

## 崇禎年間

### 武穆王精忠傳　八卷　八十則

熊大木撰。天德堂刊本。內封框內中欄大字「精忠全傳」，框內右欄小字「李卓吾」評，左欄小字「天德堂藏板」。首「岳鄂武穆王精忠傳敘」，末署「李春芳謹撰」。目錄葉題「新鐫全像武穆王精忠傳」。圖十六葉，半葉圖上下兩幅，共六十四幅。正文各卷題「新鐫全像武穆精忠傳」。版心題「精忠傳」。半葉十行，行二十一字。

分則標目，不標則數，則目爲七言單句。各則開頭多有「卻說」、「且說」等字樣，結尾有「下回分解」、「後來如何」等語句，已定型成格式。第一卷卷首有長篇古風一首，似話本之入話，敘述從盤古開天闢地起至周世宗禪位、趙宋王朝建立止之歷史。各卷敘事均於回首標明起訖年限，並特別指出「按宋史本傳節目」或「按實史節目」，內容側重政治軍事，闌入不少詔書奏文以及與情節不相關聯的岳飛著作。細味之小說情韻不足而史料編彙有餘；唯卷八述岳王、秦檜死後事，頗涉怪異，富文學情趣，當是受宋元以來戲曲、小說和民間傳說的影響。篇末錦城士人胡迪遊陰曹地府歷觀善惡報應，與馮夢龍《古今小說》中《遊酆都胡母迪吟詩》情節基本相同，前者或爲後者取資，或同取資於當時的說話。

此書祖本當是卷則與內容都相同的《大宋中興通俗演義》（又名《大宋演義中興英烈傳》、《武穆王演義》），題熊大木撰。初刊本爲嘉靖三年壬子（一五五二）楊氏清白堂本，首爲熊大木嘉靖三年自序。書後附《精忠錄》三卷，題李春芳編輯，前有正德五年（一五一〇）重刊《精忠錄》的李春芳序。《精忠錄》又可謂《大宋中興通俗演義》的雛形。熊本後屢經翻刻易名，其要者有萬曆間周氏萬卷樓刊本、三臺館刊本。三臺館本題「大宋中興岳王傳」，「紅雪山人余應鼇編次」，熊序也改署爲「三臺館主人」。此外有明內府抄本，彩繪精圖甚美。脫胎於熊本的刪節本尚有《岳武穆王精忠傳》六卷六十八回。「本衙藏板」本題「吉水鄒元標撰」。另《岳武穆盡忠報國傳》七卷二十八回。

《大宋中興通俗演義》、《岳武穆精忠傳》、《岳武穆盡忠報國傳》三書在時間上呈先後關係。據稱《大宋中興通俗演義》後曾附錄《會纂宋岳鄂武穆王精忠錄後集》二卷，爲後世有關褒揚岳飛的文字（見《大宋中興通俗演義》樓含松所撰《前言》）。一說附錄《精忠錄》三卷，爲《大宋中興通俗演義》

的雛形（見《岳武穆精忠傳》曹光甫所撰前言）。惜已被刪節，無從得知其原
貌。前二者在卷數、則目乃至內容上基本相同，從文體形態看來，應屬在民
間說唱底本基礎上加工而成（或許即《精忠錄》），多詩詞等韻文形式，有評
點。後者則將前二者中「遊詞餘韻」全部刪汰，評點較前二者則有所增加，
其則目基本上沿襲前二者而來，大多挪用現成語句，少數改動字句而成。在
內容上有的基本承襲前二者，但大多是將前二者的數則壓縮、合併爲一則。
如《精忠傳》中卷一「李綱措置禦金人」、「宋康王泥馬渡江」；卷二「李綱奏
陳開國計」、「岳飛與澤談兵法」等則在《報國傳》中爲「李綱治兵禦金」、「康
王泥馬渡江」、「李綱開陳國計」、「宗澤任用岳飛」，則目與內容基本沒有變化。
而《精忠傳》中另一些則目在《報國傳》則被壓縮、合併。如《精忠傳》卷
四「岳飛用計破曹成」，卷五「岳飛兩戰破李成」二則在《報國傳》中合併爲
「岳飛計破二成」。通過三者版本的流變，可以看出文人在章回小說由民間說
唱形式逐步走向案頭化、文人化過程中所做的工作。

## 崇禎年間

### 新刻繡像批評金瓶梅　二十卷　一百回

相對於《新刻金瓶梅詞話》，此本有繡像，有評語，又少了很多說唱的成
分，更接近案頭讀物，故簡稱爲「說散本」、「像評本」、「廿卷本」、「繡像本」、
「評改本」等；又因正文「由」作「繇」、「檢」作「簡」，避崇禎諱，故又稱
「崇禎本」。此本現所知者，中國有王孝慈藏本（簡稱《王氏本》）、北京大學
圖書館藏本（簡稱《北大本》）、首都圖書館藏本（簡稱《首圖本》）、天津圖
書館藏本（簡稱《天圖本》）、上海圖書館兩種藏本（簡稱《上圖甲本》、《上
圖乙本》）、周越然藏本（簡稱《周氏本》）及吳曉鈴藏抄本（簡稱《吳抄本》）
等，又有若干殘本，惟情況不詳。以上諸本，《周氏本》亦佚去，只存一書影
及簡單的版本記錄。《吳抄本》據研究者謂抄於乾隆年間，爲刪節本。日本方
面有內閣文庫（簡稱《內閣本》）、東京大學東洋文化研究所雙紅堂文庫（簡
稱《東大本》）、天理大學中央圖書館（簡稱《天大本》）三處藏書。「廿卷本」
版本雖多，就正文而言，相差還是有限的。目前研究結果，就插圖、評語和
正文形式一一推究，發現《王氏本》最接近原刊本。

分回標目，標明回數，回目爲聯句，對仗工整。開頭結尾有套語，已定
型成格套。此本據詞話本刪改而成，其最大特色是刊落了詞話本中大量的詩

詞韻文，尤其是人物所用曲詞，幾乎刪削殆盡，致使說唱氣息大爲減弱。在結構上也有小幅度調整，將第一回由詞話本的「景陽岡武松打虎，潘金蓮嫌夫賣風月」改爲「西門慶熱結十兄弟，武二郎冷遇親哥嫂」，不僅對仗更工整，而且改變了故事的情節結構，突出了西門慶作爲全書主角的重要地位。

### 崇禎年間

#### 新刻全像水滸傳　二十五卷　一百十五回

劉興我刊本。書前有「（崇禎元年）戊辰（1568）長至日　清源汪子深　書於巢雲山房」的《敍水滸忠義志傳》。正文卷首署「錢塘　施耐庵　編輯，富沙劉興我　梓行」。每葉十五行，行三十五字（圖下二十七字）。據日本長澤規矩也《家藏中國小說書目》云：此本係「翻刻藜光堂本者」。

### 崇禎年間

#### 精鐫三國水滸全傳　別題英雄譜　二十卷　二百四十回

雄飛館刊本。首熊飛序，晉江楊明琅（穆生）序。前附圖百葉，（第一葉至第六十二葉爲三國圖，第六十三葉至百葉爲水滸圖）上層爲《水滸》，半葉十七行，行十四字。下層爲《三國》，半葉十四行，行二十二字。此本所收《三國》、《水滸》各二十卷。《三國》二百四十回，題「晉平陽侯陳壽史傳」，「元東原羅貫中編次」，「明溫陵李載贄批點」。回數注於正文題目下。《水滸》一百十回（目錄作一百零六回），題「錢塘施耐庵編輯」。

### 崇禎年間

#### 文杏堂批評水滸傳　三十卷（不分回）

寶翰樓刊本。首五湖老人序。別題「李卓吾原評《忠義水滸傳》」。其目置於卷首，皆單言。圖六十葉。行款同「袁無涯本」。

### 崇禎年間

#### 新鐫全像武穆精忠傳　八卷　八十則

天德堂刊本。內封框內中欄大字「精忠全傳」，框內右欄小字「李卓吾評」框內左欄小字「天德堂藏板」。首「岳鄂武穆王精忠傳敍」，末署「李春芳謹撰」，實即移李春芳《重刊精忠錄後序》於此。目錄葉題「新鐫全像武穆王精忠傳目錄」。有圖十六葉，半葉圖上下二幅，共六十四幅。正文各卷題「新鐫全像武穆精忠傳」。版心題「精忠傳」。半葉十行，行二十一字。此本實據萬

曆間余氏三臺館刊本《新刊按鑒演義全像大宋中興岳王傳》略有刪節而成。

### 崇禎年間

#### 岳武穆盡忠報國傳　七卷　二十八則

　　友益齋刊本。內封框內中欄大字「精忠傳」，框內右欄小字「重訂按鑒通俗演義」，框內左欄小字「友益齋梓行」。首有「盡忠報國傳敍」，次有凡例六則，末署「金沙輝山于華玉識於孝烏之臥治軒」、「門人信安古雲余邦紳刪次、蘭江伯熙章朝較剞」。正文卷首題「岳武穆盡忠報國傳」，署「臥治軒評」。版心題「盡忠報國傳」，題卷次、葉次。單框，行間有絲欄。半葉十行，行二十字。有眉評。每回後總評。

### 崇禎年間

#### 東西晉演義　十二卷　五十回

　　楊爾曾撰。武林泰和堂刊本。首雉衡山人《東西兩晉演義序》。題「武林夷白堂主人重修」、「武林泰和堂主人參訂」。圖五十葉，每葉二圖，共一百幅。正文半葉十行，行二十二字。全書十二卷五十回，東西晉不分敍。書前雉衡山人序與今存本《東西兩晉志傳》書首之序完全相同，乃後者將《序》移至書首，充爲己序而已。

　　分回標目，標明回數，回目爲七言聯句，對仗較爲工整。各回開頭、結尾均無套語。此書內容與《東西兩晉志傳》明顯不同，增加了大量書函疏奏及按語，更加接近史傳，文筆拘謹，情節散漫，文學性遠不及《東西兩晉志傳》。

### 崇禎年間

#### 新平妖傳　四十回

　　金閶嘉會堂陳氏刊本。內封框內中欄大字題「新平妖傳」，右欄題「墨憨齋手授」，左欄有「識語」，云：「舊刻羅貫中《三遂平妖傳》二十卷，原起不明，非全書也。墨憨齋主人曾於長安復購得數回，殘缺難讀，乃手自編纂，共四十卷，首尾成文，始稱完璧，題曰『新平妖傳』，以別於舊。本坊繡梓，爲世共珍。」末署「金閶嘉會堂梓行」。可知羅氏《三遂平妖傳》止二十回，現經重編，擴展爲四十回；天許齋本爲初刻，墨憨齋本爲重刻。次《天許齋批點北宋三遂平妖傳引首》，署「宋東原羅貫中編」、「明東吳龍子猶補」。目

錄葉題「墨憨齋批點北宋三遂平妖傳」。圖十葉，共二十幅。正文半葉九行，行二十一字。版心題「平妖傳」。

　　分回標目，標明回數，回目爲聯句，七言或八言不等。各回開頭有詩一首，以「話說」引出所敘故事，結尾有「畢竟不知……如何，且聽下回分解」語句，俱已定型成格式。第一回前部敘燈花婆婆（獼猴精）事實與此書故事情節並無關涉，僅僅由此引出袁公（猿猴精）故事，故此節內容類似話本小說之入話。而袁公故事在第二回之後又暫且停頓，直至第八回才重新提及，但已非主要情節。全書情節線索紛繁，故事雜多，故事時間跳躍極大，如前兩回即由唐代轉至春秋時期，又轉至宋代，但能前後呼應，彼此連屬，誠如《敘》云：「始終結構有原有委，備人鬼之態，兼眞幻之長」。文中描述人物、景物、場面多用詩、詞、曲或韻文，說書者口吻明顯可見，如「說話的，這是甚麼意思？只因袁公在修文院成招，立下誓願，恐後有得法之人……」（第二回），「看官且聽我解說狐媚二字……」（第三回）。

### 崇禎年間

### 近報叢譚平虜傳　二卷　二十回

　　吟嘯主人撰。首《近報叢譚平虜傳》序，末署「吟嘯主人書於燕子磯上」。目錄葉題「近報叢譚平虜傳」。全書二卷，卷不分回，但每卷下各有十個回目，即全書爲二十回，不標回數。正文卷首題「近報叢譚平虜傳」。半葉八行，行二十字。

　　分則標目，不標則數，則目爲七言單句。各則開頭偶見「話說」字樣，結尾偶有有「未知……如何，且聽下回分解」語句，間或有詩、詞，但均未定型成格式。各則目下均標有「叢譚」、「邸報」或「報合叢譚」之類語，表明此則故事的資料來源。作爲明末時事小說，此書在近報、叢譚基礎上編創而成。「近報者，邸報；叢譚者，傳聞語也。」書中引用大段奏章，有大量關於時事的敘述，同時也摻雜了不少民間傳說。眞假互參，虛實相伴。關於題材的選取，作者認爲「苟有補於人心世道，即微訛何妨？」雖然仍不脫文學教化論的傳統窠臼，沒有眞正意識到小說的虛構性質及審美愉悅功能，但敢於承認小說中虛構成分（「訛」）的合理性，相對於明代大量歷史小說動輒以「按鑒」、「講史」等標榜自己完全眞實於歷史的行徑來說，也算不小的進步。其體裁介於野史與演義之間，是明末時事小說的共性。

## 崇禎年間

### 新刻劍嘯閣批評東西漢通俗演義　十八卷　二百二十五則

甄偉撰。吳縣袁韞玉劍嘯閣刊本。合《西漢演義》、《東漢演義》而成。卷首《東西漢通俗演義序》，末署「公安袁宏道題」。《西漢演義》八卷一百則，分卷與大業堂刊本同，惟第八卷十二則，比大業堂刊本少一則。圖十九葉共三十八幅。正文有眉批和回後總評。正文半葉十行，行二十二字。字加圈點。《東漢演義》十卷一百二十五則，分卷與大業堂本同，但少二十一則。圖十一葉共二十二幅。正文有眉批和回後總評。正文半葉十行，行二十二字。字加圈點。

分回標目，不標回數，回目為單句，以七言為主。開頭多有「且說」引領語詞，結尾也有簡單的「不知如何，下回便見」之類語句，但均未定型成格套。本書是在前人作品的基礎上加工而成，其西漢部分以宋元講史平話《前漢書續集》為依據，東漢部分以熊大木撰《全漢志傳》為依據。

## 崇禎年間

### 盤古至唐虞傳　二卷　七則

余季岳刊本。封面上下兩截。上截中央有圖，兩旁題「自盤古分天地起」、「至唐虞交會時止」。下截題「鍾伯敬先生演義」、「盤古志傳」、「金陵原梓」。首《盤古至唐虞傳序》，末署「景陵鍾惺題」。次《歷代統系圖》、《歷代帝王歌》、《歷數歌》和目錄。正文上圖下文，圖各有八字標題。半葉十行，行十八字。卷首題「按鑒演義帝王御世盤古至唐虞傳」，末署「景陵鍾惺伯敬父編輯」、「古吳馮夢龍猶龍父鑒定」。

分則標目，不標則數，則目為七言聯句。第一則前有詞一首，內容不外乎慨歎歷史滄桑；正文前部有長篇論斷，概述開天闢地至明代歷史。敘述者云：「茲傳自盤古氏直演至於今，文通雅俗，事流今古，不比世之記傳小說，無補世道人心者也。今且把古今帝王御世萬載相傳最先道出一個盤古氏來。」語氣、功用類似話本小說之入話。各則開頭以「話說」引出所敘故事，結尾有詩一首，無套語。描述人物、景物或場面多用詩、詞、韻文。情節簡單，線索單一，語言簡練明瞭。

## 崇禎年間

### 有夏志傳　四卷　十九則

余季岳刊本。封面上下兩截，上截中央有圖，題「大禹受命治水起」、「至

湯放桀南巢止」。下截題「鍾伯敬先生演義」、「有夏志傳」、「金陵原板」。首《有夏傳敘》，末署「景陵鍾惺題」。正文上圖下文，半葉十行，行十八字。正文卷首題「按鑒演義帝王御世有夏志傳」，末署「景陵鍾惺伯敬父編輯」、「古吳馮夢龍猶龍父鑒定」。

分則標目，不標則數，則目為七言聯句。第一則前有詩一首，概述此書內容。各則開頭以「話說」、「卻說」等字樣引出所敘故事，結尾多有詩、詞，偶見「且聽下回分解」語句，但未定型成格式。此書所敘故事取自神話傳說，全無史實羈絆，故敘事騰挪跌宕，收放自如，文采飛揚，為同類小說中出類拔萃者。此書內容緊接《盤古至唐虞傳》，行款格式俱同前傳。

### 崇禎年間

#### 有商志傳　四卷　十二則

余季岳刊本。原本已佚，存嘉慶十九年稽古堂影印本。封面題「嘉慶甲戌新鐫」、「夏商合傳」、「稽古堂梓」。正文卷首題「按鑒演義帝王御世有商志傳」，末署「景陵鍾惺伯敬父編輯」、「古吳馮夢龍猶龍父鑒定」。此書內容緊接《有夏志傳》。

分則標目，不標則數，則目為七言聯句。第一則前有詩一首，概述此書內容。各則開頭以「話說」、「卻說」等字樣引出所敘故事，結尾有「未知後事如何，且聽下回分解」語句，已定型成格式。此書名為「按鑒演義」，實則多屬神話傳說，故虛構遠勝於實錄，大部分內容取自民間傳聞，於《武王伐紂平話》和《封神演義》二者略加增減。

### 崇禎年間

#### 李卓吾先生評三國志　二十卷　二百四十則

天德堂刊本。日本寶曆甲戌《船載書目》著錄此本。首閩西吳翼登序，則從楊美生本出。

### 崇禎年間

#### 李卓吾先生批評三國志真本　一百二十回

吳郡寶翰樓看本。前有封面題「李卓吾先生新刊三國志」。有繆尊素序及目錄。卷一首題「李卓吾先生批評三國志真本」。行款及圖像與其他李卓吾評本一樣。

## 崇禎年間

### 大英雄傳　四十回

許曦等撰。此書與《放鄭小史》俱爲明崇禎時宰輔溫體仁指使許曦等人撰以誣陷鄭鄤者，與馮銓撰《遼東傳》同，而卑劣尤甚。原本未見。

## 崇禎年間

### 醋葫蘆　四卷　二十回

伏雌教主撰。筆耕山房刊本。內封題「且笑莊評演醋葫蘆小説」。卷首有序，署「筆耕山房醉西湖心月主人題」。目錄後有《説原》一篇，署「且笑廣主人識」。正文半葉九行，行十九字。有回評、眉批、夾批，各回都有不同評者。卷一題「西子湖伏雌教主編」、「且笑廣芙蓉癖者評」，卷二署「伏雌教主編」、「心月主人評」，卷三署「大堤遊治評」，卷四署「弄月主人、竹醉山人同評」。有圖二十幅，署畫工項繁、刻工項南洲名。

分回標目，標明回數，回目爲聯句，字數六言、七言、八言不等。各回開頭「引首」有詩或詞一首，概述此回內容，以「卻説」引出所敘故事；結尾有「未知如何，且聽下回分解」語句，均定型成格式。第一回由引首《滿江紅》引出一段故事，敘述一個懼內的陳季常與其妻柳氏事，敘述者自云此段故事「把來做一個引子」：「……這總是獅吼的舊話，人人看過，個個曉得，卻把來做一個引子，小子也不十分細道。卻説目今又有一戶人家，丈夫賽過了陳慥，老婆賽過了柳夫人。他的家門顛末，又賽過獅吼。雖則世上常情亦是目今趨事，待我慢慢説來。有詩爲證……説話的，你又差了。依你這等説來……呀，看官不是這等講。……閒話休題，且説宋朝年間臨安府中有一處士姓成，名珏，表字廷玉……」。此段文字，與話本小説之入話全同。

## 崇禎年間

### 續西遊記　一百回

作者不詳。又名《續西遊記眞詮》，首眞復居士序。題「悟眞子批評」。

分回標目，標明回數，回目爲七言聯句，對仗較爲工整。各回開頭大多有「話表」引出所敘故事，結尾有「且聽下回分解」語句，已定型成格式。此書續演玄奘四眾取經事，仿《西遊》而少奇想，故《西遊補》所附雜記評曰：「《續西遊》摹擬逼眞，失於拘滯，添出比丘靈虛，尤爲蛇足。」劉廷璣《在園雜誌》卷三亦云：「如《西遊記》乃有《後西遊記》、《續西遊

記》。《後西遊》雖不能媲美於前，然嘻笑怒罵，皆成文章，若《續西遊》則誠狗尾矣。」

## 崇禎年間

**鎮海春秋　二十回，殘存第十回至第二十回。**

吳門嘯客撰。敍明崇禎年間薊遼督師袁崇煥擅殺鎮江總兵毛文龍事，題材與崇禎三年陸人龍撰《遼海丹忠錄》同。小說分回標目，標明回數，回目爲七言聯句，對仗工整。各回回首有詞一首，偶見「卻說」等引領語詞；結尾有「畢竟如何，且聽（看）下回」語句，已定型成格套。書中多說書人聲口，敍述者時常模仿說書場景，以觀眾與說書人對話的形式對某些情節做出解釋說明，如第十三回「你說這老人家是哪一個？原來就是沈氏的嫡親母舅鍾鼎文……」之類，又常以詩詞發表評論。

## 萬曆～崇禎年間

**列國前編十二朝傳　四卷　五十節**

余氏三臺館刊本。首《敍歷傳始末》，署「崇禎二年夏五月××日書」。正文題「刻按鑒通俗演義列國前編十二朝」，署「三臺山人仰止余象斗編集」、「閩雙峰堂西一三臺館梓行」。正文上圖下文，每半葉九行，行十七字。每卷卷頭另有繪圖，單面方式，上方有單句，字數五至九言不等，共六十二葉。卷首識語云：「故不佞搜採各書，如諸前傳式，按籤演義，自天開地闢起，至夏（商）王寵妲己止……」書末則云：「至武王伐紂而有天下，《列國志》上載得明白可觀，四方君子買《列國》一覽無盡識。此傳乃自盤古氏起，傳三皇五帝至紂王喪國止矣。」很明顯，它是萬曆三十四年（一六〇六）余象斗改編重刊他的族叔余邵魚的《列國志傳》以後才著手編刊，所以名之爲《列國前編》，所謂十二朝指三皇五帝唐虞夏商。又卷四書「萬曆丁亥三月……至辛丑十月十九日謄終」，可推知此書刊行於萬曆辛丑（二十九年）以後，崇禎二年以前。

分節標目，不標節數，節目爲八言單句。正文前有楔子一則，敍述自盤古開天闢地至堯、舜、禹事，接續正文第一則敍西方世尊派遣佛祖降臨人間。以「卻說」引出各則所敍故事，結尾有「不知（欲知）後來如何，且聽下回分解」之類套語，定型成格式。文中多注解，各則結尾有「釋疑」。除第一則有「偈語」數首外，全文無一首詩詞，這在明代章回小說中較爲罕見。

　　全書目錄列五十四節，但在正文中往往二或三節連在一起，不另加標目。此書編纂草率，文字拙劣，如卷首以盤古開天闢地的傳說從屬於佛教；又如「按簽」云云，其實《資治通鑑》不記載戰國以前的史實。當時書坊廉價通俗小說的編寫和印刷的水平可以由此窺見一斑。

　　崇禎八年（一六三五）「五嶽山人周遊仰止集，靖竹居士王觷子承釋」的《新刻按簽編纂開闢衍釋通俗志傳》六卷八十回與此書文字大同小異，顯然一書以另一書為底本，略加少量增刪而成。如本書卷四《盤庚作書復與湯王政》末《簽斷》標題及「仰止子曰」數句，在《開闢衍釋》第七十六末被略去。《開闢衍釋》所標「鍾敬伯先生原評」則是偽託。八十回與五十四節似乎繁簡大異，實際上字數相近。看來《列國前編》當是原本。

### 萬曆～崇禎年間

**新刊京本編集二十四帝通俗演義東西漢志傳　二十卷**

　　建陽余氏文臺堂刊本。上圖下文，半葉十三行，行二十八字。

### 萬曆～崇禎年間

**新刻按鑑編集二十四帝通俗演義全漢志傳　十五卷**

　　建陽余氏三臺館刊本。西漢九卷，東漢六卷。上圖下文，半葉十三行，行二十三字。存西漢九卷。

### 萬曆～崇禎年間

**李卓吾先生批評三國志　一百二十回　不分卷**

　　建陽吳觀明刊本。前有圖像一百二十葉為一冊，其第二葉板心下面題「書林劉素明全刻像」。第二冊有封面，題「三國志演義評」，有識語。次有禿子《序批評三國志通俗演義》（末尾題「長洲文葆光書」、「建陽吳觀明刻」）、繆尊素《三國志演義序》、庸愚子《三國志序》、《讀三國史答問》、《三國志宗僚姓氏》及《三國志目錄》。卷一首題「李卓吾先生批評三國志」。行款、眉批、總評均與劉君裕本相同。正文半葉十行，行二十二字。有眉批總評。

　　此本以二則為一回，目錄每回二句，即取前後二則標題。惟書中第九回下所題，仍是一句為題，其下一句夾於此回正文之內，題則夾於正文之內，事實上，仍與舊本分則者同。每回總評，每有「梁溪葉仲子譔曰」云云。

**明刊本**

**二刻按鑒演義全像三國英雄志傳　二十卷　存卷六至十**

建陽刊本。上圖下文，半葉十七行，左邊三行和右邊四行無圖，每行三十七字，中間十行有圖，每行三十字。卷六首題「二刻按鑒演義全像三國英雄志傳」，板心書名爲「二刻三國志傳」。

**明刊本**

**李卓吾先生批評三國志　一百二十回**

吳郡藜光樓植槐堂刊本。見國家圖書館館藏目錄。

**明刊本**

**遼東傳**

佚。具體情況不詳。相傳此書爲馮銓等人陷害熊廷弼而作，則又是一例利用小說殺人之證。明劉若愚《酌中志》卷二十四：「馮銓害經略熊廷弼者，因書坊賣《遼東傳》，其四十八回內有馮布政父子奔逃一節，極恥而恨之，令妖弁蔣應暘發其事於講筵，以此傳出袖中而奏，致熊正法。」李遜之《三朝野記》卷三：「遼難之發，涿州父方任□□布政，鼠竄南奔。書肆中有刻小說者，內列馮布政奔逃一回，涿州恥之，先令卓邁上廷弼宜急斬疏，遂於講筵出此傳，奏請正法。」李清《三垣筆記》「附始上」：「《遼東傳》一書，爲丁輔紹軾（萬曆丁未，貴池人）等進呈以殺廷弼者。予曾見此傳，最俚俗不根，而指爲廷弼撰授，尤誣。」以上史料可證古人或以書爲謀取富貴之敲門磚，如郭勳之作《英武傳》；或以書爲殺人之暗器，如此書。

**明刊本**

**戚南塘剿平倭寇志傳　殘存一至三卷**

殘本。因卷首第十一葉前全闕，故不知全書卷數、撰人、刊刻書坊以及年代。正文上圖下文，半葉十行，行二十四字。據其上圖下文的版式，疑似萬曆年間建陽刊本。

分則標目，不標則數，則目爲七言單句。各則開頭大多有「卻說」引出所敍故事，結尾大多有詩或詞，但均未定型成格式。作爲時事小說，文中多奏疏書表，拘泥史實。

## 明刊本

### 五鼠鬧東京傳　二卷　一百二十七則

書林刊本。不署書坊堂號，亦不署年代、撰人。內封框內分三欄，左右兩欄大字題「五鼠鬧東京」、「包公收妖傳」，中欄小字署「書林」。正文半葉十二行，行二十五字。版心題「五鼠鬧東京」。目錄葉題「新刻五鼠鬧東京」。

卷下分則，共一百二十七則，每則以四字標目，各則前有「話說」引領語詞，正文卷首題「新刻五鼠鬧東京傳」。正文不分則，但有類似於則目的字句，單行插於正文之中，字數不等，如「鄭先生教施俊讀書」、「五鼠精下凡作怪」、「施俊途中遇妖」、「施俊爭妻訐告」等，間或還有「畢竟還是如何，且聽下回分解」的語句。正文前有詩一首，概述此書內容。文中所敘五鼠出身靈怪、變幻眾形、真假莫測事，有類《西遊記》。

此書敘五鼠精下凡迷亂朝堂，後被玉面貓降伏事。現知最早記載此事的是《輪迴醒世》卷十七《五鼠鬧東京》，已具故事梗概。明代安遇時編《包龍圖判百家公案》第五十八回《決斷五鼠鬧東京》、羅懋登編《三寶太監西洋記通俗小說》第九十五回「五鼠精光前迎接，五個字度化五精」均演說此事，清末石玉昆編《三俠五義》的五鼠及南俠展昭事為此事之變形。

## 南明福王弘光元年（乙酉，1645）

### 剿闖通俗小說　十回

西吳懶道人撰。興文館刊。卷首有《剿闖小說敘》，末署「西吳九十翁無兢氏題於雲溪之半月泉」。目錄葉題「新編剿闖通俗小說」。圖五葉，共十幅。正文卷首題「新編剿闖小說」，署「西吳懶道人口授」。正文半葉八行，行二十二字。版心題「剿闖小說」。

分回標目，標明回數，回目為聯句，七言或八言不等。各回前有詩或詞一首，開頭、結尾均無套語。全文以日繫事，敘事嚴遵史實，中間多「論曰」、「斷曰」一類議論，文采全無。作為明末清初時事小說，此書詳於崇禎十七年（一六四四）三月李自成入京、崇禎皇帝自殺到當年五月南明弘光王朝建立之間的史實。綴輯有關傳聞、邸報及當時人的詩文而成，嚴格地說不能算是小說。因成書草率，各段內容往往不相銜接。第六回大錄與正題無關的詠宮女詩賦，尤屬不倫不類。甲申之變前後，這類出版物甚多，此書即引到《國變錄》、《泣鼎傳》等數種，它們都介於小說與野史筆記之間。

# 主要參考書目

1. 《古本小說集成》，上海：上海古籍出版社，1990 年。

2. 《古本小說叢刊》，北京：中華書局，1990 年。

3. 《明清善本小說叢刊》，臺北：天一出版社，1985 年。

4. 《思無邪彙寶》，臺北：臺灣大英百科股份有限公司，1994 年。

5. 歐陽健、蕭相愷主編：《中國通俗小說總目提要》，北京：中國文聯出版公司，1990 年。

6. 石昌渝主編：《中國古代小說總目》（白話卷），太原：山西教育出版社，2004 年。

7. 劉世德主編：《中國古代小說百科全書》，北京：中國大百科全書出版社，2006 年。

8. 孫楷第：《中國通俗小說書目》，北京：人民文學出版社，1982 年。

9. 孫楷第：《日本東京所見中國小說書目》，北京：人民文學出版社，1981 年。

10. 柳存仁：《倫敦所見中國小說書目提要》，北京：書目文獻出版社，1982 年。

11. 丁錫根編：《中國歷代小說序跋集》，北京：人民文學出版社，1996 年。

12. 黃霖、韓同文編：《中國歷代小說論著選》（修訂本），南昌：江西人民出版社，2000 年。

13. 黃清泉主編：《中國歷代小說序跋輯錄》，武漢：華中師範大學出版社，1989 年。

14. 陳平原、夏曉虹編：《二十世紀中國小說理論資料》（第一卷），北京：北京大學出版社，1989 年。

15. 嚴家炎編：《二十世紀中國小説理論資料》（第二卷），北京：北京大學出版社，1997 年。

16. 吳福輝編：《二十世紀中國小説理論資料》（第三卷），北京：北京大學出版社，1997 年。

17. 朱一玄、劉毓忱編：《三國演義資料彙編》，天津：南開大學出版社，2003 年。

18. 朱一玄、劉毓忱編：《水滸傳資料彙編》，天津：南開大學出版社，2003 年。

19. 朱一玄、劉毓忱編：《西遊記資料彙編》，天津：南開大學出版社，2003 年。

20. 朱一玄編：《金瓶梅資料彙編》，天津：南開大學出版社，2003 年。

21. 王青原等編：《小説書坊錄》，北京：北京圖書館出版社，2002 年。

22. 孔另境：《中國小説史料》，上海：上海古籍出版社，1982 年。

23. 戴不凡：《小説見聞錄》，杭州：浙江人民出版社，1980 年。

24. 譚正璧、譚尋：《古本希見小説彙考》，杭州：浙江文藝出版社，1984 年。

25. 蔣瑞藻：《小説考證》，上海：古典文學出版社，1957 年。

26. 葉德均：《戲曲小説叢考》，北京：中華書局，1979 年。

27. 魯迅：《中國小説史略》，上海：上海古籍出版社，1998 年。

28. 魯迅：《中國小説史大略》，濟南：齊魯書社，1997 年。

29. 魯迅：《中國小説的歷史的變遷》：濟南：齊魯書社，1997 年。

30. 鄭振鐸：《插圖本中國文學史》，北京：人民文學出版社，1957 年。

31. 鄭振鐸：《中國古典文學論文集》，上海：上海古籍出版社，1984 年。

32. 鄭振鐸：《中國俗文學史》，北京：東方出版中心，1996 年。

33. 鄭振鐸：《中國文學研究》，石家莊：花山文藝出版社，1998 年。

34. 胡適：《胡適古典文學論集》，上海：上海古籍出版社，1988 年。

35. 胡適：《中國章回小説考證》，合肥：安徽教育出版社，1999 年。

36. 胡適：《胡適論中國古典小説》，易竹賢編，武漢：長江文藝出版社，1987 年。

37. 孫楷第：《滄州集》，北京：中華書局，1965 年。

38. 孫楷第：《戲曲小説書錄解題》，北京：人民文學出版社，1990 年。

39. 胡士瑩：《話本小説概論》，北京：中華書局，1980 年。

40. 胡懷琛：《中國小説研究》，上海：商務印書館，1929 年。

41. 胡懷琛：《中國小説的起源及其演變》，南京：正中書局，1934 年。

42. 蔣祖怡：《小說纂要》，南京：正中書局，1948 年。

43. 施愼之：《中國文學史講話》，上海：世界書局，1941 年。

44. 胡雲翼：《新著文學史》，上海：北新書局，1947 年。

45. 趙景深：《中國小說叢考》，濟南：齊魯書社，1980 年。

46. 徐朔方：《小說考信編》，上海：上海古籍出版社，1997 年。

47. 陳汝衡：《說書史話》，北京：人民文學出版社，1987 年。

48. 胡從經：《中國小說史學史長編》，上海：上海文藝出版社，1998 年。

49. 王運熙、顧易生主編：《中國文學批評通史》，上海：上海古籍出版社，1994 年。

50. 寧宗一主編：《中國小說學通論》，合肥：安徽教育出版社，1995 年。

51. 郭豫適：《中國古代小說論集》，上海：華東師範大學出版社，1987 年。

52. 陳大康：《明代小說史》，上海：上海文藝出版社，2000 年。

53. 陳大康：《通俗小說的歷史軌跡》，長沙：湖南出版社，1993 年。

54. 齊裕焜：《明代小說史》，杭州：浙江古籍出版社，1997 年。

55. 齊裕焜：《中國古代小說演變史》，蘭州：敦煌文藝出版社，1990 年。

56. 齊裕焜：《中國歷史小說通史》，南京：江蘇教育出版社，2000 年。

57. 歐陽健：《中國神怪小說通史》，南京：江蘇教育出版社，1997 年。

58. 王先霈，周偉民：《明清小說理論批評史》，廣州：花城出版社，1988 年。

59. 陳洪：《中國小說理論史》，天津：天津教育出版社，2005 年。

60. 葉朗：《中國小說美學》，北京：北京大學出版社，1982 年。

61. 石昌渝：《中國小說源流論》，北京：三聯出版社，1994 年。

62. 董乃斌：《中國古典小說的文體獨立》，北京：中國社會科學出版社，1994 年。

63. 孫遜：《明清小說論稿》，上海：上海古籍出版社，1986 年。

64. 孫遜：《中國古代小說與宗教》，上海：復旦大學出版社，2000 年。

65. 譚帆：《中國小說評點研究》，上海：華東師範大學出版社，2001 年。

66. 陳美林等：《章回小說史》，杭州：浙江古籍出版社，1998 年。

67. 石麟：《章回小說通論》，鄭州：中州古籍出版社，1994 年。

68. 聶紺弩：《中國古典小說論集》，上海：上海古籍出版社，1981 年。

69. 陳平原：《中國小說敘事模式的轉變》，北京：北京大學出版社，2003 年。

70. 陳平原：《小說史：理論與實踐》，北京：北京大學出版社，1993 年。

71. 楊義：《中國古典小說史論》，北京：人民出版社，1998 年。

72. 楊義：《中國敘事學》，北京：人民出版社，1998 年。

73. 陳果安：《金聖歎小說理論研究》，長沙：湖南師範大學出版社，1999 年。

74. 陳文新：《明清章回小說流派研究》，武漢：武漢大學出版社，2003 年。

75. 紀德君：《明清歷史演義小說藝術論》，北京：北京師範大學出版社，2000年。

76. 胡勝：《明清神魔小說研究》，北京：中國社會科學出版社，2004 年。

77. 李時人：《金瓶梅新論》，上海：學林出版社，1991 年。

78. 劉輝：《金瓶梅成書與版本研究》，瀋陽：遼寧人民出版社，1986 年。

79. 徐朔方：《論金瓶梅的成書及其他》，濟南：齊魯書社，1988 年。

80. 蔡國梁：《金瓶梅考證與研究》，西安：陝西人民出版社，1984 年。

81. 周鈞韜：《金瓶梅新探》，天津：百花文藝出版社，1987 年。

82. 馮沅君：《古劇說彙》，北京：作家出版社，1956 年。

83. 樂黛雲、陳鈺編選：《北美中國古典文學研究名家十年文選》，南京：江蘇人民出版社，1996 年。

84. 劉世德主編：《中國古代小說研究——臺灣香港論文選輯》，上海：上海古籍出版社，1983 年。

85. 周兆新主編：《三國演義叢考》，北京：北京大學出版社，1995 年。

86. 作家出版社編輯部：《西遊記研究論文集》，北京：作家出版社，1957 年。

87. 臺灣靜宜文理學院主編：《中國古典小說研究專集》，臺北：臺北聯經出版事業公司，1981 年。

88. 徐朔方選編：《金瓶梅西方論文集》，沈亨壽等譯，上海：上海古籍出版社，1987 年。

89. 黃霖等編：《日本研究〈金瓶梅〉論文集》，濟南：齊魯書社，1989 年。

90. 程毅中主編：《中國古代小說流派漫話》，北京：中央黨校出版社，1994年。

91. （英）魏安：《三國演義版本考》，上海：上海古籍出版社，1996 年。

92. （日）鹽谷溫：《中國文學概論講話》，上海：開明書店，1930 年。

93. （美）夏志清：《中國古典小說史論》，胡益民等譯，南昌：江西人民出版社，2003 年。

94. （美）浦安迪：《明代小說四大奇書》，北京：生活·讀書·新知三聯書店，2006 年。

95. （美）浦安迪：《中國敘事學》，北京：北京大學出版社，1996 年。

96. （俄）李福清：《漢古小說論衡》，南京：江蘇古籍出版社，1992 年。

97. （美）韓南：《中國白話小說史》，尹慧珉譯，杭州：浙江古籍出版社，1989年。

98. （美）韋勒克、沃倫：《文學理論》（修訂版），劉象愚等譯，南京：江蘇教育出版社，2005 年。

99. （美）韋勒克：《批評的諸種概念》，丁泓等譯，成都：四川文藝出版社，1988 年。

100. （美）韋恩・布斯：《小說修辭學》，付禮軍譯，南寧：廣西人民出版社，1987 年。

101. （美）伊恩・P・瓦特：《小說的興起》，高原等譯，北京：生活・讀書・新知三聯書店，1992 年。

102. （法）熱拉爾・熱奈特：《敘事話語 新敘事話語》，王文融譯，北京：中國社會科學出版社，1990 年。

103. （荷）米克・巴爾：《敘述學：敘事理論導論》（第二版），譚君強譯，北京：中國社會科學出版社，2003 年。

104. 張寅德編：《敘述學研究》，北京：中國社會科學出版社，1989 年。

105. 申丹：《敘述學與小說文體學研究》（第二版），北京：北京大學出版社，2001 年。

106. 童慶炳：《文體與文體的創造》，昆明：雲南人民出版社，1994 年。

107. 陶東風：《文體演變及其文化意味》，昆明：雲南人民出版社，1994 年。

108. 吳承學：《中國古代文體形態研究》（增訂本），廣州：中山大學出版社，2002 年。

109. 郭英德：《中國古代文體學論稿》，北京：北京大學出版社，2005 年。

110. 王重民等編：《敦煌變文集》，北京：人民文學出版社，1984 年。

111. 周紹良、白化文編：《敦煌變文論文錄》，上海：上海古籍出版社，1982 年。

112. 瞿林東：《中國古代史學批評縱橫》，北京：中華書局，1994 年。

113. 楊伯峻：《春秋左傳注》，北京：中華書局，1981 年。

114. （南朝・梁）劉勰：《增訂文心雕龍校注》，楊明照等校注，北京：中華書局，2000 年。

115. （漢）司馬遷：《史記》，北京：中華書局，1998 年。

116. （唐）劉知幾：《史通通釋》，（清）浦起龍釋，北京：中華書局，1978 年。

117. （宋）司馬光：《資治通鑒》，北京：中華書局，1956 年。

118. （明）胡應麟：《少室山房筆叢》，上海：上海書店出版社，2001 年。

119. （明）謝肇淛：《五雜俎》，上海：上海書店出版社，2001 年。

120. （明）郎瑛：《七修類稿》，上海：上海書店出版社，2001 年。

121. （清）張廷玉等：《明史》，北京：中華書局，1974 年。

122. （清）章學誠：《文史通義》，葉瑛校注，北京：中華書局，1985 年。

123. （清）周亮工：《因樹屋書影》，北京：中華書局，1958 年。

124. （清）葉德輝：《書林清話》，北京：中華書局，1957 年。

125. 薛冰：《插圖本》，南京：江蘇古籍出版社，2002 年。

126. 黃鎮偉：《坊刻本》，南京：江蘇古籍出版社，2002 年。

127. 周心慧主編：《古本小說版畫圖錄》（增訂本），北京：學苑出版社，2000 年。

128. 張秀民：《中國印刷史》，上海：上海人民出版社，1989 年。

# 後　記

　　甲申秋九月，余負笈海上，從譚帆師治小說學。

　　先生儒雅謙和，於小說戲曲浸淫數十載。余生性駑鈍，忝列門牆，雖不敢懈怠，自覺勤勉，終因愚昧而不得升堂入室。先生不以余譾陋，循循善誘，諄諄教誨，耗費心血無數。余偶有所得，先生即鼓勵有加，促余前行，余之微末成就，全仗先生鼎力栽培。於治學而外，先生亦惠余良多。初，余傾囊所有購置電腦書籍，以至篋無餘錢，捉襟見肘，先生雪中送炭，遂解燃眉之急。甘霖雨露，點滴在心；感激之情，無以言表。

　　家父家母與岳父岳母，半生辛勤勞碌，傾全力哺育兒輩，難得片刻偷閒。今吾輩紛紛築巢，相繼添丁；父母退而不休，銜泥不輟。憶丙子夏七月，余始離巢逐食，其地不過千里，其時不過數年，而父母悵惘若失，無所適從，每逢節假，必電訊歸期幾許。今余漸行漸遠，堂前膝下，承歡之日益少；飲食起居，牽掛之時驟多。三春之暉，寸草之心何以言報？唯祈禱蒼生有德，父母壽康而已。內子朝暉，溫婉賢淑。余自辛巳去職求學以來，恍然已六載矣。其間余一心問學，不求生計；內子任勞任怨，縱容余久坐板凳而不為稻粱謀。內子棲身湘西一隅，地處偏僻，以薄薪養家並供余求學。自庚辰歲初至今，內子從余已逾七載光陰，然聚少離多，類乎牽牛織女多也。唯願相濡以沫，攜手同老；往世來生，再續前緣。丙戌秋十月，小兒樂康降生，余初為人父，欣喜若狂，然亦感壓力倍增。時余論文尚未完帙，內心惶恐，未敢淹留，小兒尚未彌月便抽身返校。臨行時其酣睡正濃，余不敢多看，淚眼婆娑，奪門而出。今樂康已逾半歲，而余久居滬上，數月未能手縛褓褓，既未享天倫之樂，又未盡為父之責，夜深人靜，每念及此，往往涕泗滿襟。

　　師祖齊先生，於余多有愛護，關切之心如春風化雨，潤物無聲。陳大康師、趙山林師，學問淵博，余常聆聽教誨，獲益匪淺。同門諸君，師兄明華、慶華、均軍，師姐再紅、徐坤、宇輝，師弟忠元、志平、汪超，師妹小雲、育珍，情同手足，義若金蘭。凌君碩爲，風流倜儻，余與其共居斗室，相處甚歡。能與諸君結識於麗娃河畔，同學於文史樓前，小子何其有幸哉。

　　余常懷感恩之心，銘記他人之德。曩者，於山野偶遇一遊腳僧，言余可得貴人相助，余曾一笑了之，今則深信焉。每省乎己，惟有孝弟忠信，勤勉好學，方不負於師長與友朋。未幾，余將南下羊城，問學於吳門。屈子有言曰：「路漫漫其修遠兮，吾將上下而求索」，余將以此自勉。

　　是爲記。

丁亥年四月廿八日於華東師大